EDIÇÕES BESTBOLSO

Ardil-22

Descendente de uma família de imigrantes russos, Joseph Heller (1923-1999) nasceu no Brooklyn, em Nova York. Formado pela Universidade de Nova York, começou a carreira de escritor com a publicação de contos nas revistas *Esquire* e *The Atlantic Monthly*. O clássico romance *Ardil-22* baseia-se na própria experiência de Heller como piloto de bombardeiro durante a Segunda Guerra Mundial, e proporciona um olhar satírico sobre a guerra e a burocracia em torno dela. Publicado em 1961, *Ardil-22* só alcançou popularidade no fim da década de 1960 e no início dos anos 1970, no auge da Guerra do Vietnã. A ironia e o humor negro do texto de Heller tornaram-no mundialmente conhecido.

JOSEPH HELLER

ARDIL-22

Tradução de
A. B. PINHEIRO DE LEMOS

Tradução do posfácio
MARIANA MENEZES NEUMANN

EDIÇÕES
BestBolso
RIO DE JANEIRO – 2010

CIP-BRASIL. CATALOGAÇÃO-NA-FONTE
SINDICATO NACIONAL DOS EDITORES DE LIVROS, RJ

Heller, Joseph, 1923-1999
H419a Ardil-22 / Joseph Heller; tradução de A. B. Pinheiro de Lemos. – Rio de Janeiro: BestBolso, 2010.

Tradução de: Catch-22
ISBN 978-85-7799-159-4

1. Romance americano. I. Lemos, A. B. Pinheiro de (Alfredo Barcellos Pinheiro de), 1938-. II. Título.

CDD: 813
10-0070 CDU: 821.111(73)-3

Ardil-22, de autoria de Joseph Heller.
Título número 170 das Edições BestBolso.
Primeira edição impressa em junho de 2010.
Texto revisado conforme o Acordo Ortográfico da Língua Portuguesa.

Título original norte-americano:
CATCH-22

Esta edição de bolso inclui posfácio de Joseph Heller, publicado originalmente como prefácio à edição de 1994. Tradução de Mariana Menezes Neumann.

www.edicoesbestbolso.com.br

Design de capa: Tita Nigrí

Impresso no Brasil

ISBN 978-85-7799-159-4

Havia apenas um ardil...
e esse era o Ardil-22.

A ilha de Pianosa fica no mar Mediterrâneo, 15 quilômetros ao sul de Elba. É muito pequena e obviamente não poderia conter todas as ações aqui descritas. Como o cenário deste romance, os personagens também são fictícios.

À minha mãe e à minha esposa, Shirley,
e aos meus filhos, Erica e Ted

1
O texano

Foi amor à primeira vista.

Yossarian apaixonou-se perdidamente pelo capelão logo na primeira vez em que o viu.

Yossarian estava no hospital, sentindo uma dor no fígado que era quase icterícia. Os médicos estavam desconcertados pelo fato de não chegar a ser icterícia. Se fosse, eles poderiam tratá-la. Se não fosse e a dor desaparecesse, eles poderiam lhe dar alta. Mas a permanente ameaça de icterícia, que nunca chegava a se consumar, deixava-os completamente perplexos.

Eles apareciam todas as manhãs, três homens graves e irrequietos, com bocas eficientes e olhos ineficazes, acompanhados pela enfermeira Duckett, também grave e irrequieta, uma das enfermeiras daquela enfermaria que não gostavam de Yossarian. Eles liam a ficha ao pé da cama e indagavam, impacientemente, como ia a dor. Pareciam irritados quando Yossarian lhes dizia que a dor continuava exatamente a mesma.

– Nenhuma mudança ainda? – perguntava o coronel.

Os médicos se entreolhavam quando Yossarian balançava a cabeça.

– Dê-lhe outra pílula.

A enfermeira Duckett anotava mais uma pílula para Yossarian e os quatro se deslocavam para a cama seguinte. Nenhuma das enfermeiras gostava de Yossarian. E, para dizer a verdade, a dor já desaparecera, mas Yossarian nada dizia e os médicos não desconfiavam. O máximo de que suspeitavam é que o organismo de Yossarian já funcionava normalmente e ele nada dizia.

Yossarian tinha tudo o que podia desejar no hospital. A comida não era das piores e as refeições eram-lhe servidas na cama. Havia rações extras de carne fresca e no calor da tarde ele e os outros tomavam sucos de frutas gelados ou milk-shake de chocolate. Além dos médicos e das enfermeiras, ninguém mais o perturbava. Por algum tempo, durante a manhã, ele era obrigado a censurar cartas. Mas depois disso ficava livre para passar o resto do dia deitado na cama, sem fazer nada, de consciência tranquila. O hospital era bastante agradável e não havia dificuldade alguma em permanecer por ali, porque ele sempre estava com uma temperatura de 39 graus. Era uma situação melhor do que a de Dunbar, obrigado a sentir vertigens para conseguir que lhe levassem as refeições na cama.

Depois de decidir passar o resto da guerra no hospital, Yossarian escrevera para todas as pessoas que conhecia, informando que estava no hospital, mas sem revelar o motivo. Um dia, tivera uma ideia melhor. Escreveu a todos que estava de partida para uma missão extremamente perigosa. "Pediram voluntários para a missão. É muito perigosa, mas alguém tem que executá-la. Eu lhe escreverei no instante em que voltar." E, desde então, não mais escrevera para ninguém.

Todos os oficiais pacientes da enfermaria eram obrigados a censurar as cartas escritas pelos praças alojados em suas próprias enfermarias. Era um trabalho monótono, e Yossarian ficara desapontado ao descobrir que as vidas dos praças eram apenas ligeiramente mais interessantes que as vidas dos oficiais. Depois do primeiro dia, ele perdera toda e qualquer curiosidade. Para quebrar a monotonia, passara a inventar jogos. Um dia resolvera decretar a sentença de morte de todas as palavras modificadoras e passara a suprimir todos os advérbios e adjetivos das cartas que passavam por suas mãos. No dia seguinte, declarara guerra aos artigos. Alcançara um plano mais elevado de criatividade no terceiro dia, ao suprimir das cartas tudo o que não fosse artigo. Sentiu que isso criava tensões maiores nas entrelinhas e quase sempre tornava toda e qualquer mensagem mais universal. Logo, ele estava expurgando apenas as partes referentes à saudação e às assinaturas, deixando tudo o mais intacto. Certa vez, riscou tudo de uma carta, à exceção das duas primeiras palavras, "Querida Mary", escrevendo por baixo: "Eu a desejo tragicamente.

A. T. Tappman, Capelão do Exército do Estados Unidos." A. T. Tappman era o nome do capelão do seu grupo.

Ao esgotar todas as possibilidades nas cartas, Yossarian passara a se concentrar nos nomes e endereços dos envelopes, riscando casas e ruas, aniquilando cidades inteiras com um simples movimento do pulso, como se fosse Deus. O Ardil-22 exigia que em cada carta censurada constasse o nome do oficial que a censurara. Yossarian nem chegava a ler a maioria das cartas. Nas que não lia coisa alguma, assinava seu próprio nome. Nas que lia, assinava "Washington Irving". Quando isso também se tornava monótono, ele passara a assinar "Irving Washington". A censura dos envelopes provocou graves repercussões, causando preocupações nos etéreos altos escalões, que mandaram um agente do CID* para a enfermaria, posando de paciente. Todos souberam que ele era um agente do CID, porque, desde o primeiro dia, ele não se cansara de perguntar por um oficial chamado Irving ou Washington e em nenhum momento censurara uma carta sequer. Ele as achava monótonas demais.

Aquela era uma boa enfermaria, a melhor em que Yossarian e Dunbar já haviam se metido. Com eles estava o capitão de 24 anos, piloto de caça, com um bigodinho dourado ralo, que fora derrubado no Adriático em pleno inverno e nem mesmo pegara um resfriado. Agora estavam no auge do verão, o capitão não fora derrubado e assim mesmo dissera que contraíra uma gripe fortíssima. Na cama à direita de Yossarian estava, ainda deitado eroticamente de barriga para baixo, o aturdido capitão com malária no sangue e uma mordida de mosquito no traseiro. Do outro lado, em frente a Yossarian, estava Dunbar. Ao lado de Dunbar estava o capitão de artilharia com quem Yossarian deixara de jogar xadrez. O capitão era um enxadrista e as partidas eram sempre interessantes. Yossarian resolvera então parar de jogar, porque as partidas eram tão interessantes que se tornavam um absurdo. E havia também o culto texano do Texas, que parecia alguém em tecnicolor e que estava patrioticamente convencido de que as pessoas de recursos, as pessoas decentes, deveriam ter direito

*Criminal Investigation Department (Departamento de Investigação Criminal). (*N. do E.*)

a mais votos do que os vagabundos, prostitutas, criminosos, degenerados e indecentes, as pessoas, enfim, sem recursos.

Yossarian estava cortando as cartas num salteado uniforme no dia em que trouxeram o texano. Era outro dia tranquilo, quente, sem nada para perturbar. O calor caía pesadamente sobre o teto, com um ruído abafado. Dunbar estava deitado de barriga para cima, imóvel, os olhos fixos no teto, como os olhos de uma boneca. Dedicava-se a aumentar o seu tempo de vida. Ele o fazia cultivando o tédio. Dunbar se esforçava tanto em aumentar o seu tempo de vida que Yossarian chegou a pensar que ele estava morto. Puseram o texano numa cama no meio da enfermaria e não se passou muito tempo antes que ele começasse a expor suas opiniões. Dunbar sentou-se de um pulo e gritou, agitado:

– Mas é isso mesmo! Alguma coisa estava faltando. Durante todo o tempo eu sabia que estava faltando alguma coisa. E agora eu sei o que é! – Bateu com o punho fechado na palma da mão e acrescentou solenemente: – Não há patriotismo.

– Você tem toda razão – interveio Yossarian. – Você tem razão, tem razão, tem razão. O cachorro-quente. Os Dodgers do Brooklyn. A torta de maçã da mamãe. Todo mundo está lutando por essas coisas. Mas quem está lutando pelas pessoas decentes? Não há patriotismo, eis o problema. E também não há matriotismo.

O subtenente à esquerda de Yossarian não ficou impressionado.

– E quem se importa com essa merda? – indagou ele, a voz cansada, virando-se para o lado a fim de dormir.

O texano mostrou-se afável, generoso e simpático. Em três dias, ninguém mais conseguia suportá-lo.

Ele provocava calafrios de enfado na espinha de cada um e todos fugiam dele, à exceção do soldado de branco, que não tinha alternativa. O soldado de branco estava envolto em gesso e gaze da cabeça aos pés. Possuía duas pernas inúteis e dois braços inúteis. Fora contrabandeado para a enfermaria durante a noite e os homens só souberam de sua presença pela manhã, quando acordaram e viram as duas pernas esquisitas levantadas a partir dos quadris, os dois braços estranhos esticados verticalmente, presos no ar por pesos de chumbo, que nunca saíam do lugar. Costuradas nas bandagens, pelo lado de dentro dos cotovelos, havia aberturas com um fecho, pelas quais ele era alimentado com um fluido transparente, que gotejava de um vidro transparente. Um tubo de zinco se erguia do gesso da virilha e se ligava a uma mangueira fina de borracha, recolhendo os refugos dos rins e despejando tudo, sem perder uma gota sequer, num vidro que estava no chão. Quando o vidro no chão estava cheio, o vidro no alto, alimentando o homem de branco pelo cotovelo, estava vazio. Os dois eram simplesmente trocados rapidamente, a fim de que o líquido pudesse gotejar novamente para dentro do soldado de branco. Tudo o que de fato se podia ver dele era um buraco escuro na altura da boca.

O soldado de branco fora colocado na cama ao lado do texano. Este ficava sentado de lado na sua cama e falava-lhe durante toda a manhã, tarde e noite, com o seu sotaque arrastado e agradável. O texano não se importava de jamais obter uma resposta.

Duas vezes por dia mediam a temperatura dos pacientes da enfermaria. No início da manhã e no fim da tarde, a enfermeira Cramer entrava na enfermaria com uma bandeja cheia de termômetros, seguindo por um lado da enfermaria e voltando pelo outro, entregando um termômetro a cada paciente. Ela enfiava o termômetro no buraco sobre a boca do soldado de branco e deixava-o equilibrado na beirada inferior. Ao voltar para o primeiro leito, recolhia o termômetro com o paciente e anotava a sua temperatura, seguindo então para a cama seguinte, até concluir o circuito da enfermaria. Uma tarde, no segundo circuito, o de recolhimento dos termômetros, ela verificou a temperatura do soldado de branco e descobriu que ele estava morto.

– Assassino – disse Dunbar calmamente.

O texano fitou-o, com um sorriso inquieto.

– Criminoso – disse Yossarian.

– De que vocês estão falando? – indagou o texano, nervoso.

– Você o assassinou – disse Dunbar.

– Você o matou – disse Yossarian.

O texano encolheu-se todo.

– Vocês estão doidos. Nem mesmo o toquei.

– Você o assassinou – repetiu Dunbar.

– Ouvi você matá-lo – disse Yossarian.

– Você o matou porque ele era negro – declarou Dunbar.

– Vocês estão completamente doidos – disse o texano, já começando a gritar. – Não permitem negros aqui. Há um lugar especial só para negros.

– O sargento contrabandeou-o para cá – disse Dunbar.

– Isso mesmo, o sargento comunista – apoiou Yossarian.

– E você sabia disso.

O subtenente à esquerda de Yossarian não ficou nada impressionado com o incidente do soldado de branco. Ele não se impressionava com coisa alguma e nunca falava, a não ser para demonstrar sua irritação.

No dia anterior ao que Yossarian conheceu o capitão, um fogão explodiu no refeitório, incendiando todo um lado da cozinha. Um calor intenso se espalhou pela área. Mesmo na enfermaria de Yossarian, a quase 100 metros de distância, podiam-se ouvir o rugido das chamas e os estalidos da madeira. Uma fumaça alaranjada saía pelas janelas. Os carros de emergência chegaram do aeroporto em 15 minutos, para combater o incêndio. Durante uma meia hora frenética, a sorte da batalha esteve indecisa. E então os bombeiros começaram a levar vantagem. De repente, ouviu-se o zumbido monótono dos bombardeiros voltando de uma missão, e os bombeiros rapidamente enrolaram suas mangueiras e voltaram correndo para o aeroporto. Os aviões aterrissaram em segurança. Assim que o último pousou, os bombeiros voltaram correndo para o hospital, a fim de retomar a luta contra o incêndio. Quando lá chegaram, o fogo já não mais existia. Morrera por sua própria iniciativa, expirara completamente, sem nem mesmo deixar uma única brasa que precisasse ser molhada. Os desapontados bombeiros nada mais tinham a fazer, a não ser tomar um café quente e ficar por ali, tentando agarrar as enfermeiras.

O capelão apareceu no dia seguinte ao incêndio. Yossarian estava ocupado, expurgando das cartas todas as palavras que não fossem românticas, quando o capelão sentou-se numa cadeira entre as camas e perguntou-lhe como estava passando. Ele estava um pouco de lado, e Yossarian podia ver apenas as insígnias de capitão na ponta do colarinho da camisa. Yossarian não tinha a menor ideia de quem ele era e pensou que fosse outro médico ou mais um lunático.

– Ah, eu vou muito bem. Tenho uma pequena dor no fígado e não se pode dizer que eu seja o mais saudável dos homens. Mas, afinal de contas, tenho que admitir que me sinto muito bem.

– Isso é ótimo – disse o capelão.

– É, sim. Também acho.

– Eu pretendia vir até aqui antes, mas realmente não estava passando muito bem.

– O que é uma pena – comentou Yossarian.

– Era apenas um resfriado – acrescentou o capelão rapidamente.

– Pois eu tenho uma febre de 39 graus – disse Yossarian com a mesma rapidez.

– O que é uma pena – disse o capelão.

– Também acho – concordou Yossarian. – É de fato uma pena.

O capelão mostrou-se inquieto por algum tempo, antes de voltar a falar:

– Há alguma coisa que possa fazer por você?

– Não – suspirou Yossarian. – Acho que os médicos estão fazendo tudo o que é humanamente possível.

– Não é isso – murmurou o capelão, corando ligeiramente. – Eu não me estava referindo a isso. Falava em... cigarros... ou livros... ou... jogos...

– Não, muito obrigado. Tenho tudo de que preciso. Menos boa saúde.

– O que é uma pena.

– Tem toda razão. O que é uma pena.

O capelão voltou a se remexer na cadeira, inquieto. Olhou de um lado para o outro algumas vezes, depois para o teto, finalmente para o chão. Respirou fundo e disse:

– O tenente Nately manda-lhe lembranças.

Yossarian lamentou profundamente descobrir que eles tinham um amigo em comum. Afinal de contas, parecia haver algo em comum para conversarem.

– Conhece o tenente Nately?

– Sim, conheço o tenente Nately bastante.

– Ele não é um pouco pirado?

O sorriso do capelão foi constrangido.

– Receio não poder dizê-lo. Não o conheço tão bem assim.

– Pois pode aceitar minha palavra. Ele é dos piores.

O capelão pesou cuidadosamente o silêncio que se seguiu e logo o destruiu com uma pergunta abrupta:

– É o capitão Yossarian, não é?

– Nately teve um mau começo. Veio de uma boa família.

– Por favor, desculpe-me – insistiu o capelão, timidamente. – Posso estar cometendo um grave erro. É o capitão Yossarian, não é?

– Sou – confessou Yossarian. – O capitão Yossarian sou eu.

– Do 256º Esquadrão?

– Do bravo 256º Esquadrão. Não sei se existem outros capitães Yossarians. Pelo que sei, eu sou o único capitão Yossarian que conheço. Mas só pelo que sei.

– Compreendo – murmurou o capelão, com ar infeliz.

– A informação é para o caso de estar pensando em escrever um poema simbólico a respeito do nosso esquadrão.

– Não, não estou pensando em escrever um poema simbólico a respeito do seu esquadrão.

Yossarian ficou bruscamente imóvel ao ver a pequena cruz de prata na gola da camisa do capelão. Estava completamente atônito, pois nunca antes conversara de verdade com um capelão.

– Você é um capelão – murmurou ele, extasiado. – Eu não sabia que era um capelão.

– Ora, sou sim. Não sabia que eu era capelão?

– Ora, não. Não tinha a menor ideia. – Yossarian fitou-o, com o sorriso largo, fascinado. – Eu nunca tinha visto antes um capelão de verdade.

O capelão corou novamente e baixou os olhos para suas mãos. Era um homem esguio, em torno dos 32 anos, de cabelos castanhos e olhos da mesma cor, bastante tímidos. O rosto era estreito e um tanto pálido. Na base de cada face havia marcas inocentes de antigas espinhas. Yossarian sentiu o impulso irresistível de ajudá-lo.

– Posso fazer alguma coisa para ajudá-lo? – tornou a perguntar o capelão.

Yossarian balançou a cabeça, ainda sorrindo.

– Não. Sinto muito. Tenho tudo de que preciso, todo o conforto possível. A dizer a verdade, nem mesmo estou doente.

– Isso é ótimo. – O capelão arrependeu-se no momento em que pronunciou as palavras, levando a mão à boca com uma risadinha alarmada. Mas Yossarian permaneceu calado, desapontando-o. – Há outros homens do grupo que preciso visitar – desculpou-se finalmente o capelão. – Voltarei a visitá-lo, provavelmente amanhã.

– Por favor, volte mesmo – pediu Yossarian.

– Só voltarei se assim o desejar – murmurou o capelão, baixando a cabeça, acanhado. – Já percebi que deixo muitos dos homens pouco à vontade.

Yossarian irradiava uma afeição profunda.

– Pois eu quero que volte. Pode ter certeza de que não me deixa encabulado.

O capelão sorriu agradecido e baixou os olhos para um pedaço de papel que estivera escondendo na mão durante todo o tempo. Contou as camas da enfermaria, mexendo os lábios, depois concentrou sua atenção, hesitante, em Dunbar. E sussurrou:

– Posso perguntar-lhe se aquele é o tenente Dunbar?

– É, sim – respondeu Yossarian, em voz bem alta. – Aquele é o tenente Dunbar.

– Obrigado – sussurrou o capelão. – Muito obrigado. Devo visitá-lo. Tenho de visitar todos os membros do grupo que estão no hospital.

– Mesmo os que estão em outras enfermarias? – indagou Yossarian.

– Mesmo os que estão em outras enfermarias.

– Pois tome cuidado nas outras enfermarias, padre – advertiu Yossarian. – Lá estão os casos mentais. Elas estão repletas de lunáticos.

– Não é necessário chamar-me de padre – explicou o capelão. – Eu sou anabatista.

– Estou falando sério sobre as outras enfermarias – continuou Yossarian, com voz grave. – Nem mesmo os PEs* irão protegê-lo, pois são os mais doidos de todos. Eu o acompanharia pessoalmente, se não tivesse muito medo. A insanidade é contagiosa. Esta é a única enfermaria de sãos de todo o hospital. Todos aqui são loucos, menos nós. E, por falar nisso, provavelmente esta é a única enfermaria de homens sãos do mundo inteiro.

O capelão levantou-se rapidamente e afastou-se da cama de Yossarian. Depois acenou, com um sorriso conciliador, prometendo que teria a devida cautela.

– E agora eu devo visitar o tenente Dunbar. – Mas ainda ficou por ali, como se sentisse remorso de partir tão cedo. Hesitou, mas finalmente perguntou: – Como é o tenente Dunbar?

– Da melhor cepa que existe – assegurou Yossarian. – Um verdadeiro príncipe. O melhor e o menos dedicado homem do mundo.

– Não era a isso que eu estava me referindo – disse o capelão, voltando a sussurrar. – Ele é um homem muito doente?

– Não, ele não está muito doente. Na verdade, nem mesmo está doente.

– Isso é ótimo. – O capelão suspirou de alívio.

Depois da visita do capelão, Dunbar disse:

– Um capelão! Onde já se viu uma coisa dessas? Um capelão!

– Ele não foi maravilhoso? – comentou Yossarian. – Talvez eles devessem lhe dar três votos?

– Quem são eles? – perguntou Dunbar, desconfiado.

Numa cama na extremidade da enfermaria, sempre trabalhando incessantemente por trás de um biombo verde, ficava o austero coronel de meia-idade, visitado diariamente por uma mulher de rosto gentil e cabelos louros encaracolados, que não era enfermeira, não era Wac** e não era da Cruz Vermelha, mas mesmo assim aparecia todas as tardes no hospital de Pianosa, usando vestidos de verão le-

*PE – Designação por iniciais de Polícia do Exército (*N. do E.*)

**Women's Army Corps – unidade feminina do Exército norte-americano criada durante a Segunda Guerra Mundial. (*N. do E.*)

ves e elegantes e sapatos de saltos altos, com meias de náilon. O coronel era de comunicações, e estava ocupado dia e noite a transmitir mensagens viscosas do seu interior para chumaços de gaze, que dobrava meticulosamente e colocava em um balde branco com tampa, em cima da mesinha ao lado de sua cama. O coronel era deslumbrante. Possuía uma boca encovada, faces encovadas e olhos encovados. O rosto era da cor de prata fosca. Tossia sem muito estardalhaço, quase delicadamente, passando os chumaços de gaze pelos lábios, com uma aversão que já se tornara automática.

O coronel era o centro de um turbilhão de especialistas, que ainda estavam se especializando em tentar determinar o que ele tinha. Concentravam luzes nos olhos dele para ver se ele podia ver, enfiavam agulhas em seus nervos para sentir se ele podia sentir. Havia um urologista para cuidar de sua urina, um linfologista para a sua linfa, um endocrinologista para as suas glândulas, um psicólogo para sua psique, um dermatologista para a sua pele. E havia também um patologista e um cistologista, além de um calvo e pedante especialista em baleias do Departamento de Zoologia de Harvard, que fora implacavelmente transferido para o Corpo Médico do Exército por uma válvula defeituosa de uma máquina IBM, passando as suas horas de visita ao coronel moribundo tentando discutir *Moby Dick* com ele.

O coronel fora realmente examinado a fundo. Não havia um só órgão de seu corpo que não tivesse sido drogado e derrogado, impregnado e purificado, apalpado e fotografado, removido, cortado, substituído. Impecável, esguia e ereta, a mulher tocava-o constantemente ao sentar-se ao lado da cama. Ela era a própria imagem da dor solene a cada vez que sorria. O coronel era alto, magro e encurvado. Quando ele se levantava para andar, podia-se ver que estava cada vez mais encurvado para a frente. Arrastava os pés cuidadosamente, apenas alguns centímetros de cada vez. Havia manchas violeta por baixo dos seus olhos. A mulher falava delicadamente, ainda mais delicadamente do que o coronel tossia. Nenhum dos homens da enfermaria jamais conseguira ouvir sua voz.

Em menos de dez dias, o texano conseguiu esvaziar a enfermaria. O capitão de artilharia foi o primeiro a ceder, e o êxodo começou.

Dunbar, Yossarian e o capitão de caça debandaram na mesma manhã. Dunbar deixou de sentir vertigens e o capitão de caça simplesmente assoou o nariz. Yossarian disse aos médicos que a dor em seu fígado desaparecera. Não foi preciso mais do que isso. Nem mesmo o subtenente aguentou. Em menos de dez dias o texano conseguiu levar todos os que estavam na enfermaria de volta ao serviço... à exceção do agente do CID, que pegara o resfriado do capitão de caça e acabara com uma pneumonia.

2
Clevinger

De certa forma, o agente do CID até que teve muita sorte, pois fora do hospital a guerra ainda continuava. Os homens enlouqueciam e eram recompensados com medalhas. No mundo inteiro, jovens estavam sacrificando suas vidas pelo seu país, como lhes disseram. E ninguém parecia importar-se com isso, muito menos os jovens que estavam arriscando suas jovens vidas. Não havia qualquer fim à vista. O único fim à vista era o de Yossarian, e ele poderia ter permanecido no hospital até o dia do juízo final, se não fosse pelo patriótico texano, com seu queixo infundibuliforme, a cabeça cheia de protuberâncias, o sorriso indestrutível eternamente pregado em seu rosto. O texano queria que todos na enfermaria fossem felizes, menos Yossarian e Dunbar. Era realmente um homem muito doente.

Mas Yossarian não podia ser feliz, mesmo que o texano assim o desejasse, porque fora do hospital ainda não estava acontecendo nada de divertido. A única coisa que estava acontecendo lá fora era uma guerra e ninguém parecia estar percebendo isso, a não ser Yossarian e Dunbar. E quando Yossarian tentava chamar a atenção das pessoas para o fato, elas se afastavam dele, julgando-o louco. Mesmo Clevinger, que devia ser mais esperto mas não era, dissera-lhe que ele estava louco na última vez em que haviam se encontrado, pouco antes de Yossarian ter fugido para o hospital.

Clevinger fitara-o com uma raiva e uma indignação apopléticas, agarrando a mesa com as duas mãos, e gritara:

– Você está doido!

– Clevinger, o que você deseja das pessoas? – perguntara Dunbar, cansado, berrando acima do vozerio do clube dos oficiais.

– Não estou brincando! – insistira Clevinger.

– Eles estão tentando me matar – dissera-lhe Yossarian, calmamente.

– Ninguém está tentando matar você – gritara Clevinger.

– Então, por que eles estão atirando em mim?

– Eles estão atirando em todo mundo! Eles estão tentando matar todo mundo!

– E que diferença isso faz?

Clevinger já estava se levantando da cadeira, de emoção, os olhos úmidos, os lábios trêmulos, extremamente pálido. Como sempre acontecia quando discutia sobre os princípios em que acreditava com fervor, Clevinger inevitavelmente terminaria ofegando de forma furiosa, contendo as lágrimas amargas de convicção. Havia muitos princípios em que Clevinger acreditava fervorosamente. Ele era doido.

– E quem são eles? – perguntara ele. – Quem, especificamente, você acha que está tentando assassinar você?

– Cada um deles – explicara Yossarian.

– Cada um de quem?

– Cada um de quem você acha?

– Não tenho a menor ideia.

– Então como é que pode saber que eles não estão tentando me matar?

– Porque... – Clevinger gaguejara e terminara sem fala, de frustração.

Ele realmente pensava que estava certo. Mas Yossarian tinha provas, porque estranhos que ele não conhecia alvejavam-no com canhões toda vez que levantava voo para jogar bombas em cima deles. Não era nada engraçado. E se isso não era engraçado, havia outras coisas que eram ainda menos engraçadas. Não havia nada engraçado em viver como um vagabundo numa barraca em Pianosa, entre montanhas imensas atrás e um plácido mar azul à frente, um mar que podia tragar uma pessoa com cãibra num piscar de olhos e devolvê-la à praia três dias depois, tudo resolvido, inchada, roxa e putrescente, a água escorrendo pelas narinas.

A barraca em que Yossarian vivia ficava junto à vegetação rala e de cor mortiça que separava o seu esquadrão do de Dunbar. Logo ao lado ficava o fosso da ferrovia abandonada por onde corria o cano que levava a gasolina de aviação até os caminhões-tanques do aeroporto. Graças a Orr, o colega de barraca, a de Yossarian era a mais luxuosa de todo o esquadrão. Cada vez que voltava de umas férias no hospital ou de uma licença em Roma, Yossarian ficava surpreso ao encontrar algum novo conforto que Orr instalara na barraca em sua ausência – água corrente, lareira, chão de cimento. Yossarian é que escolhera o local, e ele e Orr haviam erguido juntos a barraca. Orr, que era um pigmeu sorridente com cabelos castanhos espessos e ondulados, repartidos no meio, fornecia todo o conhecimento; enquanto Yossarian, que era mais alto, mais forte, mais corpulento e mais rápido, encarregava-se da maior parte do trabalho. Somente eles dois moravam ali, embora a barraca fosse grande o suficiente para seis pessoas. No verão, Orr enrolava as partes laterais da barraca, para deixar que uma brisa que nunca soprava arejasse o interior.

Imediatamente ao lado ficava a barraca de Havermeyer, que gostava de amendoim torrado e vivia sozinho numa barraca para duas pessoas. Todas as noites ele atirava em pequenos ratos do campo com imensas balas de 45 que roubara do homem que morrera na barraca de Yossarian. Depois de Havermeyer ficava a barraca que McWatt não mais compartilhava com Clevinger, que ainda não voltara quando Yossarian saíra do hospital. McWatt agora compartilhava a sua barraca com Nately, que estava em Roma, cortejando a rameira sonolenta por quem ele se apaixonara perdidamente. Ela vivia entediada do seu trabalho e também de Nately. McWatt era doido. Era piloto e voava no seu avião o mais baixo que se atrevia, passando rasante por cima da barraca de Yossarian sempre que podia, só para ver se conseguia assustá-lo. Ele adorava também passar rasante de avião por cima do flutuante de madeira com tambores de gasolina vazios por baixo, além da arrebentação da praia branca e imaculada, onde os homens costumavam nadar inteiramente nus. Não era fácil compartilhar uma barraca com um homem doido, mas Nately parecia não se importar. Afinal, ele também era doido e gastara todos os seus dias de folga trabalhando no clube dos oficiais, que Yossarian não ajudara a construir.

Na verdade, já existiam muitos clubes de oficiais que Yossarian não ajudara a construir. Mas, entre todos, o de que ele mais se orgulhava era o de Pianosa. Era um monumento vigoroso e complexo à sua capacidade de determinação. Yossarian nunca fora até lá ajudar até que terminasse a construção. Depois, passara a visitá-lo com frequência, satisfeito com a construção, grande, irregular. Era de fato uma esplêndida estrutura. Toda vez que contemplava o clube dos oficiais, Yossarian sentia-se dominado por um senso de realização, refletindo que não contribuíra de modo algum para o trabalho empenhado na construção.

Eram quatro sentados a uma mesa do clube dos oficiais na última vez em que ele e Clevinger chamaram um ao outro de doidos. Estavam sentados nos fundos, perto da mesa de dados, na qual Appleby sempre dava um jeito de ganhar. Appleby era tão bom em jogar dados quanto o era em jogar pingue-pongue. E era tão bom em jogar pingue-pongue quanto o era em tudo o mais. Appleby fazia bem tudo em que se metia. Era um garoto de cabelos louros do Iowa que acreditava em Deus, no matriarcado e no *American Way of Life*, sem ter nunca parado para pensar em nenhuma dessas coisas. Quem o conhecia sempre gostava dele.

– Detesto aquele filho da puta – resmungara Yossarian.

A discussão com Clevinger começara alguns minutos antes, quando Yossarian se mostrara incapaz de encontrar uma metralhadora. Era uma noite movimentada. A mesa de dados estava ocupada, o bar estava ocupado, a mesa de pingue-pongue estava ocupada. As pessoas que Yossarian queria metralhar estavam ocupadas no bar, cantando velhas e populares canções sentimentais, de que ninguém mais, além dele, parecia se cansar. Em vez de metralhá-las, Yossarian pisara com o calcanhar na bola de pingue-pongue que resvalara na raquete de um dos dois oficiais que estavam jogando e rolara na direção dele.

– Esse Yossarian... – Os dois oficiais haviam rido, balançando a cabeça e apanhado outra bola na caixa em cima da prateleira.

– Esse Yossarian... – respondera-lhes Yossarian.

– Yossarian – sussurrara Nately, cautelosamente.

– Estão compreendendo agora o que eu disse? – falara Clevinger.

Os oficiais tinham rido novamente, ao ouvirem Yossarian arremedá-los.

– Esse Yossarian... – disseram eles, ainda mais alto.

– Esse Yossarian... – ecoara Yossarian.

– Yossarian, por favor – suplicara Nately.

– Estão vendo? – insistira Clevinger. – Ele é capaz de agressões antissociais.

– Ora, cale-se! – dissera Dunbar a Clevinger. Dunbar gostava de Clevinger porque Clevinger o chateava e fazia o tempo passar mais devagar.

– Appleby nem mesmo está aqui – declarara Clevinger, triunfante, para Yossarian.

– Quem é que disse alguma coisa a respeito de Appleby? – indagara Yossarian.

– O coronel Cathcart também não está aqui.

– E quem disse alguma coisa a respeito do coronel Cathcart?

– Então quem é o filho da puta que você detesta?

– Quem é o filho da puta que está aqui?

– Não vou discutir com você – decidira Clevinger. – Você nem mesmo sabe quem odeia.

– Odeio quem está tentando me envenenar – dissera-lhe Yossarian.

– Ninguém está tentando envenená-lo.

– Eles puseram veneno na minha comida duas vezes, não é mesmo? Puseram veneno na minha comida em Ferrara e durante o grande cerco de Bolonha.

– Eles puseram veneno na comida *de todo mundo* – explicara Clevinger.

– E que diferença *isso* faz?

– E nem mesmo era veneno! – gritara Clevinger, veementemente, cada vez mais incisivo, à medida que se tornava mais confuso.

Yossarian explicara a Clevinger, com um sorriso paciente, que, desde que se podia lembrar, havia alguém conspirando para matá-lo. Havia pessoas que gostavam dele e pessoas que não gostavam, odiavam-no e estavam a fim de liquidá-lo. Odiavam-no porque ele era assírio. Mas não poderiam lhe fazer mal algum, dissera Yossarian a Clevinger, porque ele tinha a mente sã num corpo são e era tão forte quanto um touro. Não podiam lhe fazer mal porque ele era Tarzan, Mandrake, Flash Gordon. Era Bill Shakespeare. Era Caim, Ulisses, o Holandês Voador. Era Lot em Sodoma, Deirdre das Dores, um rouxinol a cantar nas árvores. Era o milagroso ingrediente Z-247. Era...

– Doido! – interrompera-o Clevinger, com voz estridente. – É isso o que você é! Doido!

– ...imenso. Sou um verdadeiro fenômeno, um macho honrado, sincero, forte e corajoso. Sou um autêntico supra-homem.

– Super-homem? – gritara Clevinger. – Super-homem?

– Supra-homem – corrigira-o Yossarian.

– Acabem com isso – suplicara Nately, constrangido. – Todos estão olhando para nós.

– Você está doido! – gritara Clevinger, mais veemente ainda, os olhos marejados de lágrimas. – Você tem um complexo de Jeová.

– Acho que todo mundo é Nataniel.

Clevinger parara no meio da sua declamação, desconfiado.

– Quem é Nataniel?

– Que Nataniel? – indagara Yossarian, com um ar inocente.

Clevinger saíra muito bem da armadilha.

– Você pensa que todo mundo é Jeová. Não é melhor do que Raskolnikov...

– Quem?

– ...isso mesmo, Raskolnikov, que...

– Raskolnikov!

– ...que... falo sério... que achou que podia se justificar por ter matado uma velha...

– Não sou melhor do que quem?

– ...mesmo, justificar-se... com um machado! E eu posso prová-lo!

Resfolegando furiosamente, sorvendo ar, Clevinger descrevera os sintomas de Yossarian: uma crença irracional de que todos ao seu redor estavam doidos, um impulso homicida de metralhar estranhos, falsificação retrospectiva, uma suspeita infundada de que as pessoas o odiavam e estavam conspirando para matá-lo.

Mas Yossarian sabia que tinha razão. Porque, como explicara a Clevinger, ao que soubesse, ele nunca estivera errado. Por toda parte que ele olhava, a loucura era absoluta e a sua atitude era a única coisa que um jovem cavalheiro de sensibilidade poderia fazer para manter um senso de perspectiva em meio a tanta insanidade. E ele precisava agir com urgência, pois sabia que sua vida estava em perigo.

Ao sair do hospital, Yossarian olhou cautelosamente para todo mundo que encontrou. Milo também estava fora, em Smirna, para a colheita de figos. O refeitório funcionava perfeitamente na ausência de Milo. Yossarian reagira vorazmente ao suculento aroma do carneiro bem temperado quando ainda estava na cabine da ambulância, sacolejando pela estrada tortuosa e esburacada entre o hospital e o acampamento do esquadrão. Havia *shish-kabob* para o almoço, imensos e saborosos nacos de carne chiando como o diabo sobre o carvão de lenha, depois de marinados por 72 horas num molho secreto, cuja fórmula Milo roubara de um comerciante trapaceiro do Levante. O acompanhamento era arroz iraniano e pontas de aspargo parmesão. A sobremesa era torta de cerejas, seguida por café fresco, com Benedictine e conhaque. O almoço foi servido em imensas travessas, colocadas nas mesas cobertas por toalhas adamascadas por eficientes garçons italianos que o major de Coverley raptara no continente e dera de presente a Milo.

Yossarian empanturrou-se no refeitório até pensar que ia estourar, caindo em seguida num estupor satisfeito, a boca saboreando os suculentos resíduos. Nenhum dos oficiais do esquadrão jamais comera tão bem como comia regularmente no refeitório de Milo. Por um momento, Yossarian chegou a pensar se tudo aquilo não valia a pena. Mas depois arrotou e lembrou que eles estavam tentando matá-lo. Saiu correndo do refeitório e continuou a correr à procura de Doc Daneeka, para que ele lhe desse baixa e o mandasse de volta para casa. Encontrou Doc Daneeka tomando sol, sentado num banco alto, diante da sua barraca.

– Cinquenta missões – disse-lhe Doc Daneeka, balançando a cabeça. – O coronel quer 50 missões.

– Mas eu só tenho 44!

Doc Daneeka mostrou-se inabalável. Era um homem triste, de rosto afunilado, as feições formando ângulos agudos.

– Cinquenta missões – repetiu ele, sempre balançando a cabeça. – O coronel quer 50 missões.

3
Havermeyer

Ninguém estava por perto quando Yossarian voltou do hospital, a não ser Orr e o homem morto na barraca de Yossarian. O homem morto na barraca de Yossarian era um terrível incômodo e Yossarian não gostava dele, embora jamais o tivesse visto. Ficava tão irritado por tê-lo deitado ali o dia inteiro que, por várias vezes, fora à sala de comando do esquadrão para queixar-se ao sargento Towser, que se recusava a admitir que o homem morto sequer existisse. O que, é claro, não mais acontecia. Era ainda mais frustrante tentar apelar para o major Major, o alto e magro comandante do esquadrão, que se parecia um pouco com Henry Fonda amargurado e tinha a mania de pular pela janela da sua sala toda vez que Yossarian conseguia passar pelo sargento Towser e ia falar-lhe sobre o homem morto. Não era nada fácil conviver com o homem morto na barraca de Yossarian. Ele perturbava até mesmo a Orr, com quem também não era fácil conviver e que, no dia em que Yossarian voltou do hospital, estava tentando consertar a torneira que levava gasolina à estufa que começara a construir enquanto Yossarian estava ausente.

– O que você está fazendo? – perguntou Yossarian, cautelosamente, ao entrar na barraca, embora tivesse visto no mesmo instante o que Orr estava fazendo.

– Há um vazamento aqui. Estou tentando consertar.

– Pare com isso, por favor. Está me deixando nervoso.

– Quando eu era pequeno, costumava passar o dia inteiro com duas pequenas maçãs silvestres nas bochechas. Uma em cada bochecha.

Yossarian largou a valise da qual começara a remover os seus artigos de toalete e preparou-se, desconfiado. Um minuto se passou. Finalmente, foi forçado a perguntar:

– Por quê?

Orr soltou uma risadinha, triunfante.

– Porque essas maçãs eram melhores do que castanhas.

Orr estava ajoelhado no chão da barraca. Trabalhava sem parar, desmontando a torneira, espalhando com cuidado as pequenas peças, contando-as e depois estudando cada uma interminavelmente, como se nunca tivesse visto antes nada que fosse nem de longe parecido. Depois, montava novamente a torneira. E repetia o processo, desmontando e montando, vezes sem conta, sem jamais perder a paciência ou o interesse, sem demonstrar fadiga, sem o menor indício de que poderia concluir o conserto. Yossarian ficou observando-o por um momento e logo teve certeza de que teria um impulso incontrolável de assassinar Orr a sangue-frio, caso ele não parasse com aquilo. Os olhos de Yossarian deslocaram-se para a faca de caça que o homem morto cravara na base do mosquiteiro no dia da sua chegada. A faca estava perto do coldre de couro vazio do homem morto, do qual Havermeyer roubara o revólver. Orr recomeçou a falar:

– Quando eu não conseguia encontrar maçãs pequenas, usava mesmo castanhas. As castanhas são mais ou menos do mesmo tamanho que as maçãs silvestres e têm até um formato melhor. Mas o formato não tem a menor importância.

– Por que você vivia com as maçãs silvestres nas bochechas? – perguntou Yossarian novamente. – Foi isso o que perguntei.

– Porque elas têm um formato melhor do que as castanhas. Acabei de lhe dizer.

Yossarian balançou a cabeça ao perguntar:

– E por que você, seu filho da puta de olhar diabólico, aptidão mecânica e sem pai nem mãe, tinha que andar com alguma coisa nas bochechas?

– Eu não andava com *alguma coisa* nas bochechas. Andava com pequenas maçãs silvestres. Quando eu não conseguia encontrá-las, usava castanhas. Nas bochechas.

Orr soltou uma risadinha. Yossarian tomou a decisão de ficar calado, e foi o que fez. Orr esperou. Yossarian esperou mais ainda.

– Uma em cada bochecha – disse Orr finalmente.

– Por quê?

Orr aproveitou a oportunidade.

– Por que o quê?

Yossarian balançou a cabeça, sorrindo, e recusou-se a dizer.

– Há uma coisa engraçada com esta torneira – ponderou Orr, em voz alta.

– Por quê? – indagou Yossarian.

– Porque eu queria...

Yossarian compreendeu.

– Deus do céu! Por que você queria...

– ...maçãs do rosto.

– ...maçãs do rosto? – perguntou Yossarian.

– Eu queria ter maçãs no rosto – repetiu Orr. – Ainda muito pequeno, eu já queria ter maçãs no rosto algum dia. E decidi me esforçar a fundo, até consegui-las. E, por Deus!, esforcei-me ao máximo até consegui-las. E foi assim que eu consegui, passando os dias inteiros com pequenas maçãs silvestres nas bochechas. – Soltou uma risadinha e acrescentou: – Uma em cada bochecha.

– E por que você queria ter maçãs do rosto?

– Eu não queria ter maçãs do rosto – explicou Orr. – Queria ter bochechas grandes. Não me importava muito com a cor, mas queria que fossem grandes. E me esforcei ao máximo para isso, como um desses garotos malucos de que a gente ouve falar e que passam o dia inteiro a apertar bolas de borracha, só para fortalecer as mãos. Aliás, eu era um desses garotos malucos. Também passava o dia inteiro com bolas de borracha nas mãos.

– Por quê?

– Por que o quê?

– Por que você passava o dia inteiro com bolas de borracha nas mãos?

– Porque bolas de borracha...

– ...são melhores do que maçãs silvestres?

Orr riu novamente e balançou a cabeça.

– Eu fazia isso para resguardar a minha boa reputação, no caso de alguém me surpreender com as pequenas maçãs nas bochechas. Com as bolas de borracha nas mãos, eu podia negar que houvesse maçãs em minhas bochechas. Sempre que alguém me perguntava por que eu estava com maçãs silvestres nas bochechas, bastava eu abrir as mãos e mostrar que a minha mania eram bolas de borracha e não maçãs silvestres. E que andava com elas nas mãos e não nas bochechas. Era uma boa história. Mas eu nunca soube se acreditaram nela, porque é muito difícil fazer as pessoas compreenderem o que a gente está dizendo, quando se fala com duas pequenas maçãs silvestres nas bochechas.

Yossarian estava achando muito difícil compreender naquele momento e se perguntou se Orr não estaria novamente falando com a ponta da língua encostada numa das maçãs do rosto.

Yossarian decidiu não dizer mais nada. Conhecia Orr e sabia que não havia a menor possibilidade de arrancar-lhe a explicação para querer ter bochechas grandes. Não adiantaria coisa alguma perguntar-lhe, como não adiantara perguntar por que aquela prostituta ficara batendo em sua cabeça com um sapato, numa manhã em Roma, no hall lotado, diante da porta aberta do quarto da irmã caçula da prostituta de Nately. A garota que batera em Orr era alta, corpo largo, cabelos compridos, veias azuladas convergindo em quantidade por baixo da pele azeitonada para o ponto em que a carne era mais tenra. Ela não parava de xingar e gritar, pulando sem parar, com os pés descalços, para acertar no alto da cabeça de Orr com o salto pontudo do sapato. Os dois estavam nus e faziam tamanha algazarra que todos saíram dos quartos para assistir à cena, um casal na porta de cada quarto, todo mundo nu, exceto a velha de avental e suéter que cacarejava reprovadoramente e o velho devasso que ria sem parar, achando a maior graça no acontecimento. A garota gania e Orr ria. Cada vez que ela acertava com o salto do sapato na cabeça dele, Orr ria ainda mais alto, enfurecendo-a ainda mais e levando-a a saltar ainda mais alto para acertar melhor no cocuruto dele, os seios maravilhosamente cheios agitando-se como bandeirolas agitadas por um vento forte, as nádegas e as coxas roliças sacudindo-se para um lado e outro. Ela gania e Orr ria, até o momento em que ela ganiu mais alto e acertou-lhe um golpe firme na têmpora, mandando-o direto para o hospital numa maca, com um buraco na cabeça que não era muito profundo e uma concussão ligeira que o deixara fora de combate por apenas 12 dias.

Ninguém conseguiu descobrir o que acontecera, nem mesmo o velho devasso e a velha que cacarejava, os quais estavam em condições de descobrir tudo o que acontecia naquele vasto bordel, com seus quartos incontáveis nos dois lados dos corredores estreitos que saíam em direções opostas da espaçosa sala de estar, com janelas cobertas por cortinas e uma lâmpada solitária. Depois disso, toda vez que a garota se encontrava com Orr ia logo levantando a saia por cima da calcinha branca apertada e escarnecia grosseiramente, insultando-o com desprezo e em seguida explodindo numa gargalhada, ao vê-lo soltar uma risadinha constrangida e se refugiar atrás de Yossarian. E ainda era um segredo o que quer que ele fizera, tentara fazer ou deixara de fazer por trás da porta fechada do quarto da irmã caçula da prostituta de Nately. A garota jamais contara à prostituta de Nately nem a nenhuma das outras ou a Nately ou a Yossarian. Orr poderia contar, mas Yossarian decidira não dizer mais nenhuma palavra.

– Você quer saber por que eu queria ter bochechas grandes? – perguntou Orr.

Yossarian continuou calado.

– Lembra-se daquela vez em Roma em que aquela garota que não pôde suportar você começou a bater na minha cabeça com o salto do sapato? Quer saber por que ela estava me batendo?

Continuava a ser impossível imaginar o que ele poderia ter feito para deixá-la furiosa a ponto de martelar-lhe a cabeça durante 15 ou 20 minutos seguidos, mas não furiosa o bastante para puxá-lo pelos tornozelos e arrancar-lhe os miolos. Ela poderia tê-lo feito, pois era alta o bastante para isso, enquanto Orr era bem baixo. Orr tinha dentes salientes e olhos esbugalhados, combinando com as bochechas grandes. Era ainda menor que o jovem Huple, que vivia no lado errado dos trilhos do acampamento, numa barraca na área da Administração, onde Hungry (Faminto) Joe todas as noites ficava gritando durante o sono.

A área da Administração em que Hungry Joe armara a sua barraca por engano ficava bem no centro do acampamento do esquadrão, entre o fosso com seus trilhos enferrujados e a estrada de um preto betuminoso. Os homens poderiam pegar as garotas que passavam por aquela estrada, se prometessem levá-las para onde estavam querendo ir. Eram moças rechonchudas, do tipo doméstico, sorridentes, com dentes faltando, as quais eles podiam levar para fora da estrada e deitar no meio do mato. Era o que Yossarian fazia sempre que podia, não com tanta frequência quanto Hungry Joe, que podia arrumar um jipe mas não podia dirigir, e lhe implorava para fazê-lo. As barracas dos soldados e graduados ficavam do outro lado da estrada, junto ao cinema ao ar livre, no qual, para o divertimento dos moribundos, exércitos ignorantes se enfrentavam todas as noites na tela portátil. E para o qual, naquela mesma tarde, chegou outra trupe de artistas do USO.*

As trupes do USO eram enviadas pelo general P. P. Peckem, que transferira seu quartel-general para Roma e não tinha outra coisa melhor a fazer, enquanto conspirava contra o general Dreedle.

---

*USO é a abreviação de United Service Organizations, uma organização privada, sem fins lucrativos, que dá apoio às tropas norte-americanas por meio de atividades recreativas em mais de 140 centros em todo o mundo. (*N. do E.*)

O general Peckem era um general que dava a maior importância a que as coisas fossem impecavelmente arrumadas. Era um general ativo, suave e muito preciso, que sabia qual era a circunstância do Equador e sempre escrevia "amplificado" quando queria dizer "aumentado". Ele era, em suma, um chato. E ninguém sabia disso melhor do que o general Dreedle, que ficara furioso com a diretiva recente do general Peckem, exigindo que todas as barracas do teatro de operações do Mediterrâneo fossem armadas em linhas paralelas, com as entradas na direção do Monumento a Washington, em orgulho patriótico. Para o general Dreedle, que comandava uma unidade de combate, isso parecia apenas besteira. Além do mais, não era da conta do general Peckem a maneira pela qual as barracas estavam sendo armadas no acampamento do general Dreedle. Seguira-se uma acalorada discussão sobre as respectivas jurisdições entre esses dois senhores da guerra, decidida a favor do general Dreedle pelo ex-PFC* Wintergreen, responsável pela correspondência no quartel-general da 27ª Força Aérea. Wintergreen decidiu a sorte da batalha mediante o simples expediente de jogar todas as mensagens do general Peckem na cesta do lixo. Ele as achava confusas demais. As opiniões do general Dreedle, expressas num estilo literário menos pretensioso, agradavam mais ao ex-PFC Wintergreen, que assim as transmitia, em zelosa observância aos regulamentos. O general Dreedle terminou vitorioso por desistência.

Para recuperar a posição que perdera, o general Peckem passara a enviar a Pianosa mais trupes do USO do que antes, atribuindo ao próprio coronel Cargill a responsabilidade de promover o entusiasmo das tropas pelas representações.

Mas não havia o menor entusiasmo no grupo de Yossarian. No grupo de Yossarian havia apenas um número crescente de graduados e oficiais que, solenemente, iam procurar o sargento Towser várias vezes por dia, para saber se já tinham chegado as ordens de mandá-los de volta para casa. Eram homens que haviam realizado as suas 50 missões. Eram mais numerosos agora do que antes de Yossarian ir para o hospital. E continuavam esperando. Preocupa-

---

**Private First Class* – Soldado de primeira classe. *(N. do T.)*

vam-se com a demora e roíam as unhas. Eram extremamente grotescos, como jovens sem ter o que fazer em meio a uma depressão. Andavam de lado, como caranguejos. Esperavam pelas ordens de baixa que deveriam vir do quartel-general da 27ª Força Aérea, sediada na Itália. E, enquanto esperavam, nada mais tinham a fazer senão ficar preocupados com a demora e roer as unhas, indo solenemente procurar o sargento Towser várias vezes por dia, para perguntar se as ordens já haviam chegado.

Estavam numa corrida contra o tempo e sabiam disso, pois não desconheciam, por amarga experiência, que o coronel Cathcart poderia novamente, a qualquer momento, aumentar o número de missões. Mas não tinham nada melhor a fazer do que esperar. Somente Hungry Joe tinha algo melhor a fazer toda vez que concluía suas missões. Ele tinha pesadelos em que gritava e ganhava brigas a soco com o gato de Huple. Ele levava sua máquina fotográfica para a primeira fila de cada espetáculo patrocinado pelo USO e tentava tirar fotografias, de baixo para cima, do vestido muito apertado, parecendo sempre prestes a se romper, da cantora loura. Só que as fotografias nunca saíam.

O coronel Cargill, o chamado pau para toda obra do general Peckem, era um homem vigoroso e eternamente corado. Antes da guerra, ele fora um executivo de marketing, agressivo, esperto, implacável. Aliás, era um péssimo executivo de marketing. O coronel Cargill era um executivo de marketing tão ruim que seus serviços eram bastante procurados pelas empresas que estavam querendo sofrer prejuízo para pagar menos impostos. Por todo o mundo civilizado, de Battery Park a Fulton Street, ele era conhecido como um homem em quem se podia confiar quando se queria ter um prejuízo qualquer para enganar o fisco. Ele cobrava alto, pois o fracasso não é lá muito fácil. Tinha que começar de cima e abrir seu caminho para baixo, arduamente. Contando com bons amigos em Washington, não era lá muito fácil perder dinheiro. Era preciso meses de trabalho estafante e um meticuloso planejamento errado. Uma pessoa tinha que se esforçar ao máximo, errando tudo, esquecendo itens essenciais. E quando parecia que o prejuízo era inevitável, lá vinha o governo para estragar tudo, entregando a concessão para a exploração de um lago, de uma floresta, de um poço de petróleo. Mesmo com tais desvantagens, o coronel Cargill tinha o mais próspero empreendimento do gênero. Era o chamado *self-made man*, que não devia a ninguém a sua falta de sucesso.

– Homens... – começou a falar o coronel Cargill ao esquadrão de Yossarian, medindo cuidadosamente suas pausas. – Vocês são oficiais americanos. Os oficiais de nenhum outro exército do mundo podem fazer tal declaração. Pensem nisso.

O sargento Knight pensou nisso e depois informou polidamente ao coronel Cargill que ele estava falando aos graduados e que os oficiais estavam à espera do outro lado do acampamento. O coronel Cargill agradeceu-lhe friamente e exultou de autossatisfação ao atravessar o acampamento. Sentia-se orgulhoso ao constatar que 29 meses de serviço não haviam prejudicado o seu gênio.

– Homens... – começou ele a falar para os oficiais, medindo suas pausas cuidadosamente. – Vocês são oficiais americanos. Os oficiais de nenhum outro exército do mundo podem fazer tal declaração. Pensem nisso.

Ele esperou por um momento, para que todos pudessem pensar. Depois, subitamente, berrou:

– Essas pessoas são seus hóspedes! Viajaram por mais de 5 mil quilômetros só para vir até aqui entretê-los. Como irão se sentir se ninguém for assistir a elas? O que poderá acontecer ao moral delas? Homens, não estou inventando: a moça que quer tocar acordeão para vocês hoje já tem idade suficiente para ser mãe. Como vocês iriam se sentir se sua própria mãe viajasse 5 mil quilômetros para tocar acordeão para algumas tropas que não desejassem ouvi-la? Como é que o garoto cuja mãe já tem idade suficiente para tocar acordeão vai se sentir quando crescer e souber que ninguém quis ouvi-la? Nós todos sabemos a resposta. Mas quero que vocês, homens, não me entendam mal. A missão é apenas para voluntários, é claro. Eu seria o último coronel do mundo a ordenar-lhes que fossem assistir ao espetáculo do USO e se divertissem. Mas quero que cada um que não esteja doente o bastante para estar no hospital vá agora mesmo assistir ao espetáculo e se divirta. *E isso é uma ordem!*

Yossarian sentiu-se quase doente o bastante para voltar para o hospital. E se sentiu mais doente ainda três missões de combate depois, quando Doc Daneeka continuou a balançar sua cabeça triste e recusou-se a apoiá-lo.

– Você acha que tem problemas? – censurou-o Doc Daneeka, magoado. – E eu? Vivi de amendoim durante oito anos, enquanto estudava medicina. Depois passei a comer galinha frita servida em meu próprio consultório, enquanto construía uma clínica decente para poder ao menos pagar as despesas. E então, quando o negócio estava começando a dar lucros, eles me convocaram. Comparado comigo, você não tem nada do que se queixar.

Doc Daneeka era amigo de Yossarian e não faria nada que estivesse a seu alcance para ajudá-lo. Yossarian ficou ouvindo atentamente Doc Daneeka dissertar a respeito do coronel Cathcart, que queria ser general, e do general Dreedle e sua enfermeira, e de todos os outros generais do quartel-general da 27ª Força Aérea, que insistiam em apenas 40 missões como um turno de serviço completo.

– Por que não procura simplesmente sorrir e tirar o melhor proveito possível? – aconselhou Doc Daneeka a Yossarian. – Seja como Havermeyer.

Yossarian estremeceu ao ouvir a sugestão. Havermeyer era o comandante de um bombardeiro de vanguarda que nunca realizava uma ação evasiva, indo direto ao alvo e assim aumentando o perigo para todos os homens que voavam em sua formação.

– Havermeyer, por que razão você nunca faz uma ação evasiva? – perguntavam eles, furiosos, depois da missão.

– Deixem o capitão Havermeyer em paz – ordenava então o coronel Cathcart. – Ele é o melhor bombardeador que nós temos.

Havermeyer sorria e balançava a cabeça, procurando explicar como ele transformava as suas balas em dundum com um canivete, antes de atirar, todas as noites, nos buracos de ratos que havia em sua barraca. Havermeyer era o melhor bombardeador que eles tinham, mas ele invariavelmente voava direto e à mesma altura desde o campo até o alvo e mesmo além do alvo, até ver as bombas explodindo lá embaixo, num esguicho de laranja por entre a cortina de fumaça em turbilhão, provocando um gêiser de escombros em ondas violentas de cinza e preto. Havermeyer mantinha completamente imóveis os mortais em seis aviões, enquanto ficava observando interessado as bombas caírem, dando tempo aos artilheiros alemães, lá embaixo, para fazerem mira e puxarem o gatilho, apertarem o botão ou arrancarem a corda de disparar, o que quer que fizessem quando eles queriam matar pessoas que nem sequer conheciam.

Havermeyer era um líder de esquadrilha que nunca errava o alvo. Yossarian era um líder de esquadrilha que fora rebaixado porque absolutamente não se importava de errar o alvo ou não. Ele decidira viver eternamente ou pelo menos morrer tentando. Sua única missão, ao levantar voo, era aterrissar vivo.

Os homens adoravam voar atrás de Yossarian, que costumava levar a sua formação a se aproximar do alvo de todas as direções e em todas as altitudes, subindo e mergulhando e virando e revirando em ângulos tão bruscos e inesperados que os pilotos dos cinco aviões jamais conseguiam ficar em formação, nivelando apenas por dois ou três segundos, o tempo necessário para largar as bombas e subir rapidamente, com um rugido dos motores, além da barragem antiaérea. As manobras eram tantas e tão confusas que logo os seis aviões estavam inteiramente dispersos no ar, o que os tornava presas fáceis dos caças alemães. O que era ótimo, na opinião de Yossarian, pois não mais existiam caças alemães. E se por acaso algum outro avião explodisse, ele não queria que fosse perto do seu. Somente depois que todo *Sturm und Drang* já estava bem para trás é que ele empurrava o seu capacete para trás da cabeça suada e parava de berrar ordens para McWatt nos comandos, que ainda encontrava tempo para se preocupar com o lugar em que as bombas haviam caído.

– O compartimento de bombas está vazio – anunciava lá de trás o sargento Knight.

– E acertamos na ponte? – indagava McWatt.

– Não pude ver, senhor. Estava sacolejando muito aqui atrás e não pude ver nada. Agora está tudo coberto de fumaça e continuo sem poder ver.

– Ei, Aarfy, as bombas acertaram no alvo?

– Que alvo? – perguntava o capitão Aardvaark, o navegador gorducho e fumador de cachimbo de Yossarian, afogado numa confusão de mapas. – Acho que ainda não chegamos ao alvo. Ou será que chegamos?

– Yossarian, as bombas acertaram no alvo?

– Que bombas? – respondia Yossarian, cuja única preocupação fora o fogo antiaéreo.

– Ora, mas que diabo! – entoava McWatt.

Acertar ou não o alvo não importava em absoluto a Yossarian, contanto que Havermeyer ou outro qualquer dos líderes acertasse e eles não precisassem voltar em outra missão. De vez em quando, alguém ficava tão furioso com Havermeyer que tentava agredi-lo.

– Eu já disse para vocês deixarem o capitão Havermeyer em paz – advertia o coronel Cathcart, furioso. – Eu já não disse que ele é o melhor bombardeador que nós temos?

Havermeyer sorria com a intervenção do coronel e enfiava outro punhado de amendoins torrados na boca. Havermeyer tornara-se extremamente eficiente nos tiros noturnos aos ratos de sua barraca, usando a arma que roubara do homem morto da barraca de Yossarian. Sua isca era um pedaço de bombom e ele ficava sentado em plena escuridão, com um dedo no gatilho. Um dedo da outra mão ficava enfiado dentro de uma laçada do barbante preso na isca e se estendendo pelo suporte do mosquiteiro até o cordão para acender a lâmpada. O barbante ficava esticado como uma corda de violino e a menor mordida na isca podia ser sentida. A luz se acendia instantaneamente, iluminando e ofuscando a presa trêmula. Havermeyer ria exultante, contemplando o pequeno mamífero ficar paralisado de medo, os olhos aterrorizados numa procura frenética do intruso. Havermeyer esperava até que os olhos do rato se encontrassem com os seus, dava então uma gargalhada e ao mesmo tempo apertava o gatilho. O corpo peludo se dispersava em mil pedaços pela barraca, num estrondo ensurdecedor, a pequena alma amedrontada retornando ao seio do seu Criador.

Uma noite em que Havermeyer disparou um tiro num rato, o barulho provocou um ataque inesperado de Hungry Joe, que veio correndo descalço, a gritar esganiçadamente com toda a força dos seus pulmões e esvaziando o seu próprio .45 na barraca de Havermeyer. Hungry Joe veio correndo pelo fosso e logo depois do ataque desapareceu dentro de uma das trincheiras compridas que haviam aparecido junto a cada barraca, como num passe de mágica, na manhã seguinte ao bombardeio do acampamento por Milo Minderbinder. O ataque de Hungry Joe ocorreu pouco antes do amanhecer, durante o grande cerco de Bolonha, quando silenciosos homens mortos povoavam a madrugada como fantasmas vivos. Hungry Joe estava meio fora de si de ansiedade, porque novamente concluíra o seu número regulamentar de missões e não estava designado para outro voo. Hungry Joe estava balbuciando incoerentemente quando o pescaram no fundo úmido da trincheira. Balbuciava sobre cobras, ratos e aranhas. Os outros iluminaram a trincheira com as suas lanternas, para se certificarem. Não havia nada lá dentro, a não ser alguns centímetros de água de chuva estagnada.

– Estão vendo? – gritou Havermeyer. – Eu já tinha dito. Não falei para vocês que ele era doido?

4
Doc Daneeka

Hungry Joe era maluco e ninguém sabia disso melhor do que Yossarian, que fazia tudo o que podia para ajudá-lo. Mas Hungry Joe simplesmente não dava ouvidos a Yossarian. E não dava ouvidos a Yossarian porque achava que o outro era doido.

– E por que ele deveria lhe dar ouvidos? – indagou Doc Daneeka a Yossarian, sem levantar os olhos.

– Porque ele está com problemas terríveis.

– Ele pensa que tem problemas? E eu então? – escarneceu Doc Daneeka. Depois, fez uma pausa para retomar logo sua lenga-lenga, a voz sempre desdenhosa: – Mas não me queixo. Sei que está havendo uma guerra. Sei que muitas pessoas vão ter que sofrer por nós para ganhá-la. Mas por que eu deveria ser uma delas? Por que não convocaram alguns daqueles médicos velhotes que vivem se jactando em público dos sacrifícios que a classe médica está disposta a fazer? Eu não quero fazer sacrifício nenhum. Tudo o que quero é ganhar dinheiro.

Doc Daneeka era um homem metódico e puro, cuja ideia de diversão era ficar mal-humorado. Tinha a pele morena e um rosto melancólico, pequeno, inteligente, com bolsas escuras por baixo dos olhos. Vivia pensando em sua saúde, e diariamente ia à barraca de serviços médicos medir a temperatura. Os serviços médicos eram dirigidos por dois graduados, que tomavam conta de tudo em nome de Doc e faziam tudo o que era necessário por sua própria iniciativa. E eram tão eficientes que pouco restava a Doc Daneeka para fazer, a não ser ficar sentado ao sol, placidamente, procurando imaginar por que as outras pessoas estavam tão preocupadas. Os dois graduados chamavam-se Gus e Wes e haviam conseguido elevar a medicina a uma ciência exata. Todos os homens que se apresentavam com temperaturas superiores a 40º eram imediatamente enviados para o hospital. Todos que se apresentavam com a temperatura abaixo de 40° (com exceção de Yossarian) tinham as gengivas e os dedos dos pés pintados com uma solução de violeta de genciana, recebendo um laxante para irem descarregar-se nas moitas. Os que apareciam com temperatura de exatamente 40º tinham que voltar uma hora depois, para medir novamente a temperatura e se poder então definir o que fazer com eles. Yossarian, com a sua temperatura de 39º, podia ir para o hospital sempre que queria, porque não tinha medo deles.

O sistema funcionava muito bem para todo mundo, especialmente para Doc Daneeka, que podia dispor do tempo que precisasse para observar o velho major —— de Coverley jogando malha com ferraduras no seu campo de malha particular. O velho major —— de Coverley ainda usava o remendo de olho transparente que Doc Daneeka lhe preparara com a tira de celuloide roubada da janela da sala de ordens do major Major meses atrás, quando o major ——

de Coverley voltara de Roma com a córnea machucada, depois de alugar dois apartamentos na capital italiana, para os oficiais e graduados que lá iam descansar em suas licenças. Doc Daneeka só aparecia na barraca de serviços médicos quando começava a se sentir muito doente e ia pedir a Gus e a Wes que o examinassem. Mas eles nunca conseguiam encontrar nada de errado com o médico. A temperatura dele estava sempre em torno de 37°, o que era perfeito para eles, desde que Doc Daneeka não se incomodasse. Mas só que Doc Daneeka se incomodava. Ele estava começando a perder a confiança em Gus e Wes e já pensava em mandá-los embora, substituindo-os por alguém que pudesse encontrar algo de errado nele.

Doc Daneeka estava pessoalmente familiarizado com diversas coisas que eram drasticamente erradas. Além de sua saúde, ele se preocupava também com o Oceano Pacífico e com o seu tempo de voo. A saúde era algo que ninguém podia ter certeza, por bastante tempo. O Oceano Pacífico era uma massa de água cercada por elefantíase e outras doenças terríveis, para o qual ele poderia ser transferido, subitamente, se desagradasse ao coronel Cathcart, determinando que Yossarian permanecesse em terra. E o tempo de voo era o período que ele tinha de voar, todos os meses, para fazer jus à gratificação por voo. Doc Daneeka detestava voar. Sentia-se prisioneiro dentro de um avião. Ali, não havia qualquer outro lugar no mundo para se ir, a não ser outra parte do avião. Doc Daneeka ouvira dizer que as pessoas que gostavam de embarcar num avião estavam na verdade dando vazão a um desejo subconsciente de voltar ao útero materno. Fora Yossarian quem lhe contara isso, o mesmo Yossarian que permitia a Doc Daneeka receber sua gratificação por voo sem ter que voltar ao útero materno. Yossarian sempre persuadia McWatt a incluir o nome de Doc Daneeka em seu registro de bordo, nos voos de treinamento ou nas viagens a Roma.

– Sabe como são essas coisas... – murmurara Doc Daneeka, com uma piscadela astuta de conspirador. – Por que eu deveria correr um risco quando não há necessidade?

– Claro, claro – concordara Yossarian.

– E que diferença pode fazer para quem quer que seja, se eu estiver ou não no avião?

– Diferença nenhuma.

– É isso mesmo. Nada como um pouco de lubrificante para fazer este mundo funcionar melhor. Uma mão lava a outra. Está me entendendo, não é? Você coça as minhas costas, eu coço as suas.

Yossarian sabia o que ele estava querendo dizer.

– Não era disso que eu estava falando – dissera Doc Daneeka, quando Yossarian começara efetivamente a coçar-lhe as costas. – Estava me referindo à cooperação. Favores. Você me presta um favor, eu lhe presto outro. Entendido?

– Então faça-me um favor.

– Mas claro que não!

Havia algo de terrível e meticuloso na maneira como Doc Daneeka sentava-se, desolado, diante de sua barraca, ao sol, vestindo uma calça cáqui e uma camisa de mangas curtas também cáqui, mas tão desbotada que parecia de um branco antisséptico, pelas lavagens diárias a que era submetida. Ele parecia um homem que um dia se congelara de medo e desde então jamais voltara a degelar completamente. Ficava todo recolhido a si mesmo, os ombros magros meio encurvados na direção da cabeça, as mãos queimadas de sol, com unhas pintadas luminosas, a massagearem suavemente os braços cruzados, como se estivesse sentindo frio. Na verdade, ele era um homem ardente e cheio de compaixão, que em nenhum momento deixava de sentir pena de si mesmo.

– Por que logo eu? – era o seu lamento constante.

Aliás, uma boa pergunta. Yossarian sabia que era uma boa pergunta porque Yossarian era um colecionador de boas perguntas e tinha que usá-las para tumultuar as reuniões educativas que Clevinger outrora promovera, duas noites por semana, na barraca do serviço de informações do capitão Black, juntamente com o cabo de óculos escuros, que todos sabiam que era provavelmente um subversivo. O capitão Black sabia que ele era um subversivo porque usava óculos escuros e empregava palavras como *panaceia* e *utopia*, além de censurar amargamente Adolf Hitler, que fizera um excelente trabalho de combate às atividades antiamericanas na Alemanha. Yossarian compareceu às reuniões educativas porque estava querendo descobrir por que havia tantas pessoas empenhadas em matá-lo. Um punhado de outros homens também se interessara, e as perguntas eram sempre muitas e boas quando Clevinger e o cabo subversivo terminavam e cometiam a asneira de perguntar se alguém tinha alguma pergunta a fazer.

– Quem é Espanha?

– Por que é Hitler?

– Quando é certo?

– Onde é que estava metido aquele velho encurvado e pálido que eu costumava chamar de Papa, quando a festa acabou?

– Qual era o trunfo em Munique?

– Como é que se pega beribéri?

– Mas que merda!

As perguntas se sucediam rapidamente e invariavelmente aparecia Yossarian com a pergunta que não tinha resposta:

– Onde é que estão os Snowdens do ano passado?

A pergunta os irritava, porque Snowden fora morto sobre Avignon, quando Dobbs tivera um acesso e tomara os controles de Huple em pleno voo.

O cabo resolvia bancar o idiota:

– Como?

– Onde é que estão os Snowdens do ano passado?

– Receio não ter compreendido a pergunta.

– *Où sont les Neigedens d'antan?* – dizia Yossarian, para facilitar.

– *Parlez en anglais,* pelo amor de Deus! – dizia o cabo. – *Je ne parle pas français.*

– Nem eu – respondia Yossarian, que estava pronto a persegui-lo através de todas as palavras do mundo, a fim de lhe arrancar todo o conhecimento que pudesse.

Clevinger tratou imediatamente de intervir, já muito pálido, ofegando para recuperar o fôlego, uma camada úmida já brilhando nos olhos subnutridos.

O comando do grupo ficou alarmado, pois não havia limite para o que os homens poderiam descobrir, se sentissem que tinham toda a liberdade de fazer perguntas. O coronel Cathcart determinou ao coronel Korn que tomasse providências. E o coronel Korn conseguiu resolver o problema, impondo um regulamento para a apresentação de perguntas. O regulamento do coronel Korn foi um golpe de gênio, explicou o próprio em relatório ao coronel Cathcart. Pelo novo regulamento, as únicas pessoas que tinham permissão para fazer perguntas eram aquelas que nunca faziam perguntas. Logo as únicas pessoas que continuaram a comparecer às reuniões eram aquelas que jamais faziam perguntas. As reuniões foram suspensas, já que Clevinger, o cabo e o coronel Korn concordaram que não era possível nem necessário educar pessoas que nunca tinham qualquer pergunta a fazer.

O coronel Cathcart e o tenente-coronel Korn viviam e trabalhavam no prédio do quartel-general do grupo, da mesma forma que todos os outros membros do Estado-Maior, à exceção do capelão. O prédio era uma estrutura imensa, bombástica e antiquada, de tijolos vermelhos a se esfarelarem e encanamentos vazando. Por trás do prédio havia um estande moderno de tiro aos pratos, que o coronel Cathcart mandara construir para recreação exclusiva dos oficiais, mas que era agora utilizado por todo oficial e graduado com classificação de combatente, graças ao general Dreedle; sendo os homens obrigados a passar no estande um mínimo de oito horas por mês.

Yossarian atirava nos pratos e nunca acertava em nenhum. Appleby atirava nos pratos e jamais errava nenhum. Yossarian era tão ruim no tiro aos pratos quanto o era no jogo. Ele também nunca conseguia ganhar dinheiro no jogo. Não conseguia ganhar nem mesmo quando estava trapaceando, pois seus parceiros sempre trapaceavam melhor do que ele. Eram duas frustrações às quais ele já se resignara: jamais conseguira ser um bom atirador e nunca iria ganhar dinheiro.

"É preciso muita inteligência para *não* ganhar dinheiro", escreveu o coronel Cargill num dos seus homiléticos memorandos, que preparava regularmente, para circular com a assinatura do general Peckem. "Qualquer idiota pode ganhar dinheiro hoje em dia e a maioria ganha mesmo. Mas o que dizer das pessoas que têm talento e inteligência? Apontem, por exemplo, um só poeta que ganhe dinheiro."

– T. S. Eliot – disse o ex-PFC Wintergreen, em seu cubículo de separação da correspondência, no quartel-general da 27ª Força Aérea, batendo em seguida com o telefone, sem se identificar.

O coronel Cargill, em Roma, ficou perplexo.

– Quem era? – perguntou o general Peckem.

– Não sei – respondeu o coronel Cargill.

– O que ele queria?

– Não sei.

– Mas o que foi que ele disse?

– T. S. Eliot – informou o coronel Cargill.

– Que negócio é esse?

– T. S. Eliot – repetiu o coronel Cargill.

– Apenas T. S....

– Sim, senhor. Foi tudo o que ele disse. Apenas T. S. Eliot.

– O que será que isso quer dizer? – murmurou o general Peckem.

O coronel Cargill também estava desconcertado.

– T. S. Eliot – disse novamente o general Peckem.

– T. S. Eliot – ecoou o coronel Cargill, na mesma perplexidade fúnebre.

O general Peckem levantou-se depois de algum tempo, com um sorriso ungido e condescendente. A expressão era astuciosa. Os olhos brilhavam maliciosamente. Ele pediu ao coronel Cargill:

– Mande alguém me ligar para o coronel Dreedle. Mas não quero que ele saiba quem está ligando.

O coronel Cargill entregou-lhe o fone.

– T. S. Eliot – disse o general Peckem, desligando em seguida, sem se identificar.

– O que era? – perguntou o coronel Moodus.

O general Dreedle, na Córsega, não respondeu. O coronel Moodus era genro do general Dreedle. Por insistência da esposa e contra a sua própria opinião, o general Dreedle introduzira-o na carreira militar. O general Dreedle olhou agora para o coronel Moodus com um ódio inalterável. Ele detestava a simples visão do genro, que era o seu ajudante de ordens e por isso estava constantemente a seu lado. Ele se opusera ao casamento da filha com o coronel Moodus, porque não gostava de comparecer a casamentos. Com uma carranca ameaçadora e preocupada, o general Dreedle aproximou-se do espelho de corpo inteiro que tinha em seu gabinete e contemplou o próprio vulto atarracado. Tinha uma cabeleira grisalha sobre a cabeça imensa, com tufos prateados em cima dos olhos e um queixo rombudo e beligerante. Ficou meditando sobre a mensagem em código que acabara de receber. Lentamente, seu rosto foi-se desanuviando com uma ideia. Ele contraiu os lábios, numa satisfação maliciosa.

– Ligue-me com Peckem – disse ele ao coronel Moodus. – E não deixe o filho da mãe saber quem está ligando.

– Quem era? – perguntou o coronel Cargill, em Roma.

– Aquela mesma pessoa – respondeu o general Peckem, agora já visivelmente alarmado. – Agora ele está atrás de mim.

– O que ele queria?

– Não sei.

– O que foi que ele disse?

– A mesma coisa.

– T. S. Eliot?

– Isso mesmo, T. S. Eliot. Disse apenas isso.

O general Peckem teve um pensamento esperançoso.

– Talvez seja um novo código ou algo assim, como as cores do dia. Por que você não verifica com o pessoal do Serviço de Comunicações para saber se é um novo código ou algo parecido?

O Serviço de Comunicações respondeu que T. S. Eliot não era um novo código nem algo parecido.

O coronel Cargill foi quem teve a ideia seguinte.

– Talvez eu deva telefonar para o quartel-general da 27ª Força Aérea e indagar se eles sabem alguma coisa a respeito. Há um escriturário chamado Wintergreen de quem sou bastante íntimo. Foi ele quem me avisou que a nossa prosa andava muito prolixa.

O ex-PFC Wintergreen informou ao coronel Cargill que não havia registro algum no quartel-general da 27ª Força Aérea a respeito de um T. S. Eliot.

– Como é que está indo a nossa prosa? – resolveu perguntar o coronel Cargill, aproveitando que o ex-PFC Wintergreen estava ao telefone. – Está muito melhor agora, não é?

– Ainda continua muito prolixa – respondeu o ex-PFC Wintergreen.

Finalmente, o general Peckem confessou:

– Eu não me surpreenderia se o general Dreedle estivesse por trás de tudo isso. Lembra-se do que ele fez com aquele estande de tiro aos pratos?

O general Dreedle abrira o estande particular de tiro aos pratos do coronel Cathcart a todos os oficiais e graduados em serviço de combate. O general Dreedle queria que seus homens passassem no estande de tiro aos pratos o máximo de tempo permitido pelas instalações e pelos voos que tinham de realizar. Achava que treinar tiro aos pratos um mínimo de oito horas por mês constituía um excelente treinamento. Eles ficavam treinados em atirar em pratos.

Dunbar adorava fazer exercícios de tiro aos pratos, porque detestava aquilo e assim o tempo passava o mais devagar possível. Ele calculara que uma única hora no estande de tiro aos pratos, junto com Havermeyer e Appleby, equivalia a 11-vezes-17 anos.

– Acho que você está doido – fora o comentário que Clevinger fizera quando Dunbar revelara sua descoberta.

– E quem quer saber disso? – dissera Dunbar.

– Estou falando sério – insistira Clevinger.

– E quem se importa com isso?

– Eu realmente me importo. Posso até mesmo admitir que a vida parece mais longa...

– ...*é* mais longa...

– ...*é* mais longa... *É* mais longa? Está certo; *é* mais longa quando entremeada por períodos constantes de tédio e desconforto, mas...

– Adivinhem o quão depressa? – disse Dunbar subitamente.

– Hein?

– Eles passam – explicou Dunbar.

– Eles quem?

– Os anos.

– Os anos?

– Os anos – repetiu Dunbar. – Anos, anos, anos.

– Clevinger, por que você não deixa Dunbar em paz? – interrompeu Yossarian. – Será que você não percebe o quanto isso está custando a ele?

– Não tem problema – disse Dunbar, magnânimo. – Tenho algumas décadas para gastar. Sabem quanto tempo demora um ano para passar?

– E você fique calado também – disse Yossarian a Orr, que estava começando a dar risadinhas.

– Eu estava pensando naquela garota – disse Orr. – Aquela garota lá na Sicília. Aquela garota da Sicília que era careca.

– É melhor você se calar logo de uma vez – advertiu Yossarian a Orr.

– A culpa é sua – disse Dunbar a Yossarian. – Por que não o deixa rir, se ele está com vontade? É muito melhor do que ouvi-lo falar.

– Está bem. Se está com vontade de rir, pode continuar.

– Sabe quanto tempo demora um ano para passar? – repetiu Dunbar olhando para Clevinger. – Isto aqui! – Estalou os dedos. – Um segundo atrás você estava entrando na universidade, com a cabeça cheia de ideias. Hoje já é um velho.

– Velho? – indagou Clevinger, surpreso. – Do que você está falando?

– Velho.

– Eu não sou velho.

– Você está a poucos centímetros da morte cada vez que sai numa missão. Quão mais velho você pode ser na sua idade? Meio minuto atrás você estava entrando na escola secundária, e abrir um sutiã era o mais próximo do Paraíso que podia imaginar. Apenas um quinto de segundo antes disso, você era um garotinho, com férias de verão de dez semanas que duravam cem mil anos e apesar disso terminavam muito depressa. Zás! Elas passavam depressa assim. Mas que diabo!, quando é que você vai aprender a fazer o tempo passar mais devagar? – Dunbar estava quase furioso ao terminar.

– É... talvez você tenha razão – admitiu Clevinger, contra a vontade, a voz abafada. – Talvez uma vida longa tenha que ser preenchida com muitas situações desagradáveis para parecer longa. Mas, neste caso, quem é que vai querer uma vida assim?

– Eu quero – disse-lhe Dunbar.

– Por quê? – observou Clevinger.

– O que mais há para se querer?

5
Chefe White Halfoat

Doc Daneeka morava numa barraca cinza bastante suja com o chefe White Halfoat, a quem ele temia e desprezava.

– Eu simplesmente não consigo imaginar como é o fígado dele – resmungou Doc Daneeka.

– Pois tente então imaginar o estado do meu fígado – aconselhou-o Yossarian.

– Não há nada de errado com seu fígado.

– Isso demonstra o quanto você ignora as coisas – declarou Yossarian, falando então a Doc Daneeka sobre a dor em seu fígado que tanto perturbara a enfermeira Duckett e a enfermeira Cramer e a todos os médicos do hospital, pois a dor não piorava para ser icterícia e também não desaparecia. Mas Doc Daneeka não estava interessado.

– Você acha que tem problemas? E eu então? Você devia estar no meu consultório no dia em que aqueles recém-casados apareceram.

– Que recém-casados?

– Aqueles recém-casados que entraram um dia em meu consultório. Nunca lhe falei a respeito deles? Ela era adorável.

E assim foram para o consultório de Doc Daneeka. Ele decorara a sala de espera com peixinhos dourados e um dos melhores conjuntos existentes de móveis ordinários. O que quer que fosse, ele comprava a crédito, até mesmo os peixinhos dourados. Para o resto, ele arrumou dinheiro com parentes gananciosos, em troca de uma participação nos lucros. O consultório ficava em Staten Island, numa velha casa para duas famílias, a quatro quarteirões da estação das barcas e a apenas um quarteirão ao sul de um supermercado, três salões de beleza e dois farmacêuticos corruptos. Ficava numa esquina, mas nem isso ajudava. Havia poucos moradores novos e as pessoas se apegavam ao hábito de consultar o mesmo médico com quem vinham se tratando havia anos. As contas se acumularam rapidamente e logo Doc Daneeka enfrentou a perda dos seus instrumentos médicos mais preciosos: a máquina de calcular e a máquina de escrever, recuperadas pela loja onde as comprara a crédito e não pagara as prestações. Os peixinhos dourados morreram. Felizmente, no exato momento em que a situação era a mais desesperadora possível, a guerra irrompera.

– Foi uma bênção dos céus – confessou Doc Daneeka solenemente. – A maioria dos outros médicos foi imediatamente recrutada e as coisas mudaram da noite para o dia. A localização na esquina não demorou a dar resultados. Logo, eu estava tratando de mais pacientes do que podia cuidar competentemente. Tratei de aumentar a comissão dos farmacêuticos. Os salões de beleza me enviavam de dois a três casos de aborto por semana. A situação não podia estar melhor. E veja então o que aconteceu! Eles tinham que mandar aquele cara da junta de recrutamento para me examinar. Eu era terceira categoria, incapacitado permanente. Eu mesmo me examinara meticulosamente e descobrira que era incapacitado para o serviço militar. Era de se pensar que a minha palavra bastasse, não é mesmo? Afinal, eu estava nos melhores termos possíveis com o Conselho de Medicina do condado e com a Associação para Melhores Negócios. Mas não, não bastava. Eles mandaram o tal cara me examinar, só para se certificarem se eu tinha mesmo a perna amputada na altura da coxa e se sofria incuravelmente de artrite reumática, que me prendia ao leito de doente. Yossarian, nós vivemos numa era de desconfiança e de desintegração dos valores espirituais. Isso é terrível! – O protesto de Doc Daneeka era em voz trêmula, de tanta emoção. – É uma coisa terrível quando até mesmo a palavra de um médico não merece a confiança do país que ele ama!

Doc Daneeka fora convocado e embarcado para Pianosa como médico de voo, embora tivesse pavor de voar.

– Não tenho de ir procurar problemas a bordo de um avião – disse ele a Yossarian, piscando os olhos míopes e com uma expressão de ofendido. – Os problemas estão sempre me procurando. Como aquela virgem de que eu lhe falei, que não podia ter um bebê.

– Que virgem? – perguntou Yossarian. – Pensei que você estivesse me contando uma história a respeito de recém-casados.

– Era ela a virgem de que estou falando. Era um casal de garotos. Estavam casados havia pouco mais de um ano quando entraram em meu consultório, sem terem marcado consulta. Você devia tê-la visto. Era a coisinha mais doce e linda que já conheci. Ela chegou mesmo a corar quando lhe perguntei a respeito de suas regras. Acho que nunca mais vou deixar de amar aquela garota. Ela parecia um sonho e usava uma corrente no pescoço, com uma medalhinha de Santo Antônio, caindo por dentro dos seios mais lindos que já vi. Apenas para deixá-la à vontade, sabe como é, eu brinquei: "Deve ser uma tentação para Santo Antônio." O marido foi logo perguntando: "Quem é Santo Antônio?" Eu disse-lhe: "Pergunte à sua esposa. Ela pode dizer-lhe quem é Santo Antônio." Ele então perguntou a ela: "Quem é Santo Antônio?" Ela disse: "Quem?" O marido insistiu: "Santo Antônio." Ela ficou perplexa: "Santo Antônio? Quem é Santo Antônio?" Quando dei uma boa olhada nela na sala de exames, descobri que ainda era virgem. Falei com o marido a sós, enquanto ela punha a cinta de volta no lugar e prendia-a às meias. Ele se gabou, como um cara metido a esperto: "Mas vou lá todas as noites. Não perco uma só noite." Ele estava falando a sério e foi mais adiante: "Agora estou fazendo também de manhã, antes de ela me servir o café para eu sair para o trabalho." Só havia então um explicação. Quando ela voltou à sala, fiz para os dois uma demonstração de relações sexuais com modelos de borracha. Eu tinha os modelos de borracha no meu consultório, com todos os órgãos sexuais, de ambos os sexos. Trancava-os em armários separados, para evitar um escândalo. Eu os tinha, é verdade... Agora não tenho mais nada, nem mesmo uma clínica. A única coisa que tenho agora é uma temperatura baixa demais, o que já está começando a me preocupar. Aqueles dois garotos que trabalham para mim lá na barraca de serviços médicos não valem grande coisa como diagnosticadores. Tudo o que eles sabem fazer é se queixar. Eles pensam que têm problemas? E eu então? Eles deviam estar lá no meu consultório no dia em que aqueles dois recém-casados ficaram me olhando como se eu lhes estivesse falando de coisas que ninguém antes ouvira falar. Nunca vi duas pessoas tão interessadas. "Quer dizer que deve ser assim?", perguntou o rapaz, pegando os dois modelos de borracha e pondo-os em ação por algum tempo. Pode ser engraçado, mas a verdade é que tem gente que gosta de ficar fazendo apenas aquilo. "Agora quero que vocês dois voltem para casa e experimentem à minha maneira durante alguns meses, para ver o que acontece. Está certo?" Ambos concordaram e me pagaram em dinheiro, sem discutir. "Divirtam-se", disse-lhes quando estavam de saída. Eles me agradeceram e foram embora. O rapaz ia com o braço em torno da cintura da moça, como se esperasse ansiosamente o momento de chegarem em casa, para experimentar à minha maneira. Alguns dias depois ele voltou sozinho e disse à minha enfermeira que precisava me ver imediatamente. E assim que ficamos a sós, ele me deu um soco no nariz.

– Ele fez o quê?

– Ele me chamou de espertalhão e me deu um soco no nariz. *Pam!* Foi assim mesmo. Não estou brincando.

– Eu sei que você não está brincando – disse Yossarian. – Mas por que ele fez uma coisa dessas?

– Como é que eu vou saber? – respondeu Doc Daneeka, já irritado.

– Não seria algo relacionado com Santo Antônio?

Doc Daneeka olhou para Yossarian com uma expressão atônita.

– Santo Antônio? Quem é Santo Antônio?

– Como é que eu vou saber? – respondeu o chefe White Halfoat, cambaleando para dentro da barraca neste momento, com uma garrafa de uísque aninhada nos braços, indo sentar-se belicosamente entre Yossarian e Doc Daneeka.

Doc Daneeka levantou-se sem dizer uma palavra e levou sua cadeira para fora da barraca, os ombros encurvados ao volume compacto de injustiças que constituíam o seu eterno fardo. Ele simplesmente não suportava a presença do seu companheiro de barraca.

O chefe White Halfoat achava que ele era doido.

– Não sei o que há com aquele cara – comentou ele, em tom de censura. – Acho que ele não tem miolos. Esse que é o problema dele. Se ele tivesse miolos, pegava logo uma pá e começava a cavar. Começava a cavar aqui mesmo na barraca, debaixo da minha cama. Ele não demoraria a encontrar petróleo. Será que ele não sabe como é que aquele sujeito encontrou petróleo cavando com uma pá lá nos Estados Unidos? Será que ele nunca ouviu falar no que aconteceu com aquele recruta... Como era mesmo o nome daquele garoto morrinha lá no Colorado?

– Wintergreen.

– Wintergreen.

– Ele está com medo – explicou Yossarian.

– Mas claro que não. Qualquer um menos Wintergreen. – O chefe White Halfoat balançou a cabeça com uma admiração indisfarçada. – Aquele filho da puta nojento e esperto não tem medo de ninguém.

– Doc Daneeka está com medo. É esse o problema dele.

– E de que ele tem medo?

– Ele tem medo de você – explicou Yossarian. – Está com medo de que você morra de pneumonia.

– É bom mesmo que ele esteja com medo – disse o chefe White Halfoat, arrancando do fundo do peito imenso uma risada tonitruante. – Pois é exatamente isso o que eu vou fazer, na primeira oportunidade. Espere só para ver.

O chefe White Halfoat era um índio do Oklahoma, bonito, de pele morena, de rosto ossudo e cabelos pretos sempre despenteados, um mestiço *creek* de Enid, que, por motivos ocultos que só ele conhecia, tomara a decisão de morrer de pneumonia. Era um índio desiludido, sempre irritado, vingativo, que odiava estrangeiros com nomes como Cathcart, Korn, Black e Havermeyer, desejando que todos voltassem para os lugares de onde seus malditos ancestrais tinham vindo.

– Você não acreditaria, Yossarian – resmungou ele, levantando a voz para ser ouvido por Doc Daneeka –, mas este país era um lugar muito bom para se viver antes de eles o estragarem com a sua maldita compaixão.

O chefe White Halfoat estava decidido a se vingar do homem branco. Mal podia ler e escrever e fora destacado para trabalhar com o capitão Black, como oficial-assistente de informações.

– Mas como é que eu podia aprender a ler e escrever? – perguntou o chefe White Halfoat, com uma beligerância simulada, novamente levantando a voz para que Doc Daneeka pudesse ouvi-lo. – Em todo lugar onde armávamos a nossa tenda, eles perfuravam um poço de petróleo. E cada vez que perfuravam um poço, eles encontravam petróleo. E cada vez que encontravam petróleo, eles nos faziam desarmar a tenda e ir para outro lugar. Nós éramos varinhas mágicas humanas. Toda a nossa família possuía uma afinidade natural para depósitos de petróleo e logo todas as companhias petrolíferas do mundo mandaram seus técnicos nos perseguirem. Estávamos sempre indo de um lugar para outro. E posso assegurar-lhe que era uma maneira terrível de se educar uma criança. Acho que nunca passamos mais de uma semana no mesmo lugar.

A recordação mais antiga que ele tinha era a de um geólogo.

– Sempre que nascia um White Halfoat, o mercado de ações entrava em alta. Logo havia equipes completas de perfuração a nos seguirem, uns procurando se antecipar aos outros. Não demorou muito para que as companhias começassem a se fundir, só para poderem reduzir o número de pessoas destacadas para nos acompanhar. Mesmo assim, a multidão atrás de nós continuou a crescer. Nunca tivemos uma boa noite de sono. Quando parávamos, eles paravam também. Quando andávamos, eles andavam também. Ia tudo junto: caminhões de provisões, tratores, guindastes, torres de petróleo, geradores. Éramos a própria prosperidade ambulante. Começamos a receber convites de alguns dos melhores hotéis, só pela quantidade de bons negócios que levávamos junto para a cidade. Alguns desses convites eram tremendamente generosos, mas não pudemos aceitá-los, porque éramos índios e todos os melhores hotéis que nos convidavam não aceitavam índios como hóspedes. O preconceito racial é uma coisa terrível, Yossarian. É mesmo. É terrível tratar um índio decente e leal como se fosse um negro, um carcamano ou qualquer outro desses imigrantes miseráveis.

O chefe White Halfoat fez uma pausa, balançando a cabeça lentamente, ele próprio convencido de suas declarações.

– E então, Yossarian, finalmente aconteceu... o começo do fim. Eles começaram a se antecipar a nós. Procuravam adivinhar onde nós iríamos parar em seguida e começavam a perfurar antes mesmo que lá chegássemos, de forma que não podíamos nem parar. Quando começávamos a desenrolar as nossas mantas, eles tratavam de nos expulsar. Tinham total confiança em nós. Muitas vezes nem mesmo esperavam a nossa expulsão para fazerem o petróleo jorrar. Andávamos tão cansados que quase não nos importamos no dia que o nosso tempo se esgotou. Uma linda manhã vimo-nos completamente cercados pelos homens do petróleo, cada um esperando que seguíssemos em sua direção para que pudessem expulsar-nos de lá. Por toda parte que se olhasse havia um homem em cima de uma colina, esperando como um índio prestes a desfechar o ataque final. Era o fim. Não podíamos ficar onde estávamos porque acabáramos de ser expulsos. E não restava mais nenhum lugar para onde pudéssemos ir. Foi o Exército que me salvou. A guerra estourou na hora certa, e uma junta de recrutamento tirou-me do meio do cerco e levou-me em segurança para Lowery Field, no Colorado. Fui o único sobrevivente.

Yossarian sabia que ele estava mentindo, mas não interrompeu, enquanto o chefe White Halfoat continuava a falar, dizendo que nunca mais soubera de seus pais. Mas isso não o incomodava muito, pois ele tinha apenas a palavra deles de que eram realmente seus pais. E como eles lhe haviam mentido a respeito de muitas outras coisas, era possível que também estivessem mentindo sobre isso. Ele conhecia muito melhor o destino de uma tribo de primos, que seguira para o norte numa manobra diversionista e sem perceber entrara no Canadá. Quando decidiram voltar, tinham sido detidos na fronteira pelas autoridades de imigração americanas. Não os deixaram voltar para o país. Não podiam fazê-lo de jeito nenhum, porque eram vermelhos.

Era uma piada horrível, mas Doc Daneeka não riu, até Yossarian ir procurá-lo uma missão depois e implorar novamente, sem qualquer esperança de sucesso, que ele lhe desse baixa por motivos de saúde. Doc Daneeka rira apenas uma vez e logo voltara a se concentrar em seus próprios problemas, nos quais estava incluído o chefe White Halfoat, que passara a manhã inteira a desafiá-lo para um combate índio, e o próprio Yossarian, que decidira naquele instante e ali mesmo enlouquecer de vez.

– Você está perdendo seu tempo – Doc Daneeka foi finalmente forçado a dizer-lhe.

– Não pode dar baixa a alguém que ficou doido?

– Claro que posso. Sou mesmo obrigado a fazê-lo. Há um regulamento que diz que tenho que dar baixa a qualquer um que fique doido.

– Então por que não me dá baixa? Eu estou doido. Pergunte só a Clevinger.

– Clevinger? Onde está Clevinger? Encontre Clevinger e eu perguntarei a ele.

– Pode perguntar a qualquer um dos outros. Eles lhe dirão como estou louco.

– Eles estão doidos.

– Então por que não lhes dá baixa?

– Por que eles não me pedem para lhes dar baixa?

– Por que eles estão doidos. Só por isso.

– Mas é claro que eles estão doidos – confirmou Doc Daneeka. – Acabei de lhe dizer que eles estão doidos, não é? E não se pode permitir que doidos decidam se você está doido ou não, não é mesmo?

Yossarian fitou-o gravemente e tentou seguir por outro caminho:

– Orr está doido?

– Claro que está.

– Pode dar-lhe baixa?

– Claro que posso. Mas primeiro ele tem que me pedir. Isso está bem claro no regulamento.

– Então por que ele não lhe pede?

– Porque ele está doido. Tem que estar doido para continuar voando em missões de combate depois de todos os avisos que já recebeu. Claro que eu posso dar baixa a Orr. Mas primeiro ele tem que me pedir.

– Isso é tudo o que ele precisa fazer para receber sua baixa?

– É tudo. Basta que ele me peça.

– E poderá então dar-lhe baixa? – perguntou Yossarian.

– Não. Se ele me pedir, não poderei dar-lhe baixa.

– Está querendo dizer que há um ardil aí?

– Claro que há um ardil. O Ardil-22. Quem quer que queira esquivar-se à luta não está doido.

Só havia um ardil, e este era o Ardil-22, que dizia que a preocupação com a própria segurança, em face de perigos reais e imediatos, era o processo de uma mente racional. Orr estava doido e podia ter baixa. Tudo o que ele tinha a fazer era pedir. Mas, assim que pedisse, não mais estaria doido e teria que voar em novas missões. Orr seria doido se voasse em novas missões e são se não o fizesse. Mas se estivesse são, teria que voar novamente em missões de combate. Se voasse, então estaria doido e não teria que fazê-lo. Mas se ele não quisesse fazê-lo, então estaria são e teria que fazê-lo. Yossarian ficou profundamente impressionado com a absoluta simplicidade dessa cláusula do Ardil-22 e deixou escapar um assovio de admiração.

– É um ardil e tanto, o Ardil-22 – comentou ele.

– O melhor que existe – concordou Doc Daneeka.

Yossarian compreendia lucidamente aquele raciocínio estonteante e irretorquível. Havia uma precisão elíptica nos componentes perfeitos e impecáveis, uma precisão que era ao mesmo tempo graciosa e chocante, como a arte moderna de boa qualidade. Só que, às vezes, Yossarian não tinha muita certeza de que compreendia perfeitamente a arte moderna de boa qualidade, assim como não tinha certeza sobre as moscas que Orr via nos olhos de Appleby. Ele só tinha a palavra de Orr de que realmente havia moscas nos olhos de Appleby.

– Mas é claro que elas estão lá – assegurara-lhe Orr, depois da primeira luta a socos de Yossarian com Appleby, no clube dos oficiais. – Embora provavelmente ele próprio nem mesmo saiba. É por isso que ele não consegue ver as coisas como realmente são.

– E como é que ele não sabe disso? – indagara Yossarian.

– Porque ele tem moscas nos olhos – explicara Orr, com uma paciência exagerada. – Como é que ele pode ver que tem moscas nos olhos se está com moscas nos olhos?

Fazia tanto sentido quanto qualquer outra coisa. Yossarian estava disposto a dar a Orr o benefício da dúvida, porque Orr vinha das vastidões selvagens da cidade de Nova York e conhecia muito mais da vida selvagem que Yossarian. E também porque Orr, ao contrário da mãe e do pai de Yossarian, de sua irmã, irmão, tia, tio, parentes afins, professor, líder espiritual, legislador, vizinho e jornal, nunca antes lhe mentira sobre nada que fosse crucial. Yossarian matutara sobre o conhecimento recém-adquirido a respeito de Appleby durante uns poucos dias e depois decidira que seria uma boa ação passar a informação adiante, ao próprio Appleby.

– Appleby, você tem moscas nos olhos – sussurrou ele, prestimoso, ao se cruzarem na entrada da barraca de paraquedas, no dia da missão semanal a Parma.

– Como? – respondeu Appleby bruscamente, confuso pelo simples fato de Yossarian dirigir-lhe a palavra.

– Você tem moscas nos olhos – repetiu Yossarian. – Provavelmente é por isso que não pode vê-las.

Appleby afastou-se de Yossarian com uma expressão atônita e de aversão, mergulhando num silêncio soturno, até estar no jipe com Havermeyer, descendo pela estrada comprida e reta para a barraca de instruções, na qual o major Danby, o irrequieto oficial de operações do grupo, estava esperando para dar as instruções preliminares a todos os comandantes, bombardeadores e navegadores. Appleby falou em voz baixa, a fim de não ser ouvido pelo motorista nem pelo capitão Black, sentado no banco da frente, de olhos fechados, com as pernas esticadas para fora do jipe.

– Havermeyer – perguntou Appleby, hesitante – eu tenho moscas nos meus olhos?

Havermeyer piscou, zombeteiramente.

– Terçóis?

– Não, moscas mesmo.

Havermeyer tornou a piscar.

– Moscas?

– Nos meus olhos.

– Você deve estar doido – concluiu Havermeyer.

– Não, eu não estou doido. Yossarian é que está doido. Apenas me diga se tenho moscas nos olhos ou não. Pode falar. Sou capaz de suportar o choque.

Havermeyer enfiou mais um punhado de amendoins torrados na boca e examinou atentamente os olhos de Appleby.

– Não estou vendo nenhuma mosca – anunciou ele finalmente.

Appleby deixou escapar um imenso suspiro de alívio. Havermeyer tinha migalhas de amendoim grudadas nos lábios, no queixo e nas faces.

– Você está com migalhas de amendoim no rosto – observou-lhe Appleby.

– Prefiro ter migalhas de amendoim no rosto que moscas nos olhos – reagiu Havermeyer.

Os oficiais dos outros aviões chegaram em caminhões para a reunião de instruções, que se realizou 30 minutos depois. Os três graduados de cada tripulação não foram instruídos em nada, mas levados diretamente para o aeroporto, para os aviões em que deveriam voar naquele dia. E lá ficaram esperando, junto com o pessoal de terra, até que os oficiais com quem deveriam voar saltassem pela traseira dos caminhões chocalhantes e começassem tudo novamente. Os motores roncavam, meio indispostos a princípio, depois suavemente por algum tempo. Os aviões se arrastavam em círculos, um tanto hesitantes e desajeitados, sobre o terreno coberto de seixos, parecendo coisas estúpidas, sem visão e aleijadas, taxiando finalmente para a cabeceira da pista e decolando rapidamente, um atrás do outro, com um rugido ensurdecedor, virando lateralmente por cima das copas das árvores para entrarem em formação. E ficavam circulando por cima da pista em velocidade reduzida, até que todas as formações de seis aviões já estivessem no ar. Só então é que seguiam em curso firme sobre a água azul-celeste, na primeira jornada da etapa até o objetivo, no norte da Itália ou na França. Os aviões iam ganhando altitude, até estarem a 3 mil metros, quando entravam em território inimigo. Era surpreendente a sensação invariável de calma e extremo silêncio, interrompido apenas pelos disparos de teste de algum metralhador ou por alguma observação lacônica e sem inflexão transmitida através do sistema de intercomunicação. E finalmente chegava o momento em que o bombardeador de cada avião anunciava solenemente que haviam chegado ao ponto de onde deveriam seguir diretamente para o objetivo. O sol sempre brilhava, sempre havia uma comichão na garganta, do ar rarefeito.

Os B-25 em que eles voavam eram estáveis, seguros, de um verde fosco, com lemes e motores gêmeos, asas largas. O único defeito, do lugar em que Yossarian ficava como bombardeador, era o corredor muito estreito que separava o compartimento do bombardeador, no nariz de *plexiglass*, da porta de emergência mais próxima. Era um túnel quadrado, sombrio, aterrador, escavado por baixo dos controles do avião. Um homem grande como Yossarian só conseguia espremer-se por ele com a maior dificuldade. Um navegador gorducho, de rosto em forma de lua, olhos de réptil e cachimbo na boca, como Aarfy, tinha também a maior dificuldade. Yossarian costumava expulsá-lo do compartimento quando se aproximavam do objetivo, agora a poucos minutos de distância. Era um momento de tensão, um momento de espera, sem nada para ouvir, sem nada para ver, sem nada para fazer, a não ser esperar, enquanto os canhões antiaéreos lá embaixo miravam cuidadosamente e se preparavam para, se possível, despachá-los eficientemente para o sono infinito.

O corredor estreito era o único caminho que Yossarian tinha para sair de um avião em queda. Mas, mesmo assim, Yossarian xingava-o com um antagonismo ardente, insultando-o como um obstáculo ali colocado pela Providência, como parte da conspiração para destruí-lo. Havia espaço para um saída de emergência adicional ali no nariz do avião, mas não tinham posto nenhuma. Em seu lugar, havia o corredor escuro, por onde só se podia passar engatinhando. Desde a confusão daquela missão em Avignon que Yossarian aprendera a detestar cada centímetro gigantesco do corredor, pois significava segundos e segundos preciosos de distância do seu paraquedas, volumoso demais para ser levado até o compartimento do bombardeador. E eram mais e mais segundos ainda até a saída de emergência, no meio do avião, por baixo da torre do metralhador que havia lá em cima. Yossarian ficava sempre sonhando em estar no lugar em que Aarfy deveria ficar sempre que era expulso do nariz do B-25. Yossarian ansiava em ficar sentado no chão, todo encolhido, junto à saída de emergência, em cima dela, por baixo de um verdadeiro iglu de trajes extras de proteção contra o fogo antiaéreo, o paraquedas já enganchado na corda lá em cima, que era o seu lugar, uma das mãos segurando a corda para abri-lo, a outra mão no ferrolho da saída de emergência, pronto a abri-lo ao primeiro sinal de destruição, a fim de ser cuspido para longe do avião e na direção da terra firme. Era ali que Yossarian gostaria de ficar, se é que tinha de estar em algum lugar do avião. Jamais onde ficava, pendurado lá na frente, como um maldito peixinho dourado suspenso em algum maldito aquário, enquanto a maldita barragem antiaérea explodia e trovejava e aumentava ao redor e acima e abaixo dele com uma perversidade crescente e vertiginosa e assustadora e fantasmagórica e cósmica que sacudia e balançava e estremecia e atordoava e ameaçava aniquilar todos eles numa fração de segundo e num vasto relâmpago de fogo.

Aarfy em nada servia a Yossarian como navegador ou qualquer outra coisa. Assim que Yossarian expulsava-o do nariz, decididamente, a fim de que não se entalassem um no outro caso fosse necessário saírem de lá para a segurança da saída de emergência, Aarfy estava livre para ir ficar todo encolhido junto à saída de emergência, justamente onde Yossarian gostaria de ficar. Mas, em vez disso, Aarfy ficava todo ereto, os braços grossos apoiados nos encostos dos assentos do piloto e do copiloto, o cachimbo na mão, conversando afavelmente com McWatt e com quem quer que fosse o copiloto e apontando para coisas insignificantes no céu, embora os dois homens estivessem ocupados demais para se interessar. McWatt estava ocupado demais nos controles, seguindo as instruções estridentes de Yossarian, que os levava na direção das bombas e depois desviava-os bruscamente, violentamente, para longe das colunas ávidas de granadas explodindo. Eram ordens bruscas, estridentes, obscenas, as que McWatt recebia, muito parecidas com os gritos angustiados que povoavam os pesadelos de Hungry Joe na escuridão. Aarfy tirava baforadas pensativas do seu cachimbo, contemplando a guerra com uma curiosidade tranquila, através do para-brisa de McWatt, como se fosse um distúrbio remoto que jamais poderia afetá-lo. Aarfy era um homem dedicado a associações de ex-alunos, que adorava as reuniões de turma e o delírio coletivo, sem inteligência bastante para sentir medo. Yossarian tinha inteligência suficiente e sentia medo. A única coisa que o impedia de abandonar seu posto e sair em disparada, arrastando-se pelo corredor estreito como um rato covarde, era o fato de não poder confiar a nenhum outro a ação evasiva que os levaria para longe da área do objetivo visado. Não havia mais ninguém no mundo a quem ele pudesse honrar com uma responsabilidade tão grande. Não havia mais ninguém no mundo que fosse um covarde tão grande quanto ele. Yossarian era o melhor homem do grupo em ação evasiva, mas não tinha a menor ideia do motivo.

Não havia nenhum procedimento estabelecido para a ação evasiva. Tudo de que se precisava era medo. E Yossarian o tinha em quantidade, mais medo que Orr ou Hungry Joe, mais medo até que Dunbar, que se resignara submissamente à ideia de que algum dia teria que morrer. Yossarian ainda não se resignara a essa ideia e lutava furiosamente por sua vida em cada missão. No instante mesmo em que despejava suas bombas, Yossarian se punha a gritar desesperadamente: *"Depressa! Depressa! Depressa, seu filho da mãe!"* E gritava com McWatt sem parar e odiava McWatt sem parar, como se McWatt fosse o culpado por eles estarem ali em cima, sendo alvejados por estranhos. E todos os outros que estavam no avião desligavam o seu terminal do sistema de intercomunicação. Só fora diferente naquela missão a Avignon, quando Dobbs enlouquecera em pleno voo e começara a chorar pateticamente, pedindo socorro.

– Ajudem-no, ajudem-no – soluçava Dobbs. – Ajudem-no, ajudem-no.

– Ajudar quem? Ajudar quem? – gritava Yossarian, depois de recolocar o fone na cabeça. Fora-lhe arrancado quando Dobbs pegara os controles das mãos de Huple e fizera-o entrar bruscamente num mergulho ensurdecedor, atordoante, apavorante, que grudara Yossarian, impotente, no teto do compartimento do bombardeador. Huple salvara-os bem a tempo, recuperando os controles de Dobbs e nivelando o avião subitamente, bem no meio da cacofonia ameaçadora da barragem antiaérea, da qual haviam escapado apenas um momento antes. *Ó Deus, ó Deus, Deus, Deus, Deus, Deus,* implorava

Yossarian em silêncio, grudado no teto do nariz do avião, incapaz de qualquer movimento.

– O bombardeador, o bombardeador – respondera Dobbs aos gritos, quando Yossarian falara. – Ele não responde, ele não responde. Ajudem o bombardeador, ajudem o bombardeador.

– Mas eu sou o bombardeador – gritara Yossarian. – Eu sou o bombardeador e estou bem. Não há nada comigo.

– Então ajudem-no, ajudem-no – suplicara Dobbs. – Ajudem-no, ajudem-no.

E Snowden estava morrendo lá atrás.

6
Hungry Joe

Hungry Joe já cumprira as suas 50 missões, mas de nada lhe adiantavam. Arrumara as malas e estava esperando o momento de voltar para casa. À noite, tinha pesadelos terríveis e berrava desesperadamente mantendo acordados todos os homens do grupo. Todos menos Huple, o piloto de 15 anos que mentira sobre a sua idade para ingressar no Exército e vivia com seu gato de estimação na mesma barraca que Hungry Joe. Huple tinha o sono leve, mas afirmava que nunca ouvira Hungry Joe berrar. Hungry Joe estava doente.

– E daí? – resmungara Doc Daneeka, ressentido. – Minha situação é muito pior. Eu estava ganhando 50 mil dólares por ano e quase tudo livre de impostos, já que eu fazia questão de que meus clientes pagassem em dinheiro. Era apoiado pela mais forte associação de negócios do mundo. E olhem só o que me aconteceu! No momento mesmo em que eu estava pronto para começar a guardar algum dinheiro, eles tinham que inventar o fascismo e começar esta guerra, horrível o bastante para afetar até a mim. Tenho que rir quando ouço alguém dizer que Hungry Joe passa as noites berrando. Não posso deixar de rir. Ele está doente? E como ele pensa que eu me sinto?

Hungry Joe estava por demais afundado em suas próprias calamidades para se preocupar com a maneira como Doc Daneeka se sentia. Havia, por exemplo, o problema dos barulhos. Os menores ruídos deixavam-no furioso e ele gritava com Aarfy até ficar rouco, só por causa dos ruídos úmidos que Aarfy fazia ao dar baforadas em seu cachimbo. Ou gritava com Orr, por causa dos consertos que fazia. Ou com McWatt, pelo estrondo explosivo com que virava cada carta, no vinte-e-um ou no pôquer. Ou com Dobbs, por ranger os dentes ao esbarrar desajeitadamente nas coisas. Hungry Joe era uma massa vibrante e beligerante de irritabilidade. O tique-taque de um relógio num recinto em silêncio era um estrondo torturante em seu cérebro desguarnecido.

– Escute, garoto – explicara ele asperamente a Huple, ao fim da noite – se você quer ficar nesta barraca, tem que fazer como eu. Precisa enrolar seu relógio de pulso num par de meias de lã, todas as noites, enfiando no fundo da última gaveta da cômoda do outro lado do quarto.

Huple erguera o queixo numa atitude de desafio, para que Hungry Joe compreendesse que não era do tipo a quem se podia dar ordens sem cerimônia, e fizera exatamente o que lhe fora mandado.

Hungry Joe era um pobre coitado nervoso e pálido, o rosto descarnado, só pele e ossos. E veias que estavam constantemente latejando por baixo da pele, nas cavidades escuras por trás dos seus olhos, como pedaços amputados de uma cobra. Era um rosto desolado e cheio de crateras, parecendo coberto de fuligem, como uma cidade mineira abandonada. Hungry Joe comia vorazmente, roía interminavelmente as pontas dos dedos, gaguejava, coçava-se, balbuciava, suava, cuspia e pulava de um canto para outro, fanaticamente, com uma máquina fotográfica preta e misteriosa, com a qual estava sempre procurando tirar fotografias de mulheres nuas. As fotografias nunca saíam. Ele estava sempre se esquecendo de pôr o filme na máquina, de virar o filme, acender o flash ou remover a capa da lente. Não era fácil persuadir as garotas a posarem nuas, mas Hungry Joe tinha uma habilidade toda especial.

– Eu homem importante – gritava ele. – Eu grande fotógrafo de revista *Life*. Fotografia grande na capa. *Si, si, si.!* Estrela de HoIlywood. *Multi* dinheiro. *Multi* divórcios. *Multi* fuque-fuque o dia inteiro.

Poucas mulheres conseguiam resistir a uma adulação tão expressiva. As prostitutas se levantavam ansiosamente e se exibiam nas mais fantásticas poses que Hungry Joe lhes pedisse. As mulheres iam acabar matando Hungry Joe. A reação dele às mulheres, como objetos sexuais, era de idolatria, de adoração fanática. Elas eram maravilhosas, completas, manifestações enlouquecedoras do milagroso, instrumentos de prazer grandes demais para serem medidos, intensas demais para se poder aguentar, delicadas demais para serem aproveitadas por um homem inferior e indigno. Hungry Joe só podia interpretar a presença delas, inteiramente nuas, em suas mãos como um descuido cósmico, a ser retificado rapidamente. Ele tinha então que tirar proveito carnal delas no fugaz momento, antes que alguém percebesse o que estava acontecendo e as fizesse desaparecer. Nunca conseguia decidir se deveria deitá-las na cama ou fotografá-las, pois descobrira que era impossível fazer as duas coisas ao mesmo tempo. Na verdade, estava descobrindo que era quase impossível fazer qualquer uma das duas coisas, de tão prejudicada que era a sua capacidade de atuação pela necessidade compulsiva de pressa que invariavelmente o dominava. As fotografias nunca saíam e Hungry Joe nunca entrava. O mais estranho de tudo era que, na vida civil, Hungry Joe fora realmente um fotógrafo da revista *Life*.

Ele era um herói agora, o maior herói que a Força Aérea tinha, na opinião de Yossarian, pois voara mais turnos de missões de combate do que qualquer outro herói da Força Aérea. Ele já completara seis turnos de missões de combate. Completara o seu primeiro turno quando 25 missões era tudo o que se precisava para arrumar as malas, escrever cartas felizes para casa e começar a rondar o sargento Towser, à espera das ordens para voltar aos Estados Unidos. Enquanto esperava, Hungry Joe passava os dias andando de um lado para outro à entrada da barraca de operações, contando piadas ruidosas a todos que passavam, chamando jocosamente o sargento Towser de filho da puta nojento, toda vez que o sargento Towser saía de sua sala.

Hungry Joe concluíra as suas primeiras 25 missões durante a semana do desembarque em Salerno, quando Yossarian estava no hospital, com uma gonorreia que apanhara numa missão a baixa altitude, por cima de uma Wac atrás de uma moita, durante um voo de suprimento a Marrakesh. Yossarian fez o melhor possível para se igualar a Hungry Joe e quase o conseguiu, voando seis missões em seis dias. Mas sua 23ª missão foi para Arezzo, onde o coronel Nevers fora morto. Fora o mais perto que ele chegara de voltar para casa. No dia seguinte, o coronel Cathcart chegou, inflado de orgulho por seu novo posto e comemorando o comando com a elevação do número de missões necessárias para a baixa, que passou de 25 para 30. Hungry Joe desfez as malas e reescreveu as cartas felizes para casa. Parou de perseguir jocosamente o sargento Towser. Começou a odiar o sargento Towser, atribuindo-lhe toda a culpa, furiosamente, embora soubesse que o sargento Towser nada tinha a ver com a chegada do coronel Cathcart nem pelo atraso das ordens para reembarcá-lo para casa, que poderiam tê-lo salvado sete dias antes e cinco missões a menos.

Hungry Joe não mais suportou aguardar a tensão da espera pelas ordens de retornar aos Estados Unidos. Desmoronava por completo, uma ruína de homem, cada vez que concluía outro turno de missões de combate. Sempre que ele fazia jus à baixa, oferecia uma festa ao pequeno círculo de amigos que formara. Pegava as garrafas de *bourbon* que conseguira comprar em seus circuitos de quatro dias por semana no avião postal e ria, cantava, pulava e gritava, num festival de êxtase inebriado, até não mais conseguir ficar acordado, recolhendo-se pacificamente ao sono. Assim que Yossarian, Nately e Dunbar metiam-no na cama, ele começava a berrar no sono. De manhã, saía de sua barraca desfigurado, pálido, amedrontado, com um sentimento de culpa, a carapaça corroída de um ser humano, oscilando perigosamente, à beira do colapso.

Hungry Joe recebia os seus pesadelos todas as noites com uma assiduidade celestial, sempre que estava no acampamento, ao longo do seu angustiante ordálio, depois que encerrava mais um turno de missões de combate e enquanto ficava novamente esperando pelas ordens que o levariam de volta para casa, ordens que nunca chegavam.

Os homens mais impressionáveis do esquadrão, como Dobbs e o capitão Flume, ficaram tão profundamente perturbados com os pesadelos e gritos de Hungry Joe, que começaram também a ter os seus próprios pesadelos. As obscenidades estridentes que lançavam para o ar todas as noites, das barracas separadas que ocupavam no acampamento, chocavam-se na escuridão romanticamente, como os chamados de acasalamento de aves canoras de mentes sujas. O coronel Korn tomou uma ação decisiva para deter o que lhe parecia ser uma tendência deletéria no esquadrão do major Major. A solução que ele encontrou foi determinar que Hungry Joe passasse a voar o avião postal uma vez por semana, afastando-o assim do acampamento durante quatro noites. O remédio, como todos os remédios do coronel Korn, produziu os efeitos desejados.

Cada vez que o coronel Cathcart aumentava o número de missões de combate para a baixa e fazia Hungry Joe voltar à ativa, os pesadelos cessavam e Hungry Joe voltava a um estado normal de terror, com um sorriso de alívio. Yossarian lia o rosto enrugado de Hungry Joe como uma manchete. Era uma manchete auspiciosa quando Hungry Joe parecia estar na pior e uma manchete desalentadora quando Hungry Joe parecia estar bom. A inversão de reações de Hungry Joe era um fenômeno estranho para todos, à exceção do próprio Hungry Joe, que a negava obstinadamente.

– Quem é que sonha? – respondia ele, sempre que Yossarian lhe perguntava a respeito do que ele sonhava.

– Joe, por que você não vai procurar o Doc Daneeka? – aconselhou-o Yossarian.

– Por que deveria procurar Doc Daneeka? Não estou doente.

– E o que me diz dos seus pesadelos?

– Não tenho pesadelos – mentiu Hungry Joe.

– Talvez ele possa fazer alguma coisa por seus pesadelos.

– Não há nada de errado com pesadelos. Todo mundo tem pesadelos.

Yossarian julgou que conseguira finalmente encurralá-lo e perguntou:

– Mas todas as noites?

– E por que não todas as noites?

E subitamente tudo fez sentido! Realmente, por que não todas as noites? Fazia sentido gritar de angústia todas as noites. Fazia mais sentido do que Appleby, que era um defensor obstinado dos regulamentos e ordenara a Kraft que ordenasse a Yossarian que levasse os seus tabletes de Atabrine nos voos sobre o mar, depois que Appleby e Yossarian tinham deixado de se falar. Hungry Joe fazia também mais sentido do que Kraft, que estava morto, desaparecendo em tragédia sem a menor pompa, sobre Ferrara, em consequência da explosão de um motor. Isso ocorrera quando Yossarian resolvera levar a sua formação de seis aviões pela segunda vez na direção do objetivo. O grupo mais uma vez errara a ponte principal de Ferrara, de 10 mil metros de altitude, pelo sétimo dia consecutivo, apesar de contar com um visor que podia colocar uma bomba dentro de um barril. Uma semana inteira se passara desde que o coronel Cathcart oferecera seus homens como voluntários para destruírem a ponte em 24 horas. Kraft era um garoto esquelético e inofensivo da Pensilvânia, que queria apenas que todos gostassem dele e estava fadado a se desapontar até mesmo nessa sua ambição tão humilde e degradante. Em vez de ser estimado por todos, ele estava morto, um escombro ensanguentado de que ninguém se lembrava, enquanto o avião com uma asa só entrava num mergulho vertical. Kraft vivera inocuamente por algum tempo e depois desaparecera em chamas sobre Ferrara, no sétimo dia, enquanto Deus estava descansando e quando McWatt virava o avião e Yossarian guiava-o de volta ao objetivo, para um segundo bombardeio, porque Aarfy ficara confuso e Yossarian fora incapaz de despejar as bombas da primeira vez.

– Acho que temos mesmo que voltar, não é? – dissera MacWatt, sombriamente, pelo sistema de intercomunicação.

– Acho que temos mesmo – confirmara Yossarian.

– Temos?

– Temos.

– Oh, está bem... – murmurara McWatt. – Mas que diabo!

E lá voltaram eles, enquanto os aviões das outras formações ficavam circulando a distância, em segurança, e todos os canhões antiaéreos da Divisão Hermann Goering, lá embaixo, concentravam agora as suas granadas exclusivamente em cima deles.

O coronel Cathcart tinha muita coragem e jamais hesitava em oferecer seus homens como voluntários para todos os objetivos disponíveis. Não havia objetivo que fosse perigoso demais para o seu grupo atacar, assim como não havia cortada que fosse difícil demais para Appleby rebater na mesa de pingue-pongue. Appleby era um bom piloto e um jogador de pingue-pongue extraordinário com moscas nos olhos. Nunca perdia um ponto. Vinte e um saques era tudo o que Appleby precisava para esmagar qualquer adversário. Suas proezas na mesa de pingue-pongue tornaram-se lendárias. Appleby ganhava todos os jogos que travava, até a noite em que Orr, embriagado de gim, lhe arrebentara a cabeça com a raquete, depois que Appleby quebrara cada um dos cinco primeiros saques de Orr. Este pulara em cima da mesa depois de arremessar sua raquete e voara até o outro lado, os dois pés para a frente, acertando no rosto de Appleby. O pandemônio fora total. Fora preciso quase um minuto inteiro para Appleby se desvencilhar dos braços e pernas agitados de Orr e levantar-se, com Orr caído no chão à sua frente. Appleby recuara o braço para desferir um golpe fatal e neste momento Yossarian interviera, avançando e afastando Orr para longe dele. Fora uma noite de surpresas para Appleby, que era tão grande e tão forte quanto Yossarian e que desferira um soco em Yossarian com toda a sua força. O soco inundara o chefe White Halfoat com tamanha alegria que ele se virara e acertara um soco no nariz do coronel Moodus. E esse soco proporcionara tanta alegria ao general Dreedle que ele ordenara ao coronel Cathcart que expulsasse o capelão do clube dos oficiais e transferisse o chefe White Halfoat para a barraca de Doc Daneeka. Lá ele poderia ficar sob cuidados médicos durante 24 horas por dia, sendo permanentemente mantido em bom estado físico, para poder novamente golpear o coronel Moodus no nariz, sempre que o general Dreedle assim o desejasse. De vez em quando o general Dreedle fazia uma viagem especial ao acampamento, em companhia do coronel Moodus e de sua enfermeira, só para o chefe White Halfoat acertar um soco no nariz do seu genro.

O chefe White Halfoat preferiria ter continuado no trailer que compartilhava com o capitão Flume, o calado e assustado oficial de relações-públicas do esquadrão, que passava quase todas as noites revelando os filmes que tirara durante o dia, a fim de enviar as fotografias junto com as suas notícias para a imprensa. O capitão Flume ficava o máximo possível trabalhando no quarto escuro e depois se deitava em seu catre com os dedos cruzados e um pé de coelho no pescoço, tentando passar a noite inteira acordado. Ele tinha um receio mortal do chefe White Halfoat. O capitão Flume estava obcecado pela ideia de que o chefe White Halfoat um dia iria aproximar-se de seu catre na ponta dos pés, quando ele estivesse profundamente adormecido, cortando sua garganta de uma orelha à outra. O capitão Flume obtivera tal ideia do próprio chefe White Halfoat, que se aproximara de seu catre uma noite, na ponta dos pés, quando ele estava cochilando, e lhe sussurrara agourentamente que uma noite dessas, quando ele, capitão Flume, estivesse profundamente adormecido, ele, chefe White Halfoat, iria lhe cortar a garganta de uma orelha à outra. O capitão Flume ficara congelado de medo e arregalara os olhos, fitando diretamente os olhos do chefe White Halfoat, que luziam embriagados a poucos centímetros dos seus.

– Por quê? – conseguira o capitão Flume finalmente balbuciar.

– Por que não? – fora a resposta do chefe White Halfoat.

Todas as noites, depois disso, o capitão Flume procurava ficar acordado o máximo possível. No que era imensamente ajudado pelos pesadelos de Hungry Joe. Escutando tão atentamente os uivos maníacos de Hungry Joe, noite após noite, o capitão Flume passara a odiá-lo e começara a desejar que o chefe White Halfoat entrasse na barraca *dele* na ponta dos pés, uma noite qualquer, e cortasse a garganta *dele* de uma orelha à outra. Na verdade, o capitão Flume dormia como uma pedra quase todas as noites e apenas sonhava que estava acordado. Mas os sonhos de estar acordado eram tão convincentes que todas as manhãs ele acordava em completa exaustão e imediatamente caía no sono outra vez.

O chefe White Halfoat quase que passara a gostar do capitão Flume, depois da surpreendente metamorfose dele. O capitão Flume fora deitar-se naquela noite como um extrovertido vibrante e na manhã seguinte acordara um introvertido meditativo. O chefe White Halfoat orgulhosamente considerava o novo capitão Flume como sua criação exclusiva. Ele jamais tencionara cortar a garganta do capitão Flume de uma orelha à outra. A ameaça era apenas a sua ideia de uma brincadeira, assim como querer morrer de pneumonia, esmurrar o nariz do coronel Moodus ou desafiar Doc Daneeka para um combate de índio. Tudo o que o chefe White Halfoat queria fazer, ao cambalear embriagado, todas as noites, para sua barraca, era dormir prontamente. Mas com frequência Hungry Joe tornava isso impossível. Os pesadelos de Hungry Joe provocavam insônia no chefe White Halfoat e ele frequentemente desejava que alguém entrasse na ponta dos pés na barraca de Hungry Joe, levantasse o gato de Hungry de cima do seu rosto e lhe abrisse a garganta de uma orelha à outra, a fim de que todo mundo no esquadrão, à exceção do capitão Flume, pudesse ter uma boa noite de sono.

Muito embora o chefe White Halfoat continuasse a esmurrar o nariz do coronel Moodus, em benefício do general Dreedle, ele ainda era um marginal na comunidade. Como também o era o major Major, o comandante do esquadrão, que descobrira isso na mesma ocasião em que descobrira que era o comandante do esquadrão, por meio do coronel Cathcart, que descera ruidosamente para o acampamento em seu jipe sempre acelerado, no dia seguinte à morte do major Duluth, sobre Perugia. O coronel Cathcart freara o jipe, num ranger de pneus, a poucos centímetros do fosso da ferrovia. Do outro lado, estava a quadra de basquete inclinada, da qual o major Major era de vez em quando expulso a pontapés, empurrões, pedradas e socos, pelos homens que quase se haviam tornado seus amigos.

– Você é o novo comandante do esquadrão – gritara-lhe o coronel Cathcart, do outro lado do fosso. – Mas não pense que isso signifique alguma coisa, pois não significa. Tudo o que significa é que você é o novo comandante do esquadrão.

E o coronel Cathcart se afastara, tão abrupta e ruidosamente quanto chegara, arrancando a toda e lançando uma chuva de areia no rosto do major Major. O major Major ficou paralisado com a notícia. Ficou parado ali, incapaz de falar, magro e desajeitado, com uma bola de basquete já gasta nas mãos, enquanto as sementes do rancor semeadas tão rapidamente pelo coronel Cathcart iam fincando raízes nos soldados ao redor, que o haviam deixado aproximar-se deles, quase um amigo, como nunca antes acontecera. O branco de seus olhos apáticos foi se tornando cada vez maior e mais enevoado, enquanto a boca tremia incontrolavelmente e ele se perdia irremediavelmente na solidão familiar e imbatível que voltava a envolvê-lo como um nevoeiro sufocante.

Como todos os demais oficiais do comando do grupo, à exceção do major Danby, o coronel Cathcart era imbuído de um espírito democrático. Ele acreditava que todos os homens eram criados iguais e por isso desprezava todos que não estivessem no comando do grupo com igual fervor. Contudo, ele tinha fé em seus homens. Como lhes dizia frequentemente na sala de instruções, acreditava que eles eram pelo menos 10 missões melhores do que qualquer outro grupo. E quem quer que não compartilhasse essa confiança que ele depositava neles era melhor ir embora. Mas a única maneira que havia para se ir embora, como Yossarian descobriu ao visitar o ex-PFC Wintergreen, era voar as 10 missões extras.

– Ainda não estou entendendo – protestou Yossarian. – Afinal, Doc Daneeka está certo ou não está?

– Quantas ele disse?

– Quarenta.

– Daneeka estava dizendo a verdade – admitiu o ex-PFC Wintergreen. – Quarenta missões é tudo o que se precisa voar, para o quartel-general da 27ª Força Aérea.

Yossarian ficou exultante:

– Então já posso voltar para casa, não é? Tenho 48 missões.

– Não, você ainda não pode voltar para casa – corrigiu-o Wintergreen. – Será que ficou doido ou algo assim?

– Mas por que não?

– Ardil-22.

– Ardil-22?

Yossarian ficou aturdido.

– Mas que diabo o Ardil-22 tem a ver com isso?

Quando Hungry Joe levou Yossarian de volta a Pianosa, Doc Daneeka explicou-lhe pacientemente:

– O Ardil-22 diz que você sempre deve fazer o que o seu oficial comandante lhe mandar fazer.

– Mas a 27ª Força Aérea diz que eu posso voltar para casa depois de 40 missões.

– Mas eles não dizem que você tem que voltar para casa. E os regulamentos dizem que você tem que obedecer a todas as ordens. Aí é que está o ardil. Mesmo que o coronel estivesse desobedecendo a uma ordem da 27ª Força Aérea, fazendo-o realizar mais missões, você tem que realizá-las ou será culpado de desobedecer a uma ordem dele. E se isso acontecer, o quartel-general da 27ª Força Aérea acabará com você.

Yossarian ficou frustrado e desapontado, lamentando-se:

– Então eu terei mesmo que voar as 50 missões, não é?

– As 55 – corrigiu-o Doc Daneeka.

– Que 55?

– As 55 que o coronel quer agora que todos vocês voem.

Hungry Joe deixou escapar um imenso suspiro de alívio ao ouvir as palavras de Doc Daneeka e seu rosto se abriu num sorriso. Yossarian agarrou Hungry Joe pelo pescoço e obrigou-o a levá-los de avião de volta ao ex-PFC Wintergreen.

– O que eles fariam comigo, se eu me recusasse a voar as missões restantes? – perguntou ele, em tom confidencial, ao ex-PFC Wintergreen.

– Nós provavelmente iríamos fuzilá-lo – respondeu o ex-PFC Wintergreen.

– *Nós?* – gritou Yossarian, surpreso. – O que está querendo dizer com esse *nós?* Desde quando você está do lado deles?

– Se você vai ser fuzilado, de que lado espera que eu fique? – respondeu o ex-PFC Wintergreen, com uma lógica irrefutável.

Yossarian estremeceu. O coronel Cathcart novamente o apanhara.

7
McWatt

Normalmente, o piloto de Yossarian era McWatt, o qual, barbeando-se todas as manhãs do lado de fora de sua barraca, num pijama vermelho berrante, era uma das coisas estranhas, irônicas e incompreensíveis que cercavam Yossarian. McWatt era provavelmente o mais louco de todos os homens em combate, porque era perfeitamente são e mesmo assim não se importava com a guerra. Era um espírito jovem, de pernas curtas e ombros largos, sempre sorridente e sempre a assoviar as músicas em voga. Virava as cartas com um estalo agudo, quando as estava dando, no vinte-e-um ou no pôquer, até que Hungry Joe descambava num desespero trêmulo, pelo impacto acumulado, e começava a gritar que parasse com o barulho.

– Seu filho da puta, você só faz isso porque sabe que me deixa abalado! – gritava Hungry Joe furiosamente, enquanto Yossarian o continha, com uma das mãos, procurando acalmá-lo. – É a única razão por que ele faz isso! Gosta de me ouvir gritar. Seu filho da puta maldito!

McWatt torcia o nariz delicado e sardento com a desculpa e prometia que não mais ia estalar as cartas, mas sempre terminava se esquecendo. McWatt usava chinelos felpudos com o seu pijama vermelho e dormia entre lençóis coloridos sempre passados, como a metade que Milo recuperara para ele do ladrão sorridente de dentes cariados, em troca de nenhuma das tâmaras cristalizadas que Milo tomara emprestadas de Yossarian. McWatt era profundamente impressionado com Milo, o qual, para divertimento do cabo Snark, o seu sargento do rancho, já estava comprando ovos a 7 *cents* a unidade e revendendo a 5 *cents*. Mas McWatt jamais se impressionara tanto com Milo quanto este ficara impressionado com a carta que Yossarian obtivera para o seu fígado, de Doc Daneeka.

– Mas o que é isso? – gritava Milo alarmado, ao ver a enorme caixa de papelão cheia de pacotes de frutos secos, latas de sucos e sobremesas que os dois trabalhadores italianos, sequestrados pelo major —— de Coverley para a sua cozinha, estavam levando para a barraca de Yossarian.

– É para o capitão Yossarian, senhor – disse o cabo Snark, com um sorriso superior. O cabo Snark era um intelectual esnobe que sentia estar vinte anos à frente do seu tempo e não gostava de cozinhar para as massas. – Ele tem uma carta de Doc Daneeka, autorizando-o a receber todas as frutas e sucos de frutas que desejar.

– Mas o que é isso? – gritou Yossarian, quando Milo empalideceu e começou a oscilar.

– Isso é o tenente Milo Minderbinder, senhor – disse o cabo Snark, com uma piscadela escarninha. – Um dos nossos novos pilotos. Ele tornou-se oficial do rancho, quando o senhor esteve no hospital na última vez.

– Mas o que é isso? – gritou McWatt, no fim da tarde, quando Milo entregou-lhe a sua metade do lençol.

– É a metade do lençol que foi roubado da sua barraca esta manhã – explicou Milo, com uma autossatisfação nervosa, o bigode cor de ferrugem tremendo rapidamente. – Aposto que nem mesmo sabia que tinha sido roubado.

– Mas por que alguém haveria de querer roubar a metade de um lençol? – indagou Yossarian, surpreso.

Milo ficou perturbado e protestou:

– Você não compreende!

E Yossarian também não compreendia por que Mito precisava tão desesperadamente conferir a carta de Doc Daneeka, que era bastante objetiva: "Dê a Yossarian todos os frutos secos e sucos de frutas que ele desejar. Yossarian diz que tem um problema de fígado."

– Uma carta como esta – murmurou Milo, desolado – pode arruinar qualquer oficial de rancho do mundo.

Milo viera à barraca de Yossarian apenas para ler a carta novamente, seguindo a sua caixa de provisões perdidas pelo acampamento, como se acompanhasse um cortejo fúnebre.

– Tenho que lhe dar tudo o que me pedir. E a carta nem mesmo diz que você precisa comer tudo o que lhe der.

– E é bom mesmo que não diga – afiançou-lhe Yossarian –, porque eu nunca como seja o que for. Afinal, tenho um problema de fígado.

– Ah, é, eu já tinha até esquecido – disse Milo, baixando a voz, em deferência. – E o caso é grave?

– Apenas grave o bastante – disse Yossarian, alegremente.

– Entendo – murmurou Milo. – Mas o que isso significa?

– Significa que não podia ser melhor...

– Acho que não entendo mais.

– ...sem ser pior. Está percebendo agora?

– Agora eu percebo. Mas ainda não estou entendendo.

– Pois não deixe que isso o perturbe. Deixe que eu fique perturbado. Sabe, eu não tenho realmente um problema de fígado. Tenho apenas os sintomas. Tenho uma síndrome Garnett-Fleischaker.

– Entendo. E o que vem a ser uma síndrome Garnett-Fleischaker?

– Um problema de fígado.

– Entendo. – Milo começou a coçar as sobrancelhas, com uma expressão de cansaço, como se sentisse alguma dor interior e esperasse que ela desaparecesse. Finalmente, acrescentou: – Suponho que você tem que tomar cuidado com tudo o que comer, não é mesmo?

– Tenho sim – assegurou Yossarian. – Não é fácil conseguir uma boa síndrome Garnett-Fleischaker e eu não quero perder a minha. É por isso que não como nenhuma fruta.

– Agora, estou percebendo tudo – disse Milo. – As frutas não fazem bem a seu fígado, não é?

– Pelo contrário. As frutas são ótimas para meu fígado. É por isso que não como nenhuma.

– Então o que você faz com elas? – indagou Milo, desenredando-se da sua confusão crescente, lançando logo em seguida a pergunta que lhe queimava os lábios: – Você as vende?

– Eu dou.

– A quem? – gritou Milo, a voz tremendo de consternação.

– A quem as quiser – gritou Yossarian de volta.

Milo deixou escapar um gemido melancólico e interminável e cambaleou para trás, gotas de suor surgindo por todo o seu rosto pálido. E recomeçou a mexer no seu infortunado bigode, distraidamente, enquanto o corpo todo tremia.

– Dou uma boa parte a Dunbar – acrescentou Yossarian.

– Dunbar? – ecoou Milo, atordoado.

– Isso mesmo. Dunbar pode comer todas as frutas que ele quiser e isso não lhe faz nada bem. Eu simplesmente deixo a caixa bem à vista, para que qualquer um que deseje possa se servir à vontade. Aarfy sempre vem aqui pegar passas. Ele diz que nunca consegue arrumar muitas passas lá no rancho. Você podia dar um jeito nisso assim que tiver tempo, pois não é nada divertido ter Aarfy constantemente por aqui. Sempre que meu estoque está terminando, peço ao cabo Snark para me abastecer novamente. Nately sempre leva um bom carregamento de frutas quando vai para Roma. Ele está apaixonado por uma prostituta de lá, que me odeia e não está absolutamente interessada nele. Ela tem uma irmã caçula que nunca deixa os dois na cama em paz. Vivem num apartamento com um velho e uma velha e um bando de outras garotas, com lindas coxas roliças, que sempre estão também brincando por perto. Nately sempre leva uma caixa cheia de frutas para elas, toda vez que vai a Roma.

– Ele vende tudo para elas?

– Não. Ele dá de presente.

Milo franziu o rosto e comentou, sem nenhum entusiasmo:

– Bem, suponho que seja muita generosidade da parte dele.

– É muita generosidade mesmo – concordou Yossarian.

– E tenho certeza de que é perfeitamente legal – continuou Milo –, já que as frutas pertencem a você, a partir do momento em que as recebe de mim. Suponho que, a situação difícil como anda, as garotas devem ficar muito contentes em receber as frutas.

– E ficam mesmo – assegurou-lhe Yossarian. – Elas vendem tudo no mercado negro e usam o dinheiro para comprar bijuterias espalhafatosas e perfumes ordinários.

Milo empertigou-se, exclamando:

– Bijuterias! Eu não sabia disso! Quanto é que elas estão pagando por perfumes ordinários?

– O velho usa a parte dele para comprar um uísque ordinário e fotografias pornográficas. Ele é um libertino.

– Um libertino?

– Você ficaria surpreso se soubesse do que ele é capaz.

– Há muito mercado em Roma para fotografias pornográficas? – indagou Milo.

– Você ficaria surpreso. Veja o caso de Aarfy, por exemplo. Quem o conhece jamais poderia imaginar, não é mesmo?

– Que ele é um libertino?

– Não, que ele é um navegador. Conhece o capitão Aardvaark, não é? Ele é aquele cara delicado que foi procurá-lo em seu primeiro dia no esquadrão e disse: "Meu nome é Aardvaark e navegação é o meu negócio." Ele usava um cachimbo e provavelmente lhe perguntou qual a universidade que cursou. Conhece-o, não é?

Milo não estava prestando a menor atenção. Bruscamente, implorou:

– Deixe-me ser seu sócio.

Yossarian repeliu-o, muito embora não tivesse a menor dúvida de que os carregamentos de frutas estariam à sua disposição para fazer o que bem desejasse, depois de requisitá-los ao rancho com a carta de Doc Daneeka. Milo ficou abatido, mas, a partir desse momento, passou a confiar a Yossarian todos os seus segredos, à exceção de um. Raciocinava, astutamente, que quem quer que não roubasse o país a que amava não haveria de roubar a ninguém mais. Milo confiou a Yossarian todos os seus segredos, à exceção da localização dos buracos nas colinas em que começara a enterrar o seu dinheiro depois de voltar de Smirna com o carregamento de figos e saber por Yossarian que um agente do CID aparecera no hospital. Para Milo, que era crédulo o suficiente para se apresentar como voluntário, o posto de oficial do rancho constituía uma missão sagrada.

– Eu nem mesmo sabia que estávamos servindo poucas passas – admitiu para Yossarian. – Acho que é porque ainda sou novo no posto. Mas vou verificar com o meu primeiro-cozinheiro.

Yossarian fitou-o atentamente.

– Que primeiro-cozinheiro? Você não tem nenhum primeiro-cozinheiro.

– É o cabo Snark – explicou Milo, parecenao um pouco constrangido. – Ele é o único cozinheiro que tenho. Portanto é o meu primeiro-cozinheiro, apesar de eu estar pensando em transferi-lo para a parte administrativa. Sinto que o cabo Snark tem tendência a ser um pouco criativo demais. Pensa que ser sargento do rancho é alguma forma de arte e está sempre se queixando de ter que prostituir seus talentos. Mas ninguém lhe está pedindo que faça uma coisa dessas! Por falar nisso, você sabe por que ele foi rebaixado a graduado e agora é apenas cabo?

– Sei. Ele envenenou o esquadrão.

Milo empalideceu novamente.

– Ele fez *o quê*?

– Ele misturou centenas de barras de sabão num purê de batata-doce, só para mostrar que as pessoas têm um gosto de filisteus e não sabem distinguir entre o que é bom e o que é mau. Todos os homens do esquadrão caíram doentes. As missões programadas foram canceladas.

– Essa não! – exclamou Milo, apertando os lábios em desaprovação. – Ele certamente verificou como se enganara, não é mesmo?

– Pelo contrário. Descobriu que estava absolutamente certo. Nós comemos tudo e ainda pedimos mais. Sabíamos que estávamos doentes, mas não tínhamos a menor ideia de que fôramos envenenados.

Milo fungou duas vezes, consternado, como um coelho peludo.

– Sendo assim, certamente vou querer que ele passe para a parte administrativa. Não quero que nada de parecido aconteça enquanto eu estiver como oficial do rancho. Sabe, a minha esperança é proporcionar aos homens deste esquadrão as melhores refeições do mundo inteiro. Não acha que é um objetivo e tanto? Na minha opinião, se um oficial de rancho se contentar com menos, então não tem direito a ser oficial de rancho. Não concorda comigo?

Yossarian virou-se lentamente para contemplar Milo, com uma ponta de desconfiança. Viu um rosto ingênuo e sincero, incapaz de qualquer sutileza ou astúcia, um rosto franco, com olhos grandes bem separados, cabelos cor de ferrugem, sobrancelhas castanhas, um infeliz bigode também cor de ferrugem. Milo tinha um nariz comprido e fino, as narinas sempre úmidas e fungando, sempre apontadas para o lado inverso daquele que o rosto de Milo estava olhando.

Era o rosto de um homem de integridade empedernida, que não poderia conscientemente violar os princípios morais sobre os quais se apoiava sua virtude, assim como era incapaz de transformar-se num homem vil. Um desses princípios morais era o de que não constituía um pecado cobrar o máximo que os orçamentos podiam suportar. Era capaz de paroxismos de justa indignação e ficou novamente indignado ao saber que um agente do CID estava em Pianosa à sua procura.

– Não está à sua procura – disse-lhe Yossarian, procurando esclarecer a situação. – Está procurando por alguém lá no hospital que andou assinando o nome de Washington Irving nas cartas que censurava.

– Nunca assinei o nome de Washington Irving em carta nenhuma – declarou Milo, categoricamente.

– É claro que não.

– Mas isso é apenas um truque para me obrigar a confessar que andei ganhando dinheiro no mercado negro. – Milo arrancou violentamente um punhado de cabelos cor de ferrugem do seu infortunado bigode. – Não gosto de gente assim. Estão sempre bisbilhotando gente como nós. Por que o governo não vai atrás do ex-PFC Wintergreen, se está querendo fazer algo de bom? Ele não tem o menor respeito pelos regulamentos e vive cortando os preços que lhe apresento.

O bigode de Milo era infeliz porque as duas metades separadas jamais combinavam. Eram como os olhos muito separados de Milo, que nunca olhavam juntos para a mesma coisa, ao mesmo tempo. Milo podia ver mais coisas que a maioria das pessoas, mas não podia ver nenhuma delas nitidamente. Em contraste à sua reação diante da notícia da presença em Pianosa de um agente do CID, recebeu com uma coragem serena a informação de que o coronel Cathcart elevara o número de missões para 55.

– Afinal, nós estamos em guerra – disse ele. – E não adianta a gente se queixar sobre o número de missões que temos de voar. Se o coronel diz que temos de voar 55 missões, então teremos que voá-las.

– Pois eu não tenho que voá-las – garantiu Yossarian. – Vou falar com o major Major.

– Mas como conseguirá? O major Major nunca recebe ninguém.

– Então voltarei para o hospital.

– Mas você saiu do hospital somente há dez dias – recordou-lhe Milo, em tom de censura. – Não pode ficar se refugiando no hospital toda vez que acontece alguma coisa de que não gosta. Não, a melhor coisa a fazer é voar as missões. É nosso dever.

Milo tinha escrúpulos rígidos, que nem mesmo lhe haviam permitido tomar emprestado um pacote de tâmaras cristalizadas do rancho no dia em que roubaram o lençol de McWatt, pois os alimentos que estavam no rancho ainda eram propriedade do governo.

– Mas posso tomar emprestado de você – explicou ele a Yossarian –, já que todas as frutas lhe pertencem, uma vez que as requisite, graças à carta de Doc Daneeka. Pode depois fazer com elas o que bem entender. Até mesmo vendê-las, com altos lucros, em vez de dá-las de graça. Não quer ser meu sócio nesse negócio?

– Não.

– Então empreste-me um pacote de tâmaras cristalizadas – disse Milo, desistindo. – Eu devolverei. Juro que devolverei. E haverá, inclusive, um extra para você.

Milo cumpriu sua palavra e entregou a Yossarian um quarto do lençol amarelo de McWatt, ao voltar com o pacote de tâmaras intacto e com o ladrão de dentes cariados e sorridentes que roubara o lençol da barraca de McWatt. O pedaço de lençol pertencia agora a Yossarian. Ele o ganhara enquanto cochilavam, embora não pudesse compreender como McWatt também não compreendeu absolutamente nada.

– Mas o que é isso? – gritou ele, contemplando, perplexo, a metade rasgada do seu lençol.

– É a metade do lençol que foi roubado esta manhã da sua barraca – explicou Milo. – Aposto que você nem mesmo sabia que tinha sido roubado.

– Mas por que alguém haveria de querer roubar a metade de um lençol? – perguntou Yossarian.

Milo ficou atarantado.

– Você não está compreendendo. Ele roubou o lençol inteiro. Eu o recuperei com o pacote de tâmaras cristalizadas que você investiu.

É por isso que um quarto do lençol é seu. Você teve um bom lucro com o seu investimento, particularmente porque recebeu de volta todas as tâmaras que investiu.

Milo dirigiu-se em seguida a McWatt.

– Metade do lençol é seu, porque lhe pertencia inteiro no início. Não entendo como pode estar se queixando, já que não teria de volta nenhuma parte do lençol, se o capitão Yossarian e eu não tivéssemos intervindo a seu favor.

– E quem está se queixando? – disse McWatt. – Estou apenas tentando imaginar o que posso fazer com a metade de um lençol.

– Há uma porção de coisas que pode fazer com a metade de um lençol – assegurou-lhe Milo. – Separei o quarto restante do lençol para mim como recompensa por meu trabalho e iniciativa. Mas não será para mim pessoalmente, entende? O quarto de lençol ficará para a cooperativa. Eis algo que poderia fazer com a sua metade de lençol: pode deixá-la na cooperativa e vê-la crescer.

– Que cooperativa?

– A cooperativa que eu gostaria de formar algum dia, a fim de que vocês pudessem ter a boa comida que merecem.

– Você quer fazer uma cooperativa?

– Quero, sim. Ou melhor, um empório. Sabe o que é um empório?

– Um lugar onde se compram coisas, não é?

– E se vendem coisas – acrescentou Milo.

– E se vendem coisas.

– Toda a minha vida eu sempre quis ter um empório. Pode-se fazer uma porção de coisas quando se tem um empório. Mas primeiro é preciso ter um empório.

– E você quer ter um empório?

– E cada homem terá a sua cota.

Yossarian estava perplexo, pois aquele era um assunto de negócios e havia muita coisa de negócios que o deixava perplexo.

– Deixe-me tentar explicar novamente – propôs Milo, com crescente cansaço e irritação, sacudindo o polegar na direção do ladrão de dentes cariados, que continuava a sorrir a seu lado. – Eu sabia que ele queria as tâmaras mais do que o lençol. Como ele não entende uma só palavra de inglês, fiz questão de conduzir toda a transação em inglês.

– Por que você simplesmente não o acertou na cabeça e arrancou-lhe o lençol? – perguntou Yossarian.

Comprimindo os lábios num gesto de dignidade, Milo balançou a cabeça. E censurou-o firmemente:

– Isso teria sido extremamente injusto. A força é um erro, e dois erros somados nunca dão numa coisa certa. Foi muito melhor à minha maneira. Quando estendi as tâmaras para ele e peguei o lençol, ele certamente pensou que eu estava propondo uma troca.

– E o que você estava fazendo?

– Na verdade, estava mesmo propondo uma troca. Mas como ele não entende inglês, eu sempre posso negar.

– Suponhamos que ele fique furioso e queira pegar as tâmaras de qualquer maneira?

– Neste caso, nós o acertamos na cabeça e tiramos as tâmaras dele – respondeu Milo, sem a menor hesitação. Olhou de Yossarian para McWatt e depois voltou a concentrar-se em Yossarian. – Realmente, não consigo entender do que todo mundo está se queixando. Estamos todos em situação muito melhor do que antes. Todo mundo está feliz, à exceção desse ladrão. E não há o menor sentido em ficar preocupado com ele, já que nem mesmo fala a nossa língua e merece por isso tudo o que receber. Será que vocês não compreendem?

Mas Yossarian ainda não estava compreendendo, assim como não podia compreender como é que Milo era capaz de comprar ovos em Malta a 7 *cents* a unidade e revendê-los com lucro em Pianosa, a 5 *cents* a unidade.

8
Tenente Scheisskopf

Nem mesmo Clevinger compreendia como Milo podia fazer tal coisa. Clevinger sabia de tudo. Clevinger sabia de tudo a respeito da guerra, exceto por que Yossarian tinha que morrer enquanto o cabo Snark podia viver. Ou por que o cabo Snark tinha que morrer enquanto Yossarian podia viver. Era uma guerra abjeta e confusa, e Yossarian poderia muito bem ter vivido sem ela – vivido eternamente, talvez. Apenas uma fração dos seus compatriotas teria dado a vida para vencê-la. E Yossarian não tinha a ambição de estar entre eles. Morrer ou não morrer, esta era a questão. E Clevinger ficou tonto ao tentar respondê-la. A história não exigia a partida prematura de Yossarian, a justiça ficaria satisfeita sem que isso acontecesse, o progresso não seria entravado sem ela, a vitória não dependia disso. Que homens morressem era uma questão de necessidade; *quais* os homens que morreriam era uma questão de circunstância. E Yossarian aceitava ser a vítima de qualquer coisa, menos das circunstâncias. Mas a guerra era assim mesmo. Tudo o que ele conseguia encontrar a favor da guerra era que pagava bem e libertava as crianças da influência perniciosa dos pais.

Clevinger sabia tanta coisa porque Clevinger era um gênio, com coração forte e rosto esmaecido. Era um gênio comprido e magro, desengonçado, agitado, de olhos sempre ansiosos. Como estudante em Harvard, distinguira-se em quase todos os cursos, só não se distinguindo nos demais porque vivia muito ocupado a assinar manifestos, a circular manifestos e a contestar manifestos, a ingressar em grupos de debates e a renunciar a grupos de debates, a comparecer a congressos juvenis e a combater congressos juvenis, a organizar comitês estudantis em defesa de membros da faculdade dispensados. Todos concordavam que Clevinger certamente iria longe no mundo acadêmico. Clevinger era uma dessas pessoas com muita inteligência e sem nenhum miolo. Todos sabiam disso, exceto aqueles que ainda estavam prestes a descobri-lo.

Em suma, ele era um inebriado por si mesmo. Yossarian muitas vezes tinha a impressão de que ele se parecia com essas pessoas que frequentam os museus de arte moderna e que têm ambos os olhos num só lado do rosto. Era uma ilusão, é claro, provocada pela predileção de Clevinger de olhar fixamente para um dos lados da questão, e jamais descobrir o outro. Politicamente, ele era um humanitário que não sabia distinguir entre a esquerda e a direita, e ficava encurralado entre as duas. Estava constantemente defendendo os seus amigos comunistas para os seus inimigos de extrema direita e os seus amigos de extrema direita para os seus inimigos comunistas. O resultado é que ele era integralmente detestado por ambos os grupos, que nunca o defendiam perante ninguém, pois achavam que ele era um idiota.

Mas era um idiota muito sério, convicto e consciente. Era impossível ir a um cinema em sua companhia sem se envolver depois numa discussão sobre empatia, Aristóteles, universalidade, mensagens e as obrigações do cinema como forma de arte numa sociedade materialista. As garotas que ele levava ao teatro tinham que esperar até o primeiro intervalo para descobrirem se estavam assistindo a uma peça boa ou ruim. E então compreendiam tudo. Clevinger era um idealista militante que fazia cruzada contra a intolerância racial omitindo-se diante dela. Ele sabia tudo sobre literatura, exceto como apreciá-la. Yossarian tentara ajudá-lo.

– Não seja estúpido – aconselhara ele a Clevinger, quando ambos estavam na escola de cadetes em Santa Ana, na Califórnia.

– Pois eu vou dizer a ele – insistia Clevinger, os dois sentados no palanque, olhando para o tenente Scheisskopf no campo de parada lá embaixo, correndo de um lado para outro, nervosamente, como um Lear imberbe.

– Por que logo eu? – gemia o tenente Scheisskopf.

– Fique quieto, idiota – Yossarian aconselhava a Clevinger, prestimosamente.

– Você não sabe do que está falando – objetava Clevinger.

– Sei o bastante para ficar quieto, idiota.

O tenente Scheisskopf arrancava os cabelos e rangia os dentes. As bochechas elásticas tremiam em arrancos de angústia. Seu problema era uma turma de cadetes da Aeronáutica que tinha o moral baixo e marchava pessimamente na competição de desfile que se realizava em todas as tardes de domingo. O moral era baixo porque os cadetes não queriam marchar em todas as tardes de domingo e porque o tenente Scheisskopf é que escolhera os cadetes comandantes, em vez de permitir que eles fossem eleitos.

– *Quero* que alguém me diga! – lamentava-se o tenente Scheisskopf, suplicando a todos. – Se a culpa é minha, *quero* que me digam!

– Mas ele *quer* que alguém lhe diga – argumentava Clevinger.

– Ele quer é que todo mundo fique quieto, idiota – explicava Yossarian.

– Mas você não ouviu o que ele disse? – insistia Clevinger.

– Ouvi perfeitamente. Ouvi ele dizer, alto e bom som, que está querendo que todos nós fiquemos de boca fechada, se sabemos o que é bom para a tosse.

– Não vou punir ninguém – prometia o tenente Scheisskopf.

– Ele diz que não me vai punir – falou Clevinger.

– Ele vai simplesmente castrá-lo – afiançou Yossarian.

– Juro que não vou punir quem falar – declarava o tenente Scheisskopf. – Serei eternamente grato ao homem que me contar a verdade.

– Ele vai é odiá-lo – murmurava Yossarian. – Irá odiá-lo até o dia em que morrer.

O tenente Scheisskopf era um graduado do Corpo de Treinamento de Oficiais da Reserva, que ficara na maior alegria quando a guerra irrompera, pois isso lhe dava a oportunidade de usar um uniforme de oficial diariamente e dizer "Homens", numa voz brusca e marcial aos garotos que caíam em suas garras de oito em oito semanas, a caminho do cepo do carniceiro. Scheisskopf era um tenente ambicioso e sisudo, que assumia as suas responsabilidades com toda seriedade e sorria apenas quando algum oficial rival da base da Força Aérea em Santa Ana caía de cama com alguma enfermidade prolongada. Era míope e sofria de sinusite crônica, o que tornava a guerra especialmente emocionante para ele, já que não corria o perigo de ser enviado para além-mar. A melhor coisa que havia no tenente Scheisskopf era a esposa dele, e a melhor coisa que havia na esposa dele era uma amiga chamada Dori Duz, que fazia de tudo sempre que podia e tinha um uniforme de Wac que a esposa do tenente Scheisskopf vestia todo fim de semana e tirava todo fim de semana para qualquer cadete do esquadrão do marido que estivesse disposto a se enfiar dentro dela.

Dori Duz era uma mulherzinha espevitada, de cabelos louros, que adorava fazer as coisas em barracões de ferramentas, cabines telefônicas, casas de campo e paradas de ônibus. Havia pouca coisa que ela ainda não experimentara e muito menos que não estivesse disposta a tentar. Era uma garota sem o menor pudor, esguia, 19 anos e agressiva. Destruía egos às dezenas e fazia os homens se odiarem a si mesmos pela manhã, da maneira como os atraía, usava-os e depois os descartava. Yossarian amava-a. Ela era uma maravilhosa porção de carne que fora acessível a ele. Yossarian adorara a sensação dos músculos flexíveis que sentira em todas as partes do corpo dela quando o tocara, na única vez em que ela o permitira. Yossarian amava Dori Duz tão intensamente que não se continha e se arremessava ardorosamente em cima da esposa do tenente Scheisskopf todas as semanas, para vingar-se do tenente Scheisskopf pela maneira como o tenente Scheisskopf estava se vingando de Clevinger.

Já a esposa do tenente Scheisskopf estava se vingando dele por algum crime imperdoável que ele cometera e que ela não conseguia mais lembrar qual era. Era uma mulher gorducha, rosada e indolente, que lia bons livros e vivia insistindo com Yossarian para que ele deixasse de ser tão burguês. Nunca estava sem um bom livro por perto, nem mesmo quando estava deitada na cama sem nada por cima a não ser Yossarian. A mulher aborrecia Yossarian, mas ele estava também apaixonado por ela, que se formara em matemática pela Escola de Administração de Wharton e não sabia contar até 28, todos os meses, sem criar problemas.

– Querido, acho que vamos ter um filho novamente – dizia ela a Yossarian todos os meses.

– Você perdeu o juízo – respondia ele.

– Estou falando sério, meu bem – insistia ela.

– Eu também.

– Querido, acho que vamos ter um filho novamente – dizia ela ao marido.

– Não tenho tempo para essas coisas – resmungava o tenente Scheisskopf, irritado. – Será que você não sabe que tenho que cuidar de uma parada?

O tenente Scheisskopf preocupava-se intensamente em ganhar os desfiles militares e em provar as acusações contra Clevinger perante a junta disciplinar, por conspiração para derrubar os oficiais cadetes que ele designara. Clevinger era um criador de casos e um sabichão. O tenente Scheisskopf sabia que ele poderia criar mais problemas ainda, se não fosse rigorosamente vigiado. Ontem tinham sido os oficiais cadetes; amanhã poderia ser o mundo. Clevinger tinha cabeça, e o tenente Scheisskopf já constatara que as pessoas que tinham cabeça tendiam a ser muito espertas de vez em quando. Homens assim eram perigosos demais. E até mesmo os novos oficiais cadetes, aos quais Clevinger ajudara a ganhar a indicação, estavam ansiosos em testemunhar contra ele. O caso contra Clevinger foi aberto e logo encerrado. Estava tudo pronto e a única coisa que faltava era algo de que acusá-lo.

Não podia ser nada relacionado com as paradas, pois Clevinger levava as paradas quase tão a sério quanto o próprio Scheisskopf. Os homens preparavam-se para a parada no início da tarde de cada domingo, formando fileiras de 12, ainda meio tontos, diante das barracas. Gemendo com a ressaca inevitável depois das noitadas do sábado, seguiam cambaleando até o campo principal da base, onde ficavam parados, imóveis, no calor, durante uma ou duas horas, juntamente com os homens dos outros sessenta ou setenta esquadrões de cadetes, até que um número razoável já tivesse desmaiado para se dar por encerrada a exibição. Na beira do campo ficava uma fileira de ambulâncias, com hábeis carregadores de macas, portando *walkie-talkies*. Nos tetos das ambulâncias ficavam postados vigias, munidos de binóculos. Um contador anotava as baixas. Supervisionando toda essa fase da operação ficava um oficial médico, com queda para os números, que verificava os pulsos e conferia os dados do contador. Assim que o número exigido de homens desmaiados já havia sido recolhido às ambulâncias, o oficial médico fazia um sinal para o maestro da banda, que começava a tocar, determinando o fim da parada. Um atrás do outro, os esquadrões marchavam pelo campo, executando uma curva incômoda ao redor do palanque e seguindo pelo campo na direção das barracas.

Cada um dos esquadrões em desfile recebia uma nota ao passar diante do palanque, onde um coronel enfatuado, de imensos bigodes, estava sentado em companhia de outros oficiais. O melhor esquadrão de cada ala ganhava um galhardete amarelo, espetado na ponta de uma vara e que não tinha absolutamente o menor valor. O melhor esquadrão da base ganhava um galhardete vermelho numa vara maior, ainda mais inútil que o amarelo, pois a vara era mais pesada e era o maior incômodo carregá-la de um lado para outro durante a semana inteira, até que outro esquadrão a ganhasse, no domingo seguinte. Para Yossarian, a ideia de galhardetes como prêmio era totalmente absurda. Não se ganhava dinheiro junto, nenhum privilégio. Da mesma forma que as medalhas olímpicas e os troféus de tênis significam que o possuidor fizera algo que não trouxera benefício a ninguém, mostrando-se nisso mais capaz do que qualquer um outro.

As próprias paradas pareciam-lhe absurdas. Yossarian detestava toda e qualquer parada. As paradas eram marciais demais. Ele odiava ouvi-las, odiava assistir a elas, odiava ficar preso num engarrafamento por causa de uma parada. Odiava ser obrigado a participar delas. Já era bastante ruim ser um cadete da Aeronáutica, sem ter que agir como um soldado, sob um sol escaldante, todas as tardes de domingo. E já era bastante ruim ser um cadete da Aeronáutica porque, agora, já se tornara óbvio que a guerra não terminaria antes de ele terminar seu curso de treinamento. Fora essa a única razão pela qual ele se apresentara voluntariamente ao treinamento de cadete da Aeronáutica. Como um soldado que se oferecera a fazer o treinamento de cadete da Aeronáutica, ele tinha semanas e semanas de espera antes de terminar o treinamento básico, outras semanas e semanas de espera antes de se tornar um bombardeador-navegador, mais semanas e semanas ainda antes de concluir o treinamento operacional e ser transferido para além-mar. Parecera inconcebível então que a guerra pudesse durar tanto tempo, porque Deus estava do lado dele, Yossarian, como lhe haviam dito. E Deus, como também lhe haviam dito, podia fazer o que bem desejasse. Mas a guerra não estava nem perto do fim, e Yossarian já estava chegando ao final do seu período de treinamento.

O tenente Scheisskopf ansiava desesperadamente em ganhar as paradas marciais e ficava sentado a metade da noite, planejando sua estratégia. Enquanto isso, a esposa ficava amorosamente à espera dele na cama, folheando o volumoso compêndio de Krafft-Ebing em busca das suas passagens favoritas. Ele ficava lendo tratados sobre desfiles militares. Manipulava caixas e caixas de soldadinhos de chocolate, até que se derretessem em suas mãos. Manobrava então, formando fileiras de 12, os caubóis de plástico que comprara de uma firma de reembolso postal sob um nome falso e que mantinha trancados a sete chaves durante o dia. Eram indispensáveis os conhecimentos de anatomia. Certa noite, o tenente Scheisskopf sentiu que precisava de um modelo ao vivo e ordenou à esposa que marchasse pelo quarto.

– Nua? – indagou ela, esperançosa.

O tenente Scheisskopf bateu com as mãos nos olhos, exasperado. O desespero da vida do tenente Scheisskopf era estar acorrentado a uma mulher incapaz de ver alguma coisa além dos seus próprios desejos sexuais, algo nojento, uma mulher que simplesmente não compreendia o esforço titânico em busca do inatingível, no qual os homens mais nobres se empenhavam, heroicamente.

– Por que você nunca me chicoteou? – queixou-se ela, uma noite.

– Porque não tenho tempo – respondeu ele, impaciente. Não tenho tempo, entende? Será que não sabe que há uma parada programada?

E ele realmente não tinha tempo. Já era domingo, restando apenas sete dias da semana para a próxima parada. O tenente Scheisskopf não tinha a menor ideia do lugar para onde iam as horas. Terminando em último lugar em três paradas sucessivas, o tenente Scheisskopf ficara com uma reputação condenável. Por isso, ele passara a considerar todos os meios possíveis para manter os 12 homens de cada fileira em linha, até mesmo uma viga de carvalho presa às costas deles. Mas o plano não era exequível, pois seria impossível fazer uma volta de 90º sem dobradiças de uma liga especial de níquel nas costas de cada homem. E o tenente Scheisskopf não era otimista o suficiente a ponto de acreditar que pudesse obter a liga especial de níquel da Intendência ou contar com a cooperação dos cirurgiões do hospital para implantá-las nas costas dos seus homens.

Na semana seguinte ao tenente Scheisskopf ter seguido a recomendação de Clevinger e deixado que os homens elegessem seus próprios oficiais cadetes, o esquadrão ganhou o galhardete amarelo. O tenente Scheisskopf ficou tão exultante com a vitória inesperada que deu uma pancada na cabeça da esposa com a vara do galhardete, quando ela tentou arrastá-lo para a cama a fim de comemorar. Ele estava assim demonstrando o seu desprezo pelos costumes sexuais das classes médias inferiores da civilização ocidental. Na semana seguinte, o esquadrão ganhou o galhardete vermelho e o tenente Scheisskopf ficou fora de si de entusiasmo. E mais uma semana depois o seu esquadrão fez história, ganhando novamente o galhardete vermelho, em duas semanas consecutivas! Agora o tenente Scheisskopf tinha bastante confiança em sua capacidade para desfechar a sua grande surpresa. O tenente Scheisskopf descobrira, em suas pesquisas profundas sobre o assunto, que as mãos dos marchadores, em vez de se balançarem livremente como era a moda, não deviam se afastar mais de 10 centímetros do centro da coxa, o que significava que mal deviam mexer-se.

Os preparativos do tenente Scheisskopf foram minuciosos e secretos. Todos os cadetes do seu esquadrão tiveram de jurar segredo e ensaiaram a marcha na calada da noite. Marchavam na escuridão impenetrável, esbarrando uns nos outros, mas sem entrar em pânico. E logo começaram a aprender a marchar sem sacudir as mãos. A primeira ideia do tenente Scheisskopf tinha sido a de pedir a um amigo seu que trabalhava numa forja que providenciasse cavilhas de liga de níquel para prender nos ossos das coxas dos cadetes. Nas cavilhas seriam presos fios de cobre com exatamente 10 centímetros de comprimento, a outra extremidade presa nos pulsos dos cadetes. Mas não havia tempo, nunca havia tempo. Além disso, era muito difícil conseguir fios de cobre em tempo de guerra. Ele se recordara também de que os homens, assim tolhidos, não poderiam cair adequadamente durante a imponente cerimônia de desmaio que precedia a marcha. E tal incapacidade em desmaiar adequadamente poderia prejudicar a exibição do esquadrão como um todo.

Durante a semana inteira ele riu com uma alegria incontida no clube dos oficiais. Seus amigos mais íntimos desandaram a fazer especulações.

– O que será que o cabeça de merda está planejando? – indagou o tenente Engle.

O tenente Scheisskopf respondia com um sorriso misterioso às perguntas dos seus colegas. E prometia:

– Vocês vão descobrir no domingo.

O tenente Scheisskopf exibiu a sua surpresa épica no domingo, com a pose de um empresário tarimbado. Não disse coisa alguma enquanto os outros esquadrões desfilavam diante do palanque, erradamente, à maneira tradicional. Não deu a menor indicação nem mesmo quando as primeiras fileiras do seu esquadrão se aproximaram, marchando sem mexer as mãos e provocando murmúrios de alarme dos oficiais atônitos. E ele continuou contendo-se até que o coronel enfatuado de imenso bigode virasse em sua direção, furiosamente, o rosto vermelho. Só então é que o tenente Scheisskopf apresentou a explicação que o tornou imortal:

– Veja só, coronel. Sem mãos.

E para uma audiência ainda paralisada de admiração, ele distribuiu cópias fotostáticas do regulamento obscuro no qual baseara o seu triunfo inesquecível. Foi o grande momento da vida do tenente Scheisskopf. Ele ganhou a parada, é claro, sem mãos, ficando com a posse permanente do galhardete vermelho e acabando para sempre com as paradas dominicais, já que os bons galhardetes vermelhos eram tão difíceis de arrumar em tempo de guerra quanto os bons fios de cobre. O tenente Scheisskopf foi prontamente promovido a primeiro-tenente Scheisskopf e assim iniciou a sua rápida ascensão. Havia uns poucos que não o saudavam como um verdadeiro gênio militar por sua importante descoberta.

– Aquele tenente Scheisskopf é um gênio militar – comentou o tenente Travers.

– Também acho – concordou o tenente Engle. – É uma pena que ele não bata na esposa.

– Não vejo qual é a relação – disse o tenente Travers, com frieza.

– O tenente Bemis espanca a Sra. Bemis cada vez que têm relações sexuais e nem por isso ele vale alguma coisa nas paradas.

– Estou falando sobre flagelação – reagiu o tenente Engle. – Quem é que se importa com paradas?

Na verdade, só o tenente Scheisskopf é que realmente se importava com as paradas. Entre todos, o que menos se importava era o coronel enfatuado de bigode imenso, que era o presidente da junta disciplinar e começou a gritar com Clevinger no momento em que Clevinger entrou cautelosamente na sala e declarou-se inocente das acusações que o tenente Scheisskopf apresentara contra ele. O coronel deu um murro em cima da mesa e machucou a mão, ficando ainda mais irritado com Clevinger. Deu outro murro mais violento na mesa e machucou a mão ainda mais. O tenente Scheisskopf olhou para Clevinger com os lábios cerrados, mortificado com a péssima impressão que Clevinger estava causando.

– Dentro de sessenta dias você estará lutando contra os alemães – disse o coronel enfatuado, furioso. – E acha que isso é brincadeira!

– Não acho que seja uma brincadeira, senhor – respondeu Clevinger.

– Não me interrompa.

– Sim, senhor.

– E diga "senhor" quando falar – ordenou o major Metcalf.

– Sim, senhor.

– Não acaba de receber ordem para não interromper? – indagou o major Metcalf, friamente.

– Mas não interrompi, senhor – protestou Clevinger.

– Não. E também não disse "senhor". Acrescente isso às acusações contra ele – determinou o major Metcalf ao cabo que sabia taquigrafia. – Recusa-se a dizer "senhor" aos oficiais superiores, quando não os interrompe.

– Metcalf, você é um idiota – disse então o coronel. – Já sabia disso?

O major Metcalf engoliu em seco, com alguma dificuldade.

– Sim, senhor.

– Então fique de boca fechada. O que você fala nunca faz o menor sentido.

A junta disciplinar era integrada por três oficiais, o coronel enfatuado, o tenente Scheisskopf e o major Metcalf, que estava tentando agora assumir uma expressão de firmeza. Como membro da junta disciplinar, o tenente Scheisskopf era um dos juízes que iriam avaliar os méritos do caso contra Clevinger, conforme apresentados pelo promotor. O tenente Scheisskopf era também o promotor. Clevinger tinha um oficial a defendê-lo. E esse oficial era o tenente Scheisskopf.

Era tudo muito confuso para Clevinger, que começou a tremer de terror, quando o coronel se levantou, como um arroto gigantesco, e ameaçou esquartejar o seu corpo fedorento e covarde. Um dia Clevinger tropeçara durante a marcha. No dia seguinte fora formalmente acusado de "romper as fileiras quando em formação, agressão criminosa, comportamento indiscriminado, apatia, alta traição, atitudes provocativas, mostrando ser um cara espertalhão que gosta de ouvir música clássica e coisas assim". Em suma, jogaram em cima dele todo o Regulamento Disciplinar do Exército. E lá estava ele agora, apavorado, diante do coronel enfatuado que rugiu mais uma vez que dentro de sessenta dias ele estaria em combate e indagou se estava querendo ser enviado para as ilhas Salomão a fim de enterrar corpos. Clevinger respondeu delicadamente que não gostaria desse serviço. Ele era um idiota que preferia ser um cadáver a enterrar outro. O coronel sentou-se e recostou-se na cadeira, sereno e subitamente prudente, com uma cortesia cativante.

– O que estava querendo dizer quando falou que nós não poderíamos puni-lo? – indagou ele, lentamente.

– Quando foi isso, senhor?

– Eu é que estou fazendo as perguntas. Você as responde.

– Sim, senhor. Eu...

– Acha que nós o trouxemos até aqui para que fizesse perguntas e eu as respondesse?

– Não, senhor. Eu...

– Para que o trouxemos até aqui?

– Para responder perguntas.

– Você tem toda razão. Não acha que agora seria melhor que comece a responder algumas, antes que eu quebre a sua maldita cabeça? Vamos, seu bastardo, diga logo o que estava pensando quando falou que nós não poderíamos puni-lo.

– Não creio que eu jamais tenha feito tal declaração, senhor.

– Pode falar mais alto, por favor? Não ouvi direito.

– Sim, senhor. Eu...

– Pode falar mais alto, por favor? Ele não pôde ouvir direito.

– Sim, senhor. Eu...

– Metcalf.

– Senhor?

– Eu não lhe disse para ficar com a sua estúpida boca fechada?

– Sim, senhor.

– Então fique com a sua estúpida boca fechada quando eu lhe disser para ficar com a sua estúpida boca fechada. Entendido? Agora, pode falar mais alto, por favor? Não o ouvi falar direito.

– Sim, senhor. Eu...

– Metcalf, é em seu pé que estou pisando?

– Não, senhor. Deve ser o pé do tenente Scheisskopf.

– Não é o meu pé – garantiu o tenente Scheisskopf.

– Então deve ser mesmo o meu pé – disse o major Metcalf.

– Tire-o.

– Sim, senhor. Mas terá que tirar o seu pé primeiro, coronel. Está em cima do meu.

– Está me dizendo para tirar meu pé?

– Não, senhor. Oh, não, senhor!

– Então tire o seu pé e fique com a sua estúpida boca fechada. Pode falar mais alto, por favor? Ainda não consegui ouvir direito.

– Sim, senhor. Eu disse que não tinha dito que não poderiam punir-me.

– Mas que diabo! De que você está falando?

– Estou respondendo à sua pergunta, senhor.

– Que pergunta?

– "Vamos, seu bastardo, diga logo o que estava pensando quando falou que nós não poderíamos puni-lo" – informou o cabo que estava tomando notas taquigráficas do julgamento.

– Está bem – disse o coronel. – Mas que diabo você estava querendo dizer?

– Eu não disse que não poderiam punir-me, senhor.

– Quando? – indagou o coronel.

– Quando o quê, senhor?

– Lá está você a me fazer perguntas outra vez.

– Lamento, senhor. É que receio não haver compreendido sua pergunta.

– Quando não disse que não poderíamos puni-lo? Será que não entende a minha pergunta?

– Não, senhor. Não entendo.

– Acabou de nos dizer isso. Suponhamos agora que responda à minha pergunta.

– Mas como eu posso respondê-la?

– Eis outra pergunta.

– Lamento, senhor. Mas não sei como responder à pergunta. Nunca disse que não poderiam punir-me.

– Agora você está nos dizendo quando disse isso. Estou pedindo para dizer quando foi que não disse.

Clevinger respirou fundo.

– Eu sempre não disse que não poderiam punir-me, senhor.

– Assim é muito melhor, Sr. Clevinger, muito embora seja uma mentira descarada. Ontem à noite, na latrina. Não murmurou que não podemos puni-lo, para aquele outro filho da puta nojento de que não gostamos? Como é mesmo o nome dele?

– Yossarian, senhor? – informou o tenente Scheisskopf.

– Isso mesmo, Yossarian. Yossarian? É esse mesmo o nome? Yossarian. Mas que diabo de nome é Yossarian?

O tenente Scheisskopf tinha o caso sob perfeito controle e explicou:

– É o nome de Yossarian, senhor.

– É, imagino que sim. Não sussurrou para Yossarian que não podemos puni-lo?

– Oh, não, senhor! Sussurrei para ele que não poderiam descobrir a minha culpa...

– Posso ser estúpido – interrompeu o coronel –, mas a diferença me escapa. Acho mesmo que sou muito estúpido, pois não percebo a diferença.

– É...

– Você não passa de um miserável filho da puta, não é? Ninguém lhe pediu um esclarecimento e você estava me prestando um esclarecimento. Eu estava fazendo uma afirmação e não pedindo um esclarecimento. Você não passa de um miserável filho da puta, não é?

– Não, senhor.

– *Não, senhor?* Está me chamando de mentiroso?

– Oh, não, senhor!

– Está tentando entrar em choque comigo?

– Não, senhor.

– Você é um miserável filho da puta?

– Não, senhor.

– Mas que diabo! Está querendo entrar em choque comigo! Mais um pouco e eu salto por cima desta mesa e rasgo o seu corpo todo!

– Faça isso! Faça isso! – gritou o major Metcalf.

– Metcalf, seu filho de uma puta nojento! Eu não lhe disse para ficar com essa sua estúpida boca fechada?

– Sim, senhor. Lamento, senhor.

– Então por que não faz o que eu digo?

– Estava apenas querendo aprender, senhor. A única maneira pela qual se pode aprender é experimentando.

– Quem é que disse isso?

– Todo mundo diz isso, senhor. Até mesmo o tenente Scheisskopf.

– Você diz isso?

– Sim, senhor – confirmou o tenente Scheisskopf. – Mas é o que todo mundo diz.

– Pois bem, Metcalf, você poderia ficar com a sua estúpida boca fechada e essa seria a maneira de aprender a ficar com a sua estúpida boca fechada. Onde é que nós estávamos mesmo? Leia-me a última frase.

– "Leia-me a última frase" – leu o cabo que tomava anotações taquigráficas do julgamento.

– Não a *minha* última frase, idiota! – berrou o coronel. – A de outro qualquer.

– "Leia-me a última frase" – leu novamente o cabo.

– Mas essa é novamente a minha última frase! – ganiu o coronel, vermelho de raiva.

– Oh, não, senhor! – corrigiu o cabo. – Foi a *minha* última frase. Eu a li um momento atrás. Não se lembra, senhor? Foi há apenas um momento.

– Oh, meu Deus! Leia-me então a última frase *dele*, seu idiota! Mas diga: como diabo é o seu nome?

– Popinjay, senhor.

– Você será o seguinte, Popinjay. Assim que este julgamento terminar, vai começar o seu. Entendido?

– Sim, senhor. De que serei acusado?

– Mas que diferença isso faz? Não ouviu o que ele me perguntou? Você vai aprender, Popinjay. No minuto em que terminarmos com Clevinger, você vai aprender. Cadete Clevinger, o que... É o cadete Clevinger e não Popinjay, não é?

– Sim, senhor.

– Ótimo. O que...

– Eu sou Popinjay, senhor.

– Popinjay, seu pai é um milionário ou um senador?

– Não, senhor.

– Então você está atolado na merda, Popinjay. Sem um remo. Seu pai é por acaso um general ou um alto funcionário da administração federal?

– Não, senhor.

– Isso é ótimo. O que é que seu pai faz?

– Ele já morreu, senhor.

– Isso é ainda melhor. Está realmente atolado na merda, Popinjay. Seu nome é realmente Popinjay? Mas que diabo de nome é Popinjay? Não gosto dele.

– É o nome de Popinjay, senhor – explicou o tenente Scheisskopf.

– Pois não gosto dele, Popinjay. E estou esperando ansiosamente o momento de esquartejá-lo, membro por membro. Cadete

Clevinger, pode por favor repetir o que quer que tenha sussurrado ou não para Yossarian ontem à noite, na latrina?

– Sim, senhor. Eu disse que os senhores não poderiam confirmar a minha culpa...

– Vamos partir daí. O que estava, precisamente, querendo dizer, cadete Clevinger, ao declarar que não poderíamos considerá-lo culpado?

– Eu não disse que não me poderiam considerar culpado, senhor.

– Quando?

– Quando o quê, senhor?

– Mas que diabo! Vai querer começar novamente a me fazer perguntas?

– Não, senhor. Desculpe, senhor.

– Então responda à minha pergunta. Quando não disse que não poderíamos considerá-lo culpado?

– Ontem à noite na latrina, senhor.

– Foi a única ocasião em que não disse isso?

– Não, senhor. Eu sempre não disse que não poderiam considerar-me culpado. O que eu disse a Yossarian foi...

– Ninguém lhe perguntou o que você disse a Yossarian. Nós lhe perguntamos o que você não disse a ele. Não estamos absolutamente interessados no que você disse a Yossarian. Isso está bem claro?

– Sim, senhor.

– Então vamos adiante. O que foi que você disse a Yossarian?

– Eu disse a ele, senhor, que não poderiam confirmar a minha culpa do delito de que sou acusado e se manterem fiéis à causa...

– De quê? Você está resmungando.

– Pare de resmungar!

– Sim, senhor.

– E resmungue "senhor" quando o fizer.

– Sim, senhor – murmurou Clevinger. – Da justiça, senhor. Que não poderiam descobrir...

– Justiça?

O coronel estava atônito.

– Mas o que é justiça?

– Justiça, senhor...

– Não é isso que é a justiça – escarneceu o coronel, recomeçando a dar murros na mesa. – Isso é o que Karl Marx é. Eu lhe direi o que é a justiça. Justiça é uma joelhada na virilha, sem qualquer aviso. Justiça é enfiar uma faca de cima para baixo, sem qualquer aviso. Justiça é agir furtivamente e destruir o inimigo na calada da noite, sem qualquer aviso. Isso é que é justiça e só vai acontecer quando todos nós formos duros e impiedosos o bastante para destruirmos o inimigo. Entendido?

– Não, senhor.

– Não me trate de senhor!

– Sim, senhor.

– E diga "senhor" quando não o fizer – ordenou o major Metcalf.

Clevinger era culpado, é claro, ou então não teria sido acusado. E como a única maneira de prová-lo era considerá-lo culpado, eles tinham o dever patriótico de assim o fazer. Ele foi condenado a caminhar 57 turnos de punição. Popinjay foi posto na cadeia para aprender a lição, e o major Metcalf foi transferido para as ilhas Salomão, a fim de enterrar corpos. O turno de punição de Clevinger era 50 minutos andando de um lado para outro diante do prédio da Polícia do Exército, com um rifle descarregado de uma tonelada no ombro.

Foi tudo confuso demais para Clevinger. Havia muitas coisas estranhas acontecendo, porém a mais estranha de todas era o ódio, brutal, patente, inexorável, dos membros da junta disciplinar, lançando-lhe olhares implacáveis, as expressões duras e vingativas, os olhos semicerrados a brilharem malignamente, como brasas inextinguíveis. Clevinger ficou atônito ao descobrir tanto ódio. Eles o teriam linchado, se fosse possível. Eram três homens já amadurecidos e ele ainda era quase um menino, mas o odiavam e desejavam vê-lo morto. Odiavam-no antes de ele aparecer no tribunal, odiaram-no enquanto estava lá e continuaram a odiá-lo depois que partira, levando para casa o ódio que sentiam por ele, como algum tesouro precioso, que cada um acalentava em sua solidão. Yossarian fizera o melhor possível para adverti-lo, na noite anterior. Dissera-lhe sombriamente:

– Não tem nenhuma chance, garoto. Eles odeiam judeus.

– Mas não sou judeu! – respondera Clevinger.

– Isso não faz a menor diferença – garantira Yossarian, acertando em cheio. – Eles estão a fim de acabar com todo mundo.

Clevinger encolheu-se diante do ódio deles como se fosse uma luz ofuscante. Aqueles três homens que o odiavam falavam a sua língua e usavam o seu uniforme, mas ele descobriu em seus rostos implacáveis, fixados imutavelmente em expressões de hostilidade, tudo o que havia para se descobrir, compreendendo imediatamente que em nenhum outro lugar do mundo, nem em todos os tanques, aviões e submarinos fascistas, nem nas casamatas por trás dos ninhos de metralhadoras e das baterias de canhões, nem por trás dos lança-chamas, nem mesmo entre todos os hábeis artilheiros da experiente Divisão Antiaérea Hermann Goering ou entre os cúmplices das cervejarias de Munique, em nenhum outro lugar do mundo, em suma, havia homens que o odiassem mais do que aqueles três.

9
Major Major Major Major

O major Major Major Major tivera dificuldades desde o início.

Ele, como o MiniverCheevy, nascera tarde demais – exatamente 36 horas tarde demais para o bem-estar físico de sua mãe, uma mulher doente e meiga, que, depois de um dia e meio sofrendo as dores do parto, perdeu toda a capacidade de continuar a discussão sobre o nome da criança. No corredor do hospital, o marido levou adiante os seus planos, com a determinação de um homem que sabia o que estava fazendo. O pai do major Major era um homem altíssimo e muito magro, de botinas e terno preto de lã. Ele preencheu a certidão de nascimento sem hesitar, sem trair absolutamente a menor emoção, entregando-a à enfermeira. A enfermeira pegou sem qualquer comentário e afastou-se. Ele ficou observando-a, imaginando o que ela usava por baixo do uniforme.

De volta à enfermaria, ele encontrou a esposa debilitada por baixo dos lençóis, como se fosse um vegetal ressequido, encarquilhado, seco e muito branco, os tecidos enfraquecidos absolutamente imóveis. A cama dela ficava no fim da enfermaria, perto de uma janela quebrada, com uma grossa camada de sujeira. A chuva caía do céu cinzento, fazia um dia horrível e frio. Em outras partes do hospital, doentes pálidos, de lábios roxos, já velhos, estavam morrendo em sua hora marcada. O homem ficou parado ao lado da cama, olhando demoradamente para a mulher. E por fim disse, em voz suave:

– Dei ao menino o nome de Caleb. Conforme seu desejo.

A mulher não respondeu e o homem sorriu, lentamente. Ele planejara tudo à perfeição, pois a esposa estava adormecida e jamais saberia que ele lhe mentira, ali, em seu leito de doente, na sala dos indigentes do hospital do condado.

Desse início paupérrimo é que despontara o fracassado comandante do esquadrão, que agora passava a maior parte do seu dia de trabalho em Pianosa a falsificar o nome de Washington Irving em documentos oficiais. O major Major falsificava habilmente com a mão esquerda, a fim de evitar a identificação, isolando-se contra qualquer intrusão por meio de sua própria autoridade indesejável e camuflando-se atrás de um falso bigode e de óculos escuros, como proteção adicional contra alguém que, por acaso, espiasse pela imunda janela de celuloide, da qual algum ladrão cortara um pedaço. Entre esses dois pontos extremos, o do nascimento e o do sucesso, tinham decorrido 31 anos melancólicos de solidão e frustração.

O major Major nascera tarde demais e também medíocre demais. Alguns homens nascem medíocres, outros conquistam a mediocridade, a alguns a mediocridade é impingida. No caso do major Major, as três coisas tinham acontecido. Mesmo entre homens que careciam de qualquer mérito, ele se destacava como o que mais carecia de qualquer mérito. As pessoas que o conheciam ficavam invariavelmente impressionadas pela maneira como ele não impressionava ninguém em aspecto nenhum.

O major Major tivera três desvantagens na vida desde o início: o pai, a mãe e Henry Fonda, com quem ele tinha uma leve semelhança, praticamente desde o berço. Muito antes de ele sequer suspeitar quem era Henry Fonda, via-se objeto de comparações pouco lisonjeiras, aonde quer que fosse. Os estranhos achavam por isso que ele era passível de desprezo e o resultado foi que, desde cedo, o major Major ficara dominado por um medo culposo das pessoas e um impulso servil de se desculpar perante a sociedade pelo fato de não ser Henry Fonda. Não era uma tarefa fácil passar pela vida parecendo-se com alguém como Henry Fonda, mas ele não pensara uma única vez sequer em desertar da vida, tendo herdado a perseverança do pai, um homem magro com um estranho senso de humor.

O pai do major Major era um homem temente a Deus, cuja ideia de uma boa piada era mentir a respeito da sua idade. Era um fazendeiro de pernas compridas, crente, amante da liberdade, respeitador da lei e individualista empedernido, que achava que a ajuda federal a qualquer um que não fosse fazendeiro era um socialismo insidioso. Ele defendia a frugalidade e o trabalho árduo e desaprovava as mulheres de costumes fáceis que o repeliam. Sua especialidade era a alfafa e ele fazia um bom negócio de não cultivar nenhuma. O governo pagava-lhe muito bem cada fardo de alfafa que ele não colhia. Quanto mais alfafa ele não cultivava, mais o governo lhe pagava. Ele gastava cada tostão que não ganhava em novas terras, para aumentar a quantidade de alfafa que não produzia. O pai do major Major trabalhava incansavelmente em não plantar alfafa. Nas tardes longas de inverno ele ficava dentro de casa e não consertava os equipamentos. Saltava da cama diariamente ao romper do meio-dia, só para certificar-se de que as múltiplas tarefas da fazenda não seriam realizadas. Investia em terras inteligentemente e logo não estava produzindo mais alfafa do que qualquer outro fazendeiro do país. Os vizinhos procuravam-no em busca de conselhos sobre todos os assuntos, pois ele ganhara mais dinheiro do que eles e, portanto, era mais sábio.

– O que semeamos é o que colhemos – aconselhava ele a todos, invariavelmente.

– Amém – murmuravam todos, balançando a cabeça.

O pai do major Major era um campeão exaltado da parcimônia governamental, desde que não interferisse com o sagrado dever do governo de pagar aos fazendeiros o máximo que eles pudessem conseguir por toda alfafa que produziam e que ninguém mais queria ou por não produzirem absolutamente nenhuma alfafa. Era um homem orgulhoso e independente, que se opunha ao seguro-desemprego e lamentava-se, chorava, lisonjeava e extorquia o máximo que pudesse, de quem quer que fosse. Era um homem devoto cujo púlpito era o mundo inteiro.

– O Senhor nos deu, a nós, fazendeiros, duas mãos fortes para que pudéssemos agarrar o máximo possível com ambas. – Ele assim pregava, com ardor, nos degraus do prédio da municipalidade ou diante da loja da A&P, enquanto esperava que a jovem caixa, mal-humorada e sempre a mascar chicletes, por quem ele estava interessado, saísse do trabalho e lhe lançasse um olhar rude.

– Se o Senhor não quisesse que pegássemos o máximo possível, não nos teria dado duas boas mãos para pegarmos.

E os outros murmuravam, arrependidos:

– Amém.

O pai do major Major possuía uma fé calvinista na predestinação e percebia nitidamente que os infortúnios de todos, à exceção dos seus, eram a expressão da vontade de Deus. Ele fumava cigarros e bebia uísque, entusiasmava-se com frases espirituosas e com uma estimulante conversa intelectual, especialmente quando partiam dele e mais especialmente ainda quando mentia a respeito da sua idade e contava a história da comparação entre Deus e as dificuldades de sua esposa em dar à luz o major Major. Dizia ele que Deus levara apenas seis dias para fabricar o mundo inteiro, enquanto sua esposa levara um dia e meio em trabalho de parto, só para produzir o major Major. Um homem inferior certamente teria hesitado naquele dia, a perambular pelos corredores do hospital. Um homem mais fraco teria adotado alguma solução de compromisso, optando por algum dos excelentes substitutivos, como Drum Major (Tambor-Mor), Sergeant Major (Sargento-Mor) ou mesmo C Sharp Major (Dó Sustenido Maior), mas o pai do major Major esperara 14 longos anos por uma oportunidade como aquela e não era um homem de desperdiçar as oportunidades.

– A oportunidade só surge uma vez na vida e outra na morte – costumava dizer. E o pai do major Major repetia a história em todas as oportunidades, até mesmo quando não havia uma.

Nascer com uma leve semelhança com Henry Fonda foi a primeira de uma longa série de pilhérias práticas que o destino iria pregar ao major Major, a vítima infeliz de sua própria vida insípida e sem alegrias. Nascer com o nome de Major Major Major foi a segunda. O fato de que nascera como Major Major Major foi um segredo exclusivo de seu pai, durante muitos anos. Somente quando o major Major foi matriculado no jardim de infância é que todos descobriram o seu verdadeiro nome. Os efeitos foram desastrosos. A notícia matou sua mãe, que perdeu toda a vontade de viver, consumiu-se e morreu. O que foi ótimo para seu pai, que decidira casar-se com a garota mal-humorada da A&P, se assim fosse necessário para atingir seus objetivos, e não estava muito otimista sobre as possibilidades de tirar da esposa todas as terras que tinham em comum, sem dar-lhe algum dinheiro ou surrá-la.

As consequências sobre o próprio major Major foram apenas um pouco menos graves. Foi uma revelação impiedosa e atordoante que lhe impingiram em idade tão tenra. Ele não era, como lhe haviam feito acreditar, um menino chamado Caleb Major, mas sim um estranho completo chamado Major Major Major, sobre quem ele nada conhecia e de quem nunca ouvira falar. Os companheiros que ele tinha afastaram-se dele e nunca retornaram, predispostos como eram a desconfiar de todos os estranhos, especialmente de um que já os enganara, fingindo ser alguém que há anos eles conheciam. Ninguém mais queria ter nada a ver com ele. Começou a deixar cair as coisas e a tropeçar em tudo. Adotava uma atitude tímida e esperançosa a cada novo contato e ficava invariavelmente desapontado. Porque precisava tão desesperadamente de um amigo, jamais conseguia encontrar nenhum. Transformou-se num menino alto, desajeitado, estranho e sonhador, com uma boca muito delicada, cujo sorriso tentador desaparecia instantaneamente, numa confusão magoada, a cada nova refeição.

Ele era cortês com os mais velhos, que não gostavam dele. Fazia sempre o que quer que os mais velhos lhe dissessem para fazer. Diziam-lhe para olhar antes de pular e ele sempre olhava antes de pular. Diziam-lhe que nunca deixasse para o dia seguinte o que podia fazer no dia anterior e ele nunca deixava. Disseram-lhe para honrar pai e mãe e ele honrava pai e mãe. Disseram-lhe que não deveria matar e ele não matou, até entrar para o Exército. Disseram-lhe então para matar e ele matou. Virava a outra face em todas as ocasiões e sempre fazia aos outros exatamente o que desejava que os outros lhe fizessem. Quando fazia caridade, entregava-se totalmente. Jamais usara o nome do Senhor seu Deus em vão, jamais cometera adultério, jamais cobiçara a mulher do próximo. Na verdade, amava o próximo e jamais levantara um falso testemunho contra ele. Os mais velhos não gostavam dele porque ele era um flagrante não conformista.

Como o major Major não tinha nada de melhor a fazer, saíra-se muito bem na escola. Levara seus estudos tão a sério na universidade estadual que era suspeito pelos homossexuais de ser um comunista e suspeito pelos comunistas de ser um homossexual. Formou-se em história inglesa, o que foi um erro.

– História *Inglesa*! – rugiu o mais velho dos senadores do Estado, um homem de cabeleira prateada, de indignação fácil. – O que há de errado com a história americana? A história americana é tão boa quanto qualquer outra história do mundo!

O major Major tratou de transferir-se imediatamente para o curso de literatura americana, mas não antes que o FBI tivesse aberto a sua ficha. Havia seis pessoas e um *terrier* escocês habitando a distante fazenda a que o major Major chamava de lar. Cinco das pessoas e o *terrier* escocês eram agentes do FBI. Logo haviam acumulado bastantes informações depreciativas a respeito do major Major para fazerem com ele o que bem entendessem. Mas a única coisa que puderam fazer com ele, no entanto, foi levá-lo para o Exército, como soldado raso. Fizeram-no major quatro dias depois, só para que os congressistas sem mais nada em seus pensamentos pudessem percorrer as ruas de Washington, D.C., a entoarem:

– Mas quem promoveu o major Major? Quem promoveu o major Major?

Na verdade, o major Major fora promovido por uma máquina IBM com um senso de humor quase tão intenso quanto o de seu pai. Quando a guerra irrompera, o major Major ainda era dócil e submisso. Disseram-lhe que se alistasse e ele se alistara. Disseram-lhe que se candidatasse ao treinamento de cadete da Aeronáutica e ele se candidatara ao treinamento de cadete da Aeronáutica. Na madrugada seguinte, às três horas, ele estava descalço sobre a lama gelada, diante de um rude e beligerante sargento do sudoeste, que disse aos recrutas que podia fazer o que bem quisesse com todos os homens da sua unidade e estava disposto a prová-lo. Os recrutas haviam sido bruscamente acordados alguns minutos antes, pelos cabos do sargento, e reunidos diante da barraca da administração. Entraram em forma com as roupas civis com que haviam entrado no Exército três dias antes. Os que se tinham demorado a calçar meias e sapatos foram enviados de volta às suas barracas com ordens para tirá-los. Estavam todos descalços enquanto o sargento olhava friamente para cada um e assegurava que podia fazer o que bem quisesse com cada homem de sua unidade. Ninguém estava inclinado a contestá-lo.

A inesperada promoção de major Major a major, no dia seguinte, mergulhou o beligerante sargento num abismo de melancolia, pois ele não mais podia gabar-se de que poderia fazer o que bem entendesse com qualquer homem de sua unidade. Ele passou horas em sua barraca a meditar, como Saul, sem receber visitantes, enquanto a guarda de elite de cabos montava guarda do lado de fora, todos igualmente desolados. Às três horas da madrugada, o sargento encontrou a solução e o major Major e os outros recrutas foram novamente acordados bruscamente e receberam ordens de entrar em forma, descalços, debaixo da chuva, diante da barraca da administração. O sargento já estava ali esperando, de punhos cerrados na cintura, arrogante, tão ansioso em falar que mal pôde esperar o momento de todos os homens estarem formados. Na mesma voz áspera da noite anterior, ele se gabou:

– Eu e o major Major podemos fazer o que bem entendermos com qualquer homem da minha unidade.

Mais tarde, naquele mesmo dia, os oficiais da base tomaram uma posição a respeito do major Major. Como podiam tratar um major como major Major? Humilhá-lo pessoalmente seria humilhar a todos os demais oficiais do mesmo posto ou inferiores. Tratá-lo com cortesia, por outro lado, era inconcebível. Felizmente, o major Major candidatara-se a treinamento como cadete da Aeronáutica. As ordens para a sua transferência foram enviadas à sala do mimeógrafo no fim da tarde e, às três horas da madrugada, o major Major foi outra vez acordado bruscamente, recebeu votos de êxito do sargento e foi colocado a bordo de um avião que seguia para o oeste.

O tenente Scheisskopf ficou branco que nem um lençol quando major Major apresentou-se a ele na Califórnia, de pés descalços e com uma crosta de lama nos dedos. Major Major pensara que estava sendo acordado bruscamente para ficar descalço na lama gelada e deixara as meias e os sapatos em sua barraca. As roupas civis em que ele se apresentou ao tenente Scheisskopf estavam sujas e amarrotadas. O tenente Scheisskopf, que ainda não conquistara a sua reputação de ás das paradas, estremeceu violentamente ao imaginar major Major a marchar descalço em seu esquadrão, no domingo seguinte.

– Vá imediatamente para o hospital – murmurou ele, ao se recuperar o suficiente para falar. – Diga-lhes que você está doente. E fique lá até que chegue a sua ajuda de custo para o uniforme e tenha dinheiro para comprar algumas roupas. E alguns sapatos. Especialmente sapatos.

– Sim, senhor.

– Não creio que tenha de me tratar de "senhor", senhor – ressaltou o tenente Scheisskopf. – Seu posto é superior ao meu.

– Sim, senhor. Meu posto pode ser superior, senhor, mas continua a ser o meu oficial comandante.

– Sim, senhor, tem toda razão – concordou o tenente Scheisskopf. – Pode ter um posto superior ao meu, senhor, mas mesmo assim continuo a ser o seu oficial comandante. Por isso é melhor fazer sempre o que eu lhe mandar, senhor, ou poderá meter-se em complicações. Agora vá para o hospital e diga-lhes que está doente, senhor. E fique lá até que chegue a sua ajuda de custo para comprar uniformes e possa então comprar uniformes.

– Sim, senhor.

– E sapatos também, senhor. Compre alguns sapatos na primeira oportunidade que tiver, senhor.

– Sim, senhor. É o que farei, senhor.

– Obrigado, senhor.

A vida na escola preparatória de cadetes não foi diferente da vida que major Major levara em qualquer outro lugar. Quem quer que estivesse na companhia dele sempre desejava estar na companhia de qualquer outra pessoa. Seus instrutores deram-lhe um tratamento preferencial, em todos os estágios, a fim de fazê-lo progredir rapidamente e poderem livrar-se dele o mais depressa possível. Em pouco tempo, ele tirou o seu brevê de piloto e foi enviado para além-mar, onde as coisas subitamente começaram a melhorar. Durante toda a sua vida, major Major sempre ansiara por uma única coisa: pertencer a um grupo. E em Pianosa, por algum tempo, isso finalmente aconteceu. O posto pouco significava para os homens em missão de combate e o relacionamento entre oficiais e soldados e graduados era descontraído e informal. Homens cujos nomes ele nem mesmo sabia diziam-lhe "Olá" e convidavam-no para nadar ou jogar basquete. Os melhores momentos de major Major eram nos intermináveis jogos de basquete, nos quais ninguém se preocupava em ganhar. Nunca se observava a contagem dos pontos e o número de jogadores podia variar de um a 35. Major Major nunca jogara basquete ou qualquer outro jogo antes, mas a sua altura e o entusiasmo extasiado compensavam sua falta de jeito inata e a inexperiência. Major Major encontrou a verdadeira felicidade ali, na quadra de basquete inclinada, com os oficiais e soldados e graduados que eram quase seus amigos. Se não havia vencedores, também não havia perdedores e major Major apreciava intensamente cada momento de cada jogo. Até o dia em que o coronel Cathcart aproximara-se em disparada no seu jipe, depois da morte do major Duluth, e tornara impossível que ele apreciasse novamente outro jogo de basquete.

– Você é o novo comandante do esquadrão – gritara-lhe bruscamente o coronel Cathcart, do outro lado do fosso da estrada de ferro. – Mas não pense que isso significa alguma coisa, pois não significa. Tudo o que significa é que é o novo comandante do esquadrão.

Há muito tempo que o coronel Cathcart acalentava um implacável ressentimento contra o major Major. Um major supérfluo em sua unidade representava um quadro de comando desorganizado e proporcionava munição aos homens do quartel-general da 27ª Força Aérea, os quais o coronel Cathcart tinha certeza de serem seus inimigos e rivais. Há muito que o coronel Cathcart vinha rezando por algum golpe de sorte como a morte do major Duluth. Ele vivera atormentado pela existência de um major extra em sua unidade e agora tinha uma vaga de major. Nomeou o major Major para comandante do esquadrão e afastou-se ruidosamente em seu jipe, tão abruptamente quanto chegara.

Para o major Major, isso significou o fim dos jogos. Seu rosto ficou vermelho de constrangimento e ele ficou pregado no lugar, incrédulo, enquanto as nuvens de chuva novamente se reuniam por cima de sua cabeça. Ao se virar para seus companheiros de basquete, deparou com uma fileira de rostos curiosos e pensativos, todos contemplando-o fixamente, com uma animosidade soturna e indecifrável. Ele estremeceu, de vergonha. Quando o jogo recomeçou, já não era a mesma coisa. Quando ele driblava, ninguém procurava impedi-lo. Quando pedia um passe, quem quer que estivesse com a bola tratava de entregar-lhe. E quando perdia uma cesta, ninguém corria para cima dele a fim de apanhar o rebote. A única voz que se ouvia era a dele. No dia seguinte, foi a mesma coisa e depois disso ele não mais voltou à quadra inclinada.

Quase como se tivesse havido uma deixa, todos no esquadrão pararam de falar com ele e passaram a olhá-lo com uma expressão rancorosa. E assim o major Major continuou pela vida constrangido, de olhos baixos, o rosto ardente, objeto de desprezo, inveja, desconfiança, ressentimento e insinuações malévolas. Pessoas que nunca antes haviam percebido a sua semelhança com Henry Fonda passaram a discuti-la e houve mesmo quem insinuasse maldosamente que o major Major fora promovido a comandante do esquadrão porque era parecido com Henry Fonda. O capitão Black, que aspirava ao comando do esquadrão, dizia que o major Major era realmente Henry Fonda, mas era covarde demais para admiti-lo.

Aturdido, o major Major foi afundando embaraçosamente de desastre em desastre. Sem consultá-lo, o sargento Towser determinou que os seus pertences fossem transferidos para o espaçoso trailer que o major Duluth antes ocupava, sozinho. Quando o major Major chegou correndo à sala de ordens, ofegante, para comunicar o roubo de suas coisas, o jovem cabo que ali estava ficou apavorado e levantou-se de um pulo, gritando:

– Sentido!

O major Major assumiu também posição de sentido, junto com todos os outros homens que estavam na sala, perguntando-se quem seria o personagem importante que entrara atrás dele. Passaram-se muitos minutos num silêncio absoluto e todos teriam ficado parados ali, em posição de sentido, até o dia do juízo final, se o major Danby não aparecesse 20 minutos depois para dar parabéns ao major Major, determinando que todos ficassem à vontade.

O major Major teve uma atuação ainda mais lamentável no refeitório, onde Milo, desmanchando-se em sorrisos, esperava-o para levá-lo orgulhosamente até a mesinha que preparara na frente, com uma toalha de rendas e um buquê de flores num jarro de vidro rosa. O major Major encolheu-se todo, horrorizado, mas não era audacioso o bastante para resistir, com todo mundo olhando. Até mesmo Havermeyer levantara a cabeça do prato para contemplá-lo, boquiaberto, o queixo bastante caído. O major Major submeteu-se docilmente aos arranjos de Milo e passou a refeição inteira sentindo-se um desgraçado, sozinho, em sua mesa particular. A comida tinha um gosto horrível em sua boca, mas ele engoliu tudo, para não correr o risco de ofender qualquer dos homens que participara da sua preparação. Mais tarde, a sós com Milo, o major Major sentiu o protesto irromper pela primeira vez de dentro de si e disse que preferia continuar a comer com os outros oficiais. Milo disse-lhe que não daria certo.

– Não vejo por que não daria certo – argumentou o major Major. – Nunca houve qualquer problema antes.

– Mas é que também nunca antes o senhor foi comandante do esquadrão.

– O major Duluth era comandante do esquadrão e sempre comia na mesma mesa que o resto dos homens.

– Era diferente com o major Duluth, senhor.

– Por que era diferente com o major Duluth?

– Eu preferia que não me perguntasse isso, senhor.

– É porque pareço com Henry Fonda? – balbuciou o major Major, tendo que recorrer a toda a sua coragem para formular a pergunta.

– Alguns homens dizem que *é* Henry Fonda.

– Pois não sou Henry Fonda! – exclamou o major Major, a voz trêmula de exasperação. – E não pareço nem um pouco com ele! E mesmo que eu parecesse com Henry Fonda, que diferença isso faz?

– Não faz nenhuma diferença. É exatamente o que estou tentando dizer-lhe, senhor. Apenas não é a mesma coisa com o senhor como era com o major Duluth.

E realmente não era a mesma coisa. Na refeição seguinte, quando o major Major arrastou-se do balcão com a bandeja nas mãos e encaminhou-se para a mesa comum dos oficiais, foi bruscamente detido pela muralha impenetrável de antagonismo erguida pelos rostos inamistosos. E ele ficou paralisado ali, a bandeja tremendo em suas mãos, até que Milo adiantou-se sem dizer uma palavra para salvá-lo, conduzindo-o docilmente até sua mesa particular. Depois disso, o major Major desistiu, passando a comer sozinho em sua mesa, de costas para os outros. Ele tinha certeza de que os outros ficavam ressentidos pelo fato de ele parecer bom demais para comer na companhia deles, agora que era comandante do esquadrão. Ninguém conversava no refeitório quando o major Major estava presente. Ele percebeu que os outros oficiais procuravam evitar comer na mesma hora. E todos ficaram aliviados quando ele cessou inteiramente de comer no refeitório, passando a fazer suas refeições no trailer.

O major Major começou a falsificar o nome de Washington Irving em documentos oficiais no dia seguinte ao que apareceu um agente do CID para interrogá-lo, a respeito de alguém no hospital que estava fazendo tal coisa. Foi isso que lhe deu a ideia. Ele estava entediado e insatisfeito com o seu comando. Fora promovido a comandante do esquadrão mas não tinha a menor ideia do que deveria fazer como comandante do esquadrão a não ser falsificar o nome de Washington Irving nos documentos oficiais e ficar ouvindo os baques surdos das malhas do major —— de Coverley, além da janela do seu pequeno escritório, na barraca do comando. O major Major sentia-se acossado incessantemente pela impressão de que estava deixando de cumprir deveres vitais. E ficava esperando que as suas responsabilidades o alcançassem, em vão. Raramente saía, a menos que fosse absolutamente necessário, pois não conseguia acostumar-se a ser olhado fixamente por todos os outros oficiais. De vez em quando, a monotonia era quebrada por algum oficial ou graduado que o sargento Towser lhe encaminhava, para resolver algum problema que o major Major era incapaz de resolver e que prontamente devolvia ao sargento Towser, para dar um jeito. O que quer que ele devesse fazer como comandante do esquadrão, aparentemente estava sendo feito normalmente, sem a sua participação. E, com isso, ia-se tornando cada vez mais melancólico e deprimido. Às vezes, pensava seriamente em ir procurar o capelão, levando-lhe todas as suas mágoas. Mas o capelão parecia tão sobrecarregado com as suas próprias misérias que o major Major recuava ante a ideia de aumentar-lhe os problemas. Além disso, ele também não tinha muita certeza se os capelães eram feitos também para os comandantes de esquadrão.

Ele também não tinha muita certeza sobre qual a função do major —— de Coverley, o qual, quando não estava alugando apartamentos ou sequestrando trabalhadores estrangeiros, não tinha nada mais urgente a fazer do que ficar jogando malha com ferraduras. O major Major frequentemente ficava prestando atenção às ferraduras caindo suavemente na terra ou se engatando em pinos de aço fincados no chão. Ele passava horas espiando o major —— de Coverley, admirando-se de que alguém tão importante não tivesse nada mais importante a fazer. Frequentemente, sentia-se tentado a ir juntar-se ao major —— de Coverley, mas jogar malha o dia inteiro parecia-lhe quase tão insípido quanto assinar “Major Major Major” em documentos oficiais. Além do mais, o semblante do major —— de Coverley era tão austero, que o major Major ficava com receio de aproximar-se dele.

O major Major pensava muitas vezes no seu relacionamento com o major —— de Coverley. Ele sabia que o major —— de Coverley era o seu oficial executivo, mas não tinha a menor ideia do que isso significava e não conseguia determinar se fora cumulado, na pessoa do major —— de Coverley, com um superior indulgente ou com um subordinado delinquente. Ele não queria perguntar ao sargento Towser, de quem secretamente tinha medo. E não havia mais ninguém a quem pudesse perguntar, muito menos ao próprio major —— de Coverley. Poucas pessoas se atreviam a abordar o major —— de Coverley para tratar do que quer que fosse. O único oficial que fora tolo o suficiente para pegar uma de suas ferraduras fora acometido, no dia seguinte, com o pior caso de diarreia que Gus e Wes e até mesmo o próprio Doc Daneeka já tinham visto ou ouvido falar. Todos tinham certeza de que a doença fora infligida ao pobre oficial pelo major —— de Coverley, como retaliação, embora ninguém pudesse dizer como ele o fizera.

A maioria dos documentos oficiais que chegava à mesa do major Major nada tinha a ver com ele. A vasta maioria consistia em alusões a documentos anteriores, que o major Major nunca vira nem ouvira falar. Não havia a menor necessidade nem de olhá-los, pois as instruções eram invariavelmente para não os considerar. Num único minuto produtivo, portanto, ele podia despachar vinte documentos separados, cada um aconselhando-o a não prestar absolutamente a menor atenção a qualquer um dos outros. Do gabinete do general Peckem, no continente, chegavam diariamente boletins prolixos, com cabeçalhos eloquentes como "A procrastinação é a ladra do tempo" e "A limpeza é o caminho para a excelência".

Os comunicados do general Peckem sobre limpeza e procrastinação faziam o major Major sentir-se um procrastinador imundo. Assim, ele procurava sair do caminho de tais comunicados o mais depressa possível. Os únicos documentos oficiais que o interessaram foram os relativos ao infortunado segundo-tenente que morrera durante a missão a Orvieto, menos de duas horas depois de chegar a Pianosa, e cujos pertences, parcialmente empacotados, continuavam na barraca de Yossarian. Como o infortunado tenente se apresentara diretamente na barraca de operações em vez de se dirigir primeiro à sala de ordens, o sargento Towser decidira que o mais seguro era declarar que ele absolutamente não se apresentara ao esquadrão. Os eventuais documentos relativos ao infortunado tenente referiam-se ao fato de que ele parecia ter desaparecido em pleno ar, o que, de certa forma, fora exatamente o que lhe acontecera. No fundo, o major Major sentia-se satisfeito pelo fato de os documentos oficiais chegarem à sua mesa, pois ficar sentado em seu escritório a assiná-los, o dia inteiro, era muito melhor do que ficar sentado em seu escritório o dia inteiro, sem os assinar. Os documentos pelo menos lhe proporcionavam alguma coisa para fazer.

Inevitavelmente, cada documento que ele assinava voltava à sua mesa com uma nova página, para que os assinasse novamente, em intervalos que variavam de dois a dez dias. Na volta, os documentos já haviam quase se transformado em processos volumosos, pois, entre a última página que ele assinara e a nova que ele tinha para assinar havia várias outras com as assinaturas de oficiais espalhadas por incontáveis unidades, que também consumiam seu tempo a assinar os documentos oficiais. O major Major foi ficando cada vez mais acabrunhado, à medida que via os comunicados mais simples crescerem prodigiosamente em volumosos processos. Não importava quantas vezes ele assinasse um documento, o mesmo sempre voltava para uma nova assinatura. O major Major começou a se desesperar ante a impossibilidade aparente de jamais conseguir se livrar de um documento sequer. Um dia, logo depois da primeira visita do agente do CID, o major Major assinou o nome de Washington Irving em um dos documentos em vez do seu. E gostou. Gostou tanto que pelo resto da tarde fez a mesma coisa em todos os outros documentos oficiais. Foi um ato impulsivo de leviandade e rebelião, pelo qual ele compreendeu depois que seria severamente punido. Na manhã seguinte, entrou atemorizado em seu gabinete, à espera do que iria acontecer. Mas nada aconteceu.

Ele pecara e isso fora muito bom, pois nenhum dos documentos em que ele assinara o nome de Washington Irving jamais lhe voltou às mãos. Era finalmente algum progresso e o major Major lançou-se à sua nova carreira com um deleite incontrolável. Assinar o nome de Washington Irving em documentos oficiais talvez não chegasse a ser grande coisa como carreira, mas era menos monótono do que assinar "Major Major Major". Quando o nome Washington Irving começava a ficar monótono, ele invertia e passava a assinar Irving Washington, até que ficasse monótono também. E estava realmente conseguindo alguma coisa, pois nenhum dos documentos que assinava com qualquer dos dois nomes jamais voltava ao esquadrão.

O que voltou, um belo dia, foi um segundo agente do CID, disfarçado de piloto. Os homens sabiam que ele era agente do CID, pois ele lhes fizera a confidência, recomendando a cada um que não revelasse a sua verdadeira identidade a qualquer dos outros homens a quem já confidenciara que era agente do CID.

– Você é a pessoa no esquadrão que sabe que sou um agente do CID – confidenciou ele ao major Major. – É absolutamente essencial que isso permaneça em segredo, para que a minha eficiência não seja prejudicada. Certo?

– O sargento Towser também sabe.

– Eu sei disso. Tive que lhe dizer, para poder entrar em seu gabinete. Mas tenha certeza de que ele não dirá a ninguém, sob nenhuma circunstância.

– Ele disse a mim. Falou que havia lá fora um agente do CID que desejava falar comigo.

– Mas que filho da mãe! Vou ter que ordenar uma investigação de segurança nele. Se eu fosse o senhor, não deixaria nenhum documento ultrassecreto à solta por aqui. Pelo menos até eu concluir a minha investigação.

– Nunca recebo nenhum documento ultrassecreto – declarou o major Major.

– É a esse tipo que me refiro. Tranque-os em sua sala, onde o sargento Towser não lhes possa pôr as mãos.

– O sargento Towser tem a única chave da sala.

– Receio que estejamos perdendo tempo – disse o segundo agente do CID, bruscamente.

Era um homem rechonchudo, desses que parecem elétricos, com movimentos rápidos e sempre precisos. Ele tirou algumas cópias fotostáticas de um envelope vermelho grande que estivera visivelmente escondendo debaixo da jaqueta de couro de piloto, pintada espalhafatosamente com retratos de aviões passando por entre uma barragem antiaérea alaranjada e com fileiras de pequenas bombas, que representavam o cumprimento de 55 missões de combate.

– Já viu alguma dessas?

O major Major olhou impassivelmente as cópias de cartas pessoais de pacientes do hospital, nas quais o oficial censor assinara "Washington Irving" ou "Irving Washington".

– Não.

– E essas?

O major Major examinou em seguida as cópias de documentos oficiais, dirigidos a ele, nos quais assinara os mesmos nomes.

– Não.

– O homem que assinou esses nomes está em seu esquadrão?

– Qual deles? Há dois nomes aqui.

– Qualquer um dos dois. Achamos que Washington Irving e Irving Washington são o mesmo homem e que ele está usando dois nomes só para nos despistar. Como deve saber, isso ocorre com frequência.

– Não creio que haja um homem com qualquer dos dois nomes no meu esquadrão.

Uma expressão de desapontamento estampou-se no rosto do segundo agente do CID.

– Ele é muito mais esperto do que nós imaginávamos – comentou ele. – Está usando um terceiro nome e se apresentando como alguém mais. E eu acho... isso mesmo, acho que sei qual é o terceiro nome. – Animado, entregou outra cópia fotostática ao exame do major Major. – O que acha disso?

O major Major inclinou-se ligeiramente para a frente e viu uma cópia fotostática da carta que Yossarian cortara inteiramente, à exceção do nome "Mary", acrescentando: "Eu a desejo tragicamente. A. T. Tappman, capelão do Exército dos Estados Unidos." O major Major balançou a cabeça.

– Nunca vi isso antes.

– Sabe quem é A. T. Tappman?

– É o nosso capelão.

– Isso encerra o caso – declarou solenemente o segundo agente do CID. – Washington Irving é o capelão.

O major Major sentiu uma pontada de alarme.

– Mas A. T. Tappman é o nosso capelão.

– Tem certeza?

– Tenho.

– Então por que o capelão iria escrever uma coisa dessas numa carta?

– Talvez outro homem tenha escrito e usado o nome dele.

– E por que alguém haveria de querer usar o nome do capelão?

– Para não ser descoberto.

– Talvez tenha razão – decidiu o segundo agente do CID, depois de um instante de hesitação, estalando os lábios bruscamente. – Talvez estejamos enfrentando uma quadrilha, com dois homens trabalhando juntos e que por acaso têm nomes invertidos. É isso mesmo, tenho certeza de que é isso. Um deles está aqui no esquadrão, outro está no hospital e há um terceiro com o capelão. Dá um total de três, não é mesmo? Tem certeza absoluta de que nunca viu nenhum desses documentos oficiais antes?

– Se tivessem passado por minhas mãos, eu os teria assinado.

– Com que nome? – indagou o segundo agente do CID astuciosamente. – Com o seu ou com o de Washington Irving?

– Com o meu próprio nome – assegurou o major Major. – Eu nem mesmo sei qual é o nome de Washington Irving.

O segundo agente do CID se abriu num sorriso.

– Major, fico satisfeito que seja completamente inocente. Isso significa que poderemos trabalhar juntos. E vou precisar de toda a ajuda de que eu puder dispor. Em algum ponto do teatro de operações europeu há um homem que está tendo acesso aos comunicados que lhe são endereçados. Tem alguma ideia de quem possa ser?

– Não.

– Pois tenho uma excelente ideia – disse o segundo agente do CID, inclinando-se para a frente e sussurrando confidencialmente:

– É o filho da mãe do Towser. Caso contrário, por que ele haveria de sair por aí a me denunciar? Agora, major, fique de olhos bem abertos e informe-me imediatamente assim que ouvir alguém fazer qualquer comentário a respeito de Washington Irving. Vou determinar uma verificação de segurança no capelão e em todo mundo por aqui.

No momento que ele partiu, o primeiro agente do CID pulou pela janela do gabinete do major Major e quis saber quem era o segundo agente do CID. O major Major mal o reconheceu.

– Era um agente do CID – disse-lhe o major Major.

– Era coisa nenhuma! – garantiu o primeiro agente do CID. – Eu sou o agente do CID por aqui.

O major Major quase não o reconheceu porque ele estava usando um roupão de veludo marrom desbotado, descosido debaixo dos braços, por cima de um pijama de flanela e com chinelos velhos, com uma sola levantada. O major Major recordou-se de que aquele era o traje oficial do hospital. O homem engordara mais de 10 quilos e parecia estar explodindo de boa saúde.

– Sou realmente um homem muito doente – lamentou-se ele. – Peguei um resfriado no hospital, de um piloto de caça, e acabei com um caso grave de pneumonia.

– Sinto muito – disse o major Major.

O primeiro agente do CID choramingou:

– Isso de nada me adianta. Não quero sua piedade. Quero apenas que saiba tudo o que estou sofrendo. Vim até aqui para alertá-lo que Washington Irving parece ter deslocado sua base de operações do hospital para este esquadrão. Ouviu por acaso alguém por aqui falando em Washington Irving?

– Para dizer a verdade, ouvi sim. O homem que acabou de sair daqui estava me falando a respeito de Washington Irving.

– É mesmo? – gritou o primeiro agente do CID, com prazer. – Mas isso pode ser justamente a pista de que estávamos precisando para deslindar todo o caso! Mantenha-o sob vigilância 24 horas por dia, enquanto eu corro de volta ao hospital e escrevo aos meus superiores pedindo novas instruções.

O primeiro agente do CID voltou a pular a janela do gabinete do major Major e desapareceu.

Um minuto depois, o segundo agente do CID voltou ao gabinete do major Major, apressado, ofegando freneticamente. Respirando fundo para recuperar o fôlego, gritou:

– Acabei de ver um homem de pijama vermelho pular a janela daqui e sair correndo pela estrada! Você também viu?

– Ele estava aqui conversando comigo.

– Achei que era tremendamente suspeito um homem de pijama vermelho pular a janela do seu gabinete. – O segundo agente do CID andava freneticamente, em círculos, pelo pequeno gabinete. – A princípio, pensei que fosse o senhor, fugindo para o México. Mas agora vejo que não era. Ele falou alguma coisa a respeito de Washington Irving?

– Para dizer a verdade, falou sim.

– Falou? Mas isso é ótimo! Talvez seja exatamente o que estávamos precisando para deslindar todo o caso! Sabe onde poderemos encontrá-lo?

– No hospital. Ele é um homem realmente muito doente.

– Isso é melhor ainda! Vou imediatamente até lá, atrás dele. Mas seria melhor que eu aparecesse incógnito. Explicarei a situação ao serviço médico e pedirei que me mandem para lá como paciente.

Ele voltou pouco depois para informar ao major Major:

– Eles não podem me mandar para o hospital como paciente a menos que eu esteja doente. Mas, na verdade, estou bastante doente. Há muito que estava pensando em me internar para fazer um checkup e creio que essa é uma boa oportunidade. Voltarei ao serviço médico e direi que estou doente. Assim, eles me mandarão para o hospital.

Quando procurou novamente o major Major, suas gengivas estavam roxas.

– Veja só o que fizeram comigo! – Estava inconsolável, carregando as meias e os sapatos nas mãos, os dedos dos pés também pintados com a solução de violeta genciana. – Quem já ouviu falar de um agente do CID com as gengivas roxas?

Ele saiu da sala de ordens de cabeça baixa e caiu numa trincheira, quebrando o nariz. Sua temperatura ainda estava normal, mas Gus e Wes abriram uma exceção e mandaram-no para o hospital numa ambulância.

O major Major mentira e isso fora bom. Não ficou realmente surpreso de ter sido bom, pois observara que as pessoas que mentiam eram, de um modo geral, mais espertas, ambiciosas e bem-sucedidas do que as pessoas que não mentiam. Se tivesse dito a verdade ao segundo agente do CID, estaria metido em dificuldades. Em vez disso, ele mentira e agora estava em liberdade para continuar seu trabalho.

Mas, em decorrência da visita do segundo agente do CID, ele ficou mais circunspecto em seu trabalho. Passou a escrever todas as assinaturas com a mão esquerda e apenas quando estava usando os óculos escuros e o falso bigode, com os quais tentara, sem sucesso, voltar a jogar basquete. Como precaução adicional, ele passou de Washington Irving para John Milton. Era um nome mais flexível e conciso. Como Washington Irving, podia ser invertido, sempre que ficasse monótono. Além disso, permitia ao major Major dobrar sua produção, pois John Milton era mais curto do que seu próprio nome ou Washington Irving, exigindo assim muito menos tempo para escrevê-lo. John Milton demonstrou ser um nome melhor sob muitos aspectos. Era bastante versátil e logo o major Major estava incorporando fragmentos de diálogos imaginários às assinaturas. Assim, em vistos nos documentos oficiais, podia-se encontrar frases como "John Milton é um sádico" ou "Tem visto Milton John?" Havia uma frase da qual o major Major particularmente se orgulhava: "Há alguém no John, Milton?"* John Milton abria-lhe um vasto campo de possibilidades maravilhosas e inesgotáveis, prometendo afastar a monotonia para sempre. O major Major voltou a Washington Irving quando John Milton tornou-se igualmente monótono.

O major Major comprara os óculos escuros e o falso bigode em Roma, numa tentativa final e inútil de escapar à degradação pantanosa na qual estava inexoravelmente se afundando. Primeiro fora a terrível humilhação da Grande Cruzada do Juramento de Lealdade, quando as trinta ou quarenta pessoas que circulavam juramentos de lealdade concorrentes não lhe permitiram assinar um sequer. Depois,

---

**John*, em inglês, é gíria que significa vaso sanitário. (*N. do T.*)

quando o assunto já estava começando a morrer, o avião de Clevinger desaparecera misteriosamente em pleno ar, com todos os tripulantes. A culpa pelo desastre fora-lhe perversamente atribuída, porque ele jamais assinara qualquer um dos juramentos de lealdade.

Os óculos escuros tinham grandes aros cor de magenta. O falso bigode preto era exuberante. Ele usou os dois um belo dia, para participar do jogo de basquete, quando não mais conseguia suportar a solidão. Assumiu um ar jovial de familiaridade ao entrar na quadra e rezou interiormente para não ser reconhecido. Os outros fingiram não o reconhecer e ele começou a se divertir. Mal acabava de congratular-se por seu ingênuo estratagema, quando um dos adversários esbarrou nele violentamente e derrubou-o ao chão. Logo levou outro esbarrão e então percebeu que os outros haviam-no reconhecido, mas que estavam aproveitando o disfarce para dar-lhe cotoveladas, pisá-lo, empurrá-lo, jogá-lo no chão. Eles simplesmente não o queriam ali. E no instante mesmo em que ele compreendeu isso, os jogadores do seu time uniram-se instintivamente aos jogadores do outro time, formando uma multidão compacta, ululante e sedenta de sangue, que se arremessou contra ele por todos os lados, com insultos os mais variados e punhos implacáveis. Derrubaram-no, espancaram-no enquanto ele estava no chão, esmurraram-no novamente quando conseguiu se levantar. Ele cobriu o rosto com as mãos e não pôde ver mais nada. Os homens empurravam-se uns aos outros, numa compulsão frenética para espancá-lo, chutá-lo, arrancar-lhe os olhos, pisoteá-lo. Foi espancado até a beira do fosso e jogado lá dentro, aterrando de cabeça. Lá no fundo, conseguiu finalmente recuperar o equilíbrio, escalou a parede do outro lado e afastou-se cambaleante, sob uma chuva de vaias e de pedras com que os homens o presentearam, até ele se refugiar atrás da sala de ordens. Sua preocupação suprema durante todo o ataque fora a de manter no lugar os óculos escuros e o falso bigode, a fim de poder continuar a fingir que era outra pessoa e evitar a pavorosa necessidade de ter que confrontá-los com a sua autoridade.

De volta a seu gabinete, ele chorou. E, quando parou de chorar, lavou o sangue do nariz e da boca, limpou a sujeira das escoriações nas faces e na testa e chamou o sargento Towser.

– A partir de agora – disse ele –, não quero que ninguém entre aqui para falar comigo enquanto eu estiver aqui. Entendido?

– Sim, senhor. Estou incluído nisso, senhor?

– Está.

– Entendido. Isso é tudo?

– É.

– O que devo dizer às pessoas que vierem falar-lhe enquanto estiver aqui?

– Diga-lhes que eu estou e peça para esperarem.

– Sim, senhor. Por quanto tempo?

– Até eu ir embora.

– E o que deverei então fazer com elas?

– Não quero saber.

– Posso mandá-las entrar para falar-lhe depois que tiver partido?

– Pode.

– Mas não estará mais aqui, não é?

– Não.

– Sim, senhor. Isso é tudo?

– É.

– Sim, senhor.

Mais tarde, o major Major falou também com o soldado raso de meia-idade que tomava conta do seu trailer.

– A partir de agora, não quero mais que entre aqui para falar comigo enquanto eu estiver presente, nem mesmo para perguntar se há alguma coisa que possa fazer por mim. Entendido?

– Sim, senhor – respondeu o ordenança. – E quando devo vir até aqui para saber se há alguma que deseje que eu faça?

– Quando eu não estiver aqui.

– Sim, senhor. E o que deverei fazer?

– Tudo o que eu lhe disser.

– Mas não estará aqui para me dizer. Ou estará?

– Não.

– Então o que eu deverei fazer?

– O que tiver de ser feito.

– Sim, senhor.

– E isso é tudo.

– Sim, senhor. Tudo mesmo?

– Não. Também não entre aqui para fazer a limpeza. Não entre por qualquer motivo, a menos que tenha certeza de que não estou.

– Sim, senhor. Mas como poderei ter certeza?

– Se não tiver certeza, parta do princípio de que estou e afaste-se até ter certeza de que não estou. Entendido?

– Sim, senhor.

– Desculpe falar-lhe deste jeito, mas é necessário. Adeus.

– Adeus, senhor.

– E obrigado por tudo.

– Sim, senhor.

O major Major falou em seguida com Milo Minderbinder:

– A partir de agora, não mais irei ao refeitório. Farei todas as refeições em meu trailer.

– Acho que é uma excelente ideia, senhor. Agora poderei servir-lhe pratos especiais de que os outros jamais saberão. Tenho certeza de que irá gostar. O coronel Cathcart sempre gosta.

– Não quero nenhum prato especial. Quero apenas a mesma coisa que servir aos outros oficiais. Mande o homem que trouxer a refeição bater na porta e deixar a bandeja no degrau. Entendido?

– Sim, senhor. Está perfeitamente entendido. Tenho algumas lagostas do Maine ainda vivas escondidas que poderei servir-lhe esta noite, juntamente com uma excelente salada Roquefort e dois *éclairs* gelados que foram contrabandeados de Paris ontem, juntamente com um importante membro do movimento de resistência francês. Isso está bom para começar?

– Não.

– Sim, senhor. Compreendo.

Para o jantar naquela noite, Milo serviu-lhe lagosta do Maine assada, uma excelente salada Roquefort e dois *éclairs* gelados. O major Major ficou irritado. Mas, se devolvesse, a comida seria jogada fora ou aproveitada por algum outro. E o major Major tinha uma grande fraqueza por lagosta assada. Ele comeu tudo, com uma consciência de culpa. No almoço do dia seguinte, houve tartaruga de Maryland com uma garrafa de um quarto de Dom Pérignon 1937. O major Major devorou tudo, sem mais pensar.

Depois de Milo, restavam apenas os homens da sala de ordens. O major Major passou a evitá-los, entrando e saindo de seu gabinete pela janela de celuloide. A janela era presa com presilhas na parede da barraca de lona, sendo baixa e grande, fácil de pular de um lado e de outro. Ele percorria a distância entre a sala de ordens e seu trailer, esgueirando-se até o canto da barraca, verificando que não havia ninguém à vista, pulando então no fosso da estrada de ferro e correndo de cabeça abaixada até alcançar o santuário da floresta. Na altura do seu trailer, ele saía do fosso e corria rapidamente em direção do lar, por entre as moitas espessas. A única pessoa que certa vez encontrou no percurso foi o capitão Flume, que o deixou apavorado um dia, ao surgir, o rosto contorcido e fantasmagórico, sem qualquer aviso, de umas moitas de framboesa, para queixar-se de que o chefe White Halfoat ameaçara cortar-lhe a garganta de uma orelha à outra.

– Se me assustar outra vez desse jeito – assegurou-lhe o major Major –, eu é que irei cortar-lhe a garganta de uma orelha à outra.

O capitão Flume ficou pálido e sem respiração e desapareceu novamente nas moitas de framboesa. O major Major nunca mais voltou a vê-lo.

Ao pensar no que conseguira realizar, o major Major sentia-se extremamente satisfeito. No meio de uns poucos acres estrangeiros, fervilhando com mais de duzentas pessoas, ele tivera sucesso em seu objetivo de se tornar um recluso. Com um pouco de engenhosidade e visão, ele tornara impossível que qualquer homem do esquadrão lhe falasse. O que era muito bom para todo mundo, percebeu ele, pois ninguém queria mesmo falar-lhe. Ninguém, isto é, a não ser aquele louco do Yossarian, que um dia o derrubara com um manche quando ele estava correndo pelo fosso, na direção do seu trailer, para o almoço.

A última pessoa do esquadrão que o major Major desejava ver era Yossarian. Havia algo inerentemente indecoroso em Yossarian, sempre insistindo miseravelmente sobre o homem morto em sua barraca e que nem mesmo estava lá, e então se despindo depois da missão sobre Avignon e passando a andar pelado pelo acampamento, até o dia em que o general Dreedle adiantara-se para pregar-lhe uma medalha no peito, por seu heroísmo sobre Ferrara, e o encontrara em formação, posição de sentido, inteiramente nu. Não havia ninguém no mundo que tivesse atribuição para remover os pertences do homem morto da barraca de Yossarian. O major Major perdera a autoridade para tanto ao permitir que o sargento Towser informasse que o tenente que morrera sobre Orvieto, menos de duas horas depois de chegar ao esquadrão, jamais se apresentara ao esquadrão. O major Major achava que a única pessoa que tinha o direito de remover os pertences do tenente morto da barraca de Yossarian era o próprio Yossarian. Mas, por outro lado, o major Major achava também que Yossarian não tinha esse direito.

O major Major gemeu depois que Yossarian o derrubou com um manche e tentou levantar-se. Mas Yossarian impediu-o e disse-lhe:

– O capitão Yossarian solicita permissão para falar ao major imediatamente sobre uma questão de vida ou morte.

– Deixe-me levantar, por favor – suplicou o major Major, pouco à vontade, esparramado no chão como estava. – Não posso retribuir à sua continência deitado em cima do braço como estou.

Yossarian soltou-o. Os dois se levantaram lentamente. Yossarian bateu continência novamente e repetiu o pedido.

– Vamos ao meu gabinete – disse o major Major. – Este não é o lugar ideal para conversarmos.

– Sim, senhor.

Limparam a sujeira de suas roupas e caminharam num silêncio constrangido até a sala de ordens.

– Dê-me um minuto ou dois para passar um pouco de mercurocromo nestes cortes – disse o major Major. – Depois, peça ao sargento Towser para fazê-lo entrar.

– Sim, senhor.

O major Major atravessou a sala de ordens com um ar de dignidade, sem olhar para os homens que trabalhavam nas máquinas de escrever ou nos arquivos, entrando em seu gabinete. Assim que se viu sozinho lá dentro, correu até a janela e pulou para fora, para afastar-se dali rapidamente. Encontrou Yossarian bloqueando seu caminho. Yossarian estava esperando em posição de sentido e bateu continência novamente.

– O capitão Yossarian solicita permissão para falar imediatamente ao major Major sobre uma questão de vida ou morte.

– Permissão negada.

– Isso não vai adiantar.

O major Major desistiu e aceitou o destino.

– Está certo. Falarei com você. Por favor, pule para dentro do meu gabinete.

– Depois do senhor.

Os dois pularam a janela. O major Major sentou-se e Yossarian ficou postado diante de sua mesa, dizendo-lhe então que não queria mais voar nenhuma missão de combate. *Mas o que ele pode fazer?*, perguntou-se o major Major. Tudo o que ele podia fazer era seguir as instruções do coronel Korn e torcer para que tudo desse certo.

– E por que não? – perguntou ele.

– É que tenho medo.

– Mas isso não é uma coisa de que se deva envergonhar – consolou-o o major Major, bondosamente. – Todos nós sentimos medo.

– Não estou envergonhado. Simplesmente estou com medo.

– Não seria normal se nunca sentisse medo. Até mesmo os homens mais corajosos de vez em quando sentem medo. Uma das grandes vitórias que alcançamos em combate é superar nosso próprio medo.

– Ora, major, deixe disso. Será que não podemos ir adiante sem essas besteiras?

O major Major baixou os olhos encabulado e ficou mexendo nos dedos.

– O que deseja que eu lhe diga?

– Que já voei missões suficientes e posso voltar para casa.

– Quantas missões já voou?

– Cinquenta e uma.

– Só lhe restam então mais quatro.

– Ele vai aumentá-las. Toda vez que eu chego perto do fim, ele trata de aumentá-las.

– Talvez ele não aumente desta vez.

– Seja como for, ele nunca manda ninguém de volta para casa. Mantém todo mundo por aqui, à espera das ordens de baixa, até não ter homens suficientes para todas as tripulações. Aumenta então o número de missões necessárias para a baixa e todo mundo volta ao combate. Ele está fazendo isso desde que chegou aqui.

– Não deve culpar o coronel Cathcart pelo atraso das ordens – aconselhou o major Major. – A 27ª Força Aérea é que tem a responsabilidade de processar rapidamente as ordens, depois de receber nosso relatório.

– Mas ele podia pedir reforços e mandar-nos de volta para casa, assim que as ordens de baixa chegassem. Além do mais, disseram-me que a 27ª Força Aérea só exige 40 missões e que foi o próprio coronel Cathcart quem inventou essa história de 55 missões.

– Nada sei a respeito disso. O coronel Cathcart é o nosso oficial comandante e devemos obedecê-lo em tudo. Por que não voa as quatro missões que lhe restam e espera para ver o que acontece?

– Porque não quero.

Mas o que você pode fazer?, perguntou-se novamente o major Major. O que se podia fazer com um homem que o fitava diretamente nos olhos e declarava que preferia morrer a ser morto em combate, um homem que era pelo menos igualmente amadurecido e inteligente, embora fosse preciso fingir que não o era? O que ele poderia dizer-lhe?

– Suponhamos que nós o deixássemos escolher as suas missões e só voasse então para coisas fáceis – disse o major Major. – Desse jeito, poderia voar as quatro missões que lhe faltam sem correr qualquer risco.

– Não quero voar nenhum tipo de missão. Não quero mais participar da guerra.

– Gostaria que o nosso país perdesse a guerra?

– Não vamos perder. Temos mais homens, mais dinheiro e mais equipamentos. Há dez milhões de homens convocados que poderiam substituir-me. Algumas pessoas estão sendo mortas e muitas outras estão ganhando dinheiro e se divertindo. Vamos então deixar que os outros se matem.

– Mas suponhamos que todo mundo do nosso lado se sentisse assim.

– Então eu seria um rematado idiota se me sentisse diferente. Não é mesmo?

Mas o que você pode dizer para ele?, perguntou-se novamente o major Major, desolado. O que não podia dizer era que não havia nada que ele pudesse fazer. Dizer que ele não podia fazer nada era insinuar que ele faria alguma coisa se pudesse, o que implicaria reconhecer um erro ou injustiça na orientação política do coronel Korn. O coronel Korn fora bastante explícito a respeito disso. Ele nunca deveria dizer que nada podia fazer.

– Sinto muito – disse finalmente o major Major. – Mas não há nada que eu possa fazer.

10
Wintergreen

Clevinger estava morto. Essa foi a falha básica da filosofia dele. Dezoito aviões mergulharam numa radiante nuvem branca uma tarde, perto de Elba, de volta da missão semanal a Parma. Dezessete saíram. Não se encontrou o menor vestígio do outro, nem no ar nem nas águas serenas, cor de jade, lá embaixo. Não havia destroços. Helicópteros circularam a nuvem branca até o pôr do sol. Durante a noite, o vento soprou a nuvem para longe. Pela manhã, continuava a não haver o menor sinal de Clevinger.

O desaparecimento foi algo aterrador, como certamente fora também aterradora a Grande Conspiração do Acampamento Lowery, quando todos os 64 homens de uma imensa barraca desapareceram num dia de pagamento e nunca mais se ouviu falar deles. Até Clevinger ter sido tão habilmente sequestrado de sua existência, Yossarian sempre pensara que os 64 homens haviam simplesmente decidido, unanimemente, desertar no mesmo dia. Ficara tão entusiasmado com o que parecia ser uma deserção em massa dos deveres sagrados, que fora correndo transmitir as emocionantes notícias ao ex-PFC Wintergreen.

– Mas o que há de tão emocionante nisso? – escarneceu o ex-PFC Wintergreen, apoiando a bota imunda em sua pá e recostando-se, com uma expressão mal-humorada, na parede de um dos buracos fundos e quadrados que constituíam a sua especialidade militar.

O ex-PFC Wintergreen era um malandrinho ordinário que gostava de executar tarefas opostas. Cada vez que ele desertava, era apanhado e condenado a cavar e encher buracos de 2 metros de profundidade por dois de largura e dois de comprimento, durante um período determinado. Cada vez que terminava a sentença, ele novamente saía do acampamento sem licença. O ex-PFC Wintergreen aceitava sua missão de cavar e encher buracos com a dedicação paciente de um verdadeiro patriota.

– Não é uma vida das piores – comentava, filosoficamente. – E, afinal, alguém tem que fazer o serviço.

Ele tinha sabedoria suficiente para compreender que escavar buracos no Colorado não era uma missão das piores em tempo de guerra. Como não havia no mercado uma grande demanda de buracos, ele podia escavá-los e enchê-los num ritmo tranquilo e raramente ficava exausto. Por outro lado, porém, ele era rebaixado a soldado raso cada vez que era submetido a uma corte marcial. E lamentava amargamente a sua perda de posição.

– Até que era bom ser um PFC – recordava, melancolicamente. – Eu tinha posição. E sabem o que isso significa? Eu frequentava os melhores círculos! – Seu rosto ficava sombrio de resignação e ele continuava: – Da próxima vez que eu pular o muro será como soldado raso. E tenho certeza de que não será a mesma coisa.

Não havia o menor futuro em cavar buracos.

– O trabalho nem mesmo é seguro. Perco-o cada vez que acabo de cumprir a sentença. Tenho então que pular o muro novamente, se quiser recuperá-lo. E nem mesmo isso posso continuar a fazer. Existe um ardil, o Ardil-22. A próxima vez em que eu pular o muro, terei que enfrentar o pelotão de fuzilamento. Não sei o que vai ser de mim. Se eu não tomar cuidado, talvez seja até mandado para além-mar.

Ele não queria continuar a cavar buracos pelo resto de sua vida, embora não tivesse objeções a fazê-lo enquanto houvesse uma guerra em andamento e aquilo fizesse parte do esforço de guerra do país.

– É uma questão de dever para com a pátria e cada um de nós tem o seu a cumprir. Meu dever é ficar cavando esses buracos. E tenho me saído tão bem que acabo de ser recomendado para a Medalha do Bom Comportamento. O seu dever, Yossarian, é ficar o máximo possível lá pela escola preparatória de cadetes, rezando para que a guerra acabe antes do seu treinamento. O dever dos homens em combate é o de ganhar a guerra. Só espero que eles estejam cumprindo o dever deles tão bem quanto estou cumprindo o meu. Não seria justo que eu tivesse de ir para além-mar e fazer também o dever deles, não é mesmo?

Um dia, o ex-PFC Wintergreen rachou um cano de água ao abrir um dos seus buracos e quase morreu afogado, antes de ser pescado lá de dentro, desmaiado. Espalhou-se a notícia de que era petróleo e o chefe White Halfoat foi imediatamente expulso da base. Logo, todos os homens que haviam conseguido arrumar uma pá estavam escavando freneticamente o acampamento, à procura de petróleo. A terra voava por toda parte. Foi uma cena quase igual à que ocorreu em Pianosa sete meses mais tarde, depois da noite em que Milo bombardeara o esquadrão com todos os aviões que ele acumulara em sua cooperativa M&M, atingindo, inclusive, a pista, os depósitos de bombas e os hangares de reparos. Todos os sobreviventes logo se empenharam em escavar imensos abrigos, cobrindo-os com placas blindadas roubadas dos barracões de reparos e camuflando-os com lonas esfarrapadas roubadas das barracas uns dos outros. No Colorado, o chefe White Halfoat foi prontamente transferido ao primeiro rumor de descoberta de petróleo, indo finalmente descansar em Pianosa, como substituto do tenente Coombs, que um dia saíra numa missão como convidado, só para ver como era a guerra, e morrera sobre Ferrara, no mesmo avião que Kraft. Yossarian sentia-se culpado cada vez que se lembrava de Kraft. Culpado porque Kraft morrera em sua segunda incursão para lançar as bombas não lançadas na primeira e culpado porque Kraft inocentemente se envolvera na Insurreição Esplêndida da Atabrine, que começara em Porto Rico, na primeira etapa da viagem deles pelo oceano, e terminara em Pianosa dez dias depois, com Appleby entrando respeitosamente na sala de ordens, logo ao chegar, para denunciar Yossarian por recusar-se a tomar os seus tabletes de Atabrine. O sargento convidara-o a sentar-se.

– Obrigado, sargento. Acho que vou mesmo sentar. Quanto tempo eu terei que esperar? Ainda tenho muita coisa a fazer hoje, para poder estar preparado e alerta amanhã de manhã, a fim de poder entrar em combate no minuto em que desejarem.

– Senhor...

– O que é, sargento?

– O que foi mesmo que perguntou?

– Quanto terei que ficar esperando aqui, antes de poder entrar para falar com o major?

– Apenas até sair para o almoço – informou o sargento Towser. – Poderá então entrar.

– Mas ele não estará lá dentro, não é?

– Não, senhor. O major Major só voltará ao seu gabinete depois do almoço.

– Compreendo – murmurou Appleby, indeciso. – Neste caso, acho que é melhor eu voltar depois do almoço.

Appleby saiu da sala de ordens extremamente confuso. No momento em que pisou lá fora, julgou ver um oficial alto e moreno, um pouco parecido com Henry Fonda, pular pela janela da barraca e esgueirar-se até desaparecer do outro lado. Appleby estacou e cerrou os olhos, dominado por intensas dúvidas. Não sabia se estava sofrendo de malária ou, o que era pior, de uma dose excessiva de Atabrine. Appleby tomara doses de Atabrine quatro vezes maiores do que as prescritas, pois queria ser quatro vezes melhor piloto do que qualquer um dos outros homens. Seus olhos ainda estavam fechados quando o sargento Towser bateu-lhe de leve no ombro e disse-lhe que poderia entrar agora se assim desejasse, pois o major Major acabara de sair. Appleby recuperou a confiança em si mesmo.

– Obrigado, sargento. Ele vai demorar?

– Estará de volta logo depois do almoço. Poderá então voltar e esperar até que ele saia para o jantar. O major Major nunca recebe ninguém enquanto está em seu gabinete.

– Como, sargento?

– Eu disse que o major Major nunca recebe ninguém enquanto está em seu gabinete.

Appleby olhou firmemente para o sargento Towser e procurou falar com toda a firmeza que podia:

– Sargento, está tentando fazer-me passar por idiota só porque já está aqui há muito tempo e eu ainda sou novo no esquadrão?

– Oh, não, senhor! – respondeu o sargento, respeitosamente. – É que essas são as minhas ordens. Pode perguntar ao major Major, quando o encontrar.

– É exatamente isso o que tenciono fazer, sargento. E quando poderei vê-lo?

– Nunca.

Vermelho de humilhação, Appleby escreveu o seu relatório sobre Yossarian e os tabletes de Atabrine no bloco que o sargento lhe ofereceu e afastou-se rapidamente, imaginando que talvez Yossarian não fosse o único doido privilegiado a usar uniforme de oficial.

Quando o coronel Cathcart aumentou o número de missões para 55, o sargento Towser já estava começando a achar que provavelmente todo homem que usava uniforme era doido. O sargento Towser era magro e anguloso e tinha cabelos louros tão claros que quase pareciam sem cor, bochechas afundadas e dentes grandes e brancos como marshmallow. Ele dirigia o esquadrão e não sentia a menor satisfação por fazê-lo. Homens como Hungry Joe descarregavam em cima dele todo o seu ódio, e Appleby fazia questão de submetê-lo a uma descortesia vingativa, agora que se firmara como um bom piloto e um jogador de pingue-pongue que jamais perdia um ponto. O sargento Towser comandava o esquadrão porque não havia mais ninguém no esquadrão para comandá-lo. Mas ele não tinha o menor interesse pela guerra ou por promoções. Só se interessava por louças antigas e móveis Hepplewhite.*

*Famoso designer inglês de móveis do século XVIII. (*N. do T.*)

Quase sem se dar conta, o sargento Towser adquirira o hábito de pensar no homem morto da barraca de Yossarian nos termos em que o próprio Yossarian pensava – como um homem morto na barraca de Yossarian. Na realidade, ele não era isso. Tinha sido apenas um piloto de reforço que fora morto em combate, antes de se apresentar oficialmente ao esquadrão. Parara na barraca de operações a fim de indagar o caminho para a sala de ordens e fora posto imediatamente em ação, pois muitos homens já tinham completado as 35 missões exigidas na ocasião, e o capitão Piltchard e o capitão Wren estavam encontrando dificuldades em reunir o número de tripulações necessárias para o grupo. E porque ele nunca se apresentara oficialmente ao esquadrão, não podia oficialmente sair do esquadrão. O sargento Towser tinha a impressão de que os comunicados a se multiplicarem a respeito do pobre homem continuariam a ricochetear de um lugar para outro eternamente.

O nome dele era Mudd. Para o sargento Towser, que deplorava a violência e o desperdício com igual aversão, constituía uma extravagância abominável ter transportado Mudd de avião ao longo de todo o oceano só para que ele explodisse em mil pedaços sobre Orvieto, menos de duas horas depois de sua chegada. Ninguém podia recordar quem ele era ou como se parecia, muito menos o capitão Piltchard e o capitão Wren, que lembravam apenas que um novo oficial aparecera na barraca de operações bem a tempo de ser enviado para a morte e que enrubesciam, constrangidos, toda vez que se falava no homem morto da barraca de Yossarian. Os únicos que tinham visto Mudd eram os homens que estavam no mesmo avião que ele. Mas todos tinham também explodido em mil pedaços.

Yossarian, por sua vez, sabia exatamente quem era Mudd. Mudd era o soldado desconhecido que nunca tivera uma chance. Afinal, a única coisa que todos sabiam sobre os soldados desconhecidos é que jamais haviam tido a menor chance. Por isso é que tinham de estar mortos. E aquele morto era realmente desconhecido, muito embora seus pertences ainda estivessem na barraca de Yossarian, meio desarrumados, quase exatamente como ele os deixara três meses antes, no dia em que nunca chegara – tudo contaminado pela morte menos de duas horas depois, da mesma maneira como tudo o mais ficara contaminado pela morte na semana seguinte, durante o Grande Cerco de Bolonha, quando o odor da mortalidade pairava úmido pelo ar, como um nevoeiro cheirando a enxofre, impregnando todos os homens designados para voar.

Não havia escapatória à missão em Bolonha, depois que o coronel Cathcart oferecera seus homens como voluntários para destruírem os depósitos de munição dos alemães, que os bombardeiros pesados, sediados na parte continental da Itália, não tinham conseguido destruir, voando em maiores altitudes. Cada dia de protelação aumentava a consciência do perigo e a desolação dos homens. A convicção de morte iminente, viscosa, inexorável, espalhava-se incessantemente, com a chuva constante, estampando-se causticamente no semblante amargurado de cada homem, como o avanço corrosivo de alguma doença incurável. Todos exalavam o cheiro de formol. E não havia lugar algum a que se pudesse recorrer em busca de ajuda, nem mesmo o serviço médico, que fora fechado por ordem do coronel Korn, a fim de que nenhum homem pudesse baixar à enfermaria, como acontecera no único dia claro depois de acertada a missão a Bolonha, quando uma misteriosa epidemia de diarreia obrigara a um novo adiamento. Com suas atividades suspensas e a porta da barraca de serviço médico lacrada, Doc Daneeka passava os intervalos entre a chuva empoleirado num banquinho alto, sem dizer absolutamente nada, absorvendo a lúgubre erupção de medo com uma neutralidade triste, esquentando-se como um melancólico besouro por baixo do agourento cartaz escrito a mão, pregado na porta da barraca de serviço médico pelo capitão Black, como uma pilhéria, e que Doc Daneeka ali deixara, pois não se tratava absolutamente de uma pilhéria. No cartaz, margeado por uma listra preta, estava escrito: "FECHADO ATÉ SEGUNDA ORDEM. MORTE NA FAMÍLIA."

O medo se disseminava por toda parte, no esquadrão de Dunbar. E, ao cair de uma tarde, Dunbar enfiou a cabeça pela porta da barraca de serviço médico do seu esquadrão e conversou respeitosamente com os contornos indistintos do Dr. Stubbs, que estava sentado em meio a sombras espessas, diante de uma garrafa de uísque e um jarro cheio de água potável.

– Está se sentindo bem? – perguntou ele, solicitamente.

– Pessimamente.

– O que está fazendo aqui?

– Apenas sentado.

– Pensei que estavam canceladas todas as baixas para a enfermaria.

– E estão.

– Então por que está sentado aqui?

– Onde mais eu deveria estar sentado? No maldito clube dos oficiais, com o coronel Cathcart e Korn? Sabe o que estou fazendo aqui?

– Está sentado.

– Não, aqui no esquadrão. Não banque o engraçadinho. Pode imaginar o que um médico está fazendo aqui no esquadrão?

– Eles lacraram as portas das barracas de serviço médico dos outros esquadrões.

– Eu estou aqui porque, se aparecer alguém doente, vou fazer com que ele fique em terra. E não me importa o que eles digam!

– Não pode fazer com que ninguém fique em terra. Já se esqueceu das ordens?

– Pois vou derrubar o cara com uma injeção e não haverá outro jeito senão ele ficar em terra. – O Dr. Stubbs riu, sardonicamente, divertido com a perspectiva. – Os filhos da mãe pensam que podem acabar com os doentes por ordens superiores. Mas que droga! Começou novamente!

A chuva recomeçou a cair, primeiro nas árvores, depois nas poças enlameadas, depois, debilmente, como um murmúrio suave, no alto da barraca. O Dr. Stubbs comentou:

– Está tudo encharcado. Até mesmo as latrinas e os mictórios estão encharcados, em protesto. O mundo inteiro cheira como um cemitério.

O silêncio pareceu abissal quando ele parou de falar. A noite caiu. A sensação era de completo isolamento.

– Acenda a luz – sugeriu Dunbar.

– Não há luz. E não sinto a menor vontade de acionar o meu gerador. Eu costumava achar que era uma grande coisa salvar as vidas das pessoas. Agora, pergunto-me de que adianta, se todos têm mesmo que acabar morrendo.

– Mas claro que adianta – assegurou-lhe Dunbar.

– É mesmo? Mas adianta o quê?

– É preciso evitar o máximo possível que as pessoas morram.

– Mas de que adianta isso, se todos vão, de qualquer maneira, acabar morrendo?

– O truque é não pensar nisso.

– Esqueça o truque. O que quero saber é de que adianta.

Dunbar ficou meditando em silêncio por um momento.

– E quem é que sabe?

Dunbar não sabia. Bolonha deveria deixar Dunbar exultante, pois os minutos se prolongavam e as horas se arrastavam como séculos. Em vez disso, porém, ele estava torturado, pois sabia que seria morto.

– Quer realmente mais alguma codeína? – perguntou-lhe o Dr. Stubbs.

– É para o meu amigo Yossarian. Ele tem certeza de que vai ser morto.

– Yossarian? Mas quem diabo é Yossarian? E que diabo de nome é Yossarian? Não foi aquele homem que se embriagou outra noite e começou a brigar com o coronel Korn lá no clube dos oficiais?

– Exatamente. Ele é assírio.

– Ele é doido.

– Yossarian não é tão doido assim. Jura que não vai voar sobre Bolonha.

– Era o que eu estava querendo dizer – explicou o Dr. Stubbs. – Aquele louco filho da mãe talvez seja o único são que ainda resta por aqui.

11
Capitão Black

O cabo Kolodny foi o primeiro a saber, por um telefonema do comando. Ficou tão abalado com a notícia que atravessou a barraca do serviço de informações na ponta dos pés até o capitão Black, que estava cochilando debruçado sobre a mesa, e transmitiu-lhe a informação num sussurro escandalizado.

O capitão Black animou-se imediatamente e exclamou deliciado:

– Bolonha? Mas isso é maravilhoso! – Ele soltou uma gargalhada. – Bolonha, hein? – Riu novamente e balançou a cabeça, com uma expressão de satisfação. – Mas que beleza! Mal posso esperar o momento de ver as caras dos filhos da mãe quando descobrirem que vão para Bolonha! Ah! Ah! Ah!

Era a primeira vez que o capitão Black soltava uma risada realmente satisfeita, desde o dia em que o major Major o lograra e fora designado para comandante do esquadrão. Ele levantou-se entusiasmado e foi postar-se junto ao balcão da barraca, a fim de apreciar ainda mais a desolação dos bombardeadores quando aparecessem para pegar os seus mapas de instruções.

– É isso mesmo, seu filho da mãe! É Bolonha mesmo! – repetia ele, incansável, a todo bombardeador que não queria acreditar na notícia e perguntava se iam de fato para Bolonha. – Ah! Ah! Ah! Agora é que quero ver vocês se divertirem! Desta vez o negócio vai ser mesmo para valer!

O capitão Black seguiu o último dos bombardeadores para fora da barraca, a fim de saborear o efeito da notícia nos outros oficiais e recrutas, que estavam se reunindo, com seus capacetes, paraquedas e trajes de combate, em torno dos quatro caminhões parados no centro do esquadrão. Era um homem alto, magro e triste, de gestos indolentes. Barbeava o rosto pálido e marcado a cada três ou quatro dias e quase sempre parecia estar cultivando um bigodinho entre dourado e vermelho. Ele não ficou desapontado com a cena a que assistiu lá fora. A consternação se estampava em cada rosto, e o capitão Black bocejou deliciado, apagando o último vestígio de sono dos olhos e rindo prazerosamente a cada vez que dizia a algum homem que daquela vez iam mesmo se estrepar.

Bolonha foi o acontecimento mais gratificante da vida do capitão Black desde o dia em que o major Duluth fora morto em Perugia e quase o haviam escolhido para substituí-lo. Quando a notícia da morte do major Duluth chegara a Pianosa, o capitão Black tivera uma explosão de alegria. Embora nunca antes tivesse cogitado a possibilidade, o capitão Black compreendera imediatamente que era o substituto lógico do major Duluth no comando do esquadrão. Para começar, ele era o oficial de inteligência do esquadrão, o que significava que era mais inteligente do que qualquer outro homem do esquadrão. É verdade que ele não estava na categoria dos oficiais combatentes, como o major Duluth estava e à qual normalmente pertenciam todos os comandantes de esquadrão. Mas isso, no fundo, era mais um argumento forte a seu favor, já que assim sua vida não correria perigo e ele poderia ocupar o cargo por tanto tempo quanto o país precisasse dele. Quanto mais o capitão Black pensava no assunto, mais inevitável parecia a sua indicação. Era apenas uma questão de dizer a palavra certa no lugar certo, rapidamente. Ele voltou apressadamente a seu gabinete, a fim de planejar a ação. Recostado em sua cadeira giratória, com os pés em cima da mesa e os olhos fechados, ele começou a imaginar quão maravilhoso tudo seria a partir do momento em que se tornasse o comandante do esquadrão.

Enquanto o capitão Black estava imaginando, o coronel Cathcart estava agindo. O capitão Black ficou depois atônito com a rapidez com que o major Major conseguira lhe passar a perna, segundo a sua conclusão. Seu espanto pela indicação do major Major para comandante do esquadrão foi logo superado por um ressentimento amargurado, que ele não fazia o menor esforço por disfarçar. Quando os seus colegas oficiais administrativos manifestavam surpresa diante da escolha do major Major por parte do coronel Cathcart, o capitão Black murmurava que algo de muito estranho estava acontecendo. Quando eles especulavam sobre o valor político da semelhança do major Major com Henry Fonda, o capitão Black assegurava que o major Major era de fato Henry Fonda. E quando comentavam que o major Major era um tanto esquisito, o capitão Black declarava que ele era um comunista.

– Eles estão assumindo por toda parte – anunciava o capitão Black, numa incitação velada ao motim. – Vocês podem ficar indiferentes e deixá-los fazer o que bem desejarem. Mas eu não vou deixar as coisas assim. Vou tomar providências. A partir de agora, vou fazer com que todo filho da puta que entre no meu serviço assine um juramento de lealdade. E não vou permitir que aquele filho da mãe do major Major assine nenhum, mesmo que ele queira assinar.

Quase da noite para o dia, a Gloriosa Cruzada do Juramento de Lealdade estava se desenvolvendo a pleno vapor. E o capitão Black descobriu, extasiado, que ele é que a estava liderando. Ele tinha realmente encontrado um filão. Todos os recrutas e oficiais em missão de combate tinham que assinar um juramento de lealdade para obter os mapas operacionais da barraca de informações, um segundo juramento de lealdade para receberem os trajes de combate e os paraquedas da barraca de paraquedas, além de um terceiro juramento de lealdade exigido pelo tenente Balkington, o oficial encarregado da garagem, para poderem ser transportados em caminhões do acampamento até o campo. Para qualquer canto que eles se virassem, sempre havia um juramento de lealdade para assinar. Assinavam um juramento de lealdade para conseguirem o pagamento do soldo das mãos do oficial de finanças, assinavam um juramento de lealdade para obterem os seus suprimentos, assinavam um juramento de lealdade para que pudessem cortar o cabelo com os barbeiros italianos. Para o capitão Black, cada oficial que apoiava a sua Gloriosa Cruzada do Juramento de Lealdade era um competidor. Ele planejava e tramava 24 horas por dia, para estar sempre um passo à frente. Não ficaria em segundo para ninguém na sua devoção ao país. Quando outros oficiais seguiram a sua recomendação e adotaram os seus próprios juramentos de lealdade, ele foi mais adiante e passou a exigir que cada filho da puta que aparecia em sua barraca de informações assinasse dois juramentos de lealdade, depois três e depois quatro. Em seguida, introduziu o compromisso de fidelidade e logo passou a exigir que cantassem o *Star-Spangled Banner*,* primeiro uma estrofe, depois duas, três e quatro. Cada vez que o capitão Black se adiantava aos seus competidores, passava a debochar deles pelo fracasso em seguirem seu exemplo. Cada vez que eles seguiam seu exemplo, o capitão Black batia em retirada, preocupado, e rebuscava o

* Hino nacional dos Estados Unidos. (*N. do T.*)

cérebro em busca de um novo estratagema que lhe permitisse novamente zombar dos competidores.

Sem compreender como acontecera, os homens em missão de combate do esquadrão viram-se dominados pelos administradores designados para servi-los. Eram intimidados, insultados, atormentados e humilhados por um depois do outro, o dia inteiro. Quando eles objetaram, o capitão Black replicara que as pessoas que eram leais não haveriam de se importar em assinar todos os juramentos de lealdade que lhes fossem apresentados. Para quem quer que questionasse a eficácia dos juramentos de lealdade, ele respondia que as pessoas que eram realmente leais a seu país só podiam se orgulhar em enunciá-lo sempre que isso se tornasse necessário.

E quem contestasse a moralidade da situação, ouvia dele a declaração solene de que o *Star-Spangled Banner* era a maior peça musical já composta. Quanto mais juramentos de lealdade uma pessoa assinasse, mais leal era ela. Para o capitão Black, tudo se resumia a isso. Assim, ele fazia com que o cabo Kolodny assinasse o nome dele diariamente em centenas de juramentos de lealdade, para que sempre pudesse provar que era mais leal do que qualquer outro.

– O importante é que continuem a assinar – explicou ele às suas cortes. – Não importa que estejam ou não sendo sinceros. É por isso que eles fazem as criancinhas jurarem lealdade, muito antes de sequer saberem o que significa juramento ou lealdade.

Para o capitão Piltchard e o capitão Wren, a Gloriosa Cruzada do Juramento de Lealdade era uma gloriosa aporrinhação, já que complicava a tarefa deles de organizarem as tripulações para cada missão de combate. Os homens viviam ocupados por todo o esquadrão, assinando, fazendo juramentos solenes e cantando, o que provocava um atraso de horas em cada missão. As ações de emergência tornaram-se impossíveis. Mas o capitão Piltchard e o capitão Wren eram muito tímidos para levantar um protesto contra o capitão Black, o qual, escrupulosamente, impunha todos os dias o cumprimento da doutrina da "Reafirmação Contínua", que ele próprio criara, destinada a surpreender todos os homens que tivessem se tornado desleais desde que assinaram seu último juramento de lealdade, no dia anterior. Foi o capitão Black que aconselhou ao capitão Piltchard e ao capitão Wren, quando ambos estavam mais aturdidos do que nunca, sem saber como sair da confusão em que estavam enredados. Ele chegou à frente de uma delegação e aconselhou-os bruscamente a exigirem que cada homem assinasse um juramento de lealdade, antes que lhes fosse permitido voar numa missão de combate.

– É claro que a decisão cabe a vocês – ressaltou o capitão Black. – Ninguém está querendo pressioná-los. Mas todos os outros estão obrigando os homens a assinarem juramentos de lealdade. Vai parecer muito esquisito ao FBI se vocês dois forem os únicos a não se importarem o bastante com o país para exigirem que os homens assinem juramentos de lealdade. Se querem ficar com uma péssima reputação, o problema é de vocês, de ninguém mais. Tudo o que queremos é ajudá-los.

Milo não se deixou convencer e recusou-se peremptoriamente a privar o major Major de comida, mesmo que o major Major fosse comunista, do que Milo duvidava secretamente. Milo se opunha, por natureza, a qualquer inovação que ameaçasse prejudicar o bom andamento das coisas. Milo assumiu uma firme posição moral e recusou-se a participar da Gloriosa Cruzada do Juramento de Lealdade, até que o capitão Black foi visitá-lo com a sua delegação e exigiu sua Participação.

– A defesa nacional é um trabalho de *todos* – declarou o capitão Black, diante das objeções de Milo. – Todo o programa é voluntário, Milo. Não se esqueça disso. Os homens não precisam assinar o juramento de lealdade de Piltchard e Wren, se não quiserem fazê-lo. Mas devemos fazê-los morrer de fome, se não quiserem assinar. É exatamente como o Ardil-22. Está entendendo agora? Ou será que você é contra o Ardil-22?

Doc Daneeka foi intransigente.

– Por que tanta certeza assim de que o major Major é comunista?

– Você nunca o ouviu negar, até que começamos a acusá-lo, não é mesmo? E também nunca o viu assinar nenhum dos nossos juramentos de lealdade.

– É que vocês não o estão deixando assinar nenhum.

– Mas é claro que não! – explicou o capitão Black. – Isso significaria a derrota da nossa cruzada. Escute, você não precisa ficar do nosso lado, se não quiser. Mas de que adiantará o trabalho árduo de todos nós, se você começar a dispensar cuidados médicos ao major Major no momento em que Milo começar a deixá-lo morrer de fome? Só estou imaginando o que eles vão pensar lá no comando sobre o homem que está minando todo o nosso programa de segurança. Provavelmente, irão transferi-lo para o Pacífico.

Doc Daneeka entregou logo os pontos.

– Vou determinar a Gus e Wes que façam tudo o que vocês quiserem.

No comando, o coronel Cathcart já estava começando a perguntar o que andava acontecendo. O coronel Korn explicou, sorrindo:

– É aquele idiota do Black que sofreu um acesso de patriotismo. Acho melhor ficar do lado dele por algum tempo, já que foi você quem promoveu o major Major ao comando do esquadrão.

– A ideia foi sua – acusou-o o coronel Cathcart, rudemente. – Eu nunca deveria ter deixado que me convencesse.

– Não pode negar que foi uma boa ideia, pois eliminou aquele major supérfluo que estava fazendo com que você parecesse um péssimo administrador. Mas não se preocupe, pois a onda provavelmente vai acabar em breve. A melhor coisa a fazer agora é enviar uma carta de apoio ao capitão Black e ficar torcendo para que ele caia morto subitamente, antes de causar muitos danos. – O coronel Korn foi de repente assaltado por um pensamento inquietante. – Ei, será que o imbecil do Black vai tentar expulsar o major Major do seu trailer?

Pouco depois, o capitão Black decidiu:

– O próximo passo é expulsar aquele bastardo do major Major do trailer dele. Eu gostaria também de podermos expulsar a esposa e os filhos dele para o mato. Mas não poderemos fazê-lo, pois ele não tem esposa nem filhos. Assim, teremos que nos contentar com o que temos e expulsaremos somente ele. Quem é que está no comando do acampamento?

– É ele mesmo.

– Estão vendo? – gritou o capitão Black. – Estão se infiltrando em toda parte! Mas não vou permitir uma coisa dessas. Levarei o problema ao próprio major —— de Coverley, se necessário for. Farei com que Milo fale com ele, no momento em que voltar de Roma.

O capitão Black depositava uma fé ilimitada na sabedoria, no poder e na justiça do major —— de Coverley, muito embora nunca lhe tivesse dirigido a palavra e ainda não tivesse coragem suficiente para fazê-lo. Ele encarregou Milo de falar em seu nome com o major —— de Coverley, ficando à espera, impacientemente, que o oficial executivo do esquadrão retornasse a Pianosa. Como todos os outros homens do esquadrão, o capitão Black tinha um profundo respeito e temor pelo major imponente de cabelos brancos, de rosto austero e porte augusto. Finalmente o major —— de Coverley voltou de Roma, com um olho machucado dentro de uma proteção de celuloide, destruindo totalmente a Gloriosa Cruzada com um único golpe.

Cautelosamente, Milo nada disse no dia em que o major —— de Coverley voltou a Pianosa e entrou no refeitório com o seu porte digno e austero, encontrando a passagem bloqueada por uma muralha de oficiais esperando na fila para assinar os diversos juramentos de lealdade. Na outra extremidade do balcão de comida, um grupo de homens que chegara mais cedo estava prestando fidelidade à bandeira, com as bandejas de comida equilibradas numa das mãos, para poderem ocupar as mesas. Já nas mesas, os primeiros que haviam chegado estavam cantando a *Star-Spangled Banner* para poderem usar o sal, a pimenta e o ketchup. O burburinho começou a se acalmar lentamente quando o major —— de Coverley parou na entrada do refeitório, franzindo o rosto numa expressão aturdida de desaprovação, como se estivesse assistindo a uma cena extremamente bizarra. Ele começou a avançar em linha reta e a muralha de homens à sua frente se abriu como o Mar Vermelho. Sem olhar para a esquerda nem para a direita, aproximou-se do balcão, invencível, e em voz alta e sonora, um pouco áspera da idade mas vibrante de eminência antiga e autoridade incontestável, disse:

– Dê-me comida.

Em vez de comida, o cabo Snark entregou ao major —— de Coverley um juramento de lealdade, para que ele assinasse. O major

—— de Coverley afastou-o para o lado, com visível aversão, no momento em que percebeu do que se tratava. O olho bom iluminou-se ofuscantemente num incomensurável desdém e o rosto velho e enrugado ficou sombrio, numa ira aterradora:

– Eu disse: dê-me comida! – A voz áspera e alta ressoou sinistramente pela barraca em silêncio, como o estrondo de trovoadas distantes.

O cabo Snark empalideceu e começou a tremer. Ele lançou um olhar para Milo, suplicando ajuda. Por alguns segundos terríveis não se ouviu um único som. E então Milo assentiu e disse:

– Dê-lhe comida.

O cabo Snark começou a servir o major —— de Coverley. Quando ele acabou, o major —— de Coverley pegou a bandeja e virou-se, estacando então. Contemplou os outros oficiais que o fitavam num apelo mudo e rugiu, com uma beligerância indignada:

– Sirva todo mundo!

– Sirva todo mundo! – ecoou Milo, com um suspiro de alívio.

E assim terminou a Gloriosa Cruzada do Juramento de Lealdade.

O capitão Black ficou profundamente desiludido com a traiçoeira punhalada pelas costas que recebera de um representante dos altos escalões, com cujo apoio ele tão confiantemente contara. O major —— de Coverley o decepcionara.

Mas a todos que iam procurá-lo para expressar sua simpatia, o capitão Black assegurava jovialmente:

– Ora, não fiquei absolutamente aborrecido. Nós cumprimos nossa missão. Nosso objetivo era infundir medo a todos de que não gostamos e alertar as pessoas para o perigo que representa o major Major. E certamente alcançamos tal objetivo. Já que não íamos mesmo deixá-lo assinar nenhum juramento de lealdade, realmente não tem a menor importância que continue a haver ou não qualquer juramento de lealdade para ser assinado.

Ao contemplar a todos os homens do esquadrão de quem ele não gostava novamente com medo, durante o terrível e interminável Grande Cerco de Bolonha, o capitão Black recordou-se, nostálgico, dos dias maravilhosos da Gloriosa Cruzada do Juramento de Lealdade, quando ele fora realmente importante e até figurões como Milo Minderbinder, Doc Daneeka, Piltchard e Wren tremiam à sua aproximação e prostravam-se a seus pés. Para provar aos novatos que ele realmente já tinha sido um homem importante, o capitão Black ainda tinha a carta de elogio que recebera do coronel Cathcart.

12
Bolonha

Mas não foi o capitão Black e sim o sargento Knight quem desencadeou o terrível pânico de Bolonha, saltando sorrateiramente do caminhão para pegar dois trajes extras de proteção antiaérea, assim que soube qual era o objetivo. Isso provocou uma lúgubre procissão de volta à barraca de paraquedas e que degenerou num estouro frenético, até que finalmente todos os trajes extras de proteção antiaérea se esgotaram.

– Mas que negócio é esse? – perguntou Kid Sampson nervosamente. – Afinal de contas, Bolonha não pode ser tão terrível assim, não é?

Nately, sentado em transe no chão do caminhão, ergueu para ele o rosto jovem e sombrio, com as duas mãos, e não disse nada.

Foi o sargento Knight e a série cruel de adiamentos. No momento mesmo em que eles estavam subindo em seus aviões, naquela primeira manhã, apareceu um jipe com a notícia de que estava chovendo em Bolonha e que a missão teria de ser adiada. Estava chovendo também em Pianosa quando eles retornaram ao acampamento. Os homens passaram o resto do dia a contemplar melancolicamente a linha do bombardeio, no mapa, remoendo hipnoticamente o fato de que não havia escapatória. A prova disso estava nitidamente exposta na estreita linha vermelha pregada no mapa da Itália continental. As forças de terra na Itália estavam imobilizadas a 66 quilômetros intransponíveis ao sul do objetivo e seria praticamente impossível capturar o objetivo a tempo. Nada poderia salvar os homens em Pianosa da missão a Bolonha. Eles estavam encurralados.

A única esperança era que nunca mais parasse de chover e eles não tinham a menor esperança, pois sabiam que isso não aconteceria. Quando parava de chover em Pianosa, estava chovendo em Bolonha. Quando parava de chover em Bolonha, estava chovendo em Pianosa. Se não havia absolutamente chuva em parte alguma, ocorriam fenômenos estranhos e inexplicáveis, como a epidemia de diarreia e o deslocamento misterioso da linha de bombardeio. Quatro vezes, nos seis primeiros dias, os homens foram reunidos e instruídos sobre a missão, sendo em seguida dispensados. Uma vez eles chegaram a decolar e já estavam voando em formação quando a torre de controle chamou-os de volta. Quanto mais chovia, mais os homens sofriam. Quanto mais eles sofriam, mais rezavam para que continuasse a chover. Durante toda a noite, os homens contemplavam o céu e se entristeciam ao verem as estrelas. Durante todo o dia, eles contemplavam a linha de bombardeio, no mapa grande da Itália colocado num cavalete sob o toldo da barraca de informações, que se sacudia ao vento e era levado para o interior da barraca toda vez que começava a chover. A linha de bombardeio era uma fita vermelha de cetim que assinalava a posição mais avançada de todas as forças de terra dos Aliados na Itália continental.

Na manhã seguinte à "quebra de braço" de Hungry Joe com o gato de Huple, a chuva finalmente parou em ambos os lugares. A pista de terra começou a secar. Levaria 24 horas para secar completamente e endurecer, mas o céu permanecia sem nuvens. Os ressentimentos incubados em cada homem se degeneraram em ódio. Primeiro, eles odiaram os soldados de infantaria no continente por fracassarem na tentativa de capturar Bolonha rapidamente. Depois, eles passaram a odiar a linha de bombardeio em si. Ficavam horas contemplando fixamente a fita vermelha no mapa e odiavam-na porque ela não subia o suficiente para abranger a cidade. Quando a noite caía, eles se reuniam na escuridão, com lanternas, continuando a macabra vigília à linha de bombardeio, esperando que a linha subisse de repente, ao impacto de suas tristes preces.

– Realmente não consigo acreditar – disse Clevinger a Yossarian, numa voz que se alteava e baixava, em protesto e espanto. – É uma reversão total à superstição primitiva. Eles estão confundindo causa e efeito. Faz tanto sentido quanto bater na madeira ou cruzar os dedos. Realmente acreditam que não teríamos de voar a missão se alguém se aproximasse do mapa sorrateiramente em plena madrugada e deslocasse a linha de bombardeio para além de Bolonha. Pode imaginar uma coisa dessas? Você e eu somos os dois únicos racionais que ainda restam por aqui.

Em plena madrugada, Yossarian bateu na madeira, cruzou os dedos e foi na ponta dos pés até a barraca de informações, para deslocar a linha de bombardeio além de Bolonha.

O cabo Kolodny entrou furtivamente, na ponta dos pés, na barraca do capitão Black, no início da manhã seguinte, estendeu a mão por dentro do mosquiteiro e sacudiu gentilmente o ombro úmido de suor que ali encontrou, até que o capitão Black abrisse os olhos.

– Por que está me acordando? – resmungou o capitão Black.

– Eles capturaram Bolonha, senhor – explicou o cabo Kolodny. – Pensei que gostaria de saber. A missão está cancelada?

O capitão Black levantou-se bruscamente e começou a coçar metodicamente as coxas longas e esqueléticas. Pouco depois ele estava vestido e saía de sua barraca, os olhos semicerrados, mal-humorado, a barba por fazer. O céu estava limpo e fazia calor. Ele foi espiar o mapa, sem a menor emoção. Evidentemente, haviam capturado Bolonha. Dentro da barraca de informações, o cabo Kolodny já estava removendo os mapas da região de Bolonha dos estojos de navegação. O capitão Black sentou-se, com um bocejo interminável, pôs os pés em cima da mesa e telefonou para o coronel Korn.

– Por que está me acordando? – resmungou o coronel Korn.

– Eles capturaram Bolonha durante a noite, senhor. A missão está cancelada?

– Do que você está falando, Black? Por que a missão haveria de estar cancelada?

– Porque eles capturaram Bolonha, senhor. A missão não está cancelada?

– É claro que a missão está cancelada. Você acha então que iríamos agora bombardear as nossas próprias tropas?

– Por que está me acordando? – resmungou o coronel Cathcart para o coronel Korn.

– Eles capturaram Bolonha. Achei que gostaria de saber.

– Quem capturou Bolonha?

– Nós.

O coronel Cathcart ficou radiante, sentindo-se aliviado do compromisso embaraçoso que assumira de bombardear Bolonha, sem qualquer mácula à reputação de valor que ele conquistara ao oferecer seus homens como voluntários para a missão. O general Dreedle também ficou satisfeito com a captura de Bolonha, embora tivesse ficado furioso com o coronel Moodus por acordá-lo para dar a informação. O quartel-general também ficou satisfeito e decidiu dar uma medalha ao oficial que capturara a cidade. Mas não existia o oficial que capturara a cidade e assim eles deram a medalha ao general Peckem, porque o general Peckem fora o único oficial com iniciativa bastante para pedi-la.

Assim que o general Peckem recebeu a medalha, começou a pedir um aumento das suas responsabilidades. Na opinião do general Peckem, todas as unidades de combate do teatro de operações deveriam ser postas sob a jurisdição do Corpo de Serviços Especiais, do qual o próprio general Peckem era o oficial comandante. Se lançar bombas em cima do inimigo não era um serviço especial, refletia ele em voz alta, frequentemente, com o sorriso de mártir que sabe estar com a razão, seu aliado em cada discussão que travava, então ele não tinha a menor ideia do que constituía um serviço especial. Com uma mágoa jovial, declinou o convite para ocupar um posto de combate, sob as ordens do general Dreedle.

– Voar missões de combate *para* o general Dreedle não era exatamente o que eu estava pensando – explicou ele, indulgentemente, com um sorriso suave. – Estava pensando mais em termos de *substituir* o general Dreedle ou talvez um cargo *acima* do general Dreedle, no qual eu pudesse exercer também uma supervisão sobre muitos *outros* generais. A minha habilidade maior é de natureza administrativa. Possuo uma extraordinária capacidade de fazer com que pessoas com opiniões diversas acabem concordando.

– Extraordinária capacidade para fazer as pessoas concordarem merda nenhuma! – confidenciou o coronel Cargill, com inveja, ao ex-PFC Wintergreen, na esperança de que ele espalhasse o comentário desfavorável por todo o quartel-general da 27ª Força Aérea. – Se há alguém que merece aquele posto de combate sou eu. Foi inclusive ideia minha a de pedirmos aquela medalha.

– Deseja realmente entrar em combate? – indagou o ex-PFC Wintergreen.

– Combate? – O coronel Cargill ficou estupefato. – Oh, não! Você me entendeu mal. Eu realmente não estou querendo entrar em combate, mas é que a minha maior habilidade é de ordem administrativa. Tenho uma extraordinária capacidade para fazer com que pessoas diferentes acabem concordando.

– O descarado diz que tem uma extraordinária capacidade para fazer com que pessoas diferentes acabem concordando – confidenciou o ex-PFC Wintergreen a Yossarian, ao visitar Pianosa para descobrir o que havia de verdade nos rumores sobre Milo e o algodão egípcio. – Se há alguém que merece uma promoção, sou eu.

Na verdade, o ex-PFC Wintergreen já fora promovido a ex-cabo, numa rápida ascensão depois de sua chegada ao quartel-general da 27ª Força Aérea como encarregado da correspondência. Fora novamente rebaixado a soldado raso, por fazer comparações odiosas, em voz alta, entre os oficiais comissionados para os quais trabalhava. O sabor inebriante do sucesso incutira-lhe um senso ético ainda mais profundo e a ambição por conquistas mais elevadas.

– Quer comprar alguns isqueiros Zippo? – perguntou ele a Yossarian. – Eles foram roubados diretamente da Intendência.

– Milo sabe que você está vendendo isqueiros?

– Mas, afinal, qual é o negócio dele? Milo não está negociando também com isqueiros, não é?

– Claro que está. E os dele não são roubados.

– É o que você pensa! – respondeu o ex-PFC Wintergreen, com uma risadinha brusca. – Estou vendendo os meus por 1 dólar a unidade. Quanto é que ele está pedindo?

– Um dólar e 1 centavo.

O ex-PFC Wintergreen soltou outra risadinha, essa triunfante.

– Eu sempre consigo superá-lo! Mas você está a par desse negócio de algodão egípcio em que ele se meteu? Quanto foi que ele comprou?

– Todo.

– Todo o que existe no mundo? Essa não! – regozijou-se o ex-PFC Wintergreen, com um sorriso malicioso. – Mas que idiota! Você foi ao Cairo com ele. Por que o deixou fazer uma coisa dessas?

– Eu? – Yossarian sacudiu os ombros antes de acrescentar: – Não tenho a menor influência sobre ele. A culpa foi de uma dessas máquinas de teletipo que existem em todos os bons restaurantes do Cairo. Milo nunca vira antes um teletipo do mercado de ações. E por acaso estava sendo anunciada a cotação do algodão egípcio no momento em que ele pediu ao maître para explicar-lhe. Com aquela sua expressão característica, Milo disse: "Algodão egípcio? Por quanto é que estão vendendo o algodão egípcio?" A próxima coisa que eu soube foi que ele havia comprado toda a colheita. E agora não sabe como passá-la adiante.

– Ele não tem imaginação. Posso descarregar uma boa parte no mercado negro, se ele quiser fazer um trato comigo.

– Milo conhece bem o mercado negro. Não há demanda para algodão.

– Mas existe uma boa demanda para suprimentos médicos. Posso enrolá-lo na ponta de palitos de madeira e vender como mechas esterilizadas. Será que ele me venderia o algodão por um preço razoável?

– Não lhe venderia o algodão por preço nenhum – garantiu Yossarian. – Ele está muito irritado com você por ter se tornado um concorrente. Na verdade, anda irritado com todo mundo, por causa da epidemia de diarreia do último fim de semana, que trouxe uma péssima reputação para o rancho dele. Ei, você pode nos ajudar! – Yossarian agarrou subitamente o braço do ex-PFC Wintergreen. – Não poderia falsificar algumas ordens oficiais naquele seu mimeógrafo e livrar-nos da missão a Bolonha?

O ex-PFC Wintergreen desvencilhou-se lentamente, com uma expressão desdenhosa.

– Claro que posso – afirmou ele, orgulhoso. – Mas eu jamais sonharia em fazer uma coisa dessas.

– E por que não?

– Porque é o seu trabalho. Todos nós temos um trabalho a fazer, um dever a cumprir. O meu é negociar os isqueiros Zippo com o máximo de lucro possível e comprar algum algodão de Milo. O seu é bombardear os depósitos de munição de Bolonha.

– Mas vou ser morto em Bolonha! – suplicou Yossarian. – Todos nós seremos mortos!

– Então não há outro jeito senão morrerem. Por que você não pode ser um fatalista como eu? Se o meu destino é vender os isqueiros Zippo com lucro e comprar algum algodão de Milo, então será exatamente isso o que irá acontecer. Se o seu destino é ser morto em Bolonha, então você será morto sobre Bolonha. Sendo assim, você pode perfeitamente voar a missão e morrer como um homem. Detesto dizer isso, Yossarian, mas a verdade é que você está se transformando num queixoso crônico.

Clevinger concordou com o ex-PFC Wintergreen de que o dever de Yossarian era ser morto sobre Bolonha. Ficou lívido de indignação quando Yossarian confessou que fora ele que deslocara a linha de bombardeio, acarretando assim o cancelamento da missão.

– Mas por que não? – gritou Yossarian, argumentando com mais veemência porque desconfiava que estava errado. – Será que tenho que morrer sobre Bolonha só porque o coronel quer ser promovido a general?

– E o que me diz dos homens que estão lá na frente de combate? – perguntou Clevinger, quase com igual emoção. – Será que eles devem ser mortos só porque você não quer voar a missão? Aqueles homens têm todo o direito de receber um apoio aéreo!

– Mas não necessariamente dado por mim. Eles não querem saber quem é que vai destruir os malditos depósitos de munição. A única razão de estarmos metidos nisso é o fato de aquele miserável do Cathcart ter nos oferecido como voluntários.

– Oh, eu já sei disso tudo! – assegurou-lhe Clevinger, o rosto pálido e esquelético e os olhos castanhos agitados fremindo de sinceridade. – Mas isso não elimina o fato de que aqueles depósitos de munição ainda estão incólumes. Você sabe perfeitamente que não aprovo o coronel Cathcart tanto quanto você. – Clevinger fez uma pausa, para aumentar a ênfase, a boca trêmula. Bateu com o punho cerrado, suavemente, em sua sacola de dormir, e acrescentou: – Mas não compete a nós determinar que alvos devem ser destruídos ou quem irá destruí-los ou...

– Ou quem vai ser morto ao fazê-lo?

– Até mesmo isso. Não temos nenhum direito de questionar...

– Você está doido!

– ...nenhum direito de questionar...

– Pensa realmente que não é da minha conta como ou por que eu vou ser morto, mas sim da competência exclusiva do coronel Cathcart? Pensa realmente assim?

– Penso, sim – insistiu Clevinger, agora um pouco inseguro. – Há homens incumbidos de ganhar a guerra que estão em posição muito melhor do que a nossa para decidir que objetivos devem ser bombardeados.

– Estamos falando sobre duas coisas diferentes – declarou Yossarian, com um mau humor exagerado. – Você está falando do relacionamento da Força Aérea com a Infantaria, enquanto eu estou falando do meu relacionamento com o coronel Cathcart. Você está falando em ganhar a guerra e eu estou falando em ganhar a guerra e permanecer vivo.

– É exatamente isso – disse Clevinger, incisivamente. – E o que você acha que é mais importante?

– Para quem? Abra os olhos, Clevinger. Para alguém que já está morto, não faz a menor diferença quem ganhe a guerra.

Clevinger sentou-se bruscamente, como se tivesse sido esbofeteado.

– Parabéns! – exclamou, amargamente, cerrando os lábios finos e deixando-os quase exangues. – Não consigo imaginar outra atitude que possa agradar mais ao inimigo.

Com uma precisão meticulosa, Yossarian retrucou:

– O inimigo é qualquer um que deseje vê-lo morto, não importa de que lado ele esteja. E isso inclui o coronel Cathcart. Não se esqueça disso, Clevinger. Porque, quanto mais se lembrar, mais tempo poderá viver.

Mas Clevinger tinha esquecido e agora estava morto. Naquela ocasião, Clevinger ficara tão irritado com a discussão que Yossarian nem mesmo se atrevera a dizer-lhe que fora também o responsável pela epidemia de diarreia que causara um dos adiamentos desnecessários da missão a Bolonha. Milo ficou ainda mais aborrecido com a possibilidade de alguém ter novamente envenenado o seu esquadrão. Muito nervoso, foi correndo procurar Yossarian, em busca de ajuda.

– Por favor, Yossarian, descubra se o cabo Snark misturou novamente sabão ao purê de batata-doce – pediu ele, furtivamente. – O cabo Snark confia em você e lhe dirá a verdade, se você der sua palavra de que não contará a mais ninguém. E assim que você souber, venha correndo contar-me.

– Mas é claro que eu pus sabão no purê de batata-doce – confessou o cabo Snark para Yossarian. – Foi o que me pediu para fazer, não é? Misturar sabão na comida era a melhor maneira.

– Ele jura por Deus que não teve nada a ver com o caso – informou Yossarian depois a Milo. Este ficou em dúvida.

– Dunbar garante que não existe Deus.

Mas não restava a menor esperança. No meio da segunda semana, todos no esquadrão começaram a parecer com Hungry Joe, que não estava designado para voar e gritava horrivelmente em seu sono. Só que Hungry Joe era o único que conseguia dormir. Durante toda a noite os homens se arrastavam pela escuridão, fora de suas barracas, como fantasmas mudos, com um cigarro preso nos lábios. Durante o dia, ficavam olhando inutilmente para a linha de bombardeio ou para a figura imóvel de Doc Daneeka, sentado diante da barraca fechada do serviço médico, por baixo do mórbido cartaz escrito à mão. Começaram a inventar pilhérias macabras e sem a menor graça, espalhando rumores desastrosos sobre a destruição que os aguardava em Bolonha.

Certa noite, no clube dos oficiais, Yossarian, embriagado, aproximou-se do coronel Korn, para caçoar dele a propósito do novo canhão Lepage que os alemães haviam levado para Bolonha.

– Mas que canhão Lepage é esse? – perguntou o coronel Korn, curioso.

– É o novo canhão de cola Lepage, capaz de grudar diversos aviões em pleno voo.

O coronel Korn arrancou o cotovelo dos dedos de Yossarian, surpreso e ofendido.

– Largue-me, seu idiota! – gritou ele, furioso. Ficou olhando Nately agarrar Yossarian pelas costas e puxá-lo para trás, com uma expressão de vingativa aprovação, antes de acrescentar: – Mas quem é esse lunático?

O coronel Cathcart soltou uma risadinha alegre.

– É o mesmo homem a quem você me obrigou a dar uma medalha, depois de Ferrara. O mesmo que me obrigou a promover a capitão. Está lembrado? Isso serve para lhe ensinar.

Nately era melhor que Yossarian e encontrou a maior dificuldade para manobrá-lo através da sala, até uma mesa desocupada.

– Você está maluco? – indagou Nately várias vezes, nervosamente. – Aquele era o coronel Korn. Você está maluco?

Yossarian quis tomar outro drinque e prometeu ir embora calmamente, se Nately fosse buscá-lo. Depois, obrigou Nately a trazer-lhe mais dois drinques. Quando Nately finalmente conseguiu arrastar Yossarian até a porta, o capitão Black entrou apressadamente, batendo com os sapatos encharcados no chão de madeira e pingando água como uma goteira.

– Vocês, seus filhos da mãe, estão mesmo perdidos! – anunciou ele, exultante, dando um passo para longe da poça d'água que se formara a seus pés. – Acabei de receber um telefonema do coronel Korn. Sabem o que está à espera de vocês em Bolonha? Ah! Ah! Ah! Os alemães já levaram para lá o novo canhão de cola Lepage, capaz de grudar diversos aviões em pleno voo.

– Meu Deus, é verdade mesmo? – gritou Yossarian, desabando de encontro a Nately, dominado por um terror incontrolável.

– Deus não existe – disse Dunbar calmamente, levantando-se, a cambalear ligeiramente.

– Ei, ajudem-me com ele! Tenho que levá-lo de volta à sua barraca.

– E quem é que diz isso?

– Eu é que digo. Olhe só para a chuva.

– Vamos roubar o carro do capitão Black – disse Yossarian. – É o que eu sempre faço.

– Não podemos roubar o carro de ninguém. Desde que você começou a roubar o carro mais próximo sempre que tinha vontade, ninguém mais deixou a chave na ignição.

– Entrem – disse o chefe White Halfoat, aparecendo neste momento, embriagado, ao volante de um jipe coberto.

Ele esperou até que todos entrassem e então arrancou bruscamente, jogando todo mundo para trás. Desatou numa gargalhada ao ouvir os palavrões dos homens. Seguiu direto em frente ao sair do estacionamento e foi bater na encosta do outro lado da estrada. Os outros pularam para a frente, impotentes, e xingaram novamente.

– Esqueci de fazer a curva – explicou o chefe White Halfoat.

– Tome cuidado, está bem? – advertiu-o Nately. – É melhor você acender os faróis.

O chefe White Halfoat deu marcha à ré, fez a curva e disparou pela estrada a toda velocidade. Os pneus zuniam na superfície negra.

– Não vá tão depressa assim – insistiu Nately.

– É melhor você levar-me ao seu esquadrão primeiro, para que eu possa ajudar a colocá-lo na cama. Depois, poderá levar-me ao meu esquadrão.

– E quem diabo é você?

– Dunbar.

– Ei, acenda logo os faróis! – gritou Nately. – E observe a estrada!

– Os faróis estão acesos. Yossarian não está no carro? Só por causa dele é que eu deixei vocês subirem. – O chefe White Halfoat virou-se inteiramente no assento para olhar para o banco de trás.

– Olhe a estrada!

– Yossarian? Afinal, Yossarian está no carro ou não?

– Estou aqui, chefe. Vamos para casa. O que lhe dá tanta certeza? Nunca respondeu à minha pergunta.

– Estão vendo? Eu lhes *disse* que ele estava aqui!

– Que pergunta?

– Sobre o que nós estávamos falando.

– E era importante?

– Não me lembro se era importante ou não. E, por Deus, como eu gostaria de saber o que era!

– Deus não existe.

– Era sobre *isso* que nós estávamos falando! – gritou Yossarian. – Como pode ter tanta certeza assim?

– Ei, você tem mesmo certeza de que os faróis estão acesos? – berrou Nately.

– Estão, sim. O que ele está querendo que eu faça? É a chuva caindo no para-brisa que faz parecer que tudo lá fora está escuro.

– E é uma chuva maravilhosa.

– Só espero que nunca mais pare de chover. Chuva, chuva, venha a...

– ...qui. Volte lo...

– ...go em algum ou...

– ...tro dia. Yo-Yo quer...

– ...brincar na campina...

– ...em meio ao...

O chefe White Halfoat esqueceu completamente da curva seguinte da estrada e o jipe subiu quase até o alto de uma encosta íngreme. Ao rolar de volta, o jipe virou de lado e foi repousar mansamente no meio da lama. Houve um silêncio assustado.

– Todo mundo ainda está aqui? – perguntou o chefe White Halfoat, com a voz abafada.

Ninguém estava machucado e ele deixou escapar um suspiro de alívio. E gemeu:

– Sabem, esse é o meu problema. Nunca dou ouvidos a ninguém. Alguém insistiu várias vezes para que eu acendesse os faróis mas simplesmente não lhe dei ouvidos.

– Eu disse várias vezes para você acender os faróis.

– Eu sei, eu sei. E eu não quis lhe dar ouvidos, não é? Gostaria de tomar um drinque. *Tenho* que tomar um drinque! Olhem só! Não está quebrado.

– Está chovendo aqui dentro – observou Nately. – Estou ficando todo molhado.

O chefe White Halfoat abriu a garrafa de uísque de centeio, tomou um gole e passou-a adiante. Deitados em cima uns dos outros, emaranhados, todos beberam, à exceção de Nately, que ficou tentando inutilmente alcançar a maçaneta da porta. A garrafa caiu em sua cabeça, com um baque surdo, e o uísque derramou-se pelo seu pescoço. Ele começou a contorcer-se convulsivamente.

– Temos que sair daqui! – berrou ele. – Estamos afogando!

– Há alguém aí embaixo? – indagou então a voz preocupada de Clevinger, iluminando com uma lanterna a capota do jipe.

– É Clevinger! – gritaram todos, tentando puxá-lo para dentro do jipe pela janela, quando ele desceu para ajudá-los.

– Olhe só para eles! – exclamou Clevinger, indignado, para McWatt, sentado ao volante do carro do Estado-Maior, sorrindo. – Deitados aí como um bando de animais embriagados! Você também, Nately? Devia estar envergonhado! Vamos, McWatt, ajude-me a tirá-los, antes que todos morram de pneumonia.

– Até que não seria uma má ideia – disse o chefe White Halfoat, pensativo. – Acho que vou mesmo morrer de pneumonia.

– Por quê?

– Por que não? – respondeu o chefe White Halfoat, ajeitando-se na lama, feliz da vida, com a garrafa de uísque aninhada nos braços.

– Mas vejam só o que ele está fazendo! – exclamou Clevinger, irritado. – Vocês todos querem se levantar logo de uma vez e entrar no carro, para podermos levá-los de volta ao esquadrão?

– Não podemos ir todos. Alguém tem que ficar aqui para ajudar o chefe a tirar o carro que ele pegou na garagem.

Quando todos saíram do jipe, o chefe White Halfoat recostou-se na porta do carro do Estado-Maior, soltando uma risadinha alegre e orgulhosa. E informou, exultante:

– É o jipe do capitão Black. Roubei-o ainda há pouco do clube dos oficiais, com um jogo de chaves extra que ele pensou ter perdido essa manhã.

– Mas essa é ótima! Merece um drinque para comemorar!

– Já não beberam bastante? – censurou-os Clevinger, assim que McWatt ligou o carro. – Vocês não se importam de beberem até morrer ou simplesmente de se afogarem, não é?

– Qualquer coisa, contanto que não tenhamos de voar ao encontro da morte.

– Ei, acelere mais! – recomendou o chefe White Halfoat a McWatt. – E desligue os faróis. É a única maneira de consegui-lo.

– Doc Daneeka está absolutamente certo – continuou Clevinger. – As pessoas não gostam de cuidar de si mesmas. Estou enojado de todos vocês.

– Muito bem, pode saltar do carro – ordenou-lhe o chefe White Halfoat. – Todo mundo vai sair do carro, menos Yossarian. Onde está Yossarian?

– Saia de perto de mim – disse Yossarian, rindo e empurrando-o para longe. – Você está todo coberto de lama.

Clevinger resolveu concentrar-se em Nately.

– Você é o único que realmente me surpreende. Sabe como está cheirando? Em vez de procurar mantê-lo longe de encrencas, você simplesmente fica tão embriagado quanto ele. E se ele se metesse em outra briga com Appleby? – Os olhos de Clevinger se arregalaram, alarmados, quando ele ouviu a risada de Yossarian. – Ele não se meteu em outra briga com Appleby, não é?

– Não dessa vez – disse Dunbar.

– Não, dessa vez não. Dessa vez eu me saí muito melhor.

– Dessa vez ele se meteu numa briga com o coronel Korn.

– Não! – exclamou Clevinger, horrorizado.

– É mesmo? – exclamou o chefe White Halfoat, animado. – Mas isso exige um drinque de comemoração!

– Mas isso é terrível! – declarou Clevinger solenemente, com profunda apreensão. – Mas por que você tinha que escolher para brigar logo com o coronel Korn? Ei, o que aconteceu com os faróis? Por que está tudo tão escuro?

– Apaguei os faróis – explicou McWatt. – Acho que o chefe White Halfoat está certo. É muito melhor com os faróis apagados.

– Você está doido? – berrou Clevinger, arremessando-se para a frente a fim de acender os faróis. Em seguida, virou-se rapidamente para Yossarian, quase histérico.

– Está vendo o que você fez? Agora todos estão se comportando como você! Suponhamos que pare de chover agora e tenhamos que voar até Bolonha amanhã. Você está num belo estado físico!

– Nunca mais vai parar de chover. Não, senhor, uma chuva como esta pode durar eternamente.

– *Já* parou de chover! – disse alguém.

Todos no carro ficaram em silêncio absoluto. Só alguns momentos depois é que o chefe White Halfoat murmurou, compassivo:

– Pobres coitados...

– Parou realmente de chover? – indagou Yossarian, resignado.

McWatt desligou o limpador de para-brisas para ter certeza. A chuva realmente cessara. O céu estava começando a limpar. A lua surgia por trás de uma nuvem delgada.

– Mas que diabo! – murmurou McWatt, sombriamente.

– Não se preocupem, companheiros – disse o chefe White Halfoat. – A pista está muito mole para ser usada amanhã. E talvez comece a chover novamente, antes de a pista secar por completo.

– Seu filho da puta nojento! – gritou Hungry Joe de sua barraca, quando eles entraram a toda velocidade no acampamento do esquadrão.

– Céus, ele já está de volta esta noite? Pensei que ainda estivesse em Roma, com o aviso do correio.

– Oooooooooh! – berrou Hungry Joe.

O chefe White Halfoat estremeceu e confessou, num sussurro:

– Esse sujeito me dá calafrios. Ei, o que aconteceu com o capitão Flume?

– Pois ele é que me dá calafrios. Vi-o no meio do mato na semana passada, comendo amoras silvestres. Não dorme mais em seu trailer. E parecia estar com um aspecto horrível.

– Hungry Joe está com medo de ter que substituir alguém que baixe à enfermaria, apesar disso estar proibido. Vocês o viram na outra noite, quando tentou matar Havermeyer e caiu na trincheira junto à barraca de Yossarian?

– Oooooh! – berrou Hungry Joe. – Oh! Oooooh, Ooooooooh!

– Mas certamente é um prazer não encontrar mais Flume lá no refeitório. Acabou-se aquela história de "Passe-me o sal, Walt".

– Ou "Jogue a beterraba, Pete".

– Ou "Passe o pão, Fred" .

– Saia daqui! – berrou Hungry Joe. – Eu disse para sair daqui, seu filho da puta nojento!

– Pelo menos já descobriram sobre o que ele sonha – comentou Dunbar. – Ele sonha com filhos da puta nojentos.

Naquela madrugada, Hungry Joe sonhou que o gato de Huple estava dormindo em cima do seu rosto, sufocando-o. E quando acordou, o gato de Huple estava mesmo dormindo em cima do seu rosto. Sua agonia foi terrível, o uivo sobrenatural que ele soltou, rompendo a escuridão que o luar mal dissipava, ficou ecoando pelo seu próprio impacto por muitos segundos, como uma onda de choque devastadora. Seguiu-se um silêncio assustador e depois se ouviu um tumulto infernal dentro da barraca dele.

Yossarian estava entre os primeiros que lá chegaram. Quando alcançou a entrada da barraca, viu Hungry Joe empunhando sua arma e tentando desvencilhar o braço das mãos de Huple para atirar no gato, o qual fungava, arrepiava-se e pulava de um lado para outro, procurando atrair a atenção de Hungry Joe, para evitar que ele atirasse em Huple. A lâmpada acesa, pendurada por um fio no alto da barraca, oscilava loucamente, fazendo com que as sombras girassem e se inclinassem caoticamente, de tal forma que a barraca inteira parecia estar girando. Yossarian estendeu a mão instintivamente para equilibrar-se e depois lançou-se para a frente num mergulho prodigioso, derrubando os três combatentes ao chão e caindo por cima deles. Ele emergiu da confusão segurando um cangote em cada mão – o de Hungry Joe e o do gato. Hungry Joe e o gato se fitaram, furiosos. O gato cuspiu maldosamente no rosto de Hungry Joe e Hungry Joe tentou acertá-lo com um movimento de suingue.

– Vai ser uma luta justa – decidiu Yossarian. Todos os outros que haviam acorrido horrorizados, ao ouvirem o tumulto, prorromperam em aplausos, extasiados, sentindo um tremendo alívio. – Vocês irão travar uma luta limpa – explicou Yossarian, oficialmente, a Hungry Joe e ao gato, depois de levar os dois para fora da barraca, ainda segurando-os pelo pescoço e impedindo que se atracassem. Virou-se para Hungry Joe e advertiu-o: – Valem socos, dentadas e garras. Mas não valem armas. – Em seguida, advertiu o gato: – E também não vale cuspir. Quando eu soltá-los, podem começar. Afastem-se quando ficarem corpo a corpo e voltem imediatamente à luta. Agora!

Uma imensa multidão de homens frenéticos, ansiosos por qualquer diversão, ficou esperando pelo início da luta, em silêncio absoluto. Mas o gato revelou ser um covarde, fugindo vergonhosamente de Hungry Joe no instante mesmo em que Yossarian o soltou. Hungry Joe foi declarado vencedor. Ele afastou-se com uma expressão arrogante, o sorriso orgulhoso de um campeão, levantando a cabeça encarquilhada e estufando o peito esquelético. Voltou para a cama vitorioso e sonhou novamente que o gato de Huple estava dormindo em cima do seu rosto, sufocando-o.

13
Major —— de Coverley

O deslocamento da linha de bombardeio não enganou os alemães, mas enganou o major —— de Coverley, que arrumou a sua valise, requisitou um avião e, com a impressão de que Florença também fora capturada pelos Aliados, voou até aquela cidade, a fim de alugar dois apartamentos para serem usados pelos oficiais e recrutas do esquadrão, em suas licenças. Ele ainda não voltara quando Yossarian saiu do gabinete do major Major, pulando novamente pela janela, imaginando a quem mais poderia recorrer.

O major —— de Coverley era um velho grave, solene, que inspirava respeito e temor, com seus cabelos brancos, que caíam sobre seu rosto austero e patriarcal como uma nevasca. Suas obrigações, como oficial executivo do esquadrão, não consistiam exclusivamente, como o major Major e Doc Daneeka haviam chegado a imaginar, em jogar malhas com ferraduras, sequestrar trabalhadores italianos e alugar apartamentos para os recrutas e oficiais usarem em suas licenças. Mas, de qualquer maneira, nessas três funções ele era inigualável.

Cada vez que parecia iminente a queda de uma cidade como Nápoles, Roma ou Florença, o major —— de Coverley arrumava sua valise, requisitava um avião e um piloto e partia imediatamente. Fazia tudo isso sem dizer uma única palavra, apenas pela força do rosto solene e dominador e dos gestos decididos do dedo encarquilhado. Um dia ou dois após a queda da cidade, o major —— de Coverley voltava a Pianosa, com os contratos firmados de dois grandes e luxuosos apartamentos, um para os oficiais e outro para os praças e recrutas. Ambos já equipados com cozinheiros e arrumadeiras competentes e alegres. Poucos dias depois, os jornais do mundo inteiro publicavam fotografias dos primeiros soldados americanos entrando na cidade arrasada, por entre destroços, fumaça e fogo. Inevitavelmente, o major —— de Coverley estava entre eles, sentado num jipe, muito empertigado, sem olhar para a esquerda nem para a direita, enquanto os tiros da artilharia zuniam por cima de sua cabeça invencível e jovens e ágeis soldados de infantaria, com carabinas, iam se esgueirando pelas calçadas, ao abrigo dos edifícios em chamas, ou caíam mortos nos portais. Ele parecia eternamente indestrutível, sentado ali, rodeado pelo perigo, as feições moldadas naquele mesmo semblante austero, imponente, justo e aterrador, que era reconhecido e reverenciado por todos os homens do seu esquadrão.

Para o serviço secreto alemão, o major —— de Coverley era um enigma incômodo. Nenhum das centenas de prisioneiros americanos jamais fornecia qualquer informação concreta a respeito daquele oficial idoso, de cabelos brancos, sempre de rosto franzido, enrugado e ameaçador, olhos ardentes e impetuosos, que parecia estar à frente de todo e qualquer importante avanço americano, sem medo algum, invariavelmente bem-sucedido. Para as autoridades americanas, a identidade do major —— de Coverley era igualmente desconcertante. Todo um regimento de experientes agentes do CID tinha sido destacado para a linha de frente, a fim de descobrir quem era ele. Todo um batalhão de calejados oficiais de relações-públicas permanecia em alerta vermelho durante 24 horas por dia, com ordens para começar a maior propaganda em torno dele, assim que fosse localizado.

Em Roma, o major —— de Coverley se superara nos apartamentos encontrados. Para os oficiais, que chegavam em grupos de quatro ou cinco, havia um imenso apartamento, com um quarto duplo para cada um e três banheiros espaçosos, com ladrilhos de água-marinha, num prédio novo, a fachada em mármore branco. O apartamento estava equipado com uma criada esquelética, chamada Michaela, que ria de tudo e por tudo e mantinha o lugar numa ordem impecável. No porão lá embaixo viviam os prestativos proprietários. No andar de cima morava uma rica e linda condessa morena e sua rica e linda nora morena, ambas apaixonadas apenas por Nately, que era tímido demais para querê-las, e por Aarfy, que era formal demais para possuí-las e vivia insistindo que as duas só deveriam entregar-se aos próprios maridos, os quais tinham preferido ficar no norte, cuidando de perto dos interesses comerciais da família.

– Elas são realmente duas boas meninas – confidenciou Aarfy, falando sério, a Yossarian, cujo sonho constante era o de ter aquelas duas boas meninas ricas e lindas deitadas na cama com ele, completamente nuas e extremamente eróticas.

Já os praças e graduados chegavam a Roma em bandos de 12 ou mais, com apetites gargantuescos e caixas cheias de comida enlatada, para as mulheres cozinharem e servirem para eles na sala de jantar do apartamento no sexto andar de um edifício de tijolos vermelhos, com um elevador barulhento. Havia sempre mais atividade no apartamento dos graduados. Antes de mais nada, porque havia mais graduados, havendo em decorrência mais mulheres para cozinhar, servir, arrumar e lavar. E também havia sempre as jovens alegres e sensuais que Yossarian encontrava e levava para lá, além daquelas que os próprios graduados haviam levado, deixando ali ao voltarem para Pianosa, depois da orgia de sete dias, para quem quer que aparecesse em seguida. As moças tinham abrigo e comida, por quanto tempo desejassem. Tudo o que tinham a fazer, em troca, era satisfazer a qualquer homem que as desejasse. E, para elas, parecia não haver o menor inconveniente nisso.

De quatro em quatro dias Hungry Joe lá aparecia, um homem atormentado, rude, desesperado, frenético, se estava com sorte bastante para ter concluído mais um turno de missões e estava voando o avião postal. Quase sempre ele dormia no apartamento dos recrutas. Ninguém tinha certeza de quantos quartos o major —— de Coverley alugara, nem mesmo a mulher robusta, de corpete preto, do primeiro andar, de quem ele alugara os quartos. Eram todos os quartos do último andar e Yossarian sabia que incluía também quartos no quinto andar, pois fora no quarto de Snowden no quinto andar que ele finalmente encontrara a criada de calcinha cor de limão, com um pano de pó na mão, no dia seguinte a Bolonha, depois que Hungry Joe descobrira-o na cama com Luciana, no apartamento dos oficiais, naquela mesma manhã, e saíra correndo como um demônio para pegar sua máquina fotográfica.

A criada de calcinha cor de limão era uma mulher jovial, gorda e complacente, de 30 e poucos anos, de coxas fofas e roliças, por baixo da calcinha cor de limão, que ela estava sempre abaixando para qualquer homem que a desejasse. Ela possuía um rosto largo e ingênuo e era a mais virtuosa de todas as mulheres: deitava com todo mundo, independente de raça, credo, cor ou nacionalidade, entregando-se socialmente, como um ato de hospitalidade, sem qualquer protelação, nem mesmo para livrar-se da vassoura, esfregão ou pano de pó que por acaso estivesse segurando no momento em que era agarrada. A atração que ela exercia era uma decorrência direta da sua acessibilidade. Como o monte Everest, ela estava ali e os homens escalavam-na, cada vez que se sentiam compelidos. Yossarian estava apaixonado pela criada de calcinha cor de limão, pois ela parecia ser a única mulher que restava com a qual ele podia fazer amor sem se apaixonar. Mesmo a moça careca da Sicília ainda evocava nele sensações intensas de piedade, ternura e angústia.

Apesar dos muitos perigos a que o major —— de Coverley se expunha, cada vez que partia em uma de suas incursões para alugar apartamentos, seu único ferimento ocorrera, ironicamente, quando ele seguiu na vanguarda do desfile triunfal para a cidade aberta de Roma. Ele foi ferido no olho por uma flor atirada à queima-roupa por um velho andrajoso, risonho e embriagado, o qual, como o próprio Satã, arremessara-se em seguida para o carro do major —— de Coverley, com um brilho malicioso nos olhos, agarrara-o rudemente e, com um desprezo monstruoso por sua venerável cabeça branca, beijara-o nas duas faces, com um hálito azedo de fumo, vinho, queijo e alho. O velho voltara em seguida a misturar-se com a multidão alegre a comemorar, não sem antes ter soltado uma risada cava e zombeteira. O major —— de Coverley, um espartano na adversidade, não se retraíra por um segundo sequer durante o horrendo suplício. E só depois de voltar a Pianosa, resolvidos os seus negócios em Roma, é que providenciara os necessários cuidados médicos para o olho ferido.

Ele resolveu continuar a usar os dois olhos, determinando a Doc Daneeka que o curativo no olho fosse transparente, a fim de que pudesse continuar a lançar suas ferraduras, sequestrar trabalhadores italianos e alugar apartamentos com a visão intacta. Para os homens do esquadrão, o major —— de Coverley era um colosso, embora eles jamais se tivessem atrevido a dizer-lhe tal coisa. O único que jamais se atrevera a dirigir-lhe a palavra tinha sido Milo Minderbinder. Em sua segunda semana no esquadrão, ele se aproximou do campo de malha com um ovo cozido na mão e mostrou-o ao major —— de Coverley. O major —— de Coverley empertigou-se, surpreso com a desfaçatez de Milo, nele concentrando a fúria total do seu semblante tempestuoso, a testa franzida, o nariz adunco a fremir e a avançar com ira, em carga inabalável. Milo manteve-se firme no lugar, procurando abrigo por trás do ovo cozido, erguido protetoramente diante do seu rosto, como um amuleto mágico. Mas a tempestade aos poucos amainou e o perigo passou.

– O que é isso? – indagou o major —— de Coverley finalmente.

– Um ovo – respondeu Milo.

– E que tipo de ovo?

– Um ovo cozido.

– E que tipo de ovo cozido?

– Um ovo cozido fresco.

– E de onde veio esse ovo fresco?

– De uma galinha.

– E onde está a galinha?

– A galinha está em Malta.

– E quantas galinhas existem em Malta?

– Galinhas suficientes para porem ovos frescos para todos os oficiais do esquadrão, a 5 *cents* a unidade, do fundo do rancho.

– Eu tenho um fraco por ovos frescos – confessou o major —— de Coverley.

– Se alguém pusesse um avião à minha disposição, eu poderia voar até lá todas as semanas e trazer todos os ovos frescos de que precisamos. Afinal de contas, Malta não é tão longe assim.

– Malta não é tão longe assim – concordou o major —— de Coverley. – Você provavelmente poderá voar até lá, uma vez por semana, num avião do esquadrão, trazendo todos os ovos frescos de que precisamos.

– Provavelmente. Acho que poderia fazer isso, se alguém quisesse e pusesse um avião à minha disposição.

– Eu gosto de ovos frescos fritos – recordou-se o major —— de Coverley. – E fritos em manteiga fresca.

– Também posso arrumar toda a manteiga fresca de que precisamos na Sicília, a 50 *cents* o quilo – garantiu Milo. – É um bom preço. No orçamento do rancho também há bastante dinheiro para manteiga fresca. E provavelmente poderíamos vender um pouco para os outros esquadrões, com algum lucro, recuperando uma boa parte do dinheiro que pagamos pela nossa própria manteiga.

– Como é o seu nome, filho? – indagou o major —— de Coverley. – Meu nome é Milo Minderbinder, senhor. Estou com 27 anos de idade.

– Você é um bom oficial do rancho, Milo.

– Eu não sou oficial do rancho, senhor.

– Você é um bom oficial do rancho, Milo.

– Obrigado, senhor. Farei tudo o que estiver ao meu alcance para ser um bom oficial do rancho.

– Deus o abençoe, filho. Pegue uma ferradura.

– Obrigado, senhor. O que devo fazer com ela?

– Jogue-a.

– Fora?

– Naquele pino ali. Depois vá pegá-la e jogue neste pino aqui. É um jogo, entende? Assim você devolve a ferradura ao mesmo lugar de antes.

– Sim, senhor, estou entendendo. Quanto está custando uma ferradura?

O cheiro de um ovo fresco fritando numa poça de manteiga fresca foi levado para longe pelos ventos do Mediterrâneo e trouxe o general Dreedle rapidamente de volta a Pianosa, com um apetite voraz e na companhia de sua enfermeira, que ia com ele a toda parte, e de seu genro, o coronel Moodus. No princípio, o general Dreedle devorava as suas refeições somente no refeitório de Milo. Depois, os outros três esquadrões do grupo do coronel Cathcart entregaram seus ranchos também a Milo, cada um pondo um avião à sua disposição, para que ele lhes pudesse comprar também ovos frescos e manteiga fresca. Os aviões de Milo não paravam de voar de um lado para outro, sete dias por semana, enquanto cada oficial dos quatro esquadrões punha-se a devorar ovos frescos, numa orgia insaciável de ovos frescos. O general Dreedle devorava ovos frescos no café da manhã, no almoço e no jantar, até mesmo nos intervalos entre as refeições. E tal situação se prolongou até que Milo localizou fontes abundantes de carne fresca de vitela, de boi, pato, costeletas de carneiro, cogumelos, brócolis, lagostas sul-africanas, camarões, presuntos, chouriço, uvas, sorvete, morangos e alcachofra. Havia três outros grupos de bombardeio sob o comando do general Dreedle. Cada um deles, com ciúme, despachou os seus próprios aviões para Malta, a fim de buscarem ovos frescos. Mas descobriram que os ovos frescos estavam sendo vendidos em Malta a 7 *cents* a unidade. Como eles podiam comprá-los de Milo a 5 *cents* a unidade, fazia mais sentido entregarem também os seus ranchos à organização dele, pondo à sua disposição aviões e pilotos para transporte de todas as outras mercadorias que ele prometera fornecer.

Todos ficaram exultantes com o curso dos acontecimentos, especialmente o coronel Cathcart, convencido de haver conquistado um troféu valioso. Ele cumprimentava Milo jovialmente toda vez que se encontravam e, num excesso de generosidade penitente, impulsivamente recomendou o major Major para promoção. A recomendação foi imediatamente rejeitada no quartel-general da 27ª Força Aérea pelo ex-PFC Wintergreen, que rabiscou um bilhete áspero e sem assinatura, recordando que o Exército possuía apenas um major Major Major Major e não tencionava perdê-lo por meio de uma promoção, só para agradar ao coronel Cathcart. O coronel Cathcart ficou mortificado com a reprimenda brusca e refugiou-se em sua sala com um sentimento de culpa, amargurado. Atribuiu a culpa de tudo ao major Major e decidiu rebaixá-lo a tenente naquele mesmo dia.

– Eles provavelmente não vão deixar – comentou o coronel Korn, com um sorriso condescendente, saboreando a situação. – Precisamente pelas mesmas razões que não o deixaram promovê-lo. Além disso, você certamente vai parecer um idiota, tentando rebaixá-lo a tenente logo depois de querer promovê-lo ao meu posto.

O coronel Cathcart sentiu-se encurralado. Teve muito mais sucesso conseguindo uma medalha para Yossarian, depois do desastre de Ferrara, quando a ponte ainda permanecia intacta sete dias após o coronel Cathcart ter oferecido seus homens como voluntários para destruí-la. Seus homens voaram nove missões até Ferrara em seis dias e a ponte não foi demolida. O que só aconteceu na décima missão, no sétimo dia, quando Yossarian matou Kraft e sua tripulação, levando os seis aviões de sua formação a sobrevoarem o objetivo pela segunda vez. Yossarian aproximara-se então do objetivo, para o segundo bombardeio, cautelosamente, porque estava imbuído de coragem. Ele enterrara a cabeça no visor, até lançar as bombas. Ao levantar os olhos, o interior do avião estava banhado por uma estranha cor alaranjada. A princípio ele pensara que seu próprio avião estava em chamas. Depois vira o avião com um motor em chamas diretamente acima dele e gritara para McWatt, pelo sistema de intercomunicação, que imediatamente virasse à esquerda. Um segundo depois a asa do avião de Kraft explodira. O destroço em chamas caíra então, primeiro a fuselagem, depois a asa a girar loucamente, enquanto uma chuva de minúsculos fragmentos de metal batia no alto do avião de Yossarian e o incessante *cachung! cachung! cachung!* do fogo antiaéreo continuava a espocar por toda parte.

De volta a Pianosa, todos os olhos se fixaram nele, sombriamente, enquanto se encaminhava para a barraca do capitão Black, a fim de apresentar seu relatório sobre a missão. Soube então que o coronel Cathcart e o coronel Korn estavam lá dentro, esperando-o. O major Danby estava parado na porta, afastando todos os demais, num silêncio fúnebre. Yossarian estava exausto e ansiava por tirar as roupas suadas. Entrou na barraca com emoções confusas, sem saber como deveria sentir-se a respeito de Kraft e dos outros, pois todos haviam morrido a distância, numa agonia muda e isolada, no mesmo momento em que ele estava absorvido pelo dilema vil e torturante de optar entre o dever e a perdição. O coronel Cathcart estava abalado pelo acontecimento.

– Duas vezes? – indagou ele.

– Eu teria errado na primeira vez – respondeu Yossarian suavemente, a cabeça abaixada.

As vozes ecoavam ligeiramente pela barraca comprida e estreita.

– Mas duas vezes? – repetiu o coronel Cathcart, incrédulo.

– Eu teria errado na primeira vez – repetiu Yossarian.

– Mas Kraft estaria vivo agora.

– E a ponte continuaria intacta.

– Um bombardeador eficiente deve largar suas bombas logo na primeira vez – recordou-lhe o coronel Cathcart. – Os outros cinco bombardeadores lançaram suas bombas na primeira vez.

– E erraram o alvo. Teríamos que voltar lá novamente.

– E talvez você tivesse acertado na primeira vez.

– Ou talvez tivesse errado também na primeira vez.

– Mas talvez não houvesse baixas.

– Ou talvez houvesse baixas ainda maiores, se a ponte permanecesse de pé. Pensei que queria que aquela ponte fosse destruída.

– Não me contradiga! Já estamos todos na maior encrenca.

– Não o estou contradizendo, senhor.

– Está, sim. Até mesmo isso é me contradizer.

– Sim, senhor. Desculpe.

O coronel Cathcart estalou os nós dos dedos, violentamente. O coronel Korn, um homem atarracado, moreno e flácido, com uma pança informe, estava sentado num dos bancos da primeira fila, completamente à vontade, as mãos cruzadas confortavelmente em cima da cabeça calva e morena. Por trás dos óculos sem aro, os olhos brilhavam, divertidos.

– Estamos procurando ser perfeitamente objetivos – disse ele ao coronel Cathcart.

– Estamos procurando ser perfeitamente objetivos – disse o coronel Cathcart a Yossarian, com o zelo da inspiração súbita. – Não estou querendo ser sentimental ou algo assim. Não me importo absolutamente com os homens ou com o avião. O problema é que vai parecer horrível no relatório. Como é que vou explicar uma coisa dessas no relatório?

– Por que não me dão uma medalha? – sugeriu Yossarian, timidamente.

– Por sobrevoar o objetivo duas vezes?

– Deram uma medalha a Hungry Joe quando ele espatifou aquele avião por engano.

O coronel Cathcart soltou uma risadinha triste.

– Você terá muita sorte se não o submeterem a uma corte marcial.

– Mas eu destruí a ponte na segunda vez! – protestou Yossarian. – Pensei que queriam que a ponte fosse destruída.

– Ora, eu nem sei muito bem o que queria! – gritou o coronel Cathcart, desesperado. – É claro que eu queria que aquela ponte fosse destruída, pois tem sido uma fonte de aborrecimento para mim desde que os ofereci como voluntários para destruí-la. Mas por que você não a destruiu logo na primeira vez?

– Porque não tive tempo suficiente. Meu navegador nem mesmo sabia se aquela era a cidade certa.

– A cidade certa? – repetiu o coronel Cathcart, atônito. – Está agora tentando lançar a culpa em Aarfy?

– Não, senhor. Foi um erro meu deixá-lo desviar-me a atenção. Tudo o que estou tentando dizer é que não sou infalível.

– Ninguém é infalível – confirmou o coronel Cathcart, murmurando em seguida, como se estivesse pensando em voz alta: – Nem ninguém é também indispensável.

Ninguém contestou. O coronel Korn espreguiçou-se e comentou distraidamente para o coronel Cathcart:

– Temos que chegar a uma decisão.

– Já chegamos a uma decisão – disse o coronel Cathcart a Yossarian. – E a decisão é de que a culpa foi toda sua. Por que teve que sobrevoar o objetivo duas vezes? Por que não lançou suas bombas da primeira vez, como todos os outros?

– Eu teria errado na primeira vez.

– Tenho a impressão de que está começando tudo novamente – comentou o coronel Korn, com uma risadinha zombeteira.

– Mas o que vamos fazer? – exclamou o coronel Cathcart, desolado. – Todos os outros estão esperando lá fora.

– Por que não lhe damos uma medalha? – propôs o coronel Korn.

– Por voltar ao objetivo pela segunda vez? O que podemos alegar para lhe dar a medalha?

– Por voltar ao alvo pela segunda vez – respondeu o coronel Korn, com um sorriso pensativo e satisfeito. – Afinal de contas, creio que foi preciso muita coragem para voltar àquele objetivo pela segunda vez, sem os outros aviões por perto, para desviarem o fogo antiaéreo. Além do mais, ele destruiu a ponte. Isso pode ser a solução. Vamos gabar de um fato do qual deveríamos nos envergonhar. É um truque que nunca falha.

– E acha que vai dar certo?

– Tenho certeza de que vai. E vamos também promovê-lo a capitão, só como garantia.

– Não acha que é ir um pouco além do que precisamos?

– Acho que não. O melhor é nos cercarmos de todas as garantias. E um capitão a mais ou a menos não faz a menor diferença.

– Está certo – decidiu finalmente o coronel Cathcart. – Vamos dar-lhe uma medalha por ter tido coragem suficiente para voltar ao objetivo pela segunda vez. E vamos também promovê-lo a capitão.

O coronel Korn pôs o quepe.

– Vamos sair sorrindo – recomendou ele, passando o braço pelos ombros de Yossarian e levando-o para fora da barraca.

14
Kid Sampson

Por ocasião da missão a Bolonha, Yossarian estava tão bravo que não se aproximou do alvo nem mesmo uma única vez. Quando finalmente se viu lá no alto, no nariz do avião de Kid Sampson, ele apertou o botão do seu microfone na garganta e perguntou:

– Mas o que há de errado com o avião?

Kid Sampson deixou escapar um grito estridente.

– Há alguma coisa errada com o avião? Qual é o problema?

O grito de Kid Sampson provocou um calafrio em Yossarian, que gritou, horrorizado:

– Mas o que está havendo? Estamos caindo?

– Não sei! – gritou Kid Sampson de volta, com um gemido angustiado. – Alguém disse que estamos caindo! Mas quem é que está falando, afinal? Quem é?

– Aqui é Yossarian, no nariz do avião! Yossarian no nariz. Ouvi você dizer que estava havendo alguma coisa. Não disse que estava havendo alguma coisa?

– Pensei que você tivesse dito que alguma coisa estava errada. Mas tudo está me parecendo certo. Não vejo nada de errado.

O coração de Yossarian se contraiu. Alguma coisa estava terrivelmente errada, se estava tudo certo e eles não tinham a menor desculpa para voltar. Ele ainda hesitou.

– Não posso ouvi-lo – disse ele finalmente.

– Eu disse que está tudo bem.

O sol era de um branco ofuscante no mar azul lá embaixo e nos contornos cintilantes dos outros aviões. Yossarian pegou um dos fios coloridos da caixa do sistema de intercomunicação e puxou-o.

– Ainda não estou conseguindo ouvi-lo – disse ele.

Ele nada podia ouvir. Lentamente, reuniu os seus mapas e os três trajes extras de proteção antiaérea e voltou engatinhando para o compartimento principal. Nately, sentado muito rígido no assento do copiloto, ficou espiando-o com o canto do olho quando ele se levantou atrás do assento de Kid Sampson. Ele sorriu lividamente para Yossarian, parecendo frágil e excepcionalmente jovem e retraído sob a monstruosa carapaça dos fones, quepe, microfone na garganta, traje de proteção contra o fogo antiaéreo e paraquedas. Yossarian inclinou-se bem para perto do ouvido de Kid Sampson.

– Ainda não consigo ouvi-lo – berrou ele, mais alto do que o zumbido dos motores.

Kid Sampson olhou para trás, surpreso ao vê-lo. Kid Sampson possuía um rosto anguloso e cômico, com as sobrancelhas arqueadas e um bigodinho louro muito ralo.

– O que foi? – gritou ele, por cima do ombro.

– Ainda não consigo ouvi-lo – repetiu Yossarian.

– Você vai ter que falar mais alto – berrou Kid Sampson. – Ainda não consigo ouvi-lo.

– Eu disse que ainda não consigo ouvi-lo! – berrou Yossarian.

– Não posso fazer nada! – berrou Kid Sampson em resposta. – Estou gritando o mais alto que posso.

– Eu não podia ouvi-lo pelo sistema de intercomunicação – urrou Yossarian, num desespero crescente. – Você vai ter que voltar.

– Por causa do sistema de intercomunicação? – indagou Kid Sampson, incrédulo.

– Volte – berrou Yossarian –, antes que eu quebre o seu pescoço.

Kid Sampson olhou para Nately em busca de apoio moral, mas Nately olhou para o outro lado, deliberadamente. Yossarian tinha um posto superior ao de ambos. Kid Sampson resistiu em dúvida por mais um momento e depois capitulou avidamente, com um "Oba!" triunfal.

– Está ótimo para mim – anunciou ele, alegremente, soltando uma série de assovios curtos e estridentes. – Sim, senhor, isso é ótimo para o velho Kid Sampson.

Ele assoviou novamente e gritou pelo sistema de intercomunicação:

– Ouçam agora, meus canarinhos! Aqui é o almirante Kid Sampson falando. Aqui é o almirante Kid Sampson grasnando, o único e verdadeiro orgulho dos fuzileiros da Rainha. Estamos voltando, meninos, por Deus, *estamos voltando*!

Nately arrancou o quepe e os fones num gesto exultante e começou a balançar para a frente e para trás, como um garotinho numa imensa cadeira de balanço. O sargento Knight desceu quase voando da torre do metralhador e começou a esmurrar a todos nas costas, num delírio de entusiasmo. Kid Sampson afastou-se da formação, descrevendo um arco amplo e gracioso, e retornou a Pianosa. Quando Yossarian enfiou o plugue dos seus fones numa das saídas auxiliares do sistema de intercomunicação, pôde ouvir os dois artilheiros da parte traseira do avião cantando *La Cucaracha*.

De volta a Pianosa, a alegria dissipou-se abruptamente. Um silêncio inquieto substituiu-a. Yossarian estava sério e constrangido ao saltar do avião e tomar seu lugar no jipe que estava à espera deles. Nenhum dos homens disse qualquer coisa durante a viagem de volta pela mortalha formada pejas montanhas, mar e florestas. O sentimento de desolação ainda persistia quando saíram da estrada e entraram no acampamento. Yossarian foi o último a saltar do jipe. Depois de um minuto, Yossarian e uma brisa quente e suave eram as únicas coisas que se mexiam pela tranquilidade apavorante que pairava sobre as barracas vazias. O acampamento não fazia o menor sentido, destituído de tudo o que era humano, à exceção de Doc Daneeka, que se tostava ao sol, desolado, como um urubu trêmulo, em frente à barraca fechada do serviço médico, erguendo o nariz para o sol enevoado que o cercava, numa ansiedade inútil. Yossarian sabia que Doc Daneeka não iria nadar com ele. Doc Daneeka nunca mais voltaria a nadar com ninguém. Uma pessoa podia desmaiar ou sofrer uma oclusão das coronárias até mesmo na água rasa e se afogar irremediavelmente, sendo carregada para longe pela maré. Ou se tornava vulnerável a uma infecção de poliomielite ou meningite, em consequência do frio ou do excesso de exercício. A ameaça de Bolonha incutira em Doc Daneeka uma preocupação ainda mais angustiante com a sua própria segurança. À noite, ele agora costumava ouvir assaltantes.

Através da névoa cor de laranja que envolvia a entrada da barraca de operações, Yossarian avistou o chefe White Halfoat a desviar ativamente rações de uísque, falsificando as assinaturas de homens que não bebiam e despejando o álcool com o qual se envenenava em garrafas separadas, rapidamente, a fim de roubar o máximo possível antes que o capitão Black pensasse no assunto e viesse correndo para roubar o resto para si próprio.

O jipe recomeçou a andar lentamente. Kid Sampson, Nately e os outros se dispersaram, num turbilhão silencioso de movimento, sendo sugados pela quietude dourada que pairava sobre o acampamento. O jipe finalmente desapareceu também, com uma última tossida do motor. Yossarian estava sozinho, numa calmaria sólida e primitiva, em que tudo o que era verde parecia preto e tudo o mais estava impregnado com a cor de pus. A brisa sacudia as folhas com um ruído seco e distante. Yossarian sentia-se inquieto, assustado e sonolento. Os olhos estavam pesados de exaustão. Ele entrou na barraca de paraquedas, deixando o seu paraquedas em cima da mesa comprida, sentindo uma pontada de dúvida a cravar-se, sem dor, dentro de sua consciência, ainda perfeitamente tranquila. Dirigiu-se em seguida à barraca de informações, a fim de devolver os mapas ao capitão Black, que estava sentado em sua cadeira, cochilando, as pernas compridas e esqueléticas em cima da mesa. Com uma curiosidade meio indiferente, o capitão Black indagou por que o avião de Yossarian voltara. Yossarian ignorou-o. Largou os mapas em cima do balcão e afastou-se.

De volta à sua própria barraca, desvencilhou-se dos arreios do paraquedas e depois de suas roupas. Orr estava em Roma, devendo voltar naquela mesma tarde da licença para descanso que ele ganhara, por jogar seu avião no mar, perto de Gênova. Nately já devia estar arrumando suas coisas para ir substituí-lo, meio em transe por se descobrir ainda vivo e certamente impaciente em retomar a corte inútil e angustiante à sua prostituta de Roma. Depois de tirar a roupa, Yossarian sentou-se em seu catre para descansar. Sentiu-se muito melhor assim que ficou nu. Nunca se sentira à vontade metido em roupas. Dali a pouco, vestiu outra cueca e partiu para a praia, de chinelos, com uma toalha pendurada nos ombros.

O caminho levou-o a um misterioso canhão instalado no meio do mato. Dois dos três soldados ali estacionados estavam dormindo, no meio do círculo formado por sacos de areia. O terceiro estava comendo uma romã, em grandes mordidas, cuspindo os restos para as moitas próximas. Quando ele dava uma dentada, o suco vermelho escorria pelos cantos de sua boca. Yossarian seguiu em frente rapidamente, embrenhando-se de novo na floresta, a acariciar de vez em quando a barriga nua, num gesto quase de adoração, como que a certificar-se de que ainda estava ali. Ele tirou um bolo de fios do umbigo. Subitamente, ao longo do caminho, dos dois lados, ele viu dezenas e dezenas de novos cogumelos que a chuva fizera crescer, erguendo-se acima da terra úmida como hastes de carne inanimadas, brotando em tamanha profusão que pareciam estar proliferando diante dos seus olhos. Havia milhares de cogumelos por baixo das moitas, até onde a vista podia alcançar, parecendo crescer de tamanho e se multiplicarem à medida que Yossarian os espiava. Afastou-se dos cogumelos rapidamente, com um estremecimento de alarme, não diminuindo as passadas até sentir a terra úmida transformar-se em areia seca sob seus pés e ter certeza de que não os via mais. Yossarian ainda olhou para trás, apreensivo, meio esperando descobrir os cogumelos brancos a se arrastarem atrás dele, numa perseguição cega e silenciosa, esgueirando-se por entre as árvores, uma massa em movimento, contorcendo-se, ingovernável.

A praia estava deserta. Os únicos ruídos que ali havia eram abafados, o murmúrio do mato e das moitas oscilando ao vento, o gemido apático das ondas translúcidas e deslizando suavemente. As ondas ali eram sempre pequenas, a água fria e transparente. Yossarian largou suas coisas na areia e avançou pelas ondas que lhe batiam nos joelhos até ficar completamente imerso. Do outro lado do mar, erguia-se uma faixa de terra escura, envolta na neblina, quase invisível. Ele nadou languidamente até a balsa, ficou lá por um momento, nadou languidamente de volta, até o ponto em que dava pé. Mergulhou diversas vezes nas águas esverdeadas, até sentir-se limpo e completamente desperto. Depois, deitou-se de barriga para baixo na areia e dormiu, até que os aviões retornando de Bolonha estavam quase em cima dele e o rumor acumulado dos muitos motores entrou em seu sono como um rugido de tremor de terra.

Ele acordou, sentindo uma pontada de dor na cabeça, e abriu os olhos para um mundo em caos, no qual tudo parecia estar em sua devida ordem. E ficou boquiaberto de espanto ao ver 12 formações intatas, voando tranquilamente, na mais absoluta ordem. A cena era inesperada demais para ser verdadeira. Não havia nenhum avião se antecipando aos outros com feridos a bordo, nenhum avião estava atrasado por avarias nos motores. Não havia fumaça alguma no céu, a indicar algum desastre. Nenhum avião estava faltando, a não ser o de Yossarian. Por um instante, ficou paralisado, com a sensação de que enlouquecera por completo. Depois, compreendeu o que acontecera e quase chorou com a ironia. A explicação era simples: as nuvens haviam escondido o objetivo antes que os aviões pudessem bombardeá-lo, e a missão a Bolonha ainda teria que ser realizada.

Ele estava errado. As nuvens não haviam escondido o objetivo. Nem sequer haviam aparecido. Bolonha fora bombardeada. Bolonha era uma missão fácil. Não houvera absolutamente nenhuma barragem antiaérea.

15
Piltchard & Wren

O capitão Piltchard e o capitão Wren, os inofensivos oficiais de operações do esquadrão, eram homens suaves, de fala macia, estatura abaixo da mediana, que adoravam voar missões de combate e não suplicavam mais nada da vida e do coronel Cathcart do que a oportunidade de continuar voando-as. Eles já tinham voado centenas de missões de combate e queriam voar mais algumas centenas. Destacavam a si mesmos para participarem de todas as missões. Nada tão maravilhoso como a guerra lhes acontecera antes, e eles receavam que jamais voltasse a lhes acontecer. Cumpriam seus deveres humildemente, com um mínimo de alvoroço, tomando todo cuidado para não criar antagonismo com ninguém. Sorriam rapidamente para todos por quem passavam. Quando falavam, era apenas um murmúrio. Eram homens sorrateiros, joviais e subservientes, que só se sentiam à vontade um com o outro e jamais encaravam alguém nos olhos. Nem mesmo Yossarian, quando convocaram uma reunião ao ar livre para censurá-lo publicamente por fazer Kid Sampson voltar da missão a Bolonha.

– Companheiros – disse o capitão Piltchard, que tinha cabelos pretos já bem ralos e sorria constrangido –, quando voltarem antes de cumprir uma missão, procurem certificar-se primeiro que é por causa de algo realmente importante, está bem? Não por algo sem importância, como um defeito no sistema de intercomunicação ou algo parecido. Está certo? O capitão Wren deseja também dizer-lhes algumas palavras a respeito do assunto.

– O capitão Piltchard está certo, companheiros – disse o capitão Wren. – E isso é tudo o que tenho a dizer-lhes a respeito do assunto. Bem, finalmente chegamos a Bolonha hoje e descobrimos que é uma missão fácil. Mas acho que estávamos todos muito nervosos e não causamos grandes danos ao inimigo. Mas escutem isso: o capitão Piltchard obteve permissão para voltarmos até lá. E amanhã vamos realmente destruir aqueles depósitos de munição. E então, o que acham disso?

E para provar a Yossarian que não lhe guardavam qualquer animosidade, eles o destacaram para ser o bombardeador da vanguarda, no avião de McWatt, na primeira formação a retornar a Bolonha, no dia seguinte. Yossarian aproximou-se do objetivo como um Havermeyer, confiante, sem providenciar qualquer ação evasiva. E subitamente estavam disparando lá de baixo contra ele, as granadas explodindo por toda parte!

A barragem antiaérea era intensa. Ele fora enganado e atraído à armadilha. Agora nada mais havia que ele pudesse fazer senão ficar sentado ali como um idiota, contemplando os jatos negros de fumaça que subiam ameaçadoramente a seu encontro, para matá-lo. Nada havia que ele pudesse fazer até lançar suas bombas, a não ser ficar olhando pelo visor, onde as linhas cruzadas na lente estavam magneticamente ligadas ao alvo, o centro mesmo de um quarteirão de armazéns camuflados. Yossarian tremia incontrolavelmente à medida que o avião avançava. Ele podia ouvir o *bum-bum-bum* da barragem antiaérea espocando a seu redor. De repente, ouviu um *PAM!* mais violento, de uma granada explodindo bem perto. Sua cabeça estava estourando com mil impulsos contraditórios, enquanto rezava para que as bombas caíssem. Sentiu vontade de chorar. Os motores zumbiam monótonos, como uma mosca gorda e preguiçosa. Finalmente, chegaram ao alvo e as bombas de 250 quilos começaram a cair, uma depois da outra. O avião subiu bruscamente, aliviado de sua carga. Yossarian afastou-se do visor para espiar o indicador à sua esquerda. Quando o ponteiro chegou ao zero, fechou o alçapão do compartimento de bombas e gritou pelo sistema de intercomunicação:

– Vire à direita, depressa!

McWatt reagiu instantaneamente. Com um uivo estridente dos motores, levantou uma das asas do avião e fê-lo dar a volta, implacavelmente, afastando-o dos espirais gêmeos de fogo antiaéreo que Yossarian vira subindo para abatê-los. Depois, Yossarian fez McWatt subir cada vez mais, até que finalmente chegaram a um céu sereno, de um azul intenso, ensolarado e imaculado por toda parte, com alguns véus esbranquiçados no horizonte. O vento se embalava suavemente nas paredes transparentes do compartimento do bombardeador e Yossarian sentiu-se relaxado e exultante. Mas somente depois que o avião foi nivelado e eles retomaram a velocidade máxima. Ele fez então com que McWatt virasse à esquerda e baixasse novamente, notando, com uma alegria apenas transitória, a explosão das granadas antiaéreas acima e à direita, no lugar onde o avião estaria, se ele não tivesse ordenado a McWatt que virasse à esquerda e mergulhasse. Ele fez McWatt nivelar novamente, com outro grito áspero, obrigando-o em seguida a subir outra vez, para uma faixa azul de ar não poluído, lá chegando no exato momento em que as bombas que lançara começaram a explodir lá embaixo. A primeira caiu no pátio, precisamente onde ele mirara. Depois, as suas outras bombas e as bombas dos outros aviões de sua formação abriram crateras no chão, em rápidos e sucessivos relâmpagos alaranjados, que se erguiam acima das construções. E os armazéns ruíram instantaneamente, em meio a nuvens rosas, cinza e negras, que se espalharam turbulentamente em todas as direções, estorcendo convulsivamente em suas entranhas, à medida que pareciam atingidas por raios vermelhos, brancos e dourados.

– Mas olhe só que beleza! – disse Aarfy, exultante, inclinado ao lado de Yossarian, o rosto gorducho e redondo com um brilho de prazer. – Devia mesmo haver um depósito de munição lá embaixo.

Yossarian esquecera-se completamente de Aarfy. E gritou-lhe no mesmo instante:

– Saia daqui! Saia daqui imediatamente!

Aarfy sorriu polidamente e apontou para o alvo, num convite generoso para Yossarian contemplar também o espetáculo. Yossarian começou a empurrá-lo insistentemente, fazendo gestos desesperados na direção do corredor e gritando freneticamente:

– Volte lá para trás! Volte!

Aarfy sacudiu os ombros cordialmente e explicou:

– Não consigo ouvir o que está dizendo.

Yossarian agarrou-o pelas correias do paraquedas e empurrou-o até a entrada do corredor, no momento em que o avião foi atingido por um abalo, que fez o coração dele parar e os ossos chocalharem. Yossarian compreendeu instantaneamente que estavam todos mortos.

– Suba! – gritou ele pelo sistema de intercomunicação para McWatt, ao verificar que continuava vivo. – Suba, seu filho da mãe! Suba, suba, suba, suba!

O avião subiu bruscamente e depois nivelou, com outro grito de Yossarian para McWatt, apenas o tempo suficiente para poder virar à direita e novamente mergulhar. Yossarian sentiu que ele próprio ia aumentando de velocidade, por entre bolas fantasmagóricas de fumaça negra, a fuligem batendo no nariz de *plexiglass* e parecendo aderir como um vapor úmido e diabólico ao seu rosto. O coração de Yossarian novamente martelava-lhe o peito incessantemente, num terror incontrolável, enquanto ele era jogado de um lado para outro pelas explosões das granadas antiaéreas, subindo ao céu perfidamente só para matá-lo. O suor brotava de seu pescoço aos borbotões e escorria pelo peito e pela cintura, como se fosse um lodo quente. Yossarian vagamente percebeu que os outros aviões de sua formação não estavam mais por perto e logo teve a sensação de que era apenas ele, única e exclusivamente, que ali estava, suspenso no céu, alvo de um inimigo implacável. Sua garganta doía como se tivesse sido cortada, da intensidade furiosa com que ele berrara cada ordem para McWatt. Os motores soltavam um rugido ensurdecedor, angustiado, ululante a cada vez que McWatt mudava a direção. E lá longe, à sua frente, Yossarian podia ver o céu coberto com as explosões da barragem antiaérea, esperando sadicamente que ele se aproximasse.

O avião foi novamente abalado por outra explosão súbita e aterradora, que quase o fez entrar em parafuso. O nariz do avião de imediato encheu-se de nuvens adocicadas de fumaça azul. *Algo estava em chamas*! Yossarian girou rapidamente para escapar e esbarrou em Aarfy, que acendera um fósforo e placidamente ateava fogo ao seu cachimbo. Yossarian fitou boquiaberto o navegador sorridente de rosto redondo, ficando chocado e confuso. Ocorreu-lhe que certamente um dos dois estava louco de vez.

– Jesus Cristo! – gritou ele para Aarfy, surpreso e angustiado. – Você está doido? Saia daqui!

– Como? – disse Aarfy.

– Saia daqui! – berrou Yossarian histericamente, começando a bater em Aarfy com as costas das mãos, para expulsá-lo. – Saia daqui!

– Não estou conseguindo ouvi-lo – gritou Aarfy, com uma expressão inocente, de censura e perplexidade. – Você vai ter que falar um pouco mais alto.

– Saia daqui do nariz! – Yossarian já estava exausto, inteiramente frustrado. – Eles estão tentando nos matar! Será que não entende? Eles estão tentando nos matar!

– Mas para que lado eu devo ir? – gritou McWatt furiosamente, pelo sistema de intercomunicação, a voz aguda e angustiada. – Para que lado eu devo ir?

– Vire à esquerda! *À esquerda,* seu filho da puta nojento! Vire à esquerda, depressa!

Aarfy caiu em cima de Yossarian por trás, espetando-lhe as costelas com a haste do cachimbo. Yossarian voou para o teto do compartimento, com um ganido terrível, depois caiu de joelhos, branco como cera e tremendo de raiva. Aarfy piscou-lhe um olho de maneira encorajadora e sacudiu o polegar na direção do lugar em que estava McWatt, com uma expressão bem-humorada.

– O que será que há com ele? – indagou Aarfy, com uma risada.

Yossarian foi invadido por uma estranha sensação de falsidade.

– Quer sair daqui? – gritou ele, súplice, empurrando Aarfy com toda a sua força. – Você está surdo ou algo assim? Volte lá para trás! – E para McWatt ele berrou: – Mergulhe! Mergulhe!

E lá mergulharam eles mais uma vez, para o meio da barragem quase sólida e apavorante das granadas antiaéreas. Aarfy caiu novamente em cima de Yossarian e novamente espetou-lhe as costelas com a haste do cachimbo. Yossarian foi novamente arremessado para cima, com outro guincho agudo.

– Ainda não consigo ouvir o que está dizendo – falou Aarfy.

– Eu disse *saia daqui*! – berrou Yossarian, prorrompendo em lágrimas. E começou a dar socos em todo o corpo de Aarfy, com as duas mãos e toda a sua força. – Saia de perto de mim! Suma daqui!

Esmurrar Aarfy era como afundar os punhos num saco inerte de borracha inflado. Não houve qualquer resistência, absolutamente nenhuma reação daquela massa mole e insensível. Logo a vitalidade de Yossarian se desvaneceu e ele baixou os braços, impotente de exaustão. Estava vencido por uma sensação humilhante de impotência e estava prestes a chorar de autopiedade.

– O que foi que disse? – perguntou Aarfy.

– Eu disse para ficar longe de mim – respondeu Yossarian, agora implorando. – Volte lá para trás.

– Ainda não consigo ouvi-lo.

– Não tem importância – gemeu Yossarian. – Não tem mais nenhuma importância. Apenas deixe-me em paz.

– O que não tem mais importância?

Yossarian começou a desferir murros em sua própria cabeça. Agarrou Aarfy pela camisa e, esforçando-se para manter um equilíbrio a fim de poder arrastá-lo, levou-o até o fundo do compartimento do bombardeador, como se fosse um saco de borracha inflado, inerte e incômodo. Uma granada explodiu furiosamente bem junto ao seu ouvido quando ele voltava para a frente do compartimento. Algum recesso ainda incólume de sua inteligência ficou admirado de ainda não estarem todos mortos. Estavam novamente subindo. Os motores uivavam como que em agonia, o ar no interior do avião era acre do cheiro da engrenagem e fétido do odor da gasolina. A próxima coisa que Yossarian percebeu foi que *estava nevando*!

Milhares de pedacinhos de papel branco estavam caindo como flocos de neve, acumulando sobre a cabeça dele, aderindo às pestanas, quando ele piscou de surpresa, tremendo nas narinas e na boca a cada vez que ele aspirava. Ao virar-se, atônito, Yossarian viu Aarfy sorrindo orgulhosamente, de uma orelha a outra, como algo inumano, exibindo um mapa todo rasgado. Um estilhaço grande de granada furara o chão, atravessando a colossal coleção de mapas de Aarfy e indo furar o teto do compartimento, a centímetros das cabeças deles. A alegria de Aarfy era sublime. Sacudindo dois dos seus dedos grossos diante do rosto de Yossarian, através do buraco num dos mapas, ele murmurou:

– Já tinha visto uma coisa dessas?

Yossarian ficou estarrecido com a alegria desvairada de Aarfy. Ele parecia um ogro fantástico num sonho, impossível de ser afastado ou esquivado. Yossarian, por um instante, ficou com medo dele, por um complexo de razões que estava aterrorizado demais para destrinchar. O vento entrava assoviando pelo buraco no chão do compartimento e mantinha a miríade de pedacinhos de papel a circular como partículas de alabastro num peso de papel, contribuindo para dar uma sensação de irrealidade. Tudo parecia estranho, grotesco e espalhafatoso. A cabeça de Yossarian latejava com um clamor insistente, a lhe entrar implacavelmente pelos ouvidos. Era McWatt, implorando por orientação, frenético e incoerente. Mas Yossarian continuou a fitar, numa fascinação atormentada, o semblante esférico de Aarfy, radiante, sereno e vago por entre o turbilhão de pedacinhos de papel branco. Ele concluiu que Aarfy era um lunático desvairado, no exato momento em que oito granadas antiaéreas explodiram sucessivamente à sua direita, seguidas por mais oito e mais oito, as últimas à esquerda, quase que à frente do avião.

– Vire à esquerda depressa! – berrou ele para McWatt, enquanto Aarfy continuava a sorrir. McWatt virou à esquerda, mas o fogo antiaéreo virou também, aproximando-se rapidamente. Yossarian berrou: – Vire mais, mais, mais, mais, seu filho da mãe!

E McWatt inclinou o avião ainda mais. E então, subitamente, milagrosamente, eles estavam fora do alcance das baterias antiaéreas. As granadas pararam de explodir por perto. Os canhões não mais os estavam mirando. E eles continuavam vivos.

Lá atrás, havia homens morrendo. Espalhadas por quilômetros, numa linha irregular, tortuosa, as outras formações de aviões estavam realizando a mesma jornada perigosa até o objetivo, esgueirando-se por entre as novas e velhas explosões das granadas antiaéreas, como ratos correndo em grupo por entre os próprios excrementos. Um avião estava em chamas e balançou-se hesitante, brilhando intensamente como uma gigantesca estrela vermelha. Logo o avião em chamas inclinou-se de lado e começou a cair lentamente, em círculos cada vez menores e mais vacilantes, com sua carga de fogo alaranjado, puxando em sua esteira uma longa cauda de chamas e fumaça. Surgiram paraquedas, um, dois, três... quatro. E então o avião entrou numa queda em parafuso e desceu direto o resto do caminho até o solo, uma pira ardente a se descompor, como um pedaço de papel colorido em chamas. Toda uma formação de aviões de outro esquadrão foi também destruída.

Yossarian suspirou, vazio por dentro, sentindo encerrado o seu dia de trabalho. Estava apático, o corpo suado e pegajoso. Os motores zumbiam serenamente, enquanto McWatt diminuía a velocidade e deixava que os outros aviões da formação os alcançassem. A tranquilidade abrupta parecia estranha e artificial, um pouco insidiosa. Yossarian tirou o traje de proteção e o capacete. Suspirou novamente, ainda mais apático, e fechou os olhos, procurando relaxar.

– Onde está Orr? – perguntou alguém de repente, pelo sistema de intercomunicação.

Yossarian empertigou-se com um grito de uma única sílaba, impregnado de ansiedade e que fornecia a única explicação racional para a misteriosa barragem antiaérea em Bolonha: *Orr!* Ele inclinou-se por cima do visor e olhou pela parede de *plexiglass* em busca de algum sinal tranquilizador de Orr, que atraía o fogo antiaéreo como um ímã e que inegavelmente atraíra as baterias experientes de toda a Divisão Hermann Goering para Bolonha, levada às pressas para a cidade, do lugar em que estava estacionada no dia anterior, quando Orr estava em Roma. Aarfy lançou-se também para a frente um instante depois e acertou em cheio no nariz de Yossarian com a beirada do seu capacete. Yossarian xingou-o furiosamente, enquanto seus olhos se enchiam de lágrimas.

– Lá está ele! – anunciou Aarfy com voz fúnebre, apontando dramaticamente para uma carroça de feno e dois cavalos, parados ao lado de um celeiro de pedra. – Arrebentado em mil pedaços.

Yossarian xingou Aarfy de novo e continuou a procurar atentamente, com um receio frio e cheio de compaixão pelo seu companheiro de barraca, irrequieto e bizarro, de dentes salientes, que esmagara a testa de Appleby com uma raquete de pingue-pongue. Finalmente, Yossarian localizou o avião bimotor, saindo de cima do tapete verde de um bosque e começando a sobrevoar um campo arado de cor amarelada. Uma das hélices estava imóvel, mas mesmo assim o avião mantinha sua baixa altitude e voava num curso reto. Yossarian murmurou uma prece inconsciente de agradecimento e depois explodiu para cima de Orr, numa mistura disparatada de ressentimento e alívio.

– Mas que filho da mãe! Que maldito, nojento, nanico, bochechudo, olhos esbugalhados, dentuço, rato filho da puta!

– Como? – disse Aarfy.

– Que maldito, nojento, nanico, bochechudo, olhos esbugalhados, dentuço, rato filho da puta!

– Como?

– *Esqueça*!

– Ainda não estou conseguindo ouvi-lo.

Yossarian virou-se metodicamente para encarar Aarfy.

– Seu merda...

– Eu?

– Seu pomposo, barrigudo, prestimoso, estúpido, complacente...

Aarfy permaneceu imperturbável. Calmamente riscou um fósforo e sugou ruidosamente o cachimbo, com uma expressão eloquente de magnânimo perdão. Sorriu cordialmente e abriu a boca para falar. Yossarian tapou-lhe a boca com a mão e empurrou-o para trás, cansado. Depois, fechou os olhos e fingiu dormir durante toda a viagem de volta a Pianosa, para não ter que ouvir Aarfy nem vê-lo.

Yossarian foi apresentar seu relatório ao capitão Black e depois ficou esperando, com todos os outros, até que Orr finalmente apareceu, o motor solitário a tossir, corajosamente mantendo o avião no ar. Ninguém respirou. O trem de aterrissagem do avião de Orr simplesmente não baixou. Yossarian ficou praticamente imóvel até que Orr aterrasse de barriga mesmo, sem maiores contratempos. Yossarian roubou então o primeiro jipe que encontrou com a chave na ignição e saiu em disparada até sua barraca, onde febrilmente começou a arrumar suas coisas, para a licença de emergência que ele decidira tirar em Roma. E foi lá que ele encontrou Luciana e sua cicatriz invisível, naquela mesma noite.

16
Luciana

Yossarian encontrou Luciana sentada sozinha numa mesa do nightclub dos oficiais aliados. O major australiano que a trouxera fora estúpido o bastante para abandoná-la ali, trocando-a pela companhia de alguns companheiros embriagados como ele, que cantavam no bar.

– Está bem, eu dançarei com você – disse ela, antes mesmo que Yossarian falasse alguma coisa. – Mas não vou deixar você dormir comigo.

– E quem lhe pediu? – perguntou Yossarian.

– Você não quer dormir comigo? – exclamou ela, surpresa.

– E também não quero dançar com você.

Ela agarrou a mão de Yossarian e puxou-o para a pista de dança. Ela cometia a proeza de dançar pior até do que Yossarian, mas empenhou-se animadamente, com gestos extravagantes, exibindo um prazer desinibido como ele jamais vira antes. Quando sentiu as pernas ficarem dormentes de tédio, Yossarian arrancou-a da pista de dança, levando-a na direção da mesa na qual estava a garota que ele deveria estar bolinando, ainda sentada com a mão no pescoço de Aarfy, embriagada, a blusa laranja de cetim desleixadamente entreaberta, deixando à mostra o sutiã branco de renda, conversando sobre obscenidades com Huple, Orr, Kid Sampson e Hungry Joe. Quando estavam chegando lá, Luciana deu um empurrão impetuoso e inesperado em Yossarian. Os dois passaram muito além da mesa, continuando sozinhos. Era uma moça alta, morena, exuberante, com cabelos compridos e um rosto bonito, rechonchuda, atraente, oferecida.

– Está bem – disse ela. – Vou deixar que você me pague o jantar. Mas não vou deixar você dormir comigo.

– E quem lhe pediu? – perguntou Yossarian, surpreso.

– Você não quer dormir comigo?

– E também não quero pagar o jantar para você.

Ela levou-o para a rua e desceram um lance de escadas, seguindo para um restaurante do mercado negro, repleto de garotas alegres, desembaraçadas e atraentes, que pareciam conhecer-se umas às outras, na companhia de oficiais meio inibidos de diferentes países, que as haviam acompanhado até ali. A comida era excelente e cara, e os espaços entre as mesas estavam dominados pelos proprietários corados e felizes, todos robustos e calvos. Ondas de alegria e calor, imensas e irresistíveis, partiam do interior do restaurante.

Yossarian ficou chocado com a indiferença com que Luciana ignorou-o e a voracidade com que devorou toda a refeição, recorrendo para isso às duas mãos. Ela comeu como um cavalo até que nada mais restasse. Largou então os talheres com um ar de satisfação e recostou-se preguiçosamente na cadeira, a expressão sonhadora de gula saciada. Respirou fundo, sorridente, e fitou Yossarian com um olhar amoroso irresistível.

– Muito bem, Joe – murmurou ela, os olhos pretos sonolentos e agradecidos –, agora eu vou deixar você dormir comigo.

– Meu nome é Yossarian.

– Muito bem, Yossarian – corrigiu ela, com uma risada penitente –, agora eu vou deixar você dormir comigo.

– E quem lhe pediu?

Luciana ficou desconcertada.

– Você não quer dormir comigo?

Yossarian concordou enfaticamente, rindo, e enfiou a mão por baixo do vestido dela. A garota teve um estremecimento de horror. Afastou as pernas rapidamente, virando-se na cadeira, ao mesmo tempo em que corava de alarme e embaraço e baixava a saia, lançando olhares de esguelha para todos os lados.

– Agora, vou deixar você dormir comigo – explicou ela, cautelosamente, com uma indulgência apreensiva. – Mas não agora.

– Eu sei. Quando chegarmos ao meu quarto.

Luciana balançou a cabeça, fitando-o desconfiada e mantendo os joelhos bem apertados.

– Não. Agora eu tenho que voltar para casa, pois mamãe não gosta que eu dance com soldados nem que eles me convidem para jantar. E mamãe ficará furiosa comigo se eu não voltar para casa agora. Mas você vai escrever num pedaço de papel o seu endereço. E amanhã de manhã eu irei para o seu quarto para um fuque-fuque, antes de ir trabalhar no escritório francês. *Capisci?*

– Mas que merda! – exclamou Yossarian, furioso e desapontado.

– *Cosa vuol dire* merda?

Yossarian desatou a rir. Finalmente respondeu, em tom bem-humorado:

– Significa que quero acompanhá-la imediatamente ao diabo de lugar a que terei de levá-la, a fim de poder voltar correndo para aquele nightclub, antes que Aarfy saia com aquela garota e me dê a chance de perguntar se ela tem uma tia, uma amiga ou qualquer coisa para mim.

– *Come*?

– *Subito, subito* – censurou-a Yossarian ternamente. – Mamãe está esperando. Ou será que já se esqueceu?

– *Sì, sì. Mamma.*

Yossarian deixou a garota arrastá-lo pela maravilhosa noite da primavera romana. Percorreram quase 2 quilômetros até chegarem a um terminal de ônibus caótico, mil buzinas a tocarem, luzes vermelhas e amarelas por toda parte, ecoando com vitupérios de motoristas de ônibus barbados, insultando-se uns aos outros e aos seus passageiros, berrando com os pedestres indiferentes que se amontoavam pela rua, até que os ônibus batiam neles e passavam então a retribuir os palavrões. Luciana desapareceu no interior de um dos minúsculos ônibus verdes e Yossarian voltou quase correndo ao cabaré e à loura desbotada, míope e com uma blusa laranja de cetim entreaberta. Ela parecia apaixonada por Aarfy, mas Yossarian rezava fervorosamente para que ela tivesse uma tia igualmente suculenta, ou uma amiga, irmã, prima ou mãe, que fosse tão depravada e libidinosa. Ela seria perfeita para Yossarian, uma mulher desleixada, libertina, vulgar, amoral e apetitosa, justamente o tipo pelo qual ele ansiava e que idealizava havia meses. Ela era um verdadeiro achado. Pagava os seus próprios drinques, tinha o seu próprio automóvel e o seu próprio apartamento. Além de um anel de camafeu cor de salmão, que deixara Hungry Joe inebriado, pelas figuras delicadamente esculpidas de um rapaz e de uma moça inteiramente nus, em cima de uma rocha. Hungry Joe resmungara, implorara, batera com os pés, falara até não poder mais, exibindo seu desejo e uma necessidade abjeta, mas a garota se recusara a vender-lhe o anel, mesmo depois que ele oferecera todo o dinheiro que havia nos bolsos de todos eles e a sua máquina fotográfica ainda por cima. Ela não estava interessada em dinheiro ou máquinas fotográficas. Estava interessada apenas em fornicar.

Ela já tinha ido quando Yossarian chegou de volta ao cabaré. Todos já tinham ido. Ele saiu andando pelas ruas escuras e vazias, desolado e expectante. Yossarian nem sempre se sentia solitário quando estava sozinho. Mas naquele momento sentia-se solitário, de inveja de Aarfy, que ele sabia estar na cama com a garota que lhe servia perfeitamente. E com a qual Aarfy poderia deitar-se sempre que quisesse, se é que haveria de querê-lo. Aarfy poderia também deitar-se, quando bem o desejasse, com as duas mulheres aristocráticas, esbeltas e lindas, que moravam no apartamento por cima do apartamento dos oficiais do esquadrão e povoavam as fantasias sexuais de Yossarian, a rica e linda condessa morena, de lábios vermelhos, úmidos e nervosos, e sua rica e linda nora morena. Yossarian sentia-se loucamente apaixonado por todas elas enquanto voltava para o apartamento dos oficiais, apaixonado por Luciana, apaixonado pela garota lasciva com a blusa laranja de cetim entreaberta, apaixonado pela rica e linda condessa morena e por sua rica e linda nora. Nenhuma das duas jamais o haviam deixado tocá-las, nem ao menos cortejá-las. Elas eram loucas por Nately e se ofereciam passivamente a Aarfy, mas achavam que Yossarian era louco e se retraíam com desprezo sempre que ele apresentava uma proposta indecente ou tentava agarrá-las na escada. As duas eram magníficas, com línguas carnudas e nervosas, bocas redondas e apetitosas, como ameixas, um pouco doces e pegajosas, um pouco apodrecidas. Elas tinham classe. Yossarian não tinha muita certeza de que tipo de classe era, mas sabia que elas a tinham e que ele não tinha. E sabia também que elas sabiam que ele não tinha. Enquanto andava, Yossarian ia imaginando o tipo de roupas de baixo que elas usavam, cobrindo as partes mais graciosas, trajes transparentes e macios, do preto mais profundo ou de um azul opalino, rendados com fragrâncias sedutoras de carne bem-tratada e sais de banho perfumados, a se erguerem com uma nuvem inebriante dos seios cor de mármore. Yossarian desejou novamente estar no lugar de Aarfy, fazendo um amor obsceno, brutal e animado com uma mulher embriagada e gostosa, que não se importava a mínima com ele e nunca mais voltaria sequer a pensar nele.

Mas Aarfy já voltara ao apartamento quando Yossarian chegou. Yossarian fitou-o, boquiaberto, com a mesma sensação de surpresa e tormento que experimentara naquela manhã sobre Bolonha, diante da presença maligna, cabalista e irremovível de Aarfy no nariz do avião.

– Mas o que você está fazendo aqui? – perguntou Yossarian.

– É isso mesmo, pergunte a ele! – exclamou Hungry Joe, num acesso de irritação. – Faça-o explicar o que está fazendo aqui!

Com um gemido prolongado e teatral, Kid Sampson fez uma pistola com o polegar e o indicador e estourou os próprios miolos. Huple, cuspindo uma imensa bola de goma de mascar, engoliu em seco, a expressão indiferente da inexperiência em seu rosto de 15 anos. Aarfy estava batendo com o fornilho do cachimbo na palma da mão, tranquilamente, andando de um lado para outro, obviamente satisfeito consigo mesmo e deliciado com o tumulto que provocava.

– Você levou aquela garota para casa? – perguntou Yossarian.

– Mas claro que levei. Acha mesmo que eu iria deixá-la tentar voltar para casa sozinha?

– E ela não o deixou entrar?

– Claro que sim. Quis até que eu ficasse lá. – Aarfy soltou uma risadinha antes de continuar: – Não precisa ficar preocupado com o velho Aarfy. Só que eu não ia me aproveitar de uma garota inocente como ela, apenas porque havia tomado alguns drinques a mais. Que espécie de homem você está pensando que eu sou?

– Mas quem falou em se aproveitar? – escarneceu Yossarian, atônito. – Tudo o que ela queria era ir para a cama com alguém. Não falou de outra coisa a noite inteira.

– É que ela estava um pouco confusa – explicou Aarfy. – Mas tive uma conversinha com ela e consegui meter um pouco de juízo em sua cabeça.

– Seu filho da puta! – exclamou Yossarian, afundando no sofá ao lado de Kid Sampson, desolado. – Por que diabo não a entregou a um de nós se não a estava querendo?

– Estão vendo? – observou Hungry Joe. – Há alguma coisa de errada com ele.

Yossarian concordou e fitou Aarfy, curioso.

– Aarfy, diga-me uma coisa: você nunca trepou com nenhuma mulher?

Aarfy soltou uma risadinha, vaidoso e divertido.

– Mas claro que sim. Não se preocupe com o velho Aarfy. Só que nunca trepei com nenhuma moça bem-educada. Sei qual é o tipo de garota com o qual se pode trepar e com o qual não se pode. E nunca trepo com uma moça fina. E aquela era uma moça de bons sentimentos. Podia-se ver logo que a família dela tinha dinheiro. Até mesmo consegui fazer com que ela jogasse o seu anel pela janela do carro.

Hungry Joe deu um pulo, soltando um grito de agonia insuportável.

– Você fez o quê? Você fez o quê? – Ele começou a bater nos ombros e braços de Aarfy com os punhos, quase em lágrimas. – Eu devia matá-lo pelo que você fez, seu filho da puta nojento! Ele é um pecador, é isso que ele é! Tem uma mente suja, não é mesmo? Ele não tem uma mente suja?

– A mais suja de todas – concordou Yossarian.

– Mas de que você está falando? – perguntou Aarfy, de fato aturdido, encolhendo o rosto protetoramente para o interior dos ombros abaulados. – Ora, pare com isso, Joe! Pare de me bater, está bem?

Mas Hungry Joe não parou de bater nele até que Yossarian o puxasse e o levasse para o quarto. Yossarian seguiu depois para o próprio quarto, apático, despiu-se e foi dormir. Um segundo depois era de manhã e alguém estava sacudindo-o.

– Por que você está me acordando? – resmungou ele.

Era Michaela, a criada esquelética de disposição jovial e rosto pálido, que o estava acordando, porque havia uma visita esperando por ele lá fora. *Luciana!* Yossarian mal pôde acreditar. Ela ficou sozinha no quarto com ele depois que Michaela se retirou, linda, vigorosa, escultural, transbordando de vitalidade afetuosa e irreprimível, muito embora permanecesse parada e franzisse o rosto, numa expressão irada. Parecia um jovem colosso feminino, as pernas saindo como duas colunas imponentes dos sapatos brancos de saltos altos, usando um lindo vestido verde, um chapéu branco grande e uma bolsinha de couro, com a qual bateu com toda força no rosto de Yossarian, quando ele saltou da cama para agarrá-la. Yossarian cambaleou para trás, fora do alcance da bolsa, atônito, esfregando o rosto ardido.

– Porco! – gritou ela furiosamente, as narinas fremindo de indignação. – *Vive com'un animale!*

Com uma imprecação de raiva, de nojo e desprezo, ela atravessou o quarto e abriu as três janelas altas, deixando entrar um resplandecente jorro de sol e ar fresco, que se espalhou pelo quarto abafado como um tônico revigorante. Pôs a bolsa em cima de uma cadeira e começou a arrumar o quarto, pegando as coisas de Yossarian no chão e em cima dos móveis, jogando as meias, a cueca e o lenço numa gaveta vazia da cômoda, pendurando a calça e a camisa no armário.

Yossarian foi para o banheiro, escovou os dentes, lavou as mãos e o rosto, penteou os cabelos. Quando ele voltou, o quarto estava arrumado e Luciana estava quase despida. A expressão dela era relaxada. Deixou os brincos em cima da cômoda e foi descalça até a cama, usando apenas uma blusa rosa de raiom, que descia até os quadris. Ela correu os olhos pelo quarto, meticulosamente, para ter certeza de que arrumara tudo, depois afastou a colcha e estendeu-se com volúpia na cama, com uma expressão de felina expectativa. Chamou então Yossarian, ansiosamente, com uma risada rouca.

– Agora – anunciou ela num sussurro, estendendo os dois braços para ele –, agora, vou deixar que você deite comigo.

Ela contou algumas mentiras sobre um único fim de semana na cama com o noivo morto no Exército italiano. Só que as mentiras eram verdadeiras, pois ela gritou "*finito!*" quase no mesmo instante em que Yossarian começou, e não entendeu por que ele não parou, até que tivesse *finitado* também e lhe explicasse tudo.

Ele acendeu cigarros para os dois. Luciana estava encantada com o bronzeado do corpo de Yossarian. Ele ficou admirado com a blusa rosa, que ela não tirava. Parecia uma camiseta de homem, com as alças estreitas. Escondia a cicatriz invisível que ela tinha nas costas e recusou-se a mostrar, depois que ele a fez explicar. Luciana ficou extremamente tensa quando ele passou a ponta do dedo pelos contornos da cicatriz, que se estendia da omoplata até quase o cóccix. Yossarian estremeceu ao pensar nas muitas noites torturantes que ela passara no hospital, drogada ou sentindo dores intensas, em meio aos odores onipresentes e irremediáveis de éter, matéria fecal e desinfetante, de carne humana gangrenada e putrescente, em meio a uniformes brancos, sapatos de sola de borracha, as fantasmagóricas luzes noturnas brilhando debilmente até de madrugada, nos corredores. Ela fora ferida durante um bombardeio.

– *Dove?* – perguntou Yossarian, contendo a respiração.

– *Napoli.*

– Pelos alemães?

– *Americani.*

O coração de Yossarian ficou em frangalhos e ele se apaixonou. Ficou imaginando se ela se casaria com ele.

– *Tu sei pazzo* – disse Luciana, com uma risada jovial.

– Por que eu sou louco?

– *Perchè non posso sposare.*

– E por que você não pode se casar?

– Porque não sou mais virgem.

– E o que tem uma coisa a ver com a outra?

– Quem vai querer se casar comigo? Ninguém se casa com uma moça que não seja mais virgem.

– Pois eu me casarei com você.

– *Ma non posso sposarti.*

– Por que não pode se casar comigo?

– *Perchè sei pazzo.*

– Por que eu sou louco?

– *Perchè vuoi sposarmi.*

Yossarian franziu a testa, zombeteiro.

– Você não quer se casar comigo porque eu sou louco e diz que eu sou louco porque quero me casar com você? É isso mesmo?

– *Sì.*

– *Tu sei pazz'!* – gritou ele.

– *Perchè?* – gritou ela em resposta, indignada, os seios redondos subindo e descendo por baixo da blusa rosa, enquanto ela se sentava na cama. – Por que eu sou louca?

– Porque não quer se casar comigo.

– *Stupido!* – gritou ela, batendo no peito dele com as costas da mão. – *Non posso sposarti! Non capisci? Non posso sposarti!*

– Mas claro que compreendo. E por que não pode se casar comigo?

– *Perchè sei pazzo!*

– E por que eu sou louco?

– *Perchè vuoi sposarmi.*

– Porque eu quero casar com você. *Carina, ti amo* – explicou Yossarian, baixando-a gentilmente de encontro ao travesseiro. – *Ti amo molto.*

– *Tu sei pazzo* – murmurou ela, visivelmente feliz.

– *Perchè?*

– Porque diz que me ama. Como pode amar uma moça que não é mais virgem?

– Porque não posso me casar com você.

Ela sentou-se novamente, bruscamente, com uma raiva ameaçadora.

– E por que não pode se casar comigo? – indagou ela, pronta a bater-lhe outra vez, se a resposta fosse pouco lisonjeira. – Só porque não sou mais virgem?

– Não, não, querida. Porque você é louca.

Ela fitou-o aturdida por um momento, depois jogou a cabeça para trás e desatou a rir. Ao ficar séria, encarou-o com uma expressão de aprovação, as feições sensuais do rosto moreno tornando-se ainda mais sensuais, desabrochando sonolentamente no desejo. Seus olhos se tornaram pensativos. Yossarian apagou os dois cigarros e eles voltaram a se concentrar um no outro, sem uma só palavra, num beijo interminável. Foi neste instante que Hungry Joe entrou no quarto, sem bater, a fim de perguntar a Yossarian se queria sair para procurarem algumas garotas. Hungry Joe parou abruptamente ao vê-los e logo saiu correndo do quarto. Yossarian pulou da cama ainda mais depressa e começou a gritar para que Luciana se vestisse. Ela estava espantada. Yossarian puxou-a rudemente da cama, segurando-a pelo braço, e empurrou-a na direção de suas roupas, correndo depois para bater a porta, no momento em que Hungry Joe vinha chegando com sua máquina fotográfica. Hungry Joe enfiou a perna pela porta e não quis mais tirá-la.

– Deixe-me entrar! – implorou ele, estorcendo-se como um maníaco. – Deixe-me entrar! – Ele parou de se mexer por um momento, fixando o rosto de Yossarian pela fresta da porta, com o que pretendia ser um sorriso sedutor, e explicou ansiosamente: – Mim não Hungry Joe. Mim grande fotógrafo da revista *Life*. Mim tirar fotografia bonita, sair na capa da revista. Eu fazer você grande estrela Hollywood, Yossarian. *Multi* dinheiro. *Multi* divórcios. *Multi* fuque-fuque o dia inteiro. *Sì, sì, sì*!

Yossarian conseguiu fechar a porta quando Hungry Joe recuou um pouco para tentar tirar uma fotografia de Luciana se vestindo. Hungry Joe arremeteu então, fanaticamente, contra a barreira de madeira, sem êxito. Recuou novamente, para recuperar as energias, arremeteu outra vez. Yossarian meteu-se em suas roupas nos intervalos entre as arremetidas. Luciana já enfiara pela cabeça o vestido verde e estava segurando-o na altura dos quadris, ajeitando-se. Yossarian sentiu-se invadido por uma onda de desolação ao contemplar o que em breve iria desaparecer, para sempre. Ele estendeu a mão para agarrá-la e puxou-a para si. Ela se adiantou e colou-se ao corpo dele. Yossarian beijou-lhe as orelhas e os olhos fechados romanticamente, acariciou-lhe a parte de trás das coxas. Ela começou a gemer sensualmente um momento antes de Hungry Joe mais uma vez arremessar o seu corpo frágil contra a porta, quase derrubando os dois. Yossarian afastou-a então.

– *Vite! Vite!* – gritou ele. – Pegue logo as suas coisas.

– Mas de que diabo você está falando? – perguntou Luciana.

– Depressa! Depressa! Será que não entende inglês? Termine logo de se vestir!

– *Stupido! Vite* é francês, não italiano. *Subito, Subito!* Era isso o que você deveria ter dito. *Subito!*

– *Sì, sì.* Era o que eu queria dizer. *Subito, subito!*

– *Sì, sì!* – exclamou Luciana, prestimosamente, saindo a correr para pôr os brincos e os sapatos.

Hungry Joe suspendera seu ataque para tirar fotografias através da porta fechada. Yossarian pôde ouvir o obturador da máquina fotográfica disparar por diversas vezes. Quando ele e Luciana já estavam inteiramente vestidos e prontos para sair, Yossarian ficou só esperando a próxima arremetida de Hungry Joe, escancarando então a porta, inesperadamente. Hungry Joe voou pelo quarto como um sapo desajeitado. Yossarian pulou por cima dele agilmente, puxando Luciana. Os dois saíram para o corredor. Desceram rapidamente a escada, divertidos e barulhentos, rindo alegremente, ofegantes, batendo-se as cabeças de brincadeira, sempre que paravam para descansar. Quase lá embaixo encontraram Nately subindo e pararam de rir. Nately estava imundo, o rosto contorcido, uma aparência miserável. A gravata estava repuxada para um lado, a camisa amarrotada, e ele vinha com as duas mãos nos bolsos. O olhar era furtivo, desolado.

– Qual é o problema, garoto? – perguntou Yossarian, sentindo pena dele.

– Estou quebrado novamente – explicou Nately, com um sorriso hesitante e perturbado. – O que vou fazer agora?

Yossarian não tinha a menor ideia. Nately gastara as últimas 32 horas a 20 dólares a hora com a prostituta indiferente que ele adorava. Nada lhe restava do soldo ou da gorda mesada que recebia infalivelmente, todos os meses, do pai rico e generoso. Isso significava que ele não podia mais passar nenhum momento com ela. Ela não permitia sequer que ele andasse a seu lado pelas ruas, quando saía para provocar outros soldados. Ficava furiosa até mesmo quando o via seguindo-a a distância. Nately podia sempre ficar rondando o prédio em que ela morava, se assim o desejasse, mas não teria a menor certeza de que ela estivesse lá dentro. E ela não lhe daria absolutamente nada, a menos que ele pudesse pagar. Ela achava o sexo enfadonho. Mas Nately queria ter a certeza de que ela não estava indo para a cama com ninguém que fosse repugnante ou com alguém que ele conhecesse. O capitão Black, cada vez que ia a Roma, fazia questão de pagar o preço que ela pedia, só para poder atormentar Nately com a notícia de que trepara com sua namorada. Nately ficava desesperado ao ouvir o relato que o capitão Black fazia, descrevendo as atrozes indignidades a que a submetia.

Luciana mostrou-se comovida com o desespero de Nately, mas desatou a rir novamente no momento em que saíram para a rua ensolarada e ouviram Hungry Joe suplicando da janela lá em cima para que voltassem e tirassem as roupas, porque ele era realmente um fotógrafo da revista *Life*. Luciana saiu correndo alegremente pela calçada, puxando Yossarian a reboque pela mão, com o mesmo entusiasmo ingênuo e ardente que demonstrara na pista de dança na noite anterior e que exibira desde então em todos os momentos em que tinham estado juntos. Yossarian emparelhou com ela e passou-lhe o braço pela cintura, até chegarem à esquina, quando ela se afastou. Luciana endireitou os cabelos, mirando-se num espelhinho que tirou da bolsa, e passou batom nos lábios.

– Por que não me pede para escrever meu nome e endereço num pedaço de papel, para poder encontrar novamente comigo quando voltar a Roma? – sugeriu ela.

– E por que não me deixa escrever seu nome e endereço num pedaço de papel?

– Por quê? – disse ela, beligerante, a boca se contraindo subitamente numa expressão veemente de desdém, os olhos brilhando de raiva. – Para você rasgar em pedacinhos assim que eu me afastar?

– Mas quem é que vai rasgar alguma coisa? – protestou Yossarian, meio confuso. – O que você está querendo dizer?

– Eu sei que você vai rasgar – insistiu ela. – No minuto em que eu me for, você vai rasgar meu endereço em pedacinhos e sairá por aí a se pavonear, só porque uma garota alta e bonita como eu, Luciana, deixou você deitar com ela e não lhe pediu dinheiro.

– E quanto dinheiro você quer?

– *Stupido!* Não estou lhe pedindo nenhum dinheiro! – Bateu os pés e levantou o braço num gesto ameaçador. Yossarian temeu que ela fosse novamente bater com a bolsa em seu rosto. Em vez disso, porém, escreveu seu nome e endereço num pedaço de papel e jogou para ele, dizendo com ironia, e mordendo o lábio para conter um tremor incipiente: – Aqui está! Não vá se esquecer de rasgar em pedacinhos assim que eu me afastar. – Depois, sorriu serenamente, apertou-lhe a mão e sussurrou com tristeza: – *Addio!* – Colou-se a ele por um momento, depois endireitou-se e foi embora, caminhando com sua graça natural.

No minuto em que ela se foi, Yossarian rasgou o endereço em pedacinhos e se afastou na outra direção, sentindo-se muito importante porque uma moça linda como Luciana deitara com ele e não lhe pedira dinheiro. Sentia-se bastante satisfeito consigo mesmo até aparecer no refeitório da Cruz Vermelha e descobrir-se tomando o café da manhã em companhia de dezenas e dezenas de outros militares, em todas as espécies de uniformes fantásticos, mas cercado inexoravelmente por imagens de Luciana, tirando e vestindo suas roupas, acarinhando e discutindo com ele furiosamente, na blusinha rosa que ela usava até na cama e que se recusava a tirar. Yossarian engasgou com a torrada e os ovos, ao compreender a enormidade do erro que cometera, rasgando o pedacinho de papel com o nome e endereço dela e deixando-o desaparecer no ralo da sarjeta. Ele já estava sentindo uma falta terrível dela. Havia muitas pessoas de uniforme mas sem rosto ali no refeitório. Sentiu um desejo intenso de estar sozinho novamente com Luciana. Saiu correndo do refeitório e voltou para a rua onde ficava o apartamento, percorrendo-a de um lado a outro, à procura dos pedacinhos de papel que rasgara. Mas já era tarde demais, pois tinham sido empurrados para dentro do ralo pelo jato de água de um carro-pipa.

Não conseguiu encontrá-la novamente no nightclub dos oficiais aliados, naquela noite. Também não conseguiu tampouco encontrá-la no tumulto sufocante e hedonista do restaurante do mercado negro, com seus pratos de primeira qualidade e o bando de moças lindas, radiantes e exuberantes. Aliás, nem mesmo conseguiu encontrar o restaurante. Ao voltar para a cama, sozinho, sonhou que estava novamente enfrentando o fogo antiaéreo em Bolonha, com Aarfy trepado em cima do seu ombro, uma expressão sórdida no rosto. Pela manhã, foi procurar Luciana em todos os escritórios franceses que pôde encontrar, mais ninguém sabia dela. Perturbado, nervoso, apavorado, ele se pôs a correr, sem rumo certo, correndo porque tinha de correr, indo parar no apartamento dos recrutas, à procura da criada atarracada, de calcinha cor de limão. Encontrou-a tirando o pó no quarto de Snowden, no quinto andar, com a suéter marrom esfarrapada e a saia preta grossa que sempre usava. Snowden ainda estava vivo naquela ocasião e Yossarian teve certeza de que era o quarto dele por causa do nome gravado na valise azul em que ele tropeçou, ao arremeter pela porta aberta na direção da criada, num frenesi de desespero criativo. A mulher agarrou-o pelos pulsos antes que ele caísse e ajeitou-o por cima dela, enquanto caía de costas na cama, envolvendo-o hospitaleiramente em seu abraço flácido e consolador, sempre a segurar o esfregão, como um estandarte, enquanto o rosto grosseiro e acolhedor se abria num sorriso, fitando-o afetuosamente com uma expressão de amizade inabalável. Depois, ela baixou a calcinha cor de limão, sem incomodar Yossarian.

Quando terminaram, Yossarian pôs algum dinheiro na mão dela, que o abraçou agradecida. Ele abraçou-a também. A mulher abraçou-o novamente e puxou-o outra vez para cima dela, caindo de costas na cama. Quando acabaram pela segunda vez, Yossarian pôs mais dinheiro na mão dela e saiu correndo do quarto, antes que ela o abraçasse novamente, em gratidão. De volta ao apartamento dos oficiais, ele reuniu as suas coisas o mais depressa que pôde, deixou para Nately o dinheiro que ainda tinha e retornou imediatamente a Pianosa, num avião de suprimentos, para pedir desculpas a Hungry Joe por tê-lo impedido de entrar no quarto. A desculpa foi desnecessária, pois Hungry Joe estava inebriado de contentamento, quando Yossarian finalmente encontrou-o. Hungry Joe sorria de uma orelha à outra, e Yossarian sentiu-se mal ao vê-lo, pois compreendeu instantaneamente o que significava aquele contentamento.

– Quarenta missões – anunciou Hungry Joe prontamente, a voz lírica de alívio e alegria. – O coronel tornou a aumentá-las.

– Mas eu já tenho 32 missões! – Yossarian ficou atordoado. – Mais três e poderia dar baixa!

Hungry Joe sacudiu os ombros, indiferente, e repetiu:

– O coronel quer 40 missões.

Yossarian empurrou-o para o lado e foi correndo para o hospital.

17
O soldado de branco

Yossarian foi direto para o hospital, decidido a lá permanecer para sempre, a fim de não voar uma única missão a mais além das 32 que já realizara. Dez dias depois que ele mudou de ideia e saiu do hospital, o coronel aumentou para 45 o número de missões. Yossarian voltou no mesmo instante para o hospital, resolvido a lá ficar eternamente, em vez de voar uma só missão a mais além das seis que acabara de realizar.

Yossarian podia correr para o hospital sempre que tinha vontade, por causa do seu fígado e por causa dos seus olhos. Os médicos não conseguiam determinar o que ele tinha no fígado e não conseguiam enfrentar-lhe os olhos cada vez que ele dizia que estava sofrendo do fígado. Yossarian podia sentir-se feliz no hospital, enquanto não houvesse ninguém realmente muito doente na mesma enfermaria. Ele era resistente o bastante para sobreviver a um companheiro com malária ou tifo, praticamente sem se abalar. Podia perfeitamente suportar as tonsilectomias dos outros sem qualquer sofrimento, assim como as dores pós-operatórias. Podia até mesmo suportar hérnias e hemorroidas, sentindo apenas algum nojo e uma náusea incipiente. Mas isso era o máximo que ele podia aguentar, sem ficar doente também. Algo mais além e ele ficava pronto para ter alta. Podia relaxar no hospital, já que, ali, ninguém esperava que ele fizesse qualquer outra coisa. Tudo o que esperavam que ele fizesse no hospital era morrer ou melhorar. E como desde o início ele estava bem de saúde, era muito fácil melhorar.

Ficar no hospital era muito melhor do que sobrevoar Bolonha ou Avignon, com Huple e Dobbs nos controles e Snowden morrendo lá atrás.

Normalmente quase não havia no hospital tantas pessoas doentes como as que Yossarian encontrava lá fora. E normalmente havia menos pessoas ainda, no hospital, que estivessem gravemente doentes. O índice de mortalidade no hospital era muito menor do que fora do hospital. Além do mais, o índice de mortalidade era inegavelmente muito mais saudável. Poucas pessoas morriam desnecessariamente. As pessoas sabiam muito mais a respeito da morte no hospital e podiam fazer um trabalho melhor para combatê-la. É verdade que não podiam controlar a morte no hospital, mas conseguiam fazê-la pelo menos comportar-se. Haviam-lhe ensinado boas maneiras. Não podiam impedir a entrada da morte, mas pelo menos faziam com que ela agisse como uma dama, enquanto estava lá dentro. Dentro do hospital, as pessoas resignavam-se ao fantasma com delicadeza e bom gosto. Não havia aquela ostentação grosseira e horrível em morrer, como acontecia fora do hospital. As pessoas simplesmente não explodiam em pleno ar, como Kraft ou o homem morto da barraca de Yossarian, nem congelavam até a morte num sufocante dia de verão, como acontecera com Snowden na traseira do avião, depois de revelar seu segredo a Yossarian.

– Estou com frio – lamuriara-se Snowden. – Estou com frio.

No hospital, as pessoas não morriam súbita e estranhamente no interior de uma nuvem, como acontecera a Clevinger. Nunca explodiam, desintegrando-se numa chuva de sangue e em mil pedaços. Não se afogavam nem eram abatidas por um raio, dilaceradas por metralhadoras ou esmagadas ao caírem no chão. No hospital, as pessoas não levavam tiros fatais em assaltos, não eram estranguladas até a morte em estupros, esfaqueadas mortalmente em bares, espancadas mortalmente com machados pelos pais ou pelos filhos, não morriam sumariamente por qualquer outro ato da vontade divina. Ninguém era sufocado até a morte. As pessoas sangravam até a morte numa sala de operações ou morriam sem qualquer comentário numa tenda de oxigênio. Sempre como cavalheiros. Não havia aquele negócio furtivo de agora-você-me-vê-e-agora-você-não-me-vê tão em voga fora do hospital, nada daquele agora-eu-sou-e-agora-eu-não-sou. Não havia fome nem inundações. As crianças não eram sufocadas em seus berços nem caíam debaixo de caminhões. Ninguém era espancado até a morte. As pessoas não enfiavam a cabeça dentro do forno, com o gás ligado, não pulavam na frente dos trens do metrô, não despencavam como pesos mortos de janelas de hotéis, a velocidade aumentando a uma média de 10 metros por segundo, até baterem na calçada com um horrendo *plop!*, morrendo repugnantemente em público, como um saco cheio de sorvete de morango, a escorrer lentamente, os pés entortados.

Considerando tudo, Yossarian muitas vezes preferia ficar no hospital, muito embora houvesse alguns defeitos. Os cuidados tendiam a ser solícitos demais, os regulamentos, se cumpridos à risca, eram restritivos, a direção era geralmente intrometida. Como se esperava que houvesse pessoas doentes ali internadas, ele nem sempre podia contar com uma turma jovem e divertida na mesma enfermaria. Assim, nem sempre havia boas diversões. Mas Yossarian teve que reconhecer que os hospitais tinham sem dúvida piorado, à medida que a guerra continuava e se ficava mais próximo da frente de combate. A deterioração na qualidade dos hóspedes era mais acentuada dentro da própria zona de combate, onde os efeitos do florescente estado de guerra se faziam imediatamente notar. As pessoas ficavam mais e mais doentes, quanto mais se empenhavam nos combates. Até que finalmente, na última vez, Yossarian encontrara no hospital o soldado de branco, que não poderia estar nem um pouco mais doente sem estar morto. O que, aliás, não demorou a acontecer.

O soldado de branco era totalmente constituído por gaze, gesso e um termômetro, sendo que o termômetro era apenas um adorno, que ficava balançando no buraco escuro entre as bandagens, no lugar da boca, apenas pela manhã e ao fim da tarde, ali enfiado pelas enfermeiras Cramer e Duckett. E isso só até o dia em que a enfermeira Cramer verificou a temperatura e descobriu que ele estava morto. Agora que Yossarian recordava-se do acontecimento, ele tinha a impressão de que fora a enfermeira Cramer e não o texano tagarela quem assassinara o soldado de branco. Se ela não tivesse verificado o termômetro e informado o que descobrira, o soldado de branco ainda poderia ter continuado deitado lá, vivo, exatamente como estivera durante o tempo todo, envolto da cabeça aos pés em gaze e gesso, as duas pernas esticadas e levantadas desde os quadris, os braços esticados verticalmente, todos os quatro membros engessados, inúteis, suspensos no ar por roldanas e pesos erguidos acima dele, numa cena realmente fantasmagórica. Ficar deitado ali, daquele jeito, podia não ser grande coisa na vida, mas era toda a vida de que o soldado de branco dispunha. E Yossarian achava que a decisão de terminá-la dificilmente deveria caber à enfermeira Cramer.

O soldado de branco parecia um imenso rolo de gaze desenrolado, com um buraco no meio, ou com um bloco de pedra quebrado, com um tubo torto projetando-se para fora. Os outros pacientes da enfermaria, à exceção do texano, afastaram-se do soldado de branco com uma aversão compassiva, a partir do momento em que o viram, na manhã seguinte à noite em que ele foi contrabandeado para lá. Os homens iam se reunir gravemente no recanto mais distante da enfermaria e cochichavam a respeito dele, vozes baixas, maliciosas e ofendidas, rebelando-se contra sua presença como uma imposição horrível e ressentindo-se contra ele como uma confirmação inequívoca da verdade aterradora. Todos partilhavam o receio comum de que ele pudesse a qualquer momento começar a gemer.

– Não sei o que farei se ele começar a gemer – comentou o impetuoso e jovem piloto de caça, de bigodinho dourado, em tom desolado. – Significa que irá gemer também durante a noite, porque é incapaz de distinguir a noite do dia.

Mas nenhum ruído partiu do soldado de branco, durante todo o tempo em que ele esteve na enfermaria. O buraco sobre a boca era profundo e negro como piche. Não se podia ver através dele o menor sinal de lábios, dentes, céu da boca ou língua. O único que jamais se aproximou dele o suficiente para olhar foi o texano afável, que várias vezes por dia ia conversar com o soldado de branco sobre a necessidade premente de se conferir mais votos às pessoas e que sempre abria o seu discurso, invariavelmente, com as mesmas frases:

– E então, rapaz, o que me diz? Como é que vai passando?

O restante dos pacientes evitava os dois, embora circulassem pela enfermaria em seus roupões castanhos de veludo e nos pijamas de flanela, os trajes regulamentares do hospital. E todos se perguntavam gravemente quem seria o soldado de branco, por que ele estava ali e como era realmente por dentro.

– Posso garantir-lhes que ele é uma ótima pessoa, lá no fundo – garantia o texano aos outros pacientes, após as suas visitas sociais ao soldado de branco. – Ele apenas se sente um pouco tímido e inseguro agora, porque não conhece ninguém por aqui e não pode falar. Por que vocês todos não vão procurá-lo e se apresentam? Ele não vai machucá-los.

– Mas que diabo você está querendo dizer? – indagou Dunbar um dia. – Será que ele sabe do que você lhe fala?

– Mas claro que sabe. Ele não é nenhum estúpido. Não há nada de errado com ele.

– Ele pode ouvir o que você diz?

– Bem, não sei se ele pode me ouvir ou não, mas tenho certeza de que ele entende tudo o que eu digo.

– Aquele buraco sobre a boca dele alguma vez já se mexeu?

– Mas que pergunta maluca é essa? – perguntou o texano, inquieto.

– Como é que você pode saber se ele está respirando, se nunca o viu se mexendo?

– Como é que pode saber se é mesmo um homem?

– Será que ele tem alguma coisa por cima dos olhos, a separá-los daquelas bandagens?

– Ele alguma vez já mexeu as pontas dos dedos?

O texano recuou numa confusão crescente.

– Mas que perguntas malucas são essas? Vocês todos devem estar doidos ou algo assim. Por que não vão até lá e travam amizade com ele? Posso garantir-lhes que ele é um ótimo sujeito.

Mas o soldado de branco mais se parecia com uma múmia estofada e esterilizada do que com um bom sujeito de verdade. A enfermeira Duckett e a enfermeira Cramer mantinham-no permanentemente novo em folha. Frequentemente escovavam as bandagens e lavavam com sabão o gesso nos braços, pernas, ombros, peito e virilha. Usavam um polidor de metal para deixarem sempre brilhante o tubo de zinco que saía da virilha dele. Com toalhas úmidas, elas limpavam a poeira, várias vezes por dia, dos tubos de borracha para dentro e para fora do soldado de branco, o primeiro ligado a um poste ao lado da cama, no qual estava pendurado um vidro de soro, a gotejar constantemente, o líquido entrando por um buraco no braço do soldado de branco, enquanto o segundo estava ligado ao tubo de zinco na virilha, escoando todo o fluido que entrava. As duas enfermeiras limpavam também incessantemente os dois jarros de vidro, aquele do qual o soro gotejava e aquele que recolhia o fluido lá embaixo. Ambas tinham o maior orgulho daquelas tarefas domésticas. A mais prestativa era a enfermeira Cramer, uma moça informe, assexuada e gentil, com um rosto que nada tinha de atraente. A enfermeira Cramer possuía um nariz mimoso e uma pele pontilhada por sardas maravilhosas, que Yossarian simplesmente detestava. Ela sentia-se profundamente comovida pela situação do soldado de branco. Os olhos azuis-claros, muito castos, ficavam marejados de lágrimas nos momentos mais inesperados, o que deixava Yossarian furioso.

– Como diabo pode saber que ele está lá dentro? – perguntou Yossarian um dia à enfermeira Cramer.

– Não me fale desse jeito! – reagiu ela, indignada.

– Mas como é que sabe? Nem mesmo pode ter certeza se é realmente ele.

– Quem?

– Quem quer que deva estar por baixo de todas aquelas ataduras e gesso. Você pode realmente estar chorando por alguma outra pessoa. E como é que sabe inclusive que ele está vivo?

– Mas como pode dizer uma coisa tão terrível assim? Agora volte para a sua cama e pare de contar piadas sobre ele.

– Não estou contando piadas. Qualquer um pode estar lá dentro. Pelo que todos sabemos, pode ser até que seja Mudd.

– O que você está querendo dizer? – perguntou, suplicante, a enfermeira Cramer, a voz trêmula.

– Talvez seja lá dentro que esteja o homem morto.

– Que homem morto?

– Tenho um homem morto na minha barraca que ninguém consegue expulsar de lá. O nome dele é Mudd.

O rosto da enfermeira Cramer ficou pálido e ela virou-se para Dunbar, em busca de ajuda.

– Faça-o parar de dizer essas coisas – implorou ela.

– Talvez não haja ninguém lá dentro – sugeriu Dunbar, prestimoso. – Talvez eles tenham mandado apenas as ataduras para cá, de brincadeira.

Ela recuou de Dunbar, alarmada, olhando para os lados, suplicante.

– Vocês estão loucos! Os dois estão loucos!

A enfermeira Duckett apareceu pouco depois e expulsou-os de volta às suas camas, enquanto a enfermeira Cramer trocava os vidros arrolhados do soldado de branco. O que, aliás, não constituía o menor problema, já que o mesmo líquido recolhido embaixo era novamente gotejado para dentro dele, aparentemente sem perda alguma. Quando o vidro pendurado no poste estava quase vazio, o que ficava no chão estava quase cheio. Os dois eram simplesmente retirados dos tubos de borracha e trocavam de lugar, o mesmo líquido voltando a alimentar o soldado de branco pela abertura no braço. A troca não dava trabalho a ninguém, mas deixava aturdidos os homens que a observavam ocorrer de hora em hora e que simplesmente não conseguiam compreender o procedimento.

– Por que eles simplesmente não ligam os dois vidros diretamente, eliminando o intermediário? – indagou o capitão de artilharia, com quem Yossarian deixara de jogar xadrez. – Para que, afinal, estão precisando dele?

– Fico imaginando o que ele fez para merecer isso – comentou o subtenente que tinha malária e uma mordida de mosquito no traseiro, logo depois que a enfermeira Cramer checou o termômetro e descobriu que o soldado de branco estava morto.

– Ele foi para a guerra – aventou o piloto de caça de bigodinho dourado.

– Todos nós fomos para a guerra – contestou Dunbar.

– Era justamente o que eu estava querendo dizer – continuou o subtenente com malária. – Por que ele? Parece não haver a menor lógica no sistema de recompensas e punições. Vejam só o que aconteceu comigo. Se eu tivesse apanhado sífilis ou uma boa gonorreia pelos meus cinco minutos de paixão na praia, em vez dessa maldita mordida de mosquito, eu poderia ver alguma justiça. Mas malária? Quem pode explicar a malária como consequência de uma trepada?

O subtenente balançou a cabeça, num espanto meio obtuso.

– E eu? – interveio Yossarian. – Saí da minha barraca em Marrakesh uma noite para arrumar um pedaço de chocolate e peguei sua gonorreia, quando aquela Wac que eu nunca vira antes atraiu-me para umas moitas. Tudo o que eu realmente queria era um pedaço de chocolate, mas quem poderia rejeitar um convite daqueles?

– Tem razão, sua situação parece realmente com a minha gonorreia – admitiu o subtenente com malária. – Mesmo assim, ainda estou com a malária de outra pessoa. Eu bem que gostaria de ver tudo isso consertado, cada um ficando exatamente com aquilo que merece. Assim, eu poderia ter alguma confiança neste universo.

– Pois eu tenho os 300 mil dólares de alguma outra pessoa – comentou o impetuoso piloto de caça de bigodinho dourado. – Tenho dado sorte desde o dia em que nasci. Passei pela escola e pela faculdade na base da cola e, desde então, não tenho feito outra coisa senão levar para a cama garotas bonitas, que pensam que eu daria um bom marido. Não tenho a menor ambição. A única coisa que quero, depois da guerra, é casar com alguma garota que tenha mais dinheiro do que eu e continuar levando para a cama todas as meninas bonitas que eu conhecer. Os 300 mil dólares me foram deixados em herança antes mesmo que eu nascesse, por um avô que ganhou uma fortuna vendendo comida para porcos em escala internacional. Sei que não mereço, mas de jeito nenhum vou devolver. Só fico imaginando a quem ele realmente pertence.

– Talvez pertença a meu pai – insinuou Dunbar. – Passou a vida inteira dando o maior duro e nunca conseguiu ganhar dinheiro suficiente para sequer enviar minha irmã e a mim para a universidade. Mas como ele já morreu, você pode ficar com o dinheiro.

– Se pudermos encontrar a quem pertence a minha malária, acho que estaremos todos quites. Não é que tenha alguma coisa contra a malária. Sinto-me tão bem com malária como me sentiria com qualquer outra coisa. Apenas sinto que foi cometida uma injustiça. Por que eu deveria ficar com a malária de algum outro, enquanto você ficou com a minha gonorreia?

– Pois eu fiquei com muito mais do que a sua gonorreia – assegurou Yossarian. – Porque só tive isso, tenho que continuar a voar missões de combate, até que eles me matem.

– É, realmente a sua situação é bem pior. Onde é que está a justiça nisso tudo?

– Há duas semanas e meia eu tinha um amigo chamado Clevinger que costumava descobrir a justiça nisso tudo.

Clevinger tinha exultado, esfregando as mãos com uma risada alegre.

– É a mais elevada de todas as justiças. Não posso deixar de pensar no *Hipólito*, de Eurípides, no qual a licenciosidade inicial de Teseu é provavelmente o fator responsável pelo ascetismo do filho, que contribui para provocar a tragédia que destrói a todos. Pelo menos, esse episódio com a Wac deveria ensinar-lhe o mal que existe na imoralidade sexual.

– O que me ensinou foi o mal que existe nas barras de chocolate.

– Será que não entende que você não é de todo isento de culpa no infortúnio que está enfrentando? – continuara Clevinger, com um prazer indisfarçável. – Se você não tivesse ficado no hospital durante dez dias, com doença venérea, lá na África, talvez tivesse concluído as suas 25 missões a tempo de ser mandado para casa, antes de o coronel Nevers morrer e ser substituído pelo coronel Cathcart.

– E o que me diz de você? – retrucara Yossarian. – Nunca pegou uma gonorreia em Marrakesh e está metido na mesma encrenca que eu.

– Não sei, mas acho que devo ter feito alguma coisa de muito errada – admitira Clevinger, num tom meio zombeteiro.

– Acredita realmente nisso?

– É claro que não. – Clevinger rira. – Apenas gosto de zombar de você de vez em quando.

Havia muitos perigos contra os quais Yossarian tinha que se precaver. Havia Hitler, Mussolini e Tojo, por exemplo, todos dispostos a matá-lo. Havia o tenente Scheisskopf, com seu fanatismo por paradas, o coronel enfatuado com seu fanatismo por retaliação. Eles também queriam matá-lo. E havia Appleby, Havermeyer, Black e Korn. Isso sem falar na enfermeira Cramer e na enfermeira Duckett, que ele tinha quase certeza de que queriam vê-lo morto, além do texano e do agente do CID, sobre os quais ele não tinha a menor dúvida. E havia os garçons, pedreiros e motoristas de ônibus, todos querendo vê-lo morto. Da mesma forma que os senhorios e os inquilinos, os traidores e os patriotas, os linchadores, aproveitadores e lacaios, todos igualmente a fim de liquidá-lo. Fora esse o segredo que Snowden lhe revelara durante a missão a Avignon: estavam todos a fim de liquidá-lo. E Snowden lhe revelara todo o complô lá na traseira do avião.

Havia as glândulas linfáticas que poderiam liquidá-lo. Havia os rins, as bainhas dos nervos, os corpúsculos. E os tumores do cérebro. Havia a doença de Hodgkins, a leucemia, a esclerose amiotrófica. Havia férteis campinas vermelhas de tecido epitelial, para acolherem uma célula cancerígena. Havia as doenças da pele, as doenças dos ossos, doenças do pulmão, doenças do estômago, doenças do coração, sangue e artérias. Havia até mesmo as doenças dos pés. Eram bilhões de células do corpo, consumindo-se a cada dia e a cada noite, como animais estúpidos, em sua faina complicada de mantê-lo vivo e saudável. E cada uma era uma traidora e uma inimiga em potencial. Existiam tantas doenças que era preciso possuir uma mente doente de verdade para pensar nelas tão frequentemente como ele e Hungry Joe faziam.

Hungry Joe colecionara listas das doenças fatais e arrumara-as em ordem alfabética, a fim de poder encontrar rapidamente qualquer uma sobre a qual quisesse se preocupar. Ele ficava bastante aborrecido quando não encontrava alguma ou não descobria mais nenhuma para acrescentar à lista. Ia então correndo procurar Doc Daneeka, suando frio.

– Dê-lhe um tumor de Ewing – aconselhou Yossarian a Doc Daneeka, que fora procurá-lo em busca de auxílio para controlar Hungry Joe. – E acrescente rapidamente um melanoma. Hungry Joe gosta das doenças prolongadas, mas gosta ainda mais das fulminantes.

Doc Daneeka jamais ouvira falar de nenhuma das duas. E foi com elevado apreço profissional que indagou:

– Como é que consegue manter-se a par de tantas doenças?

– Aprendo tudo sobre elas no hospital, lendo o *Reader's Digest*.

Yossarian tinha tantas enfermidades a temer que algumas vezes sentia-se tentado a internar-se num hospital e lá passar o resto da sua vida, estendido dentro de uma tenda de oxigênio, com um batalhão de especialistas e enfermeiras a cercá-lo, 24 horas por dia, à espera de que algo saísse errado. Haveria sempre pelo menos um cirurgião de plantão, com o bisturi na mão, pronto para começar a cortar no momento em que se tornasse necessário. Havia, por exemplo, o problema dos aneurismas. De que outra maneira eles poderiam salvá-lo a tempo de um aneurisma da aorta? Yossarian sentia-se muito mais seguro dentro do hospital do que fora, muito embora detestasse o cirurgião e seu bisturi como jamais detestara qualquer outra coisa. Dentro de um hospital, bastava começar a gritar para as pessoas virem correndo, procurando ajudá-lo. Fora do hospital, certamente iriam jogá-lo dentro de uma cadeia, se começasse a gritar por causa de todas as coisas pelas quais sentia que todos deveriam estar gritando. Ou então o mandariam para um hospital. Uma das coisas sobre a qual Yossarian tinha vontade de gritar era o bisturi do cirurgião, que ele tinha quase certeza de estar à espera dele e de qualquer um que vivesse o suficiente para morrer. Muitas vezes ele perguntava se seria capaz de reconhecer o primeiro calafrio, febre, comichão, dor, arroto, espirro, letargia, problema vocal, perda de equilíbrio ou lapso mental que indicaria o começo inevitável do fim inevitável.

E ele estava também com medo de que Doc Daneeka continuasse recusando-se a ajudá-lo, quando foi procurá-lo, depois de saltar pela janela do gabinete do major Major. E estava absolutamente certo em seu temor.

– Você acha que tem motivo para ter medo? – indagou Doc Daneeka, erguendo a imaculada cabeça morena do peito para fitar Yossarian, furioso e com os olhos lacrimejando. – E eu? Minha preciosa habilidade médica está se enferrujando nesta ilha nojenta, enquanto outros médicos estão ganhando o que querem. Acha que gosto de ficar sentado aqui dia após dia, recusando-me a ajudá-lo? Eu não me importaria tanto de recusar-me a ajudá-lo em algum outro lugar, como os Estados Unidos ou até mesmo Roma. Mas tenha certeza de que dizer-lhe não aqui não é nada fácil para mim.

– Então pare de dizer não. Dê-me baixa.

– Não posso fazer isso – murmurou Doc Daneeka. – Quantas vezes ainda terei que lhe dizer tal coisa?

– Pode, sim. O major Major disse-me que é o único homem do esquadrão que pode dar-me baixa.

Doc Daneeka ficou perplexo.

– O major Major disse-lhe isso? Quando?

– Quando eu o derrubei dentro do fosso.

– O major Major disse-lhe isso? De dentro de um fosso?

– Ele me disse isso no gabinete dele, depois que saímos do fosso e pulamos pela janela. Ele disse para não dizer a ninguém que me disse. Por isso, não vá espalhar.

– Mas que mentiroso imundo e intrigante! – berrou Doc Daneeka. – Ele não deveria dizer isso a ninguém. Ele lhe contou como é que eu posso fazer?

– Apenas preenchendo um pedaço de papel, dizendo que estou à beira de um colapso nervoso e mandando para o comando. O Dr. Stubbs está sempre fazendo isso para os homens do esquadrão dele. Por que não pode fazer o mesmo?

– E o que acontece com os homens depois que o Dr. Stubbs lhes dá baixa? – disse Doc Daneeka, em tom desdenhoso. – Eles logo voltam a ser considerados aptos para o combate, não é mesmo? É claro que posso dar-lhe baixa, escrevendo num pedaço de papel que você está incapacitado para voar. Mas há um ardil.

– O Ardil-22?

– Exatamente. Se eu lhe der baixa, o comando tem que aprovar o meu ato. Só que jamais irá fazê-lo. Eles logo irão considerá-lo novamente apto para o combate. E o que me acontecerá então? A esta altura, provavelmente estarei a caminho do Oceano Pacífico. Não, obrigado. Prefiro não correr nenhum risco.

– Mas não vale a pena a tentativa? – argumentou Yossarian. – Por que gosta tanto de Pianosa?

– Pianosa é horrível, mas ainda é muito melhor do que o Oceano Pacífico. Eu não me importaria de ser transferido para algum lugar civilizado, onde eu pudesse ganhar uns poucos dólares, fazendo um abortinho de vez em quando. Mas tudo o que existe no Oceano Pacífico são as selvas e as monções. Prefiro ficar apodrecendo aqui.

– E também me deixar apodrecendo aqui.

Doc Deneeka explodiu.

– E daí? Pelo menos, vou sair desta guerra vivo, o que é muito mais do que você pode dizer.

– Mas que diabo! Era exatamente isso o que eu lhe estava dizendo! Estou pedindo simplesmente para salvar minha vida!

– Meu negócio não é salvar vidas – assegurou Doc Daneeka, mal-humorado.

– Mas qual é então o seu negócio?

– Não tenho a menor ideia. Tudo o que eles me disseram foi para ater-me à ética da profissão e jamais prestar depoimento contra qualquer outro médico. Mas você está por acaso pensando que é o único aqui cuja vida corre perigo? E eu? Aqueles dois charlatães que trabalham para mim, no serviço médico, ainda não conseguiram descobrir o que há de errado comigo.

– Talvez seja o tumor de Ewing – murmurou Yossarian, sarcástico.

– Acha mesmo? – exclamou Doc Daneeka, assustado.

– Ora, não sei – respondeu Yossarian, impaciente. – A única coisa que eu sei é que não irei voar mais nenhuma missão. Eles não me fuzilariam, não é? Afinal, já voei 51 missões.

– Por que pelo menos não completa as 55 missões antes de tomar uma decisão? – aconselhou Doc Daneeka. – Com esse seu comportamento, você nunca chega a concluir um turno de missões.

– E como é que eu posso? O coronel sempre aumenta o número de missões quando estou chegando perto!

– Você nunca conclui um turno de missões porque está sempre correndo para o hospital ou indo para Roma. Você estaria numa posição muito melhor se realizasse as 55 missões, antes de se recusar a voar outra vez. Talvez então eu possa fazer alguma coisa.

– Promete?

– Prometo.

– O que você promete?

– Prometo que talvez eu vá pensar em fazer alguma coisa para ajudá-lo, se você concluir as suas 55 missões e pedir a McWatt para incluir o meu nome entre os tripulantes, a fim de que eu possa ganhar a gratificação por voo sem ter que entrar num avião. Tenho medo de avião. Você leu sobre aquele desastre de avião em Idaho, há três semanas? Morreram seis pessoas. Foi terrível. Não sei por que eles exigem que eu voe quatro horas todos os meses, a fim de poder receber a gratificação por voo. Será que já não tenho bastantes coisas com que me preocupar, para ter ainda que me preocupar em morrer num desastre de avião?

– Também me preocupo com desastres de avião – garantiu-lhe Yossarian. – Pode ter certeza de que não é o único que se preocupa com isso.

– Eu sei. Mas estou também bastante preocupado com aquele tumor de Ewing – gabou-se Doc Daneeka. – Será que é por isso que meu nariz está sempre entupido e que eu sinto tanto calafrio? Veja meu pulso.

Yossarian preocupava-se também com o tumor de Ewing e com melanomas. As catástrofes estavam à espreita por toda parte, numerosas demais para se contar. Ao pensar nas muitas doenças e nos acidentes potenciais que o ameaçavam, ficava positivamente surpreso por ter conseguido sobreviver tanto tempo. Era um milagre. Cada dia que ele enfrentava constituía outra perigosa missão contra a morte. E havia 28 anos que ele vinha sobrevivendo.

18
O soldado que via tudo duas vezes

Yossarian devia a sua boa saúde aos exercícios, ao ar fresco, ao trabalho de equipe e à prática de esportes. E foi justamente para se afastar de tudo isso que ele descobriu o hospital pela primeira vez. Uma tarde, quando o oficial de educação física do Campo Lowery ordenou que todos caíssem no chão para uma sessão de calistenia, Yossarian, então soldado raso, preferiu apresentar-se na enfermaria, dizendo que sentia uma dor intensa no lado direito.

– Suma – disse o médico de plantão, sem tirar os olhos do problema de palavras cruzadas que estava decifrando.

– Não podemos mandá-lo embora – disse um cabo. – Há uma nova norma sobre as queixas abdominais. Temos que mantê-lo sob observação durante cinco dias, porque muitos homens andaram morrendo disso, depois que nós os mandamos embora.

– Está bem – resmungou o médico. – Mantenha-o sob observação durante cinco dias e depois mande-o embora.

Eles tiraram as roupas de Yossarian e puseram-no numa enfermaria, onde ele se sentia feliz quando não havia ninguém por perto a roncar. Pela manhã sempre aparecia um prestimoso interno inglês, perguntando-lhe a respeito do seu fígado.

– Acho que é o meu apêndice que está me incomodando – disse Yossarian.

– Seu apêndice realmente não está nada bom – declarou o inglês, com uma autoridade inconteste. – Se seu apêndice estiver realmente ruim, poderemos tirá-lo e mandar você de volta ao serviço ativo rapidamente. Mas se você aparecer com dores no fígado, poderá enganar-nos durante semanas. O fígado é um órgão grande e terrivelmente misterioso para nós. Se alguma vez você já comeu fígado, deve então compreender o que estou querendo dizer. Hoje já temos bastante certeza de que o fígado existe e temos uma boa ideia do que ele faz, sempre que está fazendo o que se supõe que faça. Afora isso, estamos realmente no escuro. Afinal de contas, o que é um fígado? Meu pai, por exemplo, morreu de câncer no fígado e nunca esteve doente durante um só dia de sua vida, até o momento em que a doença o matou. Nunca sentiu a menor dor. De certa forma, isso era terrível, já que eu odiava meu pai. Desejo por minha mãe, entende?

– O que um oficial médico inglês está fazendo de serviço aqui? – perguntou-lhe Yossarian.

O inglês desatou a rir.

– Amanhã de manhã lhe conto tudo, quando voltar a visitá-lo. E jogue fora esse saco de gelo antes que você morra de pneumonia.

Yossarian nunca mais tornou a vê-lo. Era uma das boas coisas que acontecia com todos os médicos do hospital: ele jamais via qualquer um deles pela segunda vez. Eles vinham e iam e simplesmente desapareciam. No dia seguinte, no lugar do interno inglês apareceu um grupo de médicos que ele nunca vira antes, querendo saber como ia o seu apêndice.

– Não há nada de errado com o meu apêndice – declarou solenemente Yossarian. – O médico que apareceu ontem disse que o meu problema era no fígado.

– Talvez ele tenha mesmo alguma coisa no fígado – disse o oficial médico de cabelos brancos, que estava no comando do grupo. – Qual é a contagem de sangue dele?

– Ele ainda não fez nenhuma contagem de sangue.

– Pois mande fazer imediatamente. Não podemos correr qualquer risco com um paciente nesse estado. Temos que nos precaver para o caso de ele morrer. – Fez uma anotação em sua papeleta e acrescentou para Yossarian: – Enquanto isso, mantenha essa bolsa de gelo no lugar. É muito importante.

– Não tenho nenhuma bolsa de gelo.

– Pois então arrume uma. Deve haver alguma bolsa de gelo por aqui, em algum lugar. E informe imediatamente a alguém, se a dor se tornar insuportável.

Ao fim de dez dias, um novo grupo de médicos foi procurar Yossarian e deu-lhe a péssima notícia: ele gozava de perfeita saúde e tinha que sair dali. Ele foi salvo em cima da hora por um paciente do outro lado da enfermaria, que começou a ver tudo duas vezes. Subitamente, o paciente sentou-se na cama e gritou:

– Estou vendo tudo duas vezes!

Uma enfermeira gritou e uma servente desmaiou. Os médicos vieram correndo de todas as direções, com seringas, luzes, tubos, martelos de borracha e facas de metal afiadas. Trouxeram instrumentos complicados em carrinhos. Não havia espaço suficiente em torno do paciente para todos se movimentarem e os especialistas entraram em fila, irritados e nervosos, gritando com os colegas que estavam na frente para se apressarem e darem uma oportunidade aos outros. Um coronel de testa grande e óculos de aros de osso logo chegou a um diagnóstico.

– É meningite – declarou ele enfaticamente, sacudindo as mãos para os outros recuarem. – Embora só Deus saiba que não há a menor razão para pensar assim.

– Então por que escolher logo meningite? – perguntou um major, soltando uma risadinha. – Por que não, por exemplo, nefrite aguda?

– Porque eu sou um especialista em meningite e não em nefrite aguda – respondeu o coronel. – E não vou dar a menor chance a nenhum de vocês, especialistas em fígado. Afinal de contas, cheguei aqui primeiro.

Por fim, todos os médicos chegaram a um acordo. Concordaram que não tinham a menor ideia do que podia estar errado com o soldado que via tudo duas vezes. Levaram-no então para um quarto isolado no corredor e mantiveram todos os demais pacientes da enfermaria isolados por 14 dias.

O dia de Ação de Graças chegou e passou sem qualquer tumulto, enquanto Yossarian continuava no hospital. A única coisa ruim foi o peru do jantar, mas mesmo isso até que foi bom. Foi o dia de Ação de Graças mais racional que Yossarian já passara. E ele fez um juramento solene de passar todos os futuros dias de Ação de Graças no refúgio seguro de um hospital. Ele quebrou o seu juramento no ano seguinte, quando passou o feriado num quarto de hotel, travando uma conversa intelectual com a esposa do tenente Scheisskopf, que vestira o uniforme de Dori Duz para a ocasião. Ela ficara censurando Yossarian energicamente pelo fato de ele se mostrar cínico e insensível com relação ao dia de Ação de Graças, muito embora ela também não acreditasse em Deus.

– Provavelmente, sou tão boa ateia quanto você – gabou-se ela. – Mas, mesmo assim, acho que todos nós temos muita coisa por que agradecermos e que não nos deveríamos envergonhar de fazê-lo.

– Diga uma só coisa pela qual eu deva ser agradecido – desafiou-a Yossarian, sem demonstrar o menor interesse na conversa.

– Bem... – A esposa do tenente Scheisskopf fez uma pausa, rebuscando o cérebro, até que respondeu, meio em dúvida: – Eu.

– Ora, essa não!

Ela franziu as sobrancelhas, surpresa.

– Não se sente grato por mim? – Estava zangada, o orgulho ferido. E foi com frieza e um ar de dignidade que acrescentou para Yossarian: – Você sabe perfeitamente que não preciso trepar com você. Meu marido tem um esquadrão inteiro de cadetes da Aeronáutica que ficariam na maior alegria de treparem comigo só pela emoção de saberem que estão deitando com a esposa do seu comandante.

Yossarian decidiu mudar de assunto.

– Você já está mudando de assunto – disse ele, diplomaticamente. – Aposto que posso dizer duas coisas pelas quais tenho que me sentir arrasado, por cada uma que você descobrir que seja motivo para eu me sentir agradecido.

– Seja grato por ter a mim – insistiu ela.

– E eu sou, querida. Mas também me sinto muito mal por não poder ter Dori Duz outra vez. Ou pelos milhares de mulheres e garotas que conhecerei ao longo da minha curta vida e que não poderei levar para a cama uma só vez.

– Seja grato por gozar de saúde.

– Fique amargurado por saber que não irá ficar assim muito tempo.

– Fique contente até mesmo por saber que está vivo.

– Fique furioso só de pensar que vai morrer.

– As coisas podiam ser muito piores – gritou ela.

– E poderiam também ser muito melhores – respondeu Yossarian, mais veemente ainda.

– Você só está dizendo uma coisa – protestou ela. – Afirmou que poderia dizer duas para cada uma que eu falasse.

– E não me diga que Deus trabalha por caminhos misteriosos – continuou Yossarian, passando por cima das objeções dela. – Não há nada de misterioso. Ele simplesmente não está trabalhando. Está é brincando. Ou então Ele se esqueceu completamente de nós. Esse é o tipo de Deus sobre o qual vocês costumam falar: um caipira, desajeitado, confuso, trapalhão, presunçoso e esquisito. Bom Deus, como é que se pode ter reverência por um Ser Supremo que acha necessário incluir em Seu sistema divino de criação fenômenos como o catarro e a cárie dentária? O que passou pela Sua mente deformada, diabólica e escatológica, quando roubou aos velhos a capacidade de controlarem os movimentos de suas entranhas? Por que razão Ele tinha que criar a dor?

– A dor – disse a esposa do tenente Scheisskopf, vitoriosamente, agarrando a oportunidade com unhas e dentes. – A dor é um sintoma da maior utilidade. A dor constitui um aviso dos perigos para o corpo.

– E quem criou esses perigos? – perguntou Yossarian, com uma risadinha cáustica. – Oh, Ele estava realmente sendo caridoso conosco quando nos deu a dor! Por que, em vez disso, Ele não poderia ter usado uma campainha de porta para nos avisar? Ou então um dos seus coros celestiais? Ou até mesmo um sistema de tubos de luz néon, vermelha e azul, embutidos no meio da testa de cada pessoa. Qualquer fabricante de vitrolas automáticas poderia fabricar um negócio desses com a maior facilidade. Por que, então, Ele não pôde fazê-lo?

– As pessoas certamente pareceriam tolas andando com tubos de luz néon embutidos na testa.

– E por acaso elas se parecem bonitas agora, contorcendo-se em agonia ou embrutecidas por uma dose de morfina? Mas que trapalhão colossal e imortal! E quando a gente pensa na oportunidade e no poder que Ele tinha de fazer um trabalho e tanto, fica-se ainda mais impressionado com toda essa confusão estúpida e horrível que Ele criou. A incompetência d'Ele é impressionante. É evidente que Ele nunca teve que se preocupar com uma folha de pagamento. Nenhum homem de negócios que se preze jamais iria contratá-Lo sequer para encarregado da expedição!

A esposa do tenente Scheisskopf ficara pálida de incredulidade e fitava-o, alarmada. Em tom de censura, a voz baixa e hostil, alertou-o:

– É melhor você não falar assim a respeito d'Ele, querido. Ele pode castigá-lo.

– E será que Ele já não me castigou o bastante? – escarneceu Yossarian, ressentido. – O que não podemos é deixá-Lo escapar impune. De jeito nenhum podemos deixá-Lo escapar impune depois de todos os males que Ele nos causou. Mas algum dia eu ainda vou fazê-Lo pagar tudo. E já sei quando vai ser. Será no Dia do Juízo Final. Isso mesmo. Neste dia eu poderei chegar perto o bastante do caipira idiota para poder agarrá-Lo pelo pescoço e...

– Pare com isso! Pare com isso! – berrou subitamente a esposa do tenente Scheisskopf, começando a bater inutilmente na cabeça de Yossarian com os punhos cerrados. – Pare com isso!

Yossarian refugiou-se atrás do seu braço enquanto ela continuava a bater por mais alguns segundos, em sua fúria feminina. Depois, agarrou-a pelos punhos e gentilmente obrigou-a a estender-se de costas na cama.

– Mas por que, afinal, ficou tão zangada? – perguntou ele, um pouco desconcertado e ao mesmo tempo divertido. – Pensei que você não acreditasse em Deus.

– E não acredito – soluçou ela, prorrompendo em lágrimas. – Mas o Deus em que não acredito é um Deus bom, um Deus justo, um Deus misterioso. Ele não é o Deus mesquinho e estúpido como você diz.

Yossarian riu e largou-lhe os braços, propondo então solicitamente:

– Vamos promover um pouco de liberdade religiosa entre nós dois. Você não acredita no Deus que você quiser e eu não acredito no Deus que eu quiser. Certo?

Foi o dia de Ação de Graças mais ilógico que Yossarian já se lembrara de haver passado. Seus pensamentos retornaram ansiosamente à tranquilidade do seu isolamento de 14 dias no hospital, no ano anterior. Mas até mesmo aqueles dias idílicos haviam terminado com uma nota trágica: ele continuava a gozar de boa saúde quando o período de quarentena foi encerrado e disseram-lhe novamente que ele tinha de sair e ir para a guerra. Yossarian sentou-se na cama ao ouvir a má notícia e berrou:

– Eu vejo tudo duas vezes!

O pandemônio novamente se instalou na enfermaria. Os especialistas vieram correndo de todas as direções e envolveram-no num círculo inquisitivo tão apertado que ele podia sentir o bafo úmido soprando dos vários narizes, desagradavelmente, sobre as várias partes do seu corpo. Eles bisbilhotaram os seus olhos e ouvidos com pequenos feixes de luz, atacaram suas pernas e pés com martelos de borracha e forquilhas vibradoras, arrancaram sangue de suas veias, seguraram uma porção de coisas para ele ver, na periferia do seu campo de visão.

O chefe da equipe de médicos era um cavalheiro distinto e solícito, que ergueu um dedo diretamente em frente aos olhos de Yossarian e perguntou:

– Quantos dedos você vê?

– Dois.

– E quantos dedos você vê agora? – indagou o médico, levantando dois dedos.

– Dois.

O rosto do médico se iluminou num sorriso e ele declarou exultante:

– E quantos agora? – perguntou novamente o médico, sem levantar nenhum dedo:

– Dois.

– Por Deus, ele está certo! Vê tudo duas vezes!

Levaram Yossarian numa maca para o quarto em que já estava o soldado que via tudo duas vezes e puseram todos os demais pacientes da enfermaria num isolamento de 14 dias.

– Eu vejo tudo duas vezes! – gritou o soldado que via tudo duas vezes, quando entraram com Yossarian no quarto.

– Eu vejo tudo duas vezes – gritou também Yossarian, piscando-lhe o olho secretamente.

– As paredes! As paredes! – gritou o outro soldado. – Façam as paredes recuarem.

– As paredes! As paredes! – gritou Yossarian. – Façam as paredes recuarem!

Um dos médicos fingiu empurrar as paredes para trás.

– Já é o suficiente?

O soldado que via tudo duas vezes concordou, com um ar de cansaço, e afundou na cama. Yossarian concordou também, olhando para o seu talentoso companheiro de quarto com grande humildade e admiração. Sabia que estava na presença de um mestre. Evidentemente, o seu talentoso companheiro de quarto era uma pessoa a ser estudada e imitada. Durante a noite, o seu talentoso companheiro de quarto morreu e Yossarian decidiu que já o imitara o suficiente.

– Eu vejo tudo uma vez! – gritou ele rapidamente.

Um novo grupo de especialistas veio correndo para a sua cama, com muitos instrumentos, para descobrir se era verdade.

– Quantos dedos você está vendo? – perguntou o chefe da nova equipe, erguendo um dedo na frente de Yossarian.

– Um.

O médico levantou dois dedos.

– E quantos dedos você vê agora?

– Um.

O médico levantou seus dez dedos.

– E quantos dedos você vê agora?

– Um.

O médico virou-se para os outros, atônito, e exclamou:

– Ele vê tudo uma vez! Nós conseguimos que ele melhorasse!

– E foi bem a tempo – anunciou o médico com quem Yossarian se viu sozinho a seguir, um homem alto e magro, com a barba por fazer, um maço de cigarros no bolso da jaqueta, do qual ele tirava e acendia um cigarro depois do outro, despreocupadamente, encostado na parede. – Há alguns parentes aqui que desejam vê-lo. Mas não se preocupe. – Fez uma pausa, soltou uma risada e acrescentou: – Não são parentes seus. São a mãe, o pai e um irmão daquele rapaz que morreu. Viajaram desde Nova York para verem um soldado agonizante e você é o que de mais próximo temos à mão.

– Mas o que está querendo dizer com isso? – perguntou Yossarian, desconfiado. – Eu não estou morrendo.

– É claro que você está morrendo. Todos nós estamos morrendo. O que mais pensa que lhe poderá acontecer?

– Eles não vieram para me ver – objetou Yossarian. – Vieram ver o filho.

– Mas terão que se contentar com o que for possível. No que nos diz respeito, um soldado agonizante é tão bom quanto outro qualquer, ou tão ruim. Para um cientista, todos os soldados agonizantes são iguais. Tenho uma proposta a fazer-lhe. Você os deixa entrar e espiarem-no por alguns minutos e eu não direi a ninguém que você andou mentindo sobre os seus sintomas no fígado.

Yossarian retraiu-se, preocupado.

– O senhor sabe disso?

– Claro que sei. Dê-nos algum crédito, afinal. – O médico soltou uma risadinha e acendeu outro cigarro. – Como pode esperar que alguém acredite que esteja sentindo dores no fígado se fica apertando os seios das enfermeiras em toda oportunidade que surge? Você terá que renunciar ao sexo, se quiser convencer as pessoas de que está realmente com o fígado doente.

– É um preço terrível a se pagar só para se manter vivo. Por que não me denunciou, se sabia que eu estava mentindo?

– Mas por que diabo eu deveria fazê-lo? – perguntou o médico, realmente surpreso. – Todos nós estamos metidos no mesmo negócio de ilusão. Estou sempre disposto a estender a mão a um companheiro de conspiração na estrada da sobrevivência, se ele está disposto também a ajudar-me. Essas pessoas que aqui estão fizeram uma longa viagem e eu não gostaria de desapontá-las. Sou muito sentimental com os velhos.

– Mas vieram ver o filho!

– Só que chegaram tarde demais. E talvez nem percebam a diferença.

– E se elas começarem a chorar?

– Provavelmente será exatamente isso o que acontecerá. É uma das razões pelas quais vieram até aqui. Ficarei escutando tudo do lado de fora e entrarei aqui no momento em que a situação chegar a um ponto insuportável.

– Essa história está me parecendo meio tola – disse Yossarian. – Afinal, por que estão querendo ver o filho morrendo?

– Foi uma das coisas que nunca consegui compreender, mas é o que sempre acontece. E então, o que me diz? Tudo o que você precisa fazer é ficar deitado aí uns poucos minutos e morrer um pouco. Será que isso é pedir demais?

– Está certo, se é por alguns minutos e o senhor promete ficar esperando do lado de fora.

Yossarian começou logo a assumir o seu papel, acrescentando:

– Ei, por que não me enrola em ataduras?

– Parece uma excelente ideia – aplaudiu o médico.

Enrolaram uma porção de ataduras em torno do corpo de Yossarian. Uma equipe de serventes vedou as duas janelas, mergulhando o quarto em sombras opressivas. Yossarian sugeriu flores e o médico ordenou a um dos serventes que providenciasse. Ele trouxe dois pequenos ramalhetes de flores desbotadas, com um cheiro enjoativo. Quando tudo estava pronto, fizeram Yossarian voltar para a cama e deitar-se. Depois, então, deixaram entrar os visitantes.

E os visitantes entraram indecisos, como se sentissem que eram intrusos, na ponta dos pés, com expressões humildes de quem pedia desculpas. Primeiro, foi a mãe aflita, depois o pai e finalmente o irmão, um marinheiro corpulento, de peito amplo. O pai e a mãe ficaram parados um ao lado do outro, muito tensos, como se fossem um retrato antigo pendurado na parede, mostrando uma cena familiar de aniversário, um tanto esotérica. Eram baixos, ressequidos e orgulhosos. Pareciam feitos de ferro, em suas roupas velhas e escuras. A mulher tinha um rosto oval, comprido e triste, castanho-amarelado, os cabelos grisalhos repartidos austeramente no meio da cabeça e presos atrás, no pescoço, sem qualquer onda ou ornamento. A boca era triste e soturna, os lábios estavam comprimidos. O pai estava tenso por baixo do paletó jaquetão, acolchoado nos ombros, apertado demais para ele. Era largo e musculoso, em pequena escala, com um magnífico cabelo encaracolado e prateado no rosto encarquilhado. Os olhos eram profundos e cheios de remela. Ele parecia estar inteiramente constrangido ali, segurando a aba do chapéu preto com as duas mãos vigorosas de operário. A pobreza e o trabalho árduo haviam infligido danos terríveis e iníquos a ambos. O irmão dava a impressão de estar ansioso por uma briga. O quepe branco e redondo estava insolentemente inclinado na cabeça, os punhos estavam cerrados e ele corria os olhos pelo quarto, com uma expressão de truculência.

Os três foram se arrastando para a frente timidamente, como um grupo furtivo num enterro, bem próximos um do outro. Foram se adiantando passo a passo, sempre emparelhados, até chegarem ao lado da cama de Yossarian. Houve então um silêncio horrível e angustiante, que ameaçou prolongar-se para sempre. Finalmente, Yossarian não conseguiu mais suportá-lo e tossiu ligeiramente. O velho decidiu então falar:

– Ele está com um aspecto horrível.

– Ele está doente, pai.

– Giuseppe... – murmurou a mãe, que se sentara numa cadeira ao lado da cama, os dedos com as veias inchadas a agarrarem a lapela do seu casaco.

– Meu nome é Yossarian – disse Yossarian.

– O nome dele é Yossarian, mãe. Yossarian, você está me reconhecendo? Sou o seu irmão John. Você sabe quem eu sou?

– Claro que sei. Você é o meu irmão John.

– Ele me reconheceu! Pai, ele sabe quem eu sou! Yossarian, esse é o pai. Fale com o pai, Yossarian.

– Olá, pai.

– Olá, Giuseppe.

– O nome dele é Yossarian, pai.

– Não consigo suportar o aspecto horrível dele – comentou o pai.

– Ele está muito doente, pai. O médico disse que ele vai morrer.

– Eu não sabia se devia ou não acreditar no médico. Você sabe perfeitamente como todos eles são uns patifes.

– Giuseppe... – disse a mãe novamente, num murmúrio suave e angustiado.

– O nome dele é Yossarian, mãe. Ela já não se lembra mais das coisas muito bem, Yossarian. Como é que o estão tratando aqui, garoto? Estão tratando bem de você?

– Muito bem – assegurou-lhe Yossarian.

– Isso é ótimo. Mas não deixe ninguém aqui maltratá-lo. Você é tão bom quanto qualquer outro, apesar de ser italiano. E também tem direitos.

Yossarian estremeceu e fechou os olhos, para não ter que ficar olhando para o seu irmão John. Já estava começando a passar mal.

– Olhem só como ele parece ter piorado agora! – observou o pai.

– Giuseppe... – murmurou a mãe novamente.

– Mãe, o nome dele é Yossarian – corrigiu-a o irmão John, impaciente. – Será que não consegue se lembrar disso?

– Não há problema – censurou-o Yossarian. – Ela pode me chamar de Giuseppe, se assim preferir.

– Giuseppe... – murmurou a mãe mais uma vez.

– Não se preocupe, Yossarian – disse o irmão. – Tudo vai terminar bem.

– Não se preocupe, mãe – disse Yossarian. – Tudo vai terminar bem.

– Você tem um padre? – perguntou o irmão.

– Tenho – mentiu Yossarian, estremecendo novamente.

– Isso é ótimo. Tudo estará bem enquanto você estiver recebendo tudo a que tem direito. Fizemos uma longa viagem desde Nova York e estávamos com receio de não chegarmos aqui a tempo.

– A tempo para quê?

– A tempo de vê-lo antes de você morrer.

– E que diferença isso faria?

– Não queríamos que você morresse sozinho.

– E que diferença isso faria?

– Ele deve estar começando a delirar – comentou o irmão John. – Fica dizendo sempre a mesma coisa.

– O que é realmente muito engraçado – disse o pai. – Durante todo o tempo eu pensava que o nome dele era Giuseppe e agora descubro que se chama Yossarian. É realmente muito esquisito.

– Mãe, faça-o sentir-se melhor – insistiu o irmão John. – Diga alguma coisa para animá-lo.

– Giuseppe...

– Não é Giuseppe, mãe. É Yossarian.

– E que diferença isso faz? – disse a mãe, no mesmo tom angustiado, sem levantar os olhos. – Ele está morrendo.

Os olhos inchados encheram-se de lágrimas e ela começou a chorar, balançando-se para a frente e para trás na cadeira, as mãos no colo, como mariposas adormecidas. Yossarian ficou com medo de que ela começasse a gemer. O pai e o irmão puseram-se também a chorar. Yossarian recordou-se subitamente do motivo pelo qual estavam todos chorando e começou também a chorar. Um médico que Yossarian nunca vira antes entrou no quarto e disse aos visitantes, delicadamente, que estava na hora de eles saírem. O pai empertigou-se formalmente para a despedida:

– Giuseppe...

– É Yossarian, pai – corrigiu o irmão John.

– Yossarian...

– É Giuseppe, pai – corrigiu-o Yossarian.

– Logo você vai morrer...

Yossarian recomeçou a chorar. O médico lançou-lhe um olhar de reprovação do fundo do quarto e Yossarian parou prontamente de chorar. O pai continuou, solenemente, de cabeça baixa:

– Quando você falar com o homem lá de cima, quero que diga a Ele uma coisa por mim. Diga-Lhe que não é direito as pessoas morrerem quando ainda são jovens. E falo sério. Diga-Lhe que se as pessoas têm mesmo que morrer, só devem morrer quando já estão velhas. Quero que você diga tudo isso a Ele. Acho que ele não sabe que não está certo, porque Ele deve ser bom e vem fazendo isso há muito tempo. Está bem?

– E não deixe ninguém lá em cima maltratá-lo – aconselhou o irmão John. – Você é tão bom quanto qualquer outro que esteja no paraíso, embora seja italiano.

– E não se esqueça de se agasalhar – disse a mãe, que parecia saber das coisas.

19
Coronel Cathcart

O coronel Cathcart era um homem de 36 anos, astucioso, bem-sucedido, desalinhado e infeliz, que fazia um barulho surdo ao caminhar e queria porque queria tornar-se general. Era arrojado e desanimado, equilibrado e deprimido. Era complacente e inseguro, impetuoso nos estratagemas administrativos a que recorria para atrair a atenção dos seus superiores e covarde em sua preocupação com o possível fracasso dos seus esquemas. Ele era bonito e pouco atraente, um homem fanfarrão, corpulento e presunçoso, que estava começando a engordar e era atormentado cronicamente por prolongadas crises de apreensão. O coronel Cathcart era presunçoso porque já era coronel, com um comando de combate, tendo apenas 36 anos de idade. E era também um deprimido, porque já estava com 36 anos e era ainda apenas um coronel.

O coronel Cathcart era impermeável aos absolutos. Conseguia apenas medir o seu progresso em comparação com o dos outros. A sua ideia de mérito era fazer algo pelo menos tão bem quanto os outros homens de sua idade, que estavam fazendo as mesmas coisas ainda melhor. O fato de haver milhares de homens da sua idade e mais velhos que ainda não tinham sequer alcançado o posto de major imbuía-o de extrema alegria, vaidoso do seu próprio valor. Por outro lado, o fato de haver homens da sua idade e mais moços que já eram generais contaminava-o com uma sensação angustiante de fracasso e levava-o a roer as unhas numa ansiedade incontrolável, ainda mais intensa do que a de Hungry Joe.

O coronel Cathcart era um homem grande, de ombros largos, sempre aborrecido, com os cabelos pretos encaracolados cortados rente, já começando a ficar grisalhos nas têmporas. Usava sempre uma piteira, que comprara no dia anterior à sua chegada a Pianosa, para assumir o comando do grupo. Ele exibia a piteira de modo imponente, em todas as ocasiões, tendo aprendido a manipulá-la com maestria. Inconscientemente, ele descobrira no fundo de si mesmo uma aptidão extraordinária para fumar com piteira. Pelo que ele sabia, a sua piteira era a única que existia em todo o teatro de operações do Mediterrâneo. Ele achava isso ao mesmo tempo lisonjeiro e inquietante. Não tinha a menor dúvida de que um homem bem-educado e intelectual como o general Peckem aprovava o fato de ele fumar com piteira, muito embora os dois só se encontrassem raramente. O que era uma sorte, como o próprio coronel Cathcart admitia, com alívio, já que talvez o general Peckem absolutamente não aprovasse sua piteira. Quando se sentia invadido por tais dúvidas, o coronel Cathcart continha um soluço e sentia vontade de jogar a maldita piteira para longe. Mas não o fazia, sempre imbuído da sua inabalável convicção de que a piteira contribuía decisivamente para melhorar-lhe a aparência viril e marcial, acrescentando-lhe um brilho de heroísmo sofisticado, que o fazia sobressair entre todos os demais coronéis do Exército americano, com os quais estava em competição. No entanto, será que isso era mesmo certo?

O coronel Cathcart era infatigável, um tático militar ativo, dedicado e estudioso, que trabalhava dia e noite a serviço de si mesmo. Ele era o seu próprio sarcófago, um diplomata arrojado e infalível que vivia a se censurar irritadamente por todas as oportunidades que perdera e a se castigar pesarosamente por todos os erros que cometera. Era nervoso, irascível, amargo e enfatuado. Era um valoroso oportunista que se arremessava vorazmente a cada oportunidade que o coronel Korn descobria para ele e tremia imediatamente em desespero, ao pensar nas consequências que poderia sofrer. Colecionava rumores avidamente e entesourava as intrigas. Acreditava em todas as notícias que lhe contavam e não tinha fé em nenhuma. Vivia em alerta constante, sensível a qualquer relação ou situação que não existia. Era alguém que sabia das coisas e estava sempre procurando pateticamente descobrir o que andava acontecendo. Era um homem arrogante e intrépido, que vivia a remoer as impressões negativas e irremediáveis que sabia estar causando às pessoas nos altos escalões, as quais mal se davam conta de sua existência.

Todos viviam a persegui-lo. O coronel Cathcart se arrastava por um mundo instável e aritmético, em que se mediam passo a passo os insucessos e os sucessos, de triunfos magníficos imaginários e de derrotas catastróficas imaginárias. Ele oscilava de hora em hora entre a angústia e o júbilo, multiplicando fantasticamente a magnitude das suas vitórias e exagerando tragicamente a seriedade das suas derrotas. Ninguém jamais o apanhava desprevenido. Se lhe chegava a notícia de que o general Dreedle ou o general Peckem haviam sido vistos sorrindo, de rosto franzido ou sem nenhuma expressão definida, ele não descansava enquanto não encontrava uma explicação plausível e remoía a conclusão interminavelmente, até que o coronel Korn persuadia-o a relaxar e a aceitar as coisas mais tranquilamente.

O tenente-coronel Korn era um aliado leal e indispensável, que deixava o coronel Cathcart extremamente nervoso. O coronel Cathcart afirmava uma gratidão eterna ao coronel Korn pelas astutas iniciativas que ele imaginara e depois ficava furioso com ele, ao perceber que talvez não dessem certo. O coronel Cathcart sentia-se imensamente em dívida com o coronel Korn e não gostava dele nem um pouco. Os dois eram muito íntimos. O coronel Cathcart sentia ciúmes da inteligência do coronel Korn e frequentemente tinha que recordar a si mesmo que o coronel Korn ainda era um tenente-coronel, apesar de ser dez anos mais velho, e que se formara numa universidade estadual. O coronel Cathcart deplorava amargamente o destino adverso que lhe dera como valioso assistente alguém tão comum como o coronel Korn. Era humilhante ter que depender tão intensamente de alguém que se formara numa universidade estadual. Se alguém tinha que se lhe tornar indispensável, lamentava o coronel Cathcart, que fosse então alguém rico e bem-educado, de uma família melhor, que não encarasse o desejo dele de ser promovido a general com a mesma frivolidade com que, segundo ele secretamente suspeitava, o coronel Korn secretamente encarava.

O coronel Cathcart queria tão desesperadamente tornar-se general que estava disposto a qualquer sacrifício para alcançar seu objetivo. Até mesmo aderir à religião. Assim, uma bela manhã, na semana seguinte em que elevara novamente o número de missões de combate para 60, convocou o capelão a seu gabinete, apontando abruptamente para o exemplar do *Saturday Evening Post* que estava em cima de sua mesa. O coronel usava uma blusa cáqui, o colarinho aberto, mostrando um tufo de cabelos pretos na base do pescoço muito branco. Ele nunca ficava bronzeado, pois mantinha-se longe do sol o máximo possível, para evitar queimaduras. O coronel era uma cabeça mais alto que o capelão e quase duas vezes mais largo. A sua presença autoritária e corpulenta fazia o capelão parecer ainda mais frágil e doentio.

– Dê uma olhada nisso, capelão – determinou o coronel Cathcart, enfiando um cigarro na ponta da piteira e sentando-se na cadeira giratória por trás da mesa. – Quero saber o que pensa a respeito.

O capelão obedientemente baixou os olhos para a revista aberta e viu um artigo sobre um grupo de bombardeio americano estacionado na Inglaterra, cujo capelão fazia preces na barraca de instruções, antes de cada missão. O capelão quase chorou de felicidade ao compreender que o coronel não ia gritar com ele. Os dois mal se haviam falado desde aquela noite tumultuada em que o coronel Cathcart expulsara-o do clube dos oficiais, a pedido do general Dreedle, depois que o chefe White Halfoat dera um soco no nariz do coronel Moodus. O receio inicial do capelão era de que o coronel tencionasse censurá-lo, por ter voltado ao clube dos oficiais na noite anterior, sem autorização expressa. Ele fora até lá com Yossarian e Dunbar, que haviam aparecido inesperadamente em sua barraca no meio do bosque especialmente para convidá-lo. Apesar de intimidado pelo coronel Cathcart, ele preferira incorrer no desagrado dele em vez de recusar o convite delicado dos seus dois novos amigos, que ele conhecera em uma das suas visitas ao hospital, algumas semanas antes. Os dois haviam trabalhado eficientemente para resguardá-lo da miríade de vicissitudes sociais que o acometiam em sua missão oficial de tornar-se o mais íntimo possível de quase mil oficiais, graduados e praças, todos estranhos e inamistosos, que o consideravam um sujeito esquisito.

O capelão grudou os olhos nas páginas da revista. Examinou cada fotografia duas vezes e leu as legendas atentamente, enquanto organizava sua resposta à pergunta do coronel, numa frase gramaticalmente completa. Ele ensaiou e reformulou a frase mentalmente inúmeras vezes, antes de finalmente conseguir reunir coragem suficiente para enunciá-la.

– Acho que dizer orações antes de cada missão é um procedimento altamente moral e louvável, senhor – falou timidamente e ficou esperando a reação.

– Eu sei disso. Mas queria saber se você acha que daria certo aqui.

– Sim, senhor – respondeu o capelão, depois de hesitar por algum tempo. – Acho que daria certo.

– Então, eu gostaria de fazer uma tentativa. – As bochechas maciças e farináceas do coronel tingiram-se subitamente com manchas brilhantes de entusiasmo. Ele levantou e começou a andar de um lado para outro, excitado. – Olhe só como as orações fizeram bem àquela gente lá na Inglaterra. Aí no *Saturday Evening Post* está a fotografia do coronel cujo capelão promove orações antes de cada missão. Se as orações deram resultado para ele, então devem dar para nós também. Talvez, se também fizermos orações antes de cada missão, eles publiquem a *minha* fotografia no *Saturday Evening Post*.

O coronel sentou-se novamente e sorriu, imerso numa contemplação exuberante. O capelão não tinha a menor ideia do que o coronel esperava que ele dissesse a seguir. Com uma expressão pensativa no rosto pálido, deixou que seu olhar fosse fixar-se nas cestas cheias de tomates vermelhos, enfileiradas nas paredes no gabinete. Fingiu concentrar-se numa resposta. Só depois de algum tempo é que compreendeu que estava olhando para filas e filas de cestas cheias de tomates vermelhos. E ficou tão intrigado com a presença daquelas cestas cheias de tomates vermelhos no gabinete de um comandante de grupo que esqueceu completamente o problema em discussão, das preces antes das missões, até que o coronel, numa digressão jovial, perguntou:

– Gostaria de comprar alguns, capelão? Esses tomates vêm diretamente da plantação que eu e o coronel Korn temos lá nas montanhas. Posso deixá-lo levar uma cesta inteira, a preço de atacado.

– Oh, não, senhor. Não, obrigado.

– Não há problema – assegurou-lhe o coronel, muito liberal. – Não precisa comprar nada. Milo sente-se feliz em poder comprar tudo o que produzimos. Esses tomates que aí estão foram colhidos ontem. Repare só como são duros e maduros, como os seios de uma virgem.

O capelão corou e o coronel compreendeu imediatamente que acabara de cometer um erro. Baixou a cabeça envergonhado, o rosto maciço a arder. Os dedos pareciam grossos e pesadões. Odiou virulentamente o capelão por ser um capelão e por fazer com que parecesse grosseiro um comentário que, em outras circunstâncias, seria considerado espirituoso e urbano. Rebuscou a mente, desesperadamente, em busca de algum meio de livrá-los daquele constrangimento horrível. Mas o que ele descobriu no fundo de sua mente era que o capelão não passava de um capitão. Empertigou-se então, rapidamente, com um bufido chocado e ultrajado. Suas bochechas retesaram-se em fúria, ao pensar que fora quase levado à humilhação por um homem quase da sua idade e que ainda era apenas um capitão. Fitou o capelão com um olhar de antagonismo assassino, que fez o capelão começar a tremer. O coronel puniu-o sadicamente, com um olhar prolongado, irado, malévolo, odioso e silencioso.

– Estávamos falando de outra coisa – finalmente recordou ele ao capelão, friamente. – Não estávamos falando sobre os seios firmes e maduros de mocinhas bonitas, mas sobre algo inteiramente diferente. Estávamos falando sobre a realização de serviços religiosos na barraca de informações, antes de cada missão. Há alguma razão para que não possamos realizar esses serviços?

– Não, senhor – balbuciou o capelão.

– Então vamos começar na missão desta tarde. – A hostilidade do coronel foi-se atenuando gradativamente, à medida que ele ia se aprofundando nos detalhes. – Quero que você pense bastante no tipo de orações que vamos fazer. Não quero nada muito pesado ou triste. Gostaria que encontrasse algo leve e animado, algo que fizesse os rapazes partirem para a missão sentindo-se maravilhosamente bem. Entende o que estou querendo dizer, não? Não quero nada dessa história de Reino de Deus ou Vale da Morte. Isso é muito negativo. Ei, por que está fazendo essa cara azeda?

– Desculpe, senhor – gaguejou o capelão. – Acontece que eu estava justamente pensando no Salmo 23 quando disse isso.

– E o que diz ele?

– Exatamente aquilo a que se estava referindo, senhor: "O Senhor é o meu pastor; nada..."

– Era exatamente desse que eu estava falando. Está fora de questão. O que mais você tem?

– "Salve-me, Senhor, pois as águas estão chegando..."

– Nada de águas – decidiu o coronel, soprando furiosamente a piteira, depois de jogar a ponta do cigarro no cinzeiro de latão. – Por que não experimentamos algo musical? Que tal aquela história de harpas nos salgueiros?

– Fala sobre os rios da Babilônia, senhor. "E aqui nos sentamos e choramos quando recordamos de Sião..."

– Sião? Vamos esquecer isso agora mesmo. Eu só gostaria de saber como é que eles conseguiram encaixar isso na história. Será que você não tem nada alegre, que não fale em águas, vales e Deus? Eu gostaria que ficássemos longe de qualquer assunto de religião, se fosse possível.

O capelão estava apologético.

– Lamento, senhor, mas todas as orações de que me recordo são um tanto sombrias ou fazem alguma referência de passagem a Deus.

– Então vamos arrumar algumas novas. Os homens já andam bastante nervosos com as missões para as quais os envio, sem termos que lhes ficar pregando sermões sobre Deus, a morte ou o Paraíso. Por que não pensamos em algo mais positivo? Por que não podemos rezar por algo bom, como um bombardeio mais devastador, por exemplo? Isso mesmo: não podemos rezar por um bombardeio mais devastador?

– Acredito que sim, senhor – respondeu o capelão, hesitante. – Mas não vai precisar de mim, se isso é tudo o que deseja. Poderá fazê-lo sozinho.

– Sei que posso – retrucou o coronel, acidamente. – Mas para que pensa que está aqui? Eu poderia também providenciar a minha própria comida, mas esse é o trabalho de Milo e o que ele vem fazendo para todos os grupos estacionados nesta área. Acho que um bombardeio devastador é algo pelo qual realmente vale a pena rezar. E seria ótimo que rezássemos para que todas as bombas caíssem o mais perto possível uma da outra. O general Peckem ficaria na maior satisfação. Ele acha que assim as fotografias aéreas ficam muito mais bonitas.

– O general Peckem, senhor?

– Isso mesmo, capelão – confirmou o coronel, soltando uma risadinha paternal ao ver a expressão de perplexidade estampada no rosto do capelão. – Não gostaria que a notícia se espalhasse, mas parece que finalmente o general Dreedle está prestes a ser removido e o homem mais cotado para substituí-lo é o general Peckem. Confesso que eu não ficaria triste se isso acontecesse. O general Peckem é um excelente homem e creio que todos nós ficaremos muito melhor sob o seu comando. Por outro lado, talvez isso nunca venha a acontecer e continuemos sob o comando do general Dreedle. E confesso que eu também não ficaria triste se isso acontecesse, pois o general Dreedle é outro excelente homem e imagino que também estaremos muito melhor sob seu comando. Mas espero que mantenha tudo isso que eu lhe disse em sigilo, capelão. Não gostaria de que nenhum dos dois ficasse com a impressão de que estou dando meu apoio ao outro.

– Sim, senhor.

– Ótimo – disse o coronel jovialmente, levantando-se. – Mas esses rumores não nos levarão às páginas do *Saturday Evening Post*, não é mesmo, capelão? Vamos ver o que podemos fazer. E gostaria de lembrar-lhe mais uma coisa, capelão: não diga nada ao coronel Korn enquanto eu não o autorizar. Entendido?

– Sim, senhor.

O coronel Cathcart começou a andar de um lado para outro, pensativo, esgueirando-se pelos estreitos corredores entre a sua mesa, as cestas de tomates e as cadeiras de madeira no centro da sala.

– Acho que vamos ter de deixá-lo esperando lá fora até terminarem as instruções, pois todas as informações são secretas. Poderemos introduzi-lo na barraca enquanto o major Danby estiver sincronizando os relógios. Imagino que não haja nada de secreto na hora certa. Vamos dar-lhe um minuto e meio na programação. Será o suficiente?

– Sim, senhor, desde que não inclua o tempo necessário para os ateus poderem sair e se admitir os soldados rasos.

O coronel Cathcart parou abruptamente.

– Que ateus? – gritou ele, na defensiva, sua atitude mudando subitamente para uma negativa virtuosa e beligerante. – Não existem ateus na minha unidade! O ateísmo é contra a lei, não é?

– Não, senhor.

– Não é?

O coronel estava genuinamente estupefato.

– Então é uma atividade antiamericana, não é?

– Não estou bem certo, senhor.

– Pois eu estou! – declarou categoricamente o coronel. – Não vou tumultuar os nossos serviços religiosos só para satisfazer a um bando de ateus nojentos. Não terão nenhum privilégio especial da minha parte. Podem perfeitamente ficar onde estiverem e rezar conosco. E que história é essa de soldados rasos? Como diabo eles entram nesse negócio?

O capelão sentiu que seu rosto estava vermelho.

– Desculpe, senhor. Apenas achei que o senhor gostaria de que eles estivessem presentes, já que irão participar das mesmas missões.

– Pois não é o que quero. Eles têm um Deus e um capelão só deles, não é mesmo?

– Não, senhor.

– Como assim? Está por acaso querendo dizer que eles rezam para o mesmo Deus que nós?

– Sim, senhor.

– E Ele *escuta*?

– Acredito que sim, senhor.

– Essa não! – O coronel fungou, com uma expressão divertida e zombeteira. Mas um momento depois se sentiu deprimido e passou a mão nervosamente pelos cabelos pretos e curtos, grisalhos nas têmporas. E perguntou, preocupado: – Acha que é realmente uma boa ideia deixar esses recrutas entrarem?

– Eu consideraria apropriado, senhor.

– Eu preferia que eles ficassem de fora – confidenciou o coronel, estalando os dedos furiosamente, andando novamente de um lado para outro. – Mas não me leve a mal, capelão. Não é que eu pense que esses recrutas sejam sujos, ordinários e inferiores. É que simplesmente não temos bastante espaço. Francamente, porém, devo dizer que não gostaria de ver os oficiais e os soldados rasos confraternizando na barraca de informações. Parece-me que eles já se veem demais durante as missões. Espero que me compreenda, pois alguns dos meus melhores amigos são rasos, mas isso é o mais perto que eu os deixo se aproximarem. Fale sinceramente, capelão: não gostaria que sua irmã se casasse com um graduado, não é mesmo?

– Minha irmã é um graduado, senhor.

O coronel estacou abruptamente outra vez e fitou o capelão fixamente, para ter certeza de que não estava querendo ridicularizá-lo.

– O que quis dizer com essa observação, capelão? Está por acaso tentando ser engraçado?

– Ora, não, senhor! – explicou o capelão rapidamente, ainda mais perturbado. – Ela é primeiro-sargento dos fuzileiros.

O coronel jamais gostara do capelão e agora detestava-o e desconfiava dele. Sentiu uma premonição de perigo e se perguntou se o capelão também não estaria conspirando contra ele, se o comportamento reticente e apagado do capelão não seria um disfarce sinistro de uma ambição irrefreável, que no fundo era astuta e inescrupulosa. Havia algo de estranho no capelão e o coronel logo descobriu o que era. O capelão ainda estava parado em posição de sentido, pois o coronel esquecera-se de mandá-lo ficar à vontade. Que ele continue assim, decidiu o coronel, vingativo, só para mostrar ao capelão quem era o chefe ali e para resguardar-se de qualquer perda de dignidade que poderia derivar do seu reconhecimento da omissão.

O coronel Cathcart foi hipnoticamente atraído até a janela, mergulhado numa introspecção sólida e soturna. Esses soldados rasos eram sempre traiçoeiros, decidiu ele. Olhou pesaroso para o estande de tiro aos pratos que mandara construir para os oficiais do seu Estado-Maior e recordou-se da tarde terrível em que o general Dreedle lhe passara uma descompostura, na frente do coronel Korn e do major Danby, ordenando-lhe que abrisse o estande a todos os oficiais e recrutas em missão de combate. O coronel Cathcart não podia deixar de concluir que o episódio fora realmente um fracasso seu. Ele tinha certeza de que o general Dreedle jamais esquecera, embora estivesse também absolutamente certo de que o general Dreedle não se lembrava mais do acontecimento. E o caso todo fora uma tremenda injustiça, lamentou o coronel Cathcart, pois o estande de tiro aos pratos deveria ter sido um sucesso retumbante para ele, em vez do fracasso em que se constituíra. O coronel Cathcart sentiu-se incapaz de avaliar o quanto de terreno perdera ou ganhara com o maldito estande. Desejou que o coronel Korn estivesse em seu gabinete naquele momento, para avaliar o episódio para ele mais uma vez, aliviando-lhe as apreensões.

Era tudo confuso demais, excessivamente desencorajador. O coronel Cathcart tirou a piteira da boca, enfiou-a no bolso da camisa e começou a roer as unhas das duas mãos, angustiado. Todos estavam contra ele. O coronel Cathcart sentiu-se profundamente desesperado pelo fato de o coronel Korn não estar ao seu lado naquele momento de crise, para ajudá-lo a decidir o que fazer com relação às preces antes das missões. Ele quase não tinha fé alguma no capelão, que ainda era apenas um capitão. E perguntou-lhe:

– Acha que se mantivermos os recrutas fora disso poderá haver alguma interferência em nossas possibilidades de alcançar resultados?

O capelão hesitou, sentindo novamente que estava pisando em terreno desconhecido.

– Sim, senhor. Acho que isso pode interferir com as possibilidades de ver atendidas as preces para um bombardeio devastador e concentrado.

– Eu nem mesmo estava pensando nisso! – gritou o coronel, os olhos piscando, turvos como poças de lama. – Está querendo dizer que Deus pode até tomar a decisão de punir-me, com um bombardeio disperso?

– Sim, senhor. É admissível que Ele o faça.

– Ao diabo com tudo isso então! – explodiu o coronel, num acesso de independência. – Não vou mais querer nenhuma oração que possa tornar as coisas ainda piores do que já estão! – Com uma risadinha desdenhosa, voltou a sentar-se atrás da mesa, pôs a piteira vazia na boca e ficou em silêncio por um momento. Finalmente confessou, mais para si mesmo do que para o capelão: – Agora que penso no caso, tenho a impressão de que provavelmente não foi uma ideia das melhores a de fazer os homens rezarem a Deus antes das missões. Os editores do *Saturday Evening Post* talvez não cooperassem.

O coronel renunciou a seu projeto um pouco contrariado, pois concebera-o sozinho e esperava apresentá-lo como uma demonstração inequívoca de que realmente não tinha necessidade do coronel Korn. Depois de renunciar ao projeto, porém, ficou satisfeito por tê-lo feito, pois, desde o início, ficara perturbado pelo risco de implantá-lo sem antes apresentá-lo à aprovação do coronel Korn. O coronel Cathcart deixou escapar um suspiro de alívio. Ele tinha a melhor opinião a respeito de si mesmo agora que a ideia fora abandonada, pois tomara uma decisão das mais sábias. E o que era mais importante: tomara essa decisão sensata sem ter que consultar o coronel Korn.

– Isso é tudo, senhor? – indagou o capelão.

– É, sim. A menos que você tenha alguma coisa a sugerir.

– Não, senhor. Apenas...

O coronel ergueu os olhos como se tivesse sido insultado e examinou atentamente o capelão, com uma desconfiança de superior.

– Apenas o quê, capelão?

– Senhor, alguns dos homens andam muito aborrecidos desde que aumentou o número de missões para 60. Eles me pediram para falar-lhe a respeito.

O coronel permaneceu em silêncio. O rosto do capelão ficou vermelho até as raízes dos cabelos cor de areia, enquanto ele aguardava. O coronel manteve-o naquela agonia durante um longo tempo, com a mesma expressão inalterável e desinteressada, onde não se podia descobrir nenhuma emoção.

– Diga-lhes que está havendo uma guerra – aconselhou finalmente, sem qualquer entonação na voz.

– Obrigado, senhor, eu lhes direi – respondeu o capelão prontamente, a voz impregnada de gratidão, porque o coronel finalmente dissera alguma coisa. – Eles estavam imaginando por que o senhor não podia requisitar algumas das tripulações que estão esperando na África para substituí-los e depois deixava-os voltar para casa.

– Isso é um problema administrativo e não é absolutamente da sua conta. – Apontou languidamente para a parede e disse: – Sirva-se de um tomate, capelão. É por minha conta.

– Obrigado, senhor. Senhor...

– Não fale mais nada. O que acha de viver lá no bosque, capelão? É confortável?

– Sim, senhor.

– Ótimo. Pode procurar-nos, se precisar de alguma coisa.

– Sim, senhor. Obrigado, senhor. Senhor...

– Obrigado por ter aparecido, capelão. Agora, tenho trabalho a fazer. Virá falar-me se imaginar alguma coisa que possa levar os nossos nomes ao *Saturday Evening Post,* não é?

– Sim, senhor. Claro que virei. – O capelão reuniu as suas forças com um esforço prodigioso da vontade e foi em frente, bravamente. – Estou particularmente preocupado com o estado de um dos bombardeadores, senhor. Yossarian.

O coronel levantou os olhos rapidamente, com um estremecimento de vago reconhecimento e indagou, alarmado:

– Quem?

– Yossarian, senhor.

– Yossarian?

– Sim, senhor. Yossarian. Ele está em péssimo estado, senhor. Receio que não vá aguentar por muito mais tempo sem fazer algo desesperado.

– Isso é um fato, capelão?

– Sim, senhor. Receio que sim.

O coronel ficou pensando por algum tempo e depois aconselhou:

– Diga-lhe para confiar em Deus.

– Obrigado, senhor. Eu lhe direi.

20
Cabo Whitcomb

O sol daquela manhã de fim de agosto era quente e úmido. Não soprava a menor brisa. O capelão foi andando lentamente. Sentia-se deprimido e abatido pela autocensura, ao sair do gabinete do coronel, sem fazer qualquer barulho, pisando com os sapatos marrons de sola de borracha. Ele odiava a si mesmo pelo que encarava como sua própria covardia. Tencionara assumir uma posição mais firme diante do coronel Cathcart, na questão das 60 missões, falando-lhe com coragem, lógica e eloquência de um problema que passara a sentir profundamente. Em vez disso, porém, fracassara lamentavelmente, engasgando mais uma vez diante da oposição de uma personalidade mais forte. Era uma experiência familiar e humilhante e a opinião que ele tinha de si mesmo era a mais baixa possível.

Ele engasgou novamente um segundo depois, ao ver a figura atarracada e monocromática do coronel Korn subindo rapidamente a escadaria ampla e curva, de pedras amarelas, na direção dele, com uma pressa lânguida, saindo do saguão em ruínas, de paredes imponentes, de mármores pretos rachados, o chão circular com ladrilhos sujos e muitos também rachados. O capelão tinha ainda mais medo do coronel Korn do que do coronel Cathcart. O tenente-coronel moreno, de meia-idade, de óculos sem aros, com a cabeça totalmente calva, na qual estava sempre tocando com as pontas dos dedos entreabertos, não gostava do capelão e frequentemente tratava-o com grosseria. Mantinha o capelão num permanente estado de terror, com sua língua ríspida e desdenhosa, os olhos cínicos e astutos, que o capelão jamais tinha coragem suficiente para enfrentar, nem por um segundo de distração. Inevitavelmente, ao retrair-se humildemente diante dele, a atenção do capelão fixou-se na cintura do coronel Korn, onde a camisa saía por cima do cinto frouxo, inflando, dando-lhe uma aparência de desleixo e fazendo-o parecer alguns centímetros mais baixo do que a sua estatura mediana. O coronel Korn era um homem arrogante e realmente desleixado, com uma pele oleosa e rugas profundas que desciam desde o nariz até o queixo quadrado e com uma cova no centro. Sua expressão era sombria e ele olhou para o capelão aparentemente sem reconhecê-lo. Só quando estava passando pelo capelão é que pareceu reconhecê-lo e disse, sem qualquer inflexão:

– Olá, padre. Como vão as coisas?

– Bom dia, senhor – respondeu o capelão, compreendendo que o coronel Korn não esperava qualquer outra coisa como resposta.

O coronel Korn continuou a subir a escada, sem afrouxar o passo. O capelão resistiu à tentação de recordá-lo mais uma vez de que não era católico mas sim anabatista e que, portanto, não era necessário nem correto tratá-lo como padre. Mas ele já tinha quase certeza de que o coronel Korn se recordava perfeitamente disso e que o fato de tratá-lo de padre, com aquela expressão tão inocente, era apenas um dos seus métodos para zombar dele, por ser apenas um anabatista.

Subitamente, o coronel Korn estacou, logo depois de passar pelo capelão, e virou-se para fitá-lo, com uma expressão furiosa e desconfiada. O capelão ficou aterrorizado.

– O que você está fazendo com esse tomate, capelão? – indagou o coronel Korn, asperamente.

O capelão baixou os olhos, ficando surpreso ao descobrir o tomate que o coronel Cathcart mandara-o apanhar.

– Eu o peguei no gabinete do coronel Cathcart, senhor – finalmente conseguiu balbuciar.

– E o coronel sabe que você o pegou?

– Sim, senhor. Foi ele mesmo que me deu.

– Neste caso, não há problema.

O coronel Korn ficou mais calmo. Sorriu, sem qualquer simpatia, enfiando a camisa para dentro da calça, com os polegares. Nos seus olhos surgiu um brilho malicioso de satisfação.

Sobre o que o coronel Cathcart queria falar-lhe, padre?

O capelão ficou indeciso por um momento.

– Não creio que eu deva...

– Era sobre as orações para os editores do *Saturday Evening Post*?

O capelão quase sorriu.

– Sim, senhor.

O coronel Korn ficou exultante com sua própria intuição. Ele riu desdenhosamente.

– Estava com receio de que ele começasse a pensar em algo tão ridículo assim que visse a reportagem do *Saturday Evening Post*. Espero que tenha tido sucesso em dissuadi-lo de uma ideia tão horrível.

– Foi ele próprio que tomou a decisão contrária, senhor.

– Isso é ótimo. Fico satisfeito que o tenha convencido de que os editores do *Saturday Evening Post* provavelmente nunca publicariam a mesma história duas vezes, só para proporcionar alguma publicidade a um coronel obscuro. Como estão as coisas lá no mato, padre? Está conseguindo viver bem por lá?

– Sim, senhor. Tudo está indo bem.

– Ótimo. Fico contente por saber que não tem do que se queixar. Diga-nos imediatamente se precisar de alguma coisa. Tudo o que queremos é que se sinta satisfeito lá no meio do mato.

– Obrigado, senhor.

Houve um ruído crescente de movimento no saguão lá embaixo. Era quase hora do almoço e os primeiros homens estavam chegando aos refeitórios do quartel-general, os recrutas e os oficiais seguindo para refeitórios separados, nos dois lados da rotunda arcaica. O coronel Korn parou de sorrir e indagou sugestivamente:

– Almoçou aqui conosco há um ou dois dias, não foi, padre?

– Sim, senhor. Foi anteontem.

– Era o que eu pensava – disse o coronel Korn, fazendo uma pausa para tornar o seu argumento ainda mais incisivo. – Pois não se esqueça, padre. Espero tornar a vê-lo, quando chegar o momento de comer aqui novamente.

– Obrigado, senhor.

O capelão não tinha certeza em qual dos cinco refeitórios de oficiais ou dos cinco refeitórios de graduados ele deveria almoçar naquele dia. O sistema rotativo que o coronel Korn fizera para ele era extremamente complicado e o capelão ainda esquecera os seus registros na barraca. O capelão era o único oficial adido ao comando do grupo que não residia no prédio de tijolos vermelhos esfarelados, ocupado pelo quartel-general, nem em nenhuma das outras estruturas-satélites menores, que se erguiam ao redor de modo desconexo. O capelão morava numa clareira no meio do bosque, a cerca de 7 quilômetros entre o clube dos oficiais e o primeiro dos acampamentos dos quatro esquadrões. Vivia sozinho, numa barraca quadrada e espaçosa, que era também o seu gabinete. Os barulhos das orgias no clube dos oficiais chegavam até ele todas as noites, mantendo-o frequentemente acordado, a remexer-se na cama, naquele seu exílio passivo e semivoluntário. Não era capaz de aferir os efeitos das pílulas tranquilizantes que tomava de vez em quando, para conseguir dormir. Mas sempre que as tomava, sentia-se culpado, por dias e dias seguidos.

O único que vivia com o capelão na clareira no meio do mato era o cabo Whitcomb, seu assistente. O cabo Whitcomb era um subordinado ateu e sempre de mau humor, que achava que poderia fazer o trabalho do capelão muito melhor do que o capelão estava fazendo e que, por isso, considerava-se uma vítima oprimida da injustiça social. Ele vivia também numa barraca só para si, tão quadrada e espaçosa quanto a do capelão. As extremidades das duas barracas não ficavam separadas por mais que um ou dois metros.

Fora o coronel Korn quem idealizara esse tipo de vida para o capelão. Uma boa razão para o capelão não morar no prédio do quartel-general era a teoria do coronel Korn de que residir numa barraca, como a maioria dos seus paroquianos, ajudaria a aprofundar o contato com eles. Outra boa razão era o fato de que a presença constante do capelão deixava os outros oficiais um tanto constrangidos. Uma coisa era manter o contato com o Senhor, e todos eram a favor disso. Outra muito diferente, contudo, era tê-lo por perto 24 horas por dia. Em tudo e por tudo, como o coronel Korn disse ao major Danby, o oficial de operações do grupo, nervoso e de olhos esbugalhados, o capelão até que tinha uma vida mansa. Ele pouco tinha a fazer, além de estar sempre pronto a ouvir os problemas dos outros, enterrar os mortos, visitar os doentes e conduzir os serviços religiosos. E não havia mais tantos mortos assim para enterrar, ressaltou o coronel Korn, já que a oposição dos caças alemães virtualmente cessara e noventa por cento das baixas que ainda aconteciam eram de homens que morriam atrás das linhas inimigas ou desapareciam dentro de nuvens. Nesses casos, o capelão nem precisava preocupar-se com os restos mortais. Os serviços religiosos também não exigiam muito trabalho, pois eram realizados apenas uma vez por semana, no prédio do quartel-general do grupo, sendo assistidos por bem poucos homens.

Na verdade, o capelão estava aprendendo a amar sua clareira no meio do mato. Haviam fornecido todas as comodidades possíveis tanto a ele como ao cabo Whitcomb. Assim, nenhum dos dois podia jamais alegar falta de conforto como pretexto para obter permissão para voltar ao prédio do quartel-general. O capelão alternava o café da manhã, almoço e jantar nos oito refeitórios separados dos quatro esquadrões, comendo cada quinta refeição no refeitório dos graduados e praças no quartel-general e a décima no refeitório dos oficiais no mesmo local. Em sua casa, no Winsconsin, o capelão gostava muito de jardinagem. E ali, em Pianosa, seu coração ficava inundado de alegria ao contemplar a exuberante fertilidade que o cercava, expressa pelos galhos quase rasteiros, ao peso das folhas, pelas ervas que lhe subiam até a cintura, pelas moitas espessas que quase o emparedavam. Na primavera, pensara em plantar um canteiro estreito de begônias e zínias, em torno da sua barraca, mas desistira com receio do rancor do cabo Whitcomb. O capelão apreciava a intimidade e o isolamento daquele ambiente verdejante, adorava o devaneio e a meditação que viver em tal lugar estimulava. Havia diminuído o número de pessoas que antes vinham procurá-lo com seus problemas, e ele se permitia até mesmo sentir-se grato por isso também. O capelão não era de se misturar com os outros espontaneamente e não se sentia à vontade numa conversa. Sentia falta da esposa e dos três filhos pequenos e tinha certeza de que ela também sentia falta dele.

O que mais irritava ao cabo Whitcomb no capelão, além do fato de o capelão acreditar em Deus, era a falta de iniciativa e agressividade dele. O cabo Whitcomb considerava a baixa frequência dos serviços religiosos como um triste reflexo de sua própria posição. Sua mente elucubrava febrilmente com ideias novas para atear o grande renascimento espiritual, do qual ele seria o arquiteto. Imaginava almoços beneficentes, reuniões sociais da igreja, formulários de cartas para as famílias dos homens mortos ou feridos em combate, censura, bingo. Mas o capelão bloqueava todas as suas ideias. O cabo Whitcomb ficava angustiado com as rédeas que o capelão lhe impunha, pois via em toda parte amplas oportunidades para melhorar. Eram pessoas como o capelão, concluía ele, as responsáveis pelo fato de a Igreja ter tão pouco prestígio e por transformar o capelão e ele em párias. Ao contrário do capelão, o cabo Whitcomb detestava a reclusão da clareira no meio do mato. Uma das primeiras coisas que ele tencionava fazer, depois de depor o capelão, era retornar ao prédio do quartel-general do grupo, onde sempre poderia estar bem no centro dos acontecimentos.

Quando o capelão voltou para a clareira, depois do encontro com o coronel Korn, viu o cabo Whitcomb, por entre a neblina do mormaço, conversando em tom de conspiração com um estranho gorducho, vestindo um roupão marrom de veludo e um pijama vermelho de flanela. O capelão reconheceu no roupão e no pijama o traje oficial do hospital. Nenhum dos dois lhe prestou a menor atenção. As gengivas do estranho estavam pintadas de roxo. Seu roupão estava decorado nas costas com o desenho de um B-25 voando por entre uma barragem alaranjada de fogo antiaéreo. Na frente, estavam pintadas seis fileiras completas de pequenas bombas, indicando 60 missões de combate já voadas. O capelão ficou tão aturdido com a presença do estranho que parou para olhá-lo mais atentamente. Eles então pararam de conversar e ficaram calados, esperando que ele se afastasse. O capelão seguiu apressadamente para dentro da barraca. Ouviu ou imaginou ter ouvido eles rirem. O cabo Whitcomb entrou na barraca pouco depois e perguntou:

– E então, quais são as novidades?

– Não há nenhuma – respondeu o capelão, evitando-lhe os olhos.

– Alguém esteve aqui à minha procura?

– Só aquele doido do Yossarian, novamente. Não acha que ele é um tremendo criador de casos?

– Não tenho tanta certeza assim se ele é mesmo doido – comentou o capelão.

– Está bem, pode ficar do lado dele – disse o cabo Whitcomb, em tom ofendido, saindo da barraca.

O capelão não podia acreditar que o cabo Whitcomb tivesse se sentido novamente ofendido e houvesse mesmo saído. Assim que ele compreendeu que isso de fato acontecera, o cabo Whitcomb voltou.

– Está sempre ficando do lado dos outros – acusou-o o cabo Whitcomb. – Nunca apoia seus homens. Isso é uma das coisas que faz de errado.

– Não pretendia tomar o partido dele – murmurou o capelão, em tom de desculpa. – Fiz apenas uma declaração.

– O que o coronel Cathcart queria?

– Não era nada importante. Queria apenas discutir a possibilidade de fazermos orações na barraca de operações, antes de cada missão.

– Está certo, não precisa contar-me nada – retrucou o cabo Whitcomb, saindo novamente da barraca.

O capelão sentiu-se desolado. Por mais atencioso que tentasse ser, parecia que sempre conseguia ferir os sentimentos do cabo Whitcomb. Baixou os olhos, cheios de remorso, descobrindo que o ordenança que o coronel Korn lhe impusera, para manter sua barraca limpa e cuidar das suas coisas, esquecera novamente de engraxar seus sapatos. O cabo Whitcomb voltou. E queixou-se violentamente:

– Nunca me confia nenhuma informação. Não tem a menor confiança nos seus homens. Essa é outra das coisas que faz de errado.

– Confio, sim – assegurou-lhe o capelão, sentindo-se culpado. – Tenho a maior confiança em você.

– E o que me diz daquelas cartas?

– Não, agora não – suplicou o capelão, encolhendo-se. – Por favor, não vamos falar novamente nas cartas. Eu lhe falarei a respeito, se mudar de ideia.

O cabo Whitcomb parecia furioso.

– É assim, não é? É muito fácil ficar sentado aqui, balançando a cabeça, enquanto faço todo o trabalho. Viu aquele cara lá fora, com todos aqueles desenhos pintados no roupão?

– Ele veio até aqui para falar comigo?

– Não – disse o cabo Whitcomb, saindo mais uma vez da barraca.

Estava quente e úmido dentro da barraca e o capelão sentiu que estava ficando encharcado de suor. Ficou escutando, como um bisbilhoteiro involuntário, o murmúrio abafado e indistinto das vozes lá fora. Sentou-se apático na oscilante mesa de *bridge* que lhe servia como escrivaninha, os lábios fechados, os olhos vazios. O rosto, com uma cor ocre clara e enxames concentrados e antigos de minúsculos cravos, parecia uma casca de amêndoa. Rebuscou a memória à procura de alguma pista para a origem da amargura do cabo Whitcomb contra ele. Estava convencido de que cometera algum erro imperdoável, que não conseguia descobrir. Parecia-lhe inacreditável que uma raiva tão duradoura quanto a do cabo Whitcomb pudesse ter sido causada por sua rejeição ao bingo e aos formulários de cartas para as famílias dos homens mortos em combate. O capelão sentiu-se acabrunhado com sua própria inépcia. Há algumas semanas que tencionava ter uma conversa franca com o cabo Whitcomb a fim de descobrir o que o andava perturbando. Mas, antes mesmo, já se sentia envergonhado do que poderia descobrir.

Fora da barraca, o cabo Whitcomb soltava risadinhas desdenhosas. O outro homem também ria. Por alguns segundos terríveis, o capelão teve a sensação estranha de que já passara por aquela mesma experiência antes, em algum outro momento de sua existência. Empenhou-se em isolar e mesmo estimular a impressão, para poder prever e talvez mesmo controlar o incidente que ocorreria a seguir. Mas a sensação logo se desvaneceu, improdutivamente, como ele já sabia de antemão que aconteceria. *Déjà vu.* A confusão sutil e recorrente entre a ilusão e a realidade, característica da paramnésia, fascinava o capelão. Sabia de uma porção de coisas a respeito. Sabia, por exemplo, que o nome disso era paramnésia e se interessava também pelo fenômeno óptico decorrente, como *jamais vu*, nunca visto, e *presque vu*, quase visto. Havia momentos súbitos e aterradores em que os objetos, noções e pessoas, com os quais o capelão convivera por quase toda a sua vida, assumiam inexplicavelmente um aspecto estranho e irregular, que ele nunca vira antes, fazendo-os parecer totalmente desconhecidos: *jamais vu.* E havia outras ocasiões em que ele quase via a verdade absoluta em relâmpagos ofuscantes de claridade que quase o alcançavam: *presque vu*. O episódio do homem nu em cima da árvore, durante o enterro de Snowden, deixara-o inteiramente desorientado. Não fora *déjà vu*, pois na ocasião ele não tivera nenhuma impressão de já ter visto um homem nu em cima de uma árvore durante o enterro de Snowden. Não fora *jamais vu*, porque a aparição não fora de alguém ou algo familiar a aparecer-lhe num disfarce desconhecido. E certamente não fora *presque vu*, pois ele vira realmente o homem nu.

Um jipe entrou em funcionamento lá fora e afastou-se ruidosamente. Será que o homem nu trepado na árvore, durante o enterro de Snowden, fora apenas uma alucinação? Ou teria sido uma revelação genuína? O capelão tremeu só de pensar nessa hipótese. Sentia uma vontade desesperada de contar tudo a Yossarian. Mas cada vez que pensava no acontecimento decidia que era melhor não pensar mais a respeito. Apesar de agora, ao pensar novamente no assunto, não conseguir ter certeza se, de fato, jamais pensara alguma vez a respeito.

O cabo Whitcomb entrou novamente na barraca, com um sorriso satisfeito estampado no rosto, e foi encostar-se, com o cotovelo, petulantemente, na estaca do centro.

– Sabe quem era aquele sujeito de roupão? – perguntou ele. Era um agente do CID, com o nariz fraturado. Veio até aqui, saindo do hospital, em missão oficial. Está realizando uma investigação.

O capelão ergueu os olhos rapidamente, numa compaixão prestimosa.

– Espero que você não esteja metido em nenhuma encrenca. Há alguma coisa que eu possa fazer?

– Não, eu não estou metido em nenhuma encrenca – respondeu o cabo Whitcomb, aprofundando o sorriso. – Mas você está. Eles vão agarrá-lo por ter assinado o nome de Washington Irving em todas aquelas cartas em que assinou o nome de Washington Irving. O que acha disso?

– Mas não assinei o nome de Washington Irving em nenhuma carta!

– Não precisa mentir para mim. Não é a mim que terá de convencer.

– Mas não estou mentindo!

– Não me importo se está mentindo ou não. Eles vão agarrá-lo também por interceptar a correspondência do major Major. Uma boa parte dos comunicados que ele recebe é confidencial.

– Mas que correspondência? – indagou o capelão, já desesperado e começando a ficar irritado. – Nunca vi nenhuma correspondência do major Major.

– Não precisa mentir para mim. Não é a mim que terá de convencer.

– Mas não estou mentindo!

– Não vejo por que tem que gritar comigo – murmurou o cabo Whitcomb, com uma expressão ofendida. Afastou-se da estaca central da barraca e aproximou-se do capelão, sacudindo-lhe o dedo para aumentar a ênfase: – Acabei de prestar-lhe o maior favor que alguém já lhe prestou em toda a sua vida e nem mesmo reconhece isso. Cada vez que aquele agente do CID tenta denunciá-lo aos superiores dele, alguém lá no hospital censura todas as informações. Há semanas que ele vem tentando denunciá-lo. Acabei de dar um visto de censor numa carta dele, sem sequer lê-la. Isso vai causar uma excelente impressão sua lá no quartel-general do CID. Vai mostrar a eles que não temos o menor receio de que toda a verdade venha à tona.

O capelão sentiu uma vertigem, inteiramente confuso.

– Mas você não está autorizado a censurar cartas! Ou está?

– É claro que não. Somente os oficiais estão autorizados. Por isso é que eu censurei em seu nome.

– Mas eu também não estou autorizado a censurar cartas. Ou será que estou?

– Cuidei disso também – assegurou o cabo Whitcomb. – Assinei o nome de outra pessoa por você.

– Mas isso não é falsificação?

– Ora, não precisa preocupar-se com isso. A única pessoa que poderia queixar-se, num caso de falsificação, é aquela cujo nome foi falsificado. E, na defesa dos seus interesses, assinei o nome de um homem morto. Usei o nome de Washington Irving. – O cabo

Whitcomb examinou atentamente o rosto do capelão, em busca de algum indício de revolta. Como nada visse, seguiu em frente, confiante, com uma ironia visível: – Não acha que tive uma boa ideia?

– Tenho as minhas dúvidas – gemeu o capelão, a voz trêmula, o rosto contorcendo-se grotescamente em angústia e incompreensão. Não creio que eu tenha entendido perfeitamente tudo o que acabou de me dizer. Como é que poderá haver uma boa impressão a meu respeito, se você assinou o nome de Washington Irving em vez do meu próprio?

– Porque eles estão convencidos de que você é Washington Irving. Será que não entende? Saberão logo que foi você.

– Mas não é exatamente isso o que estamos querendo negar? Assim, não poderão confirmar aquilo em que já acreditam?

– Se eu imaginasse que ficaria tão irritado, nem mesmo tentaria ajudar – declarou indignado o cabo Whitcomb, saindo novamente da barraca. Voltou um segundo depois. – Acabei de prestar-lhe o maior favor que alguém já lhe prestou em toda a sua vida e nem mesmo é capaz de reconhecê-lo. Não sabe como manifestar o seu agradecimento. É outra das coisas que tem de errado.

– Desculpe. É que estou meio aturdido com tudo o que acabou de contar e nem mesmo estou compreendendo o que me disse. Mas fico realmente agradecido a você.

– Então, o que acha de permitir que eu despache aqueles formulários de cartas? – perguntou rapidamente o cabo Whitcomb. – Posso começar a trabalhar nos primeiros rascunhos?

O capelão ficou boquiaberto de surpresa. E gemeu:

– Não, não. Agora não.

O cabo Whitcomb ficou furioso.

– Sou o melhor amigo que tem e nem mesmo sabe disso – assegurou ele, beligerantemente, saindo mais uma vez da barraca do capelão. Não demorou a voltar. – Estou do seu lado e nem mesmo é capaz de compreender isso. Será que não percebe a encrenca muito séria em que está metido? Aquele agente do CID voltou correndo para o hospital, a fim de escrever um novo relatório a respeito daquele seu tomate.

– Mas que tomate?

– Aquele tomate que estava escondendo na mão quando chegou aqui. Aí está ele! É o mesmo tomate que ainda está segurando em sua mão direita.

O capelão entreabriu os dedos e descobriu, atônito, que ainda estava segurando o tomate que pegara no gabinete do coronel Cathcart. Largou-o rapidamente em cima da mesa.

– Quem me deu esse tomate foi o coronel Cathcart – disse ele, ficando no mesmo instante impressionado como sua explicação soava absurda. – Insistiu para que eu o pegasse.

– Não precisa mentir para mim. Não me importo de quem o tenha roubado ou deixado de roubar.

– Roubado? – exclamou o capelão, mais aturdido do que nunca. – Por que eu haveria de querer roubar um tomate?

– Foi exatamente isso o que nos deixou perplexos. Depois, o agente do CID imaginou que deveria ter escondido alguns importantes documentos secretos dentro do tomate.

O capelão baqueou, sob o peso insuportável do seu desespero.

– Não escondi nenhum documento secreto lá dentro! E para começo de conversa, eu nem mesmo queria trazer o tomate! Aqui está, pode ficar com ele. Pegue-o e veja se tem algum documento secreto escondido.

– Não quero ficar com isso.

– Por favor, leve-o daqui – implorou o capelão, a voz quase inaudível. – Quero livrar-me dele.

– Mas eu não quero ficar com isso – repetiu o cabo Whitcomb, exibindo uma expressão furiosa e contendo o sorriso de júbilo por ter formado uma aliança nova e poderosa com o agente do CID e por ter mais uma vez conseguido convencer o capelão de que se sentia ofendido.

Pobre Whitcomb, suspirou o capelão, atribuindo-se toda culpa pelo mal-estar do seu assistente. Ficou sentado ali em silêncio, dominado por uma tristeza profunda, aguardando esperançoso que o cabo Whitcomb voltasse. Ficou desapontado ao ouvir os passos firmes do cabo Whitcomb se afastando. Nada havia que o capelão desejasse fazer a seguir. Decidiu substituir o almoço por alguns biscoitos que guardava na barraca e por uns goles da água morna que tinha no cantil. Sentia-se cercado por nevoeiros densos e opressivos de possibilidades, nos quais não podia perceber o menor vislumbre de luz. Tinha medo do que o coronel Cathcart iria pensar, quando lhe transmitissem a notícia de que ele era o principal suspeito de ser Washington Irving. Depois, passou a sentir medo do que o coronel Cathcart já deveria estar pensando a respeito dele, por ter sequer abordado o problema das 60 missões. Havia tanta infelicidade no mundo, refletiu, curvando a cabeça tristemente ante o pensamento trágico, e ele nada podia fazer para ajudar a ninguém, muito menos a si próprio.

21
General Dreedle

O coronel Cathcart não estava absolutamente pensando em nada a respeito do capelão, mas sim imerso num problema seu, particular, novo em folha e ameaçador: *Yossarian*!

Yossarian! O simples som daquele nome horrível e abominável fazia o sangue congelar em suas veias e tornava a respiração difícil e entrecortada. A primeira menção do capelão ao nome *Yossarian*! penetrara fundo em sua memória, como um gongo agourento. Assim que a porta se fechou, a recordação humilhante do homem nu na formação se abateu sobre o coronel Cathcart, num fluxo mortificante e sufocante de detalhes dolorosos. Ele começou a transpirar e a tremer. Havia uma coincidência sinistra e improvável naquilo tudo, uma implicação diabólica, o mais terrível dos presságios. O nome do homem que ficara nu na formação naquele dia, para receber a Cruz do Mérito Aeronáutico das mãos do general Dreedle, também era... *Yossarian*! E agora havia um homem chamado Yossarian que estava ameaçando criar um caso por causa das 60 missões que ele acabara de determinar que todos os homens do seu grupo deveriam voar. O coronel Cathcart perguntou-se, abalado, se não seria o mesmo Yossarian.

Levantou-se abruptamente, como se sentisse uma opressão intolerável e começou a andar de um lado para outro no seu gabinete. Sentia-se na presença do misterioso. O homem nu na formação, ele admitia tristemente, fora realmente uma derrota sua. Assim como o fora também a adulteração da linha de bombardeio antes da missão a Bolonha e o atraso de sete dias na destruição da ponte de Ferrara. É verdade que a destruição final da ponte de Ferrara fora uma vitória, recordou-se ele, satisfeito. Muito embora ter perdido um avião num segundo voo sobre o alvo tivesse sido uma derrota, recordou-se ele, desolado. Mas é verdade que ele alcançara outra vitória ao conseguir uma condecoração para o bombardeador que lhe causara a derrota anterior, voltando a sobrevoar o objetivo pela segunda vez na mesma missão e provocando assim a derrubada de um avião. O nome daquele bombardeador, recordou-se o coronel Cathcart, chocado, tinha sido também *Yossarian*! Agora já eram *três*! Os olhos dele se arregalaram de espanto e ele se virou bruscamente, alarmado, para ver quem estava se postando às suas costas. Um momento antes não existia nenhum Yossarian em sua vida. Agora, estavam-se multiplicando como duendes infernais. Procurou controlar-se. Yossarian não era um nome comum. Talvez não existissem realmente três Yossarians, mas apenas dois ou talvez mesmo um único Yossarian. *Só que isso realmente não fazia a menor diferença!* O coronel Cathcart ainda corria grave perigo. A intuição alertava-o para o fato de que estava sendo inexoravelmente atraído para algum clímax cósmico, imenso e inescrutável. O seu corpo alto, largo e amplo tremeu da cabeça aos pés, ao pensar que Yossarian, quem quer que ele finalmente se transformasse, estava fadado a ser seu anjo vingador.

O coronel Cathcart não era supersticioso, mas acreditava em presságios. Voltou a afundar na cadeira atrás da mesa e fez uma anotação críptica em seu bloco de memorandos, para examinar imediatamente todo aquele caso suspeito dos Yossarians. Escreveu o lembrete para si mesmo, com uma letra firme e incisiva, fortalecendo-a com uma série de pontuações e grifando. E ficou assim:

Yossarian!!!(?)!

O coronel recostou-se na cadeira ao terminar, satisfeito consigo pela pronta ação que acabara de tomar para enfrentar a crise sinistra. *Yossarian*... A simples visão do nome escrito fê-lo estremecer. Havia esses demais naquele nome. Tinha que ser subversivo. Aliás, era como a própria palavra *subversivo*. Era como *sedicioso* e *insidioso*. E também como *socialista, fascista* e *comunista*. E *suspeito*. Era um nome abominável, estrangeiro, desagradável, um nome que simplesmente não inspirava a menor confiança. Não era absolutamente como aqueles nomes honestos, limpos, bem-definidos, americanos. Muito diferente de Cathcart, Peckem e Dreedle.

O coronel Cathcart levantou-se novamente e recomeçou a andar por seu gabinete. Quase inconscientemente, pegou um tomate numa das cestas e deu uma mordida voraz. No mesmo instante, armou uma carranca e jogou o resto do tomate na cesta de lixo. O coronel não gostava de tomates, nem mesmo quando eram seus. E aqueles nem mesmo eram seus. Eram comprados em diferentes locais de Pianosa pelo coronel Korn, sob diferentes identidades, e levados para a fazenda do coronel nas montanhas, na calada da noite. Na manhã seguinte, eram trazidos até o quartel-general do grupo, para serem vendidos a Milo, que pagava ao coronel Cathcart e ao coronel Korn uma ótima bonificação. O coronel Cathcart muitas vezes se perguntava se aquele negócio dos tomates era legal, mas o coronel Korn afirmara que era e ele procurava não pensar muito a respeito. Também não tinha meios de saber se a fazenda nas montanhas era legal ou não, pois fora o coronel Korn quem cuidara de tudo. O coronel Cathcart não sabia se era o dono ou apenas a alugara, não sabia de quem a comprara nem por quanto. O coronel Korn era advogado e se assegurava de que fraude, extorsão, manipulação cambial, apropriação indébita, sonegação de impostos e especulação no mercado negro eram coisas legais, e o coronel Cathcart não tinha condições de contestá-lo.

Tudo o que o coronel Cathcart sabia a respeito da casa nas montanhas era que existia. E por isso a detestava. Ele nunca se sentia tão entediado como ao passar lá dois ou três dias, de quando em quando, para manter a ilusão de que a casa úmida e fria era na verdade um palácio deslumbrante de delírios da carne. Os clubes de oficiais por toda parte fervilhavam de histórias desencontradas mas detalhadas sobre bebedeiras secretas e pródigas e orgias sexuais desvairadas, sobre noites de êxtase com as mais belas, as mais tantalizantes, as mais excitáveis e prontamente satisfeitas cortesãs, atrizes do cinema e modelos italianos. Só que essas noites de êxtases, bebedeiras pródigas e orgias sexuais jamais tinham ocorrido. Poderiam ter ocorrido se o general Dreedle ou o general Peckem tivessem alguma vez demonstrado o menor desejo de participar de orgias com o coronel Cathcart. Mas isso nunca acontecera. E o coronel Cathcart certamente não iria desperdiçar tempo e energia fazendo amor a lindas mulheres, a menos que pudesse tirar algum proveito disso.

O coronel ficava angustiado só de pensar nas suas noites úmidas e solitárias na casa da fazenda, nos dias monótonos sem nada acontecendo. Ele se divertia muito mais ali no grupo, franzindo o rosto ameaçadoramente para todo mundo de quem não tinha medo. Contudo, como o coronel Korn vivia a lhe recordar, ele não aproveitaria o prestígio de ter uma casa nas montanhas se nunca a usasse. Ao seguir para lá, o coronel Cathcart ia sempre dominado por uma profunda autopiedade. Levava uma espingarda no jipe e passava as horas monótonas disparando contra passarinhos e tomates, que ali cresciam espontaneamente, embora fosse dar muito trabalho colhê-los.

Entre os oficiais sob o seu comando que o coronel Cathcart ainda julgava prudente demonstrar algum respeito estava o major —— de Coverley, muito embora ele assim não o quisesse e nem mesmo tivesse certeza de que era necessário. O major —— de Coverley era um grande mistério para o coronel, assim como o era também para o major Major e para todos os que o conheciam. O coronel Cathcart não tinha a menor ideia se era correta ou não a sua atitude em relação ao major —— de Coverley. Afinal, o major —— de Coverley era apenas um major, muito embora fosse séculos mais velho do que o coronel Cathcart. Por outro lado, tantas pessoas tratavam o major —— de Coverley com tão profundo respeito e veneração que o coronel Cathcart tinha a impressão de que elas sabiam de alguma coisa que ele ignorava. O major —— de Coverley era uma presença ominosa e incompreensível, que o mantinha permanentemente nervoso e a quem até mesmo o coronel Korn tratava cautelosamente. Todos tinham medo dele, embora ninguém soubesse o porquê. Ninguém sabia nem mesmo o primeiro nome do major —— de Coverley, porque nunca ninguém tivera a temeridade de perguntar-lhe. Quando o coronel Cathcart sabia que o major —— de Coverley havia viajado, regozijava-se com a sua ausência. Mas só até lhe ocorrer que o major —— de Coverley poderia estar em algum lugar conspirando contra ele. Desejava então que o major —— de Coverley voltasse prontamente ao esquadrão, onde era o seu lugar e onde poderia ser convenientemente vigiado.

Dali a pouco os pés do coronel Cathcart começaram a doer, de tanto andar de um lado para outro. Sentou-se novamente atrás de sua mesa e decidiu empenhar-se numa avaliação sistemática e objetiva da situação militar. Com o ar profissional de um homem que sabe como fazer as coisas, pegou uma folha branca grande, riscou uma linha bem no meio e outra quase no alto, dividindo-a em duas colunas em branco, de igual largura. Fez uma pausa, efetuando uma apreciação crítica do trabalho que já fizera. Depois, debruçou-se sobre a mesa e, com uma letra minúscula e quase indecifrável, escreveu no alto da coluna da esquerda "*Derrotas!!!*". No alto da coluna da direita, ele escreveu "*Vitórias!!!*". Recostou-se novamente, para admirar o trabalho, de uma perspectiva mais ampla. Depois de alguns segundos de solene deliberação, passou a língua na ponta do lápis e foi escrevendo por baixo da coluna "*Derrotas!!!*", com intervalos de concentração:

Ferrara
Bolonha (linha de bombardeio deslocou-se no mapa)
Estande de tiro aos pratos
Homem nu na formação (depois de Avignon)

Fez uma pausa prolongada e acrescentou:

Comida envenenada (durante Bolonha)

E:

Gemido (epidemia durante instruções para Avignon)

Nova pausa prolongada e acrescentou:

Capelão (rondando o clube dos oficiais todas as noites)

O coronel Cathcart pensou mais um pouco e decidiu ser caridoso, embora não gostasse dele, escrevendo debaixo da coluna "*Vitórias!!!*":

Capelão (rondando clube dos oficiais todas as noites)

Assim, as duas anotações a respeito do capelão neutralizavam-se. Ao lado de "*Ferrara*" e "*Homem nu na formação (depois de Avignon)*", o coronel escreveu então:

Yossarian!

Ao lado de "*Bolonha (linha de bombardeio deslocou-se no mapa)*" e de "*Gemido (epidemia durante instruções para Avignon)*", ele escreveu apenas, em sinal grande e incisivo:

?

Os acontecimentos registrados com o "?" eram os que ele queria investigar de imediato, para determinar se Yossarian tivera alguma participação.

O braço do coronel começou de repente a tremer e ele não conseguiu mais escrever. Levantou-se aterrorizado, sentindo o corpo inchado e coberto de suor, e correu para a janela, a fim de aspirar lufadas de ar fresco. Seu olhar pousou no estande de tiro aos pratos e ele instantaneamente recuou, soltando um grito estridente de angústia. Os olhos nervosos esquadrinharam freneticamente as paredes do gabinete, como se elas estivessem enxameando de Yossarians.

Ninguém gostava dele. O general Dreedle odiava-o, embora o general Peckem gostasse dele, embora ele não pudesse ter muita certeza, já que o coronel Cargill, ajudante de ordens do general Peckem, tinha ambições pessoais e certamente sabotava-o em todas as oportunidades. O único coronel em quem ele confiava era o coronel Moodus, mas mesmo ele era perigoso, por causa do sogro. Milo, é claro, tinha sido uma grande vitória para o coronel Cathcart, embora o bombardeio do acampamento pelos aviões de Milo tivesse sido provavelmente uma grande derrota. Mas Milo conseguira abafar todos os protestos, exibindo o gigantesco lucro líquido que a cooperativa realizara no negócio com o inimigo, convencendo a todos que o bombardeio dos seus próprios homens e aviões fora realmente um golpe louvável e muito lucrativo da iniciativa privada. O coronel Cathcart não se sentia muito seguro com relação a Milo, pois todos os outros coronéis estavam tentando levá-lo. E ele ainda tinha em seu grupo aquele maldito grande chefe White Halfoat, a quem aquele maldito capitão Black atribuía a responsabilidade do deslocamento da linha de bombardeio durante o Grande Cerco de Bolonha. O coronel Cathcart gostava do grande chefe White Halfoat, pois ele vivia dando socos no nariz do coronel Moodus, sempre que estava embriagado e o coronel Moodus aparecia por perto. Mas desejava que o grande chefe White Halfoat começasse a esmurrar também a cara do coronel Korn. O coronel Korn era um maldito espertalhão. Alguém no quartel-general da 27ª Força Aérea dera-lhe uma lição, devolvendo todos os seus relatórios, com uma reprimenda candente. O coronel Korn subornara um burocrata esperto que lá havia, chamado Wintergreen, para saber quem assim agia. Perder aquele avião sobre Ferrara também não fora nada bom, pensou o coronel Cathcart. E muito menos ter perdido aquele outro avião, que desaparecera dentro de uma nuvem... *ele nem tinha anotado isso!* O coronel procurou recordar, ofegante, se Yossarian também não sumira no interior do avião que desaparecera dentro de uma nuvem. Mas isso não podia ter acontecido, se Yossarian ainda estava por ali, criando um caso sem sentido só por causa de mais cinco míseras missões.

Talvez 60 missões fossem demais para os seus homens, raciocinou o coronel Cathcart. Tanto que Yossarian estava reclamando. Mas, depois, ele se recordou que obrigar seus homens a voarem mais missões que todos os outros era a sua vitória mais concreta. Como o coronel Korn frequentemente comentava, havia muitos outros comandantes de grupos que se limitavam a cumprir seus deveres. Era preciso uma iniciativa drástica, como fazer seu grupo de bombardeio voar mais missões de combate do que qualquer outro, para projetar o nome dele e destacar as suas qualidades de liderança. Certamente, nenhum dos generais parecia fazer objeções ao que ele vinha fazendo, embora, pelo que ele podia verificar, também não parecessem estar muito impressionados. O que o levava a desconfiar de que talvez sessenta missões de combate não fossem o suficiente e ele devesse imediatamente elevar o número para 70, 80, 100, 200, 300 ou 6 mil!

Certamente, ele estaria muito melhor sob o comando de alguém mais cortês como o general Peckem, em vez de estar sob o comando de um homem grosseiro e sem sensibilidade como o general Dreedle. Afinal, o general Peckem possuía o discernimento, a inteligência e a boa educação para avaliar o seu valor imenso. É verdade, porém, que o general Peckem jamais deixara transparecer o menor sinal de que simpatizava ou gostava dele. Mas o coronel Cathcart era bastante inteligente para compreender que não eram necessárias demonstrações de simpatia entre pessoas sofisticadas e seguras de si, como ele próprio e o general Peckem. Podiam simpatizar a distância com uma compreensão mútua natural. Já era suficiente que fossem ambos da mesma classe. Era apenas uma questão de esperar discretamente pela promoção, que chegaria no momento certo. Enquanto isso, o ego do coronel Cathcart ficava abalado ao constatar que o general Peckem jamais o procurava e não fazia o menor esforço para impressioná-lo com os seus epigramas, ao contrário de qualquer outro que estivesse ao alcance de sua voz, inclusive graduados. Ou o coronel Cathcart não estava impressionando o general Peckem ou o general Peckem não era a personalidade brilhante, intelectual e perspicaz que ele imaginava. Nesse caso, era realmente o general Dreedle quem era sensível, inteligente e sofisticado, o homem sob cujo comando seria certamente muito melhor estar. Subitamente, o coronel Cathcart descobriu que não tinha mais a menor ideia de a quantas andava com quem quer que fosse. Começou a bater na campainha em cima de sua mesa, insistentemente, para que o coronel Korn viesse correndo a seu gabinete e lhe assegurasse que todos o adoravam, que Yossarian era apenas um produto da sua imaginação e que ele estava realizando progressos admiráveis na esplêndida e corajosa campanha em que estava empenhado para ser promovido a general.

Na verdade, o coronel Cathcart não tinha a menor chance de tornar-se general. A impedi-lo, por um lado, havia o ex-PFC Wintergreen, que também queria ser general e invariavelmente distorcia, destruía, rejeitava ou extraviava qualquer correspondência de, para ou acerca do coronel Cathcart capaz de significar-lhe algum mérito. Por outro lado, já havia um general, o general Dreedle, que sabia que o general Peckem pretendia tomar-lhe o lugar mas não sabia como detê-lo.

O general Dreedle, um homem rude e atarracado, tinha 50 e poucos anos. O nariz era achatado e vermelho, as pálpebras muito brancas e tombadas, olhos castanhos muito pequenos, dando a impressão de círculos de bacon. Tinha uma enfermeira e um genro e era propenso a silêncios profundos, quando não bebia demais. O general Dreedle desperdiçara muito tempo no Exército a cumprir bem as suas obrigações e agora já era tarde demais. Agora, novas alianças de poder haviam se aglutinado sem a sua participação e ele não tinha como enfrentá-las. Em momentos de guarda baixa, seu rosto duro e mal-humorado assumia uma expressão sombria e preocupada, de derrota e frustração. Seu comportamento era arbitrário e imprevisível.

– A guerra é um inferno – declarava ele frequentemente, bêbado ou sóbrio.

E era realmente o que pensava, embora isso não o impedisse de tirar um bom proveito dela ou de arrumar a vida do genro, apesar de os dois brigarem constantemente.

– Aquele filho da mãe! – murmurava o general Dreedle, queixando-se do genro, desdenhosamente, para qualquer um que estivesse perto dele no bar do clube dos oficiais. – Tudo o que ele tem deve a mim. Fui eu que fiz aquele maldito filho da puta! Ele não tem inteligência suficiente para progredir sozinho.

Na outra extremidade do bar, o coronel Moodus declarava à sua audiência:

– Ele pensa que sabe de tudo. Não suporta nenhuma crítica e é incapaz de ouvir qualquer conselho.

Do outro lado do bar, o general Dreedle comentava com desdém:

– Tudo o que ele pode fazer é dar conselhos. Se não fosse por mim, ele ainda seria cabo.

A toda parte aonde ia, o general Dreedle estava sempre acompanhado pelo coronel Moodus e por sua enfermeira, que era a coisinha mais deliciosa vista por todos que a conheciam. A enfermeira do general Dreedle era baixa, rechonchuda e loura. Tinha covinhas maravilhosas no rosto, olhos azuis sempre felizes e cabelos encaracolados. Sorria para todo mundo e jamais falava, a menos que lhe dirigissem a palavra. Os seios eram opulentos, a pele alva. Era irresistível e os homens afastavam-se dela cuidadosamente. Era suculenta, meiga, dócil e estúpida, deixando todo mundo louco, à exceção do general Dreedle.

– Vocês deviam vê-la nua – comentava o general Dreedle, rindo satisfeito, com a alegria do garanhão, enquanto a sua enfermeira ficava parada ao lado dele, sorrindo orgulhosamente. – Lá no meu quarto, ela tem um uniforme roxo de seda que é tão apertado que os mamilos ficam saltados que nem duas cerejas. Milo é que me arrumou o tecido. Não há espaço por baixo nem para a calcinha ou o sutiã. De noite, sempre que Moodus está por perto, eu a faço usar esse uniforme, só para deixá-lo louco.

O general Dreedle ria roucamente e acrescentava:

– Vocês deviam ver o que acontece dentro daquela blusa, cada vez que ela muda de posição. Ela simplesmente deixa Moodus fora de si. Mas a primeira vez que eu surpreender o filho da mãe tentando agarrá-la ou a qualquer outra mulher, vou rebaixá-lo a soldado raso e colocá-lo no serviço de faxina das latrinas durante um ano.

Na outra extremidade do bar, o coronel Moodus apresentava o seu protesto de homem oprimido:

– Ele manda a enfermeira ficar me provocando, só para me deixar maluco. Ela tem um uniforme roxo de seda, tão apertado que os mamilos ficam saltados que nem duas cerejas. Não há espaço por baixo nem mesmo para a calcinha ou o sutiã. Vocês deviam ver o que acontece por baixo da blusa quando ela se mexe. Mas a primeira vez que eu puser a mão nela ou em qualquer outra mulher, ele vai me rebaixar a soldado raso e me pôr no serviço de faxina das latrinas durante um ano. E ela quase me deixa a ponto de perder a cabeça.

O general Dreedle, diante do seu público, balançava a cabeça numa risada sádica ao anunciar a sua cruel opressão:

– Ele não vai para a cama com uma mulher desde que embarcamos para o exterior. Essa é uma das razões pelas quais nunca o deixo ficar longe das minhas vistas, só para que ele não possa arrumar uma mulher. Podem imaginar como o pobre filho da puta deve estar sofrendo?

O coronel Moodus se lamuriava, quase em lágrimas:

– Não fui para a cama com uma mulher desde que embarcamos para o exterior. Podem imaginar como estou sofrendo?

O general Dreedle podia ser tão intransigente com qualquer outro que incorresse no seu desagrado como o era com o coronel Moodus. Não era dado a fingimentos, tato ou afetação. Como soldado profissional, tinha um credo coerente e conciso: acreditava que os jovens que recebiam suas ordens deveriam estar dispostos a sacrificar suas vidas pelos ideais, aspirações e idiossincrasias dos velhos de quem ele recebia ordens. Os oficiais, praças e graduados sob o seu comando só tinham identidade para ele como quantidades militares. Tudo o que ele queria era que fizessem a sua parte; além disso, eram livres para fazerem o que bem lhes aprouvesse. Tinham toda liberdade, como o coronel Cathcart, para obrigarem seus homens a voarem 60 missões de combate, se assim o desejassem. Tinham toda liberdade, como Yossarian, para entrarem nus na formação, se assim o desejassem, embora o general Dreedle tivesse ficado boquiaberto ao vê-lo e ele houvesse caminhado diretamente até lá, para certificar-se de que havia realmente um homem nu na formação em posição de sentido, esperando o momento de receber uma medalha das mãos dele. O general Dreedle ficou mudo de espanto. O coronel Cathcart ficou extremamente pálido e sentiu vertigens de desmaios ao ver Yossarian. O coronel Korn avançou rapidamente e apertou-lhe o braço, com toda força. O silêncio foi grotesco. Um vento quente soprava da praia e uma velha carroça, cheia de palha suja, sacolejava pela estrada, puxada por um burro preto e conduzido por um fazendeiro de chapéu de palha e macacão marrom desbotado, que não prestava a menor atenção à formal cerimônia militar que se realizava à sua direita.

Finalmente o general Dreedle falou, rispidamente, por cima do ombro, para sua enfermeira, que o seguira até ali:

– Volte para o carro!

A enfermeira afastou-se alegremente, com um sorriso nos lábios, na direção do carro do Estado-Maior, estacionado a uns 20 metros de distância. O general Dreedle ficou esperando, num silêncio austero, até que a porta do carro se fechasse, quando então perguntou:

– Quem é esse homem?

O coronel Moodus verificou sua lista.

– Esse é Yossarian, papai. Ele ganhou uma Medalha do Mérito Aeronáutico.

– Essa não! – murmurou o general Dreedle, o rosto rosado e monolítico se desanuviando numa expressão divertida. – Por que você não está usando roupas, Yossarian?

– Porque não quero.

– O que está querendo dizer com isso? Por que diabo você não quer usar roupas?

– Apenas não quero, senhor.

– Por que ele não está usando roupas? – perguntou o general Dreedle ao coronel Cathcart.

– Ele está falando com você – sussurrou o coronel Korn ao coronel Cathcart, desferindo-lhe uma cotovelada nas costelas.

– Por que ele não está usando roupas? – perguntou o coronel Cathcart ao coronel Korn, com uma expressão de dor intensa, esfregando levemente o local em que acabara de levar uma cotovelada.

– Por que ele não está usando roupas? – perguntou o coronel Korn ao capitão Piltchard e ao capitão Wren.

– Um homem foi morto no avião dele sobre Avignon, na semana passada, e suas roupas ficaram encharcadas de sangue – informou o capitão Wren. – Ele jura que nunca mais vai usar um uniforme.

– Um homem foi morto no avião dele sobre Avignon, na semana passada, e ele ficou encharcado de sangue – informou o coronel Korn diretamente ao general Dreedle. – O uniforme dele ainda não voltou da lavanderia.

– Onde estão os outros uniformes dele?

– Estão também na lavanderia.

– E as roupas de baixo?

– Também estão na lavanderia.

– Isso está me parecendo um absurdo total – declarou o general Dreedle.

– E é realmente um absurdo total, senhor – disse Yossarian.

– Não se preocupe, senhor – prometeu o coronel Cathcart ao general Dreedle, com um olhar ameaçador para Yossarian. – Tem a minha palavra pessoal de que esse homem será severamente punido.

– E por que iria me importar que seja punido ou não? – reagiu o general Dreedle, com surpresa e irritação. – Ele acaba de ganhar uma medalha. Se quer recebê-la sem nenhuma roupa no corpo, por que acha que isso é da sua conta?

– É exatamente o que penso, senhor! – ecoou o coronel Cathcart, com o maior entusiasmo, enxugando as sobrancelhas com um lenço branco úmido. – Mas acha mesmo isso, senhor, até à luz do recente memorando do general Peckem sobre os trajes militares apropriados nas áreas de combate?

– Peckem? – murmurou o general Dreedle, seu rosto se anuviando.

– Sim, senhor – disse o coronel Cathcart, servilmente. – O general Peckem até recomenda que mandemos os nossos homens para as missões de combate em uniforme de gala, a fim de causarem uma boa impressão ao inimigo, quando forem derrubados.

– Peckem? – repetiu o general Dreedle, semicerrando os olhos, numa expressão aturdida. – Mas que diabo Peckem tem a ver com isso?

O coronel Korn desferiu outra cotovelada violenta nas costelas do coronel Cathcart.

– Absolutamente nada, senhor! – respondeu rapidamente o coronel Cathcart, estremecendo de dor e novamente massageando o local em que o coronel Korn lhe dera a segunda cotovelada. – E foi exatamente por isso que decidi não tomar nenhuma providência a respeito antes de ter uma oportunidade de discutir o assunto com o senhor. Devo ignorar completamente a recomendação, senhor?

O general Dreedle ignorou-o completamente, virando, com uma expressão funesta de desdém, e entregando a Yossarian a medalha que ele ganhara, dentro da caixa.

– Vá buscar minha garota no carro – ordenou ele em seguida ao coronel Moodus, irritado, ficando parado em silêncio no mesmo lugar até que a enfermeira estivesse a seu lado.

– Informe imediatamente ao escritório para cancelar aquela diretiva que acabei de emitir, ordenando a todos os homens para usarem uniforme de gala nas missões de combate – sussurrou o coronel Cathcart para o coronel Korn, pelo canto da boca.

– Eu bem que lhe disse para não fazer isso – falou o coronel Korn, com uma risadinha zombeteira. – Mas simplesmente não me quis dar ouvidos.

– Psiu! Mas que diabo, Korn, por que você tinha que fazer aquilo com as minhas costelas?

O coronel Korn soltou outra risadinha.

A enfermeira do general Dreedle acompanhava-o aonde quer que ele fosse, até mesmo à barraca de instruções, tendo estado ali pouco antes da missão a Avignon, onde ficou parada com seu sorriso inalterável ao lado da plataforma, um oásis fértil na paisagem desolada, com seu uniforme rosa e verde. Yossarian contemplou-a e no mesmo instante se apaixonou desesperadamente. Ficou deprimido, vazio por dentro, o corpo entorpecido. Não despregou os olhos dela, num desejo intenso, querendo beijar aqueles lábios vermelhos e polpudos, as covinhas no rosto, enquanto ouvia o major Danby descrever, com um zumbido masculino monótono e didático, a intensa barragem antiaérea que estaria à espera deles em Avignon. E subitamente Yossarian gemeu de desespero profundo, ao pensar que poderia nunca mais ver aquela mulher maravilhosa, com quem ele nunca trocara uma só palavra e por quem estava agora pateticamente apaixonado. Seu corpo inteiro começou a latejar e a doer de tristeza, medo e desejo, enquanto a contemplava. Ela era tão bonita! Adorava o chão em que ela pisava. Yossarian passou a língua pelos lábios ressequidos e sedentos. E sua língua estava viscosa e ele gemeu novamente de desolação, desta vez tão alto que atraiu a atenção dos homens sentados a seu redor, nos bancos toscos de madeira, vestindo os uniformes de combate cor de chocolate e já com os arreios dos paraquedas. Nately virou-se rapidamente para ele, alarmado, e sussurrou:

– Mas o que há? Qual é o problema?

Yossarian não o ouviu. Estava sentindo vertigens de desejo e hipnotizado pelo desespero. A enfermeira do general Dreedle era do tipo mignon, rechonchuda. Todos os sentidos de Yossarian estavam eletrizados, a ponto de curto-circuito, pelo resplendor dos cabelos, pela pressão jamais sentida dos dedos roliços, pela opulência jamais provada dos seios núbeis, mal contidos pela blusa rosa do Exército, entreaberta no pescoço, pela confluência triangular do ventre e das coxas, sobressaindo na calça apertada de gabardina verde regulamentar. Yossarian sorveu-a avidamente, da cabeça às unhas pintadas dos pés. Ele não queria perdê-la jamais.

– Oooooooooooh! – gemeu novamente.

E desta vez seu grito trêmulo e vindo do fundo do peito ecoou por toda a barraca. Uma onda de inquietação e surpresa arrebentou em cima dos oficiais que estavam no estrado. Até mesmo o major Danby, que começara a sincronizar os relógios, foi momentaneamente desviado de sua tarefa de contar os segundos e quase precisou começar tudo novamente. Nately seguiu o olhar fixo de Yossarian até a enfermeira do general Dreedle. Ele ficou pálido de emoção ao compreender o que estava perturbando Yossarian.

– Pare com isso, está bem? – advertiu Nately a Yossarian, num sussurro incisivo.

– Ooooooooooooooh – gemeu Yossarian, pela quarta vez, agora alto o bastante para que todos ouvissem nitidamente.

– Você ficou maluco? – sibilou Nately veementemente. – Vai se meter na maior encrenca!

– Ooooooooooooooooooh! – gemeu Dunbar lá do outro lado.

Nately reconheceu a voz de Dunbar. A situação estava agora fora de qualquer controle e ele virou-se, com um pequeno gemido:

– Ooooh!

– Ooooooooooooooooooh! – gemeu Dunbar em resposta.

– Oooooooooooooooh! – gemeu alto Nately, de exasperação, ao compreender que acabara de gemer.

– Oooooooooooooooh! – gemeu Dunbar, novamente, em resposta.

– Oooooooooooooooh! – gemeu uma quarta pessoa, em outro canto da barraca, fazendo com que os cabelos de Nately ficassem arrepiados.

Yossarian e Dunbar responderam, enquanto Nately se encolhia todo e procurava em vão por algum buraco onde se esconder, levando Yossarian consigo. Alguns estavam começando a conter o riso. Um impulso diabólico se apoderou de Nately e ele gemeu deliberadamente na próxima calmaria que se fez. Outra nova voz respondeu. O vento da desobediência soprava pela barraca e Nately gemeu deliberadamente outra vez, na próxima iminência de calmaria. Outra nova voz respondeu. A barraca estava mergulhando incontrolavelmente no tumulto. Um burburinho de voz começou a surgir. Pés se arrastavam, as coisas estavam caindo dos dedos das pessoas, lápis, caixas de mapas, capacetes de aço. Os homens que não estavam gemendo começaram a rir abertamente e não se poderia imaginar até que ponto iria aquela insurreição desorganizada de gemidos, se o próprio general Dreedle não se adiantasse até o centro da plataforma, decidido, postando-se diretamente em frente do major Danby, que continuava de cabeça baixa, concentrado no seu relógio de pulso a contar os segundos:

– ...vinte e cinco... vinte... quinze...

O rosto vermelho e dominador do general Dreedle estava contorcido de perplexidade e duro como uma pedra de resolução inabalável.

– Agora chega, homens – ordenou ele energicamente, os olhos fulminantes de desaprovação e o queixo quadrado muito firme.

E assim tudo acabou. Quando se restabeleceu um silêncio absoluto na barraca e os homens se encolhiam apavorados nos bancos, o general Dreedle acrescentou rispidamente:

– Comando uma unidade de combate e não haverá mais nenhum gemido aqui enquanto eu for o comandante. Está bem claro?

Estava bem claro para todos, menos para o major Danby, que ainda continuava concentrado no seu relógio de pulso, a contar os segundos em voz alta:

– ...quatro... três... dois... um... tempo!

O major Danby levantou os olhos, triunfalmente, para descobrir que ninguém lhe estivera prestando a menor atenção e teria que começar tudo novamente.

– Oooooh! – gemeu ele, em frustração.

– *Mas o que foi isso?* – rugiu o general Dreedle, incrédulo, voltando-se com uma fúria assassina na direção do major Danby, que cambaleou para trás, numa confusão aterrorizada, tremendo e transpirando profusamente. – *Quem é esse homem?*

– É-é-é o ma-major Danby, senhor – gaguejou o coronel Cathcart. – Ele é o meu oficial de operações.

– Pois tire-o daqui e fuzile-o – ordenou o general Dreedle.

– Se-senhor?

– Eu disse para tirá-lo daqui e fuzilá-lo! Será que não me entendeu?

– Sim, senhor! – respondeu o coronel Cathcart, engolindo em seco e virando-se com uma atitude enérgica para seu motorista e para seu meteorologista. – Tirem o major Danby daqui e fuzilem-no.

– Se-senhor? – gaguejaram ao mesmo tempo o motorista e o meteorologista.

– Eu disse para tirarem o major Danby daqui e fuzilá-lo! – berrou rispidamente o coronel Cathcart. – Será que não me entenderam?

Os dois jovens tenentes concordaram, aturdidos, entreolhando-se boquiabertos, numa relutância desconcertada, cada um esperando que o outro tomasse a iniciativa de levar o major Danby para fora e fuzilá-lo. Afinal, nunca antes eles haviam levado o major Danby para fora e o fuzilado. Eles se arrastaram inseguros na direção do major Danby, um de cada lado. O major Danby estava pálido de medo. Suas pernas se dobraram subitamente e ele começou a cair. Os dois jovens tenentes saltaram para a frente e agarraram-no, antes que ele desabasse no chão. Agora que já seguravam o major Danby, o restante parecia fácil. Só que eles não tinham armas. O major Danby começou a chorar. O coronel Cathcart sentiu vontade de correr para o lado dele e consolá-lo, mas não queria parecer um maricas na presença do general Dreedle. Ele lembrou que Havermeyer e Appleby sempre levavam as suas automáticas .45 nas missões. Começou a esquadrinhar as fileiras de homens, à procura dos dois.

Assim que o major Danby começou a chorar, o coronel Moodus, que estivera vacilando incerto à margem dos acontecimentos, não pôde mais se conter e avançou timidamente até o general Dreedle, com uma expressão de autossacrifício. A voz era hesitante quando ele sugeriu:

– Acho melhor esperar um minuto, papai. Não creio que possa fuzilá-lo.

O general Dreedle ficou enfurecido com a intervenção.

– E quem diz que eu não posso? – berrou ele belicosamente, a voz tão alta que estremeceu todo o acampamento.

O coronel Moodus, o rosto vermelho de embaraço, inclinou-se e sussurrou-lhe alguma coisa ao ouvido.

– E por que diabo eu não posso? – urrou o general Dreedle.

O coronel Moodus sussurrou-lhe mais alguma coisa.

– Está querendo dizer que não posso fuzilar quem eu quiser? – indagou o general Dreedle, numa indignação obstinada. E esticou a orelha, interessado, enquanto o coronel Moodus continuava a sussurrar.

– É verdade mesmo? – questionava ele, a raiva dominada pela curiosidade.

– É, sim, papai. Receio que seja assim mesmo.

– Está se achando muito espertinho, não é?

O coronel Moodus ficou novamente todo vermelho.

– Não, papai, não é...

– Está bem, podem largar o filho da puta insubordinado – rosnou o general Dreedle, afastando-se do genro e dirigindo-se malhumorado ao meteorologista do coronel Cathcart. – Mas tirem-no daqui e mantenham-no bem longe. E vamos acabar logo esta maldita reunião de instrução, antes que a guerra termine. Nunca vi tanta incompetência junta!

O coronel Cathcart balançou a cabeça, desolado, para o general Dreedle e fez um sinal a seus homens para que levassem o major Danby para longe. Mas assim que o major Danby saiu, descobriu-se que não havia mais ninguém para continuar a dirigir a reunião de instruções. Todos ficaram se entreolhando aturdidos, numa surpresa aparvalhada. O general Dreedle ficou vermelho de raiva ao constatar que nada acontecia. O coronel Cathcart não tinha a menor ideia do que deveria fazer. Já ia começar a gemer alto quando o coronel Korn veio em seu socorro, adiantando-se e assumindo o controle da situação. O coronel Cathcart suspirou de alívio, quase oprimido por uma gratidão eterna ao coronel Korn.

– Muito bem, homens, agora vamos sincronizar os relógios – começou prontamente o coronel Korn, em tom agudo e autoritário, rolando os olhos brejeiramente na direção do general Dreedle. – Vamos sincronizar os relógios apenas uma única vez. Se tal não acontecer, o general Dreedle e eu vamos querer saber o motivo. Entendido? – Novamente deu uma olhada na direção do general Dreedle, para se certificar de que atingira o alvo. – E agora acertem seus relógios em nove e dezoito.

O coronel Korn sincronizou os relógios sem a menor dificuldade e seguiu adiante, deu uma olhada confiante. Informou aos homens as cores do dia e passou em revista as condições meteorológicas, com uma versatilidade ágil e cintilante, lançando olhares de esguelha e sorridentes para o general Dreedle a intervalos de segundos, a fim de tirar encorajamento da excelente impressão que via que estava causando. Inflando de orgulho, radiante, a desfilar pomposamente para um lado e outro da plataforma, foi tomando impulso e informou de novo as cores do dia, embrenhando-se em seguida numa dissertação estimulante sobre a importância da ponte em Avignon para o esforço de guerra e a obrigação de cada homem que iria participar da missão de colocar o amor pelo seu país acima do amor por sua própria vida. Quando o discurso inspirado terminou, novamente informou aos homens quais as cores do dia, repetiu a direção do ataque e as condições meteorológicas existentes. O coronel Korn sentiu-se no auge da sua capacidade: era o astro do espetáculo.

A compreensão dos acontecimentos foi lentamente despertando no coronel Cathcart. Quando finalmente o invadiu por completo, ficou atordoado. Seu rosto foi ficando cada vez mais sombrio, enquanto ouvia a interminável e traiçoeira exibição do coronel Korn. E estava quase com medo de escutar qualquer coisa quando o general Dreedle aproximou-se dele e, num sussurro alto o suficiente para ser ouvido por todos, inquiriu:

– Quem é esse homem?

O coronel Cathcart respondeu, com um prestígio fúnebre. O general Dreedle pôs então a mão em concha sobre a boca e sussurrou-lhe algo, que fez o rosto do coronel Cathcart iluminar-se numa alegria incontida. O coronel Korn observou a cena toda e tremeu extasiado. Será que ele fora ali mesmo promovido de tenente-coronel a coronel? Não conseguia aguentar o *suspense*. Num floreio de mestre, encerrou as instruções e virou-se expectante, para receber as congratulações efusivas do general Dreedle... que já estava saindo da barraca, com um último olhar para trás, levando a reboque o coronel Moodus e a sua enfermeira. O coronel Korn sentiu-se abalado pela visão desapontadora, mas apenas por um instante. Seus olhos foram-se fixar no coronel Cathcart, que ainda estava parado no mesmo lugar, num transe sorridente. Ele correu até lá, exultante, e sacudiu-lhe o braço.

– O que ele disse a meu respeito? – indagou o coronel Korn, excitado, num acesso de orgulho e de bem-aventurada expectativa. – O que o general Dreedle disse?

– Ele queria saber quem você era.

– Já sei disso, já sei disso. Mas o que ele disse a meu respeito? O que disse?

– Que você o deixava enojado.

22
Milo, o prefeito

Foi na missão a Avignon que Yossarian perdeu a cabeça. E ele perdeu a cabeça porque Snowden perdeu a coragem. E Snowden perdeu a coragem porque o piloto deles naquele dia era Huple, que tinha apenas 15 anos de idade, e o copiloto era Dobbs, que era ainda pior e vivia insistindo para que Yossarian se juntasse a ele numa conspiração para assassinar o coronel Cathcart. Yossarian sabia que Huple era um bom piloto, mas o fato é que ele era apenas um bom garoto. E Dobbs também não tinha a menor confiança nele, arrancando-lhe os controles das mãos, sem o menor aviso, depois que haviam lançado as bombas, perdendo a cabeça em pleno voo e lançando o avião naquele mergulho fatal e aterrorizante, que fez pararem todos os corações a bordo e arrancou os fones dos ouvidos de Yossarian, arremessando-o contra o teto do compartimento do nariz.

Ó Deus!, gritara Yossarian silenciosamente, ao sentir que estavam todos caindo irremediavelmente. *Ó Deus! Ó Deus! Ó Deus! Ó Deus!*, continuou a gritar, suplicante, embora os lábios não conseguisse abrir, enquanto o avião caía e ele oscilava lá no alto, sem qualquer peso. E isso continuou até que Huple conseguiu retomar os controles e nivelou o aparelho, dentro de um desfiladeiro estreito e irregular no meio da cerrada barragem de fogo antiaéreo, da qual já tinham escapado e que agora teriam de enfrentar novamente. Quase que no mesmo instante houve um baque surdo e se abriu no *plexiglass* um buraco do tamanho de um punho. O rosto de Yossarian ficou ardendo do impacto dos estilhaços, mas não havia sangue.

– O que aconteceu? O que aconteceu? – gritou ele, estremecendo violentamente ao não ouvir a própria voz.

Ficou aterrorizado com o silêncio total do aparelho de intercomunicação. E estava também horrorizado demais para se mexer, agachado ali, de quatro, como um rato encurralado. Ficou assim, por quase uma eternidade, sem se atrever sequer a respirar, até que afinal viu o cilindro brilhante do plugue dos fones balançando de um lado para outro, diante de seus olhos. Enfiou-o no lugar, com os dedos trêmulos. *Ó Deus!*, continuava a gritar mentalmente, sem que o terror tivesse decrescido, enquanto a seu redor, por toda parte, explodiam as granadas antiaéreas, *Ó Deus!*

Dobbs estava soluçando quando Yossarian acabou de endireitar o aparelho de intercomunicação e pôde ouvir novamente.

– Ajudem-no, ajudem-no – soluçava Dobbs. – Ajudem-no, ajudem-no.

– Ajudar quem? Ajudar quem? – berrou Yossarian.

– O bombardeador, o bombardeador – choramingou Dobbs. – Ele não responde. Ajudem o bombardeador, ajudem o bombardeador.

– Mas eu sou o bombardeador – gritou-lhe Yossarian. – Eu sou o bombardeador e estou perfeitamente bem.

– Então ajudem-no, ajudem-no – soluçou Dobbs, cada vez mais desesperado. – Ajudem-no!

– Ajudar quem? Ajudar quem?

– O metralhador da cauda – implorou Dobbs. – Ajudem o metralhador da cauda.

– Estou sentindo frio – soluçou Snowden debilmente pelo sistema de intercomunicação, em agonia. – Por favor, ajudem-me... Estou com frio.

Yossarian se arrastou pelo estreito corredor, subiu para o compartimento das bombas e foi até a cauda do avião, onde Snowden estava caído no chão, ferido e sentindo um frio mortal, banhado pelo sol pálido que se estendia em torno dele num brilho desmaiado.

Dobbs era o pior piloto do mundo e sabia disso, um destroço irrecuperável de um jovem viril, que se esforçava continuamente em convencer a seus superiores que não mais estava capacitado a pilotar um avião. Mas nenhum dos superiores lhe dava a menor atenção. Foi no dia em que o número de missões foi aumentado para 60 que Dobbs entrou furtivamente na barraca de Yossarian, num momento em que Orr estava fora à procura de gaxetas, e revelou o complô que elaborara para assassinar o coronel Cathcart. Ele precisava da ajuda de Yossarian.

– Mas você está realmente querendo que nós o matemos a sangue-frio? – objetou Yossarian.

– Exatamente – admitiu Dobbs, com um sorriso otimista, estimulado pela compreensão rápida da situação demonstrada por Yossarian. Vamos alvejá-lo mortalmente com a Luger que eu trouxe da Sicília e que ninguém sabe que eu tenho.

– Acho que não posso fazer isso – concluiu Yossarian, depois de avaliar a ideia em silêncio por algum tempo.

Dobbs ficou atônito.

– Mas por que não?

– Olhe, nada me agradaria mais do que ver o filho da puta quebrar o pescoço ou morrer num acidente de automóvel ou ser assassinado por qualquer outra pessoa. Mas acho que eu não poderia matá-lo.

– Mas ele o mataria sem a menor hesitação! – argumentou Dobbs. – Na verdade, foi você mesmo quem disse que ele está nos assassinando, mantendo-nos em combate por tanto tempo.

– Mas acho que eu não poderia matá-lo. Afinal de contas, ele também tem o direito de viver.

– Não tem, não, enquanto estiver tentando roubar a você e a mim do nosso direito de viver. Mas o que há com você? – Dobbs estava visivelmente espantado. – Eu ficava ouvindo você dizer a mesma coisa para Clevinger. E pense só no que aconteceu com ele! Desapareceu bem no meio de uma nuvem.

– Pare de gritar, está bem? – pediu Yossarian.

– Não estou gritando! – gritou Dobbs ainda mais alto, com um fervor revolucionário. Seus olhos e nariz tremiam e o lábio inferior estava coberto por uma espuma branca. – Já devia haver quase cem homens no grupo que já tinham concluído as 55 missões, quando ele aumentou o número para 60. Deve haver pelo menos outros cem homens na sua situação, faltando uma ou duas missões para atingirem as 55. Ele vai matar todos nós, se o deixarmos continuar com isso para sempre. Temos que matá-lo primeiro.

Yossarian assentiu, sem qualquer expressão, procurando não se comprometer.

– E você acha que poderemos escapar impunes?

– Já pensei em tudo. Eu...

– Pare de gritar, pelo amor de Deus!

– Não estou gritando! Tenho...

– Você vai ou não parar de gritar?

– Já planejei tudo – sussurrou Dobbs, agarrando a beira da cama de Orr com as duas mãos, os nós dos dedos ficando brancos para evitar que elas se mexessem. – Na manhã de quinta-feira, quando ele voltar daquela sua maldita casa nas montanhas, eu me esgueirarei pelo mato até aquela curva fechada da estrada e me esconderei nas moitas. Ele tem que diminuir a velocidade naquele trecho e poderei ficar vigiando a estrada em ambas as direções para me certificar de que ninguém está se aproximando. Sairei então das moitas com a minha Luger e acertarei vários tiros na cabeça dele, até matá-lo. Enterrarei a Luger, voltarei pelo meio do mato até o acampamento e farei tudo o que tiver de fazer durante o dia, como todos os outros. O que pode dar errado no meu plano?

Yossarian avaliara atentamente cada etapa do plano. E estava agora perplexo:

– Mas onde é que eu entro nisso?

– Não posso executar o plano sem você – confessou Dobbs. – Preciso que me diga para ir em frente.

Yossarian achou difícil de acreditar.

– Isso é tudo o que você deseja de mim? Que lhe diga para ir em frente?

– Isso é tudo o que preciso de você – confirmou Dobbs. – Apenas me diga para ir em frente e depois de amanhã estourarei os miolos dele sozinho. – A voz de Dobbs se acelerava de emoção e ele começava novamente a gritar. – Eu gostaria também de acertar uns tiros na cabeça do coronel Korn, mas preferia poupar o major Danby, se você não se incomodar. Depois, gostaria ainda de assassinar Havermeyer e Appleby. Depois de termos liquidado esses dois, poderemos então assassinar McWatt.

– McWatt? – gritou Yossarian, quase pulando de consternação. – McWatt é meu amigo. Por que você quer assassiná-lo?

– Não sei – confessou Dobbs, confuso e embaraçado. – Apenas pensei que, já que vamos assassinar Appleby e Havermeyer, poderíamos perfeitamente assassinar McWatt também. Você não quer assassinar McWatt?

Yossarian assumiu uma posição firme.

– Escute, posso me interessar pelo plano, se você parar de gritar o que está pensando para toda a ilha ouvir e se quiser se limitar à morte do coronel Cathcart. Mas se está querendo transformar isso num banho de sangue, pode esquecer a minha ajuda.

– Está bem, está bem – disse Dobbs, procurando acalmar-se. – Apenas o coronel Cathcart. Devo ou não fazê-lo? Vamos, diga-me para ir em frente.

– Acho que não posso lhe dizer para ir em frente – falou Yossarian, balançando a cabeça.

Dobbs ficou fora de si e suplicou veementemente:

– Estou disposto a fazer um acordo. Não precisa me dizer para ir em frente. Basta que me diga que é uma boa ideia. Está certo? É uma boa ideia?

– Teria sido uma grande ideia se você a tivesse executado sem falar comigo. – Yossarian balançou novamente a cabeça. – Agora é tarde demais. Não creio que possa dizer-lhe alguma coisa. Mas me dê mais algum tempo. Talvez eu consiga mudar de ideia.

– Então *será* tarde demais!

Yossarian continuou a balançar a cabeça. Dobbs ficou desapontado. Permaneceu sentado ali por um momento, o olhar perdido, levantando-se depois bruscamente e saindo da barraca, para ter outra conversa tempestuosa com Doc Daneeka, tentando persuadi-lo a dar-lhe baixa. No caminho, derrubou a bacia de água de Yossarian e tropeçou sobre a mangueira de combustível do fogão que Orr estava construindo. Doc Daneeka resistiu corajosamente ao ataque ameaçador e gesticulante de Dobbs, com uma série de acenos impacientes, despachando-o para a barraca do serviço médico, para descrever seus sintomas a Gus e Wes, que lhe pintaram as gengivas com uma solução de violeta de genciana, no momento em que ele começou a falar. Pintaram-lhe também os dedos dos pés de roxo e enfiaram-lhe um laxativo pela garganta abaixo no instante em que ele abriu a boca para reclamar, despachando-o em seguida.

Dobbs estava em pior estado até do que Hungry Joe, que, pelo menos, podia voar suas missões quando não estava tendo pesadelos. Dobbs estava quase tão ruim quanto Orr, com sua risadinha perturbada e galvânica e os dentes salientes e tortos, que foi enviado numa licença para descanso numa viagem ao Cairo com Milo e Yossarian, quando Milo comprou algodão em vez dos ovos previstos e decolou de madrugada para Istambul, o avião abarrotado até as torres de metralhadora com aranhas exóticas e cachos de banana vermelha ainda não amadurecidas. Orr era um dos mais simples e simpáticos aloprados que Yossarian já conhecera. Tinha um rosto bojudo e tosco, com olhos cor de avelã muito apertados no fundo das órbitas e cabelos multicor, subindo até formar uma crista no alto da cabeça, brilhando de gomalina. Orr era derrubado na água ou tinha um motor avariado cada vez que levantava voo, a rotina falhando bem poucas vezes. E Orr ficou sacudindo o braço de Yossarian como um desesperado, depois que decolaram para Nápoles e foram descer na Sicília, encontrando o ardiloso e inveterado fumante de 10 anos, cafetão hábil, que tinha duas irmãs virgens de 12 anos, à espera deles na cidade, em frente ao hotel, no qual só havia quarto para Milo. Yossarian afastou-se decidido de Orr contemplando com alguma preocupação e muita surpresa o Etna em vez do Vesúvio, imaginando o que estariam fazendo na Sicília em vez de Nápoles. Orr continuou suplicando-lhe, numa agitação gaguejante e concupiscente, que fosse com ele atrás do ardiloso cafetão de 10 anos, ao encontro das duas irmãs virgens de 12 anos, que não eram realmente virgens, não eram realmente irmãs e que tinham na verdade 28 anos.

– Vá com ele – recomendou Milo a Yossarian, de modo lacônico. – Lembre-se de sua missão.

– Está bem – cedeu Yossarian, com um suspiro, recordando-se de sua missão. – Mas pelo menos deixe-me tentar primeiro encontrar um quarto de hotel, para que eu possa ter depois uma boa noite de sono.

– Terá uma boa noite de sono com as meninas – declarou Milo, com o mesmo ar de conspirador. – Lembre-se de sua missão.

Mas não tiveram noite de sono nenhuma. Yossarian e Orr viram-se apinhados na mesma cama de casal com as duas virgens de 12 anos que eram prostitutas de 28 anos, sujas e obesas, que passaram a noite inteira a acordá-los, para uma troca de parceiros. Os sentidos de Yossarian logo ficaram tão entorpecidos que ele não prestou a menor atenção ao turbante bege que a mais gorda estava usando. Na manhã seguinte, o cafetão de 10 anos que gostava de charutos cubanos arrancou o turbante em público, num capricho bestial, expondo ao brilhante sol siciliano o crânio informe e totalmente raspado. Vizinhos vingativos tinham lhe raspado a cabeça, porque ela dormira com os alemães. A mulher berrou de vergonha e saiu correndo comicamente atrás do cafetão de 10 anos, o escalpo horrendo e violado subindo e descendo ridiculamente, a emoldurar o seu rosto moreno, como algo esbranquiçado e obsceno. Yossarian nunca vira antes nada tão despudoradamente nu. O cafetão de 10 anos girou o turbante na ponta do dedo como um troféu, enquanto atraía a mulher num círculo tantalizante em torno do quarto, ficando sempre a poucos centímetros do alcance dela. Todos estavam às gargalhadas quando Milo entrou, uma expressão sombria de pressa. Ele contraiu os lábios de modo reprovador ao ver aquele espetáculo indecoroso, de vício e frivolidade. Milo insistiu em partirem de imediato para Malta.

– Estamos com sono – gemeu Orr.

– A culpa é de vocês – censurou-os Milo, com a indignação dos justos. – Se tivessem passado a noite em seu quarto de hotel, em vez de virem encontrar-se com essas duas garotas imorais, estariam agora se sentindo tão bem quanto eu.

– Você nos disse para virmos encontrá-las – reagiu Yossarian, num tom acusador. – E não tínhamos nenhum quarto de hotel. Você foi o único que conseguiu acomodações.

– Isso também não foi culpa minha – explicou Milo, com arrogância. – Como é que eu poderia saber que todos os compradores estariam na cidade para a colheita de grão-de-bico?

– Você sabia, sim – acusou-o Yossarian. – Isso explica por que estamos na Sicília em vez de Nápoles. Você provavelmente já abarrotou o maldito avião com grão-de-bico.

– Pssssiu! – murmurou Milo cautelosamente, com um olhar na direção de Orr. – Lembre-se de sua missão.

Quando chegaram ao aeroporto para decolarem para Malta, encontraram o avião abarrotado de sacos de grão-de-bico.

A missão de Yossarian na viagem era desviar a atenção de Orr, a fim de que ele não observasse onde Milo comprava seus ovos, apesar de Orr ser um membro da cooperativa de Milo e, como tal, possuir também sua cota. Yossarian achava que sua missão era inútil, já que era do conhecimento público o fato de que Milo comprava seus ovos em Malta, por 7 *cents* a unidade, revendendo-os aos refeitórios sob o seu controle a 5 *cents* a unidade.

– É que não confio nele – sussurrou Milo no avião, inclinando a cabeça para trás, na direção de Orr, que estava enroscado como um gato em cima de sacos de grão-de-bico, procurando desesperadamente dormir um pouco. – E tenho que comprar meus ovos quando ele não estiver por perto, pois não quero que descubra meus segredos comerciais. O que mais você não entende?

Yossarian viajava ao lado dele, no assento do copiloto.

– Não compreendo como você compra ovos em Malta a 7 *cents* e vende-os por 5 *cents*.

– É que eu tiro um lucro nisso.

– Mas como você pode lucrar? Pelo contrário, está perdendo 2 *cents* em cada ovo.

– É que eu tenho um lucro de 3 *cents* e um quarto em cada ovo que vendo por 4 *cents* e um quarto ao pessoal de Malta e compro depois por 7 *cents*. É claro que o lucro não é meu, mas da cooperativa, da qual todo mundo tem uma cota.

Yossarian teve a impressão de que estava começando a compreender.

– E as pessoas a quem você vende os ovos a 4 *cents* e um quarto têm então um lucro de 2 *cents* e três quartos em cada ovo, ao vendê-lo de volta a você por 7 *cents*. Não é isso mesmo? Mas por que você não vende os ovos diretamente a si mesmo e elimina as pessoas de quem os compra?

– Porque eu sou as pessoas de quem os compro – explicou Milo. – Eu tiro um lucro de 3 *cents* e um quarto quando os vendo a mim mesmo e um lucro de 2 *cents* e três quartos quando os compro de mim mesmo. O lucro total por ovo é de 6 *cents*. Eu perco apenas 2 *cents* por ovo, ao vendê-lo aos refeitórios por 5 *cents*. É assim que eu consigo ter lucro comprando ovos a 7 *cents* a unidade e vendendo-os a 5 *cents*. Na verdade, pago apenas 1 *cent*, quando os compro na saída da galinha, na Sicília.

– Em Malta – corrigiu-o Yossarian. – Você compra seus ovos em Malta e não na Sicília.

Milo riu, orgulhoso. E confessou, com um ar divertido e sorrateiro, na única vez em que Yossarian o viu afastar-se da sobriedade diligente que lhe era característica:

– Não compro ovos em Malta. Compro na Sicília, por 1 *cent* a unidade, transferindo-os secretamente para Malta, a 4 *cents* e meio a unidade, a fim de elevar o preço para 7 *cents* a unidade, quando as pessoas vêm a Malta para comprá-los.

– Mas por que as pessoas vêm a Malta comprar ovos, já que eles são tão caros ali?

– Porque é assim que eles sempre fazem.

– E por que elas nunca vão procurar ovos na Sicília?

– Porque nunca fizeram assim.

– Agora não estou entendendo mais nada. Por que você não vende os ovos aos seus refeitórios a 7 *cents,* em vez de 5 *cents*?

– Porque então os meus refeitórios não precisariam de mim. Qualquer um pode comprar ovos de 7 *cents* a 7 *cents.*

– Por que eles não passam por cima de você e compram os ovos diretamente de você em Malta, a 4 *cents* e um quarto por unidade?

– Porque então não haveria um lucro razoável. Desse jeito, eu posso pelo menos fazer um pequeno lucro para mim mesmo, como intermediário.

– Então é verdade que você tira um lucro para si mesmo – observou Yossarian.

– É claro que sim. Mas vai tudo para a cooperativa. Na qual, aliás, todo mundo tem sua parte. Será que você não entende? É o mesmo esquema daqueles tomates que eu vendo para o coronel Cathcart.

– *Compra* – corrigiu-o Yossarian. – Você não *vende* os tomates ao coronel Cathcart e ao coronel Korn. Você os *compra* deles.

– Não, eu *vendo.* Distribuo os meus tomates por todos os mercados de Pianosa, a para que o coronel Cathcart e o coronel Korn possam comprá-los de mim. Vendo-lhes sob um nome falso e eles me compram também sob nomes falsos. Eles me compram por 4 *cents* a unidade e no dia seguinte eu compro deles por 5 *cents* a unidade, em nome da cooperativa. Eles tiram um lucro de 1 *cent* e eu ganho 3 *cents* e meio por unidade. Assim, todo mundo sai ganhando.

– À exceção da cooperativa – comentou Yossarian, com um suspiro. – A cooperativa está pagando 5 *cents* a unidade por tomates que lhe custam apenas 1 *cent* e meio. Como é que ela sai ganhando?

– A cooperativa lucra quando eu lucro, porque todos têm a sua cota. E a cooperativa ainda conta com o apoio do coronel Cathcart e do coronel Korn, que me permitem realizar viagens como esta. Você vai ver quanto lucro isso pode significar dentro de uns 15 minutos, quando aterrarmos em Palermo.

– Malta – corrigiu-o Yossarian. – Estamos voando agora para Malta e não para Palermo.

– Não, estamos voando para Palermo. Tenho que falar com um negociante de escarola de Palermo a respeito de um embarque de cogumelos para Berna que foi destruído pelo mofo.

– Milo, como é que você consegue? – indagou Yossarian, com uma risada de surpresa e admiração. – Você preenche um plano de voo para um lugar e depois vai para outro. Será que os homens nas torres de controle nunca protestam?

– Todos eles pertencem à cooperativa. E eles sabem que o que é bom para a cooperativa é bom para o país, porque é isso o que faz o *American Way of Life*. Os homens das torres de controle também têm as suas cotas e é por isso que eles sempre fazem tudo o que é possível para ajudarem a cooperativa.

– Eu tenho a minha parte?

– Todo mundo tem a sua parte.

– Orr também tem?

– Todo mundo tem sua parte.

– E Hungry Joe? Também tem uma parte?

– Todo mundo tem a sua parte.

– Mas isso é incrível! – meditou Yossarian, pela primeira vez impressionado com a ideia de que ele também tinha uma parte daquilo tudo.

Milo virou-se para ele com um brilho de conspiração nos olhos.

– Tenho um plano infalível para arrancar 6 mil dólares do governo federal. Podemos ganhar 3 mil cada um, sem o menor risco. Você está interessado?

– Não.

Milo olhou para Yossarian com profunda emoção.

– É isso o que eu aprecio em você! Você é honesto. É o único homem que eu conheço em quem posso realmente confiar. É por isso que eu gostaria que tentasse ajudar-me mais um pouco. Fiquei realmente desapontado quando você sumiu ontem em Catânia, com aquelas duas vagabundas.

Yossarian encarou Milo com uma expressão incrédula e irônica.

– Milo, foi você mesmo quem disse que eu fosse procurá-las. Não está se lembrando?

– A culpa não foi minha – respondeu Milo, com um ar de dignidade incontestável. – Eu tinha de me livrar de Orr de alguma maneira, ao chegarmos à cidade. Mas em Palermo será diferente. Quando lá desembarcarmos quero que você e Orr saiam com as garotas diretamente do aeroporto.

– Com que garotas?

– Passei um telegrama para Palermo e acertei tudo com um cafetão de 4 anos, que vai fornecer a você e a Orr duas virgens de 8 anos, que são meio espanholas. Ele estará esperando no aeroporto numa limusine. Embarquem imediatamente, assim que saltarem no avião.

– Nada feito – declarou categoricamente Yossarian, sacudindo a cabeça. – A única coisa que vou fazer ao chegar a Palermo será dormir.

Milo ficou lívido de indignação, o nariz comprido e fino tremendo espasmodicamente entre as sobrancelhas pretas e o bigode irregular, entre laranja e castanho, como a chama débil e pálida de uma vela.

– Yossarian, lembre-se de sua missão – declarou ele, solenemente.

– Ao diabo com minha missão – respondeu Yossarian, indiferente. – E ao diabo também com a cooperativa, mesmo eu tendo uma participação nela. Não quero nenhuma virgem de 8 anos, mesmo que ela seja meio espanhola.

– Não posso culpá-lo. Mas essas virgens de 8 anos têm na verdade 32 anos. E não são meio espanholas, mas apenas um terço estonianas.

– Não quero saber de nenhuma virgem!

– E elas nem mesmo são virgens – continuou Milo, persuasivo. – A que eu escolhi para você foi casada por um breve período com um velho mestre-escola, que só se deitava com ela aos domingos. Assim, ela é realmente quase tão boa quanto nova.

Mas Orr estava com sono também, e assim Yossarian e Orr estavam ao lado de Milo quando ele entrou na cidade de Palermo, vindos diretamente do aeroporto. E lá descobriram que não havia quarto no hotel para nenhum dos dois e também, o que era mais importante, que Milo era o prefeito da cidade.

A fantástica e implacável recepção para Milo começou no aeroporto, onde os trabalhadores civis que o reconheceram interromperam suas atividades respeitosamente para fitá-lo, com expressões controladas de exuberância e adulação. A notícia da sua chegada precedeu-o e os arredores da cidade já estavam apinhados de cidadãos a saudá-lo, enquanto passava no caminhão aberto. Yossarian e Orr estavam espantados e confusos, comprimindo-se de encontro a Milo em busca de proteção.

Na cidade, a recepção a Milo foi se tornando cada vez mais ruidosa, o caminhão diminuindo a velocidade à medida que se aproximava do centro. Meninos e meninas tinham saído da escola e estavam parados ao longo do meio-fio, dos dois lados da rua, usando roupas novas, sacudindo bandeirinhas. Yossarian e Orr estavam agora atônitos, mudos de espanto. As ruas estavam apinhadas de multidões alegres e por cima do mar de cabeças podiam-se ver imensos estandartes, com o retrato de Milo. Milo posara para aquelas fotografias com uma blusa castanha de camponês, colarinho redondo e alto. O semblante escrupuloso e paternal era tolerante, sábio, crítico e impressivo, contemplando com sabedoria o populacho do alto do bigode indisciplinado. Inválidos nas últimas jogavam-lhe beijos das janelas. Comerciantes de avental acenavam extasiados, das portas estreitas de suas lojas. As tubas começaram a tocar. Aqui e ali uma pessoa caía e era pisoteada até a morte pela multidão. Velhas soluçantes se acotovelavam freneticamente, pelo privilégio de se aproximarem do caminhão em marcha lenta e tocarem o ombro ou apertarem a mão de Milo. Este suportava a comemoração tumultuada com uma expressão benevolente. Retribuía o aceno de todo mundo e lançava generosos punhados de beijos embrulhados em papel oleado para a multidão. Moças e rapazes saudáveis seguiam atrás do caminhão, de braços dados, num coro forte e adoração fanática, a cantar:

– *Mi-lo! Mi-lo! Mi-lo!*

Agora que seu segredo estava revelado, Milo relaxou na presença de Yossarian e Orr, exibindo um vasto e tímido orgulho. As faces adquiriram uma cor exuberante, que Yossarian e Orr nunca tinham visto antes. Milo fora eleito prefeito de Palermo... e também de outras cidades próximas, como Carini, Monreale, Bagheria, Termini Imerese, Cefali, Mistretta e Nicosia... porque trouxera o uísque para a Sicília.

Yossarian ficou desconcertado.

– As pessoas daqui gostam tanto assim de beber uísque?

– Elas não bebem nem uma só gota do uísque – explicou Milo. – O uísque é uma bebida muito cara e essas pessoas são muito pobres.

– Então por que você importa o uísque para a Sicília, se ninguém aqui tem condições de bebê-lo?

– Para poder melhorar o preço. Trago o uísque de Malta para cá a fim de aumentar a margem de lucro, quando o vendo de volta para mim mesmo, por intermédio de outra pessoa. Criei toda uma nova fonte de renda neste lugar. A Sicília é hoje o terceiro maior exportador de uísque do mundo. Foi por isso que me elegeram prefeito.

– Se é tão importante assim, que tal nos arrumar um quarto de hotel? – resmungou Orr impertinentemente, a voz engrolada de tanto sono.

O tom de Milo era compungido ao responder:

– É exatamente isso o que vou fazer. Lamento realmente ter esquecido de passar um telegrama mandando reservar quartos para vocês. Mas vamos até o meu gabinete e eu falarei com o vice-prefeito para providenciar isso imediatamente.

O gabinete de Milo era uma barbearia e seu vice-prefeito era um barbeiro rechonchudo, que apresentou suas saudações cordiais com os lábios espumando tão efusivamente quanto a espuma de sabão que ele começou a revolver para fazer a barba de Milo. Estendendo-se indolentemente numa das cadeiras de barbeiro, Milo disse:

– E então, Vittorio, como andaram as coisas na minha ausência?

– Muito tristes, *signor* Milo, muito tristes. Mas agora que está de volta, o povo está novamente feliz.

– Fiquei admirado com o tamanho das multidões. Como é possível que todos os hotéis estejam lotados?

– Porque muitas pessoas de outras cidades vieram até aqui para vê-lo, *signor* Milo. E porque a cidade está cheia de compradores que vieram para o leilão de alcachofra.

A mão de Milo ergueu-se bruscamente, segurando o pincel de sabão na mão de Vittorio.

– O que é alcachofra?

– Alcachofra, *signor* Milo? É uma planta muito saborosa, bastante procurada em toda parte. Deve experimentar algumas alcachofras enquanto estiver aqui, *signor* Milo. Produzimos as melhores alcachofras do mundo.

– É mesmo? A quanto estão sendo vendidas as alcachofras este ano?

– Parece ser um ano muito bom para as alcachofras. As colheitas foram muito ruins.

– É mesmo?

E com essas palavras Milo se foi, saindo da cadeira tão rapidamente que o avental listrado que o cobria conservou a forma do seu corpo por um ou dois segundos após a sua partida, antes de cair. Milo já havia desaparecido por completo quando Yossarian e Orr saíram correndo atrás dele até a porta.

– O próximo – disse o vice-prefeito de Milo formalmente. – Quem é o próximo?

Yossarian e Orr saíram desolados da barbearia. Abandonados por Milo, perambularam sem rumo por entre as multidões delirantes, numa procura vã por um lugar para dormir. Yossarian estava exausto. Sua cabeça latejava com uma dor contínua e debilitante e ele estava profundamente irritado com Orr, que encontrara duas maçãs silvestres no caminho e agora andava com elas nas bochechas. Yossarian por fim obrigou-o a tirá-las. Pouco depois, Orr encontrou duas castanhas e enfiou-as sorrateiramente nas bochechas, até que Yossarian reparou e disse-lhe que jogasse fora as pequenas maçãs. Orr sorriu e disse que não eram maçãs e sim castanhas e que não estavam em suas bochechas e sim em suas mãos. Mas Yossarian não conseguiu entender uma só palavra do que ele disse, porque Orr estava com duas castanhas enfiadas na boca. Assim, Yossarian obrigou-o a tirar as castanhas da boca. Uma luz intensa brilhou de repente nos olhos de Orr. Esfregou a testa com os nós dos dedos, como um homem num estupor alcoólico, e soltou uma risadinha maliciosa.

– Lembra-se daquela garota... – Ele desatou a rir, demorando algum tempo para continuar. – Lembra-se daquela garota que estava me batendo na cabeça com o sapato, naquele apartamento em Roma, quando nós dois estávamos nus?

Ele fez a pergunta e calou-se, na expectativa. Ficou esperando até que Yossarian concordasse, cautelosamente.

– Se você me deixar pôr as castanhas de volta na boca, eu lhe direi por que ela estava me batendo. Aceita o trato?

Yossarian concordou e Orr contou-lhe toda a história fantástica do motivo pelo qual a garota nua no apartamento da prostituta de Nately estava lhe batendo na cabeça com o sapato. Só que Yossarian não conseguiu entender uma só palavra, porque ele estava com as castanhas dentro da boca. Yossarian desatou numa risada exasperada ao compreender o truque. Quando a noite caiu, descobriram que nada havia para fazer. Comeram um jantar insosso num restaurante imundo e pegaram uma carona de volta ao aeroporto, dormindo no chão frio de metal do avião, revirando-se num tormento cheio de gemidos, até os motoristas dos caminhões aparecerem menos de duas horas depois, com caixas de alcachofras. Eles foram expulsos do avião, enquanto os homens o carregavam. Uma chuva forte começou a cair. Yossarian e Orr estavam encharcados quando os caminhões finalmente se afastaram, não tendo alternativa senão voltarem para o interior do avião e se deitarem como enguias trêmulas entre as caixas de alcachofra, que Milo levou de madrugada para Nápoles, trocando por canela, cravo-da-índia, baunilha e pimenta, que levou imediatamente de volta ao sul, naquele mesmo dia, até Malta, onde Yossarian e Orr descobriram que ele era assistente do governador-geral. Em Malta, também não havia um quarto para Yossarian e Orr. Em Malta, Milo era o major Sir Minderbinder, tendo à sua disposição um gigantesco gabinete, no prédio da administração central. Sua mesa de mogno era imensa. Numa parede de painéis de carvalho, entre bandeiras britânicas cruzadas, havia uma imponente fotografia do major Sir Milo Minderbinder, usando o uniforme de gala dos Reis Fuzileiros Galeses. Na fotografia, seu bigode era aparado e fino, o queixo fora retocado e afunilado, os olhos eram penetrantes como espinhos. Milo fora feito cavaleiro britânico, comissionado como major dos Reis Fuzileiros Galeses e nomeado assistente do governador-geral porque trouxera o comércio de ovos para Malta. Ele concedeu a Yossarian e Orr a permissão generosa para os dois dormirem em cima do tapete grosso do seu gabinete. Mas pouco depois que ele saiu, apareceu uma sentinela em uniforme de combate e expulsou-os do prédio na ponta da baioneta calada. Os dois voltaram exaustos para o aeroporto, transportados por um motorista de táxi grosseiro, e foram dormir outra vez dentro do avião, carregado agora de sacos de juta cheios de cacau e café recém-colhidos. O cheiro era tão forte que os dois estavam parados junto ao trem de aterrissagem, vomitando violentamente, quando Milo apareceu à primeira hora da manhã seguinte, num carro com motorista, parecendo novo em folha. Decolaram imediatamente para Orã, onde novamente não havia quarto em hotel nenhum para Yossarian e Orr e onde Milo era o vice-xá. Milo tinha à sua disposição aposentos suntuosos dentro de um palácio rosa, mas Yossarian e Orr não tiveram permissão para acompanhá-lo até lá dentro, porque eram infiéis cristãos. Foram detidos no portão por guardas berberes, armados de cimitarras, sendo expulsos rapidamente do local. Orr já estava fungando e espirrando com um resfriado forte. As costas largas de Yossarian estavam curvadas e doíam bastante. Ele estava disposto a torcer o pescoço de Milo, mas Milo era o vice-xá de Orã e a sua pessoa era sagrada. Milo era não apenas o vice-xá de Orã como também o califa de Badgá, o imame de Damasco e o xeque da Arábia. Milo era o deus do trigo, o deus da chuva e o deus do arroz nas regiões mais atrasadas, onde tais deuses primitivos ainda eram adorados por povos ignorantes e supersticiosos. No interior profundo das selvas africanas, havia imagens suas esculpidas em pedra, por cima de altares primitivos, vermelhos de sangue humano. Por toda parte onde aterrissavam, era aclamado com todas as honrarias. E de ovação triunfal em ovação triunfal, cidade após cidade, eles fizeram o circuito do Oriente Médio e chegaram ao Cairo, onde Milo dominava o mercado de algodão, que ninguém mais no mundo queria, ficando à beira da ruína. No Cairo, finalmente, havia quarto no hotel para Yossarian e Orr. Havia camas macias para eles, com travesseiros grandes e fofos, roupas de cama limpas. Havia armários com cabides para as suas roupas. Havia água para se lavarem. Yossarian e Orr lavaram os corpos encardidos e cansados na banheira de água escaldante, e depois saíram do hotel com Milo, para comer coquetel de camarão e filé mignon num restaurante de primeira e com um telégrafo impressor das cotações da Bolsa no saguão. E acontece que o aparelho estava registrando a última cotação do algodão egípcio no momento em que Milo perguntou ao maître que máquina era aquela. Milo nunca antes imaginara uma máquina tão bonita como o telégrafo impressor de cotações.

– É mesmo? – exclamou ele, quando o maître concluiu suas explicações. – E por quanto está sendo vendido o algodão egípcio?

O maître disse e Milo prontamente comprou toda a colheita do algodão egípcio.

Mas Yossarian não ficou tão assustado pelo algodão egípcio comprado por Milo como ficou pelos cachos de banana vermelha que Milo descobriu no mercado nativo local, ao voltarem para o hotel. Seus receios se justificaram, pois pouco depois Milo despertou-o de um sono profundo, estendendo-lhe uma banana parcialmente descascada. Yossarian conteve um soluço.

– Prove – insistiu Milo, seguindo o rosto a sacudir-se de Yossarian com a banana.

– Milo, seu filho da mãe... – gemeu Yossarian. – Tenho que dormir um pouco!

– Coma e diga-me se é gostosa – insistiu Milo. – Mas não diga a Orr que eu lhe dei. Cobrei a Orr duas piastras pela dele.

Yossarian, submisso, comeu a banana e fechou os olhos depois de dizer a Milo que era boa. Mas Milo sacudiu-o novamente, até que ele acordasse, dizendo-lhe que se vestisse logo, pois iam voltar imediatamente para Pianosa.

– Você e Orr têm de carregar as bananas para o avião. O homem disse para tomarem cuidado com as aranhas ao pegarem os cachos.

– Milo, não podemos esperar até amanhã de manhã? – suplicou Yossarian. – Tenho que dormir um pouco.

– Elas estão amadurecendo rapidamente e não podemos perder um só minuto – explicou Milo. – Pense apenas em como vão ficar felizes os homens lá do esquadrão ao chegarmos com essas bananas.

Mas os homens do esquadrão nunca chegaram a ver nenhuma das bananas, pois havia um mercado comprador de bananas em Istambul e um mercado vendedor de cariz em Beirute, que Milo levou imediatamente a Bengasi. Quando eles voltaram a Pianosa, mais mortos do que vivos, seis dias depois, ao término da licença para descanso de Orr, o avião ia carregado dos melhores ovos brancos da Sicília, que Milo disse serem do Egito, vendendo-os aos seus refeitórios por 4 *cents* a unidade. E assim todos os oficiais comandantes integrados na sua cooperativa pediram-lhe que voltasse rapidamente ao Cairo, onde ele pegou mais cachos de bananas para vender na Turquia e mais especiarias para vender em Bengasi. E todo mundo tinha a sua parte nos lucros.

23
O velho de Nately

O único homem do esquadrão que chegou a ver as bananas vermelhas de Milo foi Aarfy, que recebeu duas de um influente colega de faculdade que servia na Intendência, quando as bananas ficaram maduras e começaram a se derramar pela Itália, através dos canais normais do mercado negro. E foi Aarfy também quem estava no apartamento dos oficiais em Roma com Yossarian na noite em que Nately por fim reencontrou a sua prostituta, depois de muitas semanas infrutíferas de buscas desesperadas. Nately atraiu-a ao apartamento, com duas amigas, prometendo 30 dólares a cada uma.

– Trinta dólares para cada uma? – disse Aarfy lentamente, examinando e apalpando ceticamente cada uma das três moças robustas, com o ar relutante de um conhecedor. – Trinta dólares é muito dinheiro para peças como essas. Além do mais, nunca paguei por isso em toda a minha vida.

– Não estou pedindo para você pagar – assegurou-lhe Nately rapidamente. – Pagarei a todas as três. Quero apenas que vocês dois fiquem com as outras duas. Não vão querer me ajudar?

Aarfy sorriu complacentemente e balançou a cabeça arredondada.

– Ninguém tem que pagar pelo velho Aarfy. Posso arrumar mulher na hora em que quiser. E simplesmente agora não estou com vontade.

– Por que você simplesmente não paga a todas as três e manda as outras duas embora? – sugeriu Yossarian.

– Porque então a minha ficará furiosa comigo por fazê-la trabalhar para ganhar o seu dinheiro – explicou Nately, com um olhar ansioso para a sua prostituta, que o fitava mal-humorada e começava a resmungar. Ela diz que, se eu realmente gostasse dela, trataria de mandá-la embora e iria para a cama com uma das outras.

– Tenho uma ideia melhor – anunciou Aarfy. – Podemos manter as três aqui até a hora do toque de recolher e depois ameaçamos jogá-las na rua para serem presas, a menos que nos entreguem todo o dinheiro que tenham. Podemos até mesmo ameaçar jogá-las pela janela.

– Aarfy! – berrou Nately, horrorizado.

– Estava apenas querendo ajudar – protestou Aarfy, na defensiva. Aarfy estava sempre tentando ajudar Nately, porque o pai de Nately era rico e preeminente, e estava em condições de ajudar Aarfy, depois da guerra. E foi por isso que ele se lamentou: – Não entendo mais nada. Lá na escola estávamos sempre fazendo coisas assim. Lembro-me de um dia em que atraímos aquelas duas colegiais estúpidas da cidade até a nossa república de estudantes e as fizemos dar para todos os caras que queriam, ameaçando-as de ligar para os pais delas e dizer que estavam dando para nós. Nós as mantivemos em cima da cama por mais de 10 horas. Até mesmo demos alguns tapas nos rostos delas, quando começaram a se queixar. Depois, tiramos todos os níqueis e goma de mascar que elas tinham e as expulsamos de lá. Rapaz, como a gente se divertia naquele tempo! – Aarfy falava tranquilamente, as bochechas brilhando jovialmente, os olhos iluminados com a reminiscência nostálgica. – Nós costumávamos expulsar todo mundo, até mesmo um ao outro.

Mas Aarfy não era agora de nenhuma serventia para Nately, depois que a prostituta por quem Nately estava perdidamente apaixonado começou a xingá-lo, com um ressentimento crescente e ameaçador. Felizmente, Hungry Joe apareceu naquele exato momento e tudo ficou certo novamente. O único problema é que Dunbar cambaleou embriagado para dentro do apartamento um minuto depois e começou a abraçar imediatamente uma das garotas sorridentes. Agora, eram quatro homens e três mulheres e os sete logo deixaram Aarfy no apartamento e subiram num cabriolé puxado por um cavalo, que continuou parado junto ao meio-fio, enquanto as garotas exigiam o dinheiro adiantado. Nately entregou-lhes os 90 dólares, com um floreado galante, depois de tomar emprestado 20 dólares de Yossarian, 35 de Dunbar e 17 de Hungry Joe. As garotas tornaram-se então mais cordiais e deram um endereço ao cocheiro, que levou a todos num trote rápido a uma parte da cidade que eles nunca tinham visitado antes, indo para diante de um prédio alto e antigo, numa rua escura. As moças seguiram na frente pelos quatro lances de escada, muito íngremes, os degraus de madeira rangendo a cada passo. E levaram os quatro ao apartamento em que residiam, maravilhoso e resplandecente, fervilhando milagrosamente com um fluxo infinito e incessante de moças complacentes e inteiramente nuas. E lá estavam também o velho horrendo, diabólico e devasso, que tanto irritava Nately com sua risada cáustica, e a velha digna, que desaprovava tudo de imoral que ali ocorria e procurava por todas as maneiras possíveis endireitar as coisas.

O surpreendente apartamento era uma profusão fértil de mamilos e umbigos femininos. A princípio, havia apenas as três mulheres com que eles haviam chegado à sala mal-iluminada e castanha, confluência de três corredores escuros que se afastavam em diferentes direções, levando aos recessos distantes daquele estranho e maravilhoso bordel. As garotas com que eles chegaram ali foram logo tirando as roupas, parando em estágios diversos para exibirem as roupas de baixo vistosas, enquanto o velho esquelético e devasso, com cabelos brancos ensebados e camisa branca suja e desabotoada, ficava zombando delas e rindo lascivamente, sentado numa poltrona azul mofada, quase que no centro da sala. Ele dera boas-vindas a Nately e seus companheiros com uma formalidade jovial e desdenhosa. Depois, a velha saiu da sala para arrumar uma garota para Hungry Joe, balançando a cabeça tristemente. Ela voltou com duas beldades de seios fartos, uma já despida e a outra usando apenas uma combinação rosa transparente, que tirou no momento em que sentou. Três outras garotas nuas apareceram, de diferentes direções, e ali ficaram conversando. Mais duas surgiram logo depois. Quatro outras passaram pela sala indolentemente, absorvidas numa conversa; três estavam descalças e uma oscilava perigosamente em cima de sapatos de saltos altos prateados, que não pareciam ser seus. Outra garota logo apareceu, apenas de calcinha, elevando o total ali reunido, em poucos minutos, para 11, todas, menos uma, completamente despidas.

Por toda parte havia carne nua à mostra e Hungry Joe começou a morrer. Ele ficou imóvel, numa perplexidade rígida e cataléptica, enquanto as garotas se ajeitavam confortavelmente. Depois, ele soltou subitamente um grito agudo e arremessou-se para a porta, pensando em ir até o apartamento dos graduados para buscar sua máquina fotográfica. Mas estacou de repente, com outro grito frenético, na premonição aterradora de que todo aquele paraíso pagão, maravilhoso, fantástico, exuberante, lhe seria irremediavelmente arrebatado, se o deixasse sair de seus olhos por um segundo sequer. Ficou parado na porta a murmurar incoerentemente, as veias e tendões do rosto e do pescoço pulsando de modo violento. O velho observava-o com um regozijo vitorioso, sentado em sua poltrona azul mofada, como alguma divindade satânica e hedonista em seu trono, com um cobertor roubado do Exército dos Estados Unidos envolvendo as pernas compridas e esqueléticas, como proteção contra o frio. Ele riu tranquilamente, os olhos fundos e astutos brilhando visivelmente numa alegria cínica e maliciosa. Estivera bebendo. Nately reagiu prontamente, com uma hostilidade patente, contra aquele velho corrompido, depravado e antipatriota, que era idoso o bastante para fazê-lo lembrar-se de seu pai e que não parava de fazer comentários depreciativos a respeito da América.

– A América perderá a guerra – disse ele. – E a Itália a vencerá.

– A América é a nação mais forte e mais próspera da Terra – declarou-lhe Nately, com fervor patriótico e toda dignidade. – E o soldado americano não é inferior a nenhum outro.

– É por isso mesmo – concordou o velho, com um sorriso zombeteiro. – A Itália, por outro lado, é a menos próspera de todas as nações da Terra. E o soldado italiano é provavelmente inferior a todos os demais. E é exatamente por isso que meu país está se saindo tão bem nesta guerra, enquanto o seu está indo tão mal.

Nately soltou uma gargalhada de surpresa, depois corou, assumindo uma expressão escusatória por sua indelicadeza.

– Lamento ter rido – disse ele, sinceramente, continuando em seguida num tom respeitoso e condescendente: – Mas a Itália foi ocupada pelos alemães e agora está sendo ocupada por nós. Acha mesmo que isso é estar se saindo bem?

– Mas claro que é! Os alemães estão sendo expulsos da Itália e nós continuamos aqui. Dentro de alguns anos vocês irão embora também e nós continuaremos aqui. A Itália é realmente um país muito pobre e muito fraco e é justamente isso o que nos torna tão fortes. Os soldados italianos já não estão mais morrendo. Mas os soldados americanos e alemães continuam a morrer. É por isso que eu digo que estamos nos saindo muito bem. Tenho certeza absoluta de que a Itália sobreviverá a esta guerra e ainda estará existindo muito depois que o seu país estiver destruído.

Nately mal pôde acreditar no que ouvia. Nunca antes ouvira blasfêmias tão chocantes e ficou admirado, com uma lógica instintiva, de os *G-men* (agentes do FBI) não aparecerem e prenderam aquele velho traidor.

– A América nunca será destruída! – gritou ele, fervorosamente.

– Nunca?

– Bem... – Nately titubeou e o velho riu indulgentemente, com uma alegria ainda mais profunda e explosiva. Mas ele continuou a falar gentilmente:

– Roma foi destruída, a Grécia foi destruída, a Pérsia foi destruída, a Espanha foi destruída. Todos os grandes países do mundo foram destruídos. Por que, então, isso não haverá de acontecer com seu país? Quanto tempo pensa realmente que seu país irá durar? Para sempre? Não se esqueça de que a própria Terra está condenada a ser destruída pelo Sol, dentro de 25 milhões de anos ou algo assim.

Nately contorceu-se na cadeira, pouco à vontade.

– Bem, acho que para sempre é tempo de mais.

– Um milhão de anos? – insistiu o velho, zombeteiro, com um empenho sádico. – Meio milhão? A rã existe há quase quinhentos milhões de anos. Pode realmente afirmar, com certeza absoluta, que a América, com toda a sua força e prosperidade, com seus soldados que não são inferiores a nenhum outro, com seu padrão de vida que é o mais alto do mundo, irá durar tanto tempo como... a rã?

Nately sentiu vontade de esmurrar aquele rosto astuto. Olhou ao redor, suplicante, em busca de ajuda na defesa do seu país contra as calúnias odiosas daquele agressor irônico e pecaminoso. Mas ficou desapontado. Yossarian e Dunbar estavam ocupados num canto distante, numa orgia com quatro ou cinco garotas joviais e meia dúzia de garrafas de vinho tinto. Hungry Joe havia muito que desaparecera por um dos corredores misteriosos, empurrando à sua frente, como um déspota voraz, o máximo de jovens prostitutas de quadris exuberantes que podia caber nos frágeis braços abertos, jogando-se com todas em cima de uma cama de casal.

Nately sentiu-se desorientado de todo. Sua garota estava escarrapachada numa poltrona, tendo no rosto uma expressão de tédio absoluto. Nately ficou abatido com a indiferença apática dela, a mesma incerteza sonolenta e inerte de que ele se recordava tão nitidamente, enlevado e ao mesmo tempo desesperado. Fora assim que ele a conhecera, ignorando-o por completo, num jogo de vinte-e-um na sala do apartamento dos graduados. A boca flácida estava aberta num O perfeito e só Deus sabia para onde estavam olhando aqueles olhos vidrados, retrato de uma apatia obtusa. O velho esperou tranquilamente, observando-o com um sorriso perspicaz, ao mesmo tempo desdenhoso e simpático. Uma garota esguia estava refestelada no braço da poltrona do velho, acariciando languidamente aquele rosto pálido e dissoluto. Nately ficou revoltado de ressentimento e hostilidade à visão de tanta libertinagem num homem tão idoso. Afastou o olhar com o coração apertado e se perguntou por que simplesmente não pegava sua garota e ia com ela para a cama.

Aquele velho sórdido, um abutre diabólico fazia Nately pensar no pai, porque os dois não eram nada parecidos. O pai de Nately era um cavalheiro cortês, de cabelos brancos, que se vestia impecavelmente. Aquele velho não passava de um vagabundo ordinário. O pai de Nately era um homem sóbrio, filósofo e responsável. Aquele velho era volúvel e dissoluto. O pai de Nately era discreto e culto, aquele velho era um homem grosseiro. O pai de Nately acreditava na honra e tinha resposta para tudo. Aquele velho não acreditava em nada e só sabia fazer perguntas. O pai de Nately tinha um bigodinho branco muito distinto, aquele velho não tinha bigode nenhum. O pai de Nately – e todas as pessoas que ele conhecera – era distinto, sábio e venerável; aquele velho era extremamente repelente. E foi justamente por isso que Nately se empenhou num debate com ele, decidido a repudiar sua lógica vil e as insinuações malévolas, com uma vingança ambiciosa que iria atrair a atenção da prostituta entediada por quem ele ficara louco de paixão, e assim conquistando para sempre a admiração dela.

– Francamente, não sei por quanto tempo a América vai durar – disse ele, intrepidamente. – Acho que não poderemos durar para sempre, se o próprio mundo algum dia será destruído. Mas tenho certeza de que vamos sobreviver e triunfar por muito e muito tempo.

– Mas por quanto tempo? – disse o velho profano, zombeteiro, um brilho de júbilo nos olhos. – Por tanto tempo quanto a rã?

– Mais do que você ou eu – assegurou Nately.

– Mas isso é tudo? Então não será por muito tempo, considerando que você é um jovem bravo e ingênuo e eu já sou um homem mais velho.

– E qual é a sua idade? – indagou Nately, cada vez mais intrigado e involuntariamente encantado com o velho.

– Cento e sete anos. – O velho riu jovialmente ao ver a expressão decepcionada de Nately. – Estou vendo que você também não acredita nisso.

– Não acredito em nada do que me diz – informou Nately, com um sorriso constrangido. – A única coisa em que acredito é que a América vai ganhar esta guerra.

– Acho que você dá muita importância a ganhar as guerras. Mas o que é realmente importante é perder as guerras, desde que se saiba que guerras podem ser perdidas. A Itália está perdendo guerras há séculos e veja como estamos nos saindo maravilhosamente bem. A França ganha as guerras e vive em permanente estado de crise. A Alemanha perde e prospera. Repare a nossa história recente. A Itália ganhou uma guerra na Etiópia e logo se meteu em sérias encrencas. A vitória trouxe-nos ilusões de grandeza desvairadas, contribuindo para que nos lançássemos a uma guerra mundial que não tínhamos a menor possibilidade de ganhar. Mas agora que estamos perdendo outra vez, a situação começa a melhorar e certamente terminaremos por cima, se conseguirmos ir até o fim como derrotados.

Nately estava boquiaberto, numa confusão patente.

– Confesso que não estou entendendo mais nada. Você fala como se fosse um louco.

– Mas vivo como um homem são. Fui fascista quando Mussolini estava no poder, sou antifascista agora que ele foi deposto. Fui fanaticamente pró-Alemanha quando os alemães aqui estavam para nos proteger contra os americanos e agora sou fanaticamente pró-América. Posso assegurá-lo, meu jovem e ultrajado amigo... – O velho fez uma pausa ligeira, sorridente, os olhos perspicazes e desdenhosos brilhando cada vez mais intensamente, à medida que crescia a consternação de Nately – ... de que você e seu país não terão um partidário mais leal na Itália do que eu. Mas só enquanto vocês permanecerem na Itália.

Incrédulo, Nately não se conteve:

– Mas você é vira-casaca! Um desavergonhado e inescrupuloso oportunista!

– Sou um homem de 107 anos de idade – recordou-lhe o velho suavemente.

– Você não tem princípios?

– É claro que não.

– Não tem moral?

– Oh, não, sou um homem de muita moral – assegurou o velho ignóbil, com uma seriedade irônica, acariciando o quadril nu de uma garota morena, de covinhas lindas, que fora acomodar-se sedutoramente no outro braço de sua poltrona.

Ele sorriu de modo sarcástico para Nately, sentado entre as duas garotas inteiramente nuas, no esplendor dos seus andrajos, com mãos soberanas em cima de cada uma delas. Procurando não olhar para as intimidades do velho com as duas garotas, Nately murmurou, relutante:

– Não posso acreditar... Simplesmente não posso acreditar...

– Mas pode ter certeza de que é a verdade pura e simples. Quando os alemães entraram na cidade, dancei pelas ruas como uma jovem bailarina e gritei *Heil, Hitler!*, até meus pulmões ficarem doídos. Cheguei mesmo a acenar uma bandeirinha nazista que roubei de uma garotinha linda, num momento em que a mãe dela estava olhando para o outro lado. Quando os alemães saíram da cidade, fui correndo receber os americanos, com uma garrafa de excelente conhaque e uma cesta de flores. O conhaque era para mim mesmo, é claro, as flores para lançar sobre os nossos libertadores. Havia um major muito teso e emproado no primeiro carro e acertei-o bem no olho com uma rosa vermelha. Foi um lançamento perfeito! Devia tê-lo visto encolher-se todo.

Nately ficou novamente boquiaberto de surpresa, levantando-se bruscamente, o rosto lívido.

– Era o major —— de Coverley!

– Você o conhece? – indagou o velho, com prazer. – Mas que coincidência maravilhosa!

Nately estava aturdido demais para ouvir o que o velho disse.

– Então foi você quem feriu o major —— de Coverley! – exclamou ele, numa indignação horrorizada. – Mas como pôde fazer uma coisas dessas?

O velho diabólico ficou imperturbável.

– Devia perguntar é como é que eu poderia resistir. Devia ter visto o velho arrogante, sentado de modo austero naquele carro, como se fosse o próprio Todo-Poderoso, a cabeça grande muito erguida, o rosto solene e estúpido. Era um alvo realmente tentador. Acertei-o bem no olho com uma rosa American Beauty. Achei que era a mais apropriada. Não concorda comigo?

– Mas foi uma coisa terrível o que fez! – gritou-lhe Nately, em tom de censura. – Um ato criminoso e perverso! O major —— de Coverley é o oficial executivo do nosso esquadrão.

– É mesmo? – zombou o velho impenitente, erguendo o queixo numa paródia de arrependimento. – Sendo assim, espero que me dê crédito por ser imparcial. Quando os alemães entraram em Roma, quase apunhalei um robusto e jovem *Oberleutnant* com um raminho de edelvais.

Nately estava espantado e aturdido com a incapacidade do abominável velho em perceber a enormidade do seu crime.

– Será que não compreende o que fez? – censurou ele, veementemente. – O major —— de Coverley é um homem nobre e maravilhoso e todos o admiram.

– Ele é um velho tolo que realmente não tem o direito de comportar-se como um jovem tolo. Onde é que ele anda hoje? Está morto?

Nately respondeu baixinho, a voz sombria:

– Ninguém sabe. Ele parece ter desaparecido.

– Está vendo? Imagine um homem da idade dele a arriscar a vida que lhe resta por algo tão absurdo como um país.

– Não há nada de absurdo em arriscar a vida por seu país! – explodiu Nately, novamente.

– Não mesmo? Mas o que é um país? Um país não passa de um pedaço de terra cercado por todos os lados por fronteiras, geralmente artificiais. Os ingleses estão morrendo pela Inglaterra, os americanos estão morrendo pela América, os alemães estão morrendo pela

Alemanha, os russos estão morrendo pela Rússia. Há agora cinquenta ou sessenta países lutando nesta guerra. Não resta a menor dúvida de que não vale a pena morrer por tantos países assim.

– Tudo aquilo pelo qual vale a pena viver, vale a pena morrer.

O velho sacrílego tinha uma resposta na ponta da língua:

– E tudo aquilo pelo que vale a pena morrer, vale a pena também viver. Sabe, você é um jovem tão puro e ingênuo que quase sinto pena de você. Quantos anos tem? Vinte e cinco? Vinte e seis?

– Dezenove. Vou fazer 20 em janeiro.

– Se viver até lá. – O velho balançou a cabeça, por um momento assumindo a mesma expressão irascível e meditativa da velha rabugenta e desaprovadora. – Eles vão matá-lo, se você não tomar cuidado. E, pelo que estou vendo, não vai mesmo tomar cuidado. Por que não mete um pouco de juízo na cabeça e tenta ser mais como eu? Poderá então viver também 107 anos.

– Porque é melhor morrer de pé do que viver de joelhos – retrucou Nately com uma convicção triunfante e orgulhosa. – Acho que já deve ter ouvido essa máxima antes.

– Mas claro que já ouvi – disse o velho pérfido, sorrindo novamente. – Mas tenho a impressão de que inverteu as coisas. É melhor *viver* de pé do que morrer de joelhos. *Essa* é que é a máxima.

– Tem certeza? – perguntou Nately, inteiramente confuso. – Parece fazer mais sentido à minha maneira.

– Está enganado. Faz mais sentido à minha maneira. Pergunte só aos seus amigos.

Nately virou-se para perguntar aos seus amigos e descobriu que todos tinham desaparecido. Yossarian e Dunbar não estavam mais ali. O velho explodiu numa risada desdenhosa ao ver a expressão de surpresa e embaraço estampada no rosto de Nately, que foi ficando carrancudo de vergonha. Vacilou incerto por alguns segundos e depois virou-se e embrenhou pelo corredor mais próximo, à procura de Yossarian e Dunbar, esperando encontrá-los a tempo e trazê-los de volta em seu socorro, com a notícia do admirável embate entre o velho e o major —— de Coverley. Mas todas as portas de todos os corredores estavam fechadas. Não saía luz por debaixo de nenhuma.

Já era tarde demais. Desolado, Nately desistiu de sua procura. Compreendeu finalmente que nada lhe restava fazer a não ser pegar a garota por quem estava apaixonado e ir deitar-se com ela em algum lugar, fazendo-lhe um amor terno e delicado e planejando o futuro comum de ambos. Mas quando voltou à sala, ela também já fora para a cama e nada mais lhe restava fazer a não ser recomeçar a frustrante discussão com o velho repugnante. Mas o velho levantou-se da poltrona com e pediu licença para ir dormir, abandonando Nately na companhia de duas garotas de olhos turvos, que não souberam dizer-lhe em que quarto se metera a prostituta dele. E as duas foram também para a cama alguns segundos mais tarde, depois de tentarem em vão fazer com que Nately se interessasse por elas. E, assim, ele ficou ali sozinho, para dormir na sala, no sofá pequeno e cheio de buracos.

Nately era um rapaz sensível, rico e de boa aparência, com cabelos pretos, olhos francos e uma dor no pescoço quando acordou no início da manhã seguinte, em cima de um sofá, sem perceber de imediato onde é que estava. Tinha uma natureza invariavelmente gentil e delicada. Vivera por quase vinte anos sem qualquer trauma, tensão, ódio ou neurose, o que, para Yossarian, era a prova irrefutável de como ele era realmente louco. A infância de Nately fora das mais agradáveis, embora disciplinada. Sempre se dera bem com os irmãos e as irmãs e jamais odiara o pai e a mãe, apesar de ambos terem sido sempre muito bons para com ele.

Nately fora educado a detestar pessoas como Aarfy, as quais sua mãe considerava como arrivistas, e pessoas como Milo, as quais seu pai considerava como aproveitadoras. Mas ele nunca aprendera como detestá-las, já que jamais lhe fora permitido aproximar-se de tais pessoas. Pelo que podia recordar-se, suas casas em Nova York, Filadélfia, Maine, Palm Beach, Southampton, Londres, Deauville, Paris e no sul da França tinham sempre estado apinhadas de damas e cavalheiros que não eram arrivistas nem aproveitadores. A mãe de Nately, uma descendente dos Thorntons da Nova Inglaterra, era uma Filha da Revolução Americana. O pai era um Filho da Puta.

A mãe vivia a lembrar:

– Jamais se esqueça de que você é um Nately. Você não é um Vanderbilt, cuja fortuna começou com um capitão de rebocador vulgar. Também não é um Rockefeller, cuja fortuna foi acumulada por meio de especulações inescrupulosas com petróleo bruto. E muito menos é um Reynolds ou um Duke, cuja renda derivou da venda ao público inocente de produtos contendo resinas causadoras do câncer. E certamente não é um Astor, cuja família, segundo penso, ainda aluga quartos. Você é um Nately e os Nately jamais fizeram absolutamente nada por seu dinheiro.

O pai, afavelmente, com aquela sua aptidão para as frases graciosas e lacônicas que Nately tanto admirava, interveio então na conversa:

– O que sua mãe está querendo dizer, filho, é que o dinheiro antigo é melhor que o dinheiro novo, e que os novos-ricos jamais devem ser tão estimados quanto os novos pobres. Não é isso mesmo, minha querida?

O pai de Nately estava sempre transbordando com conselhos sensatos e sofisticados desse tipo. Era um homem exuberante e corado como um clarete. Nately gostava muito dele, embora não apreciasse um clarete. Ao começar a guerra, a família de Nately decidiu que ele deveria alistar-se nas Forças Armadas, já que era jovem demais para ingressar no serviço diplomático e porque seu pai tinha como certo, informações recebidas de fontes autorizadas, que a Rússia iria ser arrasada numa questão de semanas ou meses, e que Hitler, Churchill, Roosevelt, Mussolini, Gandhi, Franco, Perón e o imperador do Japão assinariam um tratado de paz, e todos viveriam felizes para todo o sempre. O pai de Nately é quem teve a ideia de fazê-lo entrar na Força Aérea, onde poderia instruir-se em segurança como um piloto, enquanto a Rússia capitulava e se acertavam os detalhes do armistício, e onde, como um oficial, ele iria relacionar-se apenas com cavalheiros.

Em vez disso, porém, ele estava agora ligado a Yossarian, Dunbar e Hungry Joe, num bordel de Roma, perdidamente apaixonado por uma prostituta indiferente, com quem ele finalmente foi para a cama de manhã, depois de dormir a noite toda sozinho, no sofá da sala.

Mas ele foi interrompido quase que de imediato pela incorrigível irmã caçula da sua prostituta, que irrompeu pelo quarto adentro sem qualquer aviso e jogou-se na cama com ciúme, a fim de que Nately pudesse abraçá-la também. A prostituta de Nately levantou-se furiosa, repelindo-a com raiva. E obrigou-a a levantar-se, puxando-a pelos cabelos. A menina de 12 anos parecia a Nately uma franga depenada ou uma árvore raquítica sem a casca. O corpo jovem embaraça a todos, em suas tentativas precoces de imitar as pessoas mais velhas. Ela estava sempre sendo expulsa de um lado ou de outro, para ir se vestir e descer para brincar na rua com as outras crianças. E agora as duas irmãs se enfrentaram, insultando-se e cuspindo-se mutuamente, fazendo um tumulto crescente e ensurdecedor que logo trouxe uma multidão de espectadores hilariantes até o quarto. Nately desistiu, exasperado. Pediu à sua prostituta que se vestisse e levou-a para a rua, para tomarem café. A irmã caçula foi junto, e Nately sentiu-se como o orgulhoso chefe de família, enquanto os três comiam respeitosamente num café ao ar livre nas proximidades. Mas a prostituta de Nately já estava entediada ao começarem a voltar e decidiu percorrer as ruas com duas colegas, só para não ter que passar mais tempo com ele. Nately e a irmã caçula seguiram-na humildemente a um quarteirão atrás; ela, muito ambiciosa, para descobrir os guardas no caminho; ele, para se amargurar em frustrações. E ambos ficaram muito tristes quando as três prostitutas pararam junto a um carro militar, conversaram por um momento, entraram e foram embora.

Nately voltou para o café e comprou um sorvete de chocolate para a menina, até que ela se reanimou novamente. Levou-a então de volta ao bordel, onde Yossarian e Dunbar estavam acomodados na sala. E ali estava também Hungry Joe, exausto, no rosto castigado o mesmo sorriso triunfante e feliz com que saíra naquela manhã do seu harém, gemendo como uma pessoa com diversos ossos quebrados. O velho repugnante e depravado estava deliciado com os lábios rachados e as olheiras fundas de Hungry Joe. Ele saudou Nately efusivamente. Ainda usava as mesmas roupas sujas e amarrotadas da noite anterior. Nately detestava profundamente a aparência vergonhosa e andrajosa do velho. Sempre que ia ao apartamento, ficava desejando encontrar o velho corrupto e imoral numa camisa limpa, barbeado, os cabelos penteados, num paletó de *tweed,* um bigodinho branco bem-aparado. E isso para não sentir tanta vergonha e confusão ao olhar para o velho e recordar-se de seu pai.

24
Milo

Abril fora o melhor mês para Milo. Os lilases desabrochavam em abril e os frutos amadureciam nos pomares. Os corações se aceleravam e os velhos apetites se renovavam. Era em abril que o mais refulgente dos arco-íris brilhava sobre a pomba lustrosa. Abril era a primavera e, na primavera, a fantasia de Milo Minderbinder levou seus pensamentos a se fixarem em tangerinas.

– Tangerinas?

– Sim, senhor.

– Meus homens adorariam tangerinas – admitiu o coronel que comandava quatro esquadrões de B-26 estacionados na Sardenha.

– Pois eles terão todas as tangerinas que puderem comer e que o senhor possa pagar com os fundos do seu rancho – assegurou-lhe Milo.

– E melões?

– Estão sendo vendidos por uma ninharia em Damasco.

– Tenho a maior fraqueza por melões, desde garoto.

– Pois basta emprestar-me um avião de cada esquadrão, somente um, e terá todos os melões que puder comer e que os fundos do seu rancho possam pagar.

– Compramos da cooperativa?

– E todo mundo terá a sua parte.

– É espantoso, decididamente espantoso. Como é que você consegue?

– A grande diferença é o poder da compra em massa. É o caso, por exemplo, dos croquetes de vitela.

– Não sou muito entusiasmado por croquetes de vitela – resmungou o cético comandante de esquadrões de B-25 no norte da Córsega.

– Croquetes de vitela são muito nutritivos – declarou Milo. – Contêm gema de ovo e migalhas de pão. E há também costeletas de carneiro.

– Ah, costeletas de carneiro... – ecoou o comandante dos B-25. – Das boas?

– As melhores que o mercado negro tem a oferecer.

– De cordeiros inclusive?

– As mais tenras que jamais provou. Estão sendo vendidas por uma ninharia em Portugal.

– Não posso enviar um avião a Portugal. Não tenho autoridade para isso.

– Mas eu posso, desde que me empreste o avião. Com um piloto para voá-lo. E não se esqueça de que terá o general Dreedle de volta.

– O general Dreedle voltará mesmo a comer em meu refeitório?

– Como um porco, desde que comece a servir-lhe os meus melhores ovos frescos, fritos na minha melhor manteiga cremosa. E haverá também tangerinas, melões, mel, filé de solha, camarão e mexilhões.

– E todo mundo tem a sua parte?

– Isso é o melhor de tudo – disse Milo.

– Esse negócio não me agrada – resmungou o inamistoso comandante de caças, que também não gostava de Milo.

Este queixou-se ao general Dreedle:

– Há um comandante de caças lá no norte que não está disposto a cooperar. Basta uma só pessoa para arruinar todo o negócio. Assim não terá mais os seus ovos frescos fritos em manteiga cremosa.

O general Dreedle transferiu o comandante de caças que não queria cooperar para as ilhas Salomão, para cavar sepulturas, substituindo-o por um coronel senil, que tinha bursite e era louco por amêndoas e que apresentou Milo a um general comandante de B-17 estacionado no continente, o qual adorava salsichas polonesas.

– A salsicha polonesa está sendo vendida por uma ninharia na Cracóvia – informou Milo.

– Ah, a salsicha polonesa... – suspirou o general, nostalgicamente. – Sabe, eu daria qualquer coisa por uma legítima e saborosa salsicha polonesa.

– Não precisa dar qualquer coisa. Basta ceder-me um avião para cada rancho seu e um piloto que faça exatamente o que lhe for ordenado. E um pequeno sinal sobre o seu pedido inicial, como símbolo de boa-fé.

– Mas a Cracóvia fica a centenas de quilômetros por trás das linhas inimigas. Como é que vai obter lá a salsicha polonesa?

– Há um mercado internacional de salsicha polonesa funcionando em Genebra. Como existe uma grande demanda de amendoins na Cracóvia, eu levarei uma boa carga até a Suíça e trocarei pela salsicha polonesa. Eles levarão os amendoins para a Cracóvia e eu lhe trarei a salsicha polonesa. Pode comprar tanta salsicha polonesa quanto desejar, por meio da cooperativa. Haverá também tangerinas, com um mínimo de corante artificial. E ovos de Malta e uísque da Sicília. Estará pagando a si mesmo quando comprar da cooperativa, já que possui uma parte dela. Assim, na verdade, estará obtendo tudo de graça. Não acha que é um bom negócio?

– Um negócio de gênio. Como é que pôde pensar nisso?

– Meu nome é Milo Minderbinder. E estou com 27 anos.

Os aviões de Milo Minderbinder vieram de toda parte, caças, bombardeiros e cargueiros, aterrando no campo do coronel Cathcart, com pilotos que fariam o que lhes fosse ordenado. Os aviões eram decorados com os emblemas fulgurantes de muitos esquadrões, ilustrando ideais louváveis como Coragem, Poder, Justiça, Verdade, Liberdade, Amor, Honra e Patriotismo. Os mecânicos de Milo imediatamente passaram uma tinta branca por cima desses emblemas e os substituíram por letras púrpuras floridas, formando o nome M & M EMPREENDIMENTOS, FRUTAS FRESCAS E OUTROS PRODUTOS. O "M&M" era de Milo & Minderbinder e o "&" foi acrescentado, segundo o próprio Milo confessou candidamente, para neutralizar a impressão de que a cooperativa era obra de um só homem. Os aviões de Milo vieram de aeroportos da Itália, África do Norte e Inglaterra e das bases do Comando de Transporte Aéreo da Libéria, ilha da Ascensão, Cairo e Karachi. Os caças foram trocados por aviões cargueiros adicionais ou mantidos para remessas de emergência ou o transporte de pequenas cargas. As forças de terra forneceram caminhões e tanques para os transportes rodoviários a curta distância. Todos tinham a sua parte e os homens iam engordando, andando preguiçosamente, sempre com um palito entre os lábios engordurados. Milo supervisionava toda a operação, em expansão cada vez maior. Rugas profundas e escuras de preocupação escavaram o seu rosto ansioso, emprestando-lhe uma aparência atormentada de seriedade e desconfiança. Todos, menos Yossarian, achavam que Milo era um louco, primeiro por ter se oferecido voluntariamente para o lugar de oficial de rancho e depois por levá-lo muito a sério. Yossarian também achava que Milo era um louco, mas sabia também que ele era um gênio.

Certo dia, Milo voou para a Inglaterra a fim de apanhar um carregamento de mercadorias turcas e voltou de Madagáscar, com quatro bombardeiros alemães carregados de inhame, couve, mostarda e ervilha. E ficou espantado ao descer do avião e encontrar um contingente de polícias do Exército esperando para aprisionar os pilotos alemães e confiscar seus aviões. *Confiscar!* A palavra apenas já era um anátema para Milo, e ele explodiu, sacudindo o dedo em reprovação diante dos rostos envergonhados e descompondo o coronel Cathcart, o coronel Korn e o pobre capitão armado com uma submetralhadora, herói de muitas batalhas, que comandava o destacamento.

– Mas será que estamos na Rússia? – investiu Milo, berrando com toda a força dos seus pulmões. Respirou fundo e voltou a berrar, com uma expressão de quem não podia acreditar em seus próprios ouvidos: – *Confiscar?* Desde quando o governo americano adotou a política de confiscar as propriedades particulares dos seus cidadãos? Mas que vergonha! Deviam se envergonhar pelo resto de suas vidas por terem cogitado uma coisa tão horrível!

O major Danby interrompeu-o timidamente:

– Mas, Milo, estamos em guerra com a Alemanha e esses são aviões alemães.

– Não são nada disso! – retrucou Milo, furioso: – Esses aviões pertencem à cooperativa e todos têm a sua parte. *Confiscar?* Mas como poderiam confiscar a propriedade particular de vocês mesmos? *Confiscar?* Isso é demais! Nunca ouvi antes nada tão imoral, em toda a minha vida!

É claro que Milo estava certo, pois, quando eles tornaram a olhar para os aviões, os mecânicos de Milo já tinham passado uma camada branca de tinta por cima das suásticas e escrito as palavras M&M EMPREENDIMENTOS, FRUTAS FRESCAS E OUTROS PRODUTOS. Ali, diante dos olhos aturdidos deles, Milo acabara de converter a sua cooperativa num cartel internacional.

Os aviões mercantes de Milo cortavam agora todos os ares. Os aviões iam e vinham da Noruega, Dinamarca, França, Alemanha, Áustria, Itália, Iugoslávia, Romênia, Bulgária, Suécia, Finlândia e Polônia – de todos os cantos da Europa, na verdade, à exceção da Rússia, com a qual Milo se recusava terminantemente a fazer qualquer negócio. Quando todos os que importavam já tinham se associado à M&M EMPREENDIMENTOS, FRUTAS FRESCAS E OUTROS PRODUTOS, Milo criou uma subsidiária, a M&M EMPREENDIMENTOS, DOCES E PASTÉIS. E obteve mais aviões e mais dinheiro dos ranchos, para trazer bolinhos típicos das ilhas britânicas, passas e queijos dinamarqueses de Copenhague, *éclairs, petits-fours* e sonhos de creme de Paris, Reims e Grenoble, *Kugelhopf,* pão de centeio e *Pfefferkuchen* de Berlim, *Linzer* e *Dobos Torten* de Viena, *Strudel* da Hungria e *baklava* de Ancara. Todas as manhãs, Milo enviava aviões seus para sobrevoarem toda a Europa e a África do Norte, rebocando faixas anunciando as ofertas do dia: "PESCADA A 21 *CENTS*... BACALHAU A 29 *CENTS*." Ele aumentava a renda da cooperativa com o empréstimo das faixas para a Noxzema, a Gaines Dog Food e outras empresas semelhantes. Imbuído de um elevado espírito cívico, reservava gratuitamente um horário da sua propaganda aérea para o general Peckem, a fim de que ele transmitisse as suas mensagens de interesse público, como A HIGIENE É IMPORTANTE, A PRESSA É INIMIGA DA PERFEIÇÃO e A FAMÍLIA QUE REZA UNIDA PERMANECE UNIDA. Milo comprou também intervalos comerciais nos programas de propaganda política do Eixo, especialmente o de lorde Haw Haw, irradiados de Berlim, para incrementar as vendas. Os negócios prosperavam em todas as frentes de batalha.

Os aviões de Milo tornaram-se uma visão familiar. Tinham liberdade de trânsito por toda parte. Um dia, Milo contratou com as autoridades americanas para bombardear a ponte rodoviária em poder dos alemães em Orvieto e contratou com as autoridades alemãs para defender a mesma ponte, com uma barragem antiaérea, do seu próprio ataque. Os honorários cobrados aos americanos pelo bombardeio da ponte foram o custo total da operação e mais 6 por cento. Os honorários cobrados aos alemães foram também o custo e mais 6 por cento, com uma bonificação de mil dólares por cada avião americano derrubado. Como Milo ressaltou, os dois negócios representavam uma importante vitória para a iniciativa privada, já que os exércitos dos dois países eram instituições socializadas. Assinados os contratos, ficou evidente que não havia o menor sentido em bombardear e defender a ponte com os recursos da cooperativa, já que ambos os governos dispunham de homens e equipamentos em quantidade suficiente e à mão para fazerem o serviço e sentiam-se perfeitamente felizes em oferecerem a sua contribuição. Ao final, Milo obteve um lucro fantástico, de ambas as partes, sem ter feito nada mais que assinar seu nome duas vezes.

Os arranjos foram justos para todos. Uma vez que Milo tinha liberdade de trânsito por toda parte, seus aviões podiam atacar o objetivo pegando os artilheiros alemães desprevenidos. E como Milo sabia antecipadamente do ataque, podia alertar os artilheiros alemães com bastante antecedência, para que pudessem começar a disparar com exatidão assim que os aviões se aproximassem. Foi um acordo ideal para todos, à exceção do homem morto da barraca de Yossarian, que foi morto sobre o objetivo no mesmo dia em que chegou.

– Não o matei! – declarou Milo calorosamente, diante do protesto irado de Yossarian. – Nem estava lá naquele dia. Acha, por acaso, que eu estava lá embaixo no solo disparando um canhão antiaéreo na hora em que os aviões apareceram?

– Mas foi você que organizou tudo, não é mesmo? – gritou Yossarian, na escuridão que envolvia o caminho que passava pela garagem silenciosa e ia desembocar no cinema ao ar livre.

– E não organizei coisa alguma – acrescentou Milo, indignado, aspirando agitadamente o ar frio, pelas narinas pálidas e trêmulas. – Os alemães dominavam a ponte e íamos bombardeá-la de qualquer jeito, quer eu entrasse na história ou não. Apenas vi uma oportunidade maravilhosa para auferir algum lucro com a missão e tratei de aproveitá-la. O que há de tão terrível nisso?

– O que há de tão terrível nisso? Milo, um homem em minha barraca foi morto nessa missão antes mesmo que tivesse tempo de abrir suas malas!

– Mas não fui eu que o matei.

– Recebeu mil dólares de bonificação por isso.

– Mas não fui eu que o matei. Nem mesmo estava lá. Se quer saber, naquele momento eu estava em Barcelona, comprando azeite de oliva e sardinhas sem pele e sem espinha. Tenho as ordens de compra para prová-lo. E não ganhei uma bonificação de mil dólares. Os mil dólares foram para a cooperativa, onde todos têm a sua parte, até mesmo você. – Milo fez um apelo a Yossarian do fundo de sua alma: – Escute, Yossarian, não fui eu que comecei esta guerra, não importa o que aquele nojento do Wintergreen esteja dizendo. Estou apenas tentando estabelecer algumas bases comerciais em meio a toda esta confusão. Há algo de errado nisso? Afinal, mil dólares não é um preço tão baixo assim para um bombardeiro médio e sua tripulação. E se eu posso persuadir os alemães a me pagarem mil dólares por cada avião que derrubarem, por que não devo aceitar?

– Porque você está fazendo negócios com o inimigo. Será que não consegue entender que estamos em guerra? As pessoas estão morrendo por toda parte. Pelo amor de Deus, Milo, olhe à sua volta!

Milo balançou a cabeça, pacientemente.

– Os alemães não são nossos inimigos. Oh, sei o que você vai dizer. Claro que estamos em guerra com eles. Mas os alemães pertencem também à cooperativa, e tenho a obrigação de proteger-lhes os interesses como cotistas. Talvez eles tenham começado a guerra e talvez estejam matando milhões de pessoas, mas a verdade é que pagam as suas contas muito mais pontualmente do que alguns dos nossos aliados. Será que você não compreende que tenho de respeitar a integridade do meu contrato com a Alemanha? Será que não pode ver as coisas do meu ponto de vista?

– Não – repreendeu-o Yossarian, rispidamente.

Milo ficou magoado e não fez o menor esforço para disfarçar seu orgulho ferido. Era uma noite enluarada e sufocante, de mosquitos e mariposas. Milo levantou o braço subitamente e apontou para o cinema ao ar livre. O feixe de luz esbranquiçado e cheio de poeira saía horizontalmente do projetor e ia se expandindo como um cone pela escuridão, até ser detido pela tela aluminizada. Os homens estavam sentados com as cabeças esticadas, fixando hipnoticamente a membrana colorida da tela. Os olhos de Milo brilhavam de sinceridade e o rosto franco e não corrompido estava lustroso de suor e repelente de insetos.

– Olhe só para eles! – exclamou Milo, a voz embargada de emoção. – São meus amigos, meus compatriotas, meus companheiros de armas! Ninguém nunca teve uma turma de amigos tão boa! Acha mesmo que eu faria alguma coisa para prejudicá-los, se não fosse absolutamente necessário? Será que já não tenho bastantes preocupações na cabeça? Será que você não vê que eu ando extremamente preocupado com todo aquele algodão se empilhando no cais do Egito? – A voz de Milo hesitou, trêmula. Ele agarrou-se à camisa de Yossarian, como um homem a se afogar. Os olhos tremiam incontrolavelmente. – Yossarian, o que vou fazer com todo aquele algodão? É tudo culpa sua, por ter deixado que eu o comprasse!

O algodão estava se empilhando nos portos do Egito e ninguém queria comprá-lo. Milo jamais imaginara que o vale do Nilo pudesse ser tão fértil ou que não haveria mercado algum para toda a colheita que ele comprara. Os ranchos da cooperativa não quiseram ajudar.

Levantaram-se em firme oposição contra a proposta de Milo em taxá-los numa base *per capita*, para que cada homem pudesse possuir também a sua parte na colheita de algodão egípcio. Até mesmo os seus amigos de confiança, os alemães, deixaram-no na mão naquela crise, pois preferiam o produto sintético. Os ranchos de Milo nem mesmo ajudaram-no a estocar o algodão e logo seus custos de armazenagem subiram de modo vertiginoso, drenando inexoravelmente as suas reservas de caixa. Os lucros da missão em Orvieto foram logo sugados. Milo escreveu para casa, pedindo que lhe mandassem de volta o dinheiro que enviara em dias melhores, mas esse também foi absorvido. E a cada dia que passava chegavam novos fardos de algodão ao porto de Alexandria. Cada vez que ele conseguia descarregar uma parte do algodão no mercado mundial, mesmo com prejuízo, logo o recebia de volta, pelas manobras de astuciosos especuladores egípcios no Levante, que lhe vendiam o algodão de volta pelo preço estipulado em seu contrato. E, assim, a situação de Milo ia piorando cada vez mais.

A M&M Empreendimentos estava à beira da ruína. Milo se amaldiçoava constantemente por sua ganância e estupidez monumentais, ao comprar toda a safra de algodão egípcio. Mas um contrato era um contrato e tinha de ser honrado até o fim, custasse o que custasse. E uma noite, depois de um jantar suntuoso, todos os caças e bombardeiros de Milo decolaram, entraram em formação por cima do acampamento e começaram a despejar bombas. Ele assinara outro contrato com os alemães, desta vez para bombardear sua própria unidade. Os aviões de Milo separaram-se, num ataque bem-coordenado, e bombardearam os depósitos de combustível e de munições, os hangares de reparos e os B-25 que estavam nas margens da pista. Os homens pouparam apenas a pista propriamente dita e os refeitórios, a fim de poderem aterrar em segurança depois de concluírem o trabalho e para poderem comer alguma coisa antes de ir dormir. Bombardeavam com todas as luzes acesas, já que não havia qualquer fogo antiaéreo. Bombardearam os acampamentos de todos os quatro esquadrões, o clube dos oficiais e o prédio do quartel-general do grupo. Os homens saíram correndo de suas barracas, aterrorizados, sem saber para onde ir. Pouco depois, os feridos começaram a gritar e a gemer. Uma granada explodiu no pátio do clube dos oficiais e abriu buracos nas paredes de madeira do prédio e nas barrigas e costas de tenentes e capitães que bebiam tranquilamente no bar. Eles se dobraram em agonia e caíram ao chão. Os outros oficiais fugiram em pânico pelas duas saídas e ficaram atravancados nas portas, como uma densa e ululante represa de carne humana, pois não conseguiam seguir adiante.

O coronel Cathcart abriu caminho a cotoveladas por entre aquela massa atordoada e turbulenta, até conseguir sair do prédio. Levantou os olhos para o céu, surpreso e horrorizado. Os aviões de Milo, sobrevoando as copas floridas das árvores serenamente, com os compartimentos de bombas abertos e as monstruosas, ofuscantes e diabólicas luzes de aterrissagem piscando, constituíam a visão mais apocalíptica que ele jamais vira. O coronel Cathcart deixou escapar um grito de desolação e saiu correndo para seu jipe, quase a soluçar. Saiu em disparada para o campo de pouso, o mais depressa possível, as mãos grandes e flácidas agarrando o volante tensamente, exangues, ou tocando a buzina, furiosamente. Em determinado momento, ele quase morreu, ao derrapar violentamente com um guincho dos pneus, por ter freado de repente, para evitar atropelar um bando de homens aterrorizados, que corriam de cueca na direção das montanhas, os braços levantados protegendo a cabeça, como um frágil escudo. Chamas amareladas, laranjas e vermelhas subiam aos céus por toda parte, dos dois lados da estrada. As barracas e as árvores estavam em chamas e os aviões de Milo continuavam a atacar, incessantemente, os compartimentos de bombas abertos. O coronel Cathcart quase capotou com o jipe ao frear diante da torre de controle. Saltou do jipe enquanto o veículo ainda derrapava de modo perigoso e subiu correndo o lance de escada. Três homens estavam ocupados nos controles. Ele empurrou dois para o lado, em sua arremetida até o microfone niquelado, os olhos brilhando com fúria e o rosto rechonchudo contorcido de tensão. Apertou o microfone com toda força e começou a gritar, histérico:

– Milo, seu filho da puta! Você está doido? Mas que diabo está fazendo? Desça! Desça!

– Pare de gritar, está bem? – respondeu Milo, que estava parado ao lado dele na torre de controle, segurando também um microfone. – Estou bem aqui. – Milo lançou-lhe um olhar demorado de reprovação e depois voltou a concentrar-se em seu trabalho. – Muito bem, homens, muito bem – entoou ele ao microfone. – Mas estou vendo um depósito de suprimentos que ainda está de pé. Assim não dá, Purvis. Já lhe falei sobre esse tipo de trabalho porco. Volte até lá agora e tente de novo. E desta vez vá bem devagar... A pressa é inimiga da perfeição, Purvis. A pressa é inimiga da perfeição.

O alto-falante na parede começou a soltar estalidos.

– Milo, aqui é Alvin Brown. Acabei de lançar as minhas bombas. O que devo fazer agora?

– Comece a metralhar – ordenou Milo.

– *Metralhar?* – Alvin estava visivelmente chocado.

– Não temos alternativa – informou Milo, resignado. – Está no contrato.

– Está certo então – aquiesceu Alvin Brown. – Sendo assim, vou começar a metralhar o acampamento.

Desta vez Milo fora longe demais. Bombardear seus próprios homens e aviões era muito mais do que o mais fleumático dos observadores podia aceitar. Parecia ser o fim para ele. Altas autoridades do governo vieram a Pianosa para investigar o caso. Os jornais atacaram Milo com manchetes garrafais e congressistas denunciaram a atrocidade com uma ira retumbante, clamando por punição. As mães com filhos no Exército uniram-se em grupos organizados e exigiram vingança. Nenhuma voz se levantou em defesa de Milo. Por toda parte, as pessoas decentes sentiam-se ultrajadas e Milo era execrado. Mas só até o momento em que ele expôs os seus livros de contabilidade ao público e revelou o tremendo lucro que obtivera. Podia perfeitamente reembolsar o governo por todos os homens e propriedades que destruíra e ainda lhe sobrava dinheiro bastante para continuar a comprar o algodão egípcio. E o melhor de todo o negócio é que realmente não havia a menor necessidade de reembolsar o governo.

– Numa democracia, o governo é o povo – explicou Milo. – E nós somos o povo, não é mesmo? Portanto, podemos perfeitamente ficar com o dinheiro e eliminar o intermediário. Francamente, gostaria de que o governo saísse inteiramente da guerra e deixasse tudo aos cuidados da iniciativa privada. Se pagarmos ao governo tudo o que lhe devemos, estaremos apenas estimulando o controle governamental e desestimulando outros indivíduos a bombardearem os seus próprios homens e aviões. Estaremos simplesmente eliminando os incentivos que deveriam ter.

Milo estava absolutamente certo, é claro, como todos logo concordaram. À exceção de alguns desajustados, como Doc Daneeka, que ficou resmungando e murmurando insinuações ofensivas sobre a moralidade do empreendimento, até que Milo apaziguou-o com a doação, em nome da cooperativa, de uma cadeira de jardim portátil, de alumínio. Doc Daneeka podia dobrá-la facilmente e sair com ela da barraca cada vez que o chefe White Halfoat lá entrava, fazendo o mesmo e voltando para o interior da barraca assim que o chefe White Halfoat saía. Doc Daneeka perdera inteiramente a cabeça durante o bombardeio de Milo. Em vez de correr em busca de abrigo, ficara em campo aberto para cumprir o seu dever de médico, esgueirando-se por entre as granadas, os tiros de metralhadoras e as bombas incendiárias, como um lagarto furtivo e matreiro, indo de ferido em ferido, aplicando torniquetes, morfina, talas e sulfa com uma expressão sombria e aflita, sem dizer uma só palavra além do necessário, vendo no ferimento arroxeado de cada homem um presságio terrível da sua própria putrefação. Trabalhou incansavelmente até a exaustão, antes que a longa noite acabasse. Na manhã seguinte, estava com a voz fanhosa e foi correndo para a barraca de serviço médico, para que Gus e Wes tirassem sua temperatura e para pegar um emplastro de mostarda e um vaporizador.

Doc Daneeka tratou de cada homem ferido naquela noite com a mesma expressão taciturna, profunda e introvertida que exibiu no aeroporto no dia da missão a Avignon, quando Yossarian desceu do avião inteiramente nu e em estado de choque, o sangue de Snowden a escorrer em abundância de seus pés, joelhos, braços e mãos.

Yossarian apontou para trás, sem dizer uma só palavra, na direção do lugar em que estava caído o jovem metralhador, que morrera de frio. E cada vez que abria os olhos Yossarian quase desmaiava, pois via Snowden agonizante.

Doc Daneeka passou um lençol em torno dos ombros de Yossarian quase ternamente, depois que Snowden fora removido do avião e levado de maca para uma ambulância. Levou Yossarian para o seu próprio jipe. McWatt ajudou, e os três seguiram em silêncio para a barraca do serviço médico. McWatt e Doc Daneeka sentaram Yossarian numa cadeira e limparam do corpo dele todo o sangue de Snowden, com chumaços úmidos de algodão absorvente. Doc Daneeka deu-lhe uma pílula e uma injeção que o fizeram dormir durante 12 horas. Quando Yossarian acordou e foi procurá-lo, Doc Daneeka deu-lhe outra pílula e outra injeção, que o fizeram dormir por mais 12 horas. Quando Yossarian acordou de novo e foi procurá-lo, Doc Daneeka estava pronto para dar-lhe outra pílula e outra injeção.

– Até quando vai ficar me dando essas pílulas e injeções? – indagou Yossarian.

– Até você se sentir melhor.

– Já estou me sentindo perfeitamente bem agora.

A testa frágil e bronzeada de Doc Daneeka ficou franzida de surpresa.

– Então por que não pôs alguma roupa? Por que está andando nu?

– Nunca mais quero usar um uniforme.

Doc Daneeka aceitou a explicação e guardou a seringa hipodérmica.

– Tem certeza de que está se sentindo bem?

– Claro. Estou apenas um pouco entorpecido de todas essas pílulas e injeções que andou me dando.

Yossarian fez tudo o que tinha de fazer durante o resto do dia sem nenhuma roupa e ainda estava nu na manhã seguinte, quando Milo, depois de procurá-lo inutilmente por toda parte, foi afinal encontrá-lo sentado em cima de uma árvore, a pouca distância dos fundos do pequeno e gracioso cemitério militar onde Snowden estava sendo enterrado. Milo estava usando o seu traje costumeiro de homem de negócios: a calça verde-oliva, camisa verde-oliva e gravata, a barra de prata de primeiro-tenente brilhando na gola, o quepe regulamentar.

– Estive procurando-o por toda parte – gritou Milo do chão para Yossarian, em tom de censura.

– Deveria ter-me procurado aqui nesta árvore. Passei a manhã inteira aqui.

– Pois desça daí, prove isto e diga-me se é bom. É muito importante.

Yossarian balançou a cabeça. Estava sentado, nu, na primeira forquilha da árvore, balançando-se e segurando com as duas mãos o galho logo acima. Recusou-se terminantemente a descer dali e Milo não teve alternativa senão abraçar o tronco com os dois braços, num gesto de repugnância, e começar a subir. E, desajeitado, foi subindo, com resmungos e suspiros. Suas roupas estavam amarrotadas e tortas, quando finalmente conseguiu enganchar uma perna no primeiro galho, parando para recuperar o fôlego. O quepe estava inclinado e corria o risco de cair. Milo segurou-o quando já estava começando a escorregar. Gotas de suor brilhavam como pérolas transparentes em seu bigode e inchavam como bolhas opacas por baixo dos olhos. Yossarian ficou observando-o, impassível. Cautelosamente, Milo foi-se virando, até ficar de frente para Yossarian. Tirou o papel que envolvia algo macio, redondo e marrom, entregando-o a Yossarian.

– Por favor, prove isto e diga-me o que acha. Eu gostaria de servir para os homens.

– O que é isso? – indagou Yossarian, dando uma mordida.

– Algodão com cobertura de chocolate.

Yossarian engasgou convulsivamente e cuspiu tudo o que tinha na boca bem no rosto de Milo.

– Pronto, tome de volta! – gritou ele, furioso. – Jesus Cristo! Você ficou maluco? Nem mesmo tirou as malditas sementes!

– Dê-lhe uma chance, está bem? – suplicou Milo. – Não pode ser tão ruim assim. É realmente ruim?

– Horrível.

– Mas tenho que fazer com que todos os ranchos sirvam isso aos homens.

– Nunca serão capazes de engolir.

– Pois terão de engolir – declarou Milo, a voz impávida e solene de um ditador, quase quebrando o pescoço numa queda, ao largar a mão para gesticular enfaticamente.

– Venha até aqui – convidou Yossarian. – Estará mais seguro e poderá ver tudo.

Segurando o galho acima dele com as duas mãos, Milo começou a arrastar-se na direção de Yossarian, de lado, com extremo cuidado e apreensão. O rosto estava rígido de tensão e ele suspirou aliviado quando se viu sentado, seguro, ao lado de Yossarian. Afagou a árvore afetuosamente e comentou em tom de admiração, com a gratidão de dono:

– Esta é uma árvore muito boa.

– É a árvore da vida – disse Yossarian, mexendo os dedos dos pés. – E também a árvore do conhecimento do bem e do mal.

Milo examinou atentamente o tronco e os galhos, e depois afirmou:

– Não é, não. É uma castanheira. E sou entendido nisso, pois vendo castanhas.

– Como quiser.

Ficaram sentados ali na árvore sem se falar, durante muitos segundos, balançando as pernas, e com os braços levantados, segurando o galho de cima. Yossarian estava inteiramente nu, a não ser pelas sandálias de sola de borracha. Milo estava inteiramente vestido com o uniforme verde-oliva, a gravata num nó apertado. Milo examinou Yossarian reservadamente, pelo canto dos olhos, hesitante. Mas afinal disse:

– Queria perguntar-lhe uma coisa, Yossarian. Está sem nenhuma roupa. Não quero ser intrometido ou algo assim, mas apenas gostaria de saber: por que você não está usando seu uniforme?

– Porque não quero.

Milo concordou com a cabeça rapidamente, como um pardal dando bicadas.

– Entendo, entendo – declarou logo, com uma expressão visível de confusão. – Compreendo perfeitamente. Eu tinha ouvido Appleby e o capitão Black dizerem que você enlouquecera e só queria me certificar. – Hesitou outra vez, de forma polida, pesando os prós e os contras de sua pergunta seguinte: – Não pretende vestir nunca mais seu uniforme?

– Acho que não.

Milo assentiu, com um falso vigor, para demonstrar que continuava compreendendo. Depois, ficou em silêncio, ruminando gravemente, apreensivo. Um passarinho de crista vermelha passou lá embaixo, roçando as asas escuras contra um ramo trêmulo. Yossarian e Milo estavam abrigados em seu caramanchão sob prateleiras verdejantes das colinas ao redor e cercados por castanheiras e pinheiros. O sol estava a pino e o vasto céu azul estava pontilhado por pequenas nuvens baixas e isoladas, de uma brancura imaculada. Não soprava a menor brisa e as folhas em torno deles estavam inteiramente paradas. A sombra em que estavam era muito agradável. Tudo estava em paz, à exceção de Milo, que de repente deixou escapar um grito abafado e começou a apontar, nervoso.

– Olhe lá! – exclamou ele, alarmado. – Olhe lá! Está havendo um enterro! Aquilo não parece um cemitério?

Yossarian respondeu-lhe com uma voz serena, sem qualquer inflexão:

– Estão enterrando aquele garoto que morreu no meu avião na missão a Avignon. Snowden.

– O que aconteceu com ele? – perguntou Milo, a voz amortecida pelo respeito e temor.

– Ele foi morto.

– Isso é terrível – lamentou Milo, os grandes olhos castanhos ficando marejados de lágrimas. – Pobre garoto... Mas que coisa horrível! – Mordeu o lábio trêmulo. Ao voltar a falar, a voz estava carregada de emoção: – E vai ficar ainda pior, se os ranchos não concordarem em comprar o meu algodão. Yossarian, o que será que há com eles? Será que não compreendem que a cooperativa é deles? Será que não sabem que todos têm a sua parte?

– O homem morto na minha barraca também tinha a parte dele? – indagou Yossarian, causticamente.

– É claro que tinha – assegurou Milo efusivamente. – Todo mundo no esquadrão tem a sua parte.

– Ele foi morto antes mesmo de ingressar no esquadrão.

Milo fez uma careta de aflição e afastou o olhar, suplicando, mal-humorado:

– Eu gostaria que você parasse de me atribuir o que aconteceu ao homem morto da sua barraca. Já lhe disse que não tive nada a ver com a morte dele. Foi culpa minha eu ter visto aquela oportunidade maravilhosa de açambarcar o mercado de algodão egípcio, metendo assim a todos nós nesta encrenca? Como é que eu poderia adivinhar que ia ocorrer uma saturação do mercado consumidor? Nem mesmo sabia o que era saturação de mercado naquela ocasião. Uma oportunidade para açambarcar um mercado não aparece com muita frequência e fui muito esperto em aproveitar a que tive.

Milo conteve um gemido ao ver seis soldados uniformizados tirarem um caixão simples de pinho de uma ambulância e depositarem-no gentilmente no chão, ao lado do abismo insondável da cova recém-escavada.

– E, agora, não consigo livrar-me de um único fardo de algodão – lamentou-se ele.

Yossarian permaneceu impassível diante da cerimônia fúnebre e da aflição crescente de Milo. A voz do capelão flutuava até eles tenuemente, um zumbido monótono ininteligível e quase inaudível, como um murmúrio gasoso. Yossarian reconheceu o major Major, pelo seu vulto alto e magro, isolado dos outros. Pensou reconhecer também o major Danby, enxugando a testa com um lenço. O major Danby ainda não parara de tremer desde a sua briga com o general Dreedle. Havia uma massa de graduados moldada em uma curva em torno dos três oficiais. Quatro coveiros em uniformes listrados de faxina descansavam indiferentes, apoiados em suas pás, perto do monte chocante e incongruente de terra vermelha. De repente, o capelão ergueu os olhos na direção de Yossarian, beatificamente, apertou os olhos com os dedos, como se estivesse sentindo a maior aflição, voltou a olhar na direção de Yossarian, atentamente, e baixou a cabeça, concluindo o que Yossarian julgou ser um clímax qualquer do rito fúnebre. Os quatro homens em uniforme de faxina ergueram o caixão com correntes e baixaram-no para dentro da cova. Milo estremeceu violentamente.

– Não posso ver! – gritou ele, afastando o olhar, angustiado. – Não posso ficar sentado aqui calmamente e deixar que os ranchos liquidem dessa maneira a minha cooperativa! – Rangeu os dentes e sacudiu a cabeça, de pesar e ressentimento amargurados. – Se tivessem a menor lealdade, haveriam de comprar o meu algodão até não poder mais. Fariam fogueiras e queimariam todas as roupas de baixo e os uniformes de verão, só para haver uma demanda maior para o meu algodão. Mas não estão fazendo absolutamente nada. Yossarian, tente comer o resto desse algodão com cobertura de chocolate. Por mim, Yossarian! Talvez tenha agora um gosto delicioso.

Yossarian empurrou-lhe a mão.

– Desista, Milo. Ninguém vai comer algodão.

Milo franziu o rosto de modo astuto e procurou persuadi-lo:

– Eu estava brincando, Yossarian. Na verdade, é apenas um doce de algodão, um delicioso doce de algodão. Experimente só.

– Agora você está mentindo.

– Eu nunca minto! – retrucou Milo, com uma dignidade orgulhosa.

– Você está mentindo agora.

– Bem, só minto quando é necessário – explicou Milo, defendendo-se, evitando o olhar de Yossarian por um momento e logo piscando os olhos vitoriosamente. – Esse negócio é melhor do que doce de algodão. É mesmo. É feito com algodão de verdade. Yossarian, você tem que me ajudar a fazer os homens comerem isso. O algodão egípcio é o melhor algodão do mundo.

– Mas é indigesto. Será que você não entende que deixará todos os homens doentes? Por que não experimenta comê-lo, se não acredita em mim?

– Já experimentei – admitiu Milo, sombrio. – E tive uma indigestão.

O cemitério era amarelo como feno e verde como couve cozida. O capelão deu um passo para trás, e o semicírculo de vultos humanos começou a se desfazer lentamente. Os homens foram se encaminhando, sem qualquer pressa e sem fazer barulho, para os veículos estacionados na estradinha esburacada de terra. De cabeças baixas, desconsolado, o capelão, o major Major e o major Danby seguiram para os seus jipes, cada um mantendo uma distância inamistosa de alguns passos dos outros dois.

– Está tudo terminado – comentou Yossarian.

– É o fim – concordou Milo, acabrunhado. – Não resta mais a menor esperança. E tudo isso só porque lhes dei liberdade para tomarem as suas próprias decisões. Isso me ensina uma lição sobre disciplina, para a próxima vez em que eu tentar algo assim.

– Por que você não vende o seu algodão ao governo? – sugeriu Yossarian distraidamente, observando os quatro homens com uniformes de faxina encherem a cova com a terra avermelhada.

Milo vetou a ideia prontamente, explicando com firmeza:

– É uma questão de princípios. O governo não tem que se meter em negócios, e eu seria a última pessoa no mundo a tentar envolver o governo num negócio meu. Mas o negócio do governo é cuidar do bom andamento dos negócios. – Ele fez uma pausa, ao se recordar disso, logo continuando, exultante: – Calvin Coolidge foi quem disse isso, e Calvin Coolidge foi um presidente. Logo, deve ser verdade. E o governo tem a responsabilidade de comprar todo o algodão egípcio de que disponho e que ninguém mais está querendo, a fim de que eu possa auferir o meu lucro, não é mesmo? – O rosto de Milo voltou a ficar anuviado, e ele tornou a ficar deprimido e triste como antes. – Mas como é que vou fazer o governo comprar o meu algodão?

– Suborne-o.

– Subornar! – Milo ficou ofendido e quase quebrava novamente o pescoço numa queda. – Mas que vergonha! – Respirou forte, com a indignação dos judeus, as narinas tremendo. – O suborno é contra a lei e você sabe disso perfeitamente! Mas não é contra a lei auferir um lucro, não é mesmo? Assim, não posso estar contra a lei ao subornar alguém para auferir um lucro, não é mesmo? Mas claro que não! –

Milo caiu novamente numa meditação resignada, uma tristeza quase digna de pena. – Mas como é que vou saber a quem subornar?

– Ora, não precisa preocupar-se com isso – confortou-o Yossarian, com uma risada indiferente, enquanto os motores dos jipes e da ambulância rompiam o silêncio sonolento e os veículos começavam a se afastar. – Basta você oferecer um suborno bastante grande e as pessoas certas irão a seu encontro. Mas você tem que fazer tudo às claras. Deixe que todo mundo saiba o que você quer e quanto está disposto a pagar. A primeira vez em que agir como culpado ou parecendo envergonhado, irá meter-se na maior encrenca.

– Gostaria de que você tratasse disso comigo – pediu Milo. – Não me sinto muito seguro entre pessoas que aceitam suborno. Não são melhores do que um bando de vigaristas.

– Você não terá a menor dificuldade – assegurou-lhe Yossarian, confiante. – E se houver algum problema, basta dizer a todo mundo que a segurança do país depende de um forte mercado especulador doméstico de algodão egípcio.

– E depende mesmo – declarou Milo, solenemente. – Um mercado interno especulador de algodão egípcio significa uma América muito mais forte.

– Mas claro que é isso. E se por acaso isso não funcionar, fale do grande número de famílias americanas que dependem do algodão egípcio para a sua sobrevivência.

– Muitas famílias americanas dependem do algodão egípcio para a sua sobrevivência.

– Está vendo? É muito melhor nisso do que eu. Do jeito que você fala, até parece verdade.

– E é verdade! – exclamou Milo, com toda dignidade.

– Era o que eu queria dizer. Fala com a dose certa de convicção.

– Tem certeza de que não quer tratar disso comigo?

Yossarian balançou a cabeça.

Milo ficou impaciente em começar logo de uma vez. Guardou no bolso da camisa o resto do algodão com cobertura de chocolate e voltou rapidamente pelo galho até o tronco liso da castanheira. Passou os braços pelo tronco num abraço amoroso e desajeitado e começou a descer, os sapatos deslizando, dando a impressão de que ele iria cair e machucar-se. No meio do caminho, mudou de ideia e voltou a subir. Pedaços da casca de árvore pendiam de seu bigode, e o rosto cansado estava vermelho do exercício.

– Gostaria que você pusesse o seu uniforme, em vez de circular nu desse jeito – disse ele a Yossarian, pensativo, antes de descer novamente e afastar-se. – Pode lançar uma moda, e assim eu nunca mais conseguiria livrar-me de todo aquele maldito algodão egípcio.

25
O capelão

Já fazia algum tempo que o capelão começara a se perguntar como eram as coisas afinal. Existiria mesmo um Deus? Como poderia ter certeza? Ser um ministro anabatista do Exército americano já era bastante difícil, nas melhores circunstâncias; sem fé, então, era intolerável.

Pessoas que falavam alto assustavam-no. Homens de ação bravos e agressivos, como o coronel Cathcart, faziam-no sentir-se desamparado e sozinho. Aonde quer que fosse, no Exército, era sempre um estranho. Os praças, graduados e oficiais não se comportavam com ele como se comportavam com as outras praças, graduados e oficiais. Até mesmo os outros capelães não se mostravam tão cordiais com ele como o eram entre si. Num mundo em que o sucesso era a única virtude, ele se resignara a ser um fracasso. Era dolorosamente consciente de que carecia da firmeza eclesiástica e do *savoir-faire* que possibilitavam a muitos dos seus colegas, de outras fés e seitas, progredirem. Simplesmente não estava equipado para vencer. Pensava em si mesmo como algo horrível e ansiava diariamente por voltar à sua casa, junto da esposa.

Na verdade, o capelão era um homem quase bonito, com um rosto agradável e sensível, bastante pálido e instável. Tinha sempre a mente aberta a qualquer assunto.

Talvez ele realmente fosse Washington Irving e talvez tivesse realmente assinado o nome de Washington Irving naquelas cartas cuja existência até então ignorava. Sabia que tais lapsos de memória não constituíam casos raros nos anais da medicina. Sabia também que não havia meios de se saber coisa alguma, nem mesmo de se ter certeza de que não se sabia coisa alguma. Recordava-se nitidamente – ou tinha a impressão de que se recordava nitidamente – da impressão que tivera de já ter visto Yossarian em algum lugar antes, ao vê-lo pela primeira vez na cama do hospital. Tivera a mesma sensação inquietante quase duas semanas depois, quando Yossarian aparecera em sua barraca para pedir-lhe que intercedesse para livrá-lo das missões de combate. Nessa ocasião, evidentemente, o capelão já vira Yossarian antes em algum lugar, naquela estranha e inortodoxa enfermaria, na qual todos os pacientes pareciam delinquentes, à exceção do infeliz paciente coberto da cabeça aos pés por ataduras e gesso branco, que um dia fora encontrado morto, com um termômetro enfiado na boca. Mas a impressão do capelão, de um encontro anterior, era muito mais forte e misteriosa. Sentia que tivera antes um encontro da maior importância com Yossarian, em alguma época remota, submersa, talvez mesmo inteiramente espiritual, na qual ele admitira que não havia absolutamente nada que ele pudesse fazer para ajudá-lo.

Dúvidas desse tipo corroíam insaciavelmente a estrutura esguia e sofredora do capelão. Haveria mesmo uma verdadeira fé única e uma vida após a morte? Quantos anjos poderiam dançar na ponta de um alfinete e com que assuntos Deus se ocupara nas infinitas eternidades anteriores à Criação? Por que fora necessário pôr um sinal protetor na testa de Caim, se não existiam outras pessoas das quais protegê-lo? Adão e Eva tinham tido filhas? Eram essas as questões de ontologia que o atormentavam. Contudo, tais questões nunca lhe pareciam tão cruciais como a questão da bondade e das boas maneiras. Ele suava desesperadamente, torturado pelo dilema epistemológico do cético, incapaz de aceitar soluções para os problemas que não estava disposto a descartar como insolúveis. Em nenhum momento deixava de sentir aflição; em nenhum momento deixava de ter esperança.

E naquele dia, em sua barraca, perguntou, hesitante, a Yossarian, que estava sentado e segurando com as duas mãos a garrafa de Coca-Cola morna que o capelão lhe dera como consolo:

– Já esteve alguma vez numa situação que sentiu já ter vivido antes, muito embora soubesse que a estava experimentando pela primeira vez?

Yossarian concordou negligentemente e a respiração do capelão se acelerou em antecipação, enquanto se preparava para somar sua força de vontade à de Yossarian, num esforço prodigioso para descerrar finalmente as negras cortinas que envolviam os mistérios eternos da existência.

– E está experimentando essa sensação agora?

Yossarian balançou a cabeça e explicou que o *déjà vu* era apenas uma falha momentânea infinitesimal de dois centros nervosos sensoriais coercitivos que normalmente funcionavam simultaneamente. O capelão mal lhe deu ouvidos. Ficou desapontado, é verdade, mas não propenso a acreditar em Yossarian, pois tivera uma visão secreta e enigmática, que ainda não tinha coragem para divulgar. Não havia como se enganar quanto às implicações terríveis da revelação do capelão: ou fora uma visão interior de origem divina ou uma alucinação; ou ele fora abençoado ou estava perdendo o juízo. As duas perspectivas provocavam-lhe o mesmo medo e a mesma depressão. Não era *déjà vu, presque vu* nem *jamais vu*. Era possível que existissem outros *vus* dos quais ele jamais ouvira falar e que um desses *vus* pudesse explicar perfeitamente o surpreendente fenômeno do qual ele fora, ao mesmo tempo, uma testemunha e um participante. Era também possível que não tivesse ocorrido nada do que ele julgara ter ocorrido, que ele estivesse diante de uma aberração da memória em vez de uma percepção, que ele nunca antes *tivesse* realmente pensado ter visto o que agora julgava ter visto, que a impressão que ele tinha agora de que já pensara nisso antes fosse apenas uma *ilusão* de uma ilusão, que ele estivesse apenas imaginando agora que já imaginara ter visto um homem nu sentado numa árvore no cemitério.

Era agora óbvio para o capelão que ele não era alguém adequado a seu trabalho. Frequentemente se perguntava se não teria sido mais feliz servindo como soldado raso na Infantaria ou na Artilharia, talvez até mesmo como paraquedista. Ele não tinha nenhum amigo de verdade. Antes de conhecer Yossarian, não havia ninguém no grupo com quem se sentisse à vontade. E dificilmente se sentia à vontade com Yossarian, cujas frequentes explosões arrebatadas e insubordinadas mantinham-no num constante nervosismo e num estado ambíguo de alarme. O capelão sentia-se seguro quando estava no clube dos oficiais com Yossarian e Dunbar, até mesmo com Nately e McWatt apenas. Quando se sentava com eles, não havia necessidade de sentar-se com ninguém mais. Seu problema de onde se sentar ficava resolvido e ele se via resguardado da companhia indesejável de todos os seus colegas oficiais, que o recebiam com excessiva cordialidade quando se aproximava e depois esperavam constrangidos que ele logo se afastasse. O capelão deixava a todos inquietos. Todos sempre se mostravam muito cordiais para com ele, mas ninguém lhe era realmente simpático. Todos lhe falavam, mas ninguém lhe dizia coisa alguma. Yossarian e Dunbar, porém, mostravam-se descontraídos na presença dele, e por isso o capelão não ficava embaraçado na sua companhia. Os dois até mesmo o defenderam na noite em que o coronel Cathcart tentara novamente expulsá-lo do clube dos oficiais. Yossarian se levantara de modo truculento para intervir e Nately gritara *Yossarian!* para contê-lo. O coronel Cathcart ficara branco como cera ao ouvir o nome Yossarian e, para surpresa de todos, batera em retirada, aterrorizado, indo esbarrar no general Dreedle, que lhe dera uma cotovelada para afastá-lo, com uma expressão aborrecida, ordenando-lhe que voltasse imediatamente para ordenar ao capelão que recomeçasse a vir ao clube dos oficiais todas as noites.

O capelão tinha quase tanta dificuldade em manter a sua posição no clube dos oficiais quanto tinha em descobrir em qual dos dez refeitórios do grupo deveria fazer sua próxima refeição. Preferiria ter continuado a ser proibido de entrar no clube dos oficiais, se não fosse pela satisfação que estava começando a encontrar na companhia de seus novos amigos. Além do mais, se ele não fosse à noite para o clube dos oficiais, não teria qualquer outro lugar aonde ir. Passava o tempo todo sentado na mesa de Yossarian e Dunbar, com um sorriso tímido e recatado, raramente falando, a menos que lhe dirigissem a palavra. Tinha sempre um copo de vinho grosso e muito doce à sua frente, praticamente intacto, brincando o tempo todo com o cachimbo de sabugo de milho, que, de vez em quando, ele enchia de tabaco e fumava. Gostava de ficar escutando Nately, cujas queixas sentimentais, entre amarguradas e ternas, refletiam a sua própria desolação romântica e jamais deixavam de evocar-lhe um doloroso anseio pela esposa e filhos. O capelão encorajava Nately com gestos de compreensão ou assentimento, divertido com a ingenuidade e a imaturidade dele. Nately vangloriava-se impudicamente de sua garota ser uma prostituta. A simpatia do capelão era causada principalmente pelo capitão Black, que nunca passava pela mesa deles sem dar uma piscadela maliciosa para o capelão e dizer alguma piada forte e grosseira a respeito da namorada de Nately. O capelão não aprovava a atitude do capitão Black e achava muito difícil não lhe querer mal.

Ninguém, nem mesmo Nately, parecia realmente compreender que ele, o capelão Albert Taylor Tappman, não era apenas um capelão, mas também um ser humano, que *podia* ter uma esposa encantadora, apaixonada e linda, a quem ele amava quase loucamente, e três filhos pequenos, de olhos azuis, com rostos estranhos e esquecidos, que um dia cresceriam para encará-lo como um homem esquisito, que talvez nunca fossem perdoá-lo por todos os constrangimentos sociais que a vocação do pai lhes causaria. Por que será que ninguém conseguia compreender que ele não era um esquisito, mas um adulto normal e solitário, tentando levar uma vida normal, solitária e adulta? Se o cortassem, será que sangraria? E se lhe fizessem cócegas, será que riria? Parecia que jamais lhes ocorrera que o capelão, assim como eles, também tinha olhos, mãos, órgãos, dimensões, sentidos e afeições, que podia ser ferido pelas mesmas armas que eles, aquecido e resfriado pelas mesmas brisas, alimentado pelo mesmo tipo de alimento... apesar de ter que fazê-lo num refeitório diferente a cada vez. A única pessoa que parecia perceber que ele tinha sentimentos era o cabo Whitcomb, que acabara de ferir a todos, passando por cima dele e indo procurar diretamente o coronel Cathcart, com sua proposta para enviar cartas de condolências às famílias dos homens mortos ou feridos em combate.

Sua esposa era a única coisa no mundo com que o capelão *podia* contar. E isso teria sido suficiente, se ao menos o tivessem deixado viver a sua vida com ela e com as crianças. A esposa do capelão era uma mulher pequena, reservada e simpática, de 30 e poucos anos, uma morena bonita, com dentes pequenos, um pouco salientes, num rosto de criança travessa. O capelão vivia se esquecendo do rosto de seus filhos. Cada vez que ele pegava as fotos deles na carteira, era como se os visse pela primeira vez. O capelão amava a esposa e os filhos com tamanha intensidade que muitas vezes sentia vontade de afundar no chão, de tão desamparado com a separação, e chorar como um aleijado rejeitado. Vivia inexoravelmente atormentado por fantasias mórbidas a respeito deles, com pressentimentos aterradores de doenças e acidentes. Suas meditações eram poluídas com as ameaças de doenças pavorosas, como o tumor de Ewing e a leucemia. Imaginava o filho caçula morrendo duas ou três vezes por semana, porque não ensinara a esposa a estancar a hemorragia arterial. Observava, num silêncio paralisado e cheio de lágrimas, toda sua família morrer eletrocutada, um depois do outro, numa tomada do porão, porque nunca ensinara a ela que um corpo humano pode ser condutor de eletricidade. Todos os quatro morriam queimados quase todas as noites, quando o aquecedor de água explodia e a casa de madeira, de dois andares, se incendiava. Com detalhes terríveis e implacáveis, via o corpo frágil e esguio de sua pobre esposa sendo esmagado, até uma massa sangrenta, contra a parede de tijolos de um supermercado, atingido por um motorista embriagado. Via sua filha de 5 anos histérica, sendo levada para longe do terrível acidente por um bondoso cavalheiro de meia-idade e cabelos brancos, que a violentava e assassinava, depois de levá-la para um terreno baldio. Enquanto isso, os seus dois filhos menores morriam de fome em casa, depois que a mãe de sua esposa, que estivera tomando conta deles, morria de um ataque cardíaco, ao receber por telefone a notícia do acidente. A esposa do capelão era uma mulher meiga, suave e circunspecta. Ele ansiava por tocar-lhe novamente a carne macia do braço, em afagar-lhe os cabelos pretos e lisos, em ouvir-lhe a voz amiga e confortadora. Sua mulher era muito mais forte do que ele. O capelão escrevia-lhe cartas curtas e serenas uma vez por semana, às vezes duas. Mas queria passar o dia inteiro a escrever-lhe cartas de amor desesperado, a preencher páginas intermináveis com confissões francas de sua humilde adoração e com instruções meticulosas de como administrar respiração artificial. Queria contar-lhe, numa torrente de autopiedade, toda a sua solidão e desespero insuportáveis, alertá-la para jamais deixar o ácido bórico ou a aspirina ao alcance das crianças, para nunca atravessar uma rua com o sinal aberto. Mas não queria preocupá-la. A esposa do capelão era intuitiva, gentil, compassiva e impressionável. Os devaneios do capelão sobre o reencontro com a esposa quase sempre terminavam em cenas de sexo explícito.

O capelão não gostava de presidir enterros e por isso não ficaria surpreso se descobrisse que a aparição na árvore, naquele dia, fora uma manifestação da censura do Todo-Poderoso pela sua blasfêmia. Simular seriedade, fingir dor e pretender possuir um conhecimento sobrenatural do além, em circunstâncias tão pavorosas e misteriosas como as da morte, parecia-lhe a mais criminosa de todas as ofensas. Ele se recordava – ou estava quase convencido de que se recordava – nitidamente do episódio do cemitério. Ainda podia ver o major Major e o major Danby parados como estátuas de pedra a seu lado. Podia ver quase o número exato dos graduados presentes e dos lugares em que tinham ficado, podia ver os quatro homens indiferentes com as suas pás, o caixão repulsivo, o monte de terra avermelhada solta e triunfante, o céu sereno, insondável, sufocante, tão estranhamente branco e azul que o dia era quase intoxicante. Iria recordar tudo isso para sempre, pois tais detalhes eram partes integrantes do mais extraordinário acontecimento que já lhe ocorrera, um acontecimento talvez maravilhoso, talvez patológico – a visão do homem nu na árvore. Como podia explicá-lo? Não era já visto ou jamais visto, certamente não era também quase visto. Nem o *déjà vu* nem o *presque vu* nem o *jamais vu* eram elásticos o suficiente para abrangê-lo. Seria então um fantasma? A alma do homem morto? Um anjo do paraíso ou um agente do inferno? Ou será que todo o episódio fantástico não passaria do fruto de uma imaginação doentia, de uma mente decadente, de um cérebro podre? Nunca passou pela mente do capelão a possibilidade de que realmente tivesse havido um homem nu em cima da árvore. Aliás, dois homens, já que o primeiro ficara logo acompanhado de outro, com um bigodinho marrom e sinistras roupas escuras, que se inclinara para a frente num ritual, em cima do galho da árvore, oferecendo ao primeiro algo para beber, numa taça marrom.

O capelão era um homem sinceramente prestativo, que nunca conseguia ajudar ninguém. Nem Yossarian, quando finalmente decidiu enfrentar o problema e foi visitar secretamente o major Major para saber se, como Yossarian dissera, os homens do grupo do coronel Cathcart eram obrigados a voar mais missões de combate do que quaisquer outros. Foi uma atitude ousada e impulsiva, a que o capelão só se decidiu depois de discutir novamente com o cabo Whitcomb e de empurrar com água morna do cantil o almoço insípido de biscoitos velhos. Saiu à procura do major Major a pé, a fim de que o cabo Whitcomb não o visse saindo. Embrenhou-se pelo mato sem fazer barulho, até que as duas barracas da clareira estivessem bem para trás. Entrou então no fosso da ferrovia abandonada, onde a caminhada era mais segura. Apressou-se por cima dos gravetos fossilizados, com uma raiva desenfreada crescente. Naquela manhã, fora intimidado e humilhado sucessivamente pelo coronel Cathcart, pelo coronel Korn e pelo cabo Whitcomb. Tinha que fazer com que lhe sentissem o respeito devido! Seu peito magro estava logo ofegando. Andava o mais rapidamente que podia sem correr, receando que a sua firme resolução se pudesse desvanecer se diminuísse o passo. Logo, viu um vulto uniformizado a caminhar em sua direção, sobre os trilhos enferrujados. Saiu imediatamente do fosso e foi esconder-se atrás de umas moitas densas. Depois, retomou a caminhada original, agora por uma trilha sinuosa, que se embrenhava pela floresta adentro. Era mais difícil andar ali, mas ele seguiu em frente, com a mesma determinação temerária e inexorável, escorregando e tropeçando frequentemente, machucando as mãos desprotegidas nos galhos baixos que lhe bloqueavam o caminho. E assim continuou até que a trilha se alargou e ele pôde ver um trailer militar. Logo em seguida, passou por uma barraca, diante da qual estava estendido um gato cinza tomando sol, e por outro trailer indo desembocar no acampamento do esquadrão de Yossarian. Uma camada salgada de saliva se cristalizara em seus lábios. Não parou, atravessando diretamente o acampamento até a sala de ordens, onde foi recebido por um sargento magro e de ombros curvados, com bochechas imensas e cabelos louros muito claros, que lhe informou jovialmente que poderia entrar, já que o major Major não estava.

O capelão agradeceu com um aceno brusco e seguiu sozinho pelo corredor entre as mesas e máquinas de escrever, até a divisória no fundo da barraca grande de lona. O capelão empurrou a aba que servia de porta e entrou no gabinete do major Major, descobrindo que estava inteiramente vazio. A aba da entrada se fechou atrás dele. O capelão respirava ofegante e suava profusamente. O gabinete continuou vazio. Pensou ter ouvido um sussurro furtivo. Dez minutos se passaram. Olhou ao redor, carrancudo, o queixo inabalavelmente firme. E então, subitamente, ficou gelado, ao recordar-se exatamente das palavras do sargento: ele podia entrar, já que o major Major não estava. *Os graduados estavam lhe pregando uma peça!* O capelão encolheu-se contra a parede, aterrorizado, lágrimas amargas brotando em seus olhos. Um gemido suplicante escapou de seus lábios trêmulos. O major Major estava em algum outro lugar e os graduados na outra sala o transformaram no alvo de uma peça desumana. Quase podia vê-los à espera, do outro lado da parede de lona, aglomerados, expectantes como uma matilha, vorazes e exultantes, prontos para despejarem sobre ele, no momento em que reaparecesse, as suas risadas cruéis e zombeteiras. Amaldiçoou-se por sua ingenuidade e desejou, em pânico, ter algo para se disfarçar, como uma máscara ou um bigode postiço e óculos escuros. Ou então uma voz forte e profunda como a do coronel Cathcart, ombros largos e bíceps musculosos, que lhe permitissem sair dali sem medo algum e vencer seus perseguidores malévolos, com uma autoridade despótica e confiança total, fazendo todos tremerem e recuarem amedrontados em arrependimento. Mas lhe faltava coragem para enfrentá-los. A única outra saída era a janela. Não havia ninguém à vista, e o capelão pulou pela janela do gabinete do major Major, contornando a barraca rapidamente e pulando para dentro do fosso da ferrovia abandonada, a fim de esconder-se.

Saiu correndo, o corpo dobrado e o rosto contorcido intencionalmente num sorriso sociável e despreocupado, para o caso de alguém vê-lo. Trocou o fosso pela floresta no momento em que viu alguém se aproximando em sentido contrário e se pôs a correr por entre as árvores, freneticamente, como alguém perseguido, um animal acossado, o rosto ardendo em desgraça. Ouviu risadas crônicas por todo o caminho, vendo rostos meio indistintos e perversos a espiá-lo por toda parte, atrás das moitas e das copas das árvores. Espasmos pungentes de dor lhe apunhalavam os pulmões e ele diminuiu a velocidade. E foi cambaleando que continuou em frente, quase às cegas, até não poder mais. E de repente caiu para a frente, ao encontro de uma macieira nodosa, batendo com a cabeça no tronco e agarrando-o para não cair no chão. Sua respiração parecia um gemido áspero e distante em seus ouvidos. Passaram-se muitos minutos antes que ele finalmente percebesse que era a própria fonte daquele ruído áspero e distante que tanto o atormentava. As dores no peito foram diminuindo. Pouco depois, sentiu-se recuperado para poder se erguer. Permaneceu escutando atentamente. O silêncio era total. Não havia risadas demoníacas, ninguém o perseguia. Estava cansado demais, muito triste para sentir alívio. Endireitou as roupas com os dedos entorpecidos e trêmulos, seguindo pelo resto do caminho até a clareira de sua barraca com um rígido autocontrole. O capelão muitas vezes meditava longamente sobre os perigos do ataque cardíaco.

O jipe do cabo Whitcomb ainda estava estacionado na clareira. O capelão seguiu furtivamente, na ponta dos pés, pelos fundos da barraca do cabo Whitcomb, sem querer passar pela entrada, para não correr o risco de ser visto e insultado. Com um suspiro de gratidão, esgueirou-se rapidamente para dentro de sua barraca, encontrando o cabo Whitcomb refestelado em seu catre, com os joelhos levantados. Os sapatos do cabo Whitcomb, com uma crosta de lama, repousavam em cima da manta do capelão. Comia uma das barras de chocolate do capelão e folheava, com uma expressão desdenhosa, uma das bíblias do capelão.

– Onde é que você esteve? – perguntou ele rispidamente e sem o menor interesse, continuando a olhar a Bíblia, com a mesma expressão.

O capelão ficou vermelho e afastou-se, evasivo.

– Fui dar uma volta pelo mato.

– Está certo, não precisa me favorecer com sua confiança. Mas espere só para ver o que vai acontecer ao meu moral. – Deu outra mordida na barra de chocolate do capelão e acrescentou com a boca cheia: – Você teve um visitante enquanto esteve fora: o major Major.

O capelão girou rapidamente, surpreso, e gritou:

– Major Major? O major Major esteve *aqui*?

– É sobre ele que estamos falando, não é?

– Para onde é que ele foi?

– Pulou para o interior do fosso da ferrovia e saiu correndo como um coelho assustado – disse o cabo Whitcomb, com uma risada zombeteira. – Mas que cara doido!

– Ele disse o que queria?

– Falou que precisava de sua ajuda num problema da maior importância.

O capelão estava atônito.

– Ele disse *isso*?

– Ele não disse – corrigiu-o o cabo Whitcomb, com uma precisão fulminante. – Mas escreveu numa carta pessoal e lacrada, que deixou em cima de sua mesa.

O capelão olhou para a mesa de *bridge* que lhe servia de escrivaninha e viu apenas o abominável tomate vermelho que pegara naquela manhã no gabinete do coronel Cathcart, ainda pousado no mesmo lugar em que o esquecera, como um símbolo indestrutível e vermelho de sua própria inépcia.

– Onde está a carta?

– Eu a joguei fora, depois de abri-la e lê-la. – O cabo Whitcomb fechou a Bíblia ruidosamente e levantou-se de um pulo. – Mas qual é o problema? Não vai querer aceitar a minha palavra? – Saiu da barraca. Voltou no mesmo instante, quase colidindo com o capelão, que ia saindo apressado atrás dele, para ir procurar novamente o major Major. – Você não sabe delegar responsabilidades – declarou o cabo Whitcomb, mal-humorado. – Essa é outra das coisas que faz de errado.

O capelão concordou penitentemente e passou por ele depressa, incapaz de deter-se para pedir desculpas. Podia sentir a mão hábil do destino a impulsioná-lo compulsivamente. Por duas vezes naquele dia, compreendia agora, o major Major viera correndo na direção dele por dentro do fosso. E por duas vezes naquele dia o capelão adiara o encontro do destino, escapando do fosso para o mato. Fervilhava de autorrecriminação ao correr o mais depressa possível pelo fosso irregular e cheio de detritos. Areia, gravetos e pedrinhas tinham entrado em suas meias e sapatos e estavam esfolando os dedos dos pés. O rosto pálido e cansado estava contorcido inconscientemente numa carranca de dor. A tarde daquele início de agosto estava ficando cada vez mais quente e úmida. Eram quase 2 quilômetros da sua barraca até o acampamento do esquadrão de Yossarian. A camisa do capelão estava ensopada de suor, quando ele lá chegou, seguindo diretamente, ofegante, para a sala de ordens, onde foi detido peremptoriamente pelo mesmo sargento traiçoeiro e de fala macia, com óculos de lentes redondas e faces encovadas. O sargento pediu-lhe que ficasse do lado de fora, pois o major estava lá dentro, acrescentando que ele teria permissão para entrar assim que o major Major saísse. O capelão fitou-o aturdido, sem compreender absolutamente nada. Por que será que o sargento o odiava?, perguntou-se ele. Seus lábios estavam pálidos e trêmulos, e ele sentia uma sede quase insuportável. O que estava acontecendo com as pessoas? Será que já não havia tragédia bastante no mundo? O sargento estendeu a mão e conteve o capelão.

– Lamento, senhor – disse ele, numa voz triste e delicada, dando a impressão de que realmente lamentava. – Mas essas são as ordens do major Major. Nunca deseja falar com ninguém.

– Mas ele quer falar comigo – suplicou o capelão. – Foi inclusive procurar-me em minha barraca, quando eu estava aqui.

– O major Major?

– Ele mesmo. Por favor, entre lá e pergunte-lhe.

– Lamento, senhor, mas isso é impossível. Ele também nunca quer me ver. Mas poderia deixar um bilhete.

– Não quero deixar um bilhete! Será que jamais abre uma exceção?

– Só em circunstâncias excepcionais. A última vez em que ele saiu de sua barraca foi para assistir ao enterro de um dos graduados. E a última vez em que ele recebeu alguém em seu gabinete foi quando o obrigaram a isso. Um bombardeador chamado Yossarian obrigou-o...

– Yossarian? – O rosto do capelão iluminou-se de emoção diante dessa nova coincidência. Será que era outro milagre em andamento? – Mas é exatamente a respeito dele que eu quero falar com o major Major! Eles conversaram a respeito do número de missões que Yossarian tem de voar?

– Sim, senhor. Foi justamente sobre isso que conversaram. Yossarian já tinha voado 51 missões e queria que o major Major providenciasse sua baixa, para não ter que voar as quatro missões restantes. Na ocasião, o coronel Cathcart queria apenas 55 missões.

– E o que disse o major Major?

– O major Major disse que nada podia fazer.

O capelão ficou desconsolado.

– O major Major disse isso?

– Sim, senhor. E aconselhou Yossarian a ir procurá-lo, em busca de ajuda. Tem certeza de que não gostaria de deixar um bilhete, senhor? Aqui tem papel e lápis.

O capelão balançou a cabeça, mordendo os lábios secos e grumosos, e saiu. Ainda era tão cedo e já acontecera tanta coisa naquele dia! O ar na floresta estava mais frio. O capelão sentia a garganta ressequida e doendo. Foi andando lentamente e perguntou a si mesmo, triste, que novo infortúnio poderia abater-se sobre ele, um momento antes de o eremita louco da floresta saltar inesperadamente detrás de uma moita de framboesas. O capelão gritou com toda a força de seus pulmões. O desconhecido alto e cadavérico recuou apavorado ao ouvir o grito do capelão e balbuciou:

– Não me machuque...

– Quem é você? – gritou o capelão.

– Por favor, não me machuque!

– Eu sou o capelão!

– Então por que está querendo me machucar?

– Não quero machucá-lo! – berrou o capelão, com uma ponta de irritação, embora ainda continuasse pregado no mesmo lugar, incapaz de se mexer. – Diga-me apenas quem você é e o que deseja de mim.

– Queria apenas saber se o chefe White Halfoat já morreu de pneumonia. Isso é tudo o que quero saber. Moro aqui. Meu nome é Flume. Pertenço ao esquadrão, mas vivo aqui, no meio do mato. Pode perguntar a qualquer um.

O capelão começou a recuperar a calma, enquanto examinava atentamente aquele vulto esquisito e encolhido de medo. Duas barras de capitão, enferrujadas, ainda estavam penduradas no colarinho da camisa esfarrapada. Ele tinha uma verruga preta e com cabelos do lado do nariz e um bigode grande e sujo.

– Por que você vive no meio do mato, se pertence ao esquadrão? – indagou o capelão, curioso.

– Tenho que viver no meio do mato – respondeu, ríspido, como se o capelão tivesse obrigação de saber o motivo. Foi-se empertigando lentamente, sempre vigiando o capelão, com cautela, embora fosse mais alto quase um palmo inteiro. – Será que não ouviu todo mundo falando a meu respeito? O chefe White Halfoat jurou que ia cortar minha garganta numa noite em que eu estivesse profundamente adormecido. Por isso, não me atrevo mais a deitar lá no acampamento, enquanto ele estiver vivo.

O capelão ficou desconfiado ante aquela resposta implausível.

– Mas isso é inacreditável. Seria homicídio premeditado. Não informou o incidente ao major Major?

– Contei tudo ao major Major e ele disse que cortaria minha garganta se eu tornasse a falar no assunto. – O homem ficou examinando o capelão atentamente, amedrontado. – Você também vai cortar minha garganta?

– Oh, não, claro que não! Vive realmente aqui na floresta?

O capitão assentiu. O capelão contemplou-lhe a palidez de cansaço e desnutrição com uma mistura de piedade e estima. O corpo do homem era quase só ossos, dentro das roupas amarfanhadas e esfarrapadas, que pendiam desordenadamente como sacos. Punhados de folhas secas estavam grudados por toda parte. Os cabelos estavam precisando muito de um bom corte. Havia círculos escuros imensos por baixo dos olhos. O capelão ficou comovido quase até as lágrimas com a visão atormentada e suja do capitão. Sentiu um respeito imenso e a maior compaixão ao pensar nas muitas dificuldades que o pobre homem devia suportar todos os dias. E foi com a voz embargada de emoção e humildade que perguntou:

– Onde é que lava as suas roupas?

– Mando lavar por uma mulher numa das fazendas lá da estrada. Guardo as minhas coisas no trailer e, de vez em quando, entro lá, sem que ninguém me veja, para pegar um lenço limpo ou uma muda de roupa de baixo.

– E o que pretende fazer quando o inverno chegar?

– Oh, a esta altura já espero estar de volta ao esquadrão! – respondeu o capitão, com uma confiança de mártir. – O chefe White Halfoat vive prometendo a todo mundo que vai morrer de pneumonia. Só preciso ter mais um pouco de paciência, até o tempo esfriar e ficar mais úmido. – Fez uma pausa, examinando atentamente o capelão, com uma expressão de perplexidade. – Mas não sabia mesmo da história? Não ouviu todo mundo falando a meu respeito?

– Acho que nunca ouvi ninguém mencionar você.

O capitão ficou ressentido, mas conseguiu manter uma aparência de otimismo.

– Simplesmente não consigo entender! Bem, mas agora já estamos quase em setembro e creio que não terei de esperar por muito tempo mais. Da próxima vez em que algum dos rapazes perguntar por mim, diga que estarei de volta, para continuar a divulgar aquelas velhas notícias de relações-públicas, assim que o chefe White Halfoat morrer de pneumonia. Pode dizer isso para mim? Informe que estarei de volta ao esquadrão, quando o inverno chegar e o chefe White Halfoat morrer de pneumonia. Está bem?

O capelão memorizou lentamente as palavras proféticas, impressionado com a importância esotérica delas. Só depois é que perguntou:

– Você se alimenta à base de frutas, raízes e ervas?

– Mas é claro que não – respondeu o capitão, surpreso com a pergunta. – Entro no refeitório pelos fundos e como na cozinha. Milo me dá sanduíches e leite.

– O que você faz quando chove?

O capitão respondeu com a maior franqueza:

– Fico molhado.

– E onde é que dorme?

O capitão encolheu-se todo e começou a recuar, gritando freneticamente:

– Você também?

– Oh, não! Juro que não!

– Você quer mesmo cortar minha garganta! – insistiu o capitão.

– Eu lhe dou a minha palavra de honra! – suplicou o capelão.

Mas era tarde demais, pois o espectro hirsuto já se dissolvera habilmente entre as misturas irregulares e fragmentadas de folhas, luz e sombras, de tal forma que o capelão logo começou a duvidar de que realmente o tivesse visto. Tantos acontecimentos espantosos estavam ocorrendo que ele já não tinha mais certeza de quais eram realmente espantosos e quais os que tinham realmente ocorrido. Queria descobrir tudo a respeito do eremita louco da floresta, verificar se existira realmente um capitão Flume. Mas sua primeira obrigação, recordou-se ele, com relutância, era acalmar o cabo Whitcomb por não lhe ter delegado bastante responsabilidade. E ele seguiu apaticamente pela trilha sinuosa através da floresta, atormentado pela sede e sentindo-se quase exausto demais para dar o próximo passo. Sentia remorsos ao pensar no cabo Whitcomb. E ao mesmo tempo rezava para que o cabo Whitcomb não estivesse presente quando ele chegasse à clareira. Assim, poderia despir-se sem qualquer constrangimento, lavar o peito, os braços e os ombros meticulosamente, beber água, deitar-se, talvez mesmo dormir por alguns minutos. Mas lhe estava reservado um novo desapontamento e um novo choque, pois o cabo Whitcomb virara o sargento Whitcomb quando ele chegou à clareira, e o outro estava sentado sem camisa na cadeira do capelão, costurando na manga da camisa as divisas de sargento, com a agulha e a linha do capelão. O cabo Whitcomb fora promovido pelo coronel Cathcart, que queria falar imediatamente com o capelão, a respeito das cartas.

– Oh, não! – gemeu o capelão, desabando em cima de sua cama, atordoado.

O cantil estava vazio e o capelão estava perturbado demais para lembrar-se do saco de água potável que ficava pendurado lá fora, na sombra, entre as duas barracas.

– Não posso acreditar! Simplesmente não posso acreditar que alguém realmente acredite que andei falsificando o nome de Washington Irving.

– Não é sobre essas cartas – corrigiu-o o cabo Whitcomb, apreciando visivelmente a desolação do capelão. – O coronel quer falar-lhe a respeito das cartas para as famílias dos mortos e feridos em combate.

– Sobre essas cartas? – indagou o capelão, com uma surpresa genuína.

– Exatamente. O coronel está realmente furioso porque você não permitiu que as mandasse. Devia tê-lo visto aprovando a ideia, entusiasmado, quando eu lhe disse que as cartas poderiam levar a assinatura dele. Foi por isso que me promoveu. Está absolutamente convencido de que as cartas irão levá-lo às páginas do *Saturday Evening Post*.

O capelão estava totalmente desnorteado.

– Mas como é que ele soube que tínhamos cogitado a ideia?

– Fui até o gabinete dele e contei.

– Você fez o quê? – berrou o capelão, a voz estridente, erguendo-se bruscamente, com uma raiva inesperada. – Você está me dizendo que passou por cima de mim e foi procurar o coronel diretamente, sem me pedir permissão?

O cabo Whitcomb sorriu descaradamente, com uma satisfação desdenhosa.

– Isso mesmo, capelão. E acho melhor não tentar fazer coisa alguma sobre isso, se sabe o que é melhor para você. – Riu jovialmente, numa atitude de desafio. – O coronel Cathcart não vai gostar se souber que andou querendo vingar-se de mim por ter lhe oferecido a minha ideia. Quer saber de uma coisa, capelão? – O cabo Whitcomb arrebentou a linha preta do capelão com que estivera costurando as suas divisas de sargento e começou a vestir a camisa, com uma expressão de desprezo total estampada no rosto. – Aquele filho da mãe idiota pensa realmente que é uma das melhores ideias que ele já ouviu.

– Pode até levar-me às páginas do *Saturday Evening Post* – declarou pomposamente o coronel Cathcart, em seu gabinete, balançando-se para a frente e para trás alegremente, censurando o capelão. – E não teve inteligência suficiente para reconhecer o devido valor. Tem um excelente assistente na pessoa do cabo Whitcomb, capelão. Espero que tenha inteligência suficiente para reconhecer pelo menos isso!

– Sargento Whitcomb – corrigiu-o o capelão, antes de conseguir controlar-se.

O coronel Cathcart lançou-lhe um olhar furioso.

– Pois eu *disse* sargento Whitcomb! Gostaria que, de vez em quando, tentasse ouvir o que a gente diz, em vez de ficar procurando apenas os erros. Não quer ser um capitão pelo resto da vida, não é mesmo?

– Como, senhor?

– Não vejo como você poderá ser algo mais do que isso, se continuar desse jeito. O cabo Whitcomb acha que vocês, rapazes, não tiveram uma só ideia nova em 1.944 anos. E confesso que me sinto propenso a concordar com ele. Um rapaz inteligente, aquele cabo Whitcomb. Bem, o fato é que as coisas agora vão mudar.

O coronel Cathcart sentou-se atrás de sua mesa com um ar decidido e tratou de abrir um espaço vazio. Ao acabar, bateu com o dedo na mesa e declarou solenemente:

– A partir de amanhã, quero que você e o cabo Whitcomb escrevam uma carta de condolências para mim, a ser enviada ao parente mais próximo de cada homem do grupo que for morto, ferido ou cair prisioneiro. Quero que sejam cartas sinceras. Quero que contenham muitos detalhes pessoais, a fim de que não haja a menor dúvida de que eu realmente penso tudo o que vocês dizem. Entendido?

O capelão adiantou-se impulsivamente, para protestar.

– Mas, senhor, isso é impossível! Nem mesmo conhecemos todos os homens!

– E que diferença isso faz? – indagou o coronel Cathcart, sorrindo em seguida, amistosamente. – O cabo Whitcomb trouxe-me um modelo básico de carta que prevê praticamente todas as situações possíveis. Escute só: "Prezado(a) Sr., Sra., Srta., ou Sr. e Sra.: As palavras não podem expressar a profunda dor pessoal que experimentei quando seu marido, filho, pai ou irmão foi morto, ferido ou desapareceu em ação." E assim por diante. Acho que a frase de abertura resume com precisão todos os meus sentimentos. Escute, talvez seja melhor deixar o cabo Whitcomb tomar conta de tudo, se não se sente à altura da missão. – O coronel Cathcart pegou a cigarreira e procurou flexioná-la com as duas mãos, como se fosse um chicote de montaria de ônix e marfim. – É uma das coisas que estão erradas em você, capelão. O cabo Whitcomb disse-me que não sabe delegar responsabilidades. E disse também que não tem iniciativa. Não vai discordar de mim, não é?

– Não, senhor.

O capelão balançou a cabeça, sentindo-se desprezivelmente desajeitado porque não sabia delegar responsabilidades e não tinha iniciativa e porque pensara de fato em discordar do coronel. Sua mente era um tumulto incontrolável. Estavam praticando tiro aos pratos lá fora. Cada vez que um tiro era disparado, seus nervos vibravam intensamente. Ele não conseguia acostumar-se ao barulho dos tiros. Estava cercado por cestas e cestas de tomates e quase convencido de que já estivera antes no gabinete do coronel Cathcart, cercado por aquelas mesmas cestas de tomates. *Déjà vu* novamente. A cena lhe parecia familiar e ao mesmo tempo distante. Suas roupas estavam pegajosas e o capelão sentiu um medo mortal de que cheirassem mal.

– Você leva as coisas muito a sério, capelão – disse-lhe o coronel Cathcart de modo rude, com um ar de objetividade adulta. – É outra das coisas que tem de errado. Esse seu rosto sempre taciturno deixa todo mundo deprimido. Gostaria de vê-lo rir de vez em quando. Vamos, capelão, dê uma boa gargalhada agora mesmo e eu o presentearei com uma cesta inteira de tomates. – O coronel ficou esperando por alguns segundos, observando o capelão, depois riu triunfantemente: – Como pode ver, capelão, estou com a razão. Não consegue dar uma boa gargalhada, não é?

– Não, senhor – admitiu o capelão submissamente, engolindo em seco, com um esforço visível. – Não agora. Estou com muita sede.

– Então sirva-se de um drinque. O coronel Korn sempre guarda uma garrafa de *bourbon* na mesa dele. Deve ir visitar-nos no clube dos oficiais uma noite dessas, capelão, para poder divertir-se um pouco. Procure ficar um pouco embriagado de vez em quando. Espero que não se sinta melhor do que nós, só porque é um profissional.

– Oh, não, senhor! – assegurou o capelão, embaraçado. – Para dizer a verdade, tenho ido ao clube dos oficiais, nas últimas noites.

– É apenas um capitão, como deve perfeitamente saber – continuou o coronel Cathcart, sem prestar a menor atenção às palavras do capelão. – Pode ser um profissional, mas mesmo assim não passa de um capitão.

– Sim, senhor. Eu sei disso.

– Ótimo. E fez bem em não ter dado a gargalhada. Não ia mesmo dar-lhe a cesta de tomates. O cabo Whitcomb disse-me que levou um tomate quando esteve aqui esta manhã.

– Esta manhã? Mas, senhor, o tomate foi um presente seu!

O coronel Cathcart esticou a cabeça, desconfiado.

– Eu não disse que não lhe tinha dado o tomate, não é? Simplesmente disse que o tinha levado. Não entendo por que tem que ter uma consciência tão culpada, se realmente não roubou o tomate. Fui eu que lhe dei?

– Foi sim, senhor. Juro que foi.

– Então terei que aceitar a sua palavra. Embora eu não possa imaginar por que haveria de dar-lhe um tomate de presente! – O coronel Cathcart transferiu um peso de papel de vidro do lado direito da mesa para o esquerdo e depois pegou um lápis de ponta fina. – Muito bem, capelão, se já terminou, tenho muito trabalho a fazer. Informe-me assim que o cabo Whitcomb tiver despachado uma dúzia de cartas, para podermos entrar em contato com os editores do *Saturday Evening Post*. – Uma inspiração súbita iluminou o rosto do coronel. – Ei, o que acha se eu oferecer o grupo como voluntário para Avignon novamente? Isso certamente iria acelerar todo o nosso esquema!

– Para Avignon? – O coração do capelão falhou uma batida e todo seu corpo começou a comichar e a coçar.

– Exatamente – confirmou o coronel, efusivamente. – Quanto mais cedo tivermos algumas baixas, mais cedo poderemos obter algum progresso em nosso programa. Eu gostaria de sair no número de Natal, se for possível. A circulação deve ser bem maior.

E, para horror do capitão, o coronel pegou o telefone e ofereceu o grupo como voluntário para bombardear Avignon novamente. E naquela mesma noite o coronel também tentou novamente expulsá-lo do clube dos oficiais, um momento antes de Yossarian se levantar bruscamente, embriagado, derrubando uma cadeira e disposto a iniciar uma briga vingadora, levando Nately a gritar seu nome, o que fez o coronel Cathcart empalidecer e bater em retirada, para ir esbarrar no general Dreedle, que, rude, o empurrou e ordenou-lhe que voltasse para ordenar ao capelão que voltasse para o clube dos oficiais. Foi uma noite terrível para o coronel Cathcart, primeiro por ter ouvido nitidamente o assustador nome *Yossarian!* como um prenúncio de tragédia, depois pelo esbarrão no general Dreedle. E isso era outra das culpas que o coronel Cathcart atribuía ao capelão, o fato de ser inteiramente impossível adivinhar *como* o general Dreedle iria reagir à visão do capelão. O coronel Cathcart jamais haveria de esquecer a primeira noite em que o general Dreedle tomara conhecimento da existência do capelão, no clube dos oficiais. O general

Dreedle levantara o rosto corado, suado e intoxicado, fitando, por entre o manto amarelado de fumaça de cigarro, o capelão, parado sozinho junto à parede.

– Essa não! Vejam só! – exclamara o general Dreedle, as sobrancelhas espessas se franzindo. – É mesmo um capelão o que estou vendo ali? É realmente uma boa coisa quando um homem de Deus começa a frequentar um lugar como este, repleto de bêbados e jogadores asquerosos.

O coronel Cathcart cerrara os lábios e começara a se levantar, assentindo num tom de desaprovação:

– Concordo plenamente, senhor. Não sei o que está acontecendo com o clero de hoje.

– Eles estão melhorando, é isso o que lhes está acontecendo – grunhira o general Dreedle, de modo enfático. O coronel Cathcart engolira em seco, recuperando-se rapidamente.

– Sim, senhor. Eles estão melhorando. Era exatamente o que eu estava pensando, senhor.

– É aqui que um capelão tem de estar, misturando-se com os homens quando eles estão bebendo e jogando, para poder compreendê-los e conquistar-lhes a confiança. De que outra forma ele poderia conseguir convencê-los a acreditarem em Deus?

– Era exatamente o que eu estava pensando, senhor, quando ordenei que ele viesse até aqui todas as noites – dissera o coronel Cathcart, cuidadosamente.

E logo ele passara o braço pelos ombros do capelão, levando-o para um canto e ordenando-lhe em voz baixa que passasse a se apresentar todas as noites para o serviço no clube dos oficiais, misturando-se com os homens enquanto eles estavam bebendo e jogando, a fim de compreendê-los e conquistar-lhes a confiança.

O capelão concordara e passara a aparecer todas as noites no clube dos oficiais para misturar-se com os homens, que procuravam evitá-lo. E isso continuara até a noite tumultuada em que irrompera uma briga na mesa de pingue-pongue e o chefe White Halfoat viara-se e, sem qualquer provocação, acertara um soco no nariz do coronel Moodus, derrubando-o. O general Dreedle desatara numa gargalhada impetuosa e inesperada, até ver o capelão parado ali perto, a fitá-lo boquiaberto, de maneira grotesca, num espanto angustiado. O general Dreedle franzira o rosto e por um momento olhara o capelão ameaçadoramente, perdendo por completo o seu bom humor. Depois, ele se virara e fora até o bar, visivelmente irritado, balançando-se de um lado para o outro como um marinheiro, sobre as suas pernas curtas e tortas. O coronel Cathcart seguira-o, temeroso, olhando, ansioso, ao redor, mas em vão, em busca de algum indício de que poderia contar com a ajuda do coronel Korn. No bar, apertando o copo vazio na mão forte, o general Dreedle resmungara:

– É um bom sinal quando um homem de Deus começa a frequentar um lugar como este, repleto de bêbados e jogadores asquerosos.

O coronel Cathcart suspirara aliviado e declarara orgulhosamente:

– Sim, senhor. Também acho um bom sinal.

– Então por que diabo não toma uma providência?

– Senhor? – indagara o coronel Cathcart, piscando repetidamente, aturdido.

– Acha que consegue algum crédito com seu capelão aparecendo aqui todas as noites? Ele sempre está presente quando eu apareço aqui.

– Tem toda razão, senhor. Não me faz absolutamente nenhum crédito. E vou tomar uma providência agora mesmo.

– Não foi você quem ordenou que ele viesse até aqui?

– Não, senhor. Foi o coronel Korn. Também pretendo puni-lo severamente.

– Se ele não fosse capelão, eu mesmo o levaria lá para fora e o fuzilaria.

– Ele não é um capelão, senhor – informara o coronel Cathcart, prestimoso.

– Não? Então por que diabo usa aquela cruz na gola, se não é um capelão?

– Ele não usa uma cruz na gola, senhor, e sim uma folha de prata. Ele é tenente-coronel.

– Quer dizer que você tem um capelão que é tenente-coronel? – indagara o general Dreedle, surpreso.

– Oh, não, senhor! Meu capelão é apenas capitão.

– Então por que diabo ele usa uma folha de prata na gola, se é apenas um capitão?

– Ele não usa uma folha de prata na gola, senhor, e sim uma cruz.

– Saia imediatamente de perto de mim, seu filho da puta! – berrara o general Dreedle. – Caso contrário, mandarei que o levem lá para fora e o fuzilem.

– Sim, senhor.

O coronel Cathcart saíra de perto do general Dreedle, engolindo em seco, e fora expulsar o capelão do clube dos oficiais. E quase a mesma coisa tornara a acontecer dois meses mais tarde, depois que o capelão tentara persuadir o coronel Cathcart a cancelar a sua ordem aumentando o número de missões de combate para 60 e de modo lamentável fracassara. O capelão estava agora prestes a capitular inteiramente ao desespero, mas foi contido pela recordação da esposa, a quem ele amava e cuja falta tão pateticamente sentia, com um ardor sensual e exaltado, e pela confiança inabalável que sempre depositara na sabedoria e justiça de um Deus imortal, onipotente, onisciente, humano, universal, antropomórfico, de língua inglesa, anglo-saxão e pró-americano. Só que agora essa confiança começava a vacilar. Havia muitas coisas pondo à prova a fé do capelão. É verdade que havia a Bíblia, é claro, mas a Bíblia era um livro, mas livros também eram *A casa dos mistérios*, *a Ilha do tesouro*, *O morro dos ventos uivantes* e *O último dos moicanos*. Era realmente plausível, como ele ouvira certa vez Dunbar perguntar, que as respostas aos enigmas da criação pudessem ser fornecidas por pessoas tão ignorantes que nem mesmo compreendiam a mecânica da chuva? Será que o Deus Todo-Poderoso, em Sua infinita sabedoria, realmente tivera medo, há seis mil anos, que os homens pudessem construir uma torre que se elevaria até o Paraíso? E onde, afinal, era o Paraíso? Seria lá em cima? Ou lá embaixo? Não havia em cima ou embaixo num universo finito mas em expansão, no qual até mesmo o Sol, vasto, ardente, ofuscante, majestoso, estava sofrendo um processo progressivo de desintegração no qual terminaria por destruir também a Terra. Não havia milagres. As preces não eram atendidas e os infortúnios se abatiam indiferentes e com igual brutalidade tanto sobre os virtuosos como sobre os pecadores. E o capelão, um homem de consciência e caráter, teria cedido à voz da razão e abandonado a fé no Deus dos seus antepassados... teria até mesmo renunciado tanto à sua vocação como à sua comissão, alistando-se como soldado raso na Infantaria ou na Artilharia, talvez ainda como cabo dos paraquedistas, se não fosse pelos sucessivos fenômenos místicos que presenciara, como o homem nu na árvore durante o enterro do pobre sargento, algumas semanas antes, e a promessa enigmática, assustadora e encorajadora do profeta Flume na floresta, naquela tarde mesmo: *Diga-lhes que eu estarei de volta quando o inverno chegar.*

26
Aarfy

De certa forma, era tudo culpa de Yossarian. Se ele não tivesse deslocado a linha de bombardeio durante o Grande Cerco de Bolonha, o major —— de Coverley ainda poderia estar por ali para salvá-lo. E se ele não tivesse enchido o apartamento dos graduados com garotas que não tinham onde morar, Nately talvez nunca tivesse se apaixonado por sua prostituta, ao vê-la sentada, nua da cintura para baixo, no quarto de mal-humorados jogadores de vinte-e-um, que a ignoravam completamente. Nately ficou observando-a discretamente, de sua poltrona amarela, admirando o vigor entediado e frio com que ela suportava toda aquela rejeição. Ela bocejou e ele ficou profundamente comovido. Nately nunca testemunhara antes uma apatia tão heroica.

A garota subira cinco lances de escada para vender-se ao grupo de graduados já saciados, que tinha uma porção de garotas vivendo por ali mesmo. Ninguém a desejara por preço nenhum, nem mesmo depois que ela se despira, sem muito entusiasmo, para tentá-los com um corpo alto, firme, cheio e realmente sensual. Parecia agora mais fatigada do que desapontada. Descansava com uma indolência indiferente, observando o jogo de vinte-e-um sem a menor curiosidade, recuperando as energias recalcitrantes para terminar de vestir-se e voltar ao trabalho. Pouco depois, levantou com um suspiro inconsciente e enfiou-se apaticamente na calcinha de algodão muito apertada e na saia preta, pondo depois os sapatos e saindo. Nately seguiu atrás dela. Quase duas horas depois, quando Yossarian e Aarfy chegaram ao apartamento dos oficiais, lá estava ela novamente, enfiando-se em sua calcinha e na saia. Foi quase como a sensação recorrente do capelão de já ter vivido antes uma situação, se não fosse pela presença de Nately, o rosto inconsolavelmente triste, com as mãos enfiadas nos bolsos.

– Quer ir embora agora – murmurou ele, a voz débil e estranha. – Não quer ficar de jeito nenhum.

– Por que não lhe dá algum dinheiro para passar o resto do dia com ela? – aconselhou Yossarian.

– Devolveu meu dinheiro – confessou Nately. – Diz que já está cansada de mim e quer procurar por algum outro homem.

A garota ficou parada assim que terminou de calçar os sapatos e ficou contemplando Yossarian e Aarfy num convite mais para o grosseiro. Os seios eram grandes e pontudos sob a suéter apertada e sem mangas, que se alargava nos quadris sedutores. Yossarian retribuiu o olhar dela e sentiu-se fortemente tentado, mas balançou a cabeça.

– Tomara que nos livremos logo desse monte de lixo – foi o comentário imperturbável de Aarfy.

– Não fale assim dela! – protestou Nately calorosamente, com súplica e censura na voz. – Quero que ela fique aqui comigo.

– Mas o que há de tão especial nela? – escarneceu Aarfy, um pouco surpreso. – É apenas uma puta.

– E não a chame de puta!

A garota sacudiu os ombros, impassivelmente, depois de mais alguns segundos, e encaminhou-se para a porta. Nately arremessou-se tristemente para a frente, a fim de abrir-lhe a porta. Depois, cambaleou de volta até o meio da sala, visivelmente atordoado, a dor intensa a se estampar em seu rosto expressivo.

– Não se preocupe – disse-lhe Yossarian, bondosamente. – Provavelmente conseguirá encontrá-la de novo. Afinal, nós conhecemos os pontos de todas as putas da cidade.

– Por favor, não a chame por esse nome – suplicou Nately, dando a impressão de que estava prestes a chorar.

– Sinto muito – murmurou Yossarian.

Mas Aarfy soltou uma gargalhada jovial.

– Ora, há centenas de putas tão boas quanto ela rastejando por todas as ruas da cidade. E essa nem mesmo era bonita. – Continuou a rir, com desdém e autoridade incontestes. – E você até correu para abrir a porta, como se estivesse apaixonado por ela!

– Eu acho que estou mesmo apaixonado por ela... – confessou Nately, a voz distante e envergonhada.

Aarfy franziu a testa rosada numa incredulidade cômica, rindo a valer, as mãos segurando a protuberância abdominal generosa que enfunava a túnica verde de oficial.

– Essa é boa! *Você* está apaixonado por *ela*? Essa é realmente muito boa!

Aarfy tinha um encontro naquela mesma tarde com uma garota da Cruz Vermelha, cujo pai era proprietário de uma grande fábrica de leite de magnésia.

– Você devia sair era com garotas como ela e não com cadelas ordinárias. Essa aí nem mesmo parece ser muito limpa!

– Pois não me importo! – gritou Nately, desesperado. – E quero que você cale a boca! Nem mesmo quero falar a respeito do assunto com você!

– Cale-se, Aarfy – disse Yossarian.

Mas Aarfy não se conteve, soltou outra risada e continuou:

– Posso imaginar o que seu pai e sua mãe iriam dizer se soubessem que está andando com prostitutas porcas como ela. Afinal, seu pai é um homem muito distinto.

– Não vou contar nada a ele – declarou Nately, decidido. – Não vou dizer uma só palavra a respeito dela a papai ou a mamãe até depois de nos casarmos.

– Casar? – A diversão indulgente de Aarfy aumentou ainda mais. – Ah! Ah! Ah! Ah! Agora você está realmente falando como um perfeito idiota. Afinal, não tem nem idade suficiente para saber o que é o verdadeiro amor.

Aarfy tinha toda a autoridade para falar sobre o assunto, pois já se entusiasmava com um amor verdadeiro pelo pai de Nately e pela perspectiva de trabalhar para ele, como executivo, depois da guerra, por ter sido amigo do filho. Aarfy era um navegador que nem mesmo conseguia encontrar a si próprio, desde que saíra da universidade. Era um navegador gentil e magnânimo, sempre disposto a perdoar os homens do esquadrão que o atacavam toda vez que perdia o rumo numa missão de combate e levava-os a uma investida cerrada de fogo antiaéreo. E naquela mesma tarde ele se perdeu nas ruas de Roma e não se encontrou com a garota casadoira da Cruz Vermelha, cujo pai possuía uma grande fábrica de leite de magnésia. Perdeu-se na missão a Ferrara no dia em que Kraft foi abatido e morto e se perdeu de novo na muito fácil missão semanal a Parma, tentando levar os aviões para o mar, na direção da cidade de Leghorn, depois que Yossarian largara suas bombas num alvo indefeso no continente. Aarfy estava recostado tranquilamente na grossa parede de chapa de aço, de olhos fechados e com um cigarro perfumado entre os dedos, quando subitamente começaram a espocar granadas antiaéreas por toda parte. McWatt, frenético, começou a berrar pelo sistema de intercomunicação:

– Fogo! Fogo! Onde diabo nós estamos? Que diabo está acontecendo?

Yossarian arregalou os olhos, alarmado, vendo as explosões antiaéreas totalmente inesperadas, cada vez mais próximas. O rosto redondo de Aarfy contemplava as explosões com uma expressão divertida. Yossarian estava aturdido. Sua perna ficou de súbito dormente. O avião começou a subir e McWatt gritou pelo sistema de intercomunicação, pedindo instruções. Yossarian inclinou-se para a frente, a fim de verificar onde estavam, mas não chegou a completar o movimento. A perna simplesmente não se mexia. Percebeu então que estava todo molhado. Olhou para baixo, para a virilha, com uma sensação angustiada. Uma mancha vermelha subia rapidamente por sua camisa, como um enorme monstro marinho se levantando para devorá-lo! Ele fora ferido! Filetes separados de sangue caíam no chão, formando uma poça, através de uma das pernas da calça, empapada de sangue, como se fossem intermináveis e implacáveis minhocas vermelhas. O coração de Yossarian parou de repente. O avião sacudiu-se todo. Yossarian estremeceu de horror à visão do seu ferimento e berrou por Aarfy, pedindo socorro.

– Perdi meus bagos, Aarfy! Perdi meus bagos!

Aarfy não ouviu e Yossarian sacudiu-lhe o braço.

– Aarfy, ajude-me! – suplicou ele, quase chorando. – Fui ferido! Fui ferido!

Aarfy virou-se lentamente, com um sorriso indiferente:

– O que disse?

– Fui ferido, Aarfy! Ajude-me!

Aarfy voltou a sorrir e sacudiu os ombros cordialmente.

– Não consigo ouvi-lo, Yossarian.

– Mas será que não pode também ver? – berrou Yossarian, incrédulo, apontando para o sangue que ele sentia escorrer aos borbotões por sua perna e formar um lago profundo no chão. – Fui ferido! Ajude-me, pelo amor de Deus! Aarfy, ajude-me!

– Ainda não consigo ouvi-lo – queixou-se Aarfy, tolerantemente, pondo a mão em concha por trás da orelha muito branca. – O que foi mesmo que disse?

Yossarian respondeu quase num fio de voz, subitamente cansado de tanto gritar e daquela situação frustrante, exasperante e ridícula. Estava morrendo e ninguém dava a menor importância.

– Esqueça.

– O quê? – gritou Aarfy.

– Eu disse que perdi meus bagos! Será que não pode ouvir? Fui ferido na virilha!

– Ainda não estou conseguindo ouvi-lo – repreendeu-o Aarfy.

– Eu disse que não importa! – berrou Yossarian.

Sentia-se encurralado, aterrorizado. Começou a tremer, sentindo subitamente muito frio, uma fraqueza irresistível. Aarfy balançou com tristeza a cabeça e abaixou a orelha obscena até quase encostar no rosto de Yossarian.

– Precisa apenas dizer o que quer, meu amigo. Basta falar.

– Deixe-me em paz, seu filho da mãe! Deixe-me em paz, seu filho da mãe estúpido e insensível! – soluçou Yossarian.

Sua vontade era dar uma surra em Aarfy, mas não tinha forças nem para levantar os braços. Em vez disso, decidiu dormir, rolando para o lado, num desmaio total.

Yossarian tinha sido ferido na coxa. Ao recuperar os sentidos, encontrou McWatt de joelhos cuidando dele. Ficou aliviado, muito embora ainda visse o rosto balofo de querubim de Aarfy por trás do ombro de McWatt, a contemplá-lo com um plácido interesse. Yossarian sorriu debilmente para McWatt, sentindo-se terrivelmente mal, e perguntou:

– Quem está no comando?

McWatt não deu o menor sinal de ter escutado. Com um horror crescente, Yossarian respirou fundo e repetiu a pergunta, o mais alto que pôde. McWatt levantou os olhos.

– Céus, estou contente por ver que continua vivo! – exclamou ele, deixando escapar um imenso suspiro.

As rugas em torno dos seus olhos joviais e amigos estavam brancas de tensão e com camadas de fuligem. Continuou a enrolar uma atadura interminável em torno da compressa volumosa de algodão. Yossarian sentia uma pressão incômoda na parte interna da coxa.

– Nately está nos controles. O pobre garoto quase se pôs a berrar desesperadamente ao saber que você tinha sido ferido. Ainda está pensando que você morreu. Abriram-lhe uma artéria, mas acho que consegui deter a hemorragia. E também lhe dei alguma morfina.

– Pois então dê-me mais uma dose.

– É cedo demais. Eu lhe darei mais um pouco assim que começar a doer.

– Pois já está doendo agora.

– Mas que diabo! – murmurou McWatt, injetando outra dose de morfina no braço de Yossarian.

– Quando disse a Nately que estou bem... – Yossarian não concluiu a frase, voltando a perder sentidos, todos os contornos ficando indistintos como se por trás de uma camada de gelatina de morango, enquanto um zumbido de barítono engolia-o inexoravelmente. Voltou a si ao entrar na ambulância e sorriu encorajadoramente para o semblante sombrio de Doc Daneeka, por uns poucos segundos, antes de ser de novo engolfado pela cortina vermelha e espessa da gelatina de morango. Depois, ficou tudo preto e completamente silencioso.

Yossarian acordou no hospital e voltou imediatamente a dormir. Ao acordar novamente, o cheiro de éter se dissipara e Dunbar estava deitado de pijama na cama em frente, fingindo que não era Dunbar e sim um Fortiori. Yossarian achou que Dunbar tinha enlouquecido. Contraiu os lábios ceticamente ao ouvir a informação de Dunbar e depois dormiu de modo agitado por mais um dia ou dois. Acordou quando não havia nenhuma enfermeira por perto e saiu da cama para verificar pessoalmente. O chão ondulava como uma jangada na praia e os pontos em sua coxa mordiam-lhe a carne como dentes pequenos e afiados de um peixe. Yossarian adiantou-se, mancando, e foi olhar a ficha de temperatura ao pé da cama de Dunbar. E descobriu que Dunbar estava absolutamente certo: ele não era mais Dunbar e sim o segundo-tenente Anthony F. Fortiori.

– Mas que diabo está acontecendo?

A. Fortiori saiu da cama também e fez um gesto para Yossarian segui-lo. Agarrando-se em tudo que podia para se equilibrar, Yossarian foi mancando atrás dele pelo corredor, passando para uma enfermaria adjacente e indo até a cama de um rapaz assustado, com covinhas e quase sem queixo. O rapaz ergueu o corpo, apoiando-se num cotovelo, com uma expressão alegre, ao vê-los se aproximarem. A. Fortiori apontou o polegar para trás e disse:

– Vá à merda!

O rapaz saiu da cama e foi correndo para a outra enfermaria. A. Fortiori deitou-se na cama dele e voltou a ser Dunbar outra vez.

– Aquele era o A. Fortiori – explicou Dunbar. – Como eles não tinham uma cama vaga na sua enfermaria, trocamos de posto e de cama. Trocar de posto é uma experiência das mais interessantes. Você devia experimentar algum dia. Na verdade, seria até bom que o fizesse agora mesmo, pois me parece que está prestes a desmaiar.

E Yossarian sentia realmente que estava prestes a cair no chão, de fraqueza. Virou-se para um homem de meia-idade e queixo firme deitado na cama ao lado da de Dunbar, sacudiu o polegar para trás e disse:

– Vá se fuder!

O homem de meia-idade ficou rígido, com uma expressão irada.

– Ele é um major – explicou Dunbar. – Por que você não tenta um voo mais baixo e experimenta virar o subtenente Homer Lumley por algum tempo? Terá então um pai na Assembleia estadual e uma irmã que está noiva de um campeão de esqui. E basta dizer-lhe que você é capitão.

Yossarian virou-se para o paciente aturdido que Dunbar indicara.

– Eu sou capitão – disse ele, sacudindo o polegar para trás. – Agora, vá se fuder!

O desconcertado paciente pulou da cama à ordem de Yossarian e pôs-se a correr pela enfermaria. Yossarian deitou na cama dele e tornou-se o subtenente Homer Lumley, que tinha o pai na Assembleia estadual e uma irmã que estava noiva de um campeão de esqui. Sentiu ânsias de vômito e o corpo inteiramente coberto por um suor frio. Dormiu, então, durante uma hora. Ao acordar, quis novamente ser Yossarian. Dunbar levou-o de volta à enfermaria de Yossarian e sacudiu o polegar para que A. Fortiori saísse de sua cama e voltasse a ser de novo Dunbar, por algum tempo. Não havia o menor sinal do subtenente Homer Lumley. Mas a enfermeira Cramer estava presente e chiou com uma ira santa, parecendo um fogo de artifício úmido. Ordenou que Yossarian retornasse imediatamente à sua cama e bloqueou-lhe o caminho, de maneira a impedi-lo de cumprir a ordem. Seu rosto bonito estava mais repulsivo do que nunca. A enfermeira Cramer era uma criatura bondosa e sentimental, que se regozijava altruisticamente com as notícias de casamentos, noivados, nascimentos e aniversários, muito embora não conhecesse nenhuma das pessoas envolvidas.

– Você está doido? – repreendeu ela virtuosamente, sacudindo um dedo, indignada, diante dos olhos de Yossarian. – Suponho que não se importa de se matar, não é?

– A vida é minha.

– E suponho também que não se importa de perder a perna, não é?

– A perna é minha.

– Mas claro que a perna não é sua! Essa perna pertence ao governo dos Estados Unidos. Não é absolutamente diferente de uma geringonça qualquer ou de uma comadre. O Exército investiu muito dinheiro para transformá-lo em piloto de avião e você não tem o direito de desobedecer às ordens do médico!

Yossarian não tinha muita certeza se estava gostando de ser censurado. A enfermeira Cramer continuava parada à sua frente, de maneira que ele não podia passar. Sua cabeça doía agora intensamente. A enfermeira Cramer gritou-lhe alguma pergunta, que ele não entendeu. Apontou então o polegar para trás e disse para ela:

– Vá se fuder!

A enfermeira Cramer deu-lhe uma bofetada tão violenta no rosto que quase o derrubou. Yossarian puxou o braço para acertar-lhe um soco no queixo, no instante mesmo em que sua perna se dobrou e ele começou a cair. A enfermeira Duckett apareceu bem a tempo de ampará-lo. E falou aos dois com toda firmeza:

– Mas o que está acontecendo aqui?

– Ele não quer voltar para a cama – informou a enfermeira Cramer, num tom ofendido. – Sue Ann, ele me disse uma coisa absolutamente horrível. Oh, nem posso repetir o que ele disse!

– Ela me chamou de geringonça – murmurou Yossarian.

A enfermeira Duckett não se mostrou absolutamente simpática.

– Volte agora mesmo para sua cama, ou será que prefere que eu o puxe pela orelha até lá?

– Puxe-me pela orelha até lá – desafiou-a Yossarian.

A enfermeira Duckett segurou-lhe a orelha e assim levou-o até a cama.

27
Enfermeira Duckett

A enfermeira Sue Ann Duckett era uma mulher alta, reservada, madura e empertigada, com um traseiro saliente e arredondado, seios pequenos e feições angulosas e ascéticas, típicas da Nova Inglaterra, que eram ao mesmo tempo adoráveis e insípidas. A pele era branca e rosada, os olhos pequenos, o nariz e o queixo afilados. Era uma mulher capaz, solícita, austera e inteligente. Aceitava suas responsabilidades e mantinha a cabeça fria em qualquer crise. Era adulta e segura de si e não precisava de nada nem de ninguém. Yossarian ficou com pena dela e decidiu ajudá-la.

Na manhã seguinte, quando ela estava parada ao pé de sua cama, ajeitando os lençóis, Yossarian introduziu a mão furtivamente pelo espaço estreito entre os joelhos dela e imediatamente subiu-a depressa por baixo do vestido, o mais alto que pôde. A enfermeira Duckett soltou um berro e pulou um quilômetro. Mas não foi suficientemente alto e ela contorceu-se, curvou-se, balançou-se para a frente e para trás, naquele fulcro divino, por quase 15 segundos inteiros, antes de finalmente conseguir desvencilhar-se e recuar freneticamente pelo corredor entre as camas, o rosto lívido, tremendo da cabeça aos pés. Só que recuou demais, e Dunbar, que estivera observando a cena desde o início, adiantou-se sorrateiramente por cima de sua cama e agarrou-lhe os seios, por trás. A enfermeira Duckett soltou outro berro e contorceu-se toda, escapando de Dunbar e indo parar ao alcance de Yossarian, que se arremessou para a frente e agarrou-a novamente entre as pernas. A enfermeira Duckett novamente ricocheteou para o outro lado, como uma bola de pingue-pongue com pernas. Dunbar estava esperando, vigilante, pronto para o bote. Ela se deu conta bem a tempo e pulou para o lado. Dunbar errou o bote completamente e voou por cima da cama até o chão, aterrando de cabeça com um baque surdo e desmaiando.

Ele voltou a si ainda caído no chão, com o nariz sangrando e sentindo na cabeça todos os sintomas das dores que até então estivera simulando. A enfermaria era um tumulto caótico. A enfermeira Duckett chorava copiosamente e Yossarian consolava-a e defendia-a, sentado ao lado dela, na beira da cama. O coronel-médico estava presente, furioso, e gritava para Yossarian que não permitiria que seus pacientes tomassem liberdades indecentes com suas enfermeiras.

– O que está querendo com ele? – indagou Dunbar, do chão, estremecendo com as dores intensas nas têmporas provocadas por sua própria voz. – Ele não fez nada.

– Eu estava falando de você! – berrou o coronel magro e distinto, com toda a força dos seus pulmões. – Vai ser punido pelo que fez!

– O que está querendo com ele? – gritou Yossarian. – Tudo o que ele fez foi cair da cama.

– E estou falando também com você! – urrou o coronel, girando furioso na direção de Yossarian. – Vai arrepender-se amargamente de ter agarrado a enfermeira Duckett pelos seios.

– Não agarrei a enfermeira Duckett pelos seios – garantiu Yossarian.

– Fui *eu* que a agarrei pelos seios – informou Dunbar.

– Vocês estão loucos? – berrou estridentemente o coronel-médico, recuando, pálido e confuso.

– Ele é realmente doido, doutor – assegurou-lhe Dunbar. – Sonha todas as noites que está segurando um peixe vivo nas mãos.

O coronel-médico estacou abruptamente, desconcertado e infeliz. A enfermaria ficou em silêncio.

– Ele faz o quê?

– Sonha que está segurando um peixe vivo nas mãos.

– Mas que espécie de peixe? – indagou ele, de modo ríspido, a Yossarian.

– Não sei. Simplesmente não sei distinguir um peixe de outro.

– Em qual das mãos você os segura?

– Varia.

– Varia de acordo com o peixe – acrescentou Dunbar, prestimoso.

O coronel-médico virou-se e fitou Dunbar desconfiado, cerrando os olhos.

– É mesmo? E como é que você sabe tanta coisa a respeito dos sonhos dele?

– É que eu sempre participo dos sonhos dele – respondeu Dunbar, sem deixar entrever o menor sorriso.

O rosto do coronel ficou vermelho de embaraço. Lançou um olhar furioso para os dois, deixando transparecer seu ressentimento frio, de quem jamais os perdoaria.

– Levante-se do chão e volte para a sua cama – ordenou a Dunbar, por entre os lábios cerrados. – E não quero nunca mais ouvir nenhum dos dois falando desses sonhos. Tenho um homem na minha equipe especialmente designado para ouvir besteiras desse tipo.

O major Sanderson, o psiquiatra suave, atarracado e sorridente a quem o coronel ordenara que Yossarian fosse encaminhado, perguntou cautelosamente:

– Por que acha que o coronel Ferredge considera o seu sonho repugnante?

Yossarian respondeu respeitosamente:

– Deve ser alguma característica do sonho ou então alguma característica do coronel Ferredge.

– Muito bem colocado – aplaudiu o major Sanderson, que usava sapatos que rangiam e tinha cabelos negros quase em pé. – Por alguma razão, o coronel Ferredge sempre me faz pensar numa gaivota. Ele não acredita muito na psiquiatria.

– Não gosta de gaivotas, não é? – indagou Yossarian.

– Não, não muito – admitiu o major Sanderson, com uma risada estridente e nervosa, afagando seu grande queixo carinhosamente, como se fosse uma barbicha. – Acho seu sonho muito encantador e espero que volte a tê-lo muitas vezes para que possamos continuar a discuti-lo. Aceita um cigarro? – Sorriu quando Yossarian recusou e perguntou com astúcia: – Por que acha que sente tamanha aversão em aceitar um cigarro meu?

– Porque apaguei outro um segundo atrás. Ainda está fumegando no cinzeiro.

– É uma explicação muito engenhosa. – O major Sanderson riu. – Mas logo iremos descobrir a verdadeira razão. – Deu um laço duplo no cordão do sapato enlameado e depois transferiu um bloco de papel pautado da mesa para o colo. – Vamos falar sobre esse peixe com que você anda sonhando. É sempre o mesmo peixe, não é?

– Não sei. Tenho sempre a maior dificuldade em reconhecer peixes.

– O que o peixe o faz lembrar?

– Outro peixe.

– E o que o outro peixe o faz lembrar?

– Outro peixe.

O major Sanderson recostou-se, desapontado.

– Gosta de peixes?

– Não muito.

– Por que acha que tem uma aversão tão mórbida a peixe? – indagou o major Sanderson subitamente, com uma expressão triunfante.

– Eles são muito delicados. E têm espinhas demais.

O major Sanderson assentiu, compreensivamente, com um sorriso agradável e insincero.

– É uma explicação muito interessante, mas acredito que logo descobriremos a verdadeira razão. Gosta desse peixe em particular? Daquele que está segurando em sua mão?

– Não tenho qualquer sentimento positivo ou negativo em relação a ele.

– Quer dizer que não gosta do peixe? Tem emoções hostis ou agressivas em relação a ele?

– Absolutamente. Até que gosto do peixe.

– Quer dizer então que gosta realmente do peixe?

– Oh, não! Não tenho o menor sentimento em relação a ele.

– Mas acabou de dizer que gostava dele. E agora está dizendo que não tem nenhum sentimento com relação a ele. Acabei de apanhá-lo numa contradição. Está percebendo?

– Sim, senhor. Acho que acaba de apanhar-me numa contradição.

O major Sanderson anotou orgulhosamente em seu bloco, com um lápis preto muito grosso:

– Contradição... – Assim que acabou, levantou os olhos e recomeçou: – Por que acha que fez essas duas declarações expressando reações emocionais contraditórias ao peixe?

– Acho que tenho uma atitude ambivalente com relação a ele.

O major Sanderson saltou de alegria ao ouvir as palavras "atitude ambivalente". Esfregando as mãos, extasiado, exclamou:

– Você sabe! Oh, não pode imaginar como tenho me sentido solitário, conversando dia após dia com pacientes que não têm o menor conhecimento de psiquiatria, tentando curar pessoas que não têm o menor interesse por mim ou por meu trabalho! Isso me provocou um terrível sentimento de inadaptação. – Uma sombra de ansiedade surgiu em seu rosto e ele acrescentou: – E não consigo livrar-me disso!

– É mesmo? – disse Yossarian, procurando imaginar o que mais deveria dizer. – Por que culpa a si mesmo pelas falhas na educação dos outros?

– Sei que é uma tolice – respondeu o major Sanderson, inquieto, com uma risada nervosa e involuntária. – Mas é que sempre dependi intensamente da boa opinião dos outros. Alcancei a puberdade um pouco depois de todos os outros meninos da minha idade e isso me causou... bem, todos os tipos de problemas. Vou gostar imensamente de discuti-los com você. Estou inclusive tão ansioso em começar logo que reluto em voltar ao seu problema. Mas receio que não haja outro jeito. O coronel Ferredge iria ficar furioso se soubesse que estamos gastando todo o tempo a analisar meu caso. Gostaria agora de mostrar-lhe alguns borrões de tinta, para descobrir que formas e cores fazem-no lembrar-se.

– Pode poupar-se o trabalho, doutor. Tudo me lembra sexo.

– É mesmo? – indagou o major Sanderson, deliciado, como que incapaz de acreditar em seus ouvidos. – Agora, estamos realmente chegando a algum lugar! Costuma ter bons sonhos sexuais?

– Meu sonho de peixe é um sonho sexual.

– Não, não! Estou me referindo a sonhos sexuais de verdade, do tipo em que agarra alguma fulaninha nua pelo pescoço e a espanca na cara, até que fique toda ensanguentada, jogando-se depois em cima dela para violentá-la e prorrompendo em lágrimas, porque a ama e a odeia tanto que não sabe mais o que fazer. Nunca teve sonhos sexuais desse tipo?

Yossarian refletiu por um momento, com uma expressão astuta. E decidiu:

– Esse é um sonho de peixe.

O major Sanderson recuou bruscamente, como se tivesse levado um tapa. E friamente, mudando a sua atitude para um antagonismo defensivo e nervoso, aceitou a declaração:

– Claro, tem toda razão. Mas eu gostaria de que sonhasse um sonho como o que lhe falei, só para saber sua reação. Por hoje é só. Até a próxima vez, eu gostaria de que sonhasse também as respostas para algumas das perguntas que lhe fiz. Espero que compreenda que estas sessões também não são nada agradáveis para mim.

– Falarei tudo a Dunbar – disse Yossarian.

– Dunbar?

– Foi ele quem começou tudo. O sonho é dele.

– Oh, Dunbar! – O major Sanderson soltou uma risadinha desdenhosa, recuperando prontamente a confiança. – Aposto que Dunbar é aquele sujeito diabólico que realmente faz todas as coisas horríveis pelas quais você sempre é culpado, não é mesmo?

– Ele não é tão diabólico assim.

– E você é capaz de defendê-lo até a morte, não é?

– Nem tanto assim.

O major Sanderson sorriu zombeteiramente e anotou o nome "Dunbar".

– Por que você está mancando? – indagou de modo áspero, quando Yossarian caminhou até a porta. – E que diabo está fazendo com essa atadura na perna? Ficou louco por acaso?

– Fui ferido na perna. É por isso que estou no hospital.

– Oh, não, mas claro que não! – regozijou-se o major Sanderson. – Você está internado por causa de um cálculo na glândula salivar. Não é tão esperto como pensava, não é? Nem mesmo sabe por que está internado no hospital.

– Estou no hospital por causa da minha perna ferida – insistiu Yossarian.

O major Sanderson ignorou a alegação com uma risada sarcástica.

– Dê lembranças minhas a seu amigo Dunbar. E diga-lhe para sonhar aquele sonho para mim, está certo?

Mas Dunbar estava com náusea e vertigens, por causa da constante dor de cabeça, não se mostrando disposto a cooperar com o major Sanderson. Hungry Joe tinha pesadelos porque já concluíra as 60 missões e estava esperando o momento de ser enviado de volta para casa, mas não quis partilhar nenhum dos seus pesadelos, quando foi ao hospital fazer uma visita.

– Será que ninguém tem nenhum sonho para o major Sanderson? – indagou Yossarian. – Detesto ter de desapontá-lo, pois ele já se sente muito rejeitado.

– Tenho um sonho muito estranho todas as noites, desde que você foi ferido na perna – confessou o capelão. – Eu antes sonhava todas as noites que minha esposa estava morrendo ou sendo assassinada ou que meus filhos estavam morrendo engasgados com pedaços de alimentos nutritivos. Agora, sonho que estou nadando por baixo d'água e que um tubarão está comendo a minha perna esquerda, exatamente no lugar das suas ataduras.

– É um sonho maravilhoso – declarou Dunbar. – Aposto que o major Sanderson vai adorá-lo.

– Mas que sonho horrível! – gritou o major Sanderson. – Está cheio de dor e mutilação e morte. Tenho certeza de que o sonhou só para poder contar-me. Com um sonho tão repugnante assim, nem mesmo tenho mais certeza se você pertence de fato ao Exército.

Yossarian vislumbrou um raio de esperança e, de modo sutil, sugeriu:

– Talvez tenha razão, senhor. Talvez fosse melhor que me desse baixa e me enviassem de volta aos Estados Unidos.

– Nunca lhe ocorreu que, através de seus ataques promíscuos às mulheres, está simplesmente tentando mitigar os seus temores subconscientes de impotência sexual?

– Sim, senhor. Já tinha pensado nisso.

– Então por que continua a perseguir as mulheres?

– Para mitigar meus temores de impotência sexual.

– Por que, em vez disso, não procura encontrar um bom hobby? – quis saber o major Sanderson, com um interesse cordial. – Como pescar, por exemplo. Acha realmente que a enfermeira Duckett é muito atraente? Eu diria que ela é um pouco ossuda e delicada demais. Sabe como é... Assim como um peixe...

– Eu mal conheço a enfermeira Duckett.

– Então, por que a agarrou pelos seios? Só porque ela os tinha?

– Quem fez isso foi Dunbar.

– Ora, não recomece! – exclamou o major Sanderson desdenhosamente, sacudindo o lápis com irritação. – Acha de fato que pode se livrar da culpa fingindo ser outra pessoa? Não gosto de você, Fortiori. Sabia disso? Não gosto nada de você!

Yossarian sentiu um vento frio e úmido de apreensão percorrer-lhe o corpo.

– Não sou Fortiori, senhor – disse ele, timidamente. – Sou Yossarian.

– Você é quem?

– Meu nome é Yossarian, senhor. E estou no hospital por causa de um ferimento na perna.

– Seu nome é Fortiori – insistiu o major Sanderson, num modo nada amistoso. – E está no hospital por causa de um cálculo na glândula salivar.

– Ora, major, pare com isso! – explodiu Yossarian. – Afinal, devo saber quem eu sou!

– E eu tenho aqui uma ficha oficial do Exército para provar quem você é. É melhor você procurar controlar-se logo de uma vez, antes que seja tarde demais. Primeiro, você é Dunbar, agora é Yossarian. A próxima coisa que vai pensar é que é Washington Irving. Sabe o que há de errado em você? Tem uma múltipla personalidade!

– Talvez tenha razão, senhor – concordou Yossarian, diplomaticamente.

– Sei que estou certo. Você sofre de um caso agudo de complexo de perseguição. Pensa que as pessoas estão tentando prejudicá-lo.

– E as pessoas *estão* realmente sempre tentando me prejudicar.

– Está vendo? Não tem o menor respeito pela autoridade abusiva ou pelas tradições obsoletas. É perigoso e depravado e devia ser levado lá para fora e fuzilado!

– Está falando sério?

– Você é um inimigo do povo!

– Será que ficou maluco? – indagou Yossarian, preocupado.

– Não, não estou doido – berrou Dobbs furiosamente, do fundo da enfermaria, no que imaginava ser um sussurro furtivo. – Estou dizendo que Hungry Joe os viu. Foi ontem, quando ele voou até Nápoles para pegar alguns aparelhos de ar-refrigerado no mercado negro para a fazenda do coronel Cathcart, nas montanhas. Fizeram lá um grande centro de transferência, que está repleto com centenas de pilotos, bombardeadores e metralhadores a caminho de casa. E todos eles cumpriram apenas 45 missões. Alguns ganharam a Purple Heart* e não chegaram nem a completar as 45 missões. Todos os outros grupos estão recebendo tripulações de substituição vindas dos Estados Unidos. Eles querem que todo mundo sirva no exterior pelo menos uma vez, até mesmo o pessoal administrativo. Será que você não lê os jornais? Temos que matá-lo e agora!

– Só lhe restam mais duas missões – argumentou Yossarian, em voz baixa. – Por que correr o risco?

– Porque posso morrer ao voá-las – respondeu Dobbs, belicosamente, a voz trêmula e excitada. – Podemos matá-lo amanhã de manhã, quando ele voltar de sua fazenda. Estou com a arma no bolso.

Yossarian esbugalhou os olhos de espanto ao ver Dobbs tirar a arma do bolso e exibi-la. Sussurrou, nervoso:

– Você está louco? Guarde isso! E veja se fala baixo.

– Por que está tão preocupado assim? – perguntou Dobbs, com um ar de inocência ofendida. – Ninguém pode nos ouvir.

– Ei, falem baixo! – gritou alguém da outra extremidade da enfermaria. – Será que não percebem que estamos querendo dormir?

---

*Condecoração aos feridos em combate. (*N. do T.*)

– E quem é você para dizer o que devo ou não fazer? – berrou Dobbs, virando-se, com os punhos cerrados, pronto para se lançar a uma briga.

Ele logo voltou a encarar Yossarian. Antes que pudesse falar, começou a espirrar, seis vezes seguidas, com um estrondo, cambaleando para os lados a cada intervalo. Os olhos claros estavam inchados, bastante inflamados.

– Quem ele pensa que é – murmurou Dobbs, espirrando espasmodicamente e limpando o nariz com as costas da mão. – Será que se acha um tira ou algo assim?

– Ele é um agente do CID – informou Yossarian, calmamente. – Já temos três aqui e há mais a caminho. Mas não precisa ficar assustado. Eles estão atrás de um falsificador chamado Washington Irving. Não estão interessados em assassinos.

– Assassinos? – Dobbs estava visivelmente ofendido. – E por que nos chama de assassinos? Só porque vamos assassinar o coronel Cathcart?

– Fale baixo, pelo amor de Deus! Será que não sabe sussurrar?

– Estou sussurrando. Eu...

– Você continua gritando.

– Não, eu...

– Ei, cale a boca! – começaram a gritar todos os pacientes para Dobbs.

– Vou brigar com vocês todos! – berrou Dobbs, subindo em cima de uma cadeira e exibindo a arma para os pacientes.

Yossarian agarrou-lhe o braço e abaixou-o. Dobbs recomeçou a espirrar.

– Tenho alergia – explicou ele ao acabar de espirrar, com o nariz pingando e os olhos marejados de lágrimas.

– É uma pena. Você daria um grande líder, se não fosse por isso.

– O coronel Cathcart é que é um assassino – queixou-se Dobbs, enquanto guardava um lenço cáqui sujo e amarrotado. – O coronel Cathcart vai matar a todos nós, se não fizermos alguma coisa para impedi-lo.

– Talvez não aumente mais o número de missões. Talvez 60 seja o máximo a que ele se atreva.

– Sempre aumenta o número de missões. Você sabe disso melhor do que eu. – Dobbs engoliu em seco e inclinou o rosto contorcido para junto de Yossarian. – Basta que me diga que está bem, e eu farei tudo amanhã de manhã. Está entendendo? Agora estou sussurrando, não é?

Yossarian desviou os olhos do rosto suplicante de Dobbs e protestou:

– Por que, afinal, você simplesmente não faz o que tem vontade de fazer? Por que não para de falar-me a respeito e faz tudo sozinho?

– Tenho medo de fazer sozinho. Tenho medo de fazer qualquer coisa sozinho.

– Então, me deixe fora disso. Eu seria louco se me envolvesse nessa história logo agora. Tenho aqui um ferimento na perna que vale um milhão de dólares. Vão me mandar para casa.

– Você está maluco? – exclamou Dobbs, incrédulo. – Tudo o que tem aí é um simples arranhão. Voltará a voar missões de combate no dia em que sair do hospital, com Purple Heart e tudo o mais.

– Se isso acontecer, então irei matá-lo – prometeu Yossarian. – Irei procurá-lo e faremos tudo juntos.

– Então vamos fazer amanhã, enquanto ainda temos uma chance. O capelão disse que o coronel ofereceu o grupo como voluntário para bombardear Avignon novamente. Olhe só como minhas mãos estão tremendo! Não posso mais pilotar um avião. Não tenho condições.

Yossarian ficou com medo de dizer sim.

– Quero esperar para ver primeiro o que vai acontecer.

– O seu problema é que nunca é capaz de fazer qualquer coisa – lamentou Dobbs, enfurecido.

– Estou fazendo tudo o que posso – explicou o capelão suavemente a Yossarian, depois de Dobbs ter ido embora. – Fui, inclusive, ao serviço médico para falar com Doc Daneeka e pedir-lhe que o ajudasse.

– Percebi – respondeu Yossarian, contendo um sorriso. – E o que foi que aconteceu?

– Eles pintaram minhas gengivas de roxo – informou o capelão, desconsolado.

– E pintaram-lhe também os dedos dos pés de roxo – acrescentou Nately, indignado. – E ainda por cima lhe deram um laxativo.

– Mas voltei esta manhã para falar com ele.

– E pintaram novamente as suas gengivas de roxo – informou Nately.

– Mas consegui falar com ele – alegou o capelão, num tom lamuriento de autojustificação. – O Dr. Daneeka pareceu-me um homem extremamente infeliz. Desconfia de que alguém está conspirando para transferi-lo para o Oceano Pacífico. E todo esse tempo estava pensando em ir procurar-me para pedir *minha* ajuda. Quando eu disse que precisava da ajuda *dele*, achou que eu deveria era procurar um capelão.

O capelão ficou esperando, num desânimo paciente, até que Yossarian e Nately parassem de rir. Depois, continuou, como se meditasse em voz alta, na solidão:

– Eu costumava pensar que era imoral ser infeliz. Agora não sei mais o que pensar. Gostaria de falar sobre a imoralidade como o tema do meu sermão no próximo domingo, mas nem sei se devo dizer algum sermão, com essas gengivas roxas. O coronel Korn ficou bastante irritado ao vê-las.

– Capelão, por que não vem passar alguns dias no hospital com a gente e relaxa um pouco? – convidou Yossarian. – Ficaria bem confortável aqui.

A imoralidade da proposta bem que tentou o capelão por uns segundos, mas ele logo se decidiu contra, relutantemente.

– Não, acho melhor não. Quero ver se arrumo uma viagem até o continente para falar com um funcionário postal chamado Wintergreen. O Dr. Daneeka disse-me que ele poderia ajudar.

– Wintergreen é provavelmente o homem mais influente de todo o teatro de operações. Não apenas é o encarregado da correspondência do quartel-general da 27ª Força Aérea como também tem acesso a um mimeógrafo. Mas ele não quer ajudar ninguém. Essa é, aliás, uma das razões pelas quais irá longe.

– Seja como for, gostaria de falar com ele. Deve haver alguém que possa ajudá-lo, Yossarian.

– Faça isso por Dunbar, capelão – disse Yossarian, com um ar de superioridade. – Tenho este ferimento na perna que vale um milhão de dólares e que vai me valer a baixa. E se isso não der certo, há aqui um psiquiatra que acha que eu não sou bom o bastante para estar no Exército.

– Eu é que não devia ser bom o bastante para estar no Exército – lamentou-se Dunbar, ciumento. – Afinal de contas, o sonho era meu.

– Não é por causa do sonho, Dunbar – explicou Yossarian. – Ele até que gosta do seu sonho. É por causa da minha personalidade. Acha que tenho múltipla personalidade.

– E como! – declarou solenemente o major Sanderson. Ele dera o laço nos cordões dos sapatos enlameados e amansara os cabelos pretos com uma brilhantina cheirosa demais. Sorriu ostensivamente, para mostrar como era um homem bom e razoável. – Não vou dizer isso por ser cruel e querer insultá-lo – continuou, num tom de quem sentia a maior satisfação em ser cruel e insultar. – Também não digo isso porque o odeio e desejo vingança. Não o digo também porque me rejeitou e magoou terrivelmente meus sentimentos. Não, eu sou um médico e jamais deixo de ser friamente objetivo. Mas tenho péssimas notícias para você. É bastante homem para aguentar?

– Oh, Deus, não! – gritou Yossarian. – Sei que não vou aguentar!

O major Sanderson deixou-se dominar momentaneamente por uma raiva incontrolável.

– Será que não pode fazer uma única coisa certa? – suplicou ele, o rosto vermelho de irritação, socando a mesa com os dois punhos cerrados. – O seu problema é pensar que é bom demais para todas as convenções da sociedade. Provavelmente, acha que é bom demais para mim, só porque demorei muito a entrar na puberdade. Pois quer saber o que você é? É um cara frustrado, infeliz, desiludido, indisciplinado e desajustado! – A disposição do major Sanderson parecia ir-se atenuando à medida que esgotava a lista de adjetivos desfavoráveis.

– Sim, senhor – concordou Yossarian, cautelosamente. – Acho que está absolutamente certo.

– É claro que estou certo. E você é imaturo. Foi incapaz de ajustar-se à ideia da guerra.

– Sim, senhor.

– Tem uma aversão mórbida a morrer. Provavelmente, ressente-se do fato de estar na guerra e poder ser morto a qualquer segundo.

– É mais do que ressentimento, senhor. Isso me deixa fracamente furioso.

– Tem ansiedades de sobrevivência profundamente arraigadas. E não gosta de fanáticos e intolerantes, arrogantes e cruéis, esnobes e hipócritas. Subconscientemente, há muitas pessoas que odeia.

– Conscientemente, senhor, conscientemente – corrigiu-o Yossarian, num esforço para ajudar. – Eu os odeio conscientemente.

– Antagoniza a ideia de ser roubado, explorado, degradado, humilhado ou enganado. A miséria o deprime. A ignorância o deprime. A perseguição o deprime. A violência o deprime. O crime o deprime. A corrupção o deprime. Sabe, eu não ficaria surpreso se você fosse maníaco-depressivo!

– Sim, senhor. Talvez eu seja mesmo.

– Não tente negá-lo!

– Não estou tentando negar, senhor. – Yossarian sentia-se extremamente contente com a milagrosa aproximação que finalmente existia entre os dois. – Concordo com tudo o que disse.

– Então admite que é louco, não é?

– Louco? – Yossarian ficou genuinamente chocado. – Mas de que está falando? Por que sou louco? Pelo contrário, acho que o senhor é que está louco.

O major Sanderson ficou novamente vermelho de indignação e bateu com os dois punhos cerrados nas coxas. E gritou numa raiva gaguejante:

– Chamar-me de louco é uma típica reação paranoica, sádica e vingativa! Você está realmente louco!

– Então por que não me manda de volta para casa?

– E eu vou mandá-lo de volta para casa!

– Vão mandar-me de volta para casa! – anunciou Yossarian, exultante, ao voltar para a enfermaria.

– A mim também! – regozijou-se A. Fortiori. – Acabaram de ir à minha enfermaria para informar.

– E eu? – perguntou Dunbar atrevidamente aos médicos.

– Você? – responderam eles, rispidamente. – Você vai voltar com Yossarian. Diretamente para o combate!

E assim ambos voltaram ao serviço ativo. Yossarian estava enraivecido quando a ambulância levou-o de volta ao acampamento do esquadrão. E foi mancando em busca de justiça. Mas Doc Daneeka fitou-o com uma expressão desdenhosa e desolada.

– Você! – exclamou ele, em tom de censura, exibindo as suas olheiras profundas. – Tudo o que sabe é pensar em si mesmo! Vá dar uma olhada na linha de bombardeio, se quer saber o que aconteceu desde que foi para o hospital!

Yossarian ficou surpreso.

– Estamos perdendo?

– Perdendo? Toda a situação militar está indo de mal a pior desde que capturamos Paris. Eu sabia que isso ia acontecer! – Fez uma pausa, sua ira transformando-se numa tristeza melancólica, franzindo o rosto para Yossarian, como se lhe atribuísse toda a culpa. – As tropas americanas estão penetrando em território alemão. Os russos já recuperaram toda a Romênia. Ontem mesmo os gregos do VIII Exército reconquistaram Rimini. Os alemães estão na defensiva por toda parte! – Doc Daneeka fez outra pausa, respirando fundo, como que a fortalecer-se para outra ejaculação de misérias. – E não resta mais nada da Luftwaffe! – gemeu ele. Parecia a ponto de desatar a chorar. – Toda a Linha Defensiva Gótica está prestes a entrar em colapso!

– E daí? – perguntou Yossarian. – O que há de errado nisso?

– O que há de errado? Se algo não acontecer muito em breve, a Alemanha pode render-se. E então todos nós seremos transferidos para o Pacífico!

– Você está maluco! – Yossarian estava estupefato. – Sabe o que está dizendo?

– Sei, sim. E sei também que é muito fácil para você ficar rindo.

– Mas quem diabo está rindo?

– Pelo menos você tem uma chance. Voa em missões de combate e pode ser morto a qualquer momento. Mas o que diz de mim? Não tenho a menor esperança!

– Perdeu de vez o juízo – gritou Yossarian, agarrando-o vigorosamente pela camisa. – Sabia disso? Agora, fique com essa boca estúpida fechada e ouça o que tenho a lhe dizer!

Doc Daneeka conseguiu se desvencilhar.

– Não se atreva a me falar desse jeito! Sou um médico licenciado!

– Então fique com essa sua estúpida boca de médico licenciado fechada e escute o que eles me disseram lá no hospital. Eu sou louco. Sabia disso?

– E daí?

– Sou realmente louco.

– E daí?

– Eu sou louco. Inteiramente pirado. Será que não entende? Tenho um parafuso a menos. E eles mandaram outro de volta para casa no meu lugar, por engano. Há um psiquiatra licenciado lá no hospital que me examinou e concluiu que sou realmente louco.

– E daí?

– E daí? – Yossarian estava atônito com a incapacidade de Doc Daneeka em compreender a situação. – Será que não percebe o que isso significa? Agora, pode me dar baixa e me mandar para casa. Eles não vão mandar um louco para ser morto numa missão, não é?

– E quem mais iria?

28
Dobbs

McWatt foi e McWatt não era louco. Yossarian também foi, ainda mancando. E depois de voar mais duas missões de combate e ver-se ameaçado pelo boato de outra missão a Bolonha, seguiu mancando e decidido até a barraca de Dobbs, no início de uma tarde quente. Assim que entrou, levou um dedo aos lábios:

– Psiu!

– Por que está querendo silêncio? – indagou Kid Sampson, descascando uma tangerina com os dentes, enquanto olhava as páginas meio dobradas de uma revista em quadrinhos. – Ele nem mesmo está dizendo alguma coisa.

– Foda-se – disse Yossarian para Kid Sampson, apontando o polegar para trás, na direção da entrada da barraca.

Kid Sampson franziu as sobrancelhas louras, com uma expressão perspicaz, levantando-se imediatamente, para cooperar. Assoviou quatro vezes por entre o bigode louro caído e depois seguiu para as montanhas, montando na motocicleta verde muito antiga, que comprara de segunda mão, alguns meses antes. Yossarian esperou até que o último rugido do motor se desvanecesse na distância. As coisas dentro da barraca não pareciam absolutamente normais. Estava tudo arrumado e limpo demais. Dobbs observava-o, curioso, fumando um charuto. Agora que Yossarian tomara a decisão de ser corajoso, estava terrivelmente apavorado.

– Está bem – disse Yossarian finalmente. – Vamos matar o coronel Cathcart. Faremos o serviço juntos.

Dobbs pulou da cama, aterrorizado.

– Psiu! – berrou ele. – Matar o coronel Cathcart? Mas que história é essa?

– Fale baixo! Quer que toda a ilha ouça a nossa conversa? Ainda está com a arma?

– Você ficou louco? – berrou Dobbs. – Por que acha que eu haveria de querer matar o coronel Cathcart?

– *Por quê?* – Yossarian encarou Dobbs, incrédulo e desdenhoso. – *Por quê?* Mas a ideia foi sua, não é? Não foi procurar-me no hospital para pedir que o ajudasse?

Dobbs sorriu lentamente e explicou, dando uma baforada no charuto:

– Mas isso foi quando eu tinha apenas 58 missões. Agora todas as minhas coisas estão arrumadas e só espero o momento de voltar para casa. Já realizei as 60 missões.

– E daí? Ele vai simplesmente aumentar novamente o número de missões.

– Talvez desta vez não aumente.

– Ele sempre o faz. Mas que diabo há com você, Dobbs? Pergunte só a Hungry Joe quantas vezes ele já fez as malas.

– Tenho que esperar para ver o que acontece – resistiu Dobbs, obstinadamente. – Seria louco se me envolvesse numa história dessas agora que já concluí o número de missões de combate exigidas e espero o momento de voltar para casa. – Sacudiu calmamente a cinza do charuto antes de continuar: – Não, não conte comigo. E lhe dou um conselho: voe também as suas 60 missões, como nós, e fique esperando para ver o que acontece.

Yossarian resistiu ao impulso de dar uma cusparada bem no olho de Dobbs. Quando falou, seu tom era pessimista:

– Talvez eu não sobreviva às 60 missões. Há um boato de que ele ofereceu o grupo como voluntário para uma nova missão a Bolonha.

– É apenas um boato – ressaltou Dobbs, cheio de empáfia. – Não deve acreditar em tudo que ouve.

– Quer parar de me dar conselhos?

– Por que não fala com Orr? – aconselhou Dobbs. – Orr foi novamente derrubado no mar na semana passada, naquela segunda missão a Avignon. Talvez esteja se sentindo infeliz o bastante para matá-lo.

– Orr não tem assim tanta cabeça para sentir-se infeliz.

Orr fora de novo derrubado no mar enquanto Yossarian estava no hospital e conseguira pousar o avião acidentado suavemente sobre as ondas azuis ao largo de Marselha, com tal habilidade que nenhum membro da tripulação de seis homens ficara sequer arranhado. As portas de emergência na frente e atrás do avião abriram-se sem a menor dificuldade, quando a água ainda espumava em torno do aparelho. Os homens saíram o mais depressa possível, com seus coletes salva-vidas, que não inflaram como era de se esperar, permanecendo flácidos e inúteis em torno dos pescoços e cinturas dos homens. Os coletes salva-vidas não inflaram porque Milo removera os cilindros de dióxido de carbono das câmaras de inflar, para fazer soda de morango e abacaxi, que servia nos refeitórios dos oficiais, substituindo-os por notas mimeografadas onde estava escrito: "O que é bom para a M&M Empreendimentos é bom para o país." Orr fora o último a sair do avião.

– Devia tê-lo visto! – falou o sargento Knight para Yossarian, relatando o episódio às gargalhadas. – Foi a coisa mais gozada que já vi! Nenhum colete salva-vidas funcionava, porque Milo roubara os cilindros de dióxido de carbono para fazer soda para os filhos da mãe dos refeitórios dos oficiais, como você. Mas o negócio até que não foi ruim. Somente um de nós não sabia nadar, e o levamos para a balsa que Orr lançara do avião, quando ainda não tínhamos saído, prendendo-o com uma corda. O baixinho é meio pirado mas sabe fazer as coisas. A segunda balsa se desprendeu e afastou-se para longe, à deriva. Assim, nós seis tivemos que ficar na mesma balsa, cotovelos e pernas tão comprimidos que ninguém podia mexer-se sem derrubar o vizinho no mar. O avião afundou segundos depois que nos acomodamos na balsa e ficamos ali sozinhos. Começamos então a desatarraxar as tampas dos coletes, para saber o que acontecera de errado. E foi assim que encontramos aqueles bilhetes do Milo, dizendo que o que era bom para ele era bom também para o resto de nós. Que filho da mãe! Céus, como o xingamos! Todos menos o seu amigo Orr, que ficou sorrindo, como se pensasse que o que era bom para Milo poderia ser bom para nós também!

"Devia tê-lo visto sentado na beira da balsa, como se fosse o capitão de um navio, enquanto nós ficávamos observando-o, esperando que ele nos dissesse o que fazer. Não parava de bater com as mãos nas pernas, com segundos de intervalo, como se estivesse com tremedeira, dizendo: 'Agora está tudo certo', e rindo como um cara meio pirado, para repetir: 'Agora está tudo certo', e rindo novamente como um doido. Era como estar contemplando um sujeito meio idiota. Mas foi o fato de vê-lo que nos impediu de perder a cabeça nos primeiros minutos, com as ondas passando por cima da balsa. Volta e meia um de nós era jogado fora da balsa por uma onda, tendo que voltar depressa, antes da próxima. Mas acabamos achando o negócio engraçado. Era um tal de gente caindo no mar e voltando para a balsa que não acabava mais. Pusemos o cara que não sabia nadar estendido no meio da balsa, mas mesmo ali ele quase se afogou, porque tinha água bastante dentro da balsa para quase cobrir a cabeça dele.

"Então, Orr começou a abrir os compartimentos da balsa e aí mesmo é que a gente se divertiu a valer. Primeiro, ele encontrou uma caixa de barras de chocolate e foi oferecendo a cada um. E ficamos sentados ali, comendo chocolate molhado e salgado, enquanto as ondas continuavam a nos virar da balsa para o mar. Depois, encontrou alguns cubos de caldo de carne e galinha e copos de alumínio e então nos preparou uma sopa. Depois, descobriu um pouco de chá. E sabe que ele o preparou? Pode imaginar o seu amigo Orr a nos servir chá em pleno mar, todo mundo afundado na água até o traseiro? Nesse momento, comecei a cair da balsa porque não me aguentava mais de tanto rir. Todos nós estávamos rindo. Ele é que estava muito sério, exceto por aquela risadinha imbecil que continuava a dar a intervalos regulares. Mas que cara mais pirado! Usava imediatamente tudo o que encontrava. Achou um repelente de tubarão e imediatamente borrifou-o na água. Encontrou um corante de marcação e jogou também na água. A próxima coisa que ele encontrou foi uma linha de pesca e isca. O rosto dele se iluminou, como se uma lancha do Serviço de Salvamento Aéreo tivesse aparecido para nos salvar, antes de morrermos de frio ou insolação e antes de os alemães mandarem uma lancha de Spezia para nos fazer prisioneiros ou nos metralhar. Orr imediatamente jogou a linha de pesca na água e ficou a rebocá-la, feliz. 'Tenente, o que espera apanhar?', perguntei-lhe. 'Um bacalhau', respondeu ele. E falava sério. Foi ótimo não ter conseguido apanhar um bacalhau, pois iria comê-lo cru mesmo e teria feito com que a gente também comesse, porque descobrira um livrinho de instruções que dizia que não fazia mal comer bacalhau cru.

"A próxima coisa que encontrou foi um pequeno remo azul, do tamanho de uma colher de sopa. E ele começou a remar animadamente, tentando mover os quinhentos quilos de nós seis com aquela coisinha. Pode imaginar uma coisa dessas? Depois, achou uma pequena bússola magnética e um mapa à prova d'água. Abriu o mapa sobre os joelhos e pôs a bússola em cima. E foi assim que ele ficou até que a lancha viesse nos recolher, cerca de 30 minutos depois: puxando a linha de pesca atrás de si, com o mapa aberto sobre os joelhos e a bússola em cima, remando furiosamente com aquele remo minúsculo, como se estivesse seguindo a toda velocidade para Majorca. Ó Deus!

O sargento Knight sabia de tudo a respeito de Majorca e Orr também, porque Yossarian lhes falava com frequência de santuários como a Espanha, Suíça e Suécia, onde os pilotos americanos podiam ser internados, durante toda a duração da guerra, em condições de extremo conforto e tranquilidade, bastando para isso que voassem até lá. Yossarian era a maior autoridade do esquadrão em assuntos de internação e sempre planejava um pouso de emergência na Suíça a cada missão que voava no norte da Itália. Teria preferido a Suécia, onde o nível de inteligência era mais elevado e onde ele poderia nadar inteiramente nu com lindas garotas, que falavam baixo e recatadamente, gerando tribos inteiras, felizes e indisciplinadas, de Yossarians ilegítimos, dos quais o Estado cuidaria desde o parto e lançaria na vida sem qualquer discriminação. Mas a Suécia estava fora de alcance, por ser longe demais. E, ansioso, Yossarian aguardava o estilhaço de granada antiaérea que paralisaria um motor nas proximidades dos Alpes italianos, proporcionando-lhe o pretexto para seguir para a Suíça. Nem mesmo precisaria dizer ao seu piloto que o estava guiando para a Suíça. Yossarian pensara muitas vezes em combinar com um piloto a simulação de um motor avariado, destruindo em seguida a prova da fraude com uma aterrissagem forçada de barriga. Mas o único piloto em quem ele de fato confiava era McWatt, que se sentia extremamente feliz onde estava e adorava sobrevoar baixinho a barraca de Yossarian ou os banhistas que estavam na praia, o vento forte das hélices abrindo sulcos fundos nas águas e levantando nuvens de areia, que ainda pairavam no ar segundos após a sua passagem.

Dobbs e Hungry Joe estavam fora de cogitação. Assim como Orr, que estava mais uma vez consertando a válvula da sua estufa, quando Yossarian entrou mancando, desolado, depois que Dobbs o expulsara. A estufa que Orr estava construindo era feita com um tambor de metal, instalado bem no centro do chão de cimento da barraca, que ele também fizera. Orr trabalhava muito empenhado, de joelhos no chão. Yossarian tentou não prestar atenção nele, seguindo direto até a sua cama e sentando-se, com um resmungo demorado. As gotas de suor em sua testa começavam a ficar geladas. Dobbs deixara-o deprimido. Doc Daneeka deixara-o deprimido. E, ao olhar para Orr, sentia-se deprimido com uma visão agourenta de tragédia. Começou a sentir uma imensa variedade de tremores internos. Os nervos comichavam e a veia de um pulso começou a latejar.

Orr fitou Yossarian por cima do ombro, os lábios úmidos repuxados, deixando à mostra as duas fileiras convexas de dentes salientes e separados. Estendendo a mão para o lado, tirou uma garrafa de cerveja morna debaixo do seu armário e estendeu-a para Yossarian, depois de tirar a tampa. Nenhum dos dois disse nada. Yossarian bebeu a espuma que estava por cima e jogou a cabeça para trás. Orr observava-o com uma expressão astuta, um sorriso silencioso. Yossarian olhou para Orr cautelosamente. Orr soltou uma risadinha sibilante e virou-se, voltando a concentrar-se em seu trabalho. Yossarian ficou ainda mais nervoso.

– Não comece outra vez! – suplicou ele, em tom ameaçador, as suas mãos apertando com força a garrafa de cerveja. – Não comece outra vez a trabalhar nessa maldita estufa.

Orr riu, silenciosamente.

– Estou quase acabando.

– Não está, não! Você está é quase começando.

– Aqui está a válvula. Está vendo? Já está quase tudo arrumado.

– E você está para desarmar tudo. Sei perfeitamente o que você está fazendo, seu filho da mãe. Já vi você fazer a mesma coisa mais de trezentas vezes.

Orr estremeceu de satisfação.

– É que eu quero acabar com o vazamento no tubo de gasolina. Já mexi em tudo e agora está apenas pingando.

– Mas é que não suporto vê-lo trabalhando – confessou Yossarian, sem qualquer inflexão na voz. – Se você quiser trabalhar com algo grande, não há problema. Mas essa válvula está cheia de peças minúsculas e no momento não estou com paciência para vê-lo trabalhar tão arduamente em coisas tão pequenas e tão sem importância.

– Só porque são pequenas, isso não significa que não tenham importância.

– Não quero saber!

– Só mais uma vez?

– Quando eu não estiver por perto. Você é um imbecil feliz e não sabe o que significa sentir-se como eu me sinto. Acontecem-me coisas que nem mesmo posso começar a explicar, quando se põe a trabalhar com essas peças minúsculas. Eu me dou conta de que não consigo suportar você. Fico com ódio e não demoro a pensar seriamente em esmigalhar-lhe a cabeça com esta garrafa de cerveja ou enterrar aquela faca de caça em seu pescoço. Está compreendendo agora?

Orr assentiu, com uma expressão inteligente.

– Pois não vou desmontar a válvula agora – assegurou, começando a desmontá-la, com uma precisão lenta, incansável e interminável, o rosto rústico e desgracioso quase encostado no chão, os dedos manejando meticulosamente o minúsculo mecanismo, com uma concentração tão intensa que ele mal parecia estar sequer pensando. Yossarian o amaldiçoou silenciosamente e tomou a decisão de ignorá-lo.

– Mas por que está querendo terminar tão depressa essa maldita estufa? – berrou um momento depois, sem mais se controlar. – Ainda está fazendo calor. Provavelmente poderemos ir nadar daqui a pouco. Por que está tão preocupado com o frio?

– Os dias estão ficando cada vez mais curtos – comentou Orr, filosoficamente. – Gostaria de deixar a estufa preparada para você, enquanto ainda há tempo! E quando eu acabar, terá a melhor estufa do esquadrão. Poderá deixá-la acesa a noite inteira, com esse controle que acabei de fixar. Essas placas de metal irradiarão o calor por toda a barraca. Se deixar um capacete cheio de água aqui em cima, quando for dormir, terá água quente pela manhã para se lavar. Não será uma beleza? Se quiser fritar ovos ou cozinhar uma sopa, basta pôr a panela aqui e acender o fogo.

– O que está querendo dizer com essa história de que eu é que a usarei? – quis saber Yossarian, surpreso. – Onde é que você estará então?

O tronco de Orr sacudiu-se subitamente, numa risada silenciosa.

– Não sei – murmurou ele, uma risadinha estranha e hesitante irrompendo-lhe inesperadamente da boca, como um jato de emoção. E ainda estava rindo quando continuou, a voz embargada de saliva: – Se eles continuarem a me derrubar do jeito que estão fazendo, não sei onde poderei estar.

– Por que não tenta parar de voar, Orr? – interessou-se Yossarian, comovido. – Tem uma boa desculpa para consegui-lo.

– Até agora só voei 18 missões.

– Mas foi derrubado em quase todas elas. Ou então fez uma descida forçada no mar.

– Oh, não me importo de voar as missões! Acho até que são bastante divertidas. Devia experimentar voar algumas missões comigo, quando não for o bombardeador de vanguarda. Só para ver como é divertido. Orr fitou Yossarian com o canto dos olhos, visivelmente alegre. Yossarian desviou o olhar.

– Eles querem que eu voe na vanguarda outra vez.

– Se tivesse um pouco de juízo na cabeça, sabe o que faria? Iria procurar Piltchard e Wren e diria a eles que quer voar comigo.

– E ser derrubado com você cada vez que levantar voo? O que há de tão engraçado nisso?

– É o que você deveria fazer – insistiu Orr. – Acho que sou o melhor piloto por aqui, em matéria de pousos de emergência, no mar ou em terra. Seria uma boa experiência para você.

– Boa experiência para fazer o quê?

– Para o caso de ter que fazer também um pouso de emergência. Ah! Ah! Ah! Ah!

– Você tem outra garrafa de cerveja? – perguntou Yossarian, de forma apática.

– Para esmagar a minha cabeça com ela?

Desta vez Yossarian teve de rir.

– Como o fez aquela prostituta lá de Roma?

Orr sorriu, com uma expressão libidinosa, as bochechas estufando ainda mais de prazer.

– Quer realmente saber por que ela estava me batendo na cabeça com o sapato?

– Já sei. A prostituta de Nately me contou.

Orr riu incontrolavelmente.

– Contou coisa nenhuma!

Yossarian sentiu pena de Orr. Era tão pequeno e tão feio! Quem iria protegê-lo, caso ele sobrevivesse? Quem haveria de proteger um gnomo generoso e ingênuo como Orr dos arruaceiros e atletas como Appleby, que tinham moscas nos olhos e investiriam contra ele com uma presunção arrogante em todas as oportunidades que tivessem? Yossarian, frequentemente, preocupava-se com Orr. Quem haveria de defendê-lo contra a animosidade e a astúcia, contra as pessoas ambiciosas e a esnobação amarga da esposa do chefão, contra as indignidades sórdidas e corruptas motivadas pela sede de lucro, contra o açougueiro cordial da vizinhança que lhe venderia carne de qualidade inferior? Orr era um simplório feliz e inocente, com uma massa abundante de cabelos policromáticos, repartidos no meio da cabeça. Seria certamente um brinquedo de criança para todos os outros. Iriam tomar-lhe o dinheiro, trepar com sua esposa, maltratar seus filhos. Yossarian sentiu-se invadido por uma onda de compaixão.

Orr era um nanico excêntrico, um pirado, um anão simpático com uma mente pornográfica e mil e uma habilidades que o manteriam no grupo de pessoas de baixos rendimentos por toda a vida. Sabia usar um maçarico de solda e pregar duas tábuas sem que a madeira rachasse ou os pregos entortassem. Sabia perfurar buracos. Construíra uma série de coisas enquanto Yossarian estava no hospital. Abrira um canal perfeito no cimento, de maneira que o tubo de gasolina corria livre pelo chão, da estufa até o tanque que ele construíra lá fora, numa plataforma. Construíra grades para a lareira e fizera molduras de madeira para as fotografias das garotas de seios grandes que rasgara das revistas coloridas. Orr sabia abrir uma lata de tinta, sabia misturar a tinta, sabia passar a tinta, sabia remover a tinta. Sabia cortar lenha e medir as coisas com uma régua. Sabia como acender fogueiras. Sabia como escavar buracos e tinha um grande talento para trazer água para os dois, em latas e cantis, dos tanques perto do refeitório. Podia empenhar-se em tarefas inconsequentes por horas a fio, sem ficar nervoso ou aborrecido, alheio à fadiga e quase tão triste como um tronco de árvore. Possuía um conhecimento fantástico da vida selvagem e não sentia medo de cachorros, gatos, abelhas ou mariposas. Nem de comidas como bacalhau ou tripa.

Yossarian suspirou, atormentado, e começou a pensar na propalada missão a Bolonha. A válvula que Orr estava desmontando era do tamanho de um polegar e continha 37 peças independentes, muitas das quais tão pequenas que Orr precisava agarrá-las firmemente entre as pontas das unhas. Foi colocando-as cuidadosamente no chão, em fileiras ordenadas, jamais apressando nem retardando os movimentos, jamais se cansando, jamais fazendo uma pausa em seu trabalho metódico e monótono, a não ser para olhar furtivamente para Yossarian com uma expressão maliciosa. Yossarian procurou não olhar para ele. Contou as peças e sentiu que estava a ponto de perder a cabeça. Fechou os olhos, mas isso foi ainda pior, pois agora tinha apenas os ruídos, os cliques enlouquecedores e repetidos interminavelmente das minúsculas peças. Orr respirava sempre no mesmo ritmo, produzindo um ruído que era agonizante e repulsivo. Yossarian cerrou os punhos e olhou para a faca de caça de cabo de osso, enfiada na bainha pendurada na cama do homem morto. E sua tensão se atenuou no momento em que pensou em apunhalar Orr. A ideia de assassinar Orr era tão ridícula que ele a cogitou seriamente, num capricho estranho e fascinante. Examinou atentamente a nuca de Orr, imaginando o melhor lugar para enfiar a faca, na medula espinhal. Uma simples agulha razoavelmente grande iria matá-lo, se enfiada ali. E isso resolveria inúmeros problemas graves e angustiantes, beneficiando os dois.

– Está doendo? – indagou Orr nesse exato momento, como que num instinto de sobrevivência.

– O que está doendo? – perguntou Yossarian, examinando-o atentamente.

– A sua perna – disse Orr, com uma risada estranha e misteriosa. – Você ainda manca um pouco.

– Acho que é apenas um hábito – murmurou Yossarian, respirando novamente, aliviado. – Provavelmente isso vai passar logo.

Orr rolou de lado pelo chão e levantou-se logo em seguida, apoiado num joelho e de frente para Yossarian:

– Você se lembra daquela garota que estava batendo na minha cabeça com o sapato, lá em Roma? – Soltou uma risada ao ouvir a exclamação de irritação de Yossarian. – Pois vou fazer um trato com você a respeito dela. Eu lhe direi por que ela estava me batendo na cabeça com o sapato, se você responder a uma pergunta.

– E qual é a pergunta?

– Trepou alguma vez com a garota de Nately?

– Eu? – Yossarian riu, surpreso. – Claro que não. Agora me diga por que a garota bateu com o sapato na sua cabeça.

– A pergunta não era essa – respondeu Orr, com um ar deliciado de vitória. – Isso era apenas conversa. Ela dá a impressão de que você a comeu.

– Pois não comi. E qual é a impressão que ela dá?

– De que não gosta de você.

– Ela não gosta de ninguém.

– Gosta do capitão Black.

– Só porque ele a trata com toda grosseria. Nenhuma mulher resiste a isso.

– Ela usa um bracelete de escrava na perna, com o nome dele.

– O capitão Black é que a obriga a usar, só para espicaçar Nately.

– Ela até mesmo dá ao capitão Black uma parte do dinheiro que recebe de Nately.

– O que você está querendo saber de mim, afinal?

– Alguma vez trepou com a minha garota?

– Sua garota? Mas quem diabo é ela?

– Aquela que me bateu na cabeça com o sapato.

– Estive com ela uma ou duas vezes – admitiu Yossarian. – Mas desde quando ela é a sua garota? Aonde está querendo chegar?

– Ela também não gosta de você.

– E acha que eu me importo que ela goste de mim ou não? Na verdade, gosta de mim tanto quanto gosta de você.

– Alguma vez ela lhe bateu na cabeça com o sapato?

– Orr, já estou ficando cansado disso. Por que não me deixa em paz?

– E o que me diz daquela condessa esquelética e da sua nora esquelética? – insistiu Orr maliciosamente, com um entusiasmo crescente. – Alguma vez já trepou com elas?

– Eu bem que gostaria – suspirou Yossarian, com sinceridade, imaginando prontamente, diante da pergunta, a sensação do contato de suas mãos nos seios e nádegas pequenos e macios.

– Também não gostam de você – comentou Orr. – Gostam de Aarfy e de Nately, mas não gostam de você. As mulheres simplesmente parecem não gostar de você. Tenho a impressão de que pensam que você é uma péssima influência.

– As mulheres são todas loucas – disse Yossarian, esperando, desanimado, pelo que sabia que viria depois.

– E o que me diz das outras mulheres que teve? – insistiu Orr, com um simulacro de curiosidade. – E aquela gorda e careca lá na Sicília, que usava um turbante e passou a noite inteira a se mexer em cima da gente, sem nos deixar dormir? Ela também é louca?

– Ela também não gostava de mim?

– Como é que pôde trepar com uma garota que não tinha cabelo?

– E como é que eu podia adivinhar que ela não tinha cabelo?

– Eu sabia – gabou-se Orr. – Sabia desde o início.

– Você sabia que ela era careca? – admirou-se Yossarian.

– Não, sabia que a válvula não ia funcionar se eu deixasse uma peça de fora – respondeu Orr, o rosto iluminado de júbilo, por ter enganado Yossarian mais uma vez. – Poderia passar-me essa gaxeta que rolou aí na sua direção? Está perto do seu pé.

– Não tem nada aqui.

– Está bem aqui – disse Orr, pegando algo invisível com as pontas das unhas e levantando para mostrar a Yossarian. – Agora vou ter que começar tudo de novo.

– Eu o matarei se tentar. E o matarei aqui e agora.

– Por que você nunca voa comigo? – perguntou Orr de repente, fitando Yossarian nos olhos pela primeira vez. – Aí está, era essa a pergunta que eu queria fazer. Por que nunca voa comigo?

Yossarian desviou os olhos, de vergonha e embaraço.

– Já lhe expliquei. Estão sempre querendo que eu seja o bombardeador da vanguarda.

– Não é esse o motivo – disse Orr, balançando a cabeça. – Você foi procurar Piltchard e Wren, depois daquela primeira missão a Avignon, e disse-lhes que não queria voar comigo. Foi isso, não é?

Yossarian sentiu o rosto quente. E mentiu:

– Não foi nada disso.

– Falou sim – insistiu Orr, calmamente. – Pediu que nunca o designassem para nenhum avião pilotado por mim, Dobbs ou Huple, pois não confiava em nós. E Piltchard e Wren disseram que não podiam abrir uma exceção, porque não seria justo para com os homens que teriam de voar conosco.

– E daí? Isso não fez a menor diferença, não é?

– Mas eles nunca o fizeram voar comigo.

Orr estava outra vez trabalhando de joelhos, falando a Yossarian sem amargura ou censura, mas com uma humildade ofendida, que era muito mais difícil de suportar, apesar de ele continuar a sorrir furtivamente, como se a situação fosse cômica.

– Sabe que você devia realmente voar comigo? Sou um excelente piloto e tomaria conta de você direitinho. Posso ser derrubado uma porção de vezes, mas nunca é culpa minha e nenhum dos tripulantes dos meus aviões jamais saiu ferido. Se tivesse alguma cabeça, sabe o que deveria fazer? Iria procurar Piltchard e Wren e diria a eles que, a partir de agora, só quer voar comigo.

Yossarian inclinou-se para a frente e examinou atentamente a máscara indecifrável de emoções contraditórias de Orr.

– Você quer me contar alguma coisa?

– Estou tentando contar por que aquela garota estava me batendo na cabeça com o sapato. Mas você não quer deixar.

– Pois conte.

– Vai voar comigo?

Yossarian riu e balançou a cabeça.

– Para ver você fazer outro pouso de emergência no mar?

E Orr realmente fez outro pouso de emergência no mar quando finalmente foi realizada a anunciada missão a Bolonha. Pousou o avião com um só motor funcionando no mar encapelado e varrido pelos ventos, abaixo das explosões bélicas de fogo antiaéreo que aconteciam lá no céu. Ele se atrasou ao deixar o avião e terminou sozinho numa balsa, que lentamente foi se afastando dos homens na outra balsa, à deriva. Tinha desaparecido quando a lancha do Serviço de Salvamento Aéreo surgiu para recolher os tripulantes. A noite já estava caindo quando os homens voltaram ao esquadrão. Não havia a menor notícia de Orr.

– Não se preocupe – disse Kid Sampson a Yossarian, ainda envolto nos cobertores e na capa de chuva que seus salvadores lhe haviam dado. – Ele provavelmente já foi recolhido, se não se afogou na tempestade. Mas a tempestade não durou muito tempo. Aposto que ele vai aparecer a qualquer momento.

Yossarian voltou para a barraca a fim de esperar que Orr voltasse a qualquer momento e acendeu a lareira para que ele encontrasse tudo aconchegante. A estufa funcionava perfeitamente, com um fogo que podia ser aumentado ou diminuído, graças à válvula que Orr conseguira finalmente consertar. Uma chuva fina estava caindo, tamborilando suavemente em cima da barraca, nas árvores, no chão. Yossarian esquentou uma lata de sopa para Orr tomar ao chegar. E o tempo foi passando. Acabou tomando-a ele próprio. Cozinhou alguns ovos para Orr e terminou comendo-os também. Depois, comeu uma porção inteira de queijo.

Cada vez que se descobria preocupado, Yossarian procurava recordar-se de que Orr podia fazer qualquer coisa. E caía numa risada silenciosa ao imaginar Orr na balsa, como o sargento Knight o descrevera, inclinado sobre o mapa estendido nos joelhos, com uma expressão preocupada, a bússola em cima do mapa, enfiando uma barra de chocolate molhada na boca, a remar conscienciosamente com o inútil remo azul de brinquedo, através dos raios, trovoadas e da chuva incessante, puxando em sua esteira a linha de pesca com a isca na ponta. Yossarian realmente não tinha a menor dúvida sobre a capacidade de sobrevivência de Orr. Se fosse possível apanhar algum peixe com aquela linha de pesca, Orr certamente o apanharia. E se fosse bacalhau que Orr estivesse querendo, então apanharia um bacalhau, mesmo que nunca antes se houvesse pescado um bacalhau naquelas águas. Yossarian pôs outra lata de sopa para esquentar e tomou-a também, quando ficou quente. Cada vez que ouvia uma porta de viatura batendo, Yossarian sorria esperançoso e virava-se expectante para a entrada da barraca, prestando atenção aos passos. Sabia que a qualquer momento Orr entraria na barraca, encharcado de chuva, parecendo ridiculamente com um pescador de ostras da Nova Inglaterra, numa capa impermeável amarela, grande demais para a sua estatura, e levantando orgulhosamente, para o divertimento de Yossarian, um imenso bacalhau por ele pescado. Mas a noite passou e Orr não apareceu.

29
Peckem

Não houve também nenhuma notícia de Orr no dia seguinte. O sargento Whitcomb, com eficiência louvável e esperança considerável, fez uma anotação em sua agenda para enviar uma carta de condolências, com a assinatura do coronel Cathcart, ao parente mais próximo de Orr, depois que tivessem decorrido mais nove dias. Não houve notícias de Orr, mas houve notícias do quartel-general do general Peckem, e Yossarian de calção e cueca foi arrastado pela multidão de oficiais e graduados, que se juntou, numa confusão mal-humorada, diante do quadro de avisos.

– Pode dizer-me o que há de diferente neste domingo? – indagou Hungry Joe, irritado, ao chefe White Halfoat. – Por que não vamos ter uma parada neste domingo, se não temos uma parada em nenhum domingo? Hein? Hein?

Yossarian abriu caminho até o quadro de avisos e deixou escapar um gemido longo e angustiado ao ler o aviso lacônico que ali estava afixado:

Devido a circunstâncias além do meu controle,
não haverá parada na tarde do próximo domingo.

CORONEL SCHEISSKOPF

Dobbs estava certo. Eles estavam enviando todo mundo para o exterior, até mesmo o tenente Scheisskopf, que resistira à transferência com todo o vigor e sabedoria de que dispunha e que se apresentara ao serviço no gabinete do general Peckem tomado por um descontentamento sombrio.

O general Peckem recebeu o coronel Scheisskopf com uma satisfação efusiva, declarando logo o prazer que sentia ao tê-lo a seu lado. E sentia mesmo, pois um coronel adicional em seu Estado-Maior significava que ele podia agora começar a reclamar dois majores adicionais, quatro capitães adicionais, dezesseis tenentes adicionais e incontáveis quantidades de praças e graduados adicionais, além de máquinas de escrever, mesas, arquivos, viaturas e outros equipamentos e suprimentos, que contribuiriam para fortalecer o prestígio da sua posição e aumentariam o seu poder de ataque na guerra que declarara ao general Dreedle. Tinha agora dois coronéis sob as suas ordens. O general Dreedle tinha apenas cinco, sendo que quatro eram comandantes de unidades de combate. Quase sem precisar recorrer a intriga alguma, o general Peckem executara uma manobra de mestre, que iria dobrar a sua força. E o general Dreedle andava se embriagando cada vez mais frequentemente. O futuro parecia maravilhoso e o general Peckem contemplou seu novo coronel encantado, com um sorriso radiante.

Em todos os assuntos de importância, o general P. P. Peckem era, como ele sempre ressaltava quando estava prestes a criticar publicamente o trabalho de alguém, um realista. Era um homem ainda bonito, de pele rosada, aos 53 anos de idade. Suas atitudes eram sempre relaxadas e tranquilas, o uniforme sob medida. Tinha cabelos grisalhos, os olhos ligeiramente míopes, os lábios finos, salientes e sensuais. Era um homem perspicaz, afável e sofisticado, que era sensível às fraquezas de todo mundo, menos às suas, achando que todos eram absurdos menos ele. O general Peckem era extremamente exigente em questões de bom gosto e estilo. Estava sempre *aumentando* as coisas. Os acontecimentos próximos nunca estavam apenas se *aproximando*, tinham que ser invariavelmente *iminentes*. Não era verdade que ele tivesse escrito *um* memorando elogiando a si mesmo e recomendando que sua autoridade fosse *ampliada* para *abarcar* todas as operações de combate; ele escrevia *memorandos*. A prosa dos memorandos dos outros oficiais era sempre *bombástica*, *empolgada* e *ambígua*. Os erros dos outros eram inevitavelmente *deploráveis*. Os regulamentos eram *coercivos* e suas informações não vinham de uma fonte, mas *provinham* de diversas fontes. O general Peckem era frequentemente *cerceado*. As coisas muitas vezes lhe eram *incumbidas* e ele tinha que agir com a *maior relutância*. Nunca lhe escapava à memória que nem o branco nem o preto eram cores e ele nunca usava a palavra *verbal* quando queria dizer *oral*. Podia citar fluentemente trechos de Platão, Nietzsche, Montaigne, Theodore Roosevelt, Marquês de Sade e Warren G. Harding. Uma audiência virgem como o coronel Scheisskopf era matéria-prima para o moinho do general Peckem, uma oportunidade estimulante para abrir as comportas do seu tesouro espantoso de erudição, formado por trocadilhos, pilhérias, maledicências, homilias, anedotas, provérbios, epigramas, apotegmas, *bons mots* e outros ditos de peso. Ele se mostrou radiante ao orientar o coronel Scheisskopf em seu novo ambiente. Com bom humor, observando atentamente o efeito de suas palavras, comentou:

– Meu único defeito é não ter defeitos.

O coronel Scheisskopf não riu e o general Peckem ficou aturdido. Uma dúvida intensa abateu o seu entusiasmo. Acabara de abrir fogo com um dos seus paradoxos mais dignos de confiança e ficou alarmado por não ver o menor esboço de reconhecimento à chacota no rosto impenetrável do coronel Scheisskopf, que subitamente fez com que lembrasse, por sua cor e textura, de um apagador ainda não usado. Talvez o coronel Scheisskopf estivesse cansado, disse para si mesmo o general Peckem, indulgentemente. Fizera uma longa viagem e tudo ali lhe era estranho. A atitude do general Peckem em relação a todos os homens sob o seu comando, oficiais, graduados e praças, era caracterizada por um espírito de tolerância e permissividade. Dizia sempre que, se as pessoas que trabalhavam para ele se antecipavam aos seus pensamentos, ele as antecipava ainda mais. O resultado, como ele sempre acrescentava com uma risadinha ladina, era que nunca ocorria um encontro de pensamentos. O general Peckem considerava-se um esteta e intelectual. Quando as pessoas discordavam dele, recomendava-lhes que fossem *objetivas*.

E foi de fato um Peckem objetivo que lançou um olhar encorajador para o coronel Scheisskopf e retomou sua doutrinação com uma atitude de magnânimo perdão.

– Chegou aqui bem a tempo, Scheisskopf. A ofensiva de verão definhou, graças à incompetência do comando que impusemos às nossas tropas. Tenho necessidade agora, desesperada, de um oficial duro, experiente e competente como você para ajudar a preparar os memorandos de que dependemos tão vitalmente para mostrar às pessoas como somos capazes e quanto trabalho estamos realizando. Espero que você seja um autor prolífico.

– Nada sei sobre escrever – retrucou o coronel Scheisskopf, sombriamente.

– Pois não deixe que isso o perturbe – continuou o general Peckem, com uma torção negligente do pulso. – Apenas encarregue alguém mais do trabalho que eu lhe atribuir e confie na sorte. Chamamos a isso de delegação de responsabilidade. Em algum lugar, nos níveis inferiores dessa organização coordenada que eu comando, há pessoas que fazem o trabalho de que são incumbidas e as coisas assim fluem sem maiores dificuldades e sem exigir um grande esforço da minha parte. Acredito que é por isso que sou um bom executivo. Nada do que fazemos neste nosso grande setor é de fato importante e, por isso, não há a menor necessidade de precipitação. Por outro lado, é da maior importância que as pessoas pensem que estamos realizando um trabalho imprescindível e incomensurável. Informe-me imediatamente se estiver precisando de mais auxiliares. Já apresentei uma requisição para dois majores, quatro capitães e 16 tenentes, que lhe irão dar uma mãozinha. Já que nada do trabalho que fazemos é importante, precisamos dar a impressão de que o consideramos da maior importância e a ele nos dedicamos com afinco. Não concorda?

– E o que me diz das paradas? – indagou inesperadamente o coronel Scheisskopf.

– Que paradas? – indagou o general Peckem, desconcertado, sentindo que sua dissertação não atingira o alvo.

– Não poderei organizar paradas em todas as tardes de domingo?

– Não, claro que não. Quem lhe deu essa ideia?

– Mas eles disseram que eu poderia!

– Quem?

– Os oficiais que me mandaram para o exterior. Disseram-me que eu poderia fazer os homens marcharem toda vez que quisesse.

– Pois mentiram para você.

– Não foi justo, senhor.

– Sinto muito, Scheisskopf. Estou disposto a fazer tudo o que for possível para fazê-lo feliz, enquanto estiver aqui. Mas as paradas estão fora de cogitação. Não dispomos de homens suficientes em nossa própria organização para realizarmos uma parada e as unidades de combate se levantariam em rebelião aberta se as obrigássemos a marchar. Receio que terá de esperar um pouco, até ganharmos o controle da situação. Poderá então fazer o que bem desejar com os homens.

– E o que me diz da minha esposa? – indagou o coronel Scheisskopf, desconfiado e mortificado. – Poderei mandar buscá-la, não é?

– Sua esposa? Mas por que você haveria de querer trazê-la para cá?

– Marido e mulher devem estar sempre juntos.

– Isso também está fora de cogitação.

– Mas eles disseram que eu poderia mandar buscá-la!

– Pois lhe mentiram mais uma vez.

– Não tinham o direito de mentir para mim! – protestou o coronel Scheisskopf, os olhos úmidos de indignação.

– Claro que tinham esse direito – retrucou o general Peckem, com uma severidade fria e calculada, resolvendo testar naquele momento a têmpora do seu novo coronel sob fogo cerrado. – Não seja tão idiota, Scheisskopf. As pessoas têm o direito de fazer tudo o que não for proibido por lei e não há nenhuma lei proibindo de mentir a você. E agora não desperdice mais o meu tempo com essas banalidades sentimentais. Entendido?

– Sim, senhor – murmurou o coronel Scheisskopf.

O coronel Scheisskopf murchou pateticamente e o general Peckem agradeceu ao destino por ter lhe enviado um fraco como subordinado. Um homem de brio seria inconcebível. Tendo vencido, o general Peckem afrouxou. Não gostava de humilhar seus homens.

– Se sua esposa fosse uma Wac, eu provavelmente poderia transferi-la para cá. Mas isso é o máximo que posso fazer.

– Ela tem uma amiga que é Wac – disse o coronel Scheisskopf, esperançoso.

– Receio que não seja suficiente. Faça com que a Sra. Scheisskopf se torne uma Wac e poderei então trazê-la para cá. Mas até lá, meu caro coronel, vamos voltar à nossa guerrinha, se não se incomoda. Vou-lhe expor agora, resumidamente, a situação militar com que nos defrontamos.

O general Peckem levantou-se e encaminhou-se para um cavalete giratório, cheio de mapas coloridos. O coronel Scheisskopf empalideceu.

– Não vamos entrar em combate, não é? – choramingou, aterrorizado.

– Oh, não, claro que não! – assegurou-lhe o general Peckem indulgentemente, com uma risada de compaixão. – Por favor, confie em mim, está bem? É por isso que ainda estamos aqui em Roma. Gostaria de estar lá em Florença também, onde poderia manter um contato maior com o ex-PFC Wintergreen. Mas Florença ainda está muito perto da frente de combate para servir-me. – O general Peckem pegou uma vareta de madeira e passou a ponta de borracha de uma costa a outra do mapa da Itália. – Esses, Scheisskopf, são os alemães. Estão firmemente entrincheirados nessas montanhas, na chamada Linha Gótica. Não serão desalojados até o final da próxima primavera, embora isso não impeça os palermas que temos no comando de tentarem. Assim, os nossos Serviços Especiais têm quase nove meses para atingir seu objetivo. E esse objetivo é capturar todos os grupos de bombardeio da Força Aérea dos Estados Unidos. – O general Peckem fez uma pausa, soltando uma risadinha bem-humorada. – Afinal de contas, se lançar bombas em cima do inimigo não é um serviço especial, então não tenho a menor ideia do que possa ser um serviço especial. Não concorda?

O coronel Scheisskopf não deu a menor indicação de que concordasse, mas o general Peckem já estava enlevado demais com a sua própria loquacidade para notar.

– Nossa posição neste exato momento é excelente. Reforços como você continuam a chegar e temos tempo suficiente para planejar a nossa estratégia cuidadosamente. Nosso objetivo imediato está bem aqui.

E o general Peckem deslocou a ponta de borracha para o sul, para a ilha de Pianosa, batendo-a significativamente sobre o nome que ali fora escrito, com um lápis de cera preto. O nome era DREEDLE.

Apertando os olhos, o coronel Scheisskopf aproximou-se do mapa. E, pela primeira vez desde que entrara na sala, uma luz de compreensão bruxuleou em seu rosto impassível.

– Acho que agora estou compreendendo! – exclamou ele. – Sim, agora compreendo. O nosso primeiro objetivo é retomar Dreedle das mãos do inimigo. Certo?

O general Peckem riu indulgentemente.

– Não, Scheisskopf. Dreedle está no nosso lado e Dreedle *é* o inimigo. O general Dreedle comanda quatro grupos de bombardeio, que precisamos capturar para continuarmos em nossa ofensiva. A conquista do general Dreedle nos irá proporcionar os aviões e as bases vitais de que precisamos para levar as nossas operações a outras áreas. E essa batalha, diga-se de passagem, já está quase ganha.

O general Peckem foi até a janela, rindo outra vez. Encostou-se no peitoril, de braços cruzados, imensamente satisfeito com a própria esperteza e com sua desfaçatez inteligente. A hábil escolha das palavras que ele estava demonstrando era extremamente agradável e estimulante. O general Peckem gostava de se ouvir falando, em especial quando estava falando a respeito de si mesmo.

– O general Dreedle simplesmente não sabe como enfrentar-me – gabou-se. – A todo instante, estou invadindo a jurisdição dele com comentários e críticas que realmente não me competem e ele não sabe o que fazer. Quando ele me acusa de tentar solapá-lo, respondo que meu único propósito, ao chamar a atenção para os seus erros, é fortalecer nosso esforço de guerra, com a eliminação da incompetência. Pergunto-lhe então, inocentemente, se por acaso se opõe a incrementar nosso esforço de guerra. Ele resmunga, desespera-se e grita, mas a verdade é que está inteiramente desamparado. O problema dele é estar ultrapassado. E ainda por cima está se transformando num beberrão. O pobre idiota nem mesmo deveria ser um general.

Não tem estilo para isso, absolutamente nenhum. Mas graças a Deus que ele não vai durar muito.

O general Peckem soltou outra risadinha jovial de satisfação e se lançou rapidamente a uma das suas imagens eruditas prediletas:

– Algumas vezes penso em mim mesmo como Fortinbras... Ah! Ah! Ah!... na peça *Hamlet*, de William Shakespeare, que fica rondando interminavelmente em torno da ação, até que tudo se desmorone. Ele então avança, ao final, até o centro da ação, para recolher os destroços para si mesmo. Shakespeare é...

– Não conheço coisa alguma a respeito de peças teatrais – interrompeu-o bruscamente o coronel Scheisskopf.

O general Peckem ficou aturdido. Nunca antes uma referência sua ao bendito *Hamlet* de Shakespeare tinha sido ignorada e pisoteada com tão rude indiferença. Começou a se perguntar, com uma preocupação genuína, que tipo de cabeça de vento o Pentágono lhe impusera.

– Mas do que é que você sabe, afinal? – perguntou ele então, acidamente.

– De paradas – respondeu o coronel Scheisskopf, ansiosamente. – Poderei despachar memorandos a respeito de paradas?

– Contanto que jamais promova nenhuma. – O general Peckem voltou para sua cadeira, com o rosto ainda franzido. – E contanto que isso não interfira com sua atribuição principal que é a de recomendar que a autoridade dos Serviços Especiais seja ampliada para abranger as atividades de combate.

– Posso marcar paradas e depois cancelá-las?

O general Peckem animou-se no mesmo instante.

– Mas isso é uma ideia maravilhosa! Pode emitir comunicados semanais adiando as paradas. Nem mesmo se dê ao trabalho de marcá-las. Assim, será infinitamente mais desconcertante. – O general Peckem estava novamente irradiando uma cordialidade imensa. – Isso mesmo, Scheisskopf. Acho que você realmente descobriu um filão. Afinal de contas, que comandante de unidade de combate nos poderá censurar por comunicar a seus homens que não haverá uma parada no próximo domingo? Estaremos apenas confirmando um fato amplamente sabido. Mas a implicação é maravilhosa, decididamente maravilhosa. Estaremos deixando implícito que podemos marcar uma parada, se assim o desejarmos! Vou gostar muito de você, Scheisskopf. Agora, vá apresentar-se ao coronel Cargill e comunique-lhe sua ideia. Tenho certeza de que vocês dois também irão se dar muito bem.

O coronel Cargill irrompeu no gabinete do general Peckem um minuto depois, num furor de tímido ressentimento.

– Estou aqui há mais tempo que Scheisskopf – queixou-se. – Por que não posso ser eu o encarregado de cancelar as paradas que não foram marcadas?

– Porque Scheisskopf possui uma larga experiência com paradas e você não. Pode cancelar os espetáculos do USO, se assim o desejar. Pensando bem, por que não o faz? Pense em todos os lugares onde não haverá um espetáculo do USO num determinado dia. Pense em todos os lugares que jamais serão visitados pelos grandes nomes do show business. Cargill, acho que você encontrou um excelente filão. Creio que acaba de abrir uma imensa área nova de operações para nós. Diga ao coronel Scheisskopf que quero que ele trabalhe sob a sua supervisão nesse setor. E mande-o falar comigo quando acabar de dar-lhe as instruções necessárias.

– O coronel Cargill disse que queria que eu trabalhasse sob a supervisão dele no projeto do USO – queixou-se o coronel Scheisskopf.

– Eu jamais disse tal coisa – garantiu o general Peckem. – Aqui entre nós, Scheisskopf, não ando muito satisfeito com o coronel Cargill. Ele é mandão e lerdo. Gostaria de que ficasse de olho no que ele faz e tentasse forçá-lo a trabalhar mais um pouco.

– Ele fica se intrometendo o tempo todo – queixou-se o coronel Cargill. – Não me deixa fazer trabalho nenhum.

– Há de fato algo muito estranho em Scheisskopf – concordou o general Peckem, pensativo. – Fique de olho e veja se descobre o que está querendo.

– Agora, ele está se intrometendo no *meu* trabalho! – queixou-se o coronel Scheisskopf.

– Não deixe que isso o preocupe, Scheisskopf. – O general Peckem congratulou-se pela maneira hábil com que adaptara o coronel

Scheisskopf a seu método-padrão de operação. Os dois coronéis já quase não se falavam. – O coronel Cargill o inveja por causa do esplêndido trabalho que está realizando com as paradas. Receia que eu vá entregar-lhe o comando dos bombardeios padronizados.

O coronel Scheisskopf estava alerta.

– E o que são bombardeios padronizados?

– Bombardeios padronizados? – repetiu o general Peckem, radiante de autossatisfação. – *Bombardeios padronizados* é uma expressão que imaginei há algumas semanas. Não significa absolutamente nada, mas ficaria surpreso se soubesse como o conceito rapidamente se disseminou. Uma porção de pessoas está convencida de que eu considero da maior importância que as bombas estourem bem juntas, a fim de proporcionar uma boa fotografia aérea. Há um coronel lá em Pianosa que não se preocupa com outra coisa, não se importando de atingir o alvo ou não. Vamos voar até lá hoje e nos divertir um pouco com ele. O coronel Cargill vai ficar com ciúmes. Além do mais, eu soube por Wintergreen que o general Dreedle estará na Sardenha. E o general Dreedle ficará furioso ao descobrir que andei inspecionando uma das suas unidades, enquanto ele inspecionava outra. Podemos até chegar lá a tempo das instruções para uma nova missão. Vão bombardear uma pequena aldeia indefesa, reduzindo a escombros toda a comunidade. Eu soube por Wintergreen, que, por falar nisso, já é agora um ex-sargento. Ele disse que a missão é inteiramente desnecessária. Seu único propósito é adiar a chegada dos reforços alemães, num momento em que nem estamos planejando uma ofensiva. Mas é isso o que acontece quando se colocam pessoas medíocres em posições de comando. – Fez um gesto lânguido na direção do seu gigantesco mapa da Itália e acrescentou: – A tal aldeia nas montanhas é tão insignificante que nem mesmo consta do mapa.

Os dois chegaram ao quartel-general do Grupo sob o comando do coronel Cathcart tarde demais para assistirem às instruções preliminares e ouvirem o major Danby insistir:

– Mas garanto que está lá! Está mesmo!

– Onde? – indagou Dunbar, numa atitude desafiadora, fingindo não ver.

– Está bem aqui no mapa, onde a estrada faz esta pequena curva. Não podem ver esta pequena curva na estrada no mapa de vocês?

– Não, eu não consigo ver nada.

– Pois eu posso ver – disse Havermeyer, voluntariamente, marcando o local no mapa de Dunbar. – E aqui temos uma boa vista panorâmica da aldeia, nessas fotografias. Estou entendendo tudo perfeitamente. O objetivo da missão é destruir a aldeia inteira e provocar um desmoronamento da encosta da montanha, criando um bloqueio na estrada que os alemães terão de remover. É isso mesmo?

– Certíssimo – confirmou o major Danby, enxugando a testa suada com um lenço. – Fico satisfeito em ver que alguém aqui está começando a compreender as coisas. Essas duas divisões blindadas virão da Áustria para a Itália através dessa estrada. A aldeia está construída numa encosta tão íngreme que os escombros de todas as casas e outros prédios que vocês destruírem irão certamente desmoronar nesta direção, empilhando-se no meio da estrada.

– E que diferença isso vai fazer? – indagou Dunbar, enquanto Yossarian observava-o emocionado, com uma mistura de respeito e adulação. – Os alemães vão precisar de apenas dois dias para limpar a estrada.

O major Danby procurou evitar uma discussão. Seu tom era conciliador ao responder:

– Aparentemente faz alguma diferença para o quartel-general. Deve ser por isso que eles ordenaram a missão.

– Os moradores da aldeia já foram avisados? – perguntou McWatt.

O major Danby ficou espantado ao descobrir que até McWatt estava levantando objeções.

– Não, acho que não.

– Não lançamos na área nenhum volante informando que desta vez iríamos levantar voo para destruir a aldeia? – perguntou Yossarian. – Não podemos avisá-los para saírem de lá, para não ficarem em nosso caminho?

– Não, acho que não. – O major Danby estava agora suando ainda mais profusamente e os olhos inquietos chispavam de um homem para outro. – Os alemães poderiam descobrir e escolher outra estrada. Mas não tenho certeza quanto a essa parte. Estou apenas fazendo suposições.

– Eles nem mesmo irão procurar um abrigo – alegou Dunbar, amargamente. – Vão sair para as ruas e acenar quando virem nossos aviões chegando. Lá estarão todas as crianças, cachorros e velhos. Ó Deus! Por que não podemos deixá-los em paz?

– Por que não fazemos o bloqueio da estrada em algum outro ponto? – questionou McWatt. – Por que tem de ser logo ali?

– Não sei – respondeu o major Danby, com um ar infeliz. – Simplesmente não sei. Escutem, rapazes, temos que ter alguma confiança nos homens que estão acima de nós e que nos dão essas ordens. Eles sabem perfeitamente o que estão fazendo.

– Sabem coisa nenhuma! – berrou Dunbar.

– Qual é o problema? – perguntou o coronel Korn, entrando calmamente, com as mãos nos bolsos e a camisa para fora da calça.

– Oh, não há problema nenhum, coronel! – assegurou nervosamente o major Danby, procurando disfarçar a situação. – Estávamos apenas discutindo a missão.

– Eles não querem bombardear a aldeia – informou Havermeyer com uma risadinha, entregando o major Danby.

– Seu filho da puta! – disse Yossarian para Havermeyer.

– Deixe Havermeyer em paz – ordenou o coronel Korn a Yossarian, rispidamente. Ele reconheceu em Yossarian o bêbado que o abordara truculentamente no clube dos oficiais, uma noite antes da primeira missão a Bolonha, e prudentemente desviou a sua fúria para Dunbar. – Por que você não quer bombardear a aldeia?

– Porque é uma crueldade.

– Uma crueldade? – repetiu o coronel Korn com um bom humor gélido, por um assustado por um momento pela hostilidade veemente e franca de Dunbar. – Seria menos crueldade deixar que essas duas divisões alemãs se lançassem contra as nossas tropas? Não se esqueça de que há vidas americanas em jogo. Ou prefere que o sangue derramado seja americano?

– O sangue americano está sendo derramado de qualquer maneira. E acontece que as pessoas lá de cima estão vivendo em paz. Por que não podemos deixar que elas continuem a viver em paz?

– Para você, é fácil falar – escarneceu o coronel Korn. – Está seguro aqui em Pianosa e não faz a menor diferença para você a chegada ou não daqueles reforços alemães, não é mesmo?

Dunbar ficou vermelho de embaraço e respondeu com a voz já na defensiva:

– Mas por que não podemos criar o bloqueio na estrada em algum outro ponto? Por que não podemos bombardear apenas a encosta da montanha ou então a própria estrada?

– Será que prefere voltar a Bolonha? – A pergunta foi feita em voz baixa, mas ecoou como um estrondo insuportável e provocou um silêncio imediato, constrangido e ameaçador. Yossarian, envergonhado, rezou ardentemente para que Dunbar resolvesse ficar de boca fechada. Dunbar baixou os olhos, e o coronel Korn compreendeu que ganhara a batalha. – Não, eu sabia que não – continuou ele, com um desdém indisfarçável. – O coronel Cathcart e eu nos damos a muito trabalho para lhes arrumar uma missão fácil como esta. Mas se vocês preferem voar missões a Bolonha, Spezia e Ferrara, poderemos providenciá-las sem a menor dificuldade. – Os olhos brilhavam perigosamente por trás dos óculos sem aros e o queixo indistinto estava bastante apertado. – Se preferem isso, basta me dizerem.

– Eu prefiro – declarou Havermeyer ansiosamente, com outra risadinha arrogante. – Gostaria de voar direto para Bolonha, olhando para o visor das bombas e escutando todas as granadas antiaéreas explodindo a meu redor. Fico na maior alegria quando os homens investem contra mim depois da missão e me xingam de tudo que é palavrão. Até mesmo os graduados ficam furiosos e com vontade de me bater.

O coronel Korn deu um sorriso jovial para Havermeyer, ignorando-o em seguida, e dirigindo-se a Dunbar e Yossarian, num tom seco e monótono:

– Têm a minha palavra de honra de que ninguém fica mais angustiado por causa daqueles carcamanos lá nas montanhas do que o coronel Cathcart e eu. *Mais c'est la guerre!* Tentem lembrar-se de que não fomos nós que começamos esta guerra e sim a própria Itália. Não fomos nós os agressores e sim a Itália. E possivelmente não poderíamos infligir tanta crueldade aos italianos, alemães, russos e chineses como eles já estão infligindo a si próprios. – O coronel Korn fez uma pausa e deu um tapinha amistoso no ombro do major Danby, sem alterar a sua expressão inamistosa. – Continue com as instruções, Danby. E procure certificar-se de que eles compreendam a importância de um bombardeio padronizado compacto.

– Oh, não, coronel! – disse impulsivamente o major Danby, piscando os olhos repetidas vezes. – Não para esse alvo. Eu lhes disse que espaçassem as bombas por uma distância mínima de 20 metros, a fim de criarmos um bloqueio que cubra todo a extensão da aldeia e não apenas num pequeno trecho. Um bombardeio padronizado disperso provocará um bloqueio muito mais eficaz.

– Não estamos de modo algum preocupados com o bloqueio da estrada! – informou-lhe rispidamente o coronel Korn. – O coronel Cathcart quer ter uma fotografia aérea impecável desta missão, da qual não se envergonhe de enviar pelos canais competentes. Não se esqueça de que o general Peckem estará presente à reunião para as instruções finais e sabe perfeitamente o que ele pensa a respeito dos bombardeios padronizados. E por falar nisso, major, é melhor apressar-se com esses detalhes e sair daqui antes que ele chegue. O general Peckem não o suporta.

– Oh, não, coronel! – corrigiu-o o major Danby, delicadamente. – É o general Dreedle que não me suporta.

– O general Peckem também não o suporta. Para dizer a verdade, ninguém consegue suportá-lo. Acabe logo com isso, Danby, e desapareça. Tomarei conta de tudo.

– Onde está o major Danby? – perguntou o coronel Cathcart, ao chegar para as instruções finais, acompanhado pelo general Peckem e pelo coronel Scheisskopf.

– Ele pediu permissão para retirar-se assim que o viu aproximando-se – explicou o coronel Korn. – Receia que o general Peckem não o aprecie. De qualquer forma, eu ia mesmo comandar a reunião. Faço um trabalho muito melhor.

– Esplêndido! – disse o coronel Cathcart. E um instante depois, ao se recordar do excelente desempenho do coronel Korn na presença do general Dreedle, na sessão de instruções da primeira missão a Avignon, o coronel Cathcart tratou de dar uma contra ordem: – Não! Eu cuidarei de tudo pessoalmente.

O coronel Cathcart animou-se com a certeza de que era um dos favoritos do general Peckem e assumiu o comando da reunião, pronunciando as palavras incisivamente para a audiência atenta de oficiais subordinados, com a rispidez desapaixonada que apreendera do general Dreedle. Sabia que fazia uma excelente figura ali na plataforma, com a camisa aberta no pescoço, a piteira na mão, os cabelos pretos encaracolados cortados rente e grisalhos nas têmporas. E foi indo tranquilamente, até mesmo imitando certos erros de pronúncia do general Dreedle, sem se deixar intimidar pela presença do general Peckem. Até que, de súbito, recordou-se de que o general Peckem detestava o general Dreedle. Sua voz então titubeou e ele perdeu inteiramente a confiança em si. Continuou, porém, aos tropeções, por puro instinto, ardendo de humilhação. Estava subitamente aterrorizado com o coronel Scheisskopf. Outro coronel na mesma área significava outro rival, outro inimigo, outra pessoa que o odiava. E aquele era dos mais duros! Um pensamento horripilante ocorreu ao coronel Cathcart: e se o coronel Scheisskopf já tivesse subornado todos os homens que ali estavam para começarem a gemer, como acontecera durante a reunião de instrução da primeira missão a Avignon? Como ele conseguiria fazer com que silenciassem? Que terrível fracasso isso não seria! O coronel Cathcart ficou tão apavorado que quase suplicou a ajuda do coronel Korn. Mas, de alguma forma, conseguiu controlar-se e sincronizou os relógios. Ao acabar, sabia que vencera, pois podia agora encerrar a reunião a qualquer momento. Ele conseguira superar-se num momento de crise. Sentiu vontade de rir na cara do coronel Scheisskopf, em triunfo e desprezo. Demonstrara brilhantemente a sua capacidade sob pressão.

E concluiu a reunião com um chamamento, que o instinto lhe disse ser uma obra-prima de tato e sutileza eloquentes:

– Rapazes, temos hoje conosco um convidado eminente, o general Peckem, dos Serviços Especiais, o homem responsável pelos nossos tacos de beisebol, revistas em quadrinhos e espetáculos do USO. E quero dedicar esta missão a ele. Saiam e bombardeiem aquela aldeia... por mim, pelo país, por Deus e por esse grande americano, o general P. P. Peckem! E não se esqueçam de acertar todas as bombas num espaço do tamanho de uma moeda!

30
Dunbar

Yossarian não se importava mais com o lugar onde as suas bombas iam cair. Só não queria ir tão longe quanto Dunbar, que lançou suas bombas centenas de metros além da aldeia e que por isso poderia ser submetido a uma corte marcial, se ficasse provado que o fizera deliberadamente. Sem dizer uma só palavra a ninguém, nem mesmo a Yossarian, Dunbar lavara as mãos na missão. Era evidente agora que a queda no hospital fizera-o ver a luz ou então lhe soltara os parafusos irremediavelmente. Mas era impossível determinar com exatidão o que acontecera.

Dunbar quase não ria mais e parecia estar se consumindo aos poucos. Rosnava beligerantemente para os oficiais superiores, até mesmo para o major Danby, mostrando-se ríspido, grosseiro e profano na presença do capelão, que agora sentia medo de Dunbar e que parecia também estar se consumindo. A peregrinação do capelão a Wintergreen fora infrutífera; apenas outro santuário que estava vazio. Wintergreen estava inclusive ocupado demais para receber pessoalmente o capelão. Um assistente petulante dera de presente ao capelão um isqueiro Zippo roubado, informando-o com um ar condescendente que Wintergreen andava preocupado demais com as atividades de guerra para poder pensar em problemas tão banais como o número de missões que os homens tinham de voar. O capelão preocupava-se com Dunbar e pensava cada vez mais em Yossarian, agora que Orr já se fora. Para o capelão, que vivia sozinho numa barraca espaçosa, encerrando-se todas as noites em sua solidão como se estivesse se fechando numa tumba, parecia inacreditável que Yossarian realmente preferisse viver sozinho, recusando todo e qualquer possível companheiro de barraca.

Como bombardeador de vanguarda, Yossarian voltara a ter McWatt como piloto. O que era um consolo, apesar de, mesmo assim, ele ainda sentir-se inteiramente indefeso. Simplesmente não tinha como reagir. De sua posição no nariz do avião, nem mesmo podia ver McWatt e o copiloto. Tudo o que ele podia ver era Aarfy, com cuja inépcia ele finalmente perdera a paciência. Em todos os voos, havia sempre muitos minutos de fúria e frustração angustiantes, quando ele ansiava em ser rebaixado para uma asa do avião, num compartimento com uma metralhadora carregada, em lugar do visor de bombas de precisão, do qual ele realmente não necessitava. Poderia segurar a metralhadora pesada, calibre 50, de modo vingativo, com as duas mãos, disparando-a selvagemente contra todos os demônios que o tiranizavam: contra as nuvens de fumaça preta das explosões das granadas antiaéreas; contra os artilheiros antiaéreos alemães lá embaixo, que ele nem mesmo podia ver e possivelmente não poderia ferir com sua metralhadora, ainda que a disparasse; contra Appleby e Havermeyer, no avião da frente, a conduzir os demais, seguindo sem qualquer medo diretamente para o objetivo, na terceira missão a Bolonha, quando a barragem antiaérea de 244 canhões avariara um dos motores do avião de Orr e obrigara-o a pousar no mar, entre Gênova e La Spezia, pouco antes de irromper uma rápida tempestade.

Na verdade, não havia muita coisa que ele pudesse fazer com aquela metralhadora pesada, a não ser carregá-la e experimentá-la com algumas rajadas. Talvez pudesse tê-la usado para atacar os caças alemães, só que simplesmente não existiam mais caças alemães. E nem mesmo poderia apontar a metralhadora para as caras desoladas de pilotos como Huple e Dobbs, ordenando-lhes que voltassem a terra como uma vez fizera com Kid Sampson. Fora exatamente isso o que ele desejara fazer com Dobbs e Huple, naquela primeira e terrível missão a Avignon, no momento em que compreendera a situação fantástica em que estava metido, ao se ver no ar com Dobbs e Huple nos comandos do avião e com Appleby e Havermeyer a conduzirem o avião-líder. Dobbs e Huple? Huple e Dobbs? Mas quem eram eles? Mas que loucura absurda flutuar no ar inconsistente, a 3 mil metros de altitude, dentro de um ínfimo pedaço de metal, defendido da morte apenas pela perícia e inteligência escassas de dois estranhos insípidos, um garoto imberbe chamado Huple e um doido frenético como Dobbs? E Dobbs realmente se descontrolara lá no alto, perdendo a cabeça sobre o objetivo, arrancando os controles das mãos de Huple para lançar a todos naquele mergulho apavorante, bem de volta ao meio da cerrada barragem antiaérea da qual já tinham escapado. Yossarian fora jogado de um lado para outro e tudo que soubera fora que outro desconhecido, Snowden, estava morrendo na cauda do avião. Era impossível assegurar que fora Dobbs quem o matara. Quando Yossarian voltara a pôr os fones nos ouvidos, arrancados durante o mergulho, Dobbs já estava suplicando pelo sistema de intercomunicação que alguém fosse até o nariz do avião para socorrer o bombardeador. E quase que imediatamente Snowden entrara no sistema de intercomunicação e choramingara:

– Por favor, ajudem-me! Estou com frio! Estou com frio!

E Yossarian se arrastara lentamente pelo corredor entre o compartimento do nariz e o compartimento das bombas e fora até a cauda do avião, voltando para buscar uma caixa de primeiros socorros, que se esquecera de levar. Mas o ferimento de Snowden era do tipo grave, um buraco fundo como um abismo, ensanguentado, do tamanho de uma bola de futebol americano, na coxa. As fibras do músculo, intatas, ensopadas de sangue, pulsavam estranhamente, como se tivessem vida própria, dentro do ferimento oval, com quase 30 centímetros de comprimento. E Yossarian gemera de choque e consternação no instante em que vira o ferimento. E quase vomitara também.

Era verdade, a longo prazo, ele estava mais seguro com McWatt. E nem mesmo estava de todo seguro com McWatt, que gostava demais de voar e dera rasantes temerários, a poucos centímetros do chão, com Yossarian no nariz do avião, na volta do voo de treinamento, com a tripulação inteira de substitutos que o coronel Cathcart providenciara, depois do desaparecimento de Orr. O exercício de bombardeio foi realizado do outro lado de Pianosa. Na volta, McWatt raspara a barriga do avião na crista das montanhas que ficavam no centro da ilha. Depois, em vez de manter a altitude, McWatt inverteu os motores e levantou uma asa, começando a descer, acompanhando a encosta da montanha, sacudindo as asas alegremente e levantando o avião com um rugido a cada elevação, para logo voltar a mergulhar na depressão seguinte, como uma gaivota tonta sobrevoando ondas revoltas. Yossarian ficou aterrorizado. O novo bombardeador, sentado ao lado dele, tinha um sorriso encantado no rosto e assoviava com alegria, entusiasmado com aquele voo desvairado. Yossarian sentiu vontade de esmagar aquele rosto idiota a socos, enquanto se encolhia apavorado diante dos pedregulhos e árvores que assomavam à sua frente e sumiam por baixo dele, vertiginosamente, como um borrão. Ninguém tinha o direito de arriscar a vida dele daquela maneira!

– Suba! Suba! Suba! – gritou de maneira frenética Yossarian para McWatt, odiando-o intensamente.

Mas McWatt estava cantando efusivamente pelo sistema de intercomunicação, e provavelmente não o ouviu. Ardendo de raiva e quase soluçando de sede de vingança, Yossarian se arrastara pelo corredor estreito, lutando contra o peso quase insuportável da gravidade e da inércia, até chegar ao corpo principal do avião e seguir para a cabine de comando, parando, trêmulo, atrás de McWatt, no assento do piloto. Olhou ao redor, desesperadamente, à procura de uma arma, uma automática .45 escura e sombria, que pudesse desferir contra a base do crânio de McWatt. Mas não havia nenhuma automática por ali. Como também não havia nenhuma faca de caça. Nenhuma arma, enfim, com que ele pudesse bater ou esfaquear McWatt. Yossarian então agarrou e sacudiu a gola do macacão de voo de McWatt, gritando-lhe para que subisse com o avião. A terra ainda deslizava vertiginosamente por baixo deles e dos dois lados. McWatt olhou para trás e viu Yossarian, começando a rir jovialmente, como se pensasse que Yossarian estivesse partilhando do seu divertimento. Yossarian abaixou as mãos até a garganta de McWatt e apertou. McWatt ficou rígido.

– Suba – ordenou Yossarian, através dos dentes cerrados, a voz baixa e ameaçadora. – Suba ou eu o matarei.

Tenso, McWatt começou aos poucos a subir. As mãos de Yossarian afrouxaram o aperto no pescoço de McWatt e lentamente foram deslizando para os ombros dele, onde ficaram caídas, inertes. Yossarian já não estava mais com raiva. Sentia-se envergonhado. Quando McWatt virou-se, Yossarian lamentou que as mãos fossem dele e desejou que estivessem em algum outro lugar, onde pudesse enterrá-las, pois elas estavam mortas.

McWatt olhou-o fixamente. Não havia o menor indício de amizade em seus olhos. E a voz era fria quando ele disse:

– Rapaz, você está mesmo muito mal! Devia ir para casa.

– Eles não me deixam voltar! – murmurou Yossarian, evitando-lhe os olhos e afastando-se.

Yossarian saiu da cabine de comando e foi sentar-se no chão lá atrás, baixando a cabeça, com um sentimento de culpa, dominado pelo remorso. Estava encharcado de suor.

Em seguida, McWatt foi para o campo. Yossarian ficou imaginando se McWatt não iria até a barraca de operações para pedir a Piltchard e a Wren que nunca mais designassem Yossarian para o seu avião, assim como Yossarian fora sorrateiramente procurá-los para falar-lhes sobre Dobbs, Huple e Orr, e também, sem sucesso, sobre Aarfy. Nunca antes vira McWatt aborrecido. Pelo contrário, McWatt estava sempre alegre e bem-disposto. Yossarian teve a impressão de que perdera outro amigo.

Mas, para lhe tranquilizar, McWatt piscou-lhe ao saírem do avião e foi zombando de modo jovial do piloto e bombardeador, novos e crédulos, durante a viagem de jipe de volta ao acampamento. Mas não dirigiu uma só palavra a Yossarian até depois de os quatro terem devolvido os paraquedas e se separado. Ele e Yossarian seguiram então lado a lado, na direção das barracas de alojamento. O rosto com sardas salpicadas de McWatt, misto de irlandês e escocês, abriu-se então num sorriso e ele deu um soco de brincadeira nas costelas de Yossarian.

– Seu nojento! – murmurou ele, alegremente. – Ia mesmo me matar lá em cima?

Yossarian sorriu, com uma expressão de arrependimento, e balançou a cabeça.

– Não, acho que não.

– Não imaginava que você estivesse tão mal assim! Por que não fala com alguém sobre isso?

– Já falei com todo mundo! Que diabo há com você? Será que nunca me ouviu?

– Acho que nunca acreditei realmente no que dizia.

– Você nunca sente medo?

– Eu devia sentir, não é?

– Nem mesmo durante as missões?

– Talvez eu não tenha bastante cabeça para ter medo – comentou McWatt, encabulado e soltando uma risada constrangida.

– Já há tantas maneiras de eu ser morto e você ainda tinha que inventar mais uma – disse Yossarian. McWatt sorriu novamente.

– Ei, aposto que você fica apavorado quando passo num voo rasante por cima da barraca, não é?

– Eu morro de medo. Já lhe disse.

– Pensei que você se queixava só por causa do barulho. – McWatt sacudiu os ombros, resignado, antes de continuar. – Bem, acho que vou ter mesmo que parar com essas brincadeiras.

Mas McWatt era incorrigível. Embora nunca mais passasse num voo rasante por cima da barraca de Yossarian, continuou a não perder uma só oportunidade de passar em voo rasante sobre a praia, como um raio, sobrevoando a balsa na água ou a depressão isolada em que Yossarian ficava deitado com a enfermeira Duckett ou jogando cartas com Nately, Dunbar e Hungry Joe. Yossarian encontrava-se com a enfermeira Duckett quase todas as tardes em que os dois estavam de folga. Iam para a praia do outro lado das dunas de areia, isolados do lugar em que os outros oficiais e os graduados e praças tomavam banho de mar inteiramente nus. Nately, Dunbar e Hungry Joe também iam para lá. McWatt aparecia também de vez em quando, e Aarfy o fazia com frequência, sempre de uniforme completo e jamais tirando as roupas, a não ser os sapatos e o quepe. Aarfy nunca tomava banho de mar. Os outros homens usavam calção de banho, em deferência à enfermeira Duckett e também à enfermeira Cramer, que sempre acompanhava Yossarian e sua amiga até a praia, mas ficava sentada à parte, desdenhosamente, a um mínimo de 10 metros de distância. Nenhum deles, à exceção de Aarfy, fazia a menor referência aos homens nus que se esquentavam ao sol ou mergulhavam da balsa enorme, boiando sobre tambores de gasolina vazios, além do banco de areia. A enfermeira Cramer ficava sentada sozinha porque estava com raiva de Yossarian e desapontada com a enfermeira Duckett.

A enfermeira Sue Ann Duckett desprezava Aarfy e essa era uma das suas numerosas qualidades atraentes que Yossarian tanto apreciava. Gostava das pernas compridas e alvas da enfermeira Sue Ann Duckett, do seu traseiro empinado e flexível. Muitas vezes, chegava a esquecer que ela era esguia e frágil da cintura para cima e machucava-a involuntariamente nos momentos mais arrebatados de paixão, abraçando-a com muita força. Adorava a entrega sonolenta dela, quando se deitavam na praia ao anoitecer. Encontrava alívio e consolo na intimidade dela. Sentia uma ânsia irresistível em tocá-la sempre, em manter um contato físico permanente. Gostava de envolver-lhe o tornozelo frouxamente com os dedos, enquanto jogava cartas com Nately, Dunbar e Hungry Joe. Gostava de acariciar leve e amorosamente a penugem de suas coxas lisas e macias, com as costas da mão. Adorava também, sonhadoramente, sensualmente, quase inconscientemente, enfiar sua mão de proprietário nas costas dela, por baixo da tira elástica da parte de cima do maiô de duas peças, a que escondia os seios pequenos, de mamilos grandes. Yossarian adorava a reação serena e lisonjeira da enfermeira Duckett, a fidelidade que ela fazia questão de exibir, orgulhosamente. Hungry Joe também tinha a maior vontade de agarrar a enfermeira Duckett, sendo contido mais de uma vez por um olhar furioso de Yossarian. A enfermeira Duckett flertava com Hungry Joe apenas para mantê-lo inflamado. Mas seus olhos castanhos brilhavam de prazer, cada vez que Yossarian a cutucava rudemente para fazê-la parar.

Os homens jogavam cartas em cima de uma toalha, de uma camiseta ou um cobertor. A enfermeira Duckett ficava embaralhando o baralho extra, as costas apoiadas numa duna. Quando estava fazendo isso, ficava se mirando num espelhinho, passando rímel nas pestanas avermelhadas, numa tentativa de alongá-las permanentemente. De vez em quando, conseguia marcar as cartas ou estragar o baralho de uma maneira que os homens só percebiam muito depois de terem começado o jogo. Ela ria com prazer, gratificada, quando eles jogavam as cartas em cima dela e batiam-lhe com força nas pernas e braços, xigando-a de todos os nomes possíveis e advertindo-a para não os atrapalhar mais. Sempre que os homens se concentravam para tomar uma decisão no jogo, ela se punha a dizer bobagens. Ficava corada de alegria, quando eles lhe davam cascudos nos braços e nas pernas, ordenando-lhe que parasse. A enfermeira Duckett exultava de satisfação quando Yossarian e os outros contemplavam-na. Experimentava uma sensação intensa e agradável de bem-estar, ao pensar que havia tantos rapazes e homens nus do outro lado daquelas dunas de areia. Precisava apenas esticar o pescoço ou se levantar, sob algum pretexto, para ver trinta ou quarenta machos despidos, tomando banho de sol ou jogando bola. Seu próprio corpo era-lhe uma coisa tão familiar e sem nada de excepcional que ela ficava desconcertada com o êxtase convulsivo que os homens podiam extrair dele, pela necessidade intensa e divertida que tinham de apenas tocá-la, apertá-la, abraçá-la, esfregá-la, acariciá-la. Não compreendia o desejo intenso de Yossarian, mas aceitava a palavra dele e atendia-o complacentemente.

De noite, quando estava dominado por um desejo intenso demais, Yossarian levava a enfermeira Duckett para a praia, com dois cobertores. E apreciava imensamente fazer-lhe amor, ambos quase que inteiramente vestidos. Mais do que apreciava o sexo com todas aquelas mulheres completamente nuas e amorais de Roma. Frequentemente eles iam para a praia à noite e não transavam. Ficavam deitados ali, tiritando de frio, entre os cobertores, abraçados, para afastarem o frio úmido e cortante. As noites ficavam cada vez mais escuras e frias, as estrelas brilhavam cada vez mais fracas e cada vez se podia ver menos. A balsa se balançava fantasmagoricamente à luz do luar e parecia estar flutuando para longe. O ar estava impregnado de prenúncios do inverno. Outros homens começaram a construir estufas em suas barracas e foram visitar a de Yossarian, admirando o trabalho de Orr. A enfermeira Duckett ficava extasiada pelo fato de Yossarian não conseguir manter as mãos longe dela quando estavam juntos. Mas ela jamais permitia que ele enfiasse as mãos por dentro do seu maiô durante o dia, quando havia alguém que pudesse ver. Nem mesmo quando a única testemunha era a enfermeira Cramer, que ficava sentada ao longe, em sua duna de areia, levantando o nariz numa atitude de reprovação e fingindo não estar vendo coisa alguma.

A enfermeira Cramer deixara de falar com a enfermeira Duckett, sua melhor amiga, por causa da ligação dela com Yossarian. Mesmo assim, continuava a acompanhar a enfermeira Duckett a toda parte, já que a enfermeira Duckett era a sua melhor amiga. Ela não aprovava Yossarian nem os amigos dele. Quando eles se levantavam e iam nadar com a enfermeira Duckett, ela também se levantava e ia nadar, mantendo sempre a mesma distância mínima de dez metros, mantendo também o seu silêncio e amarrando-lhes a cara, até dentro d'água. Quando riam e jogavam água para o alto, ela ria e jogava água para o alto; quando mergulhavam, ela mergulhava; quando nadavam até o banco de areia e lá descansavam, ela nadava até o banco de areia e lá descansava. Quando saíam do mar, ela saía também. Enxugava os ombros com a sua própria toalha e sentava à parte no seu lugar, as costas eretas, o sol se refletindo em seus cabelos louros como um halo. A enfermeira Cramer estava disposta a falar novamente com a enfermeira Duckett, se a amiga se arrependesse e pedisse desculpas. Mas a enfermeira Duckett preferia as coisas do jeito que estavam. Já há muito tempo que ela sentia vontade de dar um cascudo na enfermeira Cramer, para fazê-la calar-se.

A enfermeira Duckett achava Yossarian maravilhoso e já estava tentando mudá-lo. Adorava contemplá-lo a tirar cochilos rápidos, com o rosto afundado no corpo dela e os braços a enlaçá-la. Gostava também de vê-lo contemplar, com uma expressão desolada, as ondas mansas e serenas que deslizavam suavemente pela areia, subindo até um ou dois metros do lugar em que eles estavam e depois recuando. Mantinha-se reservada nos silêncios dele. Sabia que não o aborrecia e lixava ou pintava as unhas, inteiramente absorvida na tarefa, enquanto ele cochilava ou meditava, a brisa quente da tarde vibrando suavemente na superfície da praia. Ela adorava contemplar as costas de Yossarian, largas e musculosas, sem mancha alguma, a pele bronzeada. Adorava fazê-lo incendiar-se subitamente, engolindo-lhe a orelha com a boca e passando a mão por toda a frente do corpo dele. E adorava fazê-lo arder impaciente e sofrer até o anoitecer, quando então o satisfazia. Depois, ela o beijava apaixonadamente, porque fora capaz de lhe dar tanto prazer.

Yossarian não mais se sentia solitário com a enfermeira Duckett, pois ela sabia perfeitamente como ficar calada e era extremamente caprichosa. Sentia-se assustado e atormentado à visão do oceano vasto e ilimitado. Muitas vezes pensava, tristemente, enquanto a enfermeira Duckett lixava as unhas, em todas as pessoas que haviam morrido no mar. Certamente já seriam mais de um milhão. Onde estariam elas? Que insetos lhes teriam devorado a carne? Ele imaginava a sensação apavorante de impotência ao ter que respirar debaixo d'água. Yossarian ficava acompanhando atentamente os barcos de pesca e as lanchas militares que corriam de um lado para outro, lá longe. Pareciam-lhe totalmente irreais. Não parecia ser possível que pudesse haver homens de tamanho normal dentro daquelas embarcações minúsculas, sempre indo para algum lugar. Olhava na direção de Elba e seus olhos automaticamente esquadrinhavam o céu, à procura da nuvem branca, em forma de nabo, na qual Clevinger desaparecera. Contemplava o céu claro da Itália e pensava em Orr. Clevinger e Orr. Para onde eles teriam ido? Certa vez, Yossarian estava parado num cais de madrugada e vira, de repente, um pedaço de tronco trazido pela maré virar, descobrindo inesperadamente o rosto inchado de um homem afogado. Fora a primeira pessoa morta que ele vira. E Yossarian ansiou pela vida e agarrou sofregamente a carne da enfermeira Duckett. Ele examinava apreensivo cada objeto que flutuava, à espera de algum sinal horrendo de Clevinger ou de Orr, sempre preparado para o choque mórbido. Mas não contava absolutamente com o choque que McWatt lhe deu um dia, surgindo subitamente com o seu avião a rugir, da quietude distante, e cortando um rasante implacável pela praia e depois sobre a balsa, na qual Kid Sampson, louro e pálido, o corpo esquelético mesmo visto a distância, pulou como um palhaço para tocar no avião, no exato momento em que alguma rajada de vento indesejável e arbitrária ou algum erro de cálculo de McWatt fez com que o avião diminuísse a velocidade e se inclinasse ligeiramente, o suficiente para que uma das hélices cortasse o pobre coitado em dois.

Mesmo as pessoas que não estavam presentes recordaram-se depois, nitidamente, em todos os detalhes, do que acontecera a seguir. Ouviu-se um ruído audível como uma torneira pingando, apesar da zoeira dos motores do avião. Depois, lá estavam apenas as duas pernas brancas e esqueléticas de Kid Sampson, ainda presas aos quadris mutilados e ensanguentados. E, em pé, elas ficaram na balsa, pelo que pareceu ser uma eternidade de um ou dois minutos, até finalmente caírem para trás, dentro d'água, com um chapinhar débil mas que ficou ecoando interminavelmente pela praia. As pernas de Kid Sampson viraram de cabeça para baixo, de maneira que só os dedões e as solas brancas como cera ficaram de fora, numa visão grotesca.

Na praia, o tumulto era infernal. A enfermeira Cramer materializou-se subitamente do ar tênue e soluçava histericamente contra o peito de Yossarian, que a abraçou e procurou consolá-la, com um braço. O outro braço amparava a enfermeira Duckett, que tremia e soluçava também encostada a ele, o rosto comprido e anguloso numa palidez mortal. Todos na praia estavam gritando e correndo, e os homens pareciam mulheres histéricas. Correram a recolher suas coisas, tropeçando e caindo, olhando de esguelha para cada onda suave e espumejante, como se algum órgão horrendo e ensanguentado, o fígado ou um pulmão, pudesse estar sendo impelido inexoravelmente em sua direção. Os que estavam na água esforçavam-se para sair, esquecendo, na pressa, de nadar, andando, se arrastando, contidos em sua fuga pelo mar viscoso, como se fosse um vento contrário. Kid Sampson chovera por toda parte. Os que encontravam em si gotas dele, nos membros ou no tronco, recuavam aterrorizados, como se tentassem afastar-se de suas próprias peles odiosas. Todos corriam numa debandada de pânico, lançando olhares torturados e horrorizados para trás, preenchendo a vegetação tranquila e ensombreada com seus soluços fracos e gritos. Yossarian conduziu as duas mulheres cambaleantes à sua frente, empurrando-as para que se apressassem, voltando depois a correr, xingando, para ajudar Hungry Joe, que tropeçara na caixa do seu equipamento fotográfico e caíra de cara na lama do riacho.

No acampamento do esquadrão, todos já sabiam. Homens de uniforme gritavam e corriam de um lado para outro ou ficavam pregados no mesmo lugar, imobilizados pelo pavor, como o sargento Knight e Doc Daneeka, ambos esticando o pescoço para cima, contemplando o avião culpado e desolado, a circular o acampamento interminavelmente e subindo cada vez mais.

– Quem é? – berrou Yossarian ansiosamente para Doc Daneeka, ainda na corrida, ofegando e mancando, os olhos sombrios ardendo numa angústia profunda. – Quem está no avião?

– McWatt – informou o sargento Knight. – Há dois pilotos novos com ele, num voo de treinamento. Doc Daneeka também está lá em cima.

– Estou bem aqui – assegurou Doc Daneeka, numa voz estranha e transtornada, lançando um olhar ansioso para o sargento Knight.

– Por que ele não desce? – exclamou Yossarian, em desespero. – Por que continua a subir?

– Provavelmente, está com medo de descer – respondeu o sargento Knight, sem desviar o olhar solene da subida solitária do avião de McWatt. – Ele sabe em que encrenca está medido.

E McWatt continuou subindo cada vez mais, numa espiral lenta e cada vez mais larga, sobrevoando o mar alto ao sul e voltando para o norte, junto às montanhas avermelhadas. Num instante, ele estava a mais de 1.500 metros de altitude. Os motores zumbiam num sussurro. Um paraquedas branco abriu-se subitamente lá no céu, por cima do campo de pouso. Momentos depois um segundo paraquedas se abriu, descendo na mesma direção do primeiro. O avião continuou em direção ao sul, por trinta segundos mais, seguindo o mesmo padrão, familiar e previsível agora. McWatt levantou uma asa do avião, descrevendo uma curva graciosa.

– Ainda faltam dois – comentou o sargento Knight. – McWatt e Doc Daneeka.

– Estou bem aqui, sargento Knight – declarou Doc Daneeka, num lamento. – Eu não estou no avião.

– Por que eles não saltam logo de uma vez? – perguntou o sargento Knight, numa súplica a si mesmo em voz alta. – Por que não pulam logo de uma vez?

– Isso não faz sentido – lamentou Doc Daneeka, mordendo os lábios. – Não faz o menor sentido.

Mas, de súbito, Yossarian compreendeu por que McWatt não iria pular do avião e saiu correndo incontrolavelmente por todo o acampamento atrás do aparelho, sacudindo os braços e implorando para que ele descesse. *Desça, McWatt, pelo amor de Deus, desça!* Mas ninguém pareceu ouvi-lo, muito menos McWatt. E um gemido imenso e interminável saiu da garganta de Yossarian no momento em que McWatt descreveu outra curva, inclinou as duas asas do avião numa saudação e voou direto de encontro à montanha.

O coronel Cathcart ficou tão aborrecido com as mortes de Kid Sampson e McWatt que imediatamente aumentou o número de missões para 65.

31
A Sra. Daneeka

Ao ser informado de que Doc Daneeka também morrera no avião de McWatt, o coronel Cathcart aumentou o número de missões para 70.

A primeira pessoa do esquadrão a descobrir que Doc Daneeka estava morto foi o sargento Towser, informado anteriormente pelo homem da torre de controle de que o nome do médico constava como passageiro, no manifesto do piloto, preenchido por McWatt antes de decolar. O sargento Towser enxugou uma lágrima e riscou o nome de Doc Daneeka da lista de pessoal do esquadrão. Com os lábios ainda trêmulos, saiu, relutante, para ir transmitir a má notícia a Gus e a Wes, evitando discretamente qualquer contato com o próprio Doc Daneeka, ao passar pelo vulto esguio e lúgubre do médico, sentado em seu banco, tomando sol, a expressão acabrunhada, entre a sala de ordens e a barraca do serviço médico. O coração do sargento Towser estava confrangido. Ele agora tinha dois homens mortos em suas mãos: Mudd, o homem morto da barraca de Yossarian mas que nem mesmo estava lá, e Doc Daneeka, o novo homem morto do esquadrão, que certamente estava ali e apresentava todos os sinais de que iria se transformar num espinhoso problema administrativo.

Gus e Wes ouviram o sargento Towser com um ar de surpresa estoica e nada disseram a ninguém sobre sua tristeza, até que Doc Daneeka entrou cerca de uma hora depois, para tirar a temperatura pela terceira vez naquele dia e para que lhe verificassem a pressão. O termômetro registrou meio grau mais baixo que a temperatura subnormal dele. Doc Daneeka ficou alarmado. Os olhares fixos e vagos dos seus dois assistentes eram mais irritantes do que nunca.

– Mas que diabo! O que há com vocês? Não está certo uma pessoa estar constantemente com a temperatura baixa e o nariz entupido! – Doc Daneeka deu uma fungada sombria de autopiedade, atravessando a barraca para servir-se de algumas aspirinas e pílulas de sulfa e para pincelar a sua própria garganta com Argirol. O rosto abatido era frágil e desolado. Começou a esfregar os braços. – Olhem só como estou sentindo frio neste exato momento! Vocês não estão me escondendo alguma coisa?

– O senhor está morto – explicou um deles.

Doc Daneeka ergueu a cabeça bruscamente, com uma suspeita terrível.

– Como?

– Está morto, senhor – insistiu o outro. – Provavelmente é essa a razão pela qual está sempre sentindo frio.

– Isso mesmo, senhor. Provavelmente estava morto durante todo esse tempo e simplesmente não sabíamos efetuar o diagnóstico.

– Mas de que diabo vocês dois estão falando? – gritou Doc Daneeka, estridentemente, com a sensação crescente e aterradora de que um desastre irremediável estava prestes a desabar sobre ele.

– É verdade, senhor. Os registros mostram que subiu no avião de McWatt para poder contar tempo de voo. Não desceu de paraquedas. Portanto, deve ter morrido no desastre.

– É isso mesmo, senhor – disse o outro. – Deve estar contente por ainda ter alguma temperatura que seja.

A mente de Doc Daneeka era um turbilhão confuso.

– Será que vocês enlouqueceram? Vou comunicar esse incidente insubordinado ao sargento Towser!

– Foi o sargento Towser quem nos informou de sua morte, senhor. O Departamento de Guerra vai mesmo notificar sua esposa.

Doc Daneeka soltou um grito e saiu correndo da barraca de serviço médico para ir reclamar do sargento Towser, que se afastou dele com repugnância e aconselhou-o a permanecer fora das vistas dos outros o máximo possível, até que se chegasse a alguma decisão quanto ao que seria feito com os seus restos mortais.

– Céus, acho que ele está realmente morto – lamentou-se Gus ou Wes, em voz baixa e respeitosa. – Vou sentir falta dele. Era um sujeito espetacular, não acha?

– Claro que era – lamentou o outro. – Mas até que estou satisfeito de ele ter morrido. Já estava ficando cansado de tirar a temperatura e a pressão dele a todo momento.

A Sra. Daneeka, esposa de Doc Daneeka, não ficou nada satisfeita ao saber que o marido morrera e acabou com a tranquilidade da noite de Staten Island com gritos aflitos de lamentação, ao saber, por meio de um telegrama do Departamento de Guerra, que ele fora morto em ação. As mulheres vieram consolá-la e seus maridos fizeram visitas de condolências, torcendo em segredo para que ela se mudasse em breve para outro bairro, poupando-lhes a obrigação da solidariedade contínua. A pobre mulher ficou inteiramente desesperada durante quase uma semana. Mas lenta e heroicamente, foi encontrando forças para pensar no futuro repleto de terríveis problemas, para si e para as crianças. E quando ela já se estava resignando à perda do marido, o carteiro trouxe-lhe um raio de esperança – uma carta de além-mar, com a assinatura do marido, recomendando freneticamente que ela não desse atenção a qualquer má notícia a respeito dele. A Sra. Daneeka ficou aturdida. A data na carta era ilegível. A letra era trêmula e apressada, mas parecia ser a do marido. O tom de tristeza e autopiedade era familiar, embora mais lúgubre do que o habitual. A Sra. Daneeka ficou na maior alegria e chorou incontrolavelmente de alívio, beijando mil vezes o papel sujo e amarrotado da correspondência de guerra. Rabiscou um bilhete para o marido, pedindo-lhe mais detalhes, e enviou um telegrama ao Departamento de Guerra, informando do erro cometido. O Departamento de Guerra respondeu, em tom meio irritado, que não houvera erro algum e que ela indubitavelmente estava sendo vítima de algum falsificador sádico e psicótico do esquadrão do seu marido. A carta que ela enviara para o marido foi devolvida pouco depois, fechada, com carimbo de MORTO EM AÇÃO.

A Sra. Daneeka ficava novamente viúva. Mas, desta vez, a sua dor foi de certa forma mitigada por uma notificação de Washington de que ela era a única beneficiária da apólice de seguro de GI do seu marido, no valor de 10 mil dólares, quantia que lhe seria entregue por uma simples petição sua. Ao compreender que ela e as crianças não iriam enfrentar de imediato a perspectiva de morrer de fome, a Sra. Daneeka sorriu corajosamente. E foi o começo do fim de sua desolação. No dia seguinte, recebeu uma carta da Administração dos Veteranos, comunicando que tinha direito a uma pensão vitalícia, em decorrência da morte do marido, além de um auxílio-funeral no valor de 250 dólares. O cheque respectivo estava anexado. Gradativamente, inexoravelmente, as perspectivas da Sra. Daneeka foram melhorando. Naquela mesma semana, recebeu uma carta da Administração de Serviço Social informando que, nos termos da Lei de Seguro dos Velhos e Sobreviventes, promulgada em 1935, ela receberia uma ajuda mensal para si e para os filhos dependentes, até que alcançassem a idade de 18 anos. E ainda recebeu também outro auxílio-funeral, de 250 dólares. Com a correspondência governamental como prova da morte, ela solicitou o pagamento de três seguros de vida que Doc Daneeka fizera, cada um no valor de 50 mil dólares. O pagamento foi processado rapidamente. Cada dia trazia novos tesouros inesperados. Uma chave de um cofre-forte no banco levou a uma nova apólice de seguro de vida, também de 50 mil dólares, e a 18 mil dólares em dinheiro, sobre o qual nunca se pagara o imposto de renda devido e nunca se teria que pagar. Uma loja maçônica a que o marido pertencera deu-lhe um jazigo perpétuo no cemitério. Outra sociedade comunitária de que o marido fora membro deu-lhe um auxílio-funeral de 250 dólares. A associação médica do condado também contribuiu com um auxílio-funeral de 250 dólares.

Os maridos de suas amigas mais íntimas começaram a cortejá-la. A Sra. Daneeka estava muito satisfeita com o curso dos acontecimentos e tratou de tingir os cabelos. Sua riqueza fantástica continuava a crescer e ela precisava recordar-se diariamente de que todas aquelas centenas de milhares de dólares não valiam um tostão sem a presença do marido para partilhar a fortuna. Estava realmente espantada que tantas organizações diferentes estivessem se empenhando tanto em ajudar no funeral de Doc Daneeka. Ele, em Pianosa, estava encontrando a maior dificuldade em manter o equilíbrio e simplesmente não compreendia, desolado, por que a esposa não respondia à carta que lhe escrevera.

Fora colocado no ostracismo pelos homens do esquadrão, que amaldiçoavam a sua memória furiosamente, por ter proporcionado ao coronel Cathcart a provocação que ele esperava para aumentar ainda mais o número de missões de combate. Os registros atestando a sua morte proliferavam como ovos de insetos, confirmando-se uns aos outros sem qualquer contradição. Deixou de receber o soldo e suas rações, dependendo, para a sua sobrevivência, da caridade do sargento Towser e de Milo, os quais tinham certeza de que ele estava morto. O coronel Cathcart recusou-se a recebê-lo e o coronel Korn mandou um aviso, por intermédio do major Danby, de que mandaria cremar imediatamente os restos mortais de Doc Daneeka, se alguma vez os visse aparecer no quartel-general do grupo. O major Danby confidenciou que o comando do grupo estava irritado com todos os médicos de esquadrão, porque o Dr. Stubbs, o médico do esquadrão de Dunbar, estava deliberadamente numa atitude de desafio, fomentando uma revolta insidiosa, ao dar baixa por motivos médicos a todos os homens que completavam 60 missões. O comando rejeitava indignado as ordens do Dr. Stubbs, emitindo contraordens para que os confusos pilotos, navegadores, bombardeadores e metralhadores tivessem novamente condições para realizar missões de combate. O moral do esquadrão estava baixando rapidamente, e Dunbar era mantido sob severa vigilância. Por isso, o comando ficara satisfeito com a morte de Doc Daneeka e não pretendia pedir um substituto.

Nem mesmo o capelão podia fazer com que Doc Daneeka voltasse a viver. O alarme cedeu lugar à resignação, e Doc Daneeka foi ficando cada vez mais parecido com um roedor doente e furtivo. Suas olheiras ficaram negras e ele se esgueirava pelas sombras como um fantasma com o dom da onipresença. Até mesmo o capitão Flume retraiu-se quando Doc Daneeka foi procurá-lo no meio do mato, para pedir-lhe ajuda. Impiedosamente, Gus e Wes expulsaram-no da barraca do serviço médico, sem lhe permitirem ao menos o consolo de levar um termômetro. E foi somente então que Doc Daneeka compreendeu que, para todos os propósitos, estava realmente morto.

E se ainda queria ter alguma esperança de salvar-se, precisava fazer alguma coisa, e bem depressa.

Não havia mais ninguém a quem pudesse recorrer além da esposa. Doc Daneeka escreveu-lhe uma carta apaixonada, implorando que ela levasse a sua situação aflitiva à atenção do Departamento de Guerra. Insistia também para que ela se comunicasse imediatamente com o comandante do seu grupo, coronel Cathcart, assegurando-lhe que, não importava o que tivessem dito a ela, era de fato ele, seu marido, Doc Daneeka, quem lhe suplicava para assim agir, e não um cadáver ou algum impostor. A Sra. Daneeka ficou aturdida com a profundidade da emoção contida no apelo quase ilegível. Dominada pelo remorso, sentiu-se tentada a atender ao apelo. Mas naquele mesmo dia recebeu uma carta do coronel Cathcart, comandante do grupo do seu marido, que assim começava:

Prezado(a) Sr., Sra., Srta., ou Sr. e Sra. Daneeka:
As palavras não podem expressar a profunda dor pessoal
que experimentei quando seu marido, filho,
pai ou irmão foi morto, ferido ou desapareceu em ação.

A Sra. Daneeka mudou-se com os filhos para Lansing, Michigan, sem deixar o novo endereço.

32
Os companheiros de barraca de Yo-Yo

Yossarian estava aquecido quando o frio chegou. Nuvens baixas e escuras sopravam pelo céu cinzento, quase que intermináveis, como intermináveis tinham sido as revoadas de bombardeiros B-17 e B-24, que tinham partido das bases da Itália no dia da invasão do sul da França, dois meses antes. Todos no esquadrão sabiam que as pernas esqueléticas de Kid Sampson tinham fincado na areia úmida e ali apodreciam, como um ossinho da sorte arroxeado. Ninguém foi até lá para recuperá-las, nem mesmo Gus e Wes ou os homens do necrotério do hospital. Todos preferiam acreditar que as pernas de Kid Sampson não estavam lá, que foram levadas pelas correntezas para o sul, como os corpos inteiros de Clevinger e Orr. E, agora que o mau tempo chegara, quase ninguém mais se esgueirava sozinho até a praia, para ficar espiando detrás das moitas, como um pervertido, para aqueles cotos apodrecendo.

Não havia mais dias bonitos. Não havia mais missões fáceis. Havia uma chuva constante e desagradável, um nevoeiro frio. Os homens voavam nos intervalos entre uma chuva e outra, sempre que o tempo clareava. À noite, o vento gemia. Os galhos retorcidos e despidos das árvores rangiam e resmungavam a noite inteira, obrigando os pensamentos de Yossarian a voltarem, todas as manhãs, antes mesmo que ele tivesse plenamente acordado, às pernas esqueléticas de Kid Sampson, inchando e apodrecendo sistematicamente, de modo tão inexorável quanto o tique-taque de um relógio, fincadas na areia úmida e expostas às chuvas geladas, durante as noites escuras, frias e cortadas do vento de outubro. Depois das pernas de Kid Sampson, ele pensava em Snowden, gemendo e desesperado, morrendo de frio, com um ferimento fatal na perna, caído na cauda do avião, escondendo o seu segredo eterno e imutável por trás da couraça acolchoada de proteção contra os estilhaços de granadas antiaéreas, até Yossarian terminar de desinfetar e enfaixar o ferimento, quando então revelara tudo. À noite, quando tentava dormir, Yossarian relacionava todos os homens, mulheres e crianças que ele conhecera e que agora estavam mortos. Procurava recordar-se de todos os soldados e ressuscitava as imagens de todas as pessoas idosas que conhecera quando em criança, todas as tias, tios, vizinhos, pais e avós, seus e dos outros, todos os comerciantes patéticos e iludidos, que abriam as suas lojinhas empoeiradas ao amanhecer e trabalhavam nelas até o anoitecer, tolamente. Todos estavam mortos também. O número de mortos parecia aumentar incessantemente.

E os alemães continuavam lutando. Ele desconfiou de que a morte era inevitável e começou a pensar que ia perder a batalha.

Yossarian estava bem aquecido quando o frio chegou, por causa da maravilhosa estufa de Orr. E poderia ficar confortavelmente em sua barraca aquecida, se não fosse pela recordação de Orr e pelo bando de companheiros que um dia entrou em sua barraca, como aves de rapina. Eram das duas tripulações completas que o coronel Cathcart requisitara e obtivera em menos de 48 horas, como substitutos para Kid Sampson e McWatt. Yossarian soltou um suspiro de protesto interminável e entrecortado quando voltou exausto de uma missão e encontrou-os já instalados.

Eram quatro e estavam se divertindo a valer, ajudando-se mutuamente a armarem suas camas de lona. Yossarian compreendeu que eles eram impossíveis no momento em que os viu. Eram alegres, impacientes, exuberantes, tinham sido amigos lá nos Estados Unidos. Eram simplesmente inconcebíveis, garotos de 21 anos, ruidosos, superconfiantes, de cabeça vazia. Tinham ido para a universidade e estavam noivos de garotas lindas e decentes, cujos retratos emoldurados já estavam colocados no parapeito da lareira de Orr. Nos Estados Unidos, andavam de lancha e jogavam tênis. Montavam a cavalo. Conheciam as mesmas pessoas em diferentes partes do país e frequentaram a escola com os primos uns dos outros. Escutavam atentamente as partidas da World Series* e davam a maior importância a quem ganhava os jogos de futebol americano. Eram obtusos e justamente por isso tinham o moral elevado. Sentiam-se contentes pelo fato de a guerra ter durado para poderem descobrir como era realmente o combate. Eles já tinham quase terminado de desfazer as malas quando Yossarian os expulsou.

Eles eram inadmissíveis, explicou Yossarian, de modo intransigente, ao sargento Towser, cujo rosto pálido estava abatido ao informar que os novos oficiais teriam que ficar mesmo na barraca de

---

*A disputa entre os campeões das duas grandes ligas profissionais de beisebol, para determinar o campeão de todos os Estados Unidos. (*N. do T.*)

Yossarian. O sargento Towser não podia requisitar outra barraca para seis homens, enquanto Yossarian vivia sozinho em uma.

– Mas não estou lá sozinho! – argumentou Yossarian, mal-humorado. – Tenho um homem morto morando comigo. O nome dele é Mudd.

– Por favor, senhor – implorou o sargento Towser, com um suspiro de cansaço, lançando um olhar de lado para os quatro novos oficiais, parados à entrada da barraca, num silêncio aturdido. – Mudd foi morto na missão a Orvieto. Sabe disso, senhor. Ele estava voando bem a seu lado.

– Então, por que não pode tirar as coisas dele da barraca?

– Porque ele nunca chegou ao grupo. Capitão, por favor, não levante esse assunto novamente. Pode ir para a barraca do tenente Nately, se preferir. Mandarei alguns homens para transferirem as suas coisas.

Mas abandonar a barraca de Orr seria abandonar o próprio Orr, que se sentiria desprezado e humilhado pela presença daqueles quatro oficiais broncos, que estavam esperando para se instalarem ali, de armas e bagagens. Não parecia justo que aqueles jovens buliçosos, e imaturos aparecessem de repente, depois que todo o trabalho já fora feito, para tomarem posse da mais cobiçada barraca de toda a ilha. Mas era a lei, como explicou o sargento Towser. E tudo o que Yossarian pôde fazer foi lançar-lhes um olhar fulminante como desculpa, fazendo insinuações penitentes e prestativas, enquanto eles invadiam a sua intimidade e se espalhavam pela barraca como se estivessem em casa.

Era o mais deprimente grupo de pessoas que Yossarian conhecera. Estavam sempre animados e bem-dispostos. Riam de tudo e por tudo. Chamavam-no de "Yo-Yo" jocosamente e chegavam embriagados de madrugada, acordando-o com seus esforços desajeitados para não fazerem barulho, rindo e esbarrando em tudo. Depois, bombardeavam-no com relinchos de uma camaradagem hilariante, quando ele se sentava na cama xingando e reclamando. Yossarian sentia vontade de aniquilar um por um. Achava-os parecidos com os sobrinhos do Pato Donald. Eles tinham medo de Yossarian e perseguiamno incessantemente com uma generosidade inoportuna e com uma insistência irritante em prestar-lhe pequenos favores. Eram temerários, pueris, joviais, ingênuos, presunçosos, atenciosos e impetuosos. Eram também idiotas, pois não tinham queixas a fazer. Admiravam o coronel Cathcart e achavam o coronel Korn espirituoso. Tinham medo de Yossarian, mas não sentiam o menor medo das 70 missões do coronel Cathcart. Eram quatro garotos simples que estavam se divertindo e tudo faziam para levar Yossarian à loucura. Ele não conseguia fazê-los compreender que era já um velho extravagante, de 28 anos, que pertencia a uma outra geração, outra era, outro mundo, que qualquer diversão o entediava e não merecia o esforço, que eles o entediavam terrivelmente. Não conseguia fazer com que se calassem, pois eles eram piores que mulheres. Não tinham inteligência suficiente para serem introvertidos e reprimidos.

Os colegas deles, de outros esquadrões, começaram a aparecer por lá sem a menor cerimônia, usando a barraca como ponto de encontro. Muitas vezes não havia sequer espaço para ele, Yossarian. O pior de tudo é que não podia mais levar a enfermeira Duckett para dormir com ele na barraca. E, agora que o mau tempo chegara, não tinha qualquer outro lugar para onde levá-la! Era uma calamidade que Yossarian não previra e ele sentiu vontade de arrebentar as cabeças dos garotos com os punhos ou agarrá-los pelos fundilhos e pelo cangote e jogá-los, um a um, nas moitas eternas e úmidas que cresciam entre o seu urinol, uma lata de sopa com buracos de prego no fundo e a latrina do esquadrão, que parecia um vestiário de praia.

Mas em vez de lhes rachar as cabeças, Yossarian calçou as galochas e vestiu sua capa de chuva impermeável e saiu pela noite chuvosa para convidar o chefe White Halfoat a mudar-se para a sua barraca, a fim de expulsar os filhos da mãe impertinentes com as ameaças que inevitavelmente faria e com os hábitos porcos que tinha. Mas o chefe White Halfoat estava sentindo muito frio e já fazia planos para transferir-se para o hospital e lá morrer de pneumonia. O instinto lhe dizia que estava quase chegando o momento, pois seu peito doía e ele tossia cronicamente. O uísque não mais o esquentava. O pior de tudo é que o capitão Flume voltara para o trailer. Era um presságio lúgubre, que não dava margem a dúvidas.

– Mas ele tinha que voltar – argumentou Yossarian em vão, procurando reanimar o índio de peito largo, cujo rosto firme e de um castanho avermelhado degenerara rapidamente para um cinzento desbotado e frouxo. – Ele morreria de frio se tentasse continuar morando no meio do mato com esse tempo.

– Não, não foi isso que trouxe aquele medroso preguiçoso de volta – discordou o chefe White Halfoat, obstinadamente. Bateu com a mão na testa, como a indicar uma visão interior, e acrescentou: – Não, senhor. Ele sabe de alguma coisa. Sabe que está na hora de eu morrer de pneumonia. E é por isso que eu sei também.

– E o que Doc Daneeka tem a dizer a respeito?

– Não tenho permissão para dizer o que quer que seja. – A voz de Doc Daneeka era profundamente triste. Ele estava sentado em seu banco a um canto, imerso nas sombras, o rosto liso com uma coloração esverdeada, à luz da lamparina. Tudo ali cheirava a mofo. A lâmpada da barraca estourara havia alguns dias e nenhum dos dois homens conseguira tomar a iniciativa de trocá-la.

– E também não tenho mais permissão para praticar a medicina – acrescentou Doc Daneeka.

– Ele está morto – declarou o chefe White Halfoat, exultante, com uma risada misturada à tosse. – Isso é muito engraçado.

– Nem mesmo recebo mais o meu soldo.

– Isso é muito engraçado – repetiu o chefe White Halfoat. – Durante todo esse tempo ele ficou me sacaneando e veja agora o que lhe aconteceu. Está morto. Foi morto por sua própria ganância.

– Não foi isso o que me matou – comentou Doc Daneeka, com voz calma e sem qualquer inflexão. – Não há nada de errado com a ganância. Foi tudo culpa do nojento do Dr. Stubbs, provocando a ira do coronel Cathcart e do coronel Korn contra os médicos. Ele vai dar uma péssima reputação à profissão médica, insistindo na defesa dos princípios éticos. Se não tomar cuidado, vai terminar sendo expulso pela associação médica do seu estado e proibido de entrar nos hospitais.

Yossarian observou o chefe White Halfoat despejar uísque em três vidros vazios de xampu e guardá-los na mochila que estava arrumando.

– Não poderia passar por minha barraca a caminho do hospital e acertar um soco no nariz de um deles? Eles são quatro e vão acabar expulsando-me da barraca.

– Sabe, uma vez aconteceu uma coisa assim com a minha tribo – informou o chefe White Halfoat jovialmente, sentando-se na sua cama para rir. – Por que não pede ao capitão Black para expulsar os garotos de lá a pontapés? O capitão Black adora chutar as pessoas.

Yossarian amarrou a cara à simples menção do capitão Black, que já estava maltratando os garotos, sempre que eles entravam em sua barraca para pedir mapas ou informações. A atitude de Yossarian em relação aos seus colegas de barraca tornou-se misericordiosa e protetora, só de pensar no capitão Black. Eles não tinham culpa de serem jovens e exuberantes, recordou-se, varrendo a noite escura e chuvosa com o facho da lanterna. Teria que ter paciência com os rapazes, esperando até que um ou dois fossem mortos e os outros feridos, quando então não haveria mais problemas. Prometeu a si mesmo que seria mais tolerante e benevolente. Mas, ao entrar na barraca, ficou horrorizado ao descobrir um fogo amarelado a luzir na lareira. *Eles estavam queimando as lindas achas de bétulas de Orr!* Yossarian olhou boquiaberto para os quatro rostos vermelhos com o calor e sentiu vontade de xingá-los de tudo quanto é nome. Teve vontade de partir as cabeças dos quatro umas nas outras, quando eles o cumprimentaram jovialmente com gritos de camaradagem, convidando-o generosos a ocupar uma cadeira junto ao fogo e a comer as castanhas e batatas que estavam assando. O que se podia fazer com eles?

E, na manhã seguinte, eles se livraram do homem morto da barraca de Yossarian. Tão simples assim, apenas o expulsaram de lá. Levaram sua cama de lona e seus pertences para as moitas atrás da barraca e jogaram tudo lá, esfregando as mãos alegremente na volta, como se tivessem acabado de realizar um trabalho benfeito. Yossarian ficou aturdido com a energia e o cuidado imbutíveis, com a eficiência prática e objetiva. Numa questão de minutos, resolveram um problema com o qual Yossarian e o sargento Towser vinham se debatendo havia meses, sem o menor sucesso. Yossarian ficou alarmado, temendo que eles pudessem livrar-se dele também, com a mesma eficiência e rapidez, e foi correndo procurar Hungry Joe, voando com ele para Roma, um dia antes de a prostituta de Nately finalmente conseguir ter uma boa noite de sono e acordar apaixonada.

33
A prostituta de Nately

Em Roma, Yossarian sentiu saudade da enfermeira Duckett. Ele não tinha muito o que fazer, depois que Hungry Joe o deixara na cidade, prosseguindo na viagem do correio aéreo. Yossarian sentiu tanta saudade da enfermeira Duckett que saiu ansiosamente pelas ruas à procura de Luciana, cujo riso e cicatriz invisível ele nunca esquecera. Ficaria satisfeito se encontrasse ao menos a desmiolada bêbada e alegre, de sutiã branco rendado e blusa laranja de cetim entreaberta, cujo anel de camafeu com um alto-relevo obsceno Aarfy jogara fora, pela janela do carro dela, numa atitude que revelava a sua total insensibilidade para as coisas do mundo. Como Yossarian ansiava por encontrar qualquer uma das duas! Mas procurou em vão. Estava profundamente apaixonado por ambas e sabia que nunca mais iria vê-las. Foi dominado pelo desespero. Visões atormentaram-no. Queria ter à sua frente a enfermeira Duckett com a saia levantada e as coxas nuas até os quadris. Levou para a cama uma prostituta magra e que tossia muito, que o abordara em um beco entre dois hotéis. Mas não encontrou o menor prazer e saiu correndo para o apartamento dos graduados, ao encontro da criada gorda e cordial, de calcinha cor de limão, que ficou na maior alegria ao vê-lo, mas não conseguiu excitá-lo o suficiente. Ele foi para a cama cedo e dormiu sozinho. Acordou desapontado e levou para a cama, logo depois do café, uma garota baixa e gorducha que encontrou no apartamento. Mas isso foi apenas um pouquinho melhor, e ele a mandou embora ao terminar, voltando a dormir. Cochilou até a hora do almoço e depois saiu para comprar alguns presentes para a enfermeira Duckett e uma echarpe para a criada de calcinha cor de limão, a qual abraçou-o com uma gratidão tão intensa que ele se sentiu consumido de desejo pela enfermeira Duckett. E voltou a sair para a rua, com uma expressão sensual nos olhos, à procura de Luciana. Mas quem encontrou foi Aarfy, que chegara a Roma na volta de Hungry Joe, juntamente com Dunbar, Nately e Dobbs. Aarfy se recusou a participar da expedição que eles efetuaram naquela noite, todos embriagados, para resgatar a prostituta de Nately de oficiais de meia-idade e altas patentes, que a mantinham cativa num hotel, porque ela não queria chamá-los de tios.

– Por que eu haveria de me arriscar a uma encrenca dos diabos, só para salvá-la? – perguntou Aarfy, desdenhosamente. – Mas não digam a Nately que eu falei isso. Digam-lhe que eu já tinha marcado um importante compromisso com uns colegas da universidade.

Os figurões de meia-idade não queriam deixar a prostituta de Nately sair do quarto de hotel até que ela dissesse a palavra tio.

– Diga tio – disseram a ela.

– Tio.

– Não, não... Diga tio.

– Tio.

– Ela ainda não está entendendo.

– Você ainda não compreendeu, não é? Não podemos realmente fazê-la dizer tio, a menos que não queira dizer tio. Será que não entende? Não diga tio quando eu disser para dizer tio, está bem? Diga tio.

– Tio.

– Não, não! Não diga tio. Diga tio.

Ela não disse tio.

– Ótimo!

– Já é um começo. Agora diga tio.

– Tio.

– Não adianta.

– Não adianta mesmo. Ela simplesmente não está assustada conosco. Não há o menor prazer em obrigá-la a dizer tio, se ela não se importa em dizer tio ou não.

– Tem razão. Ela não se importa mesmo, não é? Diga pé.

– Pé.

– Está vendo? Ela não se importa com coisa alguma que lhe façamos. Não significamos nada para ela, não é?

– Tio – disse ela.

Ela não dava absolutamente a menor importância a eles e isso deixava-os profundamente irritados. Sacudiam-na brutalmente cada vez que ela bocejava. A moça parecia não se importar com coisa alguma, nem mesmo quando eles ameaçaram jogá-la pela janela. Eram homens extremamente desmoralizados, da maior distinção. Ela estava entediada e indiferente e só queria dormir um pouco. Há 22 horas seguidas que estava trabalhando e lamentava que aqueles homens não lhe tivessem permitido sair com as outras duas garotas, com as quais a orgia começara. Perguntava-se vagamente por que eles queriam que ela risse quando riam, por que queriam que ela apreciasse quando faziam sexo. Era tudo muito misterioso para ela, além de bastante desinteressante.

Não sabia muito bem o que eles desejavam dela. Cada vez que se dobrava com os olhos fechados, eles sacudiam-na até que acordasse e obrigavam-na a dizer "tio" novamente. Cada vez que ela dizia "tio", ficavam desapontados. Perguntava-se o que significaria a palavra "tio". Estava sentada no sofá, num torpor passivo e indiferente, de boca aberta, as roupas amarrotadas numa pilha a um canto, imaginando por quanto tempo mais teria que se demorar ali, cercada por todos aqueles homens nus a obrigarem-na a dizer "tio", trancados todos numa suíte de um hotel elegante. A antiga namorada de Orr, rindo incontrolavelmente das palhaçadas de Yossarian e Dunbar, levou Nately e os outros membros do embriagado grupo de resgate até o hotel.

Dunbar apertou o braço da antiga namorada de Orr em agradecimento e passou-a para Yossarian, que a apertou contra o umbral da porta, as duas mãos a segurar-lhe os quadris, esfregando-se contra ela lascivamente, até que Nately puxou-o e levou-o para a sala de estar de paredes azuis, onde Dunbar já estava jogando tudo o que havia à vista pela janela, para o pátio lá embaixo. Dobbs estava quebrando os móveis sistematicamente, com um atiçador de cinzas. Um homem inteiramente nu e ridículo, com uma cicatriz azulada de apendicite, apareceu subitamente na porta do quarto e gritou:

– O que está acontecendo aqui?

– Os dedos dos seus pés estão sujos – disse-lhe Dunbar.

O homem cobriu a virilha com as duas mãos, sumindo rapidamente. Dunbar, Dobbs e Hungry Joe continuaram a jogar pela janela tudo o que conseguiam levantar, soltando urros de alegria e felicidade. Logo terminaram com as roupas que estavam em cima dos móveis e com as malas espalhadas pelo chão. Estavam esvaziando um armário de cedro quando a porta do quarto abriu-se novamente e um homem apareceu, com uma expressão arrogante e uma aparência de imensa dignidade, do pescoço para cima.

– Parem com isso! O que vocês estão querendo fazer?

– Os dedos dos seus pés estão sujos – disse-lhe Dunbar.

O homem cobriu a virilha com as duas mãos, da mesma forma que o primeiro fizera, e desapareceu. Nately saiu atrás dele, mas seu caminho foi bloqueado pelo primeiro oficial, que voltou, a segurar um travesseiro à sua frente, como uma dançarina de striptease.

– Ei, vocês, parem com isso! – berrou ele, furioso.

– Parem com isso – repetiu Dunbar.

– Foi o que eu disse.

– Foi o que eu disse – repetiu Dunbar.

O oficial bateu com os pés, profundamente irritado, pálido de frustração.

– Vai ficar deliberadamente repetindo tudo o que eu digo?

– Vai ficar deliberadamente repetindo tudo o que eu digo?

– Vou arrebentá-lo! – disse o oficial, erguendo o punho cerrado.

– Vou arrebentá-lo – advertiu-o Dunbar friamente. – É um espião alemão e vou mandar fuzilá-lo.

– Espião alemão? Sou um coronel americano!

– Pois não se parece nada com um coronel americano. Parece apenas um homem gordo segurando um travesseiro à sua frente! Se é um coronel americano, onde está o seu uniforme?

– Vocês acabaram de jogá-lo pela janela.

– Muito bem, rapazes, podem levar esse filho da mãe idiota para o posto policial e trancá-lo lá, jogando a chave fora.

O coronel empalideceu ainda mais, visivelmente alarmado.

– Você está maluco? Onde está a sua identidade? Ei, você! Volte aqui!

Mas ele virou-se tarde demais para deter Nately, que vislumbrara a sua garota sentada num sofá dentro do quarto e passara correndo pela porta, às costas do coronel. Os outros foram atrás dele e viram-se de repente no meio de uma porção de figurões completamente despidos. Hungry Joe começou a rir histericamente ao vê-los, apontando incrédulo de um para outro e balançando a cabeça em reprovação. Dois oficiais corpulentos adiantaram-se truculentamente, até verem as expressões de antipatia e hostilidade nos rostos de Dobbs e Dunbar e descobrirem que Dobbs ainda segurava, como se fosse um taco de golfe, o atiçador de cinzas de ferro com que destruíra os móveis da sala de estar. Nately já estava ao lado de sua garota. Ela fitou-o impassível por alguns segundos, sem reconhecê-lo. Depois, sorriu debilmente e deixou a cabeça cair de encontro ao ombro de Nately, fechando os olhos. Nately ficou extasiado. Ela nunca antes lhe sorrira.

– Filpo, você não obedeceu às minhas ordens – disse um homem calmo, magro e parecendo muito cansado, que nem mesmo se mexera da poltrona em que estava sentado. – Eu lhe disse para tirá-los daqui e em vez disso você os trouxe cá para dentro. Será que não pode entender a diferença?

– Eles jogaram todas as nossas coisas pela janela, general.

– Muito bom para eles. Nossos uniformes também? Foi muita esperteza. Nunca conseguiremos convencer ninguém que somos superiores, sem os nossos uniformes.

– Vamos anotar os nomes deles, Lou, e...

– Ora, Ned, relaxe. Você pode ser muito bom na hora de lançar divisões blindadas em ação, mas é quase inútil numa situação social. Eles realmente jogaram os nossos uniformes fora? Foi uma tática esplêndida.

– Eles jogaram tudo fora.

– Os que estavam no armário também?

– Jogaram inclusive o armário pela janela, general. Foi o estrondo que ouvimos quando pensamos que eles tinham vindo nos assassinar.

– E a próxima coisa que vou jogar pela janela vai ser você – ameaçou Dunbar.

O general empalideceu ligeiramente e perguntou a Yossarian:

– Mas por que ele está tão furioso assim?

– E pode ter certeza de que ele é capaz de fazer o que está dizendo – assegurou-lhe Yossarian. – É melhor vocês deixarem a garota ir embora.

– Oh, Deus, podem levá-la! – exclamou o general, aliviado. Ela só tem feito nos deixar inseguros. Poderia pelo menos ter ficado ressentida conosco pelos 100 dólares que lhe demos. Mas nem mesmo isso ela fez. E seu jovem e bonito amigo parece ser bastante afeiçoado a ela. Observe a maneira como ele acaricia com os dedos a parte interna das coxas dela, enquanto finge vestir-lhe as meias.

Nately, apanhado em flagrante, corou e apressou-se na tarefa de vesti-la. A mulher estava profundamente adormecida e respirava tão regularmente que parecia roncar baixinho.

– Vamos atacar agora, Lou! – gritou outro oficial. – Temos um efetivo superior e podemos cercá-los...

– Ora, Bill, deixe disso – interrompeu-o o general, suspirando novamente. – Você pode ser sensacional comandando uma manobra de pinça, em tempo bom, terreno razoável e contra um inimigo que já não tem mais reservas para lançar em combate, mas nunca pensa com a mesma lucidez em nenhum outro lugar. Por que deveríamos mantê-la aqui?

– General, estamos numa péssima situação estratégica. Não temos uma só roupa e vai ser humilhante e embaraçoso para a pessoa que tiver de descer até lá embaixo e atravessar o saguão para ir buscar as nossas roupas.

– Tem toda razão. Filpo. E é exatamente por isso que você está encarregado dessa missão. Pode ir.

– Nu, senhor?

– Pode levar seu travesseiro, se quiser. E já que vai ter que descer mesmo para pegar minha cueca e minha calça, poderia também trazer-me um maço de cigarros?

– Mandarei trazerem tudo para vocês – propôs Yossarian.

– Pronto, general, está resolvido – disse Filpo, aliviado. – Agora eu não preciso descer.

– Filpo, você é um imbecil. Será que não percebe que ele está mentindo?

– Você está mentindo?

Yossarian assentiu e a fé de Filpo nos homens ficou para sempre abalada. Yossarian riu e ajudou Nately a levar a garota para o corredor e até o elevador. Seu rosto estava sorridente, como em meio a um sonho maravilhoso, enquanto ela dormia com a cabeça apoiada no ombro de Nately. Dunbar e Dobbs saíram do hotel para ir buscar um táxi.

A prostituta de Nately abriu os olhos quando eles saltaram do táxi. Engoliu em seco por diversas vezes, durante a árdua escalada até seu apartamento, mas já estava dormindo profundamente outra vez quando Nately a despiu e deitou-a na cama. Dormiu durante 18 horas seguidas, enquanto Nately corria de um lado para outro do apartamento, exigindo a todos que apareciam que não fizessem o menor barulho. Quando ela finalmente acordou, descobriu que estava profundamente apaixonada por Nately. Em última análise, isso foi o quanto bastou para conquistar o coração dela: uma boa noite de sono.

A garota sorriu de satisfação quando abriu os olhos e o avistou. Depois, esticando as pernas compridas languidamente, por baixo dos lençóis farfalhantes, ela chamou-o para deitar-se ao lado dela na cama, com o sorriso idiota de uma mulher no cio. Nately deitou-se ao lado dela atordoado de felicidade, tão enlevado que mal se importou quando a irmã caçula interrompeu-o novamente, entrando a correr no quarto e jogando-se na cama entre os dois. A prostituta de Nately deu um tapa e xingou a irmã caçula mas desta vez rindo e afetuosamente. Nately ajeitou-se entre as duas, feliz da vida, passando um braço em torno de cada uma, sentindo-se forte e protetor. Concluiu que eles formavam uma família maravilhosa. A menina poderia ir para uma universidade de classe, assim que tivesse idade para tanto – Smith, Radcliffe ou Bryn Mawr. Ele providenciaria tudo. Nately pulou da cama alguns minutos depois, para anunciar a seus amigos, aos berros, o destino feliz que a vida lhe reservava. Chamou-os, exultante, até o quarto, batendo-lhes com a porta na cara assim que eles chegaram. Ele acabara de se lembrar, bem a tempo, que sua garota não tinha nenhuma roupa no corpo.

– Vista-se – ordenou, congratulando-se consigo mesmo por sua ligeireza.

– *Perchè?* – indagou ela, curiosa.

– *Perchè?* – repetiu ele, com uma risadinha indulgente. – Porque eu não quero que eles a vejam sem roupa.

– *Perchè no?*

– *Perchè no?* – Nately estava visivelmente surpreso com a pergunta. – Porque não é direito que os outros homens a vejam nua.

– *Perchè no?*

– Porque eu falei e está acabado! – explodiu Nately, em frustração. – Não discuta comigo! Sou o homem aqui e você tem que fazer tudo o que eu disser! A partir de agora, eu a proíbo de sair do quarto a menos que esteja completamente vestida! Entendeu?

A prostituta de Nately o fitou como se ele tivesse perdido o juízo.

– Está maluco? *Che succede?*

– Estou falando sério!

– *Tu sei pazzo!* – gritou ela, numa indignação incrédula, saindo da cama. Resmungando ininteligivelmente, ela vestiu a calcinha e encaminhou-se para a porta. Nately se empertigou com uma autoridade viril.

– Eu a proíbo de sair do quarto desse jeito!

– *Tu sei pazzo!* – gritou-lhe ela depois de sair do quarto, sacudindo depois a cabeça, ainda incrédula. – *Idiota! Tu sei un pazzo imbecille!*

– *Tu sei pazzo* – disse a irmã caçula, saindo também do quarto no mesmo traje indecoroso.

– Volte aqui imediatamente! – ordenou-lhe Nately. – Eu a proíbo também de sair do quarto desse jeito!

– *Idiota!* – gritou-lhe a irmã caçula. – *Tu sei un pazzo imbecille!*

Nately ficou andando em círculos por alguns segundos, furioso e impotente, depois saiu correndo para a sala, a fim de proibir a seus amigos que olhassem para sua namorada, enquanto ela se queixava dele, vestida apenas de calcinha.

– Por que não? – perguntou Dunbar.

– Por que não? Porque ela agora é minha garota e não está direito que vocês a vejam a menos que esteja inteiramente vestida!

– Por que não? – perguntou Dunbar novamente.

– Estão vendo? – disse a garota, sacudindo os ombros. – *Lui è pazzo!*

– *Si, è molto pazzo* – ecoou a irmã caçula.

– Se não quer que a gente olhe para ela, então faça-a vestir as roupas – argumentou Hungry Joe. – Que diabo está querendo de nós?

– Ela não quer obedecer-me – confessou Nately, timidamente. – Portanto, de agora em diante vocês terão que fechar os olhos ou olhar em outra direção, quando ela entrar na sala assim. Está certo?

– *Madonn'!* – gritou ela, irritada, saindo da sala.

– *Madonn'!* – gritou a irmã caçula, saindo também da sala.

– *Lui è pazzo* – comentou Yossarian, divertido. – Tenho que admitir que é verdade.

– Ei, você ficou maluco mesmo? – perguntou Hungry Joe a Nately. – A próxima coisa que você vai querer é tentar impedi-la de fazer o *trottoir.*

– A partir de agora – disse Nately à sua garota, que voltara à sala –, eu a proíbo de fazer o *trottoir.*

– *Perchè?* – perguntou ela, curiosa.

– *Perchè?* – gritou ele, surpreso com a pergunta. – Porque isso não é direito!

– *Perchè no?*

– *Perchè no?* Porque não é direito que uma boa moça como você saia pelas ruas a procurar homens com quem dormir! Eu lhe darei todo o dinheiro de que precisar. Assim, não terá mais que procurar outros homens.

– E o que eu farei no lugar disso, o dia inteiro?

– O que vai fazer? Vai fazer exatamente o que suas amigas fazem!

– Minhas amigas saem para a rua a fim de procurar homens com quem deitar.

– Então arrume novas amigas! E, além do mais, não quero nunca mais que se ligue a mulheres assim! A prostituição é uma coisa horrível. Todo mundo sabe disso. – Virou-se, confiante, para o velho e perguntou: – Não estou certo?

– Pelo contrário, está inteiramente errado. A prostituição proporciona a ela uma oportunidade de conhecer pessoas, de travar novas relações. Além disso, permite a ela respirar um pouco de ar fresco e fazer exercício, o que é ótimo para a saúde. E ainda a mantém fora de encrencas.

Desesperado, Nately virou-se para sua garota e declarou resolutamente:

– A partir de agora, eu a proíbo de ter qualquer relacionamento com esse velho depravado!

– *Va fongul!* – respondeu ela, rolando os olhos para o teto, numa atitude de suprema irritação. – Mas o que ele está querendo de mim? – Sacudiu os punhos e implorou ameaçadoramente: – *Lasciami! Stupido!* Se você acha que minhas amigas não prestam, então diga a seus amigos para não ficarem fazendo fuque-fuque com elas!

Nately virou-se para seus amigos e declarou solenemente:

– A partir de agora, gostaria que vocês parassem de andar atrás das amigas dela.

– *Madonn'!* – gritaram seus amigos, revirando os olhos para o teto, desolados.

Nately perdera inteiramente o juízo. Queria que todos os seus amigos se apaixonassem imediatamente e se casassem. Dunbar podia casar com a prostituta de Orr e Yossarian podia apaixonar-se pela enfermeira Duckett ou por alguma outra que lhe agradasse. Depoi da guerra, iriam todos trabalhar para o pai de Nately e criariam seus filhos no mesmo subúrbio. Nately podia discernir nitidamente o futuro risonho que se estendia à frente deles. O amor transformara-o num idiota romântico. Levaram-no de volta para o quarto e travaram uma discussão com a sua prostituta a respeito do capitão Black. Ela concordou em nunca ir para a cama com o capitão Black nem lhe dar parte do dinheiro que recebia de Nately. Mas insistiu inabalavelmente na sua amizade com o velho depravado e repugnante, de mente suja, que encarava o amor florescente de Nately com um escárnio insultuoso e não admitia de jeito nenhum que o Congresso americano fosse a maior instituição deliberativa de todo o mundo.

– A partir de agora – ordenou Nately firmemente à sua garota –, eu a proíbo terminantemente de sequer falar com esse velho repugnante.

– Novamente o velho? – gritou ela, confusa. – *Perchè no?*

– Ele não gosta do nosso Congresso.

– *Mamma mia!* Mas o que há com você?

– *È pazzo* – comentou a irmã caçula, filosoficamente. – Isso é o que há com ele.

– *Sì* – concordou a irmã mais velha, puxando os cabelos castanhos com as duas mãos, num gesto de desespero –, *lui è pazzo.*

Mas ela sentiu saudade de Nately quando o rapaz saiu de Roma e ficou furiosa com Yossarian quando ele deu um soco na cara de Nately, mandando-o para o hospital com o nariz quebrado.

34
Ação de Graças

Foi na verdade por culpa do sargento Knight que Yossarian deu um soco no nariz de Nately no dia de Ação de Graças, depois que todos no esquadrão apresentaram seus humildes agradecimentos a Milo por proporcionar um fantástico banquete, com o qual oficiais, graduados e praças entupiram-se insaciavelmente durante a tarde inteira, e por distribuir, com uma generosidade inesgotável, garrafas fechadas de uísque ordinário, entregues profusamente a qualquer homem que pedisse. Antes mesmo de escurecer, jovens soldados de rostos pálidos já estavam vomitando por toda parte e desmaiando no chão, de tão embriagados. Outros homens foram esquentando à medida que as horas passavam e a comemoração continuava cada vez mais tumultuada e incerta. Foi uma orgia rude, violenta e descontrolada, que se estendeu com estrondo pelo bosque até o clube dos oficiais e na direção das montanhas até o hospital, chegando inclusive aos ninhos de canhões antiaéreos. Houve brigas a socos em todo o esquadrão e um apunhalamento. O cabo Kolodny disparou um tiro na própria perna, na barraca do serviço de informações, quando brincava com uma arma carregada. Sua gengiva foi pintada de roxo enquanto ele seguia para o hospital numa ambulância, deitado de costas, o sangue a jorrar em profusão do ferimento. Homens com dedos cortados, cabeças quebradas, estômagos embrulhados e tornozelos feridos arrastaram-se até a barraca do serviço médico, arrependidos dos excessos, tendo as gengivas e os dedos dos pés pintados de roxo por Gus e Wes, que ainda lhes deram um laxativo, para que fossem descarregar nas moitas. A alegre comemoração se prolongou pela noite afora e o silêncio da madrugada ainda era volta e meia rompido por gritos exultantes e desvairados, de pessoas que se sentiam meramente felizes ou estavam passando mal. Por toda parte se ouviam os ruídos de gemidos, vômito, risadas, saudações, ameaças e palavrões, de garrafas sendo quebradas nas pedras. A distância, podiam-se ouvir canções obscenas. Foi pior que a véspera de Ano-Novo.

Yossarian foi cedo para a cama, como medida de segurança, logo sonhando que descia quase num mergulho de cabeça por uma interminável escada de madeira, os calcanhares batendo estrepitosamente. Acordou então e compreendeu que alguém estava disparando contra ele com uma metralhadora. Um soluço torturado e aterrorizado subiu por sua garganta. Seu primeiro pensamento foi o de que Milo estava novamente atacando o esquadrão. Ele rolou para baixo da cama e ali ficou encolhido como uma bola, trêmulo e rezando, o coração disparado, o corpo coberto por um suor frio. Mas não havia ruído de aviões sobrevoando o acampamento. Uma risada feliz e embriagada soou a distância.

– Feliz Ano-Novo, Feliz Ano-Novo! – gritou alegremente uma voz triunfante e familiar, acima das rajadas curtas de metralhadora.

Yossarian compreendeu então que alguém estava se divertindo num dos ninhos de metralhadoras, cercados por sacos de areia, que Milo mandara instalar depois do seu ataque ao esquadrão, protegendo-os com seus próprios homens.

Yossarian ardeu de ódio e fúria ao se ver a vítima de uma brincadeira irresponsável, que lhe destruíra o sono e reduzira-o a uma massa informe trêmula e lamurienta. Sentiu vontade de matar, de assassinar. Estava mais furioso do que jamais estivera antes, mais furioso do que ficara ao envolver a garganta de McWatt com as mãos e pensar em estrangulá-lo. A metralhadora recomeçou a disparar. Vozes gritaram "Feliz Ano-Novo!" e uma risada alegre rolou das montanhas pela escuridão. Yossarian saiu correndo da barraca com sede de vingança, enfiando um pente de balas na culatra da .45 e puxando a trava de segurança. Estava pronto para começar a disparar. Ouviu Nately correndo atrás dele, para contê-lo, gritando por seu nome.

A metralhadora disparou novamente, de um ponto escuro acima da garagem. As balas riscaram traços alaranjados por cima das barracas imersas nas sombras. As rajadas curtas foram novamente pontuadas por risadas. Yossarian sentiu uma raiva intensa a corroer-lhe as entranhas, como ácido. Os filhos da mãe estavam arriscando a sua vida! Com uma fúria e uma determinação implacáveis, atravessou correndo o esquadrão e passou pela garagem, o mais depressa que pôde. Já estava começando a subir a colina, pela trilha estreita e sinuosa, quando Nately finalmente alcançou-o, ainda gritando "Yo-Yo! Yo-Yo!", preocupado e suplicante, pedindo-lhe que parasse. Ele agarrou os ombros de Yossarian, procurando detê-lo. Yossarian desvencilhou-se e virou. Nately avançou para agarrá-lo novamente e Yossarian desferiu um soco violento no rosto jovem e delicado do amigo, xingando-o. Recuou o braço para bater novamente, mas Nately não estava mais à sua frente. Caíra no chão, todo enroscado e gemendo, a cabeça enterrada entre as mãos, o sangue a escorrer entre os dedos. Yossarian virou-se e continuou subindo a trilha, sem olhar para trás.

Logo, avistou a metralhadora. Dois vultos se levantaram ao ouvi-lo se aproximar e saíram correndo para a escuridão da noite, rindo às gargalhadas, antes que ele pudesse alcançá-los. Chegara tarde demais. Os passos foram-se desvanecendo a distância. O círculo entre os sacos de areia estava vazio e silencioso, na noite fria e sem a menor brisa. Yossarian olhou ao redor, desalentado. Ouviu novamente risadas zombeteiras ao longe. Um graveto estalou ali perto. Yossarian caiu de joelhos, com uma sensação de emoção fria, mirando. Ouviu um farfalhar furtivo de folhas do outro lado dos sacos de areia e disparou duas vezes, rapidamente. Alguém respondeu e ele reconheceu o tiro.

– Dunbar? – gritou ele.

– Yossarian.

Os dois homens deixaram seus abrigos e foram-se encontrar na clareira do ninho das metralhadoras, de armas abaixadas, desapontados. Ambos tremiam ligeiramente do ar gelado e ofegavam da corrida pela colina acima.

– Os filhos da mãe... – murmurou Yossarian. – Conseguiram escapar.

– Eles tiraram dez anos da minha vida! – exclamou Dunbar. – Pensei que aquele filho da puta do Milo estava-nos bombardeando novamente. Nunca fiquei tão apavorado em toda a minha vida. Não sabe com eu gostaria de saber quem eram.

– Um deles era o sargento Knight.

– Pois vamos matá-lo – disse Dunbar, rangendo os dentes. – Ele não tinha o direito de nos assustar desse jeito.

Mas Yossarian não mais estava querendo matar ninguém.

– Primeiro, vamos ajudar Nately. Acho que o machuquei bastante, lá embaixo.

Mas não havia o menor sinal de Nately no início da trilha, muito embora Yossarian tivesse localizado corretamente o lugar em que ele caíra, pelo sangue nas pedras. Nately também não estava em sua barraca e eles só foram encontrá-lo na manhã seguinte, ao se registrarem no hospital como pacientes, ao saberem que ele dera entrada lá na noite anterior, com o nariz quebrado. Nately ficou surpreso e assustado quando eles entraram na enfermaria, de chinelas e roupão, seguindo a enfermeira Cramer, que lhes indicou as camas que deveriam ocupar. O nariz de Nately era uma protuberância de gesso e ele estava com olheiras. Quando Yossarian foi pedir-lhe desculpas por tê-lo esmurrado, ele ficou corando timidamente e dizendo que não fora nada. Yossarian estava desolado. Mal podia suportar a visão do rosto todo arrebentado de Nately, muito embora achasse-o também cômico e lhe desse vontade de rir. Dunbar ficou repugnado com o sentimentalismo de ambos, e os três ficaram aliviados quando Hungry Joe apareceu inesperadamente, com sua intricada máquina fotográfica preta e sintomas falsos de uma crise de apendicite, só para poder ficar perto de Yossarian e tirar fotografias dele a apalpar a enfermeira Duckett. Mas, como Yossarian, ele também ficou desapontado. A enfermeira Duckett decidira se casar com um médico – qualquer médico, pois todos sempre tinham um negócio próspero – e não queria correr risco algum ao lado do homem que um dia poderia ser seu marido. Hungry Joe ficou furioso e inconsolável até que o capelão foi levado à enfermaria, no roupão do hospital, radiante como um farol esquelético, um sorriso de autossatisfação exuberante demais para ser escondido. O capelão fora internado no hospital com uma dor no coração, que os médicos julgavam ser apenas gases, e num estado avançado de cobreiro do Wisconsin.

– Mas que diabo vem a ser cobreiro do Wisconsin? – perguntou-lhe Yossarian.

– É exatamente o que os médicos estão loucos para saber! – anunciou orgulhosamente o capelão. E desatou a rir. Ninguém jamais o vira antes tão alegre e feliz. – Não existe nenhuma doença chamada cobreiro do Wisconsin. Será que não percebe? Eu menti. Fiz um trato com os médicos: prometi que informaria assim que acabasse o meu cobreiro do Wisconsin e em troca eles nada fariam para curá-lo. E eu nunca tinha dito uma mentira antes! Não é maravilhoso?

O capelão pecara e isso era ótimo. O bom-senso lhe dizia que falar mentiras e subtrair-se ao dever eram pecados. Por outro lado, todo mundo sabia que o pecado era o mal e nenhum bem podia resultar do mal. Mas ele sentia-se muito bem, maravilhosamente bem. Por conseguinte, a dedução lógica era de que dizer mentiras e furtar-se ao dever não constituíam pecados. O capelão dominara, num momento de intuição divina, a técnica flexível da racionalização protetora. Estava exultante com sua descoberta. Era algo verdadeiramente milagroso. Não era preciso muito esforço para transformar o vício em virtude, a calúnia em verdade, a impotência em abstinência, a arrogância em humildade, a extorsão em filantropia, o roubo em honra, a blasfêmia em sabedoria, a brutalidade em patriotismo e o sadismo em justiça. Qualquer um podia fazê-lo, pois não era preciso muita inteligência. Era preciso apenas não ter nenhum caráter. Com uma agilidade esfuziante, o capelão repassou toda a gama de imoralidades ortodoxas, enquanto Nately, sentado na cama, ficava espantado com o bando de loucos que tinha por companhia e do qual era o núcleo original. Sentia-se lisonjeado e apreensivo ao mesmo tempo, certo de que algum oficial truculento iria aparecer a qualquer momento e expulsar todos dali, como um bando de vagabundos. Mas ninguém os incomodou. À noite, foram todos levados para assistirem a uma repugnante *extravaganza* de Hollywood, em tecnicolor. Quando voltaram, o soldado de branco estava na enfermaria e Dunbar gritou angustiado:

– Ele voltou! Ele voltou! Ele voltou!

Yossarian estacou bruscamente, paralisado pela angústia que havia na voz de Dunbar e pela visão familiar, branca e mórbida, do soldado de branco, coberto da cabeça aos pés de gaze e gesso. Um ruído estranho, trêmulo e involuntário, saiu da garganta de Yossarian.

– Ele voltou! – gritou Dunbar novamente.

– Ele voltou! – gritou um paciente que estava delirando de febre, num terror automático.

E logo a enfermaria inteira era um tumulto incontrolável. Bandos de homens doentes e feridos começaram a gritar incoerentemente e a correr e pular pelo corredor entre as camas, como se o prédio estivesse em chamas. Um paciente pulava para a frente e para trás, sobre um pé e uma muleta, gritando em pânico:

– Mas o que está acontecendo? Mas o que está acontecendo? É um incêndio? É um incêndio?

– Ele voltou! – gritou-lhe alguém. – Será que não ouviu? Ele voltou! Ele voltou!

– Mas quem voltou? – gritou alguém mais. – Quem?

– O que significa tudo isso? O que devemos fazer?

– Há um incêndio?

– Levante-se e corra! Todo mundo correndo!

Todo mundo se levantou da cama e pôs-se a correr de um lado para outro da enfermaria. Um agente do CID estava procurando uma arma para atirar num outro agente do CID, que lhe dera uma cotovelada no olho. A enfermaria era um caos. O paciente delirando de febre pulou para o corredor entre as camas e quase jogou no chão o paciente que só tinha um pé, o qual, acidentalmente, bateu com a ponta de borracha da muleta no pé do outro, esmagando-lhe alguns dedos. O homem delirando de febre e com os dedos esmagados caiu no chão e desatou a soluçar de dor, enquanto outros homens o pisoteavam e machucavam ainda mais, naquela debandada a esmo, num pânico angustiado.

– Ele voltou! – gritavam todos, numa toada lúgubre, correndo de um lado para outro da enfermaria. – Ele voltou! Ele voltou!

E subitamente a enfermeira Cramer estava no meio da enfermaria, como um guarda de trânsito, virando-se em todas as direções e tentando desesperadamente restaurar a ordem, até se desmanchar em lágrimas de impotência, ao compreender seu fracasso irremediável.

– Por favor, fiquem quietos... – insistia ela inutilmente, entre os soluços violentos.

O capelão, pálido como um fantasma, não tinha a menor ideia do que estava acontecendo. Nately também não estava entendendo nada e mantinha-se bem perto de Yossarian, agarrando-lhe o cotovelo. Hungry Joe era outro que não entendia e acompanhava desconfiado a correria dos pacientes de um lado para outro, com os punhos esqueléticos cerrados e uma expressão assustada.

– Ei, o que está acontecendo aqui? – indagou Hungry Joe. – Mas que diabo está acontecendo aqui?

– É o mesmo que está de volta! – gritou-lhe Dunbar freneticamente, acima do tumulto estridente. – Será que não entende? É o mesmo que está de volta!

– O mesmo! – ecoou Yossarian, tremendo com um mau presságio, sem conseguir controlar-se e abrindo caminho por entre a multidão, atrás de Dunbar, até a cama do soldado de branco.

– Fiquem calmos! – aconselhou afavelmente o texano patriota, com um sorriso incerto. – Não há motivo para tanto alarme. Por que não podemos todos ficar calmos?

– É o mesmo! – começaram os outros a murmurar, entoar e gritar.

Subitamente, a enfermeira Duckett apareceu também na enfermaria e perguntou firmemente:

– Mas o que está acontecendo aqui?

– Ele voltou! – gritou a enfermeira Cramer, jogando-se nos braços dela. – Ele voltou! Ele voltou!

E era realmente o mesmo homem. Perdera alguns centímetros de altura e ganhara alguns quilos, mas Yossarian recordou-se dele instantaneamente, pelos dois braços e as duas pernas esticados para cima e imóveis, suspensos por um sistema complicado de roldanas e pesos de chumbo, com o mesmo buraco irregular e escuro entre as bandagens, na altura da boca. Ele não mudara praticamente nada. Lá estava o tubo de zinco a emergir do gesso que lhe cobria a virilha e ligado por um tubo de borracha a um frasco no chão. Lá estava o mesmo frasco pendurado no poste, a pingar-lhe um fluido por um tubo de borracha que desaparecia entre as bandagens no cotovelo. Yossarian poderia reconhecê-lo em qualquer lugar que o visse. E de novo ficou imaginando quem seria ele.

– Não há ninguém aí dentro! – gritou-lhe Dunbar, inesperadamente.

Yossarian sentiu seu coração falhar uma batida e suas pernas ficaram bambas.

– Mas de que você está falando? – gritou ele, assustado e aturdido com a angústia nos olhos de Dunbar, a voz chocada e horrorizada. – Será que você ficou doido? Que história é essa de que não há ninguém aí dentro?

– Eles o roubaram! – gritou Dunbar. – Está oco, como um soldado de chocolate. Eles o levaram e deixaram o gesso e as ataduras aqui!

– Mas por que fariam isso?

– E por que fazem tudo o que fazem?

– Eles o roubaram! – gritou um outro paciente, provocando uma mudança no coro da multidão desvairada, que passou a repetir incessantemente: – Eles o roubaram! Eles o roubaram!

– Voltem para as suas camas – suplicou a enfermeira Duckett para Yossarian e Dunbar, empurrando Yossarian debilmente. – Por favor, voltem para as suas camas!

– Você está doido! – gritou Yossarian, furioso, para Dunbar. – Por que diabo diz uma coisa dessas?

– Conhece alguém que o tenha visto? – indagou Dunbar, com um fervor desdenhoso.

– Você o viu, não é? – indagou Yossarian à enfermeira Duckett. – Diga a Dunbar que há realmente alguém lá dentro.

– O tenente Schmulker está lá dentro – assegurou a enfermeira Duckett. – Ele está com o corpo todo queimado.

– Ela o viu?

– Você o viu, não é?

– Ele foi visto pelo médico que o envolveu nessas ataduras.

– Pois então vá chamá-lo, está bem? Que médico foi?

A enfermeira Duckett deixou escapar uma exclamação de surpresa.

– O médico nem mesmo está aqui! O paciente já nos foi trazido assim de um hospital de campanha!

– Está vendo? – gritou a enfermeira Cramer. – Não há ninguém lá dentro!

– Não há ninguém lá dentro! – berrou Hungry Joe, começando a bater com os pés no chão.

Dunbar arremessou-se em fúria até a cama do soldado de branco para verificar pessoalmente, encostando o olho ansiosamente no buraco escuro entre as ataduras. Ele ainda estava inclinado sobre a cama, fitando o vazio escuro e quieto da boca do soldado de branco, quando diversos médicos e PEs entraram correndo para ajudar Yossarian a afastá-lo. Os médicos tinham revólveres em coldres na cintura. Os guardas carregavam carabinas e rifles, com que fizeram recuar a multidão de pacientes desvairados, a coronhadas. Uma maca de rodinhas foi trazida também e numa questão de segundos removeram o soldado de branco para ela. Os médicos e PEs percorreram a enfermaria, assegurando a todos que tudo estava bem agora.

A enfermeira Duckett puxou o braço de Yossarian e sussurrou-lhe que fosse encontrar-se com ela no armário de vassouras, no corredor lá fora. Yossarian ficou encantado. Pensava que a enfermeira Duckett finalmente se mostrava disposta a satisfazer-lhe as vontades e foi levantando-lhe a saia no momento em que se viram a sós dentro do armário de vassouras. Mas ela o repeliu. Tinha notícias urgentes e da maior importância a respeito de Dunbar.

– Eles vão fazê-lo desaparecer – informou ela.

Yossarian fitou-a aturdido, sem compreender.

– Eles vão o quê? – indagou ele, soltando uma risada nervosa. – O que isso significa?

– Não sei. Ouvi-os falando por trás de uma porta fechada.

– Quem?

– Não sei. Não pude ver. Apenas ouvi-os dizendo que iam fazer Dunbar desaparecer.

– Mas por que vão fazê-lo desaparecer?

– Não sei.

– Isso não faz o menor sentido. Que diabos eles querem dizer com essa história de fazer alguém desaparecer?

– Não sei.

– Oh, Deus, você está ajudando um bocado assim!

– Por que está brigando comigo? – protestou a enfermeira Duckett, magoada, começando a fungar, numa tentativa de conter as lágrimas. – Estou apenas tentando ajudar. Não é minha culpa se eles vão fazê-lo desaparecer, não é? Eu nem mesmo deveria ter lhe contado!

Yossarian abraçou-a terna e afetuosamente.

– Desculpe...

Beijou-a no rosto e saiu correndo para avisar a Dunbar, mas não conseguiu encontrá-lo em parte alguma.

35
Milo, o militante

Yossarian rezou, pela primeira vez em sua vida. Ficou de joelhos e rezou para que Nately não se oferecesse como voluntário para voar mais que 70 missões, depois que o chefe White Halfoat morrera de pneumonia no hospital e Nately se candidatara ao lugar dele.

– Tenho que voar mais missões de qualquer maneira – insistira Nately, tristemente, com um sorriso constrangido. – Caso contrário, eles me mandarão de volta para casa.

– E daí?

– Não quero voltar para casa, enquanto não puder levá-la comigo.

– Ela significa tanto assim para você?

Nately concordou, desolado.

– Talvez eu nunca mais a veja!

– Então dê um jeito de conseguir dispensa dos voos. Já concluiu o número de missões exigido e não precisa do dinheiro das horas de voo. Por que não pede o lugar do chefe White Halfoat, se puder suportar trabalhar com o capitão Black?

Nately sacudiu a cabeça, o rosto triste e mortificado.

– Já pedi, mas eles não quiseram me dar. Falei com o coronel Korn e ele me disse que eu teria de voar mais missões ou ser mandado de volta para casa.

Yossarian ficou furioso.

– Mas isso é mesquinharia demais!

– Mas eu não me importo. Já voei 70 missões sem que nada me acontecesse e posso perfeitamente voar mais algumas.

– Não tome nenhuma atitude até eu conversar com uma certa pessoa – determinou Yossarian.

E foi imediatamente pedir a ajuda de Milo, que foi imediatamente procurar o coronel Cathcart para pedir-lhe ajuda, solicitando que o destacasse para voar mais missões de combate.

Milo já fizera jus a muitas glórias. Corajosamente, ele se expusera ao perigo e a críticas de toda espécie, vendendo petróleo e esferas de rolamentos aos alemães, a bons preços, a fim de auferir um bom lucro e manter o equilíbrio de poder entre as forças em choque. Sua coragem e calma sob fogo cerrado eram extraordinárias. Com uma dedicação acima e além do dever, ele, em seguida, aumentara o preço da comida em seus refeitórios, de tal forma que todos os oficiais, graduados e praças tinham que lhe entregar todo o soldo que recebiam, para poderem comer. A alternativa que tinham – sempre havia uma alternativa, evidentemente, pois Milo detestava a coação e era um defensor intransigente da liberdade de opção – era a de morrerem de fome. Ao deparar com uma resistência inimiga obstinada ao seu ataque, Milo se mantivera em sua posição, sem pensar em sua segurança ou reputação, invocando bravamente a lei da oferta e da procura. E quando alguém, em algum lugar, dizia não firmemente, Milo recuava de má vontade, defendendo com valentia, mesmo em retirada, o direito histórico dos homens livres de pagarem tanto quanto tivessem que pagar pelas coisas de que necessitavam a fim de sobreviverem.

Milo fora apanhado em flagrante no ato de tentar espoliar seus compatriotas e, em consequência, seu prestígio atingira altitudes nunca vistas. Ele provou que tinha palavra no dia em que um coronel de Minnesota contraiu os lábios num repúdio de rebeldia e exigiu a sua parte da cooperativa, já que Milo vivia dizendo que todo mundo possuía a sua cota. Milo reagira à altura ao desafio, escrevendo as palavras "Uma Cota" no pedaço de papel mais próximo que encontrou e entregando-o ao coronel, com um desdém virtuoso que lhe valeu a inveja e a admiração de todos que o conheciam. Sua glória estava no auge e por isso o coronel Cathcart, que o conhecia e admirava seus antecedentes na guerra, ficou espantado com a humildade deferente com que Milo apresentou-se ao quartel-general do grupo, fazendo o seu apelo fantástico para ser destacado para mais missões arriscadas.

– Você quer voar mais missões de combate, Milo? Mas para quê?

Milo respondeu timidamente, baixando a cabeça numa atitude de humildade:

– Quero cumprir o meu dever, senhor. O país está em guerra e quero lutar para defendê-lo, como todos os demais.

– Mas já está cumprindo o seu dever, Milo! – exclamou o coronel Cathcart, com uma risada jovial, que ficou ecoando pela sala. – Aliás, não conheço ninguém mais que tenha feito tanto pelos homens quanto você. Afinal, quem foi que lhes deu algodão com cobertura de chocolate?

Com uma expressão de tristeza, Milo balançou a cabeça.

– Mas ser um bom oficial de rancho em tempo de guerra não é o bastante, coronel Cathcart.

– Mas claro que é, Milo. Não sei o que está havendo com você.

– Mas claro que não é, coronel – discordou Milo num tom firme, levantando os olhos subservientes com uma expressão significativa que impedia qualquer protesto do coronel Cathcart. – Alguns dos homens já estão começando a fazer comentários.

– Ah, então é isso? Pois diga quem são, Milo. Diga os nomes deles e eu os mandarei em todas as missões arriscadas que o grupo tiver que voar.

– Não, coronel, é melhor não. Receio que eles estejam com a razão – murmurou Milo, baixando a cabeça novamente. – Fui enviado para o exterior como piloto e devo voar mais missões de combate e levar menos tempo no cumprimento das minhas obrigações como oficial do rancho.

O coronel Cathcart estava surpreso, mas disposto a cooperar.

– Está bem, Milo. Se é o que você quer, acho que podemos providenciar. Há quanto tempo você está aqui no exterior?

– Onze meses, senhor.

– E quantas missões você já voou?

– Cinco.

– Cinco?

– Cinco, senhor.

– Cinco, hein? – repetiu o coronel Cathcart, esfregando o queixo, pensativo. – Não é muita coisa, não acha?

– Não é? – indagou Milo bruscamente, a voz um tanto ríspida, levantando os olhos outra vez.

O coronel Cathcart encolheu-se prontamente e tratou de corrigir-se:

– Pelo contrário, Milo, é até muito bom.

– Não, coronel, não é muito bom – disse Milo, com um sorriso acanhado. – Embora seja muita generosidade da sua parte dizer que é.

– Mas não é nada mau, Milo. Especialmente quando se leva em consideração todas as suas demais contribuições valiosas. Cinco missões, não é? Apenas cinco?

– Apenas cinco, senhor.

– Apenas cinco... – O coronel Cathcart ficou profundamente deprimido por um momento, procurando imaginar o que Milo estaria pensando e se aquela conversa não iria acabar provocando outro insucesso para ele. – Mas cinco missões até que é muito bom, Milo – disse ele de repente, vislumbrando um raio de esperança. – Dá uma média de quase uma missão de combate a cada dois meses. E aposto que o seu total nem mesmo inclui a ocasião em que nos bombardeou.

– Inclui, sim, senhor.

– Inclui? – perguntou o coronel Cathcart, espantado. – Mas você não chegou a voar realmente naquela missão, não é? Se bem me lembro, estava na torre de controle a meu lado, não é?

– Mas a missão foi minha, senhor. Eu é que organizei tudo e usamos o meu combustível e as minhas munições. Planejei e supervisionei tudo, do princípio ao fim.

– Claro, Milo, claro. Não estou querendo contestá-lo. Estou apenas querendo verificar, para ter certeza de que está reivindicando tudo a que tem direito. Incluiu também a ocasião em que o contratamos para bombardear aquela ponte em Orvieto?

– Oh, não, senhor! Achei que não deveria, já que na ocasião eu estava em Orvieto, orientando o fogo antiaéreo.

– Não vejo que diferença isso faz, Milo. A missão foi sua. E devo dizer que foi danada de boa. Não destruímos a ponte, mas conseguimos um bombardeio padronizado compacto excepcional. Lembrome de que o general Peckem até comentou o fato. Não, Milo, insisto para que conte Orvieto também como uma missão sua.

– Se insiste, senhor...

– Insisto, Milo. Agora, vamos ver... Você já tem um total de seis missões, Milo, o que é realmente muito bom. Em questão de minutos teve um aumento de 20 por cento no seu número de missões, o que é realmente excepcional.

– Muitos dos outros homens já chegaram a 70 missões, senhor.

– Mas eles nunca providenciam um algodão com cobertura de chocolate, não é? Milo, você está fazendo muito mais do que a sua parte nesta guerra.

– Mas eles é que estão ficando com todas as glórias e oportunidades – insistiu Milo, quase que em tom lamuriento. – Senhor, quero lutar como os outros. É por isso que estou aqui. Também quero ganhar algumas medalhas.

– Mas é claro, Milo. Todos nós queremos passar mais tempo em combate. Mas pessoas como eu e você servimos ao país de maneiras diferentes. Veja o meu caso. – O coronel Cathcart soltou uma risada sarcástica antes de acrescentar: – Aposto que todo mundo sabe que eu só voei quatro missões, não é?

– Não, senhor. Todo mundo sabe que só voou *duas* missões. E que uma delas ocorreu quando Aarfy acidentalmente sobrevoou território inimigo, quando o estava levando para Nápoles, a fim de comprar uma geladeira no mercado negro.

O coronel corou embaraçado e renunciou a qualquer outro argumento.

– Está certo, Milo. Não posso deixar de admirá-lo pelo que deseja fazer. Se é realmente tão importante assim para você, mandarei que o major Major o designe para as próximas 64 missões, a fim de que possa completar também 70 missões.

– Obrigado, coronel, muito obrigado. Não faz ideia do que isso significa para mim.

– Nem precisa falar, Milo. Sei exatamente o que significa.

– Não, creio que não sabe, coronel. Alguém vai ter que começar a dirigir a cooperativa imediatamente, em meu lugar. É uma tarefa das mais complicadas, pois posso ser derrubado a qualquer momento.

Um brilho intenso surgiu no rosto do coronel Cathcart ao pensar na possibilidade, e ele começou a esfregar as mãos, num zelo ganancioso.

– Sabe, Milo, acho que eu e o coronel Korn poderíamos dirigir a cooperativa – sugeriu ele em tom indiferente, quase lambendo os lábios num prazer antecipado. – Nossa experiência no mercado negro de tomates deverá ser bastante útil. Por onde começamos?

Milo fitou o coronel Cathcart firmemente, com uma expressão suave e inocente.

– Obrigado, senhor. É muita generosidade de sua parte. Pode começar pela dieta sem sal do general Peckem e pela dieta sem gordura do general Dreedle.

– Empreste-me um lápis. E depois?

– Os cedros.

– Cedros?

– Do Líbano.

– Líbano?

– Temos cedros do Líbano que precisam ser entregues na serraria em Oslo e transformados em ripas para o construtor de Cape Cod. E depois tem as ervilhas.

– Ervilhas?

– Estão em alto-mar, senhor. Temos um carregamento de ervilhas em alto-mar, senhor, vindo de Atlanta e seguindo para a Holanda, como pagamento pelas tulipas que foram embarcadas para Genebra como pagamento pelos queijos que devem ser enviados para Viena, DNF.

– DNF?

– Dinheiro Na Frente. Os Habsburgos não estão em situação muito boa.

– Milo...

– E não se esqueça do zinco galvanizado no armazém em Flint. Quatro aviões de zinco galvanizado devem seguir para as fundições de Damasco, ao meio-dia do dia 18. Um Messerschmitt cheio de haxixe deve seguir para Belgrado, em troca de um C-47 com meio carregamento de tâmaras secas, que vieram de Cartum. Use o dinheiro das sardinhas portuguesas que estamos vendendo a Portugal para pagar o algodão egípcio que continuamos a receber de volta através de Mamaroneck. E não se esqueça de apanhar tudo o que puder de laranjas na Espanha. E sempre pague à vista pelas *naranjas.*

– *Naranjas?*

– É assim que eles chamam as laranjas na Espanha. Ah, sim, não esqueça do Homem de Piltdown.

– Homem de Piltdown?

– Isso mesmo, o Homem de Piltdown. O Instituto Smithsoniano não está em condições neste momento de pagar o nosso preço por um segundo Homem de Piltdown, mas eles estão aguardando o falecimento de algum doador rico e estimado e...

– Milo...

– A França está disposta a comprar toda a salsa que pudermos enviar. Acho que devemos fechar o negócio, porque precisaremos dos francos para trocar pelas liras para trocar pelos *pfennigs* que vamos precisar para pagar as tâmaras quando elas estiverem de volta. Encomendei também um carregamento de pau-bálsamo do Peru, para uma distribuição proporcional entre os diversos ranchos.

– Pau-bálsamo? Mas o que os ranchos vão fazer com pau-bálsamo?

– Não está muito fácil conseguir um bom pau-bálsamo nos dias atuais, coronel. Achei que era uma boa ideia proporcionar a todos a oportunidade de comprá-lo.

– É, acho que tem razão – murmurou o coronel Cathcart, com a expressão distante de alguém que estava inteiramente enjoado num mar agitado. – E suponho que o preço também tenha sido bom.

– O preço foi positivamente exorbitante! Mas como compramos de uma das nossas subsidiárias, tivemos o maior prazer em pagá-lo. E não se esqueça dos couros.

– Touros?

– Os couros.

– Os couros?

– Os couros, senhor. De Buenos Aires. Precisam ser curtidos.

– Curtidos?

– Em Newfoundland. E embarcados para Helsínqui, SDNF, antes de começar o degelo da primavera. Tudo o que vai para a Finlândia é SDNF e antes de começar o degelo da primavera.

– Sem Dinheiro Na Frente?

– Ótimo, coronel. Estou vendo que o senhor possui o dom necessário. E é preciso também cuidar da cortiça.

– A cortiça?

– Deve ser despachada para Nova York, senhor. Os sapatos vão para Toulouse, o presunto para o Sião, os pregos para Gales e as tangerinas para Nova Orleans.

– Milo...

– E temos o nosso carvão em Newcastle, senhor.

O coronel Cathcart ergueu as mãos para o céu e gritou, quase em lágrimas:

– Milo, pare com isso! Não adianta! Você é exatamente como eu: *indispensável!* – Empurrou o lápis para o lado e levantou-se, numa exasperação frenética. – Milo, você simplesmente não pode voar mais 64 missões! Nem mesmo pode voar mais uma única missão. Todo o sistema iria desmoronar se algo lhe acontecesse.

Milo concordou tranquilamente, com uma gratificação complacente.

– Senhor, está me proibindo de voar mais alguma missão de combate?

– Milo, eu o proíbo de voar mais alguma missão de combate – declarou o coronel Cathcart, em tom de autoridade firme e inflexível.

– Mas isso não é justo, senhor. E a minha folha de serviços, senhor? Os outros homens é que estão conquistando a fama, as condecorações e a publicidade. Por que eu deveria ser punido assim, só porque estou fazendo um trabalho tão bom como oficial do rancho?

– Tem razão, Milo. Não é justo. Mas não há nada que possamos fazer.

– Talvez possamos mandar alguém voar as missões por mim.

– Talvez possamos mandar alguém voar as missões por você – sugeriu o coronel Cathcart. – O que me diz dos mineiros de carvão em greve na Pensilvânia e Virgínia do Oeste?

Milo balançou a cabeça.

– Demoraria muito tempo para transportá-los até aqui, senhor. Mas por que não os homens do esquadrão? Afinal de contas, estou fazendo tudo isso por eles. Devem estar dispostos a fazer alguma coisa por mim, em retribuição.

– Mas por que não os homens do esquadrão, Milo? Afinal de contas, você está fazendo tudo isso por eles. Devem estar dispostos a fazer alguma coisa por você, em retribuição.

– O que é justo é justo.

– O que é justo é justo.

– Eles poderiam revezar-se, senhor.

– Eles poderiam inclusive se revezar voando as missões por você, Milo.

– E quem fica com o mérito?

– Lógico que você, Milo. Se algum homem ganhar uma medalha voando uma missão para você, a medalha lhe pertence, Milo.

– E quem morre, se ele for morto?

– Ora, Milo, é claro que é ele quem morre. Afinal de contas, o que é justo é justo. Só há um problema.

– Terá que aumentar o número de missões, senhor.

– Talvez eu tenha que aumentar novamente o número de missões e não tenho muita certeza se os homens concordarão em voar. Se eu encontrasse um só oficial que desejasse voar mais missões além das 70, os outros provavelmente acabariam seguindo o exemplo dele.

– Nately está disposto a voar mais missões, senhor. Disseram-me confidencialmente, não faz muito tempo, que ele está disposto a fazer qualquer coisa para permanecer aqui, por causa de uma moça por quem se apaixonou.

– Então, Nately voará mais missões! – declarou radiante o coronel Cathcart, esfregando as mãos no júbilo da vitória. – Isso mesmo, Nately voará mais missões. E desta vez eu vou aumentar o número de missões logo para 80, impressionando devidamente o general Dreedle. Além do mais, é uma boa maneira de fazer com que o maldito do Yossarian volte ao combate, onde talvez ele venha a ser morto.

– Yossarian? – Um tremor de preocupação profunda distorceu por um breve instante as feições simples e rústicas de Milo. Ele coçou a ponta do bigode, pensativo.

– Isso mesmo, Yossarian. Ouvi dizer que ele está dizendo a todo mundo que já completou as suas missões e que a guerra para ele já acabou. Talvez tenha acabado as missões dele, mas ainda não acabou as *suas*, Milo. Ah! Ah! Ah! Ele vai ter uma surpresa e tanto!

– Senhor, Yossarian é meu amigo – objetou Milo. – Eu detestaria ser responsável por qualquer coisa que o fizesse voltar a voar missões de combate. Devo muito a ele. Não há um jeito de abrirmos uma exceção para Yossarian?

– Oh, não, Milo! – O coronel Cathcart soltou uma risadinha pomposa, meio chocado com a sugestão. – Não devemos aprovar privilégios para ninguém. Todos os homens devem ser tratados com igualdade.

– Eu daria tudo o que tenho a Yossarian – insistiu Milo, corajosamente, na defesa do amigo. – Mas como não possuo tudo o que tenho, não posso dar nada a ele, não é? Assim, ele terá que correr os mesmos riscos que os outros homens, não é mesmo?

– O que é justo é justo, Milo.

– Tem razão, senhor. O que é justo é justo. Yossarian não é melhor do que os outros homens e não tem o direito de esperar quaisquer privilégios especiais, não é mesmo?

– Não, Milo. O que é justo é justo.

E não houve tempo para Yossarian evitar a nova missão de combate, pois o coronel Cathcart elevou o número de missões para 80 naquela mesma tarde. E também não houve tempo de dissuadir Nately de voá-las nem de conspirar novamente com Dobbs para assassinar o coronel Cathcart, pois o alerta soou às primeiras horas da madrugada seguinte. Os homens foram metidos em caminhões, antes que se pudesse preparar um café da manhã decente, sendo levados a toda velocidade para a barraca de informações e de lá para o aeroporto, onde os caminhões-tanques estavam abastecendo os aviões e as equipes de armeiros içavam rapidamente as bombas de demolição para os compartimentos de bombas. Todo mundo estava correndo e os motores foram ligados e começaram a esquentar assim que os caminhões-tanques terminaram de abastecer.

O serviço secreto informara que um cruzador italiano avariado, em reparos num dique seco de La Spezia, seria rebocado pelos alemães, naquela manhã, para um canal à entrada do porto e ali encalhado, privando os Aliados das instalações de um porto capaz de receber navios de grande calado, quando a cidade fosse capturada. Por uma vez, a informação do serviço secreto militar foi precisa. O cruzador italiano já estava na metade do caminho quando os aviões chegaram, vindos do oeste. E formação após formação foi despejando as suas bombas em cima do cruzador, acertando vários impactos diretos, o que encheu a todos de enorme satisfação e orgulho. Mas, de repente, eles se viram envolvidos por uma cerrada barragem antiaérea, disparada de todos os lados das montanhas lá embaixo, que circundavam o porto em forma de ferradura. Até mesmo Havermeyer recorreu a todas as ações evasivas que pôde imaginar, ao verificar a vasta distância que ainda teria de percorrer para escapar ao fogo antiaéreo. E Dobbs, piloto de outro avião da mesma formação, virou para um lado quando deveria virar para o outro, inclinou o avião e terminou batendo na cauda de um terceiro avião. A asa do seu aparelho quebrou quase na base e ele caiu como uma pedra, desaparecendo num instante. Não houve fogo, não houve fumaça, não houve o menor barulho diferente no avião em queda. A outra asa começou a girar rapidamente, como um misturador de cimento, enquanto o avião mergulhava em linha reta, em velocidade cada vez maior, até bater na água, que se abriu a espumejar com o impacto, como um lírio branco num mar azul-escuro, que se desmanchou num gêiser de espuma esverdeada no instante em que o avião afundou. Tudo acabou em questão de segundos. Não houve paraquedas. E Nately, no outro avião, também foi morto.

36
O porão

A morte de Nately quase matou o capelão. O capelão Tappman estava em sua barraca, trabalhando em seus documentos oficiais, de óculos de leitura, quando o telefone tocou. Era do aeroporto e lhe informaram secamente a notícia da colisão dos dois aviões em pleno ar. Ele sentiu as entranhas se congelarem. Ao desligar o telefone, sua mão estava tremendo. A outra mão começou a tremer também. O desastre era trágico demais. Doze homens mortos... que coisa terrível! O capelão foi dominado pelo terror. Rezou instintivamente para que Yossarian, Nately, Hungry Joe e seus outros amigos não estivessem entre as vítimas. Mas logo censurou a si mesmo, arrependido, pois rezar pela segurança deles era rezar pela morte de outros rapazes, que ele nem sequer conhecia. Era tarde demais para rezar. Contudo, era a única coisa que ele sabia fazer. Seu coração batia tão ruidosamente que o barulho parecia provir de fora dele. E compreendeu que nunca mais sentaria numa cadeira de dentista, nunca mais olharia para um instrumento cirúrgico, nunca mais testemunharia um acidente automobilístico ou ouviria alguém a gritar de noite, sem experimentar aquela mesma batida violenta dentro do peito e ficar com medo de morrer a qualquer momento. Nunca mais presenciaria outra briga de socos sem ficar com medo de desmaiar e fraturar o crânio na queda ou sofrer um ataque cardíaco fatal ou uma hemorragia cerebral. Ele se perguntou se algum dia voltaria a ver sua esposa e os três filhos pequenos. Não sabia nem mesmo se *deveria* voltar a ver a esposa, agora que o capitão Black lhe plantara na mente dúvidas tão intensas a respeito da fidelidade e do caráter de todas as mulheres. Já andava imaginando que existissem muitos outros homens que poderiam satisfazê-la muito mais, sexualmente. Sempre que pensava na morte agora, o capelão inevitavelmente pensava na esposa. E quando pensava na esposa, inevitavelmente pensava nas possibilidades de perdê-la.

Um minuto depois, o capelão sentiu-se forte para levantar e ir até a barraca do sargento Whitcomb. Seguiram juntos, no jipe do sargento Whitcomb. O capelão cerrou os punhos, largados em seu colo, para evitar que as mãos tremessem. Trincou os dentes e tentou não escutar o trinado exultante do sargento Whitcomb, feliz da vida com o trágico acidente. Doze mortos significavam mais 12 cartas de condolências que poderiam ser despachadas de uma só vez, com a assinatura do coronel Cathcart. O sargento Whitcomb tinha esperanças de conseguir um artigo sobre o coronel Cathcart no número de Páscoa do *Saturday Evening Post*.

No acampamento do esquadrão reinava um silêncio pesado, uma imobilidade esmagadora, como se um encantamento implacável e insensato mantivesse estáticos os únicos seres que poderiam quebrá-lo. O capelão ficou aterrado. Nunca antes presenciara um silêncio e uma quietude tão grandes e tão assustadores. Quase duzentos homens exaustos, sombrios e abatidos seguravam seus paraquedas dobrados do lado de fora da barraca de instruções, olhando sem ver para as mais variadas direções, numa desolação aturdida. Pareciam não ter vontade de seguir adiante, pareciam estar incapazes de se mexer. O capelão sentiu dolorosamente o barulho dos seus passos ao se aproximar. Seus olhos esquadrinharam, rápida e freneticamente, a multidão de vultos imóveis e apáticos. Finalmente, avistou Yossarian, com uma sensação de imensa alegria. E então foi abrindo a boca lentamente, num horror insuportável, ao perceber a expressão de Yossarian, sombria, desesperada, de derrota irremediável. Ele compreendeu imediatamente, encolhendo-se em dor e balançando a cabeça, a protestar e implorar. Nately estava morto! Seu corpo ficou todo entorpecido quando ele compreendeu. Um soluço irrompeu por sua garganta. O sangue desapareceu de suas pernas e ele pensou que fosse cair. Nately estava morto! Toda e qualquer esperança de que o rapaz pudesse estar apenas desaparecido acabou quando, por fim, se deu conta do nome de Nately sendo repetido insistentemente pelo murmúrio de vozes ao seu redor. Nately estava morto! Haviam matado o pobre garoto. Um gemido subiu pela garganta do capelão e seu queixo começou a tremer. Seus olhos ficaram cheios de lágrimas e ele se pôs a chorar, sem sequer percebê-lo. Encaminhou-se na ponta dos pés na direção de Yossarian, a fim de chorar ao lado dele, compartilhando a sua dor tão imensa que era muda. Neste momento, uma mão agarrou-lhe o braço rudemente e uma voz ríspida perguntou:

– Capelão Tappman?

Ele virou-se, surpreso, deparando com um coronel corpulento e de expressão belicosa, de imensa cabeça e bigode, a pele lisa e rosada. Nunca vira aquele homem antes.

– Sou eu mesmo. O que deseja?

Os dedos que lhe agarravam o braço o estavam machucando, e ele tentou em vão desvencilhar-se.

– Venha comigo.

O capelão tentou recuar, confuso e assustado.

– Para onde? Por quê? E quem é o senhor?

– É melhor vir conosco, padre – disse um major magro e de rosto fino, que estava do outro lado do capelão, num tom pesaroso e deferente. – Somos do governo. Queremos fazer-lhe algumas perguntas.

– Que espécie de perguntas? Qual é o problema?

– É o capelão Tappman, não é? – indagou novamente o coronel.

– É ele mesmo – confirmou o sargento Whitcomb.

– Vá com eles – gritou o capitão Black para o capelão, com uma risada escarninha, desdenhosa e hostil. – Entre no carro com eles, se sabe o que lhe convém.

O capelão sentiu-se inexoravelmente arrastado por uma multidão de mãos. Quis gritar, pedindo socorro a Yossarian, mas este parecia estar longe demais para ouvir. Alguns dos homens ao redor estavam começando a fitá-lo, com um princípio de curiosidade. O capelão abaixou o rosto, vermelho de vergonha, e deixou-se levar, submisso, até o banco traseiro de um carro do Estado-Maior. Ficou sentado entre o coronel de rosto imenso e corado e o major magro, untuoso e de expressão pesarosa. O capelão levantou automaticamente os pulsos juntos, imaginando por um momento que eles iam querer algemá-lo. Outro oficial já estava sentado no banco da frente. Um PE alto, de apito pendurado no pescoço e um capacete branco, sentou-se ao volante do carro. O capelão não se atreveu a levantar os olhos até que as portas se fechassem e o veículo arrancasse, entrando com um gemido dos pneus na estrada esburacada.

– Para onde estão me levando? – perguntou, a voz baixa de timidez e culpa, evitando olhar para os homens que estavam no carro. A impressão dele é que o tinham agarrado para culpá-lo pela colisão dos dois aviões em pleno ar e pela *morte* de Nately. – O que foi que eu fiz?

– Por que não fecha essa latrina e deixa que nós façamos as perguntas? – disse o coronel, truculentamente.

– Não fale com ele dessa maneira – objetou o major. – Não é necessário ser tão desrespeitoso.

– Então diga a ele para ficar com a latrina fechada e deixar que a gente faça as perguntas.

– Padre, por favor, fique com a latrina fechada e deixe que nós façamos as perguntas – pediu o major, em tom de simpatia. – Assim será melhor para você.

– Não é necessário chamar-me de padre – disse o capelão. – Não sou um sacerdote católico.

– Nem eu, padre. Mas como sou muito devoto, gosto de chamar de padre a todos os homens de Deus.

– Ele nem mesmo acredita que existam ateus nas trincheiras – zombou o coronel, dando uma cotovelada cordial nas costelas do capelão. – Vamos, capelão, diga a ele. Não há ateus nas trincheiras?

– Não sei, senhor. Nunca estive numa trincheira.

O oficial sentado no banco da frente virou a cabeça rapidamente, com uma expressão belicosa.

– Mas também nunca esteve no Paraíso, não é? E sabe que existe um Paraíso, não é?

– Ou será que duvida disso? – indagou o coronel.

– Cometeu um crime muito sério, padre – disse o major.

– Que crime?

– Ainda não sabemos – informou o coronel. – Mas vamos descobrir. Mas já temos certeza de que é muito sério.

O carro saiu da estrada diante do quartel-general do grupo, com um ranger de pneus, diminuindo a velocidade apenas ligeiramente. Passou pelo estacionamento e foi até os fundos do prédio. Os três oficiais e o capelão saltaram. Em fila indiana, conduziram-no por uma escada de madeira vacilante até o porão, indo todos para um quarto escuro e úmido, com teto de cimento baixo e paredes inacabadas de pedra. Havia teias de aranha em todos os cantos. Uma lacraia imensa saiu correndo pelo chão, indo refugiar-se num cano de água. Sentaram o capelão numa cadeira de madeira, de espaldar reto, atrás de uma mesinha sem nada por cima.

– Por favor, capelão, fique à vontade – disse o coronel cordialmente, acendendo um projetor ofuscante e fixando-o diretamente no rosto do capelão. Depois, colocou uma soqueira e uma caixa de fósforos de madeira em cima da mesa, e acrescentou: – Queremos que fique inteiramente relaxado.

Os olhos do capelão se esbugalharam de incredulidade. Seus dentes chocalharam e ele sentiu as pernas inertes. Estava totalmente desamparado. Podiam fazer com ele o que bem desejassem. Aqueles homens brutais poderiam espancá-lo até a morte ali no porão e ninguém interviria para salvá-lo. Mas talvez ele pudesse contar com alguma ajuda do major que se mostrara tão simpático e que naquele momento foi abrir a torneira de uma pia, deixando a água a escorrer ruidosamente. Ao voltar, o major pôs um cassetete de borracha em cima da mesa, ao lado da soqueira, e disse encorajadoramente para o capelão:

– Tudo vai terminar bem, capelão. Não tem o que temer, se não é culpado. Mas por que está com medo? Não é culpado, não é?

– Mas claro que ele é culpado – declarou o coronel. – Culpado como o diabo!

– Culpado de quê? – implorou o capelão, cada vez mais assustado e sem saber a qual dos três deveria apelar por misericórdia.

O terceiro oficial não usava insígnia alguma e estava parado a um canto, em silêncio, à espreita.

– Mas o que foi que eu fiz?

– É exatamente isso o que vamos descobrir – respondeu o coronel, empurrando um bloco e um lápis por cima da mesa, na direção do capelão. – Quer escrever o seu nome para nós? Com a sua própria letra.

– A minha própria letra?

– Isso mesmo. Pode escrever em qualquer lugar da folha.

Quando o capelão acabou, o coronel pegou novamente o bloco e colocou ao lado de uma folha de papel, que tirara de uma pasta.

– Está vendo? – disse ele ao major, que se postara a seu lado e olhava solenemente por cima do seu ombro.

– Não são iguais – admitiu o major.

– Eu lhe disse que tinha sido ele quem fez tudo.

– Mas fiz o quê? – indagou o capelão.

– Não pode imaginar como estou desapontado com você, capelão.

– Mas por quê? – insistiu o capelão, cada vez mais frenético. – O que foi que eu fiz?

– Por isso – disse o major, com uma expressão desiludida, jogando em cima da mesa o bloco no qual o capelão assinara seu nome. – Essa não é a sua letra.

O capelão piscou rapidamente por diversas vezes, atônito.

– Mas claro que é a minha letra.

– Não é, não, capelão. Está mentindo novamente.

– Mas acabei de escrever! – gritou o capelão, exasperado. – Todos aqui me viram escrevendo!

– É exatamente isso – respondeu o major, amargurado. – Eu o vi escrever. Não pode negar que escreveu. E uma pessoa que mente a respeito da sua própria letra é capaz de mentir a respeito de qualquer coisa.

– Mas quem mentiu a respeito da minha própria letra? – perguntou o capelão, esquecendo o medo na onda de raiva e indignação que brotara de dentro dele. – Será que vocês todos estão doidos? Mas de que estão falando?

– Nós lhe pedimos que escrevesse seu nome com a sua própria letra. Só que não o fez.

– Mas é claro que fiz. Com a letra de quem eu escrevi, se não foi com a minha?

– Com a de alguma outra pessoa.

– De quem?

– É justamente isso o que vamos descobrir – disse o ameaçador coronel.

– Vamos, capelão, comece a falar.

O capelão olhou do coronel para o major, com uma dúvida e uma histeria crescentes, e declarou firmemente:

– Esta letra é minha. Se não é, então qual é a minha letra?

– Esta aqui – respondeu o coronel, com uma expressão de superioridade, jogando em cima da mesa uma cópia fotostática de uma carta de correspondência de guerra, na qual todas as palavras tinham sido riscadas, à exceção do cabeçalho, "Querida Mary", e na qual o oficial encarregado da censura escrevera "Eu a desejo tragicamente. A. T. Tappman, Capelão do Exército dos Estados Unidos".

O coronel sorriu desdenhosamente, vendo o rosto do capelão ficar vermelho.

– E então, capelão? Sabe quem escreveu isso?

O capelão demorou bastante a responder, pois reconhecera a letra de Yossarian.

– Não.

– Mas pode ler o que está escrito aí, não é? – insistiu o coronel, sarcasticamente. – O autor assinou o seu nome.

– É de fato o meu nome que está aqui.

– Então foi você quem escreveu e ponto final.

– Mas não fui eu que escrevi isso! E essa também não é a minha letra!

– O que significa que assinou seu nome com a letra de outra pessoa – declarou o coronel, sacudindo os ombros.

– Ora, mas isso é ridículo! – gritou o capelão, perdendo subitamente a paciência, levantando-se furioso, os punhos cerrados. – Não vou mais suportar isso! Estão entendendo? Doze homens acabaram de morrer, e não tenho tempo para ficar ouvindo essas perguntas idiotas! Não têm o direito de manter-me aqui e eu não vou ficar!

Sem dizer uma só palavra, o coronel deu um empurrão violento no peito do capelão e jogou-o sentado em cima da cadeira. O capelão sentiu-se novamente fraco e com muito medo. O major pegou o cassetete de borracha e começou a bater com ele na palma da mão, ameaçadoramente. O coronel pegou a caixa de fósforos, tirou um e ficou segurando-o sugestivamente, à espera da próxima atitude de desafio. O capelão empalideceu, aterrorizado demais para mexer-se. A luz forte do refletor obrigou-o finalmente a desviar os olhos. A água escorrendo na torneira fazia um barulho irritante e quase insuportável. O capelão desejou que lhe dissessem logo o que queriam dele, a fim de saber o que tinha de confessar. Esperou tensamente quando o terceiro oficial, a um sinal do coronel, saiu do seu lugar junto à parede e veio sentar-se na mesa, a poucos centímetros dele. O rosto desse oficial era impassível, os olhos penetrantes e frios.

– Apaguem a luz – disse ele por cima do ombro, em voz baixa e tranquila. – Ela me aborrece.

O capelão contemplou-o com um sorriso de gratidão.

– Obrigado, senhor. Eu agradeceria se fechassem a torneira, também.

– A torneira vai ficar aberta. Isso não me incomoda. – Levantou ligeiramente as pernas da calça, como que para conservar o vinco. E perguntou: – Capelão, qual é a sua seita religiosa?

– Sou anabatista, senhor.

– Não acha que é uma religião bastante suspeita?

– Suspeita? Mas por quê, senhor?

– Ora, não sei nada a respeito dela. Não acha que isso a torna bastante suspeita?

– Não sei, senhor – respondeu o capelão, diplomaticamente, gaguejando um pouco, inquieto. Ele achava desconcertante a falta de insígnia do homem e nem mesmo tinha certeza se precisava tratá-lo por "senhor". Quem era ele? E que autoridade tinha para interrogá-lo?

– Capelão, já estudei latim. Acho que é justo avisá-lo, antes de fazer a minha próxima pergunta. A palavra anabatista não significa simplesmente que não é um batista?

– Oh, não, senhor! É muito mais do que apenas isso.

– É batista por acaso?

– Não, senhor.

– Então *não* é um batista, não é isso mesmo?

– Senhor?

– Não vejo por que tem de continuar questionando-me a respeito disso.

– Mas, capelão, o fato de dizer que não é um batista não nos revela muito a respeito do que realmente é, não é mesmo? Pode ser qualquer coisa ou qualquer um. – Inclinou-se ligeiramente para a frente, com uma expressão astuciosa, e acrescentou: – Pode até mesmo ser Washington Irving, não é?

– Washington Irving? – repetiu o capelão, surpreso.

– Vamos, Washington, por que não conta tudo logo de uma vez? Sabemos muito bem que roubou aquele tomate.

Passado o choque, o capelão riu nervosamente, sentindo-se aliviado.

– Oh, então é isso! Agora estou começando a compreender. Não roubei aquele tomate, senhor. O coronel Cathcart é que me deu. Pode perguntar a ele, se não acredita em mim.

Uma porta se abriu no outro lado da sala, e o coronel Cathcart apareceu, como se saísse de dentro de um armário embutido.

– Olá, coronel. Ele alega que você deu o tomate a ele. É verdade?

– E por que eu haveria de lhe dar um tomate?

– Obrigado, coronel. Isso é tudo.

– Foi um prazer, coronel – respondeu o coronel Cathcart, saindo por onde entrara e fechando a porta atrás de si.

– E então, capelão? O que tem a dizer agora?

– Ele me deu! – disse o capelão, num sussurro, ao mesmo tempo furioso e amedrontado. – Ele me deu!

– Não está chamando um oficial superior de mentiroso, não é, capelão?

– Por que um oficial superior haveria de lhe dar um tomate, capelão?

– Foi por isso que tentou dá-lo ao sargento Whitcomb, capelão? Porque era um tomate roubado?

– Por que tinha que roubá-lo do coronel Cathcart, se não o queria?

– Eu não o roubei do coronel Cathcart!

– Então por que é tão culpado, se não o roubou?

– Não sou culpado!

– Então, por que o estamos interrogando, se não é culpado?

– Oh, não sei, não sei! – gemeu o capelão, cruzando os dedos no colo e balançando a cabeça abaixada, angustiado.

– Ele deve estar pensando que temos tempo a perder – escarneceu o major.

O oficial sem insígnia tirou uma folha amarela, datilografada, da pasta aberta e disse pausadamente:

– Capelão, tenho aqui um depoimento assinado do coronel Cathcart, afirmando que roubou aquele tomate dele. – Ele pôs a folha amarela no outro lado da pasta e pegou uma segunda folha, também datilografada. – E isto aqui é um depoimento juramentado do sargento Whitcomb, no qual afirma que sabia que o tomate era roubado só pela maneira como tentou entregá-lo a ele.

– Juro por Deus que não o roubei, senhor – murmurou o capelão, desesperado, quase em lágrimas. – Dou-lhe a minha palavra de honra de que não era um tomate roubado.

– Acredita em Deus, capelão?

– Sim. É claro que acredito.

O oficial tirou outra folha amarela e datilografada da pasta e disse:

– Isso é muito estranho, capelão, pois tenho agora em minhas mãos outra declaração assinada do coronel Cathcart afirmando que se recusou a cooperar com ele na realização de um serviço religioso na barraca de instruções, antes de cada missão.

O capelão ficou impassível por um momento, depois assentiu rapidamente, ao recordar-se. E explicou, ansiosamente:

– Oh, isso não é bem a verdade, senhor! Foi o próprio coronel Cathcart quem desistiu da ideia, depois que descobriu que os graduados e praças rezavam para o mesmo Deus que os oficiais.

– Ele fez o quê? – exclamou o oficial sem insígnia, incrédulo.

– Mas que absurdo! – declarou o coronel de rosto rosado, afastando-se de perto do capelão, irritado, como que a preservar sua dignidade.

– Será que ele espera que a gente acredite nisso? – gritou o major, incrédulo também.

O oficial sem insígnia soltou uma risadinha cortante e perguntou, com um sorriso que era indulgente e inamistoso:

– Capelão, não acha que está querendo levar as coisas um pouco longe demais?

– Mas é verdade, senhor! Juro que é verdade!

– Seja como for, não vejo que importância isso possa ter.

O oficial sem insígnia voltou a remexer na pasta aberta repleta de papéis.

– Capelão, disse que acreditava em Deus, em resposta à minha pergunta? Não estou me lembrando.

– Sim, senhor. Eu disse que sim, senhor. Acredito em Deus.

– Então isso é realmente muito estranho, capelão, porque tenho aqui outra declaração assinada do coronel Cathcart, afirmando que lhe disse certa ocasião que o ateísmo não era contra a lei. Recorda-se de ter feito uma declaração dessas a alguém?

O capelão assentiu, sem qualquer hesitação, sentindo que agora estava pisando em terreno mais sólido.

– Sim, senhor. Fiz tal declaração. E a fiz porque é verdade. O ateísmo não é contra a lei.

– Mas isso não é razão para sair espalhando por aí, não é mesmo, capelão? – censurou-o o oficial sem insígnia, rispidamente, estendendo a mão e tirando outro documento datilografado da pasta. – E aqui está outro depoimento juramentado do sargento Whitcomb, afirmando que se opôs ao plano dele de enviar cartas de condolências, com a assinatura do coronel Cathcart, aos parentes mais próximos dos homens mortos ou feridos em combate. Isso é verdade?

– É, sim, senhor. Eu me opus a essas cartas e me orgulho disso, pois elas são insinceras e desonestas. O único objetivo delas é proporcionar um pouco de glória ao coronel Cathcart.

– Mas que diferença isso faz? Mesmo assim, as cartas proporcionam algum conforto às pessoas que as recebem, não é mesmo? Capelão, simplesmente não consigo entender a sua maneira de pensar.

O capelão ficou totalmente abatido, sem saber o que responder. Baixou a cabeça mais ainda, mudo e desesperado. O coronel corpulento e corado avançou subitamente e sugeriu aos outros, entusiasmado:

– Ei, por que não arrebentamos os miolos dele?

– É isso mesmo – concordou o major. – Podemos fazê-lo, não é? Afinal, ele é apenas um anabatista.

– Não. Primeiro temos que verificar se ele é mesmo culpado – disse o oficial sem insígnia, sacudindo a mão e contendo os outros dois, num gesto lânguido. Ele saiu de cima da mesa e foi postar-se do outro lado do capelão. Espalmou as duas mãos em cima da mesa, com uma expressão grave e firme, anunciando então, com a severidade de um magistrado: – Capelão, nós o acusamos formalmente de ser Washington Irving e de tomar liberdades indevidas na censura das cartas de oficiais, graduados e praças. É culpado ou inocente?

– Inocente, senhor. – O capelão passou a língua seca pelos lábios secos e inclinou-se para a frente, nervoso, sentado na beira da cadeira.

– Culpado – disse o coronel.

– Culpado – disse o major.

– Então é culpado – declarou o oficial sem insígnia, escrevendo uma palavra numa folha que estava na pasta. – Capelão, nós o acusamos também de haver cometido crimes e infrações que ainda nem sabemos quais são. Culpado ou inocente?

– Não sei, senhor. Como posso dizer, se não sei que crimes são esses?

– E como podemos dizer-lhe, se ainda não sabemos quais são?

– Culpado – decidiu o coronel.

– Claro que ele é culpado – concordou o major. – Se os crimes e infrações são dele, então foi ele quem os cometeu.

– Então é culpado – confirmou o oficial sem insígnia, afastando-se para um canto da sala. – Ele é todo seu, coronel.

– Obrigado. Fez um trabalho muito bom. – Virou-se para o capelão em seguida e disse: – Muito bem, capelão, o assunto está liquidado. Vá dar uma volta.

– O que deseja que eu faça agora, senhor? – perguntou o capelão, sem entender.

– Vá embora, suma daqui! – rugiu o coronel, sacudindo o polegar para trás, por cima do ombro. – Eu já lhe disse para se mandar daqui!

O capelão ficou chocado com o tom belicoso do coronel. E, para sua própria surpresa e confusão, ficou também um pouco decepcionado por o estarem soltando assim. E perguntou em tom lamuriento:

– Mas não vão punir-me?

– É claro que vamos puni-lo! Mas não queremos que fique por perto enquanto decidimos como e quando. Por isso, vá andando. Suma daqui!

O capelão levantou-se, hesitante, deu alguns passos.

– Posso mesmo ir embora? Estou livre?

– Por enquanto. Mas não tente deixar a ilha. Temos a sua ficha, capelão. Lembre-se apenas de que nós o manteremos sob vigilância durante 24 horas por dia.

Não era admissível que eles o deixassem ir embora daquele jeito. O capelão encaminhou-se para a saída titubeante, esperando a qualquer instante ouvir uma voz enérgica a lhe ordenar que voltasse ou receber algum golpe violento nos ombros ou na cabeça. Mas nada fizeram para impedir-lhe a saída. Ele conseguiu encontrar o caminho por entre corredores escuros, úmidos e com cheiro de mofo, até a escada. Cambaleava e ofegava ao chegar ao alto da escada, saindo novamente para o ar fresco. Ao ver que escapara mesmo, o capelão sentiu-se invadido por um sentimento de afronta moral acabrunhante. Estava furioso, mais furioso com as atrocidades ocorridas naquele dia do que jamais ficara em qualquer outro momento de sua vida. Percorreu o saguão espaçoso e vazio, com uma disposição belicosa e um ressentimento vingativo. Não ia mais suportar tudo passivamente, disse a si mesmo. De jeito nenhum! Ao chegar à entrada, viu o coronel Korn subindo a escadaria sozinho e sentiu que a sorte o abençoava. Respirando fundo, o capelão avançou bravamente para interceptá-lo.

– Coronel, não vou mais admitir! – declarou ele veementemente, vendo desolado que o coronel Korn continuava o seu caminho e passava por ele sem lhe dar a mínima atenção. – Coronel Korn!

A figura atarracada e desleixada do seu oficial superior estacou, virou-se e desceu lentamente os degraus de volta até ele.

– O que é, capelão?

– Coronel Korn, quero falar-lhe a respeito do acidente que ocorreu esta manhã. Foi terrível o que aconteceu!

O coronel Korn ficou em silêncio por um momento, observando o capelão com um brilho cínico e divertido nos olhos.

– Também acho, capelão. Foi certamente terrível. Não sei como vamos apresentar o relatório a respeito, sem ficar em má situação.

– Não era a isso que eu me estava referindo – censurou-o o capelão firmemente, sem medo algum. – Alguns dos homens mortos no desastre já tinham concluído as 70 missões.

O coronel Korn riu e perguntou causticamente:

– Teria sido menos terrível se todos os homens fossem novos, capelão?

Mais uma vez o capelão ficou desnorteado. A lógica imoral parecia estar confundindo-o a cada passo. Já não estava tão seguro de si quando acrescentou, com voz hesitante:

– Senhor, não é direito obrigar os homens deste grupo a voar 80 missões, quando os homens de outros grupos estão sendo enviados de volta para casa com 55 missões.

– Vamos pensar no assunto – murmurou o coronel Korn, com desinteresse visível, começando a afastar-se. – *Adios*, padre.

– O que está querendo dizer com isso, senhor? – insistiu o capelão, a voz agora estridente.

O coronel Korn parou novamente, com uma expressão hostil, descendo um degrau. Havia sarcasmo e desprezo em sua voz ao responder:

– Significa que vamos pensar no assunto, padre. Não vai querer que tomemos alguma providência sem pensar, não é?

– Não, senhor, creio que não. Mas já pensaram bastante a respeito, não é?

– Já, padre, há algum tempo que estamos pensando nisso. Mas, para deixá-lo feliz, pensaremos no assunto mais um pouco. E se chegarmos a alguma nova decisão, será a primeira pessoa a ser informada. E agora, *adios*. – O coronel Korn virou-se novamente e recomeçou a subir a escadaria.

– Coronel Korn!

O grito do capelão fez o coronel Korn parar mais uma vez. Ele virou a cabeça lentamente na direção do capelão, com uma impaciência mal-humorada. As palavras jorraram da boca do capelão numa torrente nervosa:

– Senhor, eu gostaria de pedir sua permissão para levar o assunto ao general Dreedle. Quero apresentar diretamente a ele os meus protestos.

As bochechas do coronel Korn inflaram inesperadamente, numa gargalhada reprimida, e ele demorou um momento para responder.

– Está bem, padre – disse ele finalmente, com um brilho malicioso nos olhos, fazendo esforço para manter o rosto impassível. – Tem minha permissão para falar com o general Dreedle.

– Obrigado, senhor! E considero meu dever avisá-lo de que tenho alguma influência junto ao general Dreedle.

– Agradeço o aviso, padre. E considero também meu dever informá-lo de que não encontrará o general Dreedle no comando do regimento. – O coronel Korn sorriu brejeiramente e depois desatou numa gargalhada triunfante. – O general Dreedle caiu fora, padre. E o general Peckem assumiu. Temos um novo comandante.

O capelão ficou aturdido.

– General Peckem!

– Isso mesmo, capelão. Tem alguma influência junto a ele?

– Ora, nem mesmo conheço o general Peckem – protestou o capelão, desolado.

O coronel Korn riu novamente.

– É uma pena, capelão, pois o coronel Cathcart tem um ótimo relacionamento com o general Peckem. – O coronel Korn riu alegremente por mais alguns segundos, depois parou bruscamente, espetou um dedo no peito do capelão e advertiu friamente: – E por falar nisso, padre, aquele seu negócio com o Dr. Stubbs está liquidado. Sabemos perfeitamente que foi ele quem o mandou até aqui hoje, para queixar-se.

– Dr. Stubbs? – O capelão balançou a cabeça rapidamente, várias vezes, num protesto atordoado. – Não estive com o Dr. Stubbs, coronel. Fui trazido até aqui por três oficiais estranhos que me levaram para o porão e, sem terem autoridade para tanto, me interrogaram e me insultaram.

O coronel Korn voltou a cutucar o peito do capelão com o dedo.

– Você sabe muito bem que o Dr. Stubbs andou dizendo aos homens do esquadrão dele que não teriam que voar mais do que 70 missões. Pois bem, padre, eles terão que voar mais do que 70 missões, já que estamos transferindo o Dr. Stubbs para o Pacífico. *Adios*, padre.

37
General Scheisskopf

Dreedle caíra fora e o general Peckem assumira. Mas o general Peckem mal havia entrado no gabinete do general Dreedle para substituí-lo quando sua esplêndida vitória militar começou a desmoronar.

– *General* Scheisskopf? – perguntou ele, sem desconfiar de nada, ao sargento do seu novo gabinete que lhe transmitira a ordem chegada há poucos minutos. – Está se referindo ao *coronel* Scheisskopf, não é?

– Não, senhor, ao general Scheisskopf. Ele foi promovido a general esta manhã.

– Ora, mas isso é muito engraçado! Scheisskopf, general? E de que grau?

– Tenente-general, senhor. E...

– Tenente-general!

– Sim, senhor. E ele não quer que emita nenhuma ordem a nenhum homem sob seu comando sem antes checar com ele.

– Ora, mas que diabo! – pensou o general Peckem em voz alta, praguejando pela primeira vez em sua vida. – Você ouviu isso, Cargill? Scheisskopf foi promovido direto a tenente-general. Aposto que a promoção se destinava a mim e deram a ele por engano.

O coronel Cargill estava esfregando o queixo, pensativo.

– E por que ele está dando ordens a nós?

O rosto liso e distinto do general Peckem se franziu.

– Isso mesmo, sargento, por que ele nos está dando ordens, se ainda está nos Serviços Especiais e nós estamos no comando das operações de combate?

– Foi outra mudança efetuada esta manhã, senhor. Todas as operações de combate estão agora sob a jurisdição dos Serviços Especiais. O general Scheisskopf é o nosso novo oficial-comandante.

O general Peckem deixou escapar um grito agudo e gemeu histericamente, deixando de lado toda a sua compostura.

– Oh, meu Deus! Scheisskopf no comando? *Scheisskopf!* – comprimiu os olhos com os punhos cerrados, horrorizado. – Cargill, ponha-me em contato com Wintergreen! Scheisskopf? Oh, não, *Scheisskopf* não!

Todos os telefones começaram a tocar ao mesmo tempo. Um cabo entrou e bateu continência.

– Senhor, há um capelão lá fora que deseja falar-lhe, a respeito de uma injustiça no grupo do coronel Cathcart.

– Pois mande-o embora! Já temos que nos preocupar com as nossas próprias injustiças! Onde está Wintergreen?

– Senhor, o general Scheisskopf está ao telefone. Quer falar-lhe imediatamente.

– Diga-lhe que ainda não cheguei. Oh, meu Deus! – gritou o general Peckem, como se só então percebesse a enormidade do desastre que se abatera sobre ele. – *Scheisskopf*? Mas o homem é um idiota! Tripudiei sobre aquele estúpido à vontade e ele agora é o meu oficial superior! Oh, meu Deus! Cargill! Cargill, não me abandone! Onde está Wintergreen?

– Senhor, tenho aqui na linha o ex-sargento Wintergreen, que passou a manhã inteira tentando falar-lhe.

– General, não consigo falar com Wintergreen – berrou o coronel Cargill. – O número dele está sempre ocupado.

O general Peckem suava profusamente ao arremessar-se para a frente e pegar o outro telefone.

– Wintergreen!

– Peckem, seu filho da puta...

– Wintergreen, você já soube o que eles fizeram?

– ...o que foi que você fez, seu idiota? – Wintergreen estava fervendo de raiva e tremendo de pânico. – Você e seus malditos memorandos! Eles resolveram finalmente atender e transferiram as operações de combate para os Serviços Especiais!

– Oh, não! Então foi isso? Meus memorandos é que puseram Scheisskopf no comando? E por que não puseram a mim no comando?

– Porque você não estava mais nos Serviços Especiais. Foi transferido e deixou Scheisskopf no comando. E sabe o que ele está querendo? Sabe o que o filho da mãe está querendo que todos nós façamos?

– Senhor, acho melhor atender o general Scheisskopf – implorou o sargento, nervosamente. – Ele insiste em falar com alguém.

– Cargill, fale com Scheisskopf por mim. Eu simplesmente não posso. Descubra o que ele quer.

O coronel Cargill ouviu o general Scheisskopf por um momento e depois ficou extremamente pálido.

– Oh, meu Deus! – exclamou ele, deixando cair o telefone. – Sabe o que ele está querendo? Quer que todos nós marchemos. Quer que *todos* desfilem na parada!

38
A irmã caçula

Yossarian passou a andar praticamente de costas, com uma arma no cinto. Recusou-se terminantemente a voar mais uma missão sequer. Andava praticamente de costas, pois vivia continuamente a virar-se, para certificar-se de que ninguém estava se aproximando sorrateiramente por trás dele. Cada ruído à sua retaguarda era um alerta, cada pessoa que passava era um assassino em potencial. Ele vivia constantemente com a mão na coronha e não sorria para ninguém, à exceção de Hungry Joe. Disse ao capitão Piltchard e ao capitão Wren que não ia mais voar. O capitão Piltchard e o capitão Wren tiraram seu nome da próxima missão e comunicaram o assunto ao comando do grupo.

O coronel Korn riu calmamente, enquanto o coronel Cathcart se retirava para um canto, a fim de meditar sobre o significado sinistro do nome Yossarian, surgindo novamente em sua vida, para atormentá-lo. O coronel Korn perguntou com um sorriso:

– Mas que diabo de história é essa? E por que ele não vai voar mais missões de combate?

– Um amigo dele, Nately, morreu naquele desastre sobre Spezia. Talvez seja por isso.

– E quem ele pensa que é... Aquiles, por acaso? – O coronel Korn ficou satisfeito com a sua imagem e anotou a necessidade de repeti-la, na próxima vez em que estivesse na presença do general Peckem. – Ele tem que voar mais missões. Não lhe resta alternativa. Voltem e digam a ele que vão comunicar o assunto ao comando se ele não mudar de ideia.

– Já falamos isso a ele, senhor. E não fez a menor diferença.

– E o que diz o major Major?

– Nunca vemos o major Major. Ele parece ter desaparecido.

– Bem que eu gostaria que pudéssemos fazê-lo desaparecer! – disse o coronel Cathcart do seu canto, a voz irritada. – Da mesma maneira como fizeram com o tal de Dunbar.

– Ora, há muitas maneiras de controlarmos esse homem – assegurou-lhe o coronel Korn, voltando em seguida a dirigir-se a Piltchard e Wren: – E vamos começar pelas maneiras mais delicadas. Mandem-no descansar em Roma por alguns dias. Talvez a morte do tal Nately tenha realmente causado a ele um choque profundo.

A morte de Nately, na verdade, quase provocou também a morte de Yossarian. Quando ele deu a notícia à prostituta de Nately, em Roma, ela soltou um grito estridente e pavoroso e tentou apunhalá-lo com um descascador de batatas.

– *Bruto!* – uivou ela, numa fúria histérica, enquanto Yossarian empurrava-lhe o braço para as costas e torcia-o lentamente, até o descascador de batatas cair no chão. – *Bruto! Bruto!*

Ela atacou-o rapidamente com as unhas compridas da mão livre, abrindo-lhe diversos sulcos no rosto, pelos quais o sangue imediatamente começou a jorrar. Em seguida, cuspiu rancorosamente no rosto de Yossarian.

– Mas por que isso? – perguntou Yossarian, aturdido e sentindo o rosto doer, recuando diante do ataque dela, até ficar encostado numa parede do quarto. – O que está querendo de mim?

A mulher investiu contra Yossarian, desferindo socos com os punhos cerrados, incessantemente, conseguindo tirar-lhe sangue da boca, com um soco que pegou de jeito, antes que ele lhe segurasse os punhos e a imobilizasse. Os cabelos dela sacudiam-se furiosamente. As lágrimas jorravam dos olhos brilhantes e cheios de ódio, enquanto ela se debatia, num frenesi irracional, com a força de uma pessoa enlouquecida, rosnando e xingando selvagemente, gritando "*Bruto! Bruto!*" toda vez que ele tentava explicar. A força extraordinária dela pegou Yossarian de surpresa e, por um momento, ele vacilou. Era quase tão alta quanto ele e, por alguns momentos fantásticos e aterrorizantes, Yossarian chegou a ficar convencido de que ela conseguiria dominá-lo, derrubando-o no chão e esquartejando-o impiedosamente, por algum crime atroz que ele nunca cometera. Ele teve vontade de gritar por socorro, enquanto os dois se engalfinhavam freneticamente, resmungando e ofegando, num impasse. Por fim, ela enfraqueceu e Yossarian pôde forçá-la a recuar, suplicando para que o deixasse falar e jurando que a morte de Nately não fora culpa dele. Ela tornou a cuspir no rosto dele, e Yossarian empurrou-a para longe, transtornado de raiva e frustração. A mulher se arremessou na direção do descascador de batatas no momento em que se viu livre. Ele jogou-se em cima dela e os dois rolaram pelo chão, várias vezes, antes que Yossarian conseguisse empurrar o descascador de batatas para longe. Ela tentou derrubá-lo quando ele procurou se levantar e arrancou um naco de carne, com as unhas, do tornozelo de Yossarian. Este saiu pulando pelo quarto, de dor, pegou o descascador de batatas e jogou-o pela janela. Deixou escapar um imenso suspiro de alívio, ao se ver novamente em segurança.

– Agora, por favor, deixe-me explicar – suplicou ele, em tom persuasivo.

Ela deu-lhe um pontapé na virilha. O ar desapareceu dos pulmões de Yossarian e ele dobrou-se todo, com um grito estridente e ululante, numa agonia caótica. A prostituta de Nately saiu correndo do quarto. Yossarian endireitou o corpo, cambaleando, bem a tempo, pois ela logo voltou da cozinha, empunhando uma faca de pão bastante comprida. Um gemido de espanto escapou dos lábios de Yossarian, que ainda estava segurando, com as duas mãos, suas partes íntimas, que doíam terrivelmente. Arremessou todo o peso do seu corpo contra as pernas dela e conseguiu derrubá-la. A mulher voou por cima dele e caiu com os cotovelos para a frente, com um baque seco. A faca caiu de sua mão e Yossarian tratou de jogá-la para baixo da cama. Ela tentou seguir atrás da faca, mas Yossarian agarrou-a pelo braço e puxou-a. Ela tentou chutá-lo na virilha novamente, mas ele empurrou-a violentamente, praguejando. Foi bater contra a parede, desequilibrada, derrubando uma cadeira, que caiu em cima de uma penteadeira, cheia de escovas, pentes e jarros de cosméticos, os quais caíram no chão, espatifando-se. No outro lado do quarto um retrato emoldurado também caiu no chão, o vidro também se espatifando.

– Mas, afinal, o que quer de mim? – gritou Yossarian, exasperado e confuso. – Não fui eu que o matei!

Ela jogou um cinzeiro de vidro contra a cabeça dele. Yossarian cerrou os punhos e pensou em dar um soco no estômago dela quando o atacasse novamente, mas ficou com medo de machucá-la. Yossarian tinha vontade de acertá-la no queixo bem de jeito e sair do quarto, mas não tinha um alvo definido. Assim, simplesmente deu um passo para o lado, no último segundo, aumentando a velocidade dela com um empurrão em suas costas. A mulher foi bater com toda força contra a outra parede. Estava agora bloqueando a porta. Jogou-lhe um vaso grande e ele se desviou. Ela atacou-o então com uma garrafa cheia de vinho e acertou-o em cheio na têmpora, derrubando-o, de joelhos, meio atordoado. Yossarian sentiu os ouvidos zumbindo, o rosto todo entorpecido. Mais do que qualquer outra coisa, estava desconcertado. Sentia-se embaraçado porque ela ia assassiná-lo e ele simplesmente não entendia o que estava acontecendo. Não tinha a menor ideia do que fazer. Mas uma certeza lhe surgiu na mente: tinha de se salvar. E saltou do chão, dando um pulo para a frente, quando a viu levantar de novo a garrafa de vinho para bater nele. Seus ombros bateram na cintura dela, antes que o golpe fosse desfechado. No impulso em que ele vinha, foi empurrando-a para trás, até que os joelhos dela bateram na beira da cama e ela caiu de costas no colchão, com Yossarian estendido por cima, entre as suas pernas. Ela enfiou-lhe as unhas no lado do pescoço e debateu-se impotente, enquanto Yossarian escalava seu corpo macio até cobri-la toda e forçá-la à submissão. Os dedos dele foram subindo pelo braço dela até chegarem à garrafa de vinho, obrigando-a a soltá-la. Ela continuou a chutá-lo, xingá-lo, arranhá-lo, inteiramente desvairada. Tentou mordê-lo cruelmente, os lábios polpudos e sensuais arreganhados, os dentes à mostra, como uma besta onívora enfurecida. Agora que estava presa por baixo dele, Yossarian começou a imaginar uma maneira de escapar dali, sem ficar vulnerável. Sentiu a parte interna das coxas dela, a se debaterem e apertarem uma das suas pernas.

Teve então pensamentos de sexo, que o deixaram envergonhado. Estava consciente do contato voluptuoso daquele corpo de mulher jovem e firme, a se debater contra o seu, como uma onda úmida, fluida, deliciosa e irresistível. Podia sentir-lhe o ventre e os seios inchados, erguendo-se contra ele vigorosos, numa tentação doce e ameaçadora. A respiração dela era escaldante. E, de repente, Yossarian compreendeu que, apesar de ela continuar a se debater furiosamente por baixo, não mais estava lutando contra ele e sim erguendo o ventre em oferecimento, implacável, no ritmo primitivo, poderoso e instintivo do ardor erótico e do abandono. Yossarian ofegou, numa surpresa maravilhada. O rosto dela – que para ele era agora tão bonito quanto uma flor a desabrochar – estava contorcido por um novo tipo de tortura, a pele intumescida serenamente, os olhos semicerrados com uma expressão distante de desejo incontrolável.

– *Caro...* – murmurou ela, a voz rouca, como se saísse das profundezas de um transe tranquilo e sensual. – Oooooh, *caro mio.*

Ele afagou-lhe os cabelos. Ela subiu a boca ao encontro do rosto dele, numa paixão selvagem. Yossarian lambeu-lhe o pescoço. Ela envolveu-o entre os seus braços e apertou-o com força. Ele sentiu que estava se apaixonando por ela irremediavelmente, enquanto a mulher continuava a beijá-lo vezes sem conta, lábios quentes, úmidos, macios, murmurando sons inocentes de adoração e êxtase, uma das mãos a se enfiar habilmente por dentro da calça dele, enquanto a outra, secreta e traiçoeiramente, tateava no chão à procura da faca de pão, até encontrá-la. Yossarian escapou bem a tempo. Ainda queria matá-lo! Ele ficou chocado e aturdido com o subterfúgio depravado a que ela recorrera. Arrancou a faca da mão dela e jogou-a longe. Saiu da cama, ficando de pé ao lado. Seu rosto estava contorcido, de espanto e desilusão. Não sabia se deveria correr para a porta e alcançar a liberdade ou cair em cima da cama para amá-la, colocando-se abjetamente à mercê dela, mais uma vez. A mulher poupou-lhe a decisão, desatando em lágrimas, imprevisivelmente. Yossarian ficou mais aturtido do que nunca.

Desta vez, ela chorou sem nenhuma outra emoção além de uma dor profunda e desesperada, ignorando-o de todo. Sua desolação era patética, sentada ali na cama, a cabeça linda e orgulhosa abaixada, os ombros curvados, a vontade de fazer qualquer coisa lhe abandonando o corpo. Desta vez, a angústia dela era inequívoca. Soluços imensos e desesperados faziam-na engasgar e sacudiam-lhe o corpo todo. Ela não mais queria saber dele, não mais se importava. Ele poderia ter saído do quarto calmamente, com toda segurança. Mas preferiu ficar e consolá-la, ajudar no que fosse possível.

– Por favor... – balbuciou Yossarian, passando o braço pelos ombros dela. Recordou-se, com uma tristeza dolorosa, como se sentira fraco e atordoado ao voltar de avião da primeira missão a Avignon, quando Snowden ficara se lamuriando em seus braços que estava sentindo muito frio e tudo o que ele pudera fazer fora consolá-lo. – Por favor... – repetiu ele, condoído. – Por favor, por favor...

Ela recostou-se a ele e chorou até parecer estar fraca demais para continuar. Não olhou para Yossarian uma só vez, até que ele estendeu-lhe o lenço, quando viu que ela parara de chorar. A mulher enxugou as faces com um sorriso agradecido e devolveu o lenço, murmurando "*Grazie, grazie*", num tom recatado, próprio a uma viúva recatada. E então, inesperadamente, uma mudança completa se processou nela, que avançou com os dedos estendidos na direção dos olhos de Yossarian. Alcançou seu objetivo e soltou um grito triunfante:

– Ah! Assassino! – Saiu então correndo pelo quarto, na maior alegria, para pegar a faca de pão e acabar de vez com Yossarian.

Meio cego, ele levantou-se e cambaleou atrás dela. Um barulho às suas costas fê-lo virar-se. Ficou horrorizado com o que viu. A irmã caçula da prostituta de Nately aproximava-se dele pelas costas, empunhando outra faca de pão!

– Oh, não! – gemeu ele, estremecendo.

Yossarian arrancou a faca da mão dela com um golpe forte em seu pulso. E perdeu inteiramente a paciência com aquela confusão grotesca e incompreensível. Qualquer outra mulher poderia agora entrar pela porta do quarto, com uma faca de pão, para atacá-lo também. Ergueu a irmã caçula da prostituta de Nately e jogou-a em cima da prostituta de Nately. Saiu correndo do quarto e do apartamento, descendo a escada a toda velocidade. As duas moças perseguiram-no até a entrada. Ouviu os passos delas ficarem cada vez mais para trás, até cessarem por completo. Ouviu então soluços desesperados. Olhando para o alto da escada, viu a prostituta de Nately sentada num degrau, a soluçar, o rosto enterrado nas mãos, enquanto a irmã caçula inclinava-se perigosamente por cima do balaústre, gritando *"Bruto! Bruto!"* alegremente e exibindo a sua faca de pão, como se fosse um brinquedo novo e excitante, que ela estava ansiosa por usar.

Yossarian escapou, mas continuou olhando para trás, por cima do ombro, ansioso, enquanto batia em retirada pela rua. As pessoas que passavam fitavam-no com estranheza, deixando-o ainda mais apreensivo. Continuou o mais depressa possível, muito nervoso, perguntando-se o que haveria em sua aparência que chamava a atenção de todos. Ao tocar um ponto dolorido na testa, viu que os dedos ficaram vermelhos de sangue e compreendeu tudo. Enxugou o rosto e o pescoço com o lenço. Onde quer que tocasse, novas manchas vermelhas surgiam no lenço. Estava sangrando por toda parte. Seguiu rapidamente para o prédio da Cruz Vermelha e desceu os dois lances da escada de mármore branco até o banheiro dos homens, limpando e cuidando dos seus incontáveis ferimentos visíveis com água fria e sabão. Endireitou o colarinho da camisa e penteou os cabelos. Nunca vira antes um rosto tão machucado e arranhado como o que piscava para ele do espelho, numa inquietação aturdida e confusa. Mas, que diabo afinal ela estava querendo dele?

Ao sair do banheiro dos homens, Yossarian encontrou a prostituta de Nately à espera dele lá fora, numa emboscada. Estava agachada junto à parede, perto do fim da escada, investindo contra ele como um gavião, empunhando um facão de carne de prata. Yossarian conteve o ataque com uma cotovelada e depois socou-a no queixo. Os olhos dela se reviraram. Segurou-a antes que ela caísse e sentou-a gentilmente no chão. Depois, subiu correndo a escada e saiu do prédio. Passou as três horas seguintes procurando Hungry Joe por toda a cidade, a fim de poder escapar de Roma antes que ela o reencontrasse. Ele não se sentiu de fato seguro até o avião decolar. Quando aterraram em Pianosa, a prostituta de Nately, disfarçada com um macacão verde de mecânico, estava esperando com o seu facão de carne no lugar exato em que o avião foi parar. Yossarian só se salvou porque ela estava usando sapatos de saltos altos e escorregou no cascalho no momento em que ia apunhalá-lo no peito. Apavorado, Yossarian carregou-a para o avião e manteve-a imóvel no chão, com uma chave de braço dupla, enquanto Hungry Joe entrava em contato com a torre de controle, pelo rádio, e solicitava permissão para voltar a Roma. No aeroporto de Roma, Yossarian jogou-a para fora na pista mesmo e Hungry Joe decolou de imediato de volta a Pianosa, sem sequer cortar os motores. Quase sem respirar, Yossarian examinou atentamente cada vulto, cautelosamente, enquanto ele e Hungry Joe voltavam para o acampamento do esquadrão e seguiam para as suas barracas.

– Tem certeza de que não imaginou tudo? – perguntou Hungry Joe, hesitante.

– Imaginar? Mas você estava comigo, não é? Levou-a no avião de volta a Roma.

– Talvez eu também tenha imaginado. Por que ela haveria de querer matá-lo?

– Nunca gostou de mim. Talvez porque eu tenha quebrado o nariz de Nately ou talvez porque eu era o único que estava à vista quando ela recebeu a notícia, transformando-me assim no objeto do seu ódio. Acha que ela vai voltar?

Yossarian foi para o clube dos oficiais naquela noite e lá ficou até bem tarde. Estava atento a qualquer sinal da prostituta de Nately ao voltar para a sua barraca. Parou ao vê-la escondida atrás de umas moitas, segurando uma imensa faca de trinchar e vestida como um lavrador de Pianosa. Yossarian deu a volta sem fazer qualquer barulho e segurou-a por trás.

– *Caramba!* – exclamou furiosa, resistindo como uma gata selvagem, enquanto ele arrastava-a para dentro da barraca e jogava-a no chão.

– Ei, o que está acontecendo? – perguntou um dos seus companheiros de barraca, a voz sonolenta.

– Segure-a até eu voltar! – ordenou Yossarian, arrancando-o da cama e jogando-o em cima dela.

– Deixem-me matá-lo e eu farei fuque-fuque com vocês todos! – prometeu ela.

Os outros pularam de suas camas ao verem que era uma mulher e tentaram convencê-la a transar com eles primeiro, enquanto Yossarian saía correndo à procura de Hungry Joe, que dormia como um bebê. Lá, tirou o gato de Huple de cima do rosto de Hungry Joe e sacudiu-o até que acordasse. Hungry Joe vestiu-se rapidamente. Desta vez, os dois seguiram no avião até o norte da Itália, à retaguarda das linhas inimigas. Ajustaram então um paraquedas na prostituta de Nately e empurraram-na pela saída de emergência. Yossarian tinha certeza de que por fim se livrara dela e sentiu-se aliviado. De volta a Pianosa, viu um vulto surgir da escuridão quando se aproximava de sua barraca e desmaiou. Voltou a si sentado no chão e ficou esperando que a faca o abatesse, quase desejando o golpe final, pela paz que iria proporcionar-lhe. Em vez disso, porém, uma mão prestimosa ajudou-o a levantar-se. Era de um piloto do esquadrão de Dunbar.

– Como é que está indo? – perguntou o piloto, num sussurro.

– Muito bem.

– Vi você caindo ainda há pouco. Pensei que lhe tivesse acontecido alguma coisa.

– Acho que desmaiei.

– Há um rumor no meu esquadrão de que você disse a eles que não iria voar mais nenhuma missão de combate.

– É verdade.

– Apareceram então alguns homens do comando do grupo e disseram que o boato não era verdadeiro, que você estava apenas brincando.

– Isso é mentira.

– Acha que eles vão deixá-lo escapar impune?

– Não sei.

– O que eles vão fazer com você?

– Não sei.

– Acha que vão levá-lo à corte marcial por deserção diante do inimigo?

– Não sei.

– Espero que consiga escapar impune – murmurou o piloto do esquadrão de Dunbar, desaparecendo novamente nas sombras. – Não se esqueça de me avisar tudo o que lhe acontecer.

Yossarian ficou parado ali por alguns segundos, olhando na direção pela qual o piloto desaparecera, depois continuou o caminho para sua barraca.

– Psiu! – exclamou uma voz, alguns passos à sua frente. Era Appleby, escondido atrás de uma árvore. – Como é que você está?

– Muito bem.

– Ouvi eles dizendo que vão ameaçar levá-lo a uma corte marcial por deserção diante do inimigo. Mas disseram também que não levarão o caso adiante, pois não têm certeza se podem mesmo fundamentar uma acusação contra você. E também porque isso poderá deixá-los numa má situação perante o novo comandante. Além do mais, você é considerado um grande herói por ter voltado para destruir aquela ponte em Ferrara. Acredito mesmo que é o maior herói que temos atualmente no grupo. Achei que você gostaria de saber que eles estarão apenas blefando.

– Obrigado, Appleby.

– Essa foi a única razão pela qual lhe falei, para alertá-lo.

– Agradeço, Appleby.

Appleby remexeu os pés na terra, constrangido.

– Lamento muito aquela briga que tivemos no clube dos oficiais, Yossarian.

– Não foi nada.

– Mas fui eu que comecei tudo. Acho que a culpa toda foi de Orr, por ter me acertado no rosto com aquela raquete de pingue-pongue. Por que ele tinha que fazer uma coisa dessas?

– Você estava dando uma surra nele.

– Mas eu não tinha que fazer justamente isso? Não é para isso que a gente joga? Mas agora que ele está morto, acho que não tem mais grande importância se jogo pingue-pongue melhor ou não, não é mesmo?

– Também acho que não.

– E lamento também ter armado toda aquela confusão a propósito dos tabletes de Atabrine na viagem para cá. Se você queria contrair malária, o problema era exclusivamente seu, não é?

– Tem toda a razão, Appleby.

– Mas eu estava apenas procurando cumprir o meu dever. Estava obedecendo ordens. E sempre me ensinaram que eu tinha de obedecer às ordens que me dessem.

– Não foi nada, Appleby.

– Sabe, eu disse ao coronel Korn e ao coronel Cathcart que achava que não deveriam obrigá-lo a voar mais missão alguma, se você não quisesse. Eles disseram que estavam muito desapontados comigo.

Yossarian sorriu, divertido e triste ao mesmo tempo.

– Aposto que estão mesmo.

– Pois não me importo. Que diabo, você já voou 71 missões! É mais do que suficiente. Acha que eles vão deixá-lo escapar impune?

– Não.

– Mas se o deixarem escapar impune, vão ter que deixar impunes os outros que se recusarem também, não é?

– É justamente por isso que eles não podem me deixar escapar impune.

– O que acha que eles vão fazer?

– Não sei.

– Acha que vão tentar levá-lo a uma corte marcial?

– Não sei.

– Está com medo?

– Estou.

– Vai voar mais alguma missão?

– Não.

– Espero que consiga escapar impune – sussurrou Appleby, com toda sinceridade. – Falo do fundo do meu coração.

– Obrigado, Appleby.

– Também não me sinto feliz por ter que voar tantas missões, agora que parece que já ganhamos a guerra. Se eu souber de mais alguma coisa, virei imediatamente avisá-lo.

– Obrigado, Appleby.

Depois que Appleby se foi, e quando Yossarian já estava quase entrando em sua barraca, uma voz gritou das moitas espessas que se erguiam do lado:

– Ei!

Era Havermeyer, agachado ali, escondido, comendo amendoim. As espinhas antigas pareciam buracos escuros sem fundo.

– Como é que você está? – perguntou ele, quando Yossarian se aproximou.

– Muito bem.

– Vai voar mais missões?

– Não.

– E se eles quiserem obrigá-lo?

– Não vou deixar.

– Você é covarde?

– Sou.

– Vão levá-lo a uma corte marcial?

– Provavelmente tentarão.

– O que diz o major Major?

– O major Major se foi.

– Eles o fizeram desaparecer?

– Não sei.

– O que vai fazer se eles decidirem desaparecer com você também?

– Tentarei impedi-los.

– Não lhe ofereceram nenhum trato, se você concordasse em voar?

– Piltchard e Wren disseram que dariam um jeito para que eu só voasse em missões fáceis.

Havermeyer se empertigou.

– Ei, até que é um bom negócio! Até eu aceitaria um negócio desses. Aposto que você concordou, não é?

– Recusei.

– Mas isso foi uma estupidez! – O rosto apático e obtuso de Havermeyer franziu-se de consternação. – Mas um negócio desses não é nada justo para os outros, não é mesmo? Se você só voasse missões fáceis, então alguns de nós teriam que voar a sua cota de missões perigosas, não é?

– Exatamente.

– Ei, não gosto disso! – exclamou Havermeyer, ressentido, erguendo-se com os punhos cerrados na altura dos quadris. – Não gosto nada disso! É uma sujeira que eles estão fazendo comigo, só porque você é covarde demais para voar mais alguma missão, não é mesmo?

– Pois vá discutir o caso com eles – disse Yossarian, pondo a mão na coronha da sua arma, cautelosamente.

– Não o estou culpando, apesar de não gostar de você. Sabe, eu também não estou muito satisfeito por ter que voar mais tantas missões de combate. Não há alguma maneira de eu conseguir esquivar-me também?

– Ponha uma arma na cintura e comece a andar a meu lado – disse Yossarian, rindo ironicamente.

– Não, eu não poderia fazer uma coisa dessas. – Havermeyer balançou a cabeça, pensativo. – Se eu agisse como covarde, poderia acarretar alguma desgraça para minha mulher e meu filho. Ninguém gosta de um covarde. Além disso, quero permanecer na reserva quando a guerra terminar. A gente recebe 500 dólares por ano se ficar na reserva.

– Então voe mais missões.

– É, acho que vou ter que voar mesmo. Ei, você acha que há alguma possibilidade de eles o dispensarem das missões de combate, providenciarem a sua baixa e o mandarem de volta para casa?

– Não.

– Mas se eles fizerem isso e deixarem você escolher uma pessoa para ir junto, promete que me escolhe? Não escolha ninguém como Appleby. Escolha a mim!

– E por que razão você acha que eles fariam uma coisa dessas?

– Não sei. Mas se fizerem uma coisa dessas, quero que se lembre de que eu pedi primeiro, está bem? E não se esqueça de me contar tudo o que lhe acontecer. Todas as noites estarei aqui nestas moitas à sua espera. Se eles não lhe fizerem nada de mau, talvez eu também decida não voar mais nenhuma missão. Combinado?

Durante toda a noite seguinte, incontáveis pessoas surgiram à sua frente da escuridão, perguntando como é que ele estava indo, pedindo-lhe informações confidenciais, com rostos cansados e transtornados, numa afinidade mórbida e clandestina que ele jamais supusera que existisse. Homens do esquadrão que Yossarian mal conhecia apareciam-lhe do nada quando ele passava e perguntavam como iam as coisas. Até mesmo homens de outros esquadrões vinham procurá-lo, escondendo-se na escuridão e surgindo à sua frente inesperadamente. Por toda parte onde ele fosse, depois do anoitecer, havia alguém escondido para surgir à sua frente de repente e perguntar-lhe como ia passando. As pessoas lhe surgiam de detrás de árvores e moitas, de valas e matagais, e detrás de barracas e de carros estacionados. Até mesmo um dos seus companheiros de barraca escondeu-se para perguntar-lhe como ia passando e suplicou que não contasse nada aos demais. Yossarian se aproximava de cada vulto que o chamava com toda cautela, a mão na coronha, sem nunca saber qual das sombras iria transformar-se desonestamente na prostituta de Nately. Ou, o que era pior, em alguma autoridade governamental devidamente constituída, com o objetivo de agredi-lo até que perdesse os sentidos. E tudo indicava que eles teriam de fazer algo assim. Não queriam levá-lo à corte marcial por deserção em face do inimigo, pois o inimigo estava a 220 quilômetros de distância e não se podia dizer que estivesse precisamente em face do inimigo. Além do mais, fora Yossarian quem destruíra a ponte em Ferrara, voltando ao alvo pela segunda vez e matando Kraft. (Ele estava sempre esquecendo de Kraft, quando relacionava os mortos que conhecera.) Mas eles tinham que fazer alguma coisa com ele e todos esperavam, desalentados, que coisa terrível seria.

Durante o dia, os homens evitavam-no, até mesmo Aarfy. Yossarian percebeu que eram muito diferentes à luz do dia do que eram à noite, quando o pegavam a sós. Mas não se importava e continuava a andar de costas, sempre com a mão na coronha. E toda vez que via o capitão Piltchard e o capitão Wren saindo de outra conferência urgente com o coronel Cathcart e o coronel Korn, ficava aguardando as lisonjas, ameaças e persuasões que seriam despejadas em cima dele. Hungry Joe quase nunca estava por ali, e a única outra pessoa que lhe dirigia a palavra à luz do dia era o capitão Black, que o chamava zombeteiramente de "capitão Coragem", cada vez que Yossarian o cumprimentava. No final da semana, o capitão Black voltou de Roma e disse-lhe que a prostituta de Nately desaparecera. Yossarian ficou desolado, com uma pontada de preocupação e remorso. Sentia saudade dela.

– Desapareceu?

– Isso mesmo, desapareceu. – O capitão Black riu, os olhos turvos se estreitando de fadiga, a barba castanho-avermelhada a despontar afunilada, como sempre. Esfregou as olheiras e acrescentou: – Já que eu estava mesmo em Roma, achei que não seria má ideia pegar aquela puta estúpida outra vez, só para recordar os velhos tempos. Sabe, era para fazer o corpo de Nately se revolver na sepultura. Ah! Ah! Ah! Lembra-se da maneira como eu implicava com ele? Mas o apartamento estava vazio.

– Havia alguma notícia dela? – insistiu Yossarian. Andara pensando constantemente na garota, imaginando o quanto ela deveria estar sofrendo e sentindo-se quase solitário e abandonado sem os ataques ferozes e implacáveis dela.

– Não há ninguém lá! – exclamou o capitão Black jovialmente, tentando fazer Yossarian compreender. – Será que não entende? Todas elas desapareceram. O apartamento estava vazio.

– Desapareceram?

– Isso mesmo. Todas elas foram jogadas na rua. – O capitão Black soltou uma risadinha feliz, o pomo-de-adão subindo e descendo sem parar no pescoço descarnado. – A pocilga está vazia. Os PEs arrebentaram o apartamento todo e expulsaram as putas. Não é engraçado?

Yossarian estava apavorado e começou a tremer.

– Mas por que fizeram isso?

– E que diferença pode fazer? Jogaram todas na rua. O que acha disso? Não é uma beleza?

– E o que aconteceu com a irmã caçula?

– Foi jogada também na rua, junto com todas as outras putas.

– Mas ela é apenas uma criança! – objetou Yossarian, veementemente. – Ela não conhece mais ninguém em toda a cidade! O que irá acontecer com a pobre menina?

– E por que iria importar-me com isso? – perguntou o capitão Black, sacudindo os ombros, indiferente. Mas logo fitou Yossarian, boquiaberto e surpreso, com um brilho astuto nos olhos. – Ei, qual é o problema? Se eu soubesse que isso ia deixá-lo tão infeliz, já lhe teria falado, só para ver você sofrendo tanto assim. Ei, aonde é que você está indo? Volte aqui! Volte aqui que eu quero ver você na pior!

39
A cidade eterna

Yossarian estava se ausentando sem licença oficial. Seguiu em companhia de Milo, que, durante a viagem de avião para Roma, balançou a cabeça com uma expressão de censura, com os lábios apertados, e declarou a Yossarian que estava envergonhado dele. Yossarian concordou. Milo acrescentou que Yossarian estava fazendo um espetáculo esquisito de si mesmo, andando de costas com uma arma na cintura e se recusando a voar novas missões de combate. Yossarian concordou. Estava sendo desleal para com o seu esquadrão e um embaraço para os seus superiores, continuou Milo. E estava deixando a ele, Milo, numa situação muito difícil. Yossarian tornou a assentir. Os homens já estavam começando a resmungar. Não era justo que Yossarian pensasse apenas em sua própria segurança, enquanto Milo, o coronel Cathcart, o coronel Korn e o ex-PFC Wintergreen estavam dispostos a fazer tudo o que estivesse dentro de suas possibilidades para ganhar a guerra. Os homens que já tinham voado 70 missões estavam começando a resmungar porque teriam agora que voar 80 missões. Havia o perigo de que alguns enfiassem também armas na cintura e passassem a andar de costas. O moral se deteriorava rapidamente e tudo por culpa de Yossarian. O país estava em perigo. Ele punha em risco os direitos tradicionais de liberdade e independência, por se atrever a exercitá-los.

No lugar do copiloto, Yossarian continuou concordando com a cabeça e tentou não escutar a lenga-lenga de Milo. A prostituta de Nately lhe absorvia todos os pensamentos. Assim como Kraft, Orr, Nately, Dunbar, Kid Sampson e McWatt, bem como todos os pobres-diabos estúpidos e doentes que ele vira na Itália, Egito e África do Norte, além dos milhares de outros que ele sabia existirem em outras partes do mundo. E também estavam em sua consciência Snowden e a irmã caçula da prostituta de Nately. Yossarian achou que compreendia o motivo pelo qual a prostituta de Nately atribuía a ele a responsabilidade pela morte de Nately, desejando matá-lo por isso. E por que diabo ela deveria reagir de outra maneira? Era um mundo dos homens, e ela e todas as pessoas mais jovens tinham pleno direito de atribuir a ele e a todos os mais velhos a responsabilidade pela tragédia fabricada que se abatera sobre o mundo. Da mesma forma que a ela seria atribuída a responsabilidade, apesar de toda a sua dor, pelo que acontecesse à irmã caçula e a todas as crianças que deixasse para trás, por todas as misérias provocadas pelo homem. Alguém tinha de fazer alguma coisa, algum dia. Cada vítima era culpada, cada culpado era vítima. Alguém tinha que se levantar algum dia para romper aquela cadeia inexorável de hábitos herdados, a qual estava pondo em risco a todos. Em algumas regiões da África, garotinhos eram roubados por mercadores de escravos adultos e vendidos a preços elevados, para homens que os estripavam e comiam. Yossarian admirou-se de que crianças pudessem sofrer um sacrifício bárbaro tão atroz sem demonstrar qualquer medo ou dor. Não tinha a menor dúvida de que as crianças submetiam-se ao sacrifício resignadas. Caso contrário, raciocinava, o costume certamente já teria desaparecido, pois nenhum anseio de riqueza ou imortalidade poderia ser tão grande a ponto de subsistir à custa do desespero e das lamentações de crianças.

Ele estava ameaçando o barco de naufrágio, garantiu Milo. Yossarian concordou novamente. Ele, simplesmente, não estava sendo um bom integrante da equipe, disse Milo. Yossarian mais uma vez concordou e ficou escutando Milo dizer-lhe que a coisa decente que deveria ter feito, se não gostava da maneira como o coronel Cathcart e o coronel Korn estavam comandando o grupo, era ir para a Rússia, em vez de provocar encrencas. Yossarian conteve-se e não disse o que pensou, que Milo, o coronel Cathcart e o coronel Korn poderiam muito bem ir todos para a Rússia, se não gostavam da maneira como ele estava provocando encrenca. O coronel Cathcart e o coronel Korn tinham sido muito bons para com Yossarian, ressaltou Milo. Não lhe haviam dado uma medalha e o promovido a capitão depois da última missão a Ferrara? Yossarian concordou. Não lhe haviam dado sempre a melhor comida possível e lhe pagado o soldo todos os meses? Yossarian assentiu novamente. Milo tinha certeza de que eles seriam generosos, se Yossarian fosse procurá-los para pedir desculpas e retratar-se, prometendo voar as 80 missões. Yossarian disse que pensaria no assunto e prendeu a respiração, rezando por um pouso seguro, enquanto Milo baixava o trem de aterrissagem e descia na pista. Era curioso como ele passara a detestar qualquer voo.

Quando o avião desceu, Yossarian viu que Roma estava em ruínas. O aeródromo fora bombardeado oito meses antes e os escombros empurrados por tratores para pilhas imensas, que se erguiam dos dois lados da entrada, além da cerca de arame farpado que cercava todo o campo. O Coliseu era apenas uma carcaça em ruínas e o Arco de Constantino desabara. O apartamento da prostituta de Nately estava todo arrebentado, na maior confusão. As garotas haviam desaparecido e a única pessoa que ainda restava por ali era a velha. As janelas do apartamento tinham sido destruídas. A velha estava de suéter e saia, com um xale preto na cabeça. Estava sentada numa cadeira de madeira, perto de um fogareiro elétrico, a água fervendo numa chaleira. Falava em voz alta consigo mesma e começou a gemer quando viu Yossarian entrar.

– Elas se foram – gemeu ela, antes que Yossarian fizesse qualquer pergunta, balançando-se para a frente e para trás na cadeira que rangia. – Elas se foram.

– Quem?

– Todas elas, todas aquelas pobres moças.

– Para onde?

– Para longe. Foram jogadas na rua. Todas elas, todas aquelas pobres moças.

– Mas quem as expulsou daqui? Quem fez isso?

– Os soldados altos e maus, de capacetes brancos e cassetetes. Juntamente com os nossos *carabinieri*. Eles também vieram com cassetetes e expulsaram todas elas. Nem mesmo deixaram que elas pegassem seus casacos. Pobres moças! Jogaram-nas na rua, no frio da noite.

– Eles as prenderam?

– Eles as expulsaram, apenas expulsaram todas as pobres moças.

– Mas por que fizeram isso, se não as prenderam?

– Não sei – soluçou a velha. – Não sei. Quem vai tomar conta de mim agora? Não há ninguém para tomar conta de mim agora que todas aquelas pobres moças foram embora. Quem vai tomar conta de mim?

– Mas tem que haver alguma razão – insistiu Yossarian, batendo com um punho cerrado na palma da outra mão. – Não podiam simplesmente entrar e expulsar todas elas!

– Não houve razão nenhuma – gemeu a velha. – Nenhuma razão.

– Que direito eles tinham?

– Ardil-22.

– *O quê?* – Yossarian ficou imóvel, gelado de medo e alarme, sentindo o corpo todo começar a formigar. – O que foi mesmo que disse?

– Ardil-22 – repetiu a velha, balançando a cabeça para cima e para baixo. – Ardil-22. O Ardil-22 diz que eles têm o direito de fazer qualquer coisa que não pudermos impedir.

– Mas de que diabo você está falando? – gritou Yossarian, num protesto aturdido e furioso. – Como é que sabe que era o Ardil-22? Quem foi que disse que era o Ardil-22?

– Os soldados de capacetes brancos e cassetetes é que disseram. As moças começaram a chorar e perguntaram: "Fizemos alguma coisa errada?" Os homens responderam que elas nada tinham feito de errado e empurraram-nas pela porta afora com as pontas dos cassetetes. "Então por que estão nos expulsando?", perguntaram as moças. "Ardil-22", responderam os homens. "Que direito vocês têm de fazer uma coisa dessas?", insistiram as moças. "Ardil-22", responderam os homens. Tudo o que eles diziam era Ardil-22, Ardil-22. O que significa isso? O que é Ardil-22?

– Eles lhe mostraram por acaso o Ardil-22? – indagou Yossarian, furioso, desesperado. – Exigiu que eles o lessem?

– Eles não precisavam mostrar-nos o Ardil-22 – explicou a velha. – A lei diz que não precisam fazê-lo.

– Mas que lei diz isso?

– Ardil-22.

– Oh, Deus! – exclamou Yossarian, amargurado. – Aposto que eles nem tinham nada. – Parou de andar e correu os olhos pela sala, desconsolado. – Onde está o velho?

– Foi-se – lamuriou-se a velha.

– Foi-se?

– Está morto. – A velha balançou a cabeça, num lamento, apontando para a sua própria cabeça. – Alguma coisa arrebentou aqui dentro. Num momento ele estava vivo, no momento seguinte estava morto.

– Mas ele não pode estar morto! – gritou Yossarian, disposto a contestar o fato insistentemente. Mas ele sabia que era verdade, sabia que era a consequência lógica e verdadeira. O velho acompanhara a maioria e se fora também.

Yossarian virou-se e percorreu o apartamento, com uma expressão sombria, espiando em todos os quartos, com uma curiosidade pessimista. Tudo que era de vidro tinha sido quebrado pelos homens de capacetes brancos. As cortinas tinham sido arrancadas e os colchões e roupas de cama estavam jogados no chão. As cadeiras, mesas e penteadeiras estavam viradas. Tudo o que podia ser quebrado fora quebrado. A destruição era total. Vândalos selvagens não teriam sido mais meticulosos. Cada janela tinha sido arrebentada e a escuridão penetrava nos quartos como nuvens de breu. Yossarian podia imaginar as pisadas implacáveis e destruidoras dos PEs altos, de capacetes brancos. Podia imaginar a satisfação intensa e maligna com que haviam efetuado toda aquela destruição, o senso de justiça e a dedicação hipócrita e implacável de que deviam estar imbuídos. Todas as pobres moças haviam desaparecido. Não havia mais ninguém ali, a não ser a velha a soluçar, de suéter e xale preto na cabeça. Breve, ela desapareceria também.

– Todas foram embora – lamentou-se ela novamente, quando Yossarian voltou à sala. – Quem vai tomar conta de mim agora?

Yossarian ignorou a pergunta e indagou:

– Alguém soube da namorada de Nately?

– Ela se foi.

– Sei que ela se foi. Mas alguém teve notícia dela? Alguém sabe onde ela está?

– Ela se foi.

– E o que aconteceu com a irmã caçula dela?

– Ela se foi. – O tom de voz da velha era sempre o mesmo.

– Sabe do que estou falando? – perguntou Yossarian asperamente, fitando-a nos olhos para ver se não estava falando com alguém incapaz de entendê-lo. – O que aconteceu com a irmã caçula, aquela garotinha que vivia aqui?

– Ela se foi, ela se foi – respondeu a velha, sacudindo os ombros, irritada com a persistência dele, seu gemido tornando-se mais alto. Eles a expulsaram junto com as outras, jogaram-na na rua. Não a deixaram nem mesmo pegar o casaco.

– Para onde ela foi?

– Não sei, não sei...

– Quem vai tomar conta dela?

– Quem vai tomar conta de mim?

– Ela não conhece mais ninguém na cidade, não é?

– Quem vai tomar conta de mim?

Yossarian deixou algum dinheiro no colo da velha – era estranho como se podia reparar muitos erros deixando dinheiro – e saiu do apartamento, amaldiçoando o Ardil-22 veementemente, ao descer a escada, embora soubesse que tal regulamento simplesmente não existia. Tinha certeza de que o Ardil-22 não existia, mas isso não fazia a menor diferença. O importante é que todos pensavam que existia e isso era muito pior, pois não havia nenhum objeto ou um texto para ridicularizar ou refutar, para acusar, criticar, atacar, emendar, odiar, amaldiçoar, cuspir, rasgar, pisotear ou queimar.

Estava frio e escuro lá fora. Uma neblina incômoda impregnava o ar e escorria pelos blocos de pedra sujos das casas e pelos pedestais dos monumentos. Yossarian voltou apressadamente até Milo e retratou-se. Disse que estava arrependido e, embora sabendo que mentia, prometeu que voaria todas as missões a mais que o coronel Cathcart desejasse, contanto que Milo usasse toda a influência que tinha em Roma para ajudá-lo a localizar a irmã caçula da prostituta de Nately.

– Ela é apenas uma virgem de 12 anos, Milo, e quero encontrála antes que seja tarde demais.

Milo reagiu ao pedido com um sorriso complacente, anunciando exultante:

– Pois acabo de arrumar a virgem de 12 anos que você está procurando. Essa virgem de 12 anos tem na realidade apenas 34 anos, mas foi criada com uma dieta deficiente em proteínas por pais muito pobres e não começou a deitar com homens antes...

– Milo, estou-lhe falando a respeito de uma menina! – interrompeu-o Yossarian, numa impaciência desesperada. – Será que não entende? Não quero deitar com ela! Só quero ajudá-la. Você tem filhas, Milo. Ela é apenas uma criança e está sozinha nesta cidade, sem ninguém para tomar conta dela. Quero apenas evitar que lhe aconteça algum mal. Será que não entende o que estou querendo dizer?

Milo compreendeu e ficou profundamente comovido. E foi emocionado que ele disse:

– Yossarian, estou orgulhoso de você. Estou mesmo! Não sabe como me sinto contente ao ver que não é só em sexo que você pensa. Você é um homem de princípios. É claro que tenho filhas e que compreendo perfeitamente do que está falando. Vamos descobrir essa garota de qualquer maneira. Não precisa preocupar-se. Venha comigo e encontraremos a garota, nem que tenhamos de revirar toda a cidade de pernas para o ar. Vamos logo!

Yossarian seguiu com Milo Minderbinder num carro da M&M Empreendimentos até a chefatura de polícia. Foram direto procurar um comissário moreno e desmazelado, com um bigodinho preto e a túnica desabotoada, que estava bolinando uma mulher gorda e cheia de verrugas, quando entraram em seu gabinete. Ele cumprimentou Milo com uma surpresa calorosa, inclinando-se numa servilidade obscena, como se Milo fosse algum elegante marquês.

– Ah, Marchese Milo! – disse ele efusivamente, empurrando a mulher gorda para a porta, sem sequer olhar para ela. – Por que não avisou que viria até aqui? Eu teria organizado uma festa para recebê-lo. Vamos, vamos, Marchese, fique à vontade. Quase não nos visita mais.

Milo sabia que não havia um só momento a perder.

– Olá, Luigi – disse ele, acenando tão rapidamente que quase pareceu rude. – Luigi, preciso da sua ajuda. Meu amigo aqui está querendo encontrar uma garota.

– Uma garota, Marchese? – disse Luigi, coçando o rosto, pensativo. – Há uma porção de garotas em Roma. Não deve ser muito difícil para um oficial americano encontrar uma.

– Não, Luigi, você não está compreendendo. A que ele tem que encontrar imediatamente é uma virgem de 12 anos.

– Ah, sim, agora estou entendendo! – murmurou Luigi, matreiramente. – Uma virgem talvez demore um pouco mais. Mas se ele ficar esperando na estação rodoviária, onde chegam as moças do campo que vêm procurar emprego, eu...

– Luigi, você ainda não entendeu! – interrompeu-o Milo, com uma impaciência brusca que deixou o comissário corado e fê-lo levantar-se, em posição de sentido, começando a abotoar seu uniforme, na maior confusão. – Essa garota é uma amiga, uma velha amiga da família. Queremos ajudá-la. Ela é apenas uma criança. Está inteiramente sozinha nesta cidade e temos que encontrá-la antes que lhe aconteça algum mal. Compreende agora? Luigi, isso é muito importante para mim. Tenho uma filha da mesma idade e nada no mundo é tão importante para mim, neste momento, quanto salvar essa pobre criança, antes que seja tarde demais. Vai querer ajudar-nos?

– *Sì*, Marchese, agora eu compreendo. E farei tudo que estiver ao meu alcance para encontrá-la. Mas esta noite quase não tenho homens para trabalhar no caso. Esta noite quase todos estão ocupados numa tentativa de acabar com o tráfico ilegal de tabaco.

– Tráfico ilegal de tabaco? – repetiu Milo.

– Milo... – suplicou Yossarian, empalidecendo ligeiramente, sentindo imediatamente que estava tudo perdido.

– *Sì*, Marchese – disse Luigi. – O lucro com o tabaco ilegal é tão alto que é quase impossível controlar o contrabando.

– Há realmente tanto lucro assim? – insistiu Milo, extremamente interessado, as sobrancelhas franzidas, as narinas fremindo.

– Milo, preste atenção a mim, está bem? – suplicou Yossarian.

– *Sì*, Marchese – confirmou Luigi. – O lucro é muito alto. O contrabando é um escândalo nacional, Marchese, uma verdadeira desgraça nacional.

– É mesmo? – disse Milo, com um sorriso preocupado, encaminhando-se para a porta, como se estivesse em transe.

– Milo! – gritou Yossarian, adiantando-se impulsivamente para interceptá-lo. – Milo, você tem que me ajudar!

– Tabaco ilegal – explicou-lhe Milo, com uma expressão de ânsia incontrolável, esforçando-se obstinadamente para continuar em seu caminho. – Deixe-me passar. Tenho que contrabandear tabaco ilegal.

– Fique aqui e ajude-me a encontrá-la! – implorou Yossarian. Você pode contrabandear tabaco ilegal amanhã.

Mas Milo estava surdo a qualquer apelo e continuou em frente, sem violência mas inexoravelmente, suando em profusão, os olhos febris ardendo febrilmente, uma baba a surgir nos cantos da boca, como que dominado por uma fixação irresistível. Ele gemia calmamente, como em meio a um tormento profundo e instintivo, repetindo sempre "tabaco ilegal, tabaco ilegal". Yossarian por fim saiu da frente dele, resignado, ao compreender que era inútil tentar argumentar. E Milo, no mesmo instante, desapareceu. O comissário de polícia desabotoou a túnica novamente e fitou Yossarian com uma expressão de desprezo.

– O que está querendo aqui? – perguntou ele, friamente. – Quer que eu o prenda?

Yossarian saiu da sala e desceu a escada para a rua escura e silenciosa como um túmulo, passando no corredor pela mulher gorda e de verrugas, que já estava voltando para o gabinete do comissário. Não havia o menor sinal de Milo lá fora. Não havia luz em nenhuma janela. A calçada deserta subia íngreme e continuamente por vários quarteirões. No alto da ladeira, Yossarian divisou o brilho de uma avenida larga. A delegacia de polícia ficava quase no fundo da ladeira. As lâmpadas amarelas à entrada chiavam na umidade como tochas molhadas. Uma chuva fina e fria estava caindo. Ele começou a andar lentamente, subindo a ladeira. Logo, chegou a um restaurante tranquilo, aconchegante e convidativo, com cortinas vermelhas de veludo nas janelas e um cartaz azul de néon perto da porta, onde estava escrito: RESTAURANTE DO TONY. COMIDAS E BEBIDAS FINAS. NÃO ENTRE. As palavras surpreenderam-no ligeiramente, mas só por um instante. Nenhuma deformação parecia mais bizarra naquele ambiente estranho e distorcido. Os tetos dos prédios se inclinavam em perspectivas esquisitas e surrealistas, a rua parecia enviesar. Ele levantou a gola do seu casaco grosso de lã e apertou-o de encontro ao corpo. Era uma noite horrível. Um menino saiu da escuridão, descalço, usando apenas uma camisa fina e uma calça fina e rasgada. Tinha cabelos pretos e precisava cortá-los, precisava de um par de sapatos, de um par de meias. O rosto doentio era pálido e triste. Os pés descalços produziam um barulho horrível nas poças d'água na calçada. Yossarian ficou comovido, sentiu-se dominado por uma piedade tão intensa pela pobreza do menino que teve vontade de esmagar aquele rosto pálido, triste e doentio com um soco, acabando com a existência dele, porque o fazia lembrar-se de todas as outras crianças pálidas, tristes e doentias que vagavam pela Itália naquela mesma noite, todas precisando cortar os cabelos, além de sapatos e de meias. O menino fez Yossarian pensar também em aleijados, em homens e mulheres com frio e com fome, em mães estúpidas, passivas e devotas, de olhos catatônicos, amamentando seus: bebês na rua, os férteis animais gelados, expostos insensivelmente àquela mesma chuva fria. Quase que numa deixa, naquele instante passou por ele uma mãe a amamentar o filho, envolto em trapos negros. Yossarian também sentiu vontade de esmurrá-la, porque ela o fazia lembrar-se do menino descalço, de camisa fina e calça fina e rasgada, fê-lo lembrar-se de toda a miséria chocante que existia num mundo que ainda não aprendera a proporcionar calor, comida e justiça para todos, à exceção de um punhado esperto e inescrupuloso. Oh, mas que terra nojenta! Yossarian se perguntou quantas pessoas estariam ao relento naquela mesma noite, até mesmo em seu país tão próspero, quantos lares não passavam de barracos miseráveis, quantos maridos estavam bêbados e quantas esposas eram espancadas, quantas crianças eram maltratadas, surradas ou abandonadas. Quantas famílias ansiavam por comida que não podiam pagar? Quantos corações estariam para sempre partidos? Quantos suicídios ocorreriam naquela mesma noite, quantas pessoas enlouqueceriam? Quantos vermes e senhorios iriam triunfar? Quantos vencedores eram perdedores, quantos sucessos eram fracassos, quantos ricos eram pobres? Quantos sujeitos espertos não seriam idiotas? Quantos finais felizes não seriam finais infelizes? Quantos homens honestos eram mentirosos, quantos bravos eram covardes, quantos homens leais eram traidores, quantos homens santos eram corrompidos, quantas pessoas em posições de confiança tinham que vender suas almas a canalhas em troca do vil metal, quantas não teriam almas? Quantos caminhos retos não eram na verdade trilhas escusas? Quantas melhores famílias não eram piores famílias e quanta boa gente não era má gente? Ao se somar a todos e depois subtrair, provavelmente ficava-se apenas com as crianças e talvez com Albert Einstein e um velho violinista ou escultor em algum lugar. Yossarian seguiu em frente, numa tortura solitária, sentindo-se um pária, sem conseguir tirar dos pensamentos a imagem terrível do menino descalço de rosto doentio, até chegar à esquina e entrar na avenida larga, quando então deparou com um soldado aliado estendido no chão, com convulsões. Era um jovem tenente, de rosto pálido e infantil. Seis outros soldados, de diferentes países, engalfinhavam-se com diferentes partes do corpo do jovem tenente, procurando ajudá-lo, tentando fazer com que ele ficasse quieto. Ele gritava e gemia de modo ininteligível, através dos dentes cerrados, os olhos se revirando.

– Não deixem que ele morda a língua – aconselhou um sargento baixo que parara ao lado de Yossarian.

Um sétimo homem surgiu em cena, atracando-se com a cabeça do jovem tenente, para impedir que ele mordesse a própria língua. E de repente todos os sete homens compreenderam que venceram a batalha e se entreolharam indecisos e desconcertados. Agora que mantinham o tenente imobilizado, não sabiam mais o que fazer com ele. Um tremor de pânico foi se disseminando de um rosto tenso para o outro.

– Por que não o levantam e o colocam em cima do capô daquele carro? – sugeriu um cabo que estava atrás de Yossarian.

Aquilo parecia fazer sentido e os sete homens levantaram o jovem tenente e colocaram-no em cima do capô do carro estacionado junto ao meio-fio, cada um continuando atracado à parte do corpo pela qual era responsável. Depois de o ajeitarem, entreolharam-se mais uma vez, novamente inquietos, pois não tinham a menor ideia do que fazer a seguir.

– Por que não o tiram de cima do capô desse carro e o ajeitam no chão? – sugeriu o mesmo cabo que estava parado atrás de Yossarian.

Aquilo parecia ser também uma boa ideia e os sete homens começaram a levar novamente o jovem tenente para a calçada. Antes que tivessem terminado, apareceu um jipe correndo velozmente, com um farolete vermelho, parando bem ao lado. Havia dois PEs sentados no banco da frente.

– O que está acontecendo aqui? – berrou o motorista.

– Ele está tendo convulsões – explicou um dos homens que estava segurando o jovem tenente. – Nós estamos procurando mantê-lo imóvel.

– Essa é muito boa! Ele está preso.

– E o que devemos fazer com ele?

– Continuem a mantê-lo preso! – respondeu o PE, dobrando-se numa gargalhada e logo arrancando com o jipe.

Yossarian recordou-se que não tinha um documento de licença e afastou-se prudentemente, passando pelo estranho grupo e encaminhando-se para a origem das vozes abafadas que soavam na escuridão tenebrosa à sua frente. A avenida larga e manchada de chuva era iluminada na metade de cada quarteirão por lampiões baixos, com uma luz que tremeluzia, envolta por uma neblina cinzenta. De uma janela lá em cima, ele ouviu uma foz feminina infeliz a suplicar:

– Por favor, não... Não, por favor...

Uma jovem abatida passou por ele, de capa de chuva preta e os cabelos pretos caindo-lhe no rosto, os olhos abaixados. No Ministério dos Negócios Públicos, no quarteirão seguinte, uma dama embriagada estava encurralada contra uma das colunas coríntias por um jovem soldado embriagado. Três outros soldados embriagados estavam sentados nos degraus ao lado, com garrafas de vinho nas mãos.

– Por favor, não... – implorou a dama embriagada. – Quero ir para casa agora. Não, por favor...

Um dos três homens que estavam sentados xingou Yossarian belicosamente e atirou-lhe a garrafa de vinho, quando ele se virou para olhar a cena. A garrafa de vinho foi espatifar-se muito longe de Yossarian, com um barulho que logo se dissolveu na escuridão. Yossarian continuou em frente, no mesmo passo apático e sem pressa, as mãos enterradas nos bolsos.

– Venha, boneca – disse lá atrás um dos soldados embriagados, incisivamente. – É a minha vez agora.

– Por favor, não... – implorou a dama embriagada. – Não, por favor...

Na esquina seguinte, ele ouviu o ruído misterioso e inconfundível de alguém a remover a neve da calçada com uma pá, saindo das sombras espessas e impenetráveis de uma ruela estreita e sinuosa. O rangido da pá no cimento deixou Yossarian arrepiado de terror. Atravessou a esquina rapidamente e acelerou o passo, até que aquele barulho apavorante e incongruente ficasse para trás. Agora, ele sabia onde estava. Se continuasse em frente, sem virar em nenhuma esquina, logo chegaria à fonte seca no meio da avenida, podendo seguir de lá até o apartamento dos oficiais, que ficava sete quarteirões além. Ele ouviu ganidos e vozes inumanas cortarem subitamente a escura noite fantasmagórica que se erguia à sua frente. A lâmpada do lampião da esquina queimara, deixando a metade da rua imersa em sombras, distorcendo todos os contornos. No outro lado do cruzamento havia um homem batendo num cachorro com uma bengala, como o homem que batia num cavalo com um chicote, no sonho de Raskolnikov. Yossarian esforçou-se ao máximo para não ver nem ouvir. O cachorro gania desesperado, numa histeria confusa, na extremidade de uma corda de fibra, prostrado de barriga, a rastejar, sem oferecer qualquer resistência. Mesmo assim, o homem continuava a surrá-lo com sua bengala pesada. Uma pequena multidão contemplava a cena. Uma mulher atarracada saiu da multidão e pediu ao homem que parasse, por favor.

– Meta-se no que for da sua conta! – gritou-lhe o homem de modo ríspido, levantando a bengala ameaçadoramente, como se estivesse disposto a bater também na mulher.

Ela recuou atemorizada, com uma expressão humilhada e abjeta. Yossarian acelerou o passo para afastar-se, quase correu. A noite estava repleta de horrores e ele pensava saber como Cristo devia ter-se sentido ao caminhar pelo mundo, como um psiquiatra a percorrer uma enfermaria cheia de loucos, como uma vítima numa prisão cheia de ladrões. Que visão bem-vinda deveria ter sido a de um leproso! Na esquina seguinte, um homem estava espancando brutalmente um garotinho, no meio de uma multidão imóvel de espectadores adultos, nenhum dos quais parecia disposto a intervir. Yossarian recuou, com uma sensação aterrorizante de reconhecimento. Tinha certeza de que já presenciara antes aquela mesma cena horrível. *Déjà vu?* A sinistra coincidência deixou-o abalado, cheio de dúvida e pavor. Fora a mesma cena que ele presenciara um quarteirão antes, embora tudo parecesse bem diferente. Mas o que estaria acontecendo? Será que uma mulher atarracada iria agora destacar-se da multidão e pedir ao homem que parasse, por favor? Será que o homem ergueria a mão para bater também na mulher e ela então fugiria? Ninguém se mexeu. O menino gritava no mesmo ritmo, como se a dor que sentia lhe chegasse através da mente drogada. O homem derrubava-o com golpes fortes e sonoros da mão aberta, levantando-o então para derrubá-lo novamente. Ninguém, naquela multidão taciturna e amedrontada, parecia importar-se com o menino espancado e aturdido a ponto de interferir. O menino não devia ter mais do que 9 anos. Uma mulher esfarrapada chorava silenciosamente ao lado, segurando um pano de pratos muito sujo. O menino era pálido e precisava cortar os cabelos. O sangue começou a escorrer de seus ouvidos. Yossarian atravessou rapidamente para o outro lado da imensa avenida, a fim de escapar à cena nauseante. E viu-se caminhando sobre dentes humanos caídos na calçada molhada e reluzente, perto de manchas de sangue, que as gotas de chuva iam ampliando lentamente. Molares e incisivos quebrados estavam espalhados por toda parte. Yossarian contornou os detritos grotescos na ponta dos pés e aproximou-se de um portal onde havia um soldado chorando, segurando de encontro ao rosto um lenço manchado de sangue, amparado por dois outros soldados, que esperavam impacientes a chegada da ambulância. E quando a ambulância finalmente apareceu, ruidosamente, passou direto por eles e foi até o quarteirão seguinte, onde estava ocorrendo uma discussão entre um civil italiano, carregado de livros, e uma turma de policiais civis, armados de cassetetes. O civil que se debatia entre os policiais era um homem moreno, mas com o rosto extremamente pálido, de medo. Seus olhos se agitavam nas órbitas, num desespero crescente, as pálpebras tremiam. Os policiais levantaram-no pelas pernas e pelos braços. Os livros caíram no chão.

– Socorro! – gritou o homem, a voz sufocada por sua própria emoção, enquanto os policiais levavam-no até as portas abertas na traseira da ambulância e jogavam-no lá dentro. – Socorro! Polícia! Socorro!

As portas foram fechadas e aferrolhadas e a ambulância se afastou velozmente. Havia uma ironia sombria no pânico ridículo do homem a gritar pela ajuda da polícia, cercado por policiais. Yossarian sorriu amargamente ao pensar no grito de socorro inútil e ridículo. Depois compreendeu, com um estremecimento de horror, que as palavras eram ambíguas. Alarmado, percebeu que os gritos desesperados talvez não fossem um chamado para a polícia, mas o alerta heroico que um homem condenado emitia da beira da cova, para todos que não fossem policiais e não estivessem armados e apoiados por um bando de iguais. "Socorro! Polícia!", gritara o homem. Talvez tivesse sido um alerta para o perigo que todos corriam também. Yossarian reagiu ao pensamento afastando-se furtivamente dos policiais e quase tropeçando no pé de uma mulher corpulenta, em torno dos 40 anos, que atravessava rapidamente o cruzamento com um ar de culpa, lançando olhares sorrateiros e vingativos para trás, na direção de uma mulher de 80 anos, com os tornozelos enfaixados, que caminhava de modo trôpego, numa perseguição fracassada de antemão. A velha ofegava, sem fôlego, murmurando para si mesma, numa agitação enfurecida. Não havia como se equivocar com relação à natureza da cena: era de fato uma perseguição. A primeira mulher, triunfante, já estava no meio da larga avenida antes que a segunda mulher tivesse sequer alcançado o meio-fio. O sorriso asqueroso de satisfação que se estampou no rosto dela, ao olhar para a velha lá atrás, era ao mesmo tempo perverso e apreensivo. Yossarian sabia que poderia ajudar a velha, se ela ao menos gritasse; sabia que poderia adiantar-se rapidamente e segurar a primeira mulher até a chegada do bando de policiais. Mas era preciso que a velha lhe desse permissão para interferir, soltando um grito estridente de socorro. Mas a velha passou por ele sem ao menos vê-lo, murmurando algo ininteligível, numa angústia trágica e terrível. Depois, a primeira mulher desapareceu nas camadas da escuridão que se adensava. A velha ficou parada no meio da rua, desamparada, aturdida, solitária, sem saber para que lado deveria prosseguir. Yossarian obrigou-se a desviar os olhos dela e afastou-se apressado e envergonhado, porque nada fizera para ajudá-la. Ao bater em retirada, derrotado, lançou alguns olhares furtivos e amedrontados para trás, temendo que a velha pudesse agora começar a segui-lo. E foi com satisfação que se embrenhou pelo refúgio seguro da escuridão sombria e chuvosa. Quadrilhas... quadrilhas de policiais! Todas as partes do mundo, à exceção da Inglaterra, estavam dominadas por quadrilhas ameaçadoras, armadas de cassetetes, controlando tudo!

A gola e os ombros do casaco de Yossarian estavam ensopados. Suas meias estavam úmidas e frias. O lampião seguinte também estava apagado, o globo de vidro quebrado. Prédios e vultos informes passavam silenciosos por ele, como que levados por uma onda fétida e interminável. Um frade alto passou por ele, o rosto inteiramente escondido dentro de um capuz cinza, até os olhos ocultos. Ouviu pés pisando numa poça d'água atrás dele e não se virou, com medo de que fosse outra criança descalça. Passou por um homem triste e cadavérico, enfiado numa capa de chuva preta, com uma cicatriz em forma de estrela na face e uma depressão do tamanho de um ovo na têmpora mutilada. Uma jovem em sandálias de palha trançada materializou-se subitamente à frente de Yossarian, o rosto desfigurado por uma horrenda queimadura multicor, que começava no pescoço e se prolongava pela face, indo além dos olhos. Yossarian não teve coragem de olhar uma segunda vez e estremeceu. Ninguém jamais iria amar aquela jovem! Ele sentiu-se desesperado, abatido. Ansiou por deitar-se com alguma moça a quem pudesse amar, que pudesse consolá-lo e excitá-lo, que pudesse fazê-lo dormir. Havia uma turba armada de cassetetes à espera dele em Pianosa. Todas as garotas tinham desaparecido. A condessa e sua nora já não eram mais suficientemente boas. Ele crescera demais para brincadeiras, não tinha mais tempo para tais coisas. Luciana também desaparecera, provavelmente estava morta. E se ainda não morrera, em breve acabaria morrendo. A bêbada desmazelada de Aarfy desaparecera, assim como o seu anel de camafeu obsceno. A enfermeira Duckett estava envergonhada dele porque se recusara a voar novas missões de combate e estava causando um escândalo. A única mulher que ele conhecia e que estava à mão era a criada obtusa do apartamento dos oficiais, com quem nenhum dos homens se deitara. O nome dela era Michaela, mas os homens chamavam-na das piores coisas, em tom suave e insinuante. Ela ria com uma alegria infantil, porque não entendia uma só palavra de inglês e pensava que a estavam elogiando e fazendo brincadeiras inofensivas. Qualquer coisa tinha o dom de deixá-la satisfeita. Era uma moça feliz, ingênua e trabalhadora, que não sabia ler e mal conseguia assinar o próprio nome. Os cabelos lisos eram da cor do feno, a pele era amarelada, os olhos míopes. Nenhum dos homens se deitara com ela, porque nenhum deles a desejara. À exceção de Aarfy, que a violentou uma vez naquela mesma noite e depois manteve-a prisioneira dentro de um armário de roupas, por quase duas horas, a tapar-lhe a boca com a mão, até que soassem as sirenas do toque de recolher para os civis, quando passou a ser ilegal a saída dela à rua.

Ele então jogou-a pela janela. O corpo da pobre moça ainda estava estendido na calçada quando Yossarian chegou e abriu caminho polidamente entre o círculo de vizinhos de rostos graves, que o fitaram rancorosamente ao recuarem para lhe dar passagem. Apontavam amargurados para as janelas do segundo andar, em suas conversas particulares, soturnas e acusadoras. O coração de Yossarian disparou de medo e horror, ao contemplar o espetáculo pavoroso daquele cadáver todo arrebentado e ensanguentado. Ele entrou no prédio e subiu a escada correndo até o apartamento, onde encontrou Aarfy a caminhar irrequieto de um lado para outro, com um sorriso pomposo e ligeiramente constrangido. Aarfy parecia estar um pouco perturbado ao sacudir o seu cachimbo e assegurar a Yossarian que tudo ia terminar bem. Nada havia com que se preocupar.

– Eu só a violentei uma vez – explicou ele.

Yossarian ficou atônito.

– Mas você a matou, Aarfy! Você a matou!

– Ora, eu tinha que fazê-lo, depois que a violentei – respondeu Aarfy, numa atitude condescendente. – Não podia deixá-la sair por aí para dizer coisas horríveis a nosso respeito, não é mesmo?

– Mas por que você tinha que tocar nela, seu filho da mãe idiota? Por que não podia pegar uma garota qualquer na rua, se estava com vontade? A cidade está cheia de prostitutas!

– Oh, não, não para mim! – gabou-se Aarfy. – Nunca paguei por isso em toda a minha vida.

– Aarfy, você ficou doido? – Yossarian estava quase sem voz. – Você matou uma moça, Aarfy! E eles vão metê-lo na cadeia!

– Oh, não! – respondeu Aarfy, com um sorriso forçado. – Não a mim. Eles não vão pôr o velho Aarfy na cadeia. Não por ter matado a garota.

– Mas você a jogou pela janela! Ela está caída lá embaixo na rua, morta!

– Ela não tinha o direito de estar lá embaixo, pois já tinha soado o toque de recolher.

– Seu idiota! Será que não compreende o que fez? – Yossarian sentiu vontade de agarrar os ombros bem-nutridos de Aarfy e sacudi-lo até que entrasse um pouco de bom-senso na cabeça dele. – Você assassinou um ser humano, Aarfy! Vão metê-lo na cadeia por isso. Podem até enforcá-lo!

– Oh, não, dificilmente eles farão uma coisa dessas! – disse Aarfy, com uma risada jovial, embora seus sintomas de nervosismo aumentassem visivelmente. Ele derramou metade do tabaco sem perceber, enquanto os dedos gorduchos remexiam no cachimbo. – Não, senhor, não vão fazer nada disso com o velho Aarfy. Ela era apenas uma criada. Dificilmente vão armar uma confusão dos diabos por causa de uma pobre criada italiana, quando há milhares de vidas que se perdem diariamente. Não concorda comigo?

– Escute! – gritou Yossarian, quase alegre. Esticou a cabeça para ver melhor e observou o sangue desaparecer do rosto de Aarfy, enquanto as sirenes gemiam a distância. Eram sirenes da polícia. Quase no mesmo instante elas se transformaram numa cacofonia estridente e ensurdecedora, que pareceu invadir o apartamento por todos os lados. – Aarfy, eles vieram buscá-lo – disse Yossarian, compadecido, gritando para ser ouvido acima do barulho infernal. – Eles vieram prendê-lo. Será que não entende, Aarfy? Não pode tirar a vida de outro ser humano e escapar impune, mesmo que seja uma pobre criada italiana. Será que não consegue compreender?

– Oh, não! – insistiu Aarfy, com uma risada hesitante. – Eles não vieram prender-me. Não vão prender o velho Aarfy.

E ato contínuo ele pareceu cair muito doente. Afundou numa cadeira, alheio a tudo, as mãos pálidas tremendo incontrolavelmente no colo. Os carros derraparam ao pararem lá fora. Imediatamente, os faróis iluminaram o apartamento. Portas de carros bateram e soaram apitos da polícia. Vozes gritaram. Aarfy estava verde de medo. Balançava a cabeça mecanicamente, com um sorriso estranho, repetindo monotonamente em voz fraca que eles não estavam vindo prendê-lo, que não iam prender o velho Aarfy, de jeito nenhum. E esforçava-se ao máximo em convencer a si mesmo, enquanto passos pesados subiam correndo a escada, punhos batiam na porta da frente quatro vezes, com uma força ensurdecedora e inexorável. Então, a porta do apartamento foi arrombada e dois PEs altos e fortes, de olhos frios e firmes, expressões solenes, entraram rapidamente, atravessaram a sala e foram prender Yossarian.

Prenderam Yossarian por estar em Roma sem licença.

Pediram desculpas a Aarfy pela intromissão e levaram Yossarian entre eles, segurando-o por baixo dos braços, com dedos que pareciam grilhões de aço. Não disseram absolutamente nada a Yossarian durante a descida. Dois outros PEs ainda mais altos, com cassetetes nas mãos e capacetes brancos, estavam esperando do lado de fora de um carro fechado. Meteram Yossarian no banco de trás e o carro arrancou ruidosamente, esgueirando-se por entre a chuva e o nevoeiro úmido, até uma delegacia de polícia. Os PEs trancafiaram-no pelo resto da noite numa cela pequena, com as quatro paredes de pedra. Ao amanhecer, deram-lhe um balde à guisa de latrina e depois levaram-no até o aeroporto, onde mais dois gigantescos PEs, de cassetetes e capacetes brancos, esperavam junto a um avião de transporte, cujos motores já estavam esquentando quando eles chegaram. Nenhum dos PEs disse coisa alguma aos outros. Nem sequer se acenaram. Yossarian nunca vira rostos tão impenetráveis. O avião seguiu direto para Pianosa. Mais dois PEs estavam à espera dele na pista, em silêncio absoluto. Eram agora oito PEs no total. Entraram em disciplina impecável em dois carros e partiram, passando pelo acampamento dos quatro esquadrões e seguindo direto para o prédio do quartel-general do grupo, onde mais dois PEs estavam à espera no estacionamento. Todos os dez eram homens altos, fortes e silenciosos, muito mais altos que Yossarian. Levaram-no para a entrada no prédio, os pés batendo em uníssono no cascalho do estacionamento. Yossarian teve a sensação de que as coisas estavam se precipitando. Qualquer um dos dez PEs parecia ser forte o bastante para liquidá-lo com um só golpe. Precisavam apenas apertar seus ombros maciços e musculosos contra ele para esmagá-lo até a morte. Não havia nada que Yossarian pudesse fazer para se salvar. Nem mesmo podia ver quais eram os dois que o seguravam por baixo dos braços, enquanto marchava impotente no meio das duas colunas que eles tinham formado. Os PEs aceleraram o passo e Yossarian teve a sensação de que estava voando, sem ter os pés no chão, enquanto subiam pela escadaria de mármore numa cadência inexorável, chegando ao patamar superior, onde mais dois PEs esperavam, os rostos igualmente inescrutáveis, para conduzir a todos até a sacada que circundava o imenso saguão. Os passos no chão de ladrilhos soavam como uma batida de tambor acelerada e funesta, enquanto avançavam pelo centro vazio do prédio, com velocidade e precisão cada vez maiores, na direção do gabinete do coronel Cathcart. Violentas rajadas de pânico começaram a soprar pelas orelhas de Yossarian, quando eles o entregaram ao juízo final, largando-o dentro do gabinete. Lá estava o coronel Korn, o traseiro confortavelmente instalado a um canto da escrivaninha do coronel Cathcart. E foi o coronel Korn que o recebeu com um sorriso cordial e informou-lhe:

– Vamos mandá-lo de volta para casa.

40
Ardil-22

Havia, é claro, um ardil, uma condição.

– Ardil-22? – perguntou Yossarian.

– Claro – respondeu o coronel Korn jovialmente. Ele acabara de dispensar a poderosa guarda de maciços PEs, com um gesto indiferente e um aceno um tanto desdenhoso. Os óculos de lentes quadradas e sem aros faiscavam de modo irônico. – Afinal de contas, não podemos simplesmente mandá-lo para casa por se recusar a voar mais missões e manter o resto dos homens aqui, não é mesmo? Não seria justo para com eles.

– Tem toda a razão! – explodiu o coronel Cathcart, andando de um lado para outro da sala como um touro furioso, bufando e resfolegando. – Eu gostaria de amarrar-lhe os pés e as mãos e jogá-lo dentro de um avião em cada missão. Isso é o que eu gostaria de fazer.

O coronel Korn fez um gesto para que o coronel Cathcart se calasse e sorriu para Yossarian.

– Os homens estão infelizes e o moral do grupo está começando a se deteriorar. E é tudo culpa sua.

– A culpa é de vocês, por terem aumentado o número de missões – argumentou Yossarian.

– Não, a culpa é sua por se recusar a voá-las. Os homens sentem-se perfeitamente felizes em voar quantas missões a mais nós lhes pedirmos, enquanto pensarem que não têm alternativa. Agora, você lhes deu um pouco de esperança e eles se sentem infelizes. Portanto, a culpa é toda sua.

– Será que ele não sabe que estamos em guerra? – perguntou o coronel Cathcart, taciturno, sem olhar para Yossarian.

– Tenho certeza de que ele sabe – garantiu o coronel Korn. – É justamente por isso que ele se recusa a voar novas missões.

– E será que isso não faz a menor diferença para ele?

– O fato de saber que estamos em guerra pode demovê-lo da sua decisão de não participar dela? – perguntou o coronel Korn a Yossarian, com uma gravidade sarcástica, zombando do coronel Cathcart.

– Não, senhor – respondeu Yossarian, quase retribuindo o sorriso do Coronel Korn.

– Eu já receava isso – murmurou o coronel Korn, com um suspiro artificial, entrelaçando os dedos e colocando as duas mãos em cima da cabeça calva e lustrosa. – Com toda justiça, deve reconhecer que até não o temos tratado mal, não é mesmo? Nós o alimentamos regularmente e não atrasamos o pagamento do seu soldo. E ainda lhe demos uma medalha e o promovemos a capitão.

– Eu nunca deveria ter concordado em promovê-lo a capitão! – exclamou o coronel Cathcart, de modo amargo. – Deveria tê-lo submetido a uma corte marcial, depois que ele estragou completamente aquela missão a Ferrara, sobrevoando o objetivo pela segunda vez.

– Eu disse para não o promover, mas você não quis me dar ouvidos – comentou o coronel Korn.

– Não, não disse. Você me falou para promovê-lo, não foi mesmo?

– Eu disse para *não* o promover, mas você não quis seguir o meu conselho.

– Pois deveria ter seguido.

– Nunca ouve os meus conselhos e é justamente por isso que estamos agora nesta situação.

– Está certo, sabichão. Mas pare de me esfregar isso na cara, está bem? – O coronel Cathcart enfiou os punhos fechados nos bolsos e virou-se de cabeça baixa, ombros caídos. – Em vez de ficar me culpando por tudo, por que não imagina algo para fazermos com ele?

– Vamos ter de mandá-lo para casa. – O coronel Korn estava rindo, triunfante, quando afastou os olhos do coronel Cathcart e fixou-os em Yossarian. – Yossarian, a guerra acabou para você. Vamos mandá-lo para casa. Você realmente não merece isso, o que é uma das razões pelas quais não me incomodo de fazê-lo. Como não podemos arriscar a fazer qualquer outra coisa com você neste momento, decidimos mandá-lo de volta para os Estados Unidos. Imaginamos um pequeno acordo e...

– Que espécie de acordo? – indagou Yossarian, desconfiado e desafiador.

O coronel Korn jogou a cabeça para trás e deu uma risada.

– Oh, não se iluda, é um acordo totalmente vil! Absolutamente revoltante. Mas tenho certeza de que irá aceitá-lo sem a menor hesitação.

– Não tenha tanta certeza assim.

– Não tenho a menor dúvida de que você aceitará, apesar de ser um acordo asqueroso. Ah, por falar nisso, você não disse a nenhum dos homens que se tinha recusado a voar mais missões, não é?

– Não, senhor – assegurou Yossarian rapidamente.

O coronel Korn assentiu, aprovando.

– Isso é ótimo. Gosto da maneira como você mente, Yossarian. Irá longe neste mundo, se algum dia adquirir uma ambição decente.

– Será que ele não sabe que estamos em guerra? – berrou o coronel Cathcart, soprando vigorosamente a piteira vazia.

– Tenho certeza absoluta de que ele sabe, já que lhe apresentou uma questão idêntica há poucos instantes – respondeu acidamente o coronel Korn. Em seguida, franziu o rosto, com uma expressão de cansaço, os olhos brilhando de desdém. Segurando a beira da mesa do coronel Cathcart com as duas mãos, ele empurrou o traseiro flácido para trás e as suas pernas ficaram balançando no ar, livres. Os sapatos ficaram tamborilando de leve na mesa. As meias marrons, bem sujas e sem ligas para segurá-las, caíram em círculos informes por baixo dos tornozelos, que eram surpreendentemente finos e brancos. Num tom afável, ao mesmo tempo escarninho e sincero, disse então: – Sabe, Yossarian, de fato o admiro um pouco. Você é um homem inteligente, de grande força moral, que assumiu uma posição corajosa. Não sou um homem inteligente, não tenho o menor caráter e, assim, estou na posição ideal para apreciar de forma devida o seu gesto.

– Estamos vivendo em tempos de crise – assegurou o coronel Cathcart, sem prestar a menor atenção ao coronel Korn.

– São tempos realmente críticos – concordou o coronel Korn, com um aceno plácido da cabeça. – Acabamos de ter uma mudança no alto-comando e não podemos permitir uma situação que nos deixe em má perspectiva diante do general Scheisskopf ou do general Peckem. Não é isso o que está querendo dizer, coronel?

– Será que ele não tem nenhum patriotismo?

– Não quer lutar por seu país? – perguntou o coronel Korn, imitando o tom ríspido e virtuoso do coronel Cathcart. – Não está disposto a sacrificar a sua vida pelo coronel Cathcart e por mim?

Yossarian ficou tenso, alerta e surpreso, ao ouvir as palavras finais do coronel Korn.

– Como assim? O que o senhor e o coronel Cathcart têm a ver com o meu país? Não são a mesma coisa.

– Como pode separar uma coisa da outra? – indagou o coronel Korn, com uma irônica tranquilidade.

– É isso mesmo! – confirmou o coronel Cathcart, veementemente. – Ou você está a nosso favor ou está contra nós. Não há uma terceira posição.

– Receio que ele o tenha encurralado – disse o coronel Korn. – Ou você está a nosso favor ou está contra o seu país. É simples assim.

– Oh, não, coronel, não aceito tal raciocínio!

– Nem eu, para dizer a verdade. – O coronel Korn mostrou-se inabalável. – Mas todos os demais aceitarão. Portanto, você não tem alternativa.

– Você é uma desgraça para o seu uniforme! – declarou, irado, o coronel Cathcart, virando-se para encarar Yossarian pela primeira vez. – Eu bem que gostaria de saber como conseguiu chegar a capitão!

– Foi você mesmo que o promoveu – lembrou-lhe o coronel Korn. – Será que já esqueceu?

– Pois eu nunca deveria ter feito tal coisa!

– Eu lhe disse para não fazer, mas não quis me dar ouvidos.

– Pare de esfregar isso na minha cara, está bem, seu sabichão? – O coronel Cathcart franziu o rosto e fitou o coronel Korn com uma expressão mal-humorada e desconfiada, cerrando os punhos. – Ei, afinal, de que lado você está?

– Do seu lado, coronel. Em que outro lado eu poderia estar?

– Então, pare de me culpar, está bem?

– Estou do seu lado, coronel. E estou imbuído do maior patriotismo.

– Pois procure não se esquecer disso. – O coronel Cathcart voltou a afastar-se para um canto da sala, taciturno, sem estar completamente tranquilizado. Em seguida, recomeçou a andar de um lado para outro, empunhando a piteira. De repente, apontou o polegar na direção de Yossarian. – Vamos logo acertar as coisas com ele. Sei muito bem o que gostaria de fazer com ele: levá-lo lá para fora e fuzilá-lo. É o que o general Dreedle teria feito com ele.

– Mas o general Dreedle não está mais conosco – disse o coronel Korn. – Portanto, não podemos levá-lo lá para fora e fuzilá-lo.

Passado o momento de tensão do seu confronto com o coronel Cathcart, o coronel Korn voltou a relaxar e recomeçou a chutar de leve a mesa. Virou-se outra vez na direção e Yossarian.

– Portanto, em vez disso, vamos mandá-lo para casa. Tivemos que pensar bastante, mas por fim conseguimos elaborar um planozinho horrível para mandá-lo de volta para casa sem causar muita insatisfação entre os amigos que deixará para trás. Isso não o deixa feliz?

– Mas qual é o plano? Não tenho muita certeza de que vou gostar.

– Tenho certeza de que não vai gostar. – O coronel Korn riu, satisfeito, entrelaçando os dedos e novamente pondo as mãos em cima da cabeça. – Você vai detestá-lo. É realmente odioso e certamente vai ofender sua consciência. Mas estou certo de que concordará rapidamente. E concordará porque poderá voltar para casa são e salvo dentro de duas semanas e porque não tem alternativa. É isso ou uma corte marcial. Pegue ou largue.

– Pare de blefar, coronel. – Yossarian riu com desdém. – Não podem me levar à corte marcial por deserção diante do inimigo. Ficariam em má situação e provavelmente não conseguiriam uma condenação.

– Mas podemos levá-lo à corte marcial por abandono do dever desde que foi para Roma sem licença. E podemos conseguir sua condenação. Se pensar no caso por um minuto, verá que não nos deixaria alternativa. Não podemos permitir que continue a andar por aí em insubordinação declarada, sem o punir. Todos os outros homens acabariam recusando-se também a voar mais missões. Nós o levaremos à corte marcial se recusar o nosso acordo, mesmo que isso provoque uma porção de perguntas e represente uma derrota para o coronel Cathcart.

O coronel Cathcart estremeceu ao ouvir a palavra "derrota" e, sem qualquer premeditação aparente, jogou sua piteira de ônix e marfim em cima da mesa, furioso.

– Oh, Deus! Como odeio essa maldita piteira! – exclamou ele, inesperadamente. A piteira quicou da mesa para a parede, ricocheteou no peitoril da janela e foi cair no chão quase no lugar em que ele estava parado. O coronel Cathcart olhou para baixo, com uma carranca irascível. – Tenho dúvidas se isso realmente será bom para mim.

– É uma vitória sua junto ao general Peckem, mas uma derrota junto ao general Scheisskopf – informou-o o coronel Korn, com uma expressão maliciosa de inocência.

– E a qual dos dois eu devo agradar?

– Aos dois.

– E como posso agradar aos dois? Eles se odeiam mutuamente. Como posso marcar um ponto positivo junto ao general Scheisskopf, sem marcar um ponto negativo junto ao general Peckem?

– Marche.

– Tem razão, marchar é a única maneira de agradá-lo. Marchar, marchar... – O coronel Cathcart amarrou a cara e acrescentou: – Há certos generais que são uma desgraça para o uniforme que vestem. Se homens como esses dois foram promovidos a general, não sei por que eu também não fui.

– Você ainda vai muito longe – assegurou-lhe o coronel Korn, com uma falta de convicção visível. Virou-se de novo para Yossarian, rindo, sua satisfação desdenhosa aumentando ainda mais ao ver a expressão obstinada dele, de antagonismo e desconfiança. – Esse é o ponto crucial da situação. O coronel Cathcart quer ser general e eu quero passar de tenente-coronel a coronel. É por isso que temos de mandá-lo de volta para casa.

– E por que ele quer ser general?

– Por quê? Pela mesma razão por que eu quero ser um coronel. O que mais temos a fazer? Todos nos ensinam que devemos aspirar sempre a posições mais elevadas. Um general é uma posição mais elevada do que coronel e um coronel está acima de um tenente-coronel. Portanto, ambos estamos aspirando a uma promoção. Sabe, Yossarian, tem muita sorte por isso. A ocasião que você escolheu é absolutamente perfeita. Mas suponho que deve ter levado isso em consideração em seus cálculos.

– Não andei calculando coisa nenhuma.

– Realmente aprecio a maneira como você mente, Yossarian. Não se sente orgulhoso por ver seu oficial-comandante promovido a general? Não tem orgulho em saber que os integrantes da unidade em que serve realizaram, em média, mais missões de combate do que quaisquer outros? Não quer ganhar mais citações na ordem do dia da unidade e mais algumas folhas de carvalho para a sua Medalha do Mérito Aeronáutico? Onde está o seu *sprit de corps*? Não quer contribuir ainda mais para esse resultado excepcional, voando novas missões de combate? É a sua última oportunidade de responder sim.

– Não.

– Neste caso, você nos está encostando contra a parede ... – disse o coronel Korn, sem rancor.

– Ele devia estar envergonhado de si mesmo!

– ...e temos que mandá-lo para casa. Basta que faça algumas coisinhas para nós e...

– Que espécie de coisas? – interrompeu-o Yossarian, com um pressentimento funesto.

– Ora, algumas coisinhas insignificantes, sem a menor importância. O acordo que lhe vamos propor é realmente generoso. Nós emitiremos as ordens para que você volte para os Estados Unidos e tudo o que terá de fazer em retribuição é...

– É o quê? Terei de fazer o quê?

O coronel Korn riu bruscamente.

– Gostar de nós.

Yossarian piscou diversas vezes, aturdido.

– Gostar de vocês?

– Gostar de nós.

– Gostar de vocês?

– Isso mesmo – disse o coronel Korn, assentindo satisfeito, ao ver a expressão desconcertada e ingênua de Yossarian. – Goste de nós. Junte-se a nós. Seja nosso companheiro. Diga boas coisas a nosso respeito, quando voltar aos Estados Unidos. Torne-se um dos rapazes. Não é pedir demais, não é mesmo?

– Querem apenas que eu goste de vocês? Isso é tudo?

– Isso é tudo.

– É tudo mesmo?

– Apenas goste de nós do fundo do seu coração.

Yossarian sentiu vontade de rir, confiante, ao descobrir, perplexo, que o coronel Korn estava realmente dizendo a verdade.

– Não vai ser nada fácil.

– Oh, não, vai ser muito mais fácil do que você imagina! – assegurou o coronel Korn, sem se deixar perturbar pela alfinetada de Yossarian. – Vai ficar espantado ao descobrir como será fácil gostar de nós, depois que começar. – O coronel Korn ergueu a cintura larga da calça grande demais. Os sulcos escuros e profundos, que isolavam o queixo das bochechas, estavam novamente dobrados, como que numa risada zombeteira de censura. – E isso porque, Yossarian, vamos facilitar-lhe tudo. Vamos promovê-lo a major e até mesmo darlhe outra medalha. O capitão Flume já está trabalhando em comunicados magníficos, descrevendo o valor de sua ação sobre Ferrara e destacando a sua lealdade profunda e inabalável por sua unidade, sua dedicação ilimitada ao dever. Aliás, tais frases constam mesmo dos comunicados. Vamos cobri-lo de glória e mandá-lo para casa como um herói, convocado pelo Pentágono para realizar nos Estados Unidos missões de relações-públicas e levantamento do moral do povo americano. Viverá como um milionário. Todos irão reverenciá-lo. Haverá paradas em sua homenagem e terá que fazer discursos para levantar dinheiro para a compra de bônus de guerra.

Um mundo novo de luxo e riqueza o aguarda, assim que se tornar nosso camarada. Não é maravilhoso?

Yossarian escutava atentamente a fascinante elucidação dos detalhes.

– Não tenho muita certeza se vou querer fazer discursos.

– Então, vamos esquecer os discursos. O importante é o que você vai dizer aos homens daqui. – O coronel Korn inclinou-se agilmente para a frente. Já não estava mais sorrindo. – Não queremos que nenhum homem do grupo pense que o estamos mandando de volta para casa como consequência da sua recusa em voar novas missões de combate. E também não queremos que o general Scheisskopf e o general Peckem saibam da existência de qualquer atrito entre nós. É por isso que nos vamos tornar tão bons camaradas.

– O que devo dizer aos homens que me perguntarem por que recusei a voar mais missões de combate?

– Você lhes dirá que foi informado, confidencialmente, de que estava prestes a ser enviado de volta aos Estados Unidos e não queria arriscar sua vida em mais uma ou duas missões. Foi apenas um pequeno desentendimento entre camaradas, nada mais.

– E eles acreditarão nisso?

– Claro que acreditarão, depois de verem como nos tornamos amigos e os comunicados elogiosos a seu respeito, depois de ouvirem as referências lisonjeiras que você fará sobre o coronel Cathcart e sobre mim. Não se preocupe com os homens. Será muito fácil mantê-los disciplinados e controlá-los, depois que você se for. Somente enquanto você estiver aqui é que eles poderão criar problemas. Sabe, uma boa maçã pode estragar todas as outras. E não é só isso. Seria realmente maravilhoso que você os inspirasse a voar quantas missões a mais nós lhes pedirmos.

– E se eu os denunciar assim que voltar aos Estados Unidos?

– Depois de aceitar a promoção, a condecoração e toda a fanfarra? Ninguém acreditaria em você. O Exército não permitiria. E por que, afinal, você haveria de querer fazer uma coisa dessas? Vai ser um dos rapazes, não é mesmo? Terá uma existência privilegiada, cheia de luxos e recompensas. Seria um idiota se abrisse mão de tudo isso s por causa de um princípio moral. E tenho certeza de que você não é um idiota. E então, negócio fechado?

– Não sei...

– É isso ou a corte marcial.

– Será um golpe baixo que estarei desferindo contra os homens do esquadrão, não é mesmo?

– Asqueroso – concordou o coronel Korn cordialmente. E ficou esperando, observando Yossarian pacientemente, com um brilho nos olhos de satisfação.

– Mas que diabo! – exclamou Yossarian finalmente. – Se eles não quiserem voar mais missões de combate, então que se rebelem e façam alguma coisa, como eu fiz. Certo?

– Claro – confirmou o coronel Korn.

– Não há razão para eu arriscar a minha vida por eles, não é mesmo?

– Claro que não.

Yossarian tomou sua decisão e sorriu, anunciando exultante:

– Negócio fechado!

– Ótimo – disse o coronel Korn, com menos cordialidade do que Yossarian esperava. Saiu de cima da mesa do coronel Cathcart e ficou em pé, puxando a calça e a cueca grudadas entre as pernas. Depois, estendeu a mão flácida para Yossarian. – Bem-vindo a bordo.

– Obrigado, coronel. Eu...

– Chamam-me de Blackie, John. Agora somos camaradas.

– Claro, Blackie. Meus amigos chamam-me de Yo-Yo. Blackie, eu...

– Os amigos dele chamam-no de Yo-Yo – disse o coronel Korn para o coronel Cathcart. – Por que não dá parabéns a Yo-Yo pela decisão sensata que ele acabou de tomar?

– Foi uma decisão sensata a que acabou de tomar, Yo-Yo – disse o coronel Cathcart, sacudindo a mão de Yossarian com um fervor constrangido.

– Obrigado, coronel. Eu...

– Chame-o de Chuck – disse o coronel Korn.

– Claro, chame-me de Chuck – disse o coronel Cathcart, com uma risada efusiva e algo desajeitada. – Somos todos colegas agora.

– Claro, Chuck.

– Saia sorrindo – disse o coronel Korn, passando os braços pelos ombros dos outros dois e seguindo os três para a porta.

– Venha jantar conosco uma noite dessas, Yo-Yo – convidou o coronel Cathcart, hospitaleiramente. – Que tal esta noite? No refeitório do comando.

– Será um prazer, senhor.

– Chuck – corrigiu o coronel Korn, em tom de censura.

– Desculpe, Blackie. Certo, Chuck. É que ainda não me acostumei.

– Ora, isso não é nada, colega.

– Claro, colega.

– Obrigado, colega.

– Não fale nada a ninguém, colega.

– Até logo, colega.

Yossarian acenou-lhes em despedida, afetuosamente, e saiu para o corredor, quase se pondo a cantar no instante em que se viu sozinho. Ele ia voltar para casa, livre! Conseguira escapar. Sua rebelião tivera sucesso. Ele estava em segurança e não tinha do que se envergonhar com relação a ninguém. Encaminhou-se para a escada, lépido e feliz da vida. Um soldado raso, com o uniforme verde de faxina, bateu-lhe continência. Yossarian retribuiu à continência alegremente, olhando para o soldado com alguma curiosidade. Aquele soldado parecia-lhe estranhamente familiar. E no instante em que Yossarian respondeu à continência, o soldado raso em uniforme de faxina transformou-se de sólito na prostituta de Nately, que investiu contra ele com uma fúria assassina, empunhando um facão de cozinha de cabo de osso, que o feriu no lado, por baixo do braço levantado. Yossarian caiu no chão com um grito estridente, fechando os olhos, aterrorizado, ao ver a garota levantar o facão para dar o golpe de misericórdia. Ele já estava sem sentidos quando o coronel Korn e o coronel Cathcart apareceram correndo e salvaram-lhe a vida, assustando a garota e levando-a a fugir.

41
Snowden

— Corte – disse um médico.

– Corte você – disse outro.

– Nada de cortes – balbuciou Yossarian, a língua pastosa, mexendo-se com dificuldade.

– Olhe só quem está se intrometendo – um dos médicos reclamou. – Outro sabichão querendo dar palpites. Vamos operar ou não?

– Ele não precisa de uma operação – ponderou o outro. – É um ferimento muito pequeno. Tudo o que temos de fazer é deter a hemorragia, limpar o ferimento e dar alguns pontos.

– Mas eu nunca tive antes uma oportunidade de operar. Qual desses instrumentos é o bisturi? Este aqui?

– Não, aquele outro é que é o bisturi. Está bem, vamos operar logo de uma vez, já que você está querendo. Faça a incisão.

– Assim?

– Aí não, seu idiota!

– Não quero incisões – balbuciou Yossarian, percebendo por entre a névoa da insensibilidade que dois estranhos estavam prontos para começar a cortá-lo.

– Outro sabichão querendo dar palpites – reclamou o primeiro médico, sarcástico. – Ele vai continuar a falar assim enquanto eu o opero?

– Não pode operá-lo até que eu tenha acertado a internação dele – avisou um escriturário.

– E não pode interná-lo até que eu verifique se ele não é um agente inimigo – disse um coronel gordo e carrancudo, com um rosto imenso e muito vermelho, irradiando um calor escaldante como o fundo de uma imensa frigideira. – Onde foi que você nasceu?

O coronel gordo e carrancudo lembrava a Yossarian o coronel gordo e carrancudo que interrogara o capelão e considerara-o culpado. Yossarian fitou-o, por entre a neblina que lhe toldava a visão. O ar estava impregnado do cheiro adocicado de formol e álcool.

– Num campo de batalha – respondeu ele.

– Não, não! Em que Estado você nasceu?

– Num estado de inocência.

– Não, não, você não está entendendo!

– Deixe-me cuidar disso – insistiu um homem de rosto afunilado, com olhos fundos e frios, a boca fina e maligna, que perguntou a Yossarian: – Está querendo bancar o espertinho?

– Ele está delirando – disse um dos médicos. – Por que não nos deixam levá-lo e cuidar dele?

– Se ele está delirando, deixe-o aqui mesmo. Pode ser que diga algo incriminador.

– Mas será que não podem ver que ele está sangrando demais? Ele pode até morrer!

– O que será *ótimo* para ele!

– O filho da mãe bem que merece – murmurou o coronel gordo e carrancudo. – Muito bem, John, comece a falar. Queremos saber toda a verdade.

– Todo mundo me chama de Yo-Yo.

– Queremos que você coopere conosco, Yo-Yo. Somos seus amigos e queremos que confie em nós. Estamos aqui para ajudá-lo. Não vamos machucá-lo.

– Vamos enfiar os dedos dentro do ferimento dele e arrancar tudo o que tiver lá dentro – sugeriu o homem de rosto afunilado.

Yossarian fechou os olhos, torcendo para que eles pensassem que desmaiara.

– Ele perdeu os sentidos – disse um dos médicos. – Será que não podemos cuidar dele agora, antes que seja tarde demais? Ele pode realmente morrer.

– Está certo, podem levá-lo. Só espero que o filho da mãe morra de verdade.

– Não podem tratar dele enquanto eu não tiver providenciado a internação – avisou o escriturário.

Yossarian bancou o morto, de olhos fechados, enquanto o escriturário providenciava a internação, folheando um maço de papéis. Depois, levaram-no para uma sala escura e abafada, com luzes ofuscantes no teto, na qual o cheiro adocicado de formol e álcool era ainda mais forte. Ele sentiu também o cheiro de éter e ouviu um tinido de vidro. Ficou escutando, com uma satisfação secreta e egoísta, as respirações roucas dos dois médicos. Estava deliciado pelo fato de eles pensarem que estava inconsciente, de não saberem que estava escutando tudo. Tudo aquilo lhe parecia extremamente estúpido até que um dos médicos disse:

– Acha mesmo que devemos salvar a vida dele? Eles podem ficar zangados conosco, se o fizermos.

– Vamos operar – disse o outro médico. – Vamos abri-lo e ir até o fundo das coisas, de uma vez por todas. Vive se queixando de dores no fígado. E o fígado dele realmente parece muito pequeno, aqui nesta radiografia.

– Isso é o pâncreas, seu idiota. O fígado está aqui.

– Não é não. Aqui é o coração. Aposto qualquer coisa que o fígado é isto aqui. Mas vou operá-lo e descobrir. Devo lavar as minhas mãos primeiro?

– Não quero operação nenhuma – disse Yossarian, abrindo os olhos e tentando se sentar.

– Outro sabichão querendo dar palpites – resmungou um dos médicos, indignado. – Não podemos fazê-lo ficar calado?

– Podemos dar-lhe uma anestesia geral. O éter está bem aqui.

– Não quero anestesia geral nenhuma – murmurou Yossarian.

– Outro sabichão querendo dar palpites – resmungou um dos médicos.

– Vamos dar-lhe uma anestesia geral e deixá-lo sem sentidos. Depois, poderemos fazer com ele o que bem quisermos.

Deram anestesia geral a Yossarian e deixaram-no sem sentidos. Ele acordou com sede num quarto particular, afogado no cheiro de éter. O coronel Korn estava à sua cabeceira, sentado tranquilamente numa cadeira, a camisa e a calça sujas e amarrotadas, como de hábito. Um sorriso afável e fleumático pairava no rosto moreno, com a barba cerrada despontando. Ele massageava gentilmente a cabeça calva e lustrosa, com as duas mãos. Inclinou-se para a frente, assim que Yossarian acordou, assegurando-lhe de maneira cordial que o acordo ainda estava de pé, caso Yossarian não morresse. Yossarian vomitou. O coronel Korn levantou-se de um pulo ao primeiro sinal do vômito, indo embora rapidamente, enojado. Parecia que havia mesmo um raio de esperança, refletiu Yossarian, recaindo numa tontura sufocante. Uma mão de dedos calosos sacudiu-o rudemente até que acordasse. Ele virou-se e abriu os olhos, vendo à sua frente um estranho, de rosto comum, que contraiu os lábios numa expressão desdenhosa e disse:

– Nós pegamos o seu companheiro, meu chapa. Nós pegamos o seu companheiro.

Yossarian empalideceu, sentindo um suor frio a lhe cobrir o corpo.

– Quem é o meu companheiro? – perguntou ele, quando o capelão veio sentar-se na mesma cadeira antes ocupada pelo coronel Korn.

– Talvez o seu companheiro seja eu – respondeu o capelão.

Mas Yossarian não pôde ouvi-lo e fechou os olhos. Alguém lhe deu um gole de água para beber e depois afastou-se na ponta dos pés. Ele dormiu e acordou, sentindo-se muito bem-disposto, até virar a cabeça para sorrir para o capelão e descobrir que a cadeira estava ocupada por Aarfy. Yossarian gemeu instintivamente e franziu o rosto irritado, quando Aarfy riu e perguntou como ele estava se sentindo. Aarfy ficou perplexo quando Yossarian lhe perguntou por que ele não estava na cadeia. Yossarian fechou os olhos para fazer Aarfy desaparecer. Quando voltou a abri-los, Aarfy de fato desaparecera e o capelão estava no lugar dele. Yossarian desatou a rir ao ver o sorriso jovial do capelão, perguntando-lhe por que motivo estava tão feliz.

– Estou feliz por sua causa – respondeu o capelão, emocionado. – Ouvi dizer que você tinha sido gravemente ferido e que seria enviado para casa, se sobrevivesse. O coronel Korn disse que o seu estado era crítico. Mas eu soube por um dos médicos que o seu ferimento é mesmo superficial e que provavelmente poderá deixar o hospital dentro de poucos dias. Você não corre o menor perigo de vida.

Yossarian ficou imensamente aliviado com as palavras do capelão.

– Mas isso é ótimo!

– É, sim – disse o capelão, corando de prazer. – É ótimo mesmo!

Yossarian riu, recordando a sua primeira conversa com o capelão.

– Sabe, eu o conheci aqui no hospital. E agora estou novamente no hospital. Parece que ultimamente só o encontro aqui no hospital. Por onde foi que andou?

– Estive rezando um bocado. – O capelão sacudiu os ombros. – Procuro ficar na minha barraca o máximo possível e rezo todas as vezes que o sargento Whitcomb se afasta, para que ele não me surpreenda.

– E está adiantando alguma coisa?

– Com isso, não fico pensando nos meus problemas. – O capelão sacudiu os ombros de novo. – E tenho alguma coisa com que me ocupar.

– Então adianta alguma coisa, não é?

– Tem razão – concordou o capelão, entusiasmado, como se a ideia não lhe tivesse ocorrido até aquele momento. – Tem razão. Acho que é ótimo! – Inclinou-se para a frente impulsivamente, numa solicitude extrema. – Yossarian, há alguma coisa que eu possa fazer por você enquanto estiver aqui? Quer que eu lhe providencie alguma coisa?

Yossarian caçoou dele, jovialmente.

– Assim como brinquedos, balas e goma de mascar?

O capelão corou outra vez, sorrindo meio constrangido e logo assumindo uma expressão grave.

– Livros, talvez, ou qualquer outra coisa que deseje. Eu gostaria de que houvesse alguma coisa que eu pudesse fazer para torná-lo mais feliz. Sabe, Yossarian, todos nós estamos muito orgulhosos de você.

– Orgulhosos?

– É claro que sim. Não é qualquer um que arriscaria a própria vida para deter aquele assassino nazista. Foi uma atitude muito nobre da sua parte.

– Que assassino nazista?

– O que veio até aqui para assassinar o coronel Cathcart e o coronel Korn. E você salvou-os. Ele poderia tê-lo matado, quando se engalfinharam. É muita sorte você ainda estar vivo.

Yossarian riu de forma sarcástica ao compreender.

– Não houve nenhum assassino nazista.

– Mas claro que houve. Foi o coronel Korn quem contou.

– Era a namorada de Nately. E ela estava atrás de mim e não do coronel Cathcart e do coronel Korn. Ela está tentando me matar desde que eu lhe transmiti a notícia da morte de Nately.

– Mas como pode ser? – protestou o capelão, lívido e ressentido. – O coronel Cathcart e o coronel Korn viram o homem fugir. E o relatório oficial diz que você impediu que um assassino nazista os matasse.

– Não acredite no relatório oficial – aconselhou Yossarian secamente. – Faz parte do trato.

– Que trato?

– O trato que eu fiz com o coronel Cathcart e o coronel Korn. Eles me deixariam voltar para casa como um grande herói, se eu dissesse coisas bonitas a respeito deles para todo mundo e jamais os criticasse para ninguém, por obrigarem os homens a voarem mais de 70 missões.

O capelão ficou visivelmente assustado e ergueu-se a cadeira. Estava arrepiado de revolta e desolação.

– Mas isso é terrível! É um trato vergonhoso e escandaloso, não é?

– Repugnante – respondeu Yossarian, olhando impassível para o teto, só a nuca encostada no travesseiro. – Acho que falamos também que era odioso e execrável.

– Então como pôde concordar?

– Era isso ou a corte marcial, capelão.

– Oh! – exclamou o capelão, com uma pontada de remorso, cobrindo a boca com as costas da mão e afundando nervoso na cadeira. – Eu não deveria ter dito aquilo!

– Eles me colocariam numa prisão, com um bando de criminosos.

– Compreendo. Sendo assim, você deve fazer o que acha que é direito. – O capelão fez que sim para si mesmo, como que aceitando o argumento, caindo então num silêncio constrangedor.

– Não fique preocupado – disse Yossarian, com uma risada pesarosa, quando o silêncio parecia que ia prolongar-se interminavelmente – Não vou aceitar.

– Mas você tem que aceitar! – insistiu o capelão, inclinando-se para a frente, preocupado. – Você tem que aceitar! Eu não tinha o direito de influenciá-lo. Realmente não tinha o direito de dizer-lhe coisa alguma!

– Você não me influenciou.

Yossarian levantou-se na cama, de lado, apoiado no cotovelo, sacudindo a cabeça de modo zombeteiro.

– Por Deus, capelão! Será que está pensando que eu cometi esse pecado? O de salvar a vida do coronel Cathcart! Eu jamais seria capaz de cometer tal crime!

O capelão voltou ao assunto anterior, cautelosamente.

– Mas o que pretende fazer? Não pode deixar que eles o coloquem na cadeia.

– Voarei mais missões. Ou talvez eu resolva desertar e deixar que eles me apanhem. É o que provavelmente acontecerá, de qualquer maneira.

– E o colocariam na cadeia. Mas você não quer ir para a cadeia, não é?

– Não. Acho então que apenas continuarei a voar mais missões, até a guerra acabar. Alguns de nós têm que sobreviver.

– Mas você pode morrer!

– Neste caso, não terei que voar mais nenhuma missão.

– O que vai fazer?

– Não sei.

– Vai deixar que eles o mandem de volta para casa?

– Não sei. Está fazendo calor lá fora? Aqui dentro está muito quente.

– Lá fora está muito frio.

Sabe, uma coisa muito estranha aconteceu comigo aqui. Talvez até eu tenha sonhado. Mas acho que um estranho entrou no quarto e disse-me que pegou o meu companheiro. Será que não foi tudo imaginação minha?

– Penso que não, Yossarian. Você começou a falar-me a respeito desse homem quando passei por aqui antes.

– Então ele realmente falou. "Nós pegamos o seu companheiro, meu chapa", disse o estranho. Ele tinha a atitude mais maligna que já vi. Fico imaginando quem será o meu companheiro a quem ele se referiu.

– Gosto de pensar que sou o seu companheiro, Yossarian – disse o capelão, com humilde sinceridade. – E eles certamente já me pegaram. Têm a minha ficha e me mantêm sob vigilância 24 horas por dia. Foi o que me disseram no interrogatório.

– Não, capelão, acredito que ele não estivesse referindo a você. Deve ter sido a alguém como Nately ou Dunbar. Alguém que foi morto na guerra, como Clevinger, Orr, Dobbs, Kid Sampson ou McWatt. – Yossarian deixou escapar um suspiro de surpresa e balançou a cabeça, desolado. – Acabo de me lembrar que eles já pegaram todos os meus companheiros. Os únicos que restam somos eu e Hungry Joe.

Ele ficou apavorado ao ver o rosto do capelão empalidecer.

– O que foi, capelão?

– Hungry Joe está morto.

– Oh, Deus, não! Numa missão?

– Ele morreu dormindo, durante um sonho. Encontraram um gato em cima da cara dele.

– Pobre coitado!

Yossarian começou a chorar, procurando esconder as lágrimas. O capelão foi embora sem se despedir. Depois, Yossarian comeu alguma coisa e dormiu. Acordou de madrugada, sacudido por uma mão firme. Abriu os olhos e viu um homem magro e comum, com o roupão e o pijama regulamentares dos pacientes, que o fitou com um sorriso desagradável e escarneceu:

– Pegamos o seu companheiro, meu chapa. Pegamos o seu companheiro.

Yossarian ficou irritado.

– Mas do que você está falando, afinal? – perguntou ele, suplicante, num pânico incipiente.

– Vai descobrir, meu chapa, vai descobrir.

Yossarian arremessou-se para agarrar a garganta do seu torturador, mas o homem esquivou-se sem o menor esforço e desapareceu no corredor com uma risada maligna. Yossarian ficou deitado na cama, o corpo todo tremendo, o coração disparado. Estava banhado num suor frio. Quem seria o seu companheiro? O hospital estava imerso na escuridão e não se ouvia o menor barulho em parte alguma. Yossarian não tinha relógio para saber que horas eram. Mas sabia que estava inteiramente desperto e que era agora o prisioneiro de uma dessas noites insones e tormentosas, que levam uma eternidade para se dissolver no amanhecer. Um calafrio lhe subiu pelas pernas. Estava com frio e pensou em Snowden, que nunca fora seu companheiro, mas que era um garoto conhecido, ferido mortalmente e congelando até a morte na poça de sol dos raios que entravam pelas paredes transparentes do compartimento do metralhador. Yossarian se arrastara até lá, depois que Dobbs suplicara pelo sistema de intercomunicação do avião que alguém fosse até lá atrás para ajudar o artilheiro. Yossarian sentiu o estômago se embrulhar todo ao ver a cena macabra. Ficou paralisado de horror por um momento, nauseado, voltando depois para pegar a caixa de papelão de primeiros socorros. Snowden estava estendido no chão, de costas, ainda vestindo a couraça de proteção contra o fogo antiaéreo, o capacete, o paraquedas e o colete salva-vidas. O ferimento que Yossarian viu na coxa de Snowden era grande e profundo, quase do tamanho de uma bola de futebol americano. Era impossível determinar onde terminava o seu macacão ensanguentado e onde começava a carne dilacerada!

Não havia morfina na caixa de primeiros socorros. Não havia nada para proteger Snowden contra a dor, a não ser o choque do próprio ferimento. As 12 ampolas de morfina tinham sido roubadas da caixa e substituídas por uma nota datilografada, onde estava escrito: "O que é bom para a M&M Empreendimentos é bom para o país. Milo Minderbinder." Yossarian xingou Milo silenciosamente e levou duas aspirinas aos lábios lívidos, incapazes de engoli-las. Rapidamente, ele aplicou um torniquete na coxa de Snowden, porque não sabia o que mais fazer além disso, naqueles primeiros momentos terríveis, os seus pensamentos em turbilhão. Sabia que devia agir rapidamente e com toda eficiência, inclusive para não se entregar ao desespero que o invadia. Snowden ficou observando-o atentamente, sem dizer uma só palavra. Nenhuma artéria estava esguichando, mas Yossarian concentrou-se no torniquete, pois era uma das poucas coisas que ele sabia fazer em matéria de ferimentos. Simulou uma serenidade e uma competência que não sentia, sentindo o olhar opaco de Snowden pousado em cima dele. Yossarian conseguiu recuperar-se antes de terminar de aplicar o torniquete e afrouxou-o um pouco, para evitar o perigo de gangrena. Sabia agora o que deveria fazer. Rebuscou a caixa de primeiros socorros, em busca de uma tesoura.

– Estou com frio – disse Snowden, baixinho. – Estou com frio.

– Você vai ficar bom, garoto – assegurou-lhe Yossarian, sorrindo. – Você vai ficar inteiramente bom.

– Estou com frio – repetiu Snowden, a voz débil de uma criança. – Estou com frio.

– Calma, calma – disse Yossarian, porque não sabia o que mais dizer. – Calma, calma...

– Estou com frio – choramingou Snowden. – Estou com frio.

– Calma, calma, calma, calma...

Yossarian estava assustado e tratou de se apressar. Encontrou por fim uma tesoura e começou a cortar o macacão de Snowden, acima do ferimento, logo abaixo da virilha. Cortou toda a perna do macacão, numa linha reta. Snowden inclinou a cabeça para o lado, a fim de melhor olhar para Yossarian. Uma luz difusa e profunda brilhava em seus olhos apáticos. Aturdido, Yossarian procurou não o fitar. Começou a cortar a perna do macacão para baixo, junto à costura. O ferimento escancarado – seria um osso o tubo esbranquiçado lá no fundo daquele buraco ensanguentado, por trás das fibras dos músculos que continuavam a pulsar como dotadas de vida própria? –

transbordava de sangue, escorrendo para fora em diversos filetes, como neve a se derreter num beiral de telhado. Só que viscosa e vermelha, endurecendo à medida mesmo que caía. Yossarian continuou a cortar a perna do macacão até a bainha. Ela se abriu e caiu no chão com um ruído quase inaudível, deixando à mostra a extremidade da cueca, ensopada de sangue, como que a absorver tudo o que pudesse, numa sede insaciável. Yossarian ficou impressionado como a perna nua de Snowden parecia branca e cadavérica, como eram repugnantes e sem vida os cabelos louros encaracolados da canela e da barriga da perna. Podia ver agora que o ferimento não era quase tão grande quanto uma bola de futebol americano, mas sim comprido e largo como a sua mão, profundo demais para que pudesse examiná-lo com nitidez. Os músculos em carne viva pulsavam como uma carne de hambúrguer viva. Um longo suspiro de alívio escapou pelos lábios de Yossarian quando ele compreendeu que Snowden não estava correndo risco de vida. O sangue estava coagulando dentro do ferimento e tudo o que ele tinha a fazer era enfaixá-lo e mantê-lo quieto, até que o avião aterrasse. Ele tirou alguns envelopes de sulfa da caixa de primeiros socorros. Snowden estremeceu quando Yossarian empurrou-o com cuidado para que virasse ligeiramente de lado.

– Eu o machuquei?

– Estou com frio – choramingou Snowden. – Estou com frio.

– Calma, calma, calma, calma...

– Estou com frio... Estou com frio...

– Calma, calma, calma, calma...

– Está começando a doer – gritou Snowden de repente, com um tremor incontrolável.

Yossarian mais uma vez rebuscou freneticamente a caixa de primeiros socorros, à procura de morfina. Mas encontrou apenas a nota de Milo e um vidro de aspirinas. Amaldiçoou Milo em silêncio e levou duas aspirinas aos lábios lívidos de Snowden. Não tinha água a oferecer. Snowden rejeitou a aspirina, balançando a cabeça de forma quase imperceptível. Seu rosto estava ainda mais pálido. Yossarian tirou o capacete de Snowden e abaixou a cabeça dele até o chão.

– Estou com frio – gemeu Snowden, os olhos semicerrados. – Estou com frio.

Os cantos da sua boca estavam ficando arroxeados. Yossarian ficou aterrorizado. Pensou se deveria ou não abrir o paraquedas de Snowden e cobri-lo com o náilon dobrado. Mas estava muito quente no interior do avião. Levantando os olhos inesperadamente, Snowden contemplou-o com um sorriso lívido e cooperativo e ergueu um pouco os quadris, para que Yossarian pudesse começar a espalhar o pó de sulfa sobre o ferimento. Yossarian trabalhou com confiança e otimismo renovados. O avião sacudiu-se violentamente dentro de um bolsão de ar e ele lembrou-se, estremecendo, que deixara o próprio paraquedas lá na frente, no nariz do avião. Nada havia que pudesse fazer quanto a isso. Despejou envelope após envelope de pó de sulfa no ferimento oval e ensanguentado, até que não se podia ver mais nada vermelho ali. Respirou fundo, apreensivo, rangendo os dentes para controlar-se, e com a mão nua pegou os pedaços de carne que pendiam para fora do ferimento e ajeitou tudo lá dentro. Cobriu rapidamente o ferimento com uma compressa grande de algodão e tratou de afastar a mão. Sorriu nervosamente, ao terminar a sua breve provação. Mas o contato com a carne morta não fora tão repulsivo quanto ele imaginara. E Yossarian armou-se de um pretexto para tocar de novo o ferimento com as pontas dos dedos, por diversas vezes, só para se convencer da própria coragem.

Em seguida, começou a prender a compressa no lugar com um rolo de gaze. Na segunda volta em torno da coxa de Snowden, ele localizou o pequeno buraco na parte interna pela qual entrara o estilhaço da granada antiaérea. Era um buraco redondo e irregular, do tamanho de uma moeda, as bordas arroxeadas e o centro preto, onde o sangue coagulara e já formara uma crosta. Yossarian jogou pó de sulfa ali em cima também e continuou a desenrolar o rolo de gaze em torno da coxa de Snowden, até que a compressa estivesse bem firme. Depois, cortou o rolo com a tesoura e partiu no meio, amarrando com um nó cego. Ele sabia que tinha feito um bom trabalho e sentou-se no chão, orgulhoso, limpando o suor que lhe brotava na testa. Sorriu para Snowden, com uma cordialidade espontânea.

– Estou com frio – gemeu Snowden. – Estou com frio.

– Você vai ficar bom, garoto – assegurou-lhe Yossarian, dando um tapinha confortador no braço dele. – Está tudo sob controle.

Snowden balançou a cabeça debilmente e repetiu, os olhos opacos e cegos:

– Estou com frio... Estou com frio...

– Calma, calma – murmurou Yossarian, invadido por uma dúvida e alarme crescentes. – Calma, calma... Daqui a pouco estaremos de volta a Pianosa e Doc Daneeka tomará conta de você.

Mas Snowden continuou a balançou a cabeça e afinal apontou, com um movimento quase imperceptível do queixo, na direção da sua axila. Yossarian inclinou-se para a frente para espiar e viu uma mancha estranhamente colorida espalhando-se pelo macacão, logo acima do buraco para o braço da couraça de proteção contra o fogo antiaéreo. Yossarian sentiu o coração parar e depois bater tão violentamente que chegou a ter dificuldade em respirar. Snowden tinha outro ferimento por baixo da couraça. Yossarian abriu rápido o macacão e deixou escapar um grito horrorizado ao ver as entranhas de Snowden escorregarem para o chão, interminavelmente, formando uma pilha ensanguentada. Um estilhaço com mais de 10 centímetros de comprimento entrara por um lado do corpo de Snowden, logo abaixo do braço, atravessando até o outro lado, a arrastar as entranhas de Snowden inexoravelmente, até a gigantesca saída nas costelas. Yossarian gritou outra vez e apertou as mãos contra os olhos. Seus dentes chocalhavam de horror. Mas ele forçou-se a olhar novamente. Ali estavam as benesses de Deus, pensou ele, enquanto olhava. Estava tudo ali: o fígado, os pulmões, os rins, as costelas, o estômago, pedaços dos tomates cozidos que Snowden comera naquele dia no almoço. Yossarian detestava tomate cozido e desviou os olhos, enjoado. Começou a vomitar, segurando a garganta com as duas mãos. Quando acabou, estava exausto e inerte, de dor e desespero. Virou-se para Snowden, cuja respiração era mais fraca e mais rápida, e o rosto estava ainda mais pálido. Não sabia de que forma poderia salvá-lo.

– Estou com frio – gemeu Snowden. – Estou com frio.

– Calma, calma, calma – murmurou Yossarian mecanicamente, em voz baixa demais para ser ouvido. – Calma, calma...

Yossarian também sentia frio e tremia incontrolavelmente. Sentiu o corpo inteiro se arrepiar ao compreender o pavoroso segredo que Snowden acabara de espalhar pelo chão do avião. Era fácil ler a mensagem que estava escrita nas entranhas dele. O homem era apenas matéria. Era esse o segredo de Snowden. Joguem-no por uma janela e ele cairá. Se lhe atearem fogo, ele queimará. Se o enterrarem, ele apodrecerá, como qualquer outra espécie de lixo. Só o tempo da plenitude importava. Aquele era o segredo de Snowden.

– Estou com frio – gemeu Snowden. – Estou com frio.

– Calma, calma, calma, calma... – Yossarian abriu o paraquedas de Snowden e cobriu o corpo dele com o náilon dobrado.

– Estou com frio.

– Calma, calma...

Perdido o espírito, o homem é lixo.

42
Yossarian

Com um sorriso gratificado e pretensioso, o major Danby disse a Yossarian:

– O coronel Korn mandou dizer que o trato ainda está de pé. Tudo está indo muito bem até agora.

– Não, não está.

– Oh, não, está sim! – insistiu o major Danby, benevolente. – Na verdade, as coisas estão melhorando cada vez mais. Foi realmente um golpe de sorte que você quase tenha sido assassinado por aquela garota. Agora, podemos executar o trato sem nenhum problema.

– Não tenho nenhum trato com o coronel Korn.

De imediato o otimismo esfuziante do major Danby desvaneceu-se e ele começou a suar profusamente. E foi com uma perplexidade angustiada que perguntou:

– Mas tem um trato com ele, não é? Não fizeram um acordo?

– Estou rompendo o acordo.

– Mas vocês não se apertaram as mãos para fechar o acordo? Você deu a ele a sua palavra de honra!

– Estou faltando à minha palavra.

– Oh, meu Deus! – suspirou o major Danby, tentando enxugar o rosto torturado com um lenço dobrado. – Mas por que, Yossarian? Foi um acordo muito bom o que eles lhe ofereceram!

– É um acordo repulsivo, Danby. Execrável.

– Oh, meu Deus! – gemeu o major Danby, passando a mão pelos cabelos pretos, também encharcados de suor. – Oh, meu Deus...

– Danby, não acha também que é um acordo execrável?

O major Danby pensou por um momento e depois admitiu relutantemente:

– É, acho que sim. Mas por que tinha que fechar o acordo, se não gostava dele?

– Concordei num momento de fraqueza – disse Yossarian, ironicamente. – Estava tentando salvar minha vida.

– E agora não quer mais salvar sua vida?

– Foi por isso que eu não permiti que eles me obrigassem a voar mais missões de combate.

– Então, deixe que eles o mandem para casa e não correrá mais perigo algum.

– Que eles me mandem para casa porque eu voei mais de 50 missões e não porque fui apunhalado por aquela garota ou porque me transformei num filho da puta.

O major Danby balançou a cabeça, genuinamente angustiado.

– Eles teriam de mandar de volta para casa quase todos os homens, se tomassem tal atitude. A maioria já realizou mais de 50 missões. O coronel Cathcart não poderia requisitar tantas tripulações de substituição inexperientes, de uma só vez, sem provocar uma investigação. Ele está preso em sua própria armadilha.

– O problema é dele.

– Não, não, não, Yossarian – discordou o major Danby. – O problema é seu. Se você não cumprir o acordo, eles vão submetê-lo à corte marcial assim que você deixar o hospital.

– Vão coisa nenhuma! – Yossarian sorriu. – Não minta para mim, Danby. Eles não se atreveriam.

– E por que acha que não? – questionou o major Danby, piscando de surpresa.

– Porque eu consegui encostá-los contra a parede. Há um relatório oficial dizendo que fui apunhalado por um assassino nazista que tentava matá-los. Eles ficariam parecendo idiotas se me levassem a uma corte marcial depois disso.

– Yossarian, há um outro relatório oficial dizendo que você foi apunhalado por uma garota inocente no decorrer de operações de mercado negro, envolvendo atos de sabotagem e a venda de segredos militares ao inimigo.

– Outro relatório oficial? – indagou Yossarian, espantado e consternado.

– Yossarian, eles podem preparar tantos relatórios oficiais quantos quiserem e escolher de quais deles vão precisar numa determinada ocasião. Não sabia disso?

– Oh, meu Deus! – murmurou Yossarian, desolado, o rosto ficando lívido. – Oh, meu Deus!

O major Danby inclinou-se para a frente rápido, uma expressão de abutre, estampada no rosto.

– Yossarian, faça o que eles estão querendo e deixe que o mandem para casa. Assim é melhor para todo mundo.

– É melhor para Cathcart, para Korn e para mim, não para todo mundo.

– É melhor para todo mundo, Yossarian. Vai resolver todos os problemas.

– É melhor também para os homens do grupo que terão de continuar voando mais missões de combate?

O major Danby retraiu-se e desviou o rosto, momentaneamente confuso e embaraçado. Mas logo voltou à carga:

– Yossarian, de nada adiantará para ninguém se você obrigar o coronel Cathcart a levá-lo a uma corte marcial e provar que você é culpado de todos os crimes que lhe quiser atribuir. Você irá para a prisão por muito tempo e sua vida ficará arruinada para sempre.

Yossarian estava ficando cada vez mais preocupado.

– Mas de que crimes irão me acusar?

– De incompetência na missão a Ferrara, insubordinação, recusa a enfrentar o inimigo quando ordenado e deserção.

– Eles não me podem acusar de tudo isso, não é? Afinal de contas, deram-me uma medalha por causa de Ferrara. Como poderiam agora acusar-me de incompetência?

– Aarfy vai jurar que você e McWatt mentiram no relatório que apresentaram.

– Aposto que o filho da mãe é bem capaz disso!

– Eles irão considerá-lo também culpado de estupro, operações no mercado negro, atos de sabotagem e venda de segredos militares ao inimigo.

– Mas como é que podem provar tudo isso? Não fiz nenhuma dessas coisas!

– Mas eles têm testemunhas que podem jurar que você cometeu tudo isso. Podem arrumar todas as testemunhas de que precisarem, simplesmente persuadindo-as que destruí-lo é o interesse do país. E, de certa forma, seria mesmo no interesse do país.

– De que forma? – indagou Yossarian, erguendo-se lentamente na cama, apoiado num cotovelo, com uma hostilidade visível. O major Danby recuou um pouco e recomeçou a enxugar o suor da testa.

– Yossarian, desacreditar o coronel Cathcart e o coronel Korn neste momento só iria prejudicar o esforço de guerra. Vamos enfrentar os fatos, Yossarian. Apesar de tudo, o grupo tem uma excelente folha de serviços. Se você fosse levado à corte marcial e declarado inocente, outros homens provavelmente se recusariam também a voar missões de combate. O coronel Cathcart cairia em desgraça e a eficiência militar da unidade seria destruída. Assim, de certa forma, atenderia aos interesses do país considerá-lo culpado e mandá-lo para a cadeia, mesmo que você seja inocente.

– Que linda maneira de pôr os pingos nos is! – exclamou Yossarian, com um ressentimento cáustico. O major Danby ficou vermelho e remexeu-se na cadeira, inquieto.

– Por favor, não me culpe – suplicou ele, com uma expressão de integridade inatacável. – Você sabe muito bem que a culpa não é minha. Tudo o que estou tentando fazer é analisar os fatos objetivamente e encontrar a solução para uma situação muito difícil.

– Não fui eu que criei essa situação.

– Mas pode resolvê-la. Que outra alternativa lhe resta? Você não quer voar mais missões de combate, não é?

– Eu posso fugir.

– Fugir?

– Desertar. Sumir. Posso virar as costas a toda essa confusão e começar a correr.

– Mas para onde você poderia ir? – perguntou o major Danby, chocado.

– Posso chegar facilmente a Roma. E poderia esconder-me lá.

– E passar em perigo cada minuto de sua vida, receando que eles o encontrem? Não, não, Yossarian. Isso seria uma atitude desastrosa e ignóbil. Fugir dos problemas nunca serve como solução. Por favor, acredite em mim. Estou apenas querendo ajudá-lo.

– Foi isso mesmo que o detetive bondoso me disse, antes de dar um soco em meu ferimento – respondeu Yossarian, sarcástico.

– Não sou um detetive – declarou, indignado, o major Danby, o rosto corando novamente. – Sou um professor universitário, com uma compreensão do bem e do mal altamente desenvolvida e que de jeito nenhum tentaria enganá-lo. Eu não mentiria para ninguém.

– O que faria se um dos homens do grupo o interrogasse a respeito desta nossa conversa?

– Eu mentiria para ele.

Yossarian riu zombeteiramente, e o major Danby, apesar do seu constrangimento, recostou-se na cadeira aliviado, como que agradecendo a trégua que aquela mudança de atitude de Yossarian prometia. Yossarian contemplou-o com um misto de compaixão e desprezo. Sentou-se na cama, com as costas apoiadas na cabeceira, acendeu um cigarro e sorriu divertido. Olhou com simpatia para o horror intenso, de olhos esbugalhados, que de forma permanente se implantara no rosto do major Danby no dia da missão a Avignon, quando o general Dreedle mandara levá-lo para fora e fuzilá-lo. As rugas de susto continuariam para sempre marcadas naquele rosto, como cicatrizes profundas e sombrias. Yossarian sentiu pena daquele idealista gentil, moralista, de meia-idade, assim como sentia pena das muitas pessoas cujas deficiências não eram grandes demais e cujos problemas se resumiam na percepção do mundo. Com uma cordialidade deliberada, disse:

– Danby, como é que você consegue trabalhar com gente como Cathcart e Korn? Não fica de estômago embrulhado?

O major Danby pareceu ficar surpreso com a pergunta de Yossarian.

– Faço isso para ajudar meu país – respondeu ele, como se essa fosse a resposta óbvia. – O coronel Cathcart e o coronel Korn são meus superiores e obedecer às ordens deles é a única contribuição que eu posso fazer ao esforço de guerra. Trabalho com eles porque é meu dever. Baixou os olhos e acrescentou em voz quase inaudível: – E também porque não sou muito agressivo.

– Seu país não está mais precisando de sua ajuda – argumentou Yossarian, com um antagonismo incontido. – Portanto, tudo o que está fazendo é ajudá-los.

– Procuro não pensar nisso – admitiu o major Danby, francamente. – Procuro concentrar-me apenas no grande resultado final e tento esquecer que eles também serão bem-sucedidos. Mas prefiro imaginar que eles não têm a menor importância no conjunto das coisas.

– Esse é também o meu problema – comentou Yossarian, em tom de simpatia, cruzando os braços. – Entre mim e todos os ideais eu sempre encontro Scheisskopfs, Peckems, Korns e Cathcarts. E isso é o bastante para mudar qualquer ideal.

– Deve tentar não pensar neles – aconselhou o major Danby. E nunca deve permitir que eles alterem os seus valores. Os ideais são coisas boas, mas as pessoas nem sempre o são. Você deve procurar sempre o conjunto.

Yossarian rejeitou o conselho, balançando a cabeça ceticamente.

– Quando eu levanto os olhos, só vejo as pessoas morrendo. Não vejo o paraíso nem os santos nem os anjos. Vejo as pessoas morrendo e matando todos os impulsos humanos decentes, provocando todas as tragédias.

– Mas deve procurar não pensar nessas coisas. Deve tentar evitar que tais coisas o perturbem.

– Oh, não, isso realmente não me perturba, Danby. O que me perturba mesmo é o fato de eles pensarem que sou um otário. Pensam que são muito espertos e que todos os outros todos não passam de imbecis. E quer saber de uma coisa, Danby? Estou começando a pensar que talvez estejam absolutamente certos.

– Mas também deve tentar não pensar nisso. Deve pensar apenas no bem-estar do seu país e na dignidade do homem.

– É...

– Estou falando sério, Yossarian. Esta não é a Primeira Guerra Mundial. Não deve esquecer que estamos em guerra com agressores que não deixariam nenhum de nós sobreviver, caso ganhassem.

– Sei disso – respondeu Yossarian secamente, franzindo o rosto, de repente cansado daquilo tudo. – Por Deus, Danby, eu fiz jus àquela medalha, não importa quais tenham sido as razões deles para dá-la a mim. Já voei as malditas 70 missões de combate. Portanto, não me fale em lutar para salvar meu país. Agora, vou lutar um pouco para salvar a mim mesmo. O país não está mais em perigo, mas eu estou.

– A guerra ainda não acabou. Neste momento os alemães estão avançando para Antuérpia.

– Os alemães estarão completamente derrotados dentro de poucos meses. E os japoneses serão derrotados logo depois. Se eu fosse sacrificar a minha vida agora, não seria por meu país, mas sim pelo coronel Cathcart e pelo coronel Korn. Portanto, fechei o meu visor de bombas para sempre. De agora em diante, estou pensando apenas em mim.

Com um sorriso de superioridade, o major Danby respondeu indulgentemente:

– Mas suponha que todo mundo pensasse assim, Yossarian.

– Então, eu seria um idiota se pensasse de outra maneira, não é mesmo? – Yossarian empertigou-se, sentado na cama, com uma expressão irônica. – Sabe, Danby, tenho a estranha sensação de que já tive essa mesma conversa antes com outra pessoa. Algo assim como a sensação do capelão de já ter passado duas vezes por cada experiência.

– O capelão quer que você os deixe mandarem-no para casa – comentou o major Danby.

– Por mim, o capelão pode pular debaixo do primeiro bonde que eu não me incomodo.

– Oh, meu Deus! – suspirou o major Danby, balançando a cabeça em desapontamento. – E ele está com medo de ter influenciado você.

– Ele não me influenciou de jeito nenhum. Sabe o que posso fazer também? Posso ficar aqui mesmo nesta cama de hospital e vegetar. Poderia vegetar confortavelmente aqui e deixar que os outros tomassem as decisões.

– Mas você tem que tomar decisões, Yossarian. Uma pessoa não pode viver como um vegetal.

– E por que não?

Um brilho vago iluminou por um instante os olhos do major Danby, que murmurou, anelante:

– Até que deve ser bom viver como um vegetal...

– É abominável, Danby.

– Não, não! Deve ser bastante agradável ficar livre de toda essa dúvida e das pressões. Acho que eu não me importaria de viver como um vegetal, sem ter que tomar nenhuma decisão importante.

– Que espécie de vegetal, Danby?

– Um pepino ou uma cenoura.

– Que espécie de pepino? De boa ou de má qualidade?

– Ora, de boa qualidade, é claro!

– Eles o arrancariam da terra quando estivesse no ponto e o cortariam em fatias para fazerem uma salada.

O major Danby ficou desanimado.

– Então eu seria um pepino de má qualidade.

– Então eles o deixariam apodrecer e o usariam como adubo para ajudar os de boa qualidade a crescerem.

– Sendo assim, acho que não quero mais viver como um vegetal – disse o major Danby, com um sorriso triste e resignado.

– Danby, acha que devo realmente permitir que eles me mandem de volta para casa?

O major Danby sacudiu os ombros.

– É uma maneira de salvar a si mesmo.

– Pelo contrário, Danby, é uma maneira de me perder. Você devia saber disso.

– Você teria uma porção de coisas que deseja.

– Não quero uma porção de coisas que desejo – respondeu Yossarian, dando um soco no colchão, numa explosão de raiva e frustração. – Mas que diabo, Danby! Tive muitos amigos que foram mortos nesta maldita guerra. Não posso fazer um trato agora. Acho que ser apunhalado por aquela cadela foi a melhor coisa que já me aconteceu.

– Prefere ir para a cadeia?

– Você deixaria que eles o mandassem para casa?

– Mas claro que sim! – declarou o major Danby, convicto. Hesitou por um momento e acrescentou logo depois, num tom menos incisivo: – Acho que sim. Se eu estivesse no seu lugar, deixaria que eles me mandassem de volta para casa. – Ele mergulhou num silêncio constrangido e perturbado, que se prolongou por vários segundos, terminando por franzir o rosto de raiva e repugnância e decidindo: – Claro que os deixaria me mandarem para casa! Mas sou um covarde tão grande, que não poderia realmente estar em seu lugar.

– Mas suponhamos que você não fosse um covarde? – insistiu Yossarian, examinando-o com atenção. – Suponhamos que você tivesse coragem bastante para desafiar alguém?

– Então eu não deixaria que eles me mandassem para casa! – garantiu veementemente o major Danby, com entusiasmo e alegria. – Mas também não deixaria que me levassem a uma corte marcial.

– Voaria mais missões?

– Não, claro que não. Isso significaria a capitulação. E ainda por cima eu poderia ser morto.

– Fugiria então?

O major Danby abriu a boca para responder, imbuído de uma disposição brava e orgulhosa. Mas parou de repente no meio do ato, fechando a boca lentamente. Apertou os lábios, embaraçado, e murmurou:

– Acho que, dessa forma, não haveria a menor esperança para mim, não é mesmo?

A testa e os olhos esbugalhados estavam brilhando novamente, de nervosismo. Ele cruzou as mãos inertes em cima do colo e mal parecia respirar, os olhos fixados no chão, numa confissão de derrota. Sombras escuras e alongadas entravam pela janela. Yossarian contemplou-o gravemente. Nenhum dos dois se mexeu quando um veículo que se aproximara a toda velocidade parou lá fora, com um ranger de pneus, e passos apressados encaminharam-se para o hospital.

– Ainda resta uma esperança para você – lembrou de súbito Yossarian, numa inspiração inesperada. – Milo pode ajudá-lo. Ele está acima do coronel Cathcart e me deve alguns favores.

O major Danby balançou a cabeça lentamente, mais desanimado do que nunca.

– Milo e o coronel Cathcart são colegas agora. Milo nomeou o coronel Cathcart para vice-presidente da cooperativa e prometeu-lhe um emprego importante depois da guerra.

– Então o ex-PFC Wintergreen irá ajudar-nos. Ele odeia os dois e isso o deixará furioso.

O major Danby voltou a balançou a cabeça, ainda mais desolado.

– Milo e o ex-PFC Wintergreen promoveram a fusão de suas organizações na semana passada. Agora são sócios na M&M Empreendimentos.

– Então não resta a menor esperança para nós, não é?

– Absolutamente nenhuma.

– Nenhuma mesmo?

– Absolutamente nenhuma.

O major Danby levantou os olhos depois de um momento, com o início de uma ideia.

– Não seria ótimo se eles pudessem desaparecer com a gente da maneira como desapareceram com os outros, aliviando-nos desse fardo insuportável?

Yossarian disse que não. O major Danby concordou, baixando os olhos novamente. Não havia a menor esperança para nenhum deles até que passos apressados explodiram de repente no corredor e o capelão entrou no quarto, gritando a plenos pulmões, com notícias sensacionais a respeito de Orr. Ele estava tão emocionado e rindo tanto que, por alguns minutos, mostrou-se quase incoerente. Lágrimas de alegria brilhavam em seus olhos. Quando finalmente compreendeu, Yossarian saltou da cama, com um grito de incredulidade.

– *Suécia?* – gritou ele.

– Orr! – gritou o capelão.

– Orr? – gritou Yossarian.

– Suécia! – gritou o capelão, balançando a cabeça para cima e para baixo, numa alegria extasiada, pulando pelo quarto, num frenesi sorridente e maravilhoso. – É um milagre! Um verdadeiro milagre! Agora acredito em Deus novamente! Depois de muitas semanas no mar, ele foi parar à deriva na Suécia. É um milagre!

– À deriva coisa nenhuma! – berrou Yossarian, pulando também pelo quarto, dando gargalhadas para as paredes, para o teto, para o capelão, para o major Danby. – Ele não foi parar na Suécia por acaso! Remou até lá! Ele remou até lá, capelão, ele remou até lá!

– Remou até lá?

– Ele planejou tudo! Foi parar na Suécia deliberadamente!

– Pois isso não faz a menor diferença para mim! – declarou o capelão, sem diminuir seu entusiasmo e fervor. – Mesmo assim é um milagre, um milagre da inteligência e da tenacidade humanas. Pensem só na enormidade do que ele fez! – O capelão agarrou a própria cabeça com as duas mãos e dobrou-se em gargalhadas. – Será que não podem imaginá-lo? Não podem imaginá-lo naquela pequena balsa amarela, passando à noite pelo estreito de Gibraltar, remando com aquele minúsculo remo azul...

– E com aquela linha de pesca na sua esteira, comendo bacalhau por todo o caminho até a Suécia, servindo-se de chá todas as tardes...

– Eu posso vê-lo! – gritou o capelão, fazendo uma pausa em sua comemoração para recuperar o fôlego. – É um milagre da perseverança humana! E é exatamente isso o que vou fazer de agora em diante. Vou perseverar. Isso mesmo, vou perseverar!

– Ele sabia o que estava fazendo a cada passo! – Alegrou-se Yossarian, erguendo os punhos cerrados em triunfo. Virou-se bruscamente para o major Danby e disse: – Danby, isso quer dizer que afinal há esperança! Será que não entende? Até mesmo Clevinger pode estar vivo ainda, escondido naquela nuvem dele, esperando que esteja tudo seguro por aqui para sair!

– Mas do que você está falando? – indagou o major Danby, inteiramente confuso. – Do que vocês dois estão falando?

– Traga-me maçãs, Danby. E castanhas também. As maçãs do tipo pequeno. Corra, Danby, corra. Traga-me maçãs e castanhas antes que seja tarde demais. E pegue também algumas para você.

– Maçãs? Castanhas? Mas para quê?

– Para meter em nossas bochechas, é claro! – Yossarian levantou os braços, num gesto de autorrecriminação. – Oh, por que não o escutei? Por que não tive um pouco de fé?

– Será que você enlouqueceu? – perguntou o major Danby, surpreso e alarmado. – Yossarian, quer por favor explicar-me o que está acontecendo?

– Danby, foi tudo planejado por Orr. Será que não compreende que ele planejou tudo desde o início? Ele até mesmo ensaiou a derrubada do seu avião. Ensaiou e treinou para isso em cada missão que voou. E eu não quis ir com ele! Ó Deus, por que não tive um pouco de fé? Ele me convidou para ir junto e eu não quis! Danby, traga-me também dentes separados e uma válvula para consertar, além de uma expressão de inocência idiota, na qual ninguém possa suspeitar haver alguma inteligência. Vou precisar de tudo isso. Oh, por que eu não quis dar ouvidos a ele? Agora, compreendo o que estava tentando dizer-me. Até mesmo compreendo por que aquela garota estava batendo com o sapato na cabeça dele.

– Por quê? – indagou o capelão bruscamente.

Yossarian virou-se rapidamente e agarrou o capelão pela camisa.

– Capelão, ajude-me! Por favor, ajude-me. Traga as minhas roupas. E depressa, está bem? Vou precisar delas imediatamente!

O capelão afastou-se.

– Está certo, Yossarian. Vou buscá-las. Mas onde é que elas estão? Como vou conseguir apanhá-las?

– Intimando todo mundo que tentar impedi-lo! Capelão, vá buscar meu uniforme. Está em algum lugar deste hospital. Por uma vez na vida, tenha sucesso em alguma coisa!

O capelão ergueu-se, endireitou os ombros, cheio de determinação.

– Não se preocupe, Yossarian. Trarei seu uniforme. Mas por que aquela garota estava batendo com o sapato na cabeça de Orr? Por favor, conte logo.

– Porque ele a estava pagando para fazê-lo! Mas ela não bateu com bastante força e por isso ele teve que remar até a Suécia. Capelão, descubra meu uniforme para que eu possa sair daqui. Peça à enfermeira Duckett. Ela o ajudará. Ela fará qualquer coisa para ver-se livre de mim.

– Para onde você vai? – indagou o major Danby, apreensivo, assim que o capelão saiu do quarto. – O que pretende fazer?

– Vou escapar – anunciou Yossarian, esfuziante, começando a desabotoar o paletó do pijama.

– Oh, não! – gemeu o major Danby, começando a passar as duas mãos pelo rosto suado. – Você não pode escapar. Para onde poderia ir

– Para a Suécia.

– Para a Suécia? – repetiu o major Danby, atônito. – Não Yossarian, não vá. Você nunca chegaria lá. Não tem condição de escapar para a Suécia. Nem mesmo sabe remar!

– Mas posso chegar até Roma, se você ficar de boca fechada quando eu sair daqui e me der uma chance de arrumar uma carona. Far isso por mim?

– Mas eles o encontrarão e o trarão de volta, punindo-o ainda mais severamente – argumentou o major Danby, desesperado.

– Desta vez eles terão que dar tudo para me apanhar.

– E eles darão tudo para encontrar você! E mesmo que não o consigam, Yossarian, que espécie de vida você irá levar? Estará sempre sozinho. Nunca terá ninguém a seu lado e estará sempre correndo o risco de uma traição.

– É exatamente assim que eu vivo agora.

– Mas não pode virar as costas a todas as suas responsabilidades e fugir delas – insistiu o major Danby. – É uma atitude negativa. É escapismo.

Yossarian riu alegremente e balançou a cabeça.

– Não estou correndo das minhas responsabilidades e sim ao encontro delas. Não há nada de negativo em escapar para salvar a minha vida. Sabe perfeitamente quem são os escapistas, não é mesmo, Danby? E não somos eu nem Orr.

– Capelão, por favor, fale com ele! Está querendo desertar, fugir para a Suécia!

– Maravilhoso! – gritou, alegre, o capelão, jogando em cima da cama, com uma expressão orgulhosa, a fronha dentro da qual estavam as roupas de Yossarian. – Escape mesmo para a Suécia, Yossarian. Ficarei aqui e vou perseverar. Isso mesmo, vou perseverar. Irei amofinar e atormentar o coronel Cathcart e o coronel Korn cada vez que os vir. Não tenho mais medo. Vou até mesmo apertar o general Dreedle.

– O general Dreedle não está mais conosco – lembrou-lhe Yossarian, enfiando-se na calça e começando rapidamente a colocar a camisa por dentro dela. – Agora é o general Peckem.

A confiança transbordante do capelão não fraquejou por um instante sequer.

– Pois então vou apertar o general Peckem e também o general Scheisskopf. E sabe o que mais vou fazer? Vou acertar um soco no nariz do capitão Black na próxima vez em que o encontrar. Isso mesmo, vou acertar um soco em cheio no nariz dele! E farei isso com uma porção de gente por perto, para que ele não tenha oportunidade de revidar.

– Será que você dois enlouqueceram? – protestou o major Danby, os olhos esbugalhados de espanto e exasperação. – Será que os dois perderam o juízo? Yossarian, escute...

– É um milagre! – proclamou o capelão, pegando o major Danby pela cintura e pondo-se a dançar uma valsa. – Um verdadeiro milagre! Se Orr pôde remar até a Suécia, então eu posso triunfar sobre o coronel Cathcart e o coronel Korn. Basta eu perseverar.

– Capelão, quer fazer a gentileza de calar-se? – pediu o major Danby delicadamente, desvencilhando-se e passando a mão pela testa suada. Inclinou-se na direção de Yossarian, que estava abaixado, pondo os sapatos. – E o que me diz do coronel...

– Nem quero saber.

– Mas isso pode...

– Eles que se danem!

– Mas isso pode, na verdade, ajudá-los – insistiu o major Danby, obstinadamente. – Já pensou nisso?

– Que os filhos da mãe se deem bem eu não me importo, já que nada posso fazer para impedi-los, a não ser deixá-los enrascados com a minha fuga. Agora, tenho que cuidar das minhas próprias responsabilidades, Danby. Afinal, tenho que chegar à Suécia.

– Você nunca conseguirá. É impossível. É quase uma impossibilidade geográfica chegar à Suécia partindo daqui.

– Que droga, Danby, eu sei disso! Mas pelo menos vou tentar. E há uma menina em Roma cuja vida tenho que salvar, se puder encontrá-la. Se a descobrir, eu a levarei para a Suécia comigo. Portanto, não estou sendo totalmente egoísta, não é mesmo?

– Você está absolutamente louco. Sua consciência nunca o deixará descansar.

– Que Deus a abençoe – disse Yossarian, rindo. – Eu não gostaria de viver sem dúvidas intensas. Não estou certo, capelão?

– Vou acertar um soco no nariz do capitão Black na próxima vez em que o encontrar – gabou-se o capelão, desferindo dois *jabs* de esquerda contra o ar e depois um *swing* desajeitado. – Assim!

– E o que me diz da desonra? – insistiu o major Danby para Yossarian.

– Que desonra? Não estou vivendo em desonra agora mais do que em qualquer outra circunstância? – Yossarian deu o laço no cordão do segundo sapato e ergueu-se. – Estou pronto, Danby. O que me diz? Vai ficar de boca fechada e dar-me a chance de pegar uma carona?

O major Danby ficou olhando para Yossarian em silêncio, com um sorriso estranho e triste. Parara de suar e parecia estar inteiramente calmo.

– O que você faria se eu tentasse impedi-lo? – perguntou ele, em tom ao mesmo tempo zombeteiro e pesaroso. – Iria me bater?

– Eu lhe daria uma surra! – gabou-se o capelão, dançando bem perto do major Danby, a desferir socos contra a própria sombra. – Em você e no capitão Black. Talvez até mesmo no cabo Whitcomb. Não seria maravilhoso se eu descobrisse que não preciso mais ter medo do cabo Whitcomb?

– Vai tentar me impedir? – perguntou Yossarian ao major Danby, fitando-o com firmeza. O major Danby afastou-se prudentemente do capelão e hesitou por mais um momento.

– Não, claro que não! – explodiu ele subitamente, sacudindo os dois braços na direção da porta, num gesto de urgência. – É claro que não vou impedi-lo. Agora vá, pelo amor de Deus! E depressa! Está precisando de dinheiro?

– Eu tenho algum dinheiro.

– Pois tome mais algum. – Com um entusiasmo exaltado, o major Danby pôs um maço de notas italianas na mão de Yossarian, apertando-as entre as suas, não apenas para animar Yossarian como também para aquietar os seus dedos trêmulos. E comentou ansiosamente: – Deve ser maravilhoso lá na Suécia. Ouvi dizer que as moças de lá são muito meigas e que o povo é muito adiantado.

– Adeus, Yossarian – gritou o capelão. – E boa sorte. Ficarei aqui e hei de perseverar. Voltaremos a nos encontrar, quando a guerra acabar.

– Até a vista, capelão. Obrigado, Danby.

– Como se sente, Yossarian?

– Muito bem. Para dizer a verdade, estou apavorado.

– Isso é ótimo – disse o major Danby. – Prova que você ainda está vivo. Não vai ser nada agradável.

– Pelo contrário.

– Estou falando sério, Yossarian. Você terá que estar sempre alerta, em todos os minutos de todos os dias. Eles irão revolver céus e terras para apanhá-lo.

– Ficarei alerta em todos os minutos de todos os dias.

– Terá que pular.

– Eu pularei.

– Pule! – gritou o major Danby.

Yossarian pulou. A prostituta de Nately estava escondida atrás da porta. A faca que ela empunhava desceu rapidamente, errando Yossarian por uns poucos centímetros. E Yossarian partiu.

fim

Posfácio*

Em 1961 o *The New York Times* era um jornal de oito colunas. Em 11 de novembro do mesmo ano, um dia após a publicação oficial de *Ardil-22*, o espaço literário do jornal tinha um anúncio inusitado, desde o topo até o fim da página, contendo cinco colunas e produzindo um efeito estupendo no leitor. A crítica daquele dia sobre outro livro ficou espremida em um dos cantos da página, juntamente com as palavras cruzadas. O anúncio apresentava o seguinte título: O QUE É O ARDIL? E exibia no topo uma caricatura de uma figura humana uniformizada, em pleno voo, olhando para uma situação indefinida de perigo e com uma expressão de pânico.

Era um anúncio de *Ardil-22*. Entrelaçadas ao texto estavam menções de louvor de 21 indivíduos e grupos de significativo renome, em geral ligados ao mundo literário e editorial, que haviam recebido o romance antes do seu lançamento. Eles já o tinham lido e comentavam favoravelmente a respeito do livro.

Alguns dias depois do lançamento foi publicada uma crítica no jornal *The Nation*, de Nelson Algren (um dos clientes de minha agente literária, que o havia instigado a lê-lo). O texto dizia que *Ardil-22* era “o melhor romance publicado em anos”. Havia também uma crítica de Studs Terkel em um jornal de Chicago recomendando a leitura do livro.

Tamanha atenção dada a esse romance deve-se em grande parte ao diligente trabalho e estima da minha agente literária Candida Donadio e do meu editor Robert Gottlieb. Eu aprecio a oportunidade de dedicar essa nova edição aos dois, como colegas e aliados, e cujo talento é de um valor imensurável.

---

*Texto incluído por Joseph Heller no prefácio da edição de 1994. (*N. do E.*)

O romance não recebeu uma crítica do *Times* na época da publicação. No entanto, foi analisado pelo *Herald Tribune* por Maurice Dolbier. O Sr. Dolbier afirmou: "É um livro feroz, comovente, contundente, colérico e animador. Uma verdadeira montanha-russa."

O fato de um crítico literário do *Herald Tribune* ter analisado um romance sobre guerra, redigido por um autor desconhecido, foi resultado de uma coincidência. S. J. Perelman, muito mais conhecido e objeto de uma entrevista realizada pelo Sr. Dolbier, também havia lançado um livro na mesma época. A sua editora era a Simon & Schuster, assim como a minha, e tínhamos o mesmo editor-chefe, Bob Gottlieb. Em resposta a uma pergunta realizada por Dolbier, o Sr. Perelman respondeu que estava muito absorto por um romance oferecido pelo seu editor, intitulado *Ardil-22*.

Posteriormente, o Sr. Dolbier me confessou que já tinha visto esse livro em uma pilha de publicações que decidira não ter tempo para analisar. Se não fosse por Gottlieb, não haveria Perelman, e se não fosse por Perelman, não haveria uma crítica literária por Dolbier.

E se não fosse por Dolbier, é possível que também não houvesse a do *Times*. Duas semanas depois, e possivelmente em função do Sr. Dolbier, o livro foi descrito com aprovação no *Times* por Orville Prescott, que predisse que não seria esquecido por aqueles que o lessem e o chamou de "Uma realização deslumbrante que irá afrontar e encantar um grande número de leitores." O resto poderão dizer que é história, mas é uma história facilmente interpretada equivocadamente. O romance não recebeu nenhum prêmio ou esteve presente na lista dos mais vendidos.

Como antevisto pelo Sr. Prescott, para cada crítica a favor, parecia surgir uma contrária. Olhando para esse romance após 25 anos, John Aldridge, para mim o mais perceptivo e persistente crítico de literatura norte-americana das últimas décadas, enalteceu a crítica literária inteligente feita por Robert Brustein no *The New Republic*, contendo "argumentos essenciais aos quais grande parte das críticas posteriores pouco puderam contribuir". O Sr. Aldridge reconheceu que muitos leitores de *Ardil-22* "apreciaram o livro pelas mesmas razões que levaram muitos a odiá-lo".

O descrédito era frequentemente maldoso. No *Sunday Times*, em uma nota tão escondida que somente aqueles que a esperavam poderiam identificá-la, o redator (que também era cliente da minha agente, Candida) escreveu que "o romance sobressai-se pela ausência de habilidade e sensibilidade", "é repetitivo e monótono", "falha em seus objetivos", "é uma miscelânea emocional" e não se caracterizava como um romance. O redator do *The New Yorker*, que geralmente escrevia sobre jazz, comparou o livro negativamente ao romance com semelhante ambientação redigido por Mitchell Goodman, tendo decidido que *Ardil-22* "não parece nem mesmo ter sido escrito, e sim, dá a impressão de que foi colocado no papel sob gritos (...) o que sobra são restos de piadas amargas", e no fim, "Heller está tão imerso em sua própria gargalhada que acaba submergindo nela". (Agora, eu fico tentado a submergir em risadas conforme redijo essas palavras).

Não me recordo que o romance tenha sido incluído entre as centenas de livros recomendados pelo *Times* durante a época do Natal naquele ano ou entre as centenas de livros selecionados para as leituras da primavera. Mas, no fim do verão de 1962, Raymond Walters, que na época tinha uma coluna na página de livros mais vendidos do *Sunday Times*, noticiou que o livro subversivo mais lido pelos nova-iorquinos era *Ardil-22*. (O romance provavelmente foi mais anunciado do que todos os demais naquele ano, mas continuava subversivo).

Não muito tempo depois, a revista *Newsweek* publicou uma matéria com conteúdo semelhante cuja extensão ultrapassava uma página. E, no fim daquele mesmo verão, eu fui convidado para a minha primeira entrevista na televisão. O programa era o *Today Show*, um programa de variedades. O anfitrião principal era John Chancellor. O Sr. Chancellor tinha retornado recentemente de seu posto como jornalista no Kremlin, e aceitou esse convite com a condição de que entrevistaria somente as pessoas que escolhesse.

Após o programa, em um bar próximo ao estúdio em que me encontrava bebendo martínis, mais cedo do que em qualquer outro momento da minha vida, ele me entregou um pacote de adesivos que tinha produzido secretamente. O adesivo dizia: YOSSARIAN VIVE. Ele me confidenciou que os estava espalhando clandestinamente pelos corredores e pelos banheiros dos executivos da NBC.

Então chegou setembro e a edição em brochura, finalmente uma publicação com apelo popular que parecia tomar de assombro alguns editores, entre outras estratégias elaboradas para a sua promoção e distribuição. Por algum tempo parecia que as pessoas não podiam acreditar no número de vendas e nunca o fariam.

As edições em brochura têm grandes tiragens. Após o lançamento inicial de 300 mil cópias, foi impresso um número cinco vezes maior entre setembro e o fim do ano, e duas vezes esse número entre outubro e dezembro. No fim de 1963 o livro chegara a sua 11ª edição. Na Inglaterra, sob os auspícios do jovem e empreendedor editor Tom Maschler, o ritmo foi esse desde o início.

As listas de livros mais vendidos eram recentes e rudimentares, mas *Ardil-22* rapidamente ficou no topo dessas listas.

Para mim, a história de *Ardil-22* começou em 1953, quando comecei a escrevê-lo. Em 1953, eu estava empregado como editor de uma pequena agência de publicidade de Nova York, após trabalhar dois anos como professor de escrita literária na Universidade Estadual da Pensilvânia. Antes disso, ansioso por uma crítica favorável, enviei o primeiro capítulo para os agentes literários que conhecia por ter publicado alguns contos em revistas como *Esquire* e *The Atlantic.* Os agentes literários não se mostraram interessados, mas uma jovem assistente, a Srta. Candida Donadio, conseguiu permissão para enviar aquele capítulo para algumas publicações que regularmente divulgavam resumos de "romances em desenvolvimento". Em 1955 o capítulo foi publicado em uma revista trimestral intitulada *New World Writing* (uma antologia que também continha o resumo de outro romance em desenvolvimento – *On the Road,* de Jack Kerouac). A partir de então recebi cartas de elogio e interesse por parte de algumas editoras consagradas e fui encorajado a continuar com o trabalho, para o qual percebi que precisaria de mais alguns anos para terminar, frente ao que tinha previsto inicialmente.

Em 1957, quando ainda estava com aproximadamente 250 páginas datilografadas, eu trabalhava na revista *Time,* redigindo apresentações de anúncios durante o dia, enquanto à noite colocava minhas ideias no papel. Neste ínterim, Candida Donadio estabelecia-se como uma agente proeminente, reunindo uma impressionante lista de autores norte-americanos. Nós concordamos que fazia sentido submeter o manuscrito parcial a algumas editoras, sobretudo para termos uma noção realista sobre o potencial de publicação de um romance que estimávamos tanto. Ela se aproximou de um jovem editor na Simon & Schuster, o qual acreditava que seria mais receptivo à inovação do que os demais. O nome dele era Robert Gottlieb, e ela estava certa.

Enquanto Gottlieb se ocupava com essas páginas, eu, com quatro semanas de férias de verão da caridosa *Time* magazine, comecei a reescrevê-las. Gottlieb e eu nos encontramos para almoçar, especialmente para que ele sondasse o meu temperamento e se certificasse do quão acessível eu seria como autor, a fim de que pudéssemos trabalhar juntos. Após tê-lo ouvido aludir a certas sugestões que acreditava ser compelido a fazer eventualmente, eu entreguei a ele minhas novas páginas com orgulho.

Ele me surpreendeu com a preocupação de que eu poderia me objetar a trabalhar com alguém tão jovem, ele tinha 26 anos, eu acho, e eu, 34. Fiquei ainda mais surpreso ao saber que ele e a sua colega de trabalho mais próxima na Simon & Schuster, Nina Bourne, ficaram inicialmente intimidados em função de um ar de desconfiança que eu demonstrava e nem sabia que tinha. Não desconfiei dele nem por um momento, e eu duvido que Gottlieb, que se tornou editor-chefe da Alfred A. Knopf, e depois o editor da revista *The New Yorker,* tenha se intimidado com qualquer outra pessoa.

O que eu me lembro de mais agradável a seu respeito é o fato de que não me pediu um esboço ou tentou extrair qualquer indício sobre os rumos que eu daria para o romance. O contrato que recebi mencionava um adiantamento de 15 mil dólares.

Provavelmente, eu fui o seu primeiro escritor contratado, mas não o primeiro a ser publicado. Outros autores cujos manuscritos estavam completos chegaram até ele nos três anos que eu precisei para terminar o meu livro. É provável que eu tenha sido o primeiro cliente de Candida também.

Ambos estavam encantados, assim como eu, com o sucesso de *Ardil-22,* e nós três temos festejado as nossas lembranças sobre essa experiência. Em 28 de fevereiro de 1962, o jornalista Richard Starnes publicou uma ampla coluna tecendo elogios no *The New York World-*

Telegram e que começava com as seguintes palavras: "Yossarian, acredito, irá viver por muito tempo".

O seu tributo foi inesperado porque o Sr. Starnes era um jornalista no estilo linha-dura, cujos temas em geral tratavam da política local, e o *World-Telegram* era tido como essencialmente conservador.

Até hoje sou grato ao Sr. Starnes por sua opinião não especializada, e eu o abençoo pela acuidade de suas previsões. Yossarian de fato viveu por muito tempo. O Sr. Starnes já se foi. Muitos dos que fizeram comentários sobre o livro no primeiro anúncio já morreram, e a maioria de nós que sobrou está a caminho.

Mas, Yossarian permanecerá vivo quando o romance terminar. Em função do filme de Mike Nichols, mesmo os leitores do romance terão uma imagem duradoura dele em alto-mar, remando em direção à liberdade em um barco inflável amarelo. No livro ele não consegue ir tão longe, mas ele não é capturado ou morre. No livro que acabei de finalizar, *A hora final* (aquela caricatura em fuga está novamente na capa da edição norte-americana, mas usando um chapéu a rigor e locomovendo-se com uma bengala), ele está novamente vivo, 40 anos mais velho, mas ainda vivo. "Todos precisam partir", o seu amigo médico naquele romance o relembra enfaticamente.

"Todos!" Mas se eu escrever uma continuação do romance, ele continuará por perto.

Cedo ou tarde, preciso admitir, Yossarian, agora com 70 anos, também terá que morrer. Mas não será pelas minhas mãos.

Joseph Heller
East Hampton, Nova York, 1994